Para Sarah, que torna tudo possível

TRÊS RIOS
Copyright © 2024, Cesar Bravo
Todos os direitos reservados.

Ilustrações © 2024, Micah Ulrich

Os personagens e as situações desta obra
são reais apenas no universo da ficção; não
se referem a pessoas e fatos concretos,
e não emitem opinião sobre eles.

Diretor Editorial
Christiano Menezes

Diretor Comercial
Chico de Assis

Diretor de Novos Negócios
Marcel Souto Maior

Gerente de Marca
Arthur Moraes

Editoras
Jessica Reinaldo
Raquel Moritz

Capa e Projeto Gráfico
Retina 78

Coordenador de Diagramação
Sergio Chaves

Preparação
Retina Conteúdo

Revisão
Retina Conteúdo

Finalização
Roberto Geronimo

Marketing Estratégico
Ag. Mandíbula

Impressão e Acabamento
Braspor

DADOS INTERNACIONAIS DE CATALOGAÇÃO NA PUBLICAÇÃO (CIP)
Jéssica de Oliveira Molinari CRB-8/9852

Bravo, Cesar
 Três rios / Cesar Bravo ; ilustrações de Micah Ulrich.
 — Rio de Janeiro : DarkSide Books, 2024.
 512 p. : il.

 ISBN: 978-65-5598-479-8

 1. Ficção brasileira 2. Horror I. Título II. Ulrich, Micah

24-4894   CDD B869.3

Índice para catálogo sistemático:
1. Ficção brasileira

[2024]
Todos os direitos desta edição reservados à
DarkSide® *Entretenimento* LTDA.
Rua General Roca, 935/504 — Tijuca
20521-071 — Rio de Janeiro — RJ — Brasil
www.darksidebooks.com

PARA VOCÊ QUE ACABA DE CHEGAR

PRÓLOGO

PARTE 1 – AZUL

Cap.1 - Pode me chamar de Bia
Cap.2 - Monsato, Luize, e a ponta de um novelo

Cap.3 - Medicina moderna
Cap.4 - Dia de folga e a Visão além do alcance
Cap.5 - O culto e o Abade
Cap.6 - Celeste Brás, Gilmar Cavalo e o Viajante
Cap.7 - Ada e o quadrado
Cap.8 - Segredos do Profeta (1)
Cap.9 - A fantástica cozinha do Chef Eliandro Saudade
Cap.10 - O resgate de Ravena

PARTE 2: VERDE

Cap.11 - Tende piedade de Ada
Cap.12 - Gilmar e o Viajante
Cap.13 - Minutos antes do acidente, Três Rios, 1908
Cap.14 - Carnivorândia
Cap.15 - Uno
Cap.16 - Do Limoeiro, mais limões
Cap.17 - Segredos do Profeta (2)
Cap.18 - Despertando
Cap.19 - Os irmãos Pirelli e a loja de sonhos
Cap.20 - Wagner
Cap.21 - A grande matéria não publicada de Gilmar Cavalo

Cap.22 - Ada acorda D.
Cap.23 - 1997, Gold Star Cyber Point Lan House
Cap.24 - Executar? Sim ou Não
Cap.25 - O tempo de D

Cap.26 – Seja feita a vossa vontade
Cap.27 – O nome disso é sacanagem
Cap.28 – Ecos
Cap.29 – Ada precisa de ajuda
Cap.30 – Só os bêbados e as criancinhas dizem a verdade
Cap.31 – Velho sim, morto ainda não

PARTE 3 – VERMELHO

Cap.32 – Cecília
Cap.33 – De onde eu venho
Cap.34 – Jogo da Verdade
Cap.35 – O grande segredo do Profeta
Cap.36 – Mais fundo, fundo demais
Cap.37 – Já com roupa de ir
Cap.38 – Firestar Entretenimento & Lounge
Cap.39 – Duas horas atrás
Cap.40 – Meia hora atrás
Cap.41 – A noite vermelha
Cap.42 – Amém?
Cap.43 – Sou de nenhum lugar
Cap.44 – Vazamento de dados
Cap.45 – Regina Monsato
Cap.46 – Prodigioso

Cap.47 – Underground (1)
Cap.48 – Underground (2)
Cap.49 – Matadouro 6
Cap.50 – A queda da casa de Hermes (1)
Cap.51 – Eu, Parasita? O grande arquiteto de Três Rios
Cap.52 – A queda da casa de Hermes (2)

EPÍLOGO (S)

READ-ME

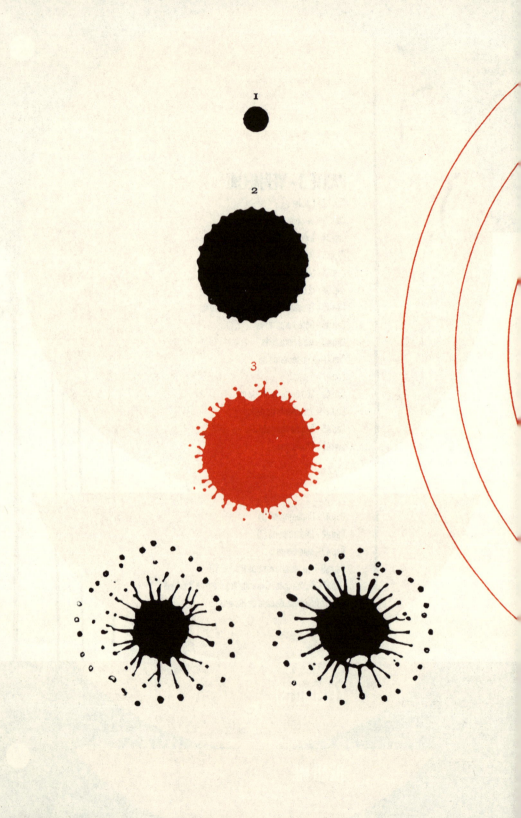

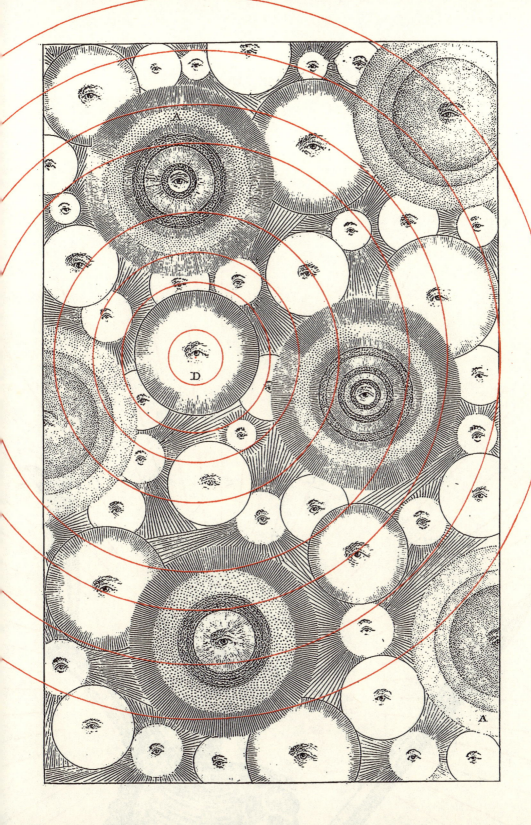

PARA VOCÊ
QUE ACABA DE CHEGAR

Memórias são o começo e o fim de todas as coisas.

A cidade de Três Rios possui centenas, milhares de memórias diluídas em seu nome. Recordações que costuram a vida da cidade com seus êxitos, dores, e com a sua vontade de continuar existindo. Nesse solo semeado por tantas histórias, a terra encontrou um novo viço, uma nova forma de prosperar. De se curar. Alguns dizem que é uma maldição, acusam nosso chão de ser venenoso e vingativo, mas quem conhece esse lugar prefere acreditar que Três Rios se alimenta do que escondemos em nossos corações. Nessa cidade, o sobrenatural divide espaço com o dia a dia, e ele não depende da crença ou descrença das pessoas envolvidas. Ele apenas existe. Ele é.

Todo trirriense carrega um segredo imperdoável em seu sobrenome, cada palmo dessa terra foi enxertado com a penúria de alguém. Um solo enriquecido principalmente pela sujeira de alguns poderosos, homens como Hermes Piedade. Ainda que nosso principal empresário não possa ser o causador de todas as tragédias (quem mora aqui sabe que é preciso ser muito, mas muito ruim mesmo pra merecer esse título), ele sem dúvida é um agente catalisador. Se existe mesmo aquela maldade que dorme dentro do nosso povo, aquela raiva que vez ou outra pede pra sair, o senhor Piedade é a chave da porta.

Já fomos conhecidos como o celeiro do estado de São Paulo, a doçura do Noroeste Paulista, tínhamos a fama de ser um povo amigável e progressista. Então nos resumimos ao que realmente somos: carne e veneno. Não estou dizendo que tudo o que existe hoje em dia é ruim, que todas as pessoas daqui sejam más. O que eu digo, e com razões e provas, é que as cortinas que dividem o certo e o errado em Três Rios são muito mais finas.

Na década de oitenta, a cidade vivenciou a era das videolocadoras.

Uma delas prosperou a ponto de secar todas as outras, e como tudo que nasce em Três Rios, o começo da Firestar foi muito bom. A locadora de filmes preencheu o que o cinema já não supria, garantiu diversão para o povo, era como uma reação em cadeia. Tantos filmes, diretores e atores que podíamos experimentar em nossas casas, ao lado de nossos amigos, junto da nossa família. E como tudo que floresce aqui, a locadora também mudou, criou presas e escamas, e não é segredo que aqueles filmes reais começaram a rodar por aí. Foram anos bem estranhos. No começo, nos atraía o que havia de pior; violência doméstica, cirurgias médicas incomuns, tiros e facadas, e outras coisas bem mais pesadas que não sabíamos se eram de verdade ou não. Na maior parte do tempo não sabíamos nem de onde vinham, ou de *quando* vinham. Já em certas ocasiões (e essa parte machuca a consciência), reconhecíamos pessoas muito próximas. Vizinhos, professores, amigos. Patrões e funcionários. E acredite em mim, ficou ainda mais esquisito.

Passado o furor inicial de consumir a desgraça alheia, nos demos conta que o Lote Nove era muito mais do que horror. Sem percebermos, aquelas fitas — que mais tarde se tornaram discos de DVD — nos consolavam. Em vídeo, sempre podíamos rever o que havíamos perdido. As pessoas que amávamos, pessoas que nos amaram, as etapas da vida que não voltariam nunca mais. Vida que sempre foi se tornando mais veloz. Computador, celular, smartphone, rede social, nuvem, internet. Inteligência artificial. E, quando nos demos conta, nós éramos os artificiais, nos despedindo de tudo o que amamos um dia. Com todas as telas e guerras e doenças e crises, estávamos ocupados demais para notar... o resto. Já no videocassete, nosso passado sorria feliz, e mesmo que o brilho dos dentes durasse apenas alguns segundos, era o suficiente para trazer um pedaço de amor de volta.

Visitei muitos amigos naquelas fitas. E também pessoas interessantes que só conheci através delas.

Existiu um menino, isso aconteceu no começo dos anos noventa, que usou a desculpa das fitas para matar os amigos com um revólver. Conheci esse garoto e seria impossível desconfiar dele. Por outro lado, o modo como ele era obstinado por todo mundo, o jeito como ficava de *quina*, sondando os assuntos dos outros e tudo o que se movia ao seu redor... sempre taciturno, sempre malicioso, era um sinal mais claro que um raio. Mais tarde descobriram que o menino era perseguido na escola e queria vingança. Bem, eu vivi o suficiente para entender que a justiça encontra formas de se fazer valer que muitos de nós jamais compreenderiam. Foi assim que o menino assassino fugiu, se tornou um homem e acabou morrendo também, em uma capela, a Igreja da Saudade. No dia do assassinato, muita gente ouviu explosões pelas redondezas da Igrejinha, ninguém imaginou que fossem tiros.

O céu às vezes explode por aqui, como se fosse dinamitado. Não tem nuvem, não tem chuvá, e de repente *bumm*! Parece que irromperam a barreira do som. Há uns anos o céu explodiu feio e apareceu um buraco enorme, bem no meio do Jardim Pisom, um bairro daqui. Alguns estudiosos disseram que estava acontecendo no mundo todo, que as crateras eram obra de extraterrestres ou de coisas bem piores, mas esse pessoal que vive com a cara enfiada na internet só sabe repetir as coisas. Eu posso até acreditar que existam outras crateras por aí, e que elas sejam obras de arte dos discos voadores, mas duvido que sejam como as que aparecem em Três Rios. Depois de um tempo, o buraco começou a cheirar mal, e as crianças que se reuniam em torno dela... elas sofreram. Ainda sofrem.

Existe muito mais a falar dessa cidade, de quem viveu, de quem morreu, de quem — aparentemente — voltou a viver, mas qual é o valor das palavras verdadeiras em um lugar afamado pelo erro? Pela corrupção? Pela tragédia? Mesmo hoje em dia, pelo que percebo, Três Rios anda de mãos dadas com seu passado sombrio. Um passado que ainda está escrevendo partes do nosso futuro. É no que eu acredito. Inclusive, todas as noites eu leio os jornais em busca dessas conexões, mesmo sabendo o quanto me deprimo com as notícias.

O povo daqui também acredita bastante nas religiões, e graças ao desespero das pessoas, nasceram muitas igrejas em Três Rios. Uma delas funcionava no terreno da antiga locadora. O sujeito que comandava a festa ficou transtornado, pegou o carro e foi embora, e dizem que ele nem fechou as portas da igreja quando saiu. Pastor Saulo Renan tinha vindo do Rio de Janeiro cheio de oratória e boa vontade, mas bastou um tempinho em Três Rios para ele duvidar da graça divina.

Uns vêm, uns vão.

De uns anos pra cá também chegou muita gente nova, trazendo seu jeito de ser e suas próprias memórias. Vieram do Rio de Janeiro, de São Paulo, de Minas Gerais, até mesmo do extremo Norte e do Sul do país. Surgiram histórias sobre o *Quilômetro da Morte*, como a gente chama por aqui. Algumas dessas pessoas chegaram na cidade desorientadas, confusas, lembrando de outra realidade. Hoje elas se adequaram; é como a gente diz por aqui — adequar.

Quando penso em todas essas memórias e na cascata de eventos que elas geraram, me pergunto se existe uma forma de consertar o passado, ou, ao menos, de fazer as pazes com o futuro. Em um lugar como Três Rios, onde as lembranças encontram maneiras de reviver suas próprias histórias, o impossível talvez mereça uma nova chance. Uma nova vida. Mesmo que seja pra ela se extinguir em si mesma e voltar a ser memória.

Essa é a vida.

Essa é Três Rios.

23/10/2023

PRÓLOGO

Foi um longo dia, como eram longos todos os dias na periferia de Três Rios. O despertar com o sol a pino, as pessoas aceleradas durante o almoço, uma passada no bar, já no fim da tarde, para lembrar que a vida podia ser boa. Com a chegada da noite, o concreto dos prédios começava a devolver o calor recebido, assando as ruas, temperando os bairros com seu ranço. A vida nos prédios do centro praticamente se extinguia depois das oito, e a cidade continuava pulsando onde era mais viva e interessante.

Em Três Rios, o bairro do Limoeiro era um dos mais próximos da linha do trem, e ficava a poucos quilômetros da saída para a estrada vicinal que levava ao Matadouro Sete e também à cidade vizinha de Assunção. Lar de trabalhadores incansáveis e de garotas entediadas, moradia de um sem número de crianças inquietas e ansiosas, o Limoeiro se resumia ao mínimo, intercalando as residências e os pequenos comércios informais com as igrejas, farmácias e bares.

Naquela noite chovia. Uma garoa fina.

Mesmo que a água espalhasse o mau cheiro das ruas, se a chuva caísse por tempo suficiente deixava as calçadas mais limpas. Com bastante água, a sujeira seguia seu rumo, empurrada para um dos rios que cortam a cidade. Do rio, iria para qualquer outro lugar. Não tinha importância. Desde que ninguém visse a sujeira, ela logo deixaria de existir.

Embalada pelos pingos na janela de sua sala, Adelaide lutava com o sono.

Como muitas pessoas do Limoeiro, acordava cedo.

Alimentava o cachorro, preparava um café forte, deixava o xixi no vaso enquanto escovava os dentes, ganhando o máximo de tempo possível. A maior parte desse tempo era dedicada a costurar e pagar as contas. Se sobrasse um pouco dos pagamentos, guardava o dinheirinho na poupança.

Os olhos pararam de pesar quando ela ouviu aquele berro. Era uma urgência de homem feito, grito grosso, desesperado. Que se lembrasse, não ouvia um homem gritar daquele jeito desde que um vizinho foi atropelado naquele mesmo bairro — e ele perdeu um braço na roda do Ômega.

— Santo Deus. — Adelaide saltou da poltrona, derrubando algumas bolachas Maria de seu colo para o tapete da sala. Toninho, seu cachorro e fiel escudeiro, aproveitou para apanhar o que pôde.

Adelaide se esgueirou nas cortinas da janela da sala. Abriu bem pouco do vidro, quase nada. No outro calçamento havia a praça, onde geralmente uma dúzia de pessoas sem sorte se alternava entre sexo monetizado, drogas e moradia. Estava vazia agora. Mais cedo a polícia apareceu para limpar o local. O pessoal fardado vinha uma vez a cada quinze, vinte dias. Os cães e os cassetetes assustavam mais do que batiam, e a praça ficava segura para os velhos viciados em truco se desafiarem por uma ou duas semanas.

A luz não era grande coisa. Era morna e frágil. Dos cinco postes da praça, apenas dois funcionavam. E havia alguma névoa, condensação da chuva perambulando sobre a terra aquecida. A umidade do ar estava meio nojenta naquela noite.

— ... AJUDAAAAAA! — Adelaide ouviu dessa vez.

A vítima vinha correndo, tropeçando e se levantando, fugindo de alguma coisa. Era um homem jovem, cabelos bem baixinhos, pele escura. Adelaide tentou enxergar quem vinha atrás dele, mas não viu nada em um primeiro momento. Era só um rapaz correndo, olhando para trás, gritando, caindo, se reerguendo e voltando a correr.

— Deus te ajude, meu filho —, ela resmungou baixinho, como quem faz uma prece.

No Limoeiro, quase sempre os assuntos horríveis nasciam do tráfico, e ela não se metia com aquela gente. Ninguém se metia. Polícia, outros bandidos, nem a mãe e o pai daquelas pessoas se encorajavam a falar muito do *assunto*. Mas se fosse mesmo briga de traficante, teria ouvido os tiros. E, bons de mira como eles eram, o homem não conseguiria gritar duas vezes. Ele nem tentaria... correr é mais inteligente.

— Mãe de Deus... — Adelaide disse assim que botou os olhos na coisa que fazia o homem gritar.

O corpo humano é bastante eficiente em reconhecer perigos letais, e a bexiga de Adelaide só não se soltou porque ela cruzou as pernas. O que via não parecia gente ou bicho, não parecia real ou assombração. Aquilo apenas estava lá.

Adelaide olhou para o celular na estante da TV. Apanhou em um bote.

As mãos tremiam demais, não conseguia acertar os números da polícia. Outro grito ecoou lá fora quando a coisa alcançou o rapaz. No desespero, ela deixou o celular cair e encostou o rosto na janela. O homem não teve chance. A criatura saltou sobre suas costas e o derrubou de rosto no chão, arrastando seu corpo pelo calçamento por vários metros. O sangue já cobria seu rosto quando a coisa o levantou novamente. O agressor apanhou o rapaz pela cintura como quem pega uma criança de seis anos, içou-o bem alto e o martelou com o rosto no chão. Uma, duas, três vezes. Mesmo com a janela quase fechada, Adelaide podia ouvir o som dos ossos se quebrando. Além de aterrorizante, o barulho era repulsivo.

O mesmo horror que a deteve a tirou de sua paralisia, e as costas sequer doeram enquanto ela apanhou o celular do chão. Disca, disca, disca. 1...9...0...

— Polícia! Graças a deus! Ele precisa de ajuda, vocês precisam mandar alguém. — Adelaide começou a falar e arquejar ao mesmo tempo.

Toninho, o cachorro, começou a latir. Pulava tentando alcançar a janela. Os cães da vizinhança já seguiam seu protesto. A rua latia.

— *Qual é o seu nome, senhora? Quem precisa de ajuda? A senhora?* — O outro lado da linha perguntou, cheio de um autocontrole irritante que naquele momento só serviu para deixar Adelaide ainda mais nervosa.

— Adelaide, meu nome é Adelaide Reis! Eu moro na praça do Coreto, aqui do Limoeiro. Vocês precisam vir rápido! Ele vai morrer!

— Ele quem? A senhora está em qual endereço?

— Na minha casa, moço! Na minha casa! Rua Nove, número 355. Tem uma coisa lá fora, um louco! Ele tá matando o moço, tá arrancando a pele do rosto dele! Meu deus do céu, eu não consigo mais olhar! Arrancou os dedos dele com a boca! Com a boca!

— Limoeiro, certo, a gente vai mandar alguém. O agressor tem uma arma? Faca, revólver? Ele está sozinho ou tem mais gente?

— Não, moço! — Adelaide já chorava. — A coisa tá matando com as mãos. Acho que é mão. Ela arrancou a pele do rosto dele, arrancou os dedos dele. O senhor não tá ouvindo os gritos? Moço, manda alguém pelo amor de deus, vocês precisam atirar na coisa, matar ela, ela não é de deus, moço! Não pode ser!

— A senhora está em segurança? Está longe do agressor? O cachorro que eu estou ouvindo é seu?

Adelaide deu um chega pra lá no cachorro. Toninho recuou, mas recomeçou a latir do centro da sala.

— Tô na minha casa, mas se aquele demônio quiser entrar, eu duvido que a porta ou o Toninho vão segurar ele. Ele matou o moço! Já matou! Tem um monte de sangue no chão. Agora ele tá socando a cabeça do moço na guia, ele não tá mais vivo... Não tem mais mão... Parece um pedaço de pano. Meu deus o rosto dele. Não tem como tá vivo!

— Fica comigo, Adelaide, o pessoal vai chegar logo. Ele matou o rapaz? Tem certeza?

— Não tem como tá vivo, moço. Não tem. Eu tô passando mal, acho que eu vou desmaiar. Tá tudo ficando cinza.

— Ele está morto? Tem certeza que está morto?

— Não tem como tá vivo. — A voz de Adelaide respondeu em um suspiro. A casa já ficando borrada e diluída. O mundo parecia estar sendo sonhado, não era mais real. Não era possível ser real.

— Senhora Adelaide! Fala comigo, senhora! O que está acontecendo agora?

— ... meu senhor Jesus, tende piedade. Eu acho que a coisa tá arrancando a pele que sobrou dele. Eu acho que vai levar embora... O olho... o olho da coisa é preto e fundo. A cara é toda deformada.

— Senhora? Alô, senhora, fala comigo! Dona Adelaide!?

Mas o que restou na linha foram os latidos do cachorro e a vinheta da Rede Globo. Nasceram alguns gritos distantes, mais latidos na vizinhança. O policial atendente ficou na linha até ouvir a viatura chegando ao local. Depois foi se servir de um café reforçado.

AZUL.1

I
PODE ME CHAMAR DE BIA

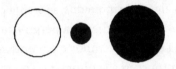

I

Beatrice Calisto Guerra sempre teve jeito com as crianças. Gostava de desenhar e pintar, dos programas infantis da TV, e seu dia sempre ficava melhor na companhia de princesas, carros e castelos, todas essas coisas que o destino a impediu de aproveitar. Na cidade de Três Rios, poucos ainda eram capazes de reconhecê-la, mesmo que seu rosto tenha ficado exposto nos jornais e na TV por duas gerações. Nada que a incomodasse depois de tanto tempo.

Bia nunca teve filhos legítimos, mas tratava aqueles meninos e meninas, agora adultos, como se fossem dela. Muitas Crianças da Cratera (como ficaram conhecidas nos jornais regionais) foram resgatadas com saúde perfeita, mas nove daquelas jovens pessoas mergulharam em um mesmo estado de completa ausência, bastante semelhante ao coma em sua relação às funções conscientes. Os nove foram os primeiros a chegar na cratera com seus brinquedos e doces. Ficaram sentados ao redor do fosso, em um silêncio profundo e contemplativo, enquanto a cratera crescia e atraía outras crianças. A cada tentativa de removê-las, uma nova fuga e o retorno, não importa para quão longe fossem levadas pelos pais.

Dias antes das autoridades decidirem isolar a cratera, as crianças definharam ao estado de completa ausência que enfrentavam até os dias de hoje. Foi depois desse acontecimento que o fosso começou a apodrecer, e obrigou as autoridades a aterrarem a coisa em regime de urgência.

Incomunicáveis, as crianças passaram a maior parte dos anos seguintes na frente da televisão. Programas educativos, videoaulas, desenhos animados; quando atingiram a idade biológica adequada, migraram para os programas de entretenimento adolescente e noticiários — uma evolução justificada, caso existisse alguma chama de consciência acesa dentro delas.

Desde que assumiu a enfermagem na clínica, em 2016, Beatrice assistia à programação da TV com o grupo, conversando sozinha, rindo de si mesma, chegava a ser divertido. Depois dos anos de solidão que enfrentou em seu próprio calvário, não ter respostas passava longe de ser novidade. Ela também lia, experimentava alguns brinquedos, se sentia parte daquelas pessoas.

— Dona Beatrice? — uma voz discreta perguntou. Beatrice se virou na direção do acesso à sala de passatempos e encontrou um rosto. — Eu sou a Maitê, não sei se falaram com a senhora, eu vou trabalhar aqui.

— Falamos muito sobre você nas últimas semanas. — Bia sorriu. — Eu mesma indiquei seu currículo. Achei que iria começar só na segunda...

— O seu Rodrigo me deixou escolher, aí eu preferi começar antes — ela chegou mais perto e estendeu a mão. — Prazer, dona Beatrice.

— Pode me chamar de Bia. — Retribuiu o cumprimento. — Você parece bem mais novinha que a idade no currículo.

— A minha genética me favorece um pouco. Eu sempre tive cara de criança, mas já passei dos trinta.

— Que benção — Bia riu. — Eu queria um problema desses.

Maitê deixou o rosto se divertir.

— Agora está bem melhor, mas quando eu tinha dezoito, todo mundo achava que eu tinha treze. Um namorado meu acabou na delegacia, acredita? — Maitê acabou se distraindo e olhou na direção dos jovens. Estavam em poltronas reclináveis (eram relativamente simples, com armação de madeira e almofadas), todos de olhos abertos, como se estivessem prestando atenção na televisão.

— Eles são... as crianças?

— São sim. De alguma forma ainda são.

— Parecem tão normais.

— Os médicos nunca souberam explicar tudo. Eles abrem os olhos pela manhã, conseguem engolir a comida, mas o resto do tempo ficam nesse estado quase vegetativo. Dois deles já precisaram de vitaminas, e fora algumas infecções de urina, a maioria está estável faz muito tempo.

— Acho que isso é bom, né?

— No caso deles a estabilidade é uma vitória. Nesses anos todos os médicos procuraram uma causa, biologistas chegaram a vasculhar alguma doença desconhecida que veio daquela cratera, mas certeza mesmo ninguém tem.

— E as famílias? Quando eu soube da vaga disponível, achei um pouco estranho que eles estivessem aqui.

— Ainda recebemos visitas, mas todos preferem a situação como está hoje. É doloroso ver alguém nesse estado, uma das mães chegou a sugerir que eu fizesse *alguma coisa* pra libertar o filho do sofrimento. Ela é uma das que não pode mais entrar na clínica. — Bia pareceu sentir mais aquela última frase e logo mudou de assunto. — Vamos apresentar você pra turma toda? O seu Clóvis eu sei que você já conhece.

— O senhor que fica na portaria? Ele me lembrou meu avô.

— Eu ficaria feliz em ter um avô como o Clóvis — Bia falou com simpatia.

Os jovens continuavam na mesma. Atentos ao DVD de *Esqueceram de Mim* que rodava pelos menos cinco vezes por ano na clínica. As camisetas que eles vestiam eram todas clarinhas, brancas ou em tom pastel, como salmão. Usavam bermudas soltas e confortáveis. Nos pés, chinelos de tiras largas.

— Esses são o Carlos, Luan, Roberta e Fabrício. Depois deles são a Dani, a Ravena, Samanta, Franco e Janaína. Essa aqui é a Maitê, pessoal — Bia a apresentou —, ela vai ficar com a gente agora, no lugar da Lucinha. Maitê vai cuidar de vocês do mesmo jeito que eu cuido, então nada vai ficar diferente. Vocês podem confiar nela.

Maitê manteve o sorriso aberto por alguns segundos. Bia a convidou para um café por ali mesmo, na salinha de refeitório, a copa ficava anexa à sala de recreação.

Bia serviu a ambas, tremeu um pouco ao segurar seu copinho. Não escapou aos olhos de Maitê.

— Não acontece o tempo todo, mas eu ainda tenho fragilidade em alguns movimentos que exigem precisão — Bia explicou. — Você sabe quem eu sou, imagino.

— Fiquei sabendo na entrevista de emprego. Você é a menina que ficou em coma nos anos noventa.

— Eu dormi por dezessete anos, fui uma das vítimas de Gabriel Cantão. A imprensa chamou o massacre de *Pandemonium*.

Maitê deu um gole em seu café e assentiu com a cabeça.

— Os educadores falam dessa tragédia até hoje nas escolas, para evitar perseguições, bullying, essas coisas de gente babaca.

— Bullying é uma palavra nova no Brasil — Bia comentou com leveza. — No nosso tempo era cada um por si. Para o Gabriel coube o papel de arranjar uma arma e atirar em quem pegava no pé dele. Ele planejou e matou os amigos da escola.

— Que coisa terrível — Maitê arquejou.

— Para mim é terrível até hoje. A reabilitação contínua, as dores que eu senti no corpo, lembrar dos meus amigos. Cheguei a pensar que ter morrido seria muito melhor. Mas aí a vida me traz esses meninos e meninas e tudo fica diferente. — Bia sorveu um pouco do café. — Quando eles ainda eram crianças, eu recebia tratamento da mesma equipe, acompanhei as meninas se tornarem mocinhas, os garotos que não fizeram a primeira barba, acho que ninguém melhor do que eu pra entender o que acontece com eles. E com eles, eu entendi o que tinha acontecido comigo. Quando eu consegui ter uma vida funcional, estudei enfermagem e decidi continuar por perto. No começo não conseguia fazer muita coisa sozinha, o corpo não tinha tudo o que eu precisava. Tínhamos outros três enfermeiros, além de mim e da Lucinha.

— O que aconteceu com ela?

— Lucinha? Ela foi morar com os pais em Gerônimo Valente. A mãe dela começou a desenvolver Alzheimer.

As duas ficaram em silêncio. Problemas mentais estavam se tornando cada vez mais frequentes nos últimos anos, e não só na terceira idade. Era algo aterrorizante pensar em como esses casos aumentavam. Bia continuou explicando sobre a clínica.

— Os técnicos dão uma mãozinha em regime de plantão, mas a maior parte do trabalho eu mesma faço. Eu e você, a partir de hoje. — Bia sorriu e aliviou o peso da conversa. — O grosso das roupas nós enviamos para a lavanderia, as faxineiras vêm duas vezes na semana, é tudo bem justinho, mas funcional.

— Eles sempre foram nove?

— Aqui na Santa Luzia, sim, mas infelizmente três crianças faleceram. Na época suspeitaram que algum parente, ou uma pessoa da equipe de medicina tivesse feito alguma coisa. As crianças simplesmente desligaram. Apagaram como uma lâmpada.

Maitê mudou a expressão do rosto, do interesse para a tristeza.

— Foi antes da clínica — Bia explicou —, quando as famílias e os particulares cuidavam deles. Depois que os outros meninos se foram, o município decidiu arcar com os custos, dividindo as despesas com empresários e algumas ONGS. Trouxeram todo mundo pra cá. Algumas igrejas também ajudam na arrecadação de dinheiro, e empresas privadas.

— E qual o interesse em pagar pra cuidar deles? Abater impostos? Porque humanidade mesmo, essa gente tem bem pouco.

Bia sequer tentaria discordar.

— A maioria das colaborações esporádicas chegam dos políticos. Eles vêm e vão, mas em época de eleição sempre aparecem uns dois ou três pra abastecer a despensa. Às vezes fazem uma reforma... dão uma pintura; as cadeiras confortáveis da sala de recreação vieram da última eleição para prefeito.

— Pelo menos serviram pra isso. Meu pai foi vereador aqui na cidade, acho que nos anos noventa. Depois do mandato pegou nojo e voltou a lecionar.

Bia apanhou mais um pouco de açúcar e colocou em seu café. Aquela parte amarga da conversa — política — precisava de toda doçura disponível.

— Nossa principal fonte de renda vem do grupo Hermes Piedade. Eles colaboram desde o início; esse prédio mesmo, quem cedeu foi o próprio seu Hermes.

— Isso sim é inacreditável.

— Nem tanto — Bia soou taciturna. — Conhecendo um pouquinho do passado, fica fácil entender o presente. Na época em que o chão se abriu, alguns geólogos especularam que a captação de água para os negócios imobiliários do grupo pudesse ter abalado ou desviado algum aquífero, o que no final das contas deixou o solo oco e abriu a cratera. Quando os empresários assumiram as crianças e apareceram emocionados na TV, escaparam de serem processados pelas famílias ou pelo município.

As duas continuaram apreciando o cafezinho, Maitê se levantou e chegou mais perto da porta, de onde podia observar os internos. Era estranho olhar para eles e para toda aquela inércia. Os olhos abertos. Era um pensamento injusto, mas eles pareciam fazer de propósito.

Maitê voltou para perto da mesa, apanhou sua bolsa (estava pendurada em uma das cadeiras) e tirou uma sacolinha de supermercado de dentro dela.

— Eu trouxe alguns biscoitos e um pacote de sopa, para o caso de bater uma fome fora de hora. Posso colocar nesse armário mesmo?

A sopa era de preparo rápido. Bia apanhou o pacote e ficou olhando para ele, como quem reencontra um brinquedo de infância. A sopa de letrinhas de Maitê a arrastou de volta no tempo. Caminhou em direção ao armário.

— As comidas instantâneas ficam na parte de baixo. — Acondicionou a sacolinha de supermercado na porta correta.

— Eles nunca se mexeram? Nunca tentaram falar alguma coisa? Nadinha? — Maitê acabou perguntando.

— Quando chove muito e tem muitos raios, eles ficam agitados. Pode ser que nesses dias eles falem baixinho, ou falem só com a mente, sem mexer a boca. A impressão que eu tenho é que quando o céu fica cheio de eletricidade, eles se esforçam mais.

Maitê esfregou os braços discretamente. Sentiu a eletricidade bem ali, quando voltou a olhar para os jovens.

II

Não choveu na primeira noite de Maitê. Não choveu na segunda, não choveu nem mesmo nas suas duas primeiras semanas de trabalho na clínica. Mas depois desse tempo o céu finamente começou a nublar. Os ventos sempre mudavam de direção depois de setembro, trazendo um pouco da poeira mineralizada de Terra Cota para a cidade de Três Rios. Os mais antigos diziam que logo depois do vento, chegava a chuva.

Já era outubro, Maitê não precisava mais de esforçar para realizar suas atividades, e depois de alimentar sete dos jovens, chegava a hora de colocar algumas colheres de sopa na boca de Ravena Monsato, a mais nova do grupo. Quando chegaram, Ravena tinha apenas sete anos, agora estava com vinte e cinco. Ela trocou todos os dentes de leite sem senti-los amolecer, enfrentou a pré-adolescência sem se chocar com o próprio corpo, saiu de casa e não precisou brigar com os pais ou arranjar um namorado.

— Chegou a sua vez, Ravena, a sopa de legumes está uma delícia — Maitê disse e ajustou o guardanapo descartável. O prato de sopa já estava sobre a mesinha de rodinhas, os legumes navegando a esmo. — Como estamos de fome hoje? — Maitê reposicionou uma pequena almofada, para que a cabeça da garota ficasse o mais reta possível.

Em seu terceiro dia no trabalho, outra mocinha silenciosa, a de cabelos pretos e lisos chamada Roberta, se engasgou feio com um pedaço de tomate cereja. Bia resolveu tudo em uma manobra de Heimlich, mas Maitê quase não dormiu naquela noite. Ficou acordando de hora em hora, ansiosa, como se Roberta ainda estivesse sufocando no quarto ao lado. Chegou a se levantar duas vezes em casa, pensando que ainda estava na clínica.

Maitê não tinha a obrigação contratual de passar as noites na Santa Luzia, mas o fazia sempre que possível. Além de receber um extra que ajudava no salário final, era uma chance de se adaptar mais depressa à dinâmica da clínica. Bia havia comentado que tinha férias pendentes, se tudo corresse bem precisaria sair nos próximos oito meses. Maitê pretendia estar apta a cobri-la.

Enquanto comia, Ravena mantinha os olhos na TV, estáticos como duas bolas de gude coladas em uma mesa. Talvez motivada pela refeição, uma pequena umidade se empossou no canto direito de sua boca. Maitê se apressou em limpar a saliva antes que escorresse.

Sentia pena. Aquelas pessoas perderam uma fatia fundamental de suas vidas. A adolescência, vá lá, Maitê também preferia esquecer ou nunca ter vivido uma, mas o resto? O bom resto da infância e o início da vida adulta? Isso faria falta. Quando pensava sobre esses detalhes, sempre acabava nos anos de pandemia de Covid-19. Ela conheceu muitas crianças ansiosas, hipersensíveis, meninos e meninas que iam da extrema alegria à extrema tristeza em um segundo, muitas vezes demorando horas para encontrar o caminho de volta. Pelo menos dessa parte aqueles nove escaparam.

O vento assoviou na clínica como uma criança entediada. Sacudiu janelas e cortinas, bagunçou os cabelos das garotas. Lá fora, o sol já se esgotava, e um batalhão de nuvens escuras, lar daqueles ventos, antecipou de vez o poente. O horizonte rosnou.

— É só chuva, não precisa ter medo — Maitê disse, supondo que Ravena tivesse um receio maior que o seu próprio. Assoprou um pouco a nova colher de sopa. Colocou o dedo polegar da mão livre no queixo da jovem, o que sempre era eficiente para que eles abrissem a boca. Não era preciso fazer força, eles nunca se recusavam a obedecer, o toque era como apertar um botão.

— Tô gostando de ver.

Ravena fechou a boca e movimentou a mandíbula. Não era exatamente uma mastigação, mas uma espécie de réplica do movimento, algo automático e inconsciente, como a batida de um coração.

— Parece que tinha alguém com fome — Maitê sorriu.

Afeiçoara-se depressa a eles, o que não era incomum. Esse foi um dos motivos para sua desistência no lar de velhinhos. Os idosos iam embora depressa demais; em menos de cinco anos, três deles se foram. Maitê detestava passar pelos quartos que ficavam temporariamente vazios, era como se eles, os que partiram, ainda fossem donos do lugar, como se não tivessem falecido. Deixavam seu cheiro, suas reclamações repetitivas; se ela ficasse de olhos fechados por um tempo, seria capaz de ouvir seus suspiros entediados.

Do lado fora, um trovão a trouxe de volta ao presente. O estrondo demorou para ir embora, partiu rugindo, como se tentasse renascer. As primeiras gotas chegaram em seguida, salpicando as janelas da clínica. Os olhos de Ravena se voltaram para a mesma direção.

— É só chuva.

Olhou para a garota imediatamente ao lado de Ravena, a ruiva chamada Daniela. Ela também olhava para a janela. Maitê deu atenção a todos eles, e todos os olhos estavam no mesmo ponto.

— Às vezes vocês me dão medo, sabiam? — Maitê disse. — Me ajuda vai, vamos voltar a comer e acalmar seus amigos — disse a Ravena. — É só chuva, só água e um pouco de barulho. Depois o mundo vai ficar mais fresco, as plantas vão ficar mais bonitas, todo mundo vai ficar mais feliz.

Ravena não se mexeu. Maitê tocou suavemente seu rosto, fez alguma pressão para que ela endireitasse a cabeça. Ela cedeu depressa e abriu a boca, esperando outra colher de sopa.

— Agora sim. Mais três dessas e você já pode voltar para a TV. E eu posso dar uma olhada no meu Instagram.

Não demorou muito e Maitê apanhou as louças e cuidou delas na pequena cozinha. Os garotos ficaram com um programa educativo, *Mundo de Beakman*. Havia uma boa coleção de DVDs da década de noventa na clínica, muitos doados pelo filho de Leone Dantas, herdeiro e proprietário da loja de móveis usados Paraíso Perdido. Entretida na cozinha, Maitê assoviava uma melodia improvisada, que jamais seria ouvida novamente com as mesmas notas.

— Pensei que já tivesse ido embora — Bia a surpreendeu. — Não era sua folga amanhã?

— Eu vou daqui a pouquinho. Estou dando uma forcinha pra dona Dirce. Seus meninos comeram direitinho, aliás.

— Não ficaram nervosos com a chuva?

— Não que eu tenha percebido. Em algum momento todos olharam ao mesmo tempo para a janela, mas fora isso, tudo normal.

— Às vezes eles fazem isso. É estranho, né?

Maitê colocou o último prato no escorredor e respondeu:

— É assustador pra caramba.

— Eu tenho uma teoria, quer ouvir?

— Só se eu puder sentar um pouco — Maitê disse suspirando enquanto se acomodava em uma das cadeiras —, minhas pernas estão pesando cem quilos hoje. Acho que vou ficar menstruada.

Bia se sentou ao seu lado enquanto explicava.

— Eu acho que depois de tanto tempo juntos, eles agem como uma coisa só. Não é o tempo todo, mas em momentos de tensão, como no caso de tempestades, acontece com mais frequência. Quando um se assusta, é como se todos sentissem.

— Ainda estou achando estranho — Maitê deu um leve sorriso.

— Não é muito diferente de alguns comportamentos em família. Conheço casais que pegam tantos trejeitos um do outro que ficam parecidos fisicamente. Nos comportamentos é mais nítido ainda. Eu morei muito tempo com a minha avó materna, algumas vezes ela parecia uma criança da minha idade.

— Avós são o açúcar da vida — Maitê disse.

— São sim. E açúcar demais também faz mal.

Bia achou melhor esperar um pouco até falar novamente. Fazer bom uso do silêncio. Privilégio de poucos.

— Minha avó parecia uma mulher incrível, mas no fundo era outra coisa. Uma mulher muito ciumenta, possessiva, ela só se dava bem comigo e com mais ninguém.

— Nem com a sua mãe?

Bia deixou o olhar se perder no brilho frio da televisão distante, da outra sala.

— É uma longa história e eu só lembro de uma parte pequena. Eu sei que a minha mãe não estava por perto e eu morava com a minha avó. Uma noite aconteceu um incêndio na casa onde morávamos, ela acabou morrendo e eu me salvei. Depois aconteceu o atentado com o Gabriel Cantão.

— Parece coisa de filme.

— Se fosse um filme, eu já teria tirado satisfações com o roteirista.

Bia mal terminou a frase e um trovão seco roubou o fôlego das duas mulheres. Mais um estouro e a luz oscilou. A TV do outro cômodo apagou. Depois, todas as luzes. Por uns poucos segundos, tudo ficou escuro, e apenas o som da chuva continuou audível. O rosto de Bia logo se iluminou com a luz de emergência do celular.

— Fica com eles — pediu a Maitê —, eu vou pegar umas velas e uma lanterna decente.

Maitê foi até o grupo de jovens. Iluminou a si mesma com o celular — Já estou aqui, gente —, depois iluminou a eles. Todos olhavam fixamente para ela, e, naquele momento, foi bem esquisito. Não pareciam tensos ou preocupados, mas nos olhos dos nove havia esse estranho foco de interesse.

— A Bia já vai voltar com a luz, tá bom? Não precisam ficar com medo. É só uma chuvinha de nada.

Desafiado, o céu cuspiu outra rajada de barulho. Maitê se encolheu. O brilho de um novo relâmpago invadiu as frestas da janela, os passos se apressaram logo depois.

— Se você não tiver nada melhor pra fazer hoje, pode ficar com a gente — Bia sugeriu. — Remarcamos sua folga pra uma emenda de fim de semana, o que você acha?

— Hoje eu tinha o compromisso inadiável de terminar uma garrafa de vinho sozinha e dormir na frente da TV, mas acho que posso deixar pra outro dia. — Maitê brincou enquanto ajudava Bia com as velas. Elas espalharam algumas em pontos estratégicos, colocando as velas sobre pires que Maitê apanhou na cozinha.

— Eu consigo colocar uma música pelo celular, será que rola? — Maitê sugeriu quando acendeu a última.

— Ótima ideia. Você tem algum desses programas de rádio?

— Tenho sim.

— Coloca na 88,8 de Terra Cota, nesse horário quase não tem fala-fala.

Em alguns segundos já existia música. A chuva ainda caía, mas não estava mais tentando apavorar o mundo. As velas iluminavam sem agredir os olhos. O smartphone tocava "Lost in Your Eyes", de Debbie Gibson.

— Nossa, que música brega — Bia disse com divertimento. — Eu amo.

— Também gosto, e essa aí nem é do meu tempo.

— Música boa não tem validade, quem perde a graça são os seres humanos.

As duas riram de leve e então se calaram com o ronco de um novo trovão. A chuva continuava caindo em um ritmo constante, os pés já se embalavam no ritmo da música.

— Nossa, bateu um arrepio daqueles — Maitê disse.

— Jura? Aqui também. E uma sensação de...

— Déjà-vu — Maitê completou.

Sorriram.

A chuva no telhado começava a fazer parte da música. Pensaram, sem dividir tal pensamento, que a vida talvez fosse feita daqueles pequenos momentos inúteis que pareciam mágicos e frágeis como vidro.

— Você acredita nisso? — Bia indagou — Em déjà-vu?

— Acredito que estou sentindo aquele arrepio até agora. E lembrei daquele meu vinho, sabe? Eu tomaria aquela garrafa com vocês.

— Com eles, não! Apesar do tamanho e da idade, os meninos ainda são menores — Bia disse. — Eu acho — corrigiu a si mesma.

Maitê esfregou os braços mais uma vez.

— Esses arrepios, eles ajudam a acontecer. — Bia disse e olhou para os meninos. — Já senti outras vezes, mas eu sempre estava sozinha, achei que fosse coisa da minha cabeça.

— Você tem uma teoria pra isso também? — Maitê perguntou com curiosidade. As velas bruxulearam por um instante, desceram e subiram fazendo a luz dançar.

— Eu não sei... pode ter relação com aquele buraco. Eles ficaram sentados perto daquele buraco muitos dias, expostos a... ao que quer que fosse aquilo. Algumas pessoas vieram estudar o solo; veio até gente de fora, de outros países.

— Descobriram alguma coisa?

— Se eles descobriram, não contaram pra ninguém.

A música terminou e o radialista desejou uma ótima noite aos ouvintes, principalmente aos "corações solitários". Bia gostava mais da antiga locutora, Júlia Sardinha, mas o rapazinho quebrava o galho.

— Os jornais falaram sobre explosões — Bia continuou —, não bombas ou nada disso, mas bolsões de gases. O pessoal que morava mais perto contou que ouviu um barulho muito forte, como se tivesse caído um raio. Foi o que eu li. Quase ninguém relaciona uma coisa com a outra, mas eu acordei no mesmo dia que o buraco apareceu, acredita? Depois de dezessete anos, eu acordei no mesmo dia. E praticamente dezessete anos depois eu estou trabalhando com as crianças da cratera. Então se você quer saber se eu acredito em déjà-vu e nessas coisas inexplicáveis...

O rádio agora embalava "Forever", do Kiss.

— Essa cidade não é como as outras — Bia continuou, olhando para um ponto distante. — Nunca vai ser. Em Três Rios todo mundo já presenciou alguma coisa inexplicável. Nós temos o nosso próprio monstro.

— Devorac? — Maitê perguntou em tom de piada.

Bia riu com mais vontade. — Outras cidades têm assassinos de carne e osso, terremotos e inundações, mas nós não. Nós temos essa coisa que mata pessoas idosas, crateras e o Hermes Piedade.

— Eu morei um tempo fora, em uma cidadezinha de Minas Gerais. Se você parasse pra conversar com as pessoas, as histórias eram parecidas. O que acontece com Três Rios é que a gente gosta de manter essas coisas assustadoras vivas por mais tempo.

— E você já se perguntou por que fazemos isso? — Bia disse. Ela mesma sugeriu: — Talvez a gente não tenha escolha. Talvez a gente seja fruto de uma planta venenosa chamada Três Rios.

O céu cedeu outro estouro e a chuva apertou de novo. Raios brilharam tão perto que iluminaram parte da clínica. Os rapazes e as mocinhas começaram a respirar um pouco mais forte.

— Como foi ficar fora do ar tanto tempo? Se importa em falar nisso?

— Já parou de incomodar. Eu fui tão perturbada pelos jornais que quando eles me esqueceram, cheguei a sentir falta. O anonimato muitas vezes é uma agressão, principalmente pra uma criança. Eu me sentia uma quando acordei, era como eles.

— Tenho uma tia que foi atropelada, ela chegou a ser declarada morta e tudo. Aí do nada abriu os olhos, um dia antes da data de desligarem os aparelhos. Eu era bem menina e lembro da minha mãe falando que era um milagre, do meu tio chorando agarrado a um rosário, eu achava que ele nem acreditava em Deus. Quando a tia Gigi voltou estava toda confusa, meio em êxtase. Ria à toa, sentia muito sono, ela falava sobre como o outro lado era bonito e a tecnologia era melhor que a nossa.

— Eu não vi nada disso, mas eu tenho algumas memórias bem estranhas. Elas não são exatamente daqui, assim como eu não era exatamente *eu*... parecia uma outra pessoa, vivendo uma outra vida. Nesse outro lugar eu tinha tudo o que faltava nesse, tinha até um melhor amigo de infância.

— Talvez seja seu príncipe encantado — Maitê disse.

Bia sorriu, um pouco soturna.

— Talvez fosse o dragão.

III

Naquela noite, a energia só voltaria depois das duas da manhã.

Bia não poderia conhecer essa informação, mas estava com algum tipo de pressentimento quando pediu para que Maitê dormisse na clínica. Era uma dessas coisas que ela não conseguia explicar, ela apenas *sabia*.

Decidiram ir para os quartos por volta das nove e meia, e já passava das onze quando todos se acomodaram. Bia preferiu ficar no quarto das garotas, para qualquer eventualidade. Sempre ficava pelos quartos quando chovia demais, uma precaução. Não conheceu muitas crianças que gostassem de chuva, e no caso de crianças de mais de vinte anos que perderam a capacidade de se movimentar, o saldo era bem mais restrito.

Sozinha no quarto, Maitê rolou o Instagram em seu celular até seus olhos pesarem. Viu todas as propagandas sugeridas pelos algoritmos, algumas postagens de seu último ex (que já estava engatando um novo romance) e fotos de um lugar muito frio chamado Talín, na Estônia, que ela provavelmente jamais iria conhecer. Mas tudo bem, talvez ela chegasse a conhecer Bariloche, que tinha neve do mesmo jeito. Por volta das onze e meia, trocou mensagens com sua mãe, para passar o tempo insone. O céu continuava com seus trovões, e a cada estampido o pouco de sono que restava fugia de novo. A mãe de Maitê estava morando em Terra Cota, e depois de um longo e estranho período, parece que a cidade finalmente voltava a entrar nos eixos. Por lá houve um segundo problema de saúde pública muito severo logo depois da pandemia de Covid-19. O saldo final chegou a 358 mortos em poucos dias, e poderia haver mais.

O celular perdeu a graça a uma da manhã; e nada do sono chegar. Havia alguma coisa confundindo aquela noite, se arquitetando nos bastidores do mundo real. Como Maitê, a pragmática Maitê, sabia disso? Não sabia. O que não a impedia de sentir. Em noites cheias de energia, quando fechamos os olhos e nos concentramos em nossas profundezas, é possível ouvir as engrenagens do mundo se acomodando. Elas soam úteis e ameaçadoras, passa longe de ser agradável.

Maitê decidiu sair da cama e preparar um leite quente, o que sempre a ajudava a dormir. A clínica continuava sem energia, mas graças a dois pacotes inteiros de velas, era possível se deslocar com segurança.

Era ruim caminhar à noite naquele lugar. Ali e em qualquer outro. A cada três passos ela acabava olhando para trás. Talvez fosse culpa das velas. Gostava do efeito da luz, mas o cheiro da parafina sempre a arrastava para lugares como velórios, igrejas e cemitérios.

Enfim a cozinha, o leite, o micro-ondas.

E a falta de energia.

— Pelamor, como você é esperta, Maitê...

Logo se lembrou das velas e do fogão a gás, e se sentiu inteligente de novo.

Deu os passos de volta até a próxima vela da sala de recreação e notou um vulto com a visão periférica. Mal teve tempo de reagir.

— Quem tá aí? — A voz grossa, cheia de autoridade, a tomou de assalto.

O coração foi parar no fundo da língua. Uma segunda lanterna, muito forte, a clareou em seguida, direto no rosto. Foi como levar um soco nos olhos.

— Sou eu, a Maitê — ela disse, espalmando a mão livre.

— Ô fia, desculpa. Ouvi barulho e não sabia o que era. — Ele baixou a luz.

— Tá tudo bem, seu Clóvis, melhor pecar pelo excesso.

— Bão mesmo é não pecar, né?

Maitê relaxou a ponto de sorrir.

— Já que o senhor apareceu, me ajuda com a sua lanterna na cozinha? Eu vou fazer um achocolatado pra mim, faço outro pro senhor.

Clóvis pensou um pouco.

— Vai sê rápido? Eu não posso deixar a portaria muito tempo.

— Quando o senhor perceber, já vai estar pronto.

• • •

Decidiram fazer o lanche noturno na sala de seu Clóvis, assim ele poderia comer em paz e Maitê teria sua companhia. Até aquela noite, ela conversou pouco mais que os cumprimentos diários com Clóvis, mas a afeição foi imediata. Era um homem simples e direto, alguém que não via muito sentido na mentira.

— Foi sorte eu ter ido ver o barulho. Tava com fome e nem sabia. — Além do leite (que Clóvis pingou com o café que sobrou do meio da tarde), Maitê o serviu de alguns biscoitos Panco, que ela também trouxera para a clínica.

— O senhor merece ser bem tratado, é o nosso anjo da guarda.

— Nessa cor, fia? — o velho riu.

— Seu Clóvis! — Maitê riu, meio sem jeito, meio sem saber se deveria rir. Clóvis riu de sacolejar os ombros.

— Eu ganho salário pra cuidar da porta, anjo são vocês que cuidam da saúde da gente. O trabalho da enfermagem é missão divina. Dar banho, trocar de roupa, botar na cama. Isso é obra de Deus na Terra. Esses meninos daqui são prova, não fosse dona Bia e a senhora, tava tudo abandonado, fedendo a urina, a gente sabe como é que essas história acaba.

O radinho de Clóvis tocava uma moda sertaneja bem antiga, triste como o fim de um namoro.

— O senhor trabalha aqui faz tempo? Na clínica?

— Vixi... eu tô aqui desde que o prédio era um mercadinho. Mudou o dono, o dono gostou de mim, mudou de novo, e aqui tô eu. Se tudo continuar dando certo me aposento daqui uns dois anos. Idade eu já tenho, mas no meu tempo assinar carteira era luxo de gente rica.

— E o senhor sempre foi segurança?

— Capaiz... Eu comecei a vida na roça, panhano cebola. Vim pra cidade já era mocinho, aí fui trabalhar na Feira do Índio. Dali fui pra um mercadinho, do mercadinho fui pra outro, no centro. Depois vim pra outro mercado aqui. Acabei ficando na segurança porque era isso ou a rua, mas daí eu pensei: ganho quase a mesma coisa pra ficar sentado olhando uma porta do que eu ganhava pra carregar peso o dia inteiro. Foi fácil gostar da ideia. — Clóvis mastigou um biscoito molhado no leite. — E a mocinha?

— Minha mãe é enfermeira e eu sempre tive o maior orgulho dela. Quando chegou minha hora de escolher, não tive dúvida.

— Ela ainda trabalha?

— Minha mãe não consegue ficar parada — Maitê riu. — Ela trabalhou muitos anos aqui mesmo na cidade, na Doce Retorno, agora ela mora e trabalha em Terra Cota.

— Eu fiquei uns mêis lá quando era moço. Na época a mina de quartzo trazia muito dinheiro pra cidade. Depois fecharam tudo e mandaram a gente embora, nunca soube motivo. Eu devia ser pouca coisa mais moço que os menino daqui.

A chuva já estava mais frágil naquele momento, e com a simples menção dos jovens, um silêncio atento se instalou entre Clóvis e Maitê. Com o silêncio, eles ouviram o ranger de uma porta, acompanhado por algo que parecia uma respiração forçada, difícil.

— A mocinha ouviu? — ele a olhou de lado.

Maitê assentiu com a cabeça, Clóvis acendeu a lanterna e seguiu pela porta.

— Deve ser dona Bia, mas fica atrás de mim — ele pediu a Maitê.

Seguiram com cautela, a lanterna ajudando a luz das velas. Maitê sentia o receio se manifestando na pele.

O ruído cresceu em alguns passos. Agora, além da respiração carregada, eles ouviam um som áspero, transmitia a impressão ruim de alguém arrastando um fardo, ou um saco com algum conteúdo pesado.

Clóvis iluminou a sala de recreação onde esteve há pouco, tudo exatamente igual, na mesma posição, não havia nada fora do lugar. O salão estava vazio, as cadeiras abandonadas, apenas a luz das velas se movia. Nesses segundos de incompreensão, a noite falou mais alto, diluindo o que era presente e sugerindo o que poderia se tornar um futuro horrível. Os dois sentiram, nenhum deles chegaria a comentar. Com um novo ruído, a lanterna encontrou a direção para a pequena cozinha.

— Minha nossa senhora! — Clóvis disse.

Ele e Maitê não viram muito, mas enxergaram a sola dos pés descalços de uma pessoa caída no chão, se arrastando. Gemendo. Tinha acabado de passar a parte superior do corpo pela porta da copa.

— Clareia pra mim! — Maitê tomou a frente. O corpo caído seguiu avançando. Clóvis também andou mais depressa, para não perder Maitê da lanterna (ela já passava pela porta também). Clóvis ouviu um estardalhaço de coisas caindo, se quebrando, rolando pelo chão da copa. Andou ainda mais rápido.

— Jesuis amado! — deixou sair, assim que viu do que se tratava.

Maitê já estava no chão, sentada. Tinha conseguido içar Ravena para o colo. A garota estava com os olhos travados de sempre, e encharcado de suor. Seu rosto tinha tanta umidade que parecia uma pérola tirada da água. O peito ofegava de um modo severo, o oxigênio da cidade não parecia suficiente para ela. Tremia um pouco, vítima da própria exaustão.

— Melhor chamar a dona Bia?

— Já estou aqui, Clóvis. Como ela veio parar aqui? — Bia foi se ajoelhando ao lado de Maitê. Não fez menção de retirar Ravena de onde estava. Maitê afastava os cabelos molhados da testa da jovem, para conter o suor e acalmá-la. Ravena ainda respirava como quem sai de uma masmorra.

— Ravena? Reconhece a gente? Consegue reconhecer a gente? Consegue me ouvir? — Apesar do susto, Bia sentia algum otimismo. — Não precisa falar com a boca, pode sacudir a cabeça, tá bom?

Mas não houve movimento. Tudo o que Ravena fez foi continuar abraçando a si mesma, tremendo, respirando com urgência.

— Ela tá segurando alguma coisa. — Clóvis disse e a iluminou nos braços. Maitê tentou recuperar a embalagem que ela segurava, Ravena não permitiu.

— Aqui, dá pra mim — Maitê pediu. — Pode deixar comigo — insistiu, enquanto a jovem apertava a embalagem ainda mais.

Bia repousou a mão direita sobre os braços da jovem. Deslizou suavemente, como quem acaricia um animal ferido.

— Sou eu, a Bia. Você sabe que pode confiar em mim.

O olhar de Ravena se moveu devagar até encontrar Bia. Ela forçou o peito com uma energia crescente, a boca se retesou, ela estava dando tudo de si pra conseguir dizer alguma coisa.

Que não saiu.

Exaurida, relaxou os braços e deixou cair o pacote.

— É a minha sopa de letrinhas — Maitê disse. — Significa alguma coisa pra você? — perguntou a Bia em seguida.

— Me ajuda a levar ela de volta, nós duas precisamos conversar.

IV

Demorou quase uma hora inteira, mas finalmente Ravena voltou a dormir. A energia chegou logo depois, por volta das duas, e as duas enfermeiras se reuniram mais uma vez na cozinha. Bia estava sentada e segurava o pacote de sopa de letrinhas nas mãos há alguns minutos. Maitê estava à sua frente, calada, esperando seu tempo. Não sabia o que Bia diria, mas não parecia fácil de ser dito. Ela estava com aquele pacote nas mãos há pelo menos cinco minutos. Rodando-o na mesa, olhando pra ele. Voltando a apanhá-lo.

— O que eu vou contar vai parecer estranho e pode ser meio assustador, então, se não quiser ouvir, é uma boa hora pra voltar pra cama. Nós duas podemos esquecer essa conversa e amanhã é um novo dia, e talvez seja mesmo o melhor a ser feito.

Maitê estendeu a mão direita, até que tocasse a mão de Bia.

— A gente não se conhece há muito tempo, mas eu confio em você. Então se puder confiar em mim da mesma forma, eu quero ouvir.

Bia soltou o pacote e apertou a mão de Maitê com um pouco de força. Seus olhos ganharam brilho.

— Obrigada. — Ela passou as mãos sobre o rosto como quem pretende recuperar a dignidade.

— Vai parecer loucura, pode até parecer um delírio de criança, mas eu sei o que eu vi e o que eu precisei fazer. Hoje eu sou uma mulher prática, então tem muita coisa que eu mesma me recuso a acreditar. O problema é que quando acontece com a gente... é diferente.

— Foi alguma coisa no seu coma?

— Não, foi antes. Foi antes de tudo ficar ruim de vez.

Bia mexeu com o pacotinho de novo.

— Segundo a minha vó, a minha mãe, filha dela, tinha desistido da gente depois que o meu pai morreu, por isso eu fiquei sob os cuidados dela. Era o que eu sabia da história. Minha avó era minha imagem de mãe, a mulher que tirava meus medos nas noites mais escuras, a mulher que me dava banho, me colocava pra dormir. Nós éramos muitos ligadas.

— Como era o nome dela?

— Minha avó se chamava Eslovena. Era uma mulher forte, dona de casa, ela foi arrimo de família quando meu avô adoeceu. Minha mãe era Diana, e o que eu mais me lembro dela era seu sofrimento com a perda do meu pai.

Minha avó também cuidou disso, e contou uma história que minha mãe tinha um amante, e que ela fugiu com ele pra fazer filmes de... filmes adultos.

— As pessoas tomam decisões equivocadas às vezes, ainda mais quando querem ajudar alguém desesperadamente.

— É... mas no caso o equívoco se chamava Eslovena.

Bia tomou mais alguns segundos olhando para Maitê, analisando-a, tentando se certificar se era seguro ir em frente. A conhecia tão pouco. Por outro lado, sempre foi boa em mapear pessoas, e ficava melhor a cada ano. Era como se qualquer indício de falsidade a repelisse, como se a mentira brilhasse em volta da pessoa como um néon vermelho.

— Você precisa prometer, jurar que isso não sai daqui. E mesmo se sair, o que eu vou contar virou cinzas faz muito tempo.

Maitê apenas assentiu. E foi o bastante.

— Eu estava começando a reconhecer as letras do alfabeto. Não sei explicar o motivo com exatidão, mas sempre fui fascinada por letras e números. Letras de forma, cursiva, todas elas. Meu interesse era tão grande que eu comecei a reconhecer as letras com três ou quatro anos. Essa parte pode ter alguma relação com a minha mãe, ela gostava de me desafiar com jogos e brincadeiras que envolviam letrinhas. Acho que a falta que eu sentia dela disparou minha paixão inicial.

— Nossas mães têm uma influência terrível nas nossas vidas. Eu tenho medo de barata porque minha mãe tem pavor delas, e eu lembro do dia exato que peguei esse medo pra mim. Foi na garagem de casa — Maitê riu —, meu pai jogou Resíduo Zero em um cano de esgoto e todas as baratas de Três Rios correram por suas vidas. Eu estava na varanda com ela enquanto minha mãe gritava e subia no capô do nosso Fiat.

Bia sorriu com simpatia e retomou o alvo.

— Depois que a minha mãe se foi, eu tentava a todo custo mantê-la por perto, trazer ela de volta. Usava suas bijuterias, seus perfumes, chegava a usar suas roupas de vez em quando. Até que um dia minha mãe falou comigo.

— Ela voltou?

— Voltou sim. Dos mortos.

V

Maitê se serviu de um copo com água antes que Bia continuasse. Depois voltou para a mesa, tomando a água aos poucos.

— Minha avó matou meus pais. Primeiro meu pai, depois a minha mãe, e pode ser que ela também tenha matado o meu avô.

— Bia! Que coisa terrível!

— Nunca entendi direito os motivos, mas eu convivi com a fixação dela por mim. Pode ter sido o medo de ficar sozinha, narcisismo, ou ela era um desses casos de psicopatas que moram na casa ao lado. Boa esposa, boa mãe, católica praticante, e, de repente, assassina.

— Como você soube?

Bia empurrou o pacote de sopa de letrinhas.

— Minha mãe falava comigo por aqui. Ela me alfabetizou letra a letra, pra ser capaz de me contar a verdade e dar as provas do que tinha acontecido.

— Que tipo de provas?

— Os corpos. — Ela suspirou. — Eu vi os corpos. Minha avó enterrou minha mãe e meu pai no quintal. Roubou tudo o que eles tinham, e por pouco não conseguiu roubar a mim. Eu amava minha avó com todo coração, foi muito difícil acreditar, mesmo com todas as evidências, que ela era essa mulher monstruosa. Você tinha razão quando disse que avós são o açúcar da vida, eles são mesmo. Minha avó ocupou tudo o que eu sentia falta. Mãe, pai, meus amigos, ela era realmente incrível comigo.

Maitê encarava o pacotinho de sopa.

— Foram essas letrinhas — Bia continuou —, e só essas letrinhas que me disseram a verdade. O resto foi o incêndio e as coisas que aconteceram em minha vida depois. Uma nova mudança de casa, meu amigo Gabriel abrindo fogo contra os amigos, meu coma. Chegaram a me acusar de ter incendiado a casa.

Maitê arregalou os olhos e respirou fundo, se endireitando na cadeira.

— Se quiser perguntar alguma coisa — Bia disse —, essa é a hora, eu não pretendo falar nesse assunto com você ou com mais ninguém.

As duas se encararam, Maitê soltou o pacote de sopa e enlaçou as mãos úmidas de Bia entre as suas.

— Eu não acredito que você tenha feito nada de errado. E também acho que o passado é passado, e ficar em coma por dezessete anos me parece um tipo de prisão bem pior que qualquer cadeia, ainda mais pra alguém inocente.

Bia fechou os olhos, acolhida, e então deixou o choro sair.

— Obrigada, acho que eu precisava ouvir isso faz muito tempo — falou em meio às lágrimas. — Depois de uma desgraça desse tamanho, não importa o quanto a gente se absolva, sempre falta um pedaço da compreensão dos outros. É só assim que a gente pode ficar em paz.

— Você tem uma nova amiga em mim, Bia. O que eu puder fazer por essa amizade, eu vou fazer. Nós sabemos que o mundo é bem cruel com a gente, é cruel o tempo todo.

Bia voltou a se recompor e colocou a palma da mão direita sobre o pacote de sopa de letrinhas.

— Sempre achei que eles iam encontrar um jeito de sair do lugar onde estão, essas crianças. Desde o meu coma, eu nunca mais consegui fazer isso de novo, falar com a minha mãe ou com mais ninguém. Já cheguei a me perguntar algumas vezes se tudo não passou de uma fantasia, uma forma de eu fazer o que era preciso sem me responsabilizar totalmente. As crianças fazem isso o tempo todo, criam esses artifícios quando a verdade ou os traumas são dolorosos demais. Hoje, nessa noite, eu só consigo acreditar que tudo foi real, e que esses meninos de alguma forma sabem disso.

— Estão tentando falar através da sopa, como você fez com a sua mãe. Só pode ser isso, Bia.

— Ou eu estou enlouquecendo de vez e levando você junto. Não deixa de ser uma possibilidade.

Ficaram em silêncio alguns segundos, compactuando com aquela estranha sugestão.

Coube à Maitê dar a resposta.

— Eu sou bem pragmática, sempre fui. Acredito na ideia de deus, mas não tenho religião, acho que sou agnóstica nesse sentido. Não acredito em muita coisa que vejo ou ouço por aí, mas eu acredito que *você acredita* em tudo o que me contou, e eu acho isso bem mais importante.

— E o que a gente faz? Nesse momento eu só consigo pensar em pegar um prato de sopa e conversar com eles.

Maitê pensou mais um pouco.

— Não, ainda não. Antes nós precisamos falar com os médicos.

2
MONSATO, LUIZE, E A PONTA DE UM NOVELO

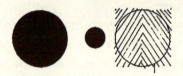

Entre o servir e o proteger, a parte mais difícil era lidar com a própria mente.

O investigador de polícia Marcelo Monsato sabia exatamente o resultado dessa situação, e nos últimos meses não foram poucas as vezes nas quais se questionou sobre sua relevância social, sobre o bem que fazia e sobre o mal que não conseguia coibir. Casos e mais casos sem solução, sangue o suficiente para encher uma piscina olímpica.

— Monsato? Tá ocupado?

— Sempre. Mas você pode entrar, Luize.

Ela foi direto para a térmica. O departamento de polícia tinha vários problemas, tanto na corporação quanto em sua estrutura física, mas o café sempre estava quente e novinho.

— Vai também? — ela perguntou a ele.

Luize entregou o café, ocupou uma cadeira e reforçou o aperto em seu rabo de cavalo. Se aquele calor continuasse — e ela continuasse em Três Rios —, iria reduzir os fios a um corte joãozinho. Olhou para cima e sentiu até pena do ventilador. O Britânia 1959 gemia a cada invertida de hélice.

— Como você está? — perguntou a Monsato.

— Com calor — ele falou. Ela sorriu de volta.

— Eu vou indo — Monsato respondeu adequadamente. — Minha mãe sempre diz que nada é melhor que um dia depois do outro, estou testando a teoria.

— E ela?

— Na mesma. Quando as lembranças não batem com muita força, ela segue com a vida.

— Se a Regina precisar de alguma coisa que eu possa ajudar, não deixa de falar comigo. Aliás, eu trouxe mais uma bomba pra animar o seu dia.

Monsato respirou fundo. Vinha fazendo muito isso ultimamente, entre um cigarro e outro.

— É sobre o assassinato no Limoeiro — Luize completou.

— Foi coisa de gangue, não vamos chegar a lugar nenhum, já esfriou. Esse pessoal sabe fazer a coisa, eles armam um churrasquinho de pneu, ou mergulham o defunto em uma lata de lixo, e rio nessa cidade é o que não falta pra desovar gente morta.

— É... mas nesse caso nós temos uma gravação.

— Tá de brincadeira — seu queixo caiu.

— Mandei pro seu e-mail faz dois minutos. Parece que alguém da farmácia da avenida se esqueceu, ou não deu a mínima para a posição da câmera de segurança do lado de fora. Em vez de focar no chão do estacionamento da farmácia, a lente estava pegando a praça.

— E como isso está com a gente?

— Adelaide Penna, a mulher que telefonou dando o flagrante, contou pro rapaz da farmácia do bairro o que ela viu naquela noite. O funcionário ficou impressionado com a história e sugeriu que a gerência da loja solicitasse a gravação, com medo do que também poderia acontecer com eles. A gerência não fez nada, óbvio, mas o próprio balconista pediu para um funcionário da empresa de segurança rodar a gravação.

— Qual é a farmácia?

— Drogarias Piedade. Fica bem na frente da praça.

Monsato cedeu um risinho.

— Se eu conheço bem a gestão daquele chiqueiro, alguém vai perder o emprego. Hermes Piedade está mais sujo que a privada da cela provisória. Levando porrada do ministério público, teve computadores confiscados, ele não vai gostar nada de um balconista das suas lojas ajudando a polícia.

— A não ser que isso jogue a favor dele — Luize pontuou.

— É uma possibilidade — Monsato recalculou. — E se os advogados do Hermes não usaram uma gravação dessas como barganha, então ele vai ficar puto de verdade.

Monsato abriu a pré-visualização do arquivo. Posicionou o monitor do PC de uma forma que Luize pudesse acompanhar. Ela se esticou para rever o material.

Começou com a praça vazia e chuvosa. A câmera mostrava um cachorro deitado sobre as patas dianteiras, relaxado. Alguém com uma garrafa na mão passou por ele, o cachorro latiu, o homem ameaçou chutá-lo e os dois foram embora.

— É agora — Luize falou.

A câmera reproduz um homem chegando. Andava depressa, olhava para trás sem parar. Surge uma espécie de borrão, a silhueta de uma outra pessoa (?) — é o que parece pelas imagens. Está a cerca de dois metros atrás do primeiro homem. Em um movimento rápido demais para ser registrado pela câmera, ele é atingido na parte de trás da cabeça. A coisa não caminha como uma pessoa, se escora nas mãos, é rápida demais, parece algum tipo de animal.

— Que merda é essa? Alguém mexeu nisso?

— Pouco provável. A qualidade da imagem é um lixo, qualquer manipulação gritaria na tela.

— Jesus Cristo, dá pra ver o sangue voando. O que é essa coisa?

— Pausa aí — Luize disse. — Ele vai perder a mão direita inteira, depois a outra. Não dá pra ver direito, mas parece que o assassino comeu os dedos. Depois ele comeu a mão.

Monsato soltou a gravação e foi exatamente como Luize narrou. Os dedos saindo das mãos em direção ao rosto borrado do assassino, as mãos saindo do coto do antebraço e sendo obliteradas da mesma forma. A vítima em um frenesi de agonia enquanto seu sangue é jateado por metros de calçamento.

— Putaquepariu — Monsato cobriu a boca.

A coisa içou o homem no ar e o atirou de volta. Fez isso algumas vezes. A cada uma delas encontrou com o chão, um spray saindo pela boca, provavelmente sangue expulso dos pulmões.

Monsato estava estático. A reprodução continuava na tela, mostrando o que sobrou do homem. Não era muito.

— Fica assim mais dois minutos e o corpo é arrastado para fora da visão da câmera — Luize explicou. — Depois o Almeida chega com a viatura e encontra a carcaça no meio da rua.

Monsato continuava calado.

— Preciso saber o que a gente faz agora — Luize disse.

— Eu já vi muita coisa estranha nessa cidade. Mas isso aqui, puta merda, tinha alguém lá com aquele homem, alguma coisa que não conseguimos ver.

— Adelaide Penna viu. Ela não sabe bem o que viu, mas ela sabe que tinha alguma coisa ali.

— Se ninguém mexeu nisso, ele não pode ser filmado... alguma coisa interferiu na gravação. — Monsato concluiu a frase.

— Dona Adelaide definiu como um bicho, um lobo ou um monstro. A maior parte da chamada ela só conseguia se apavorar, mas ela claramente estava vendo o agressor.

— Chegou a falar com ela?

— Falei sim. Entrou em pânico assim que eu toquei no assunto, levei mais tempo para acalmar a mulher do que ouvindo a história. Adelaide acabou se convencendo que foram traficantes, para mim ela mudou a verdade do que viu pra conseguir lidar com isso.

— Confirmamos a vítima?

— A mãe confirmou, era o mesmo homem dos documentos, Dagmar Liturgo. E agora a coisa fica mais interessante ainda.

Monsato respirou fundo. Luize continuou.

— Dagmar é o nosso palpite correto sobre atividade criminal. Preso duas vezes por tráfico, três por furto, mais uma acusação de sequestro, entrou e saiu da jaula a vida inteira.

— Daqui mesmo da cidade?

— Voltou faz pouco tempo. Estava preso em Taubaté. Dagmar começou cedo, o pai fez uma denúncia por agressão quando ele tinha dezesseis anos, contou que o menino tentou matar ele com um facão. A mãe também procurou a polícia, em 2020, pedindo proteção. Eu tenho o boletim de ocorrência dos dois.

— Eles estão vivos? O pai e a mãe?

— O pai foi assassinado, chegaram a investigar o envolvimento do Dagmar, mas ele tinha um álibi em outra cidade. A conclusão da investigação é que o pai estava envolvido com agiotagem e acabou morto por algum cliente.

— E a mãe?

— Tentei marcar uma conversa informal aqui na delegacia, ela adiantou que era desnecessário e que Deus demorou muito tempo pra colocar os olhos no seu filho. Parecia aliviada com a morte dele.

— Faz o seguinte, não traz ela aqui não. Descobre onde ela mora e a gente faz uma visita. As pessoas falam menos quando entram em uma delegacia.

Monsato conseguiu reagendar a conversa com Jerusa em dois dias, e precisou ameaçar uma convocação judicial e dizer que o interrogatório formal poderia complicar um pouco a vida da mulher para que ela aceitasse recebê-los.

Jerusa Liturgo estava morando em outro endereço há quinze dias, na casa de Euclides Pires, um viúvo recente e antigo dono de uma casa lotérica na cidade.

Os investigadores desceram e bateram palmas. Esperaram alguns segundos e repetiram o chamado. Algumas pessoas já se interessavam à distância pelo Nissan de Monsato. Não era um carro tão novo, mas no Chácaras Flórida, onde circulavam Monzas, Fiorinos, motos CG e Fiats Uno, um Nissan era uma raridade.

Alguém espionou pela janela da sala da frente, Monsato a notou e a janela se fechou. Logo depois a porta da casa abriu.

Passou por ela uma mulher de uns cinquenta anos, cabelos pretos e presos em uma trança. Havia uma vitalidade jovial em seu rosto. Usava um vestido longo, jeans, e uma blusinha vermelha com o busto bordado.

— Vocês são os dois da polícia?

— Marcelo Monsato, minha colega é Luize Dias Cantão.

— Vamo entrando. O povo daqui tem uma língua que não cabe dentro da boca.

O espaço até a porta da frente era uma garagem, não havia carro.

— A gente pode conversar aqui mesmo — Jerusa deixou a porta aberta e apontou o sofá da primeira sala. Os investigadores se sentaram, ela preferiu sair por um instante e voltar com uma cadeira da cozinha. — São as minhas costas. Trabalhei a vida inteira de faxineira, esses sofás modernos são uma porcaria. O que vocês querem comigo? Acharam quem matou o Dagmar?

— Estamos investigando — Monsato falou. — O motivo da visita é a senhora.

— Eu?

— A senhora mudou de endereço há pouco tempo. Seu filho foi assassinado. Ficamos preocupados com algum tipo de ameaça. Aconteceu algo nesse sentido?

— Minha mudança estava nos planos de Deus. Igual meu filho que estava com o nome na lista de Deus, então chegou a hora dele como vai chegar a de todo mundo. Eu continuei viva.

— A senhora está certa, é preciso seguir em frente, mesmo com a dor de perder um filho — Luize disse. Era proposital, a boa e velha cutucada.

— Depende do filho. Se vocês são bons policiais, já devem saber que o Dagmar não prestava. Eu tentei educar, criei com amor, mas quando a criatura tem veneno no lugar do sangue, não tem pai nem mãe que dê jeito.

— Soube dos detalhes do que aconteceu? — Monsato perguntou. Assim como Luize, tentava uma reação emocional que soltasse a língua de Jerusa. Estava calma demais, conformada demais. Não era um comportamento comum.

— Isso vai trazer ele de volta? Vai mudar a vida que ele levou?

— Acho que não, dona Jerusa, acho que nada muda o passado — Monsato concordou. — Nós puxamos os antecedentes do Dagmar sim, ele tinha muitas dívidas com a justiça, pagou algumas, mas ele nunca se emendou. O problema, pra nós, é que a selvageria do assassinato é um risco para o restante da população, inclusive para a senhora. O que foi feito com o seu filho foi trabalho de um doente, de alguém que não tem um limite de sanidade. Matar é uma coisa, ou ferir, outra coisa é... o que foi feito com Dagmar.

Jerusa controlava a maior parte dos seus movimentos, mesmo o rosto estava estático, travado como um azulejo, mas suas mãos vacilaram e ela acabou apertando um pouco os dedos entrecruzados das mãos. Luize olhou para os dedos e a mulher os relaxou. Monsato deu o golpe final.

— E o seu Euclides, ele está em casa? Gostaríamos de...

— O Euclides não tem nada a ver com as sujeiras do meu filho. Nada.

Jerusa se endireitou na cadeira para ganhar alguns centímetros.

— Depois que o Dagmar morreu, decidiram tratar meu filho como santo. Bando de abutre. O Dagmar tinha dinheiro das sujeiras dele, e eu já dispensei três mulheres dizendo que têm filho dele. Elas não têm nada.

— Ela emendou. — Ele me batia, moço. Sempre me bateu. O pai do Dagmar morreu de tiro, Dagmar era de menor. Uma irmã do falecido, minha cunhada, disse que foi ele, o meu filho. Dagmar também sumiu com a meia irmã, e tem gente que fala que... ele e ela... meu Deus do céu... eu não consigo nem repetir. Viciou a coitadinha em porcaria. Alugou ela pra conseguir mais porcaria.

— Não estamos aqui pra julgar a senhora — Luize disse.

— Quem julga é Deus, fia. Mas o Dagmar é culpado de muita coisa. Não digo que meu filho nasceu ruim, mas essa cidade apodreceu ele. Dagmar nunca gostou de ser pobre, de trabalhar muito e ganhar salário de fome. Entrou pro crime pra andar de cabeça erguida. Eu tentei colocar na igreja, eu mesma chamei a polícia quando ele deu de roubar. Aí que eu perdi meu filho. Virou um entra e sai da cadeia, meu menino se bandeou pro crime.

— Ele ainda estava evolvido com o tráfico? A senhora acredita em uma retaliação, acerto de contas? — Luize continuou.

— Como é que eu vou saber? Eu sou uma mulher de Deus, eu vou na igreja, eu não me meto nessas bandidagens.

— Acabaram com o corpo dele, dona Jerusa — Monsato voltou a dizer. — E não é uma coisa que a gente consiga explicar. Ele parece ter sido vítima de um animal, não de uma pessoa.

Ela pareceu repensar, olhando para os dois investigadores sequencialmente.

— Envolvimento com o tráfico, ele tinha sim, mas o Dagmar não usava mais das porcaria que vendia. Nem beber ele bebia. Meu filho era ruim de ruindade mesmo. Pra encurtar a conversa, eu acho que a mão de Deus fez o que a mão dos homens não conseguiu fazer. Foi Deus quem acabou com a vida de pecado do meu Dagmar. Foi Deus quem me libertou das ruindade dele. — Ela cruzou os braços. — Agora se vocês já acabaram, eu preciso dar um jeito na louça do almoço.

— Acho que acabamos, sim. Luize?

— Se a gente precisar, eu volto a ligar, dona Jerusa. E se a senhora lembrar de alguma coisa, de qualquer coisa que possa ajudar nas investigações, é só ligar pra mim. Aqui tem meu número.

Jerusa apanhou o cartão e deu uma olhada. Em silêncio tomou a direção da porta. Os policiais saíram até o portão da casa. Estavam indo embora quando Jerusa voltou a falar.

— Eu estou mais feliz agora, sem ele. Se vocês querem fuçar na cova do meu filho, façam isso sem me empurrar uma pá.

3
MEDICINA MODERNA

1

Doutor Wesley Coelho amava sua profissão, mas caso os seus pacientes e suas famílias soubessem o ABC dos médicos modernos, muita gente investiria o dinheiro em laboratórios de diagnóstico. Diferente de Wesley, seu pai, o também médico Sabino Coelho, era o tipo de clínico em extinção, e podia diferenciar uma pneumonia de uma dor de garganta apenas pela tosse e pelo chiado dos pulmões. Um tipo de conhecimento raro que se perdeu junto do xamanismo, a fé em Deus e a crença na política nacional.

Antes de se encontrar pessoalmente com a jovem que supostamente fez uma expedição noturna em estado semicomatoso, Wesley preferiu falar com as duas enfermeiras da clínica, o que sempre ajudava (como aprendeu com seu pai) a direcionar muitos casos misteriosos. Um médico não é um adivinho, mas, com as perguntas certas, o caminho até os pacientes ficava bem mais claro. Depois disso: exames. Sim! Dezenas, centenas, milhares de exames! Um grande viva aos convênios médicos que fingem se interessar pela vida dos seus conveniados.

Com dez minutos na clínica, Wesley, Bia e Maitê já haviam trocado as trivialidades iniciais (*como vai todo mundo?, chuva feia ontem, aqui também faltou energia?*) e chegavam no real objetivo daquela visita.

— Fizeram bem em me ligar. Pacientes no estado deles geralmente acordam sem um ato consciente, desnorteados sobre quem são e onde estão. Ficam agitados, puxam o equipamento de monitoração e suporte à vida, mas é raro conseguirem sair da maca.

— Raro? — Maitê estranhou.

— Vi acontecer umas duas vezes em quarenta anos de medicina.

— Mas então pode acontecer de eles acordarem e andarem? — Maitê reforçou.

Wesley sorriu didaticamente.

— No nosso ramo aprendemos a considerar as exceções, mas esse *pode acontecer*, depois de tanto tempo de imobilidade, tem um bocado de otimismo. Mesmo com o trabalho da fisioterapia, os músculos ficam frouxos. Além do mais, é como se o cérebro não soubesse dos quilos recebidos ou perdidos no processo do coma, então é comum que ele erre na força aplicada.

— Eu tremi por dois dias — Bia disse. — Foi a pior parte de acordar. A sensação era de tremer de frio, mas não era isso, eram meus tendões, meus nervos.

— Depois que a Ravena se arrastou, ela fez mais alguma coisa? Algum ato consciente?

— Ela estava agarrando um... — Maitê começou a falar.

— Ravena estava tentando se levantar — Bia a interrompeu rapidamente mantendo os olhos fixos no doutor. Maitê pegou o recado e se calou. — Agarrou a mesa, o armário, derrubou uma cadeira sobre si mesma. Quando chegamos ela estava catatônica de novo.

— Não falou nada? Nem uma palavra?

— Não que a gente tenha ouvido. Ela só parecia exausta — Maitê disse.

— Alguma chance de Ravena ter encontrado alguém antes de vocês?

— Não tínhamos plantonistas na clínica — Bia explicou.

— E se o senhor está falando do seu Clóvis — Maitê complementou — eu estava com ele na hora que aconteceu. Os trovões não me deixavam dormir, estávamos sem energia, então fui fazer um lanchinho e conversar um pouco, foi quando a gente ouviu o barulho.

O médico alternou o olhar entre as duas, como quem se certifica de estar ouvindo a história completa. A *mesma* história.

— Vamos dar uma olhada nela.

II

Wesley entrou no quarto e deixou um sorriso escapar. Os jovens tinham acabado de tomar café da manhã, Fabrício e Samanta ainda estavam com guardanapos no pescoço. Todos estavam penteados sem muita criatividade, o que os tornava mais parecidos fisicamente, como se fossem irmãos. O cabelo dos meninos tinha um corte um pouco antiquado, repartido da direita para a esquerda, as meninas usavam rabo de cavalo. Os pijamas eram longos e com aparência de novos, bem cuidados.

— Como vão, meus amigos? Tudo bem? — ele perguntou.

Esperou alguns segundos.

— Eu sei que vocês não são de falar muito, mas eu também estou ótimo e muito feliz em ver todo mundo. Se todos estiverem de acordo, vou verificar a pulsação de vocês e ligar uma lanterninha perto dos olhos. Vocês conhecem a rotina.

— Sem picadinha né, doutor? — Bia fez questão de deixar claro.

— Sem injeção, vocês têm a minha palavra.

Wesley puxou uma cadeira e a colocou ao lado da garota chamada Roberta. Ela tinha os cabelos pretos como carvão, lábios finos e um olho azul bastante escuro, que tendia ao violeta. Não reagiu à chegada do médico. Wesley se abaixou e apanhou um esfigmomanômetro em sua maleta.

— Vai apertar só um pouquinho, igual das outras vezes. Não vai machucar.

Ele bombeou e auscultou.

— Tudo excelente com a pressão arterial. Vamos ouvir os pulmões?

Bia se adiantou para segurar o corpo de Roberta na posição correta enquanto o médico posicionava o bocal do aparelho de ausculta nas costas. Wesley já havia explicado o procedimento a Roberta uma infinidade de vezes, mas ele repetiu:

— Continua um pouco gelado. Vamos ver se os seus pulmões estão limpinhos? Você e seus amigos ficam muito tempo sentados, por isso eu preciso verificar... — o bocal do aparelho mudou de lugar duas ou três vezes. — Hum, parecem novos, muito melhores que os meus.

Wesley guardou o instrumento com um sorriso e a mão saiu da maleta com uma pequena lanterna. Ele a acionou e iluminou sua outra mão. Mostrou a Roberta.

— É só luz. Se você conseguir, pode seguir o brilho.

Como das outras vezes, as pupilas reagiram, se contraindo na presença da luz e relaxando com o afastamento. Ao movimentar a lanterna lateralmente, nenhum interesse dos olhos.

— Muito bem, dona Roberta, a senhorita está liberada, a não ser que tenha alguma novidade pra me contar — Wesley abriu um novo sorriso e foi se levantando, tomando a direção de seu real interesse naquela visita.

Sentou ao lado de Ravena, apanhou sua mão sem tônus e a cumprimentou.

— Quer dizer que a senhorita decidiu visitar a cozinha na noite passada? — perguntou. Bia chegou mais perto dos dois nesse momento. Repousou a mão direita sobre o ombro da jovem.

— Se você conseguir, mostre alguma reação pro doutor, tá bom? Ele veio ajudar. Se puder se esforçar de novo, nem que seja pra mover um dedo ou os olhos, essa é uma boa hora.

— Ela vai tentar, nós já somos amigos. Não é mesmo, Ravena? Claro que somos.

Antes de repetir os procedimentos, Wesley deu uma boa olhada nos braços da jovem. Maitê presumiu que ele procurasse por marcas de agressão, mas seria impossível ter certeza, a menos que perguntasse ao homem. Ela não faria isso, não naquele momento. O médico deu uma atenção extra aos pulsos e às mãos, também verificou o pescoço, com maior discrição.

Conferiu a pulsação. Fez isso nos dois braços.

— A senhorita está com os batimentos um pouco acelerados. Não é nada que preocupe, mas vamos aproveitar e checar sua temperatura?

— Ela está doente? — Bia perguntou.

— Não custa ter certeza. — Wesley empunhou um termômetro por infravermelho que se parecia com um pequeno revólver. Esperou alguns segundos próximo à testa de Ravena e fez a leitura. — Trinta e seis, isso coloca a dona Ravena no estado de saúde perfeita novamente.

Wesley passou a mão com suavidade sobre um ponto no meio da testa de Ravena. Havia uma marca ali, um leve arroxeado. Ele pressionou mais um pouco em busca de uma reação de dor.

— Chegaram a notar essa marca?

— Ela deve ter batido ontem de noite — Bia respondeu. — Eu não tinha reparado.

Wesley apanhou a lanterna. Iluminou o olho direito, passou para o esquerdo, estalou os dedos perto dos ouvidos de Ravena algumas vezes. Nada. Ela sequer piscou.

Diferente da maneira que fez com Roberta, Wesley se esticou e deixou seu rosto bem perto do de Ravena. Para Maitê, ele pareceu forçar um incômodo, para que a jovem desviasse os olhos. Ainda nessa posição, o médico puxou um pouco a conjuntiva do olho direito dela para baixo, repetiu o procedimento com o esquerdo.

— Não quer mesmo falar comigo, dona Ravena?

Ela manteve os olhos retos, olhando para a mesma parede, como se o médico simplesmente não existisse à sua frente. Em um movimento mais enérgico, Wesley se afastou e ligou a lanterna. Maitê chegou a reagir com um reflexo, mas Ravena continuou uma estátua.

— É, mocinha, eu não sei como você fez o que fez ontem, mas gostaria que tentasse de novo. Não precisa ser na minha frente, mas se você conseguir, dê um sinal para as nossas amigas. Um polegar estendido já serve.
— Desligou a lanterna.

— Só isso? — Maitê perguntou.

Wesley assentiu e continuou acomodando os instrumentos em sua maleta.

— Acho que eu aceito um cafezinho antes de ir embora.

III

Wesley se serviu de um café pequeno e o bebeu em silêncio. Maitê preferiu no copo de vidro, onde poderia colocar um pouco mais. A noite mal dormida continuava cobrando seu preço.

— E agora, o que a gente faz? — Bia perguntou.

— Pode ter sido um ato reflexo, uma espécie de memória descarregada pelos sentidos. Nós temos muita eletricidade em nossos neurônios, essas situações inconscientes são mais comuns do que parece.

— Fiquei pensando em uma coisa; os familiares... — Maitê disse. — Talvez ela reaja de um jeito diferente vendo um rosto conhecido.

— Não acredito nisso. Quem vai reagir rapidinho é a imprensa, e eu não vejo como um batalhão de curiosos vai ajudar em alguma coisa. Minha sugestão é que vocês observem de perto, foquem nas pequenas coisas que poderiam passar desapercebidas. Movimentos repetidos nos dedos, olhos piscando demais, até mesmo a forma como ela alterna a respiração.

— O senhor recomenda algum exame específico? — Maitê indagou. — Não há nada que nós possamos fazer?

— Minha maior preocupação nesse momento é que uma situação estressante a bloqueie de novo. Vamos esperar pelo menos dois dias até nos decidirmos. Sobre os exames, é impossível fazer os testes dedicados aqui na clínica, e toda mão de obra de uma ambulância e um dia inteiro no hospital... com essa nova gripe andando por aí, acho melhor agirmos com cautela. Você sabe tão bem quanto eu, Bia: quando chega a hora de acordar, a gente acorda.

— Ô, se eu sei — Bia deixou um sorriso leve nos lábios.

Naquele momento, na sala ao lado, uma pequena abelha entrou pela porta do quarto das garotas. Ela rodou por um tempo, zumbindo, irritada por não encontrar um caminho seguro. Atraída pelo brilho, entrou na luminária da área de recreação e começou a se debater na luz. Quando conseguiu sair, repousou, exausta, no ombro direito de Ravena. Ela também estranhou o tecido da camiseta sobre o ombro e começou a caminhar. Encontrou a pele e passou pelo pescoço. Galgou a mandíbula e o queixo. Rodopiou em um pedaço de pele transpirada e sofreu uma queda, mas se recuperou e se agarrou ao lábio de Ravena. Começou a subir novamente, sentindo o fluxo do ar que entrava e saía das narinas. Pensou se deveria entrar naquele buraco. Talvez fosse uma saída... Decidiu que não, e, usando um pouco de força, a abelhinha também venceu esse obstáculo e caminhou até o começo do nariz, de onde fez uma curva, escalou a pele e encontrou a discreta bolsa sob o olho direito. Limpou suas patinhas ali, interessada na bolota de cor castanha que estava logo acima. Recuperado o fôlego, alçou voo novamente, sem ir muito longe, pousando na perna de Ravena. A mão grande estava bem perto dela, mãos que matam abelhas, mas aquela mão não se mexia. Foi só bater as asas e pousou sobre ela. Suas patinhas leves, quase insignificantes, roçaram em alguns pelos do dorso da mão. Em um movimento quase tão leve quando o das patinhas, quase tão invisível, Ravena sorriu.

A abelha voou até a janela e voltou a ser livre.

4
DIA DE FOLGA E A VISÃO ALÉM DO ALCANCE

1

O dia seguinte passou sem grandes novidades na clínica, também o próximo, e no terceiro Maitê tirou sua folga pendente. Aproveitou para dar uma volta no comércio da cidade, que já estava com o horário de funcionamento prorrogado para os preparativos do Natal (do jeito que a coisa andava, não demoraria muito para o comércio nacional começar a se aquecer para o final do ano em julho...). Maitê não gostava muito dessa época do ano. As festas de fim de ano, principalmente depois da pandemia e da batalha campal que se tornou a política nacional, perderam muito de seu sentido original. Agora todos se avaliavam, lamentavam, julgavam e condenavam, todos tinham suas próprias respostas, todos comiam da própria merda arrotando suas opiniões intestinais. Principalmente no Brasil, dizer "cada um pensa da forma que quer" havia se transmutado em algo como "foda-se a verdade, foda-se a ciência, eu não dou a mínima".

Apesar de tudo isso, e da falsidade inerente que o Natal impregnava em quase todos os seres conscientes do planeta, naquela noite de final de outubro Três Rios parecia mais feliz. Os comércios e as casas estavam enfeitados, as árvores pareciam feitas de leds, havia tanta luz que as trevas pareciam ter deixado as ruas do centro. Mesmo os caminhões de coleta de lixo pareciam árvores de Natal vermelhas, verdes e azuis. Os templos e as igrejas também estavam enfeitados e receptivos aos fiéis, as crianças sorriam, os pais pareciam menos carrancudos, mesmo sabendo que precisariam sacrificar metade do seu décimo terceiro em presentes supervalorizados por impostos e pela malemolência dos comerciantes.

Maitê não precisava disso, essa era uma das inúmeras coisas boas de não ter um relacionamento sério e quase nenhuma família por perto. Antigamente era diferente, quando sua mãe, Márcia, ainda morava em Três Rios. Márcia era o elo entre as famílias progenitoras de Maitê. Ainda se lembrava do passado, mas era como lembrar-se do sabor de um doce que não existe mais, e talvez nunca tenha existido. Algo bem mais vinculado à necessidade de ser delicioso do que ao sabor real da coisa.

As ruas estavam entupidas de gente, e com tudo o que se falava sobre o povo de Três Rios, ela não conseguia imaginar que todos fossem ruins. Sua cidade tinha muitas manchas em seu passado, assassinatos, chantagens, tráficos e abusos, mas se esse era um ponto em comum em toda a história da humanidade, por que eleger uma única cidade como polo das atrocidades? A resposta veio logo a seguir, com um policial usando um exagero de energia contra um rapaz magro, muito sujo, aparentemente em condição de rua. Maitê não correu até a confusão, mas a confusão chegaria até ela, o homem acabara de conseguir se desvencilhar do policial e corria em sua direção.

— Pega ladrão! — uma mulher gritou. Outro repetiu. E muita gente fez o coro.

— Pegaaaa!

— Vagabundo!

— Filho da puta!

— Pela eleeeee!

— Pega o neguinho!

— Craquento filhodaputaaaa! — um homem com uma barriga do tamanho de um ar-condicionado gritou.

O rapaz abria vantagem, mas um outro homem, de cabelos ralos, que segurava uma lata de cerveja Brahma, resolveu tentar a sorte mesmo estando a uns dez metros. A lata voou, derramou cerveja no ar, rodopiou, e incrivelmente conseguiu acertar a parte de cima da cabeça do fugitivo. O rapaz vacilou uns cinco passos e levou um chute nas pernas de um terceiro homem, que usava uma camisa do Flamengo. As pernas voaram do chão como dois gravetos. Os transeuntes se aglomeram em uma saraivada de chutes assim que o rapaz caiu. Ele protegia o rosto, mas todo o resto era um alvo. Atordoada, Maitê ficou parada onde estava, acabou sendo retirada pelo cabelo por alguém faminto para enfiar mais porrada no rapaz. Não chegou a ver quem foi, mas apostaria em uma mulher com uma sovaqueira devastadora. A cidadã não parava de xingar, de empurrar, devia assomar uns duzentos quilos de puro ódio ao seu sobrepeso.

— Vão matar ele! Não precisa bater, a polícia tá vindo! — Maitê gritou. O rapaz ergueu o rosto, ela o reconheceu.

Ajudou aquele garoto quando prestava atendimento em uma casa de recuperação para dependentes químicos. Cleber Junior era engraçado, gostava de fazer piada com tudo, principalmente com os seguranças da clínica. Dizia que seu sonho era ser jogador de futebol ou cantor de funk. Maitê sabia que as chances eram mínimas, ele entrava e saía da dependência, alcoólico desde os dez anos, vinha de uma família disfuncional. O pai estava preso, a mãe trabalhava como vendedora de picolé. Quando não estavam internados ou tendo problemas com a polícia, ele e os dois irmãos passavam a maior parte do dia nas ruas, esmolando ou praticando pequenos delitos. Os avós que poderiam ajudar moravam no norte do país, pra onde a mãe de Cleber Junior só voltaria arrastada.

Dois policiais chegaram na sequência e um deles já distribuiu um soco no rosto do rapaz. Maitê ouviu perfeitamente o estalo.

Cleber Junior não tinha mais que vinte e cinco anos, e o homem da polícia parecia ter vinte anos só de crossfit. O segundo policial deu uma gravata no garoto, as pernas chutando em falso, o rosto estufando. Cleber Junior tentava se livrar, seus olhos já esbugalhavam.

— Vai matar ele! — Maitê gritou novamente.

— Deixa mataaaaarrr! — alguém com a voz carregada de nicotina vociferou.

Em seu desespero, o rapaz babava.

— Eu tô filmando! Se ele morrer, eu jogo na internet! — uma moça de cabelos coloridos disse. Estava com o celular em punho. O segundo policial foi para cima dela, alguns amigos dela entraram na frente e ela correu com o celular nas mãos.

Percebendo que a coisa poderia ficar bem pior do que já estava, o policial afrouxou o mata-leão. Cleber Junior caiu como um lençol, arfando e arfando, mas ainda vivo. O outro policial o algemou em seguida, e alguém da multidão aproveitou a distração para enfiar um chute nas costas do acusado.

— Puta merda, o que ele fez? Matou alguém!? — Maitê perguntou aos gritos. Talvez pudesse ajudá-lo bem mais que protestar, mas em um tumulto como aquele, a horda de populares poderia se virar contra ela. Os homens da polícia já se afastavam, faziam isso depressa, temendo que a coisa evoluísse a um linchamento.

— Apanhou foi pouco — um velho com meia dúzia de dentes pintados com tártaro disse. Cuspiu no chão uma mistura de baba e Derby e saiu andando em outra direção.

— Ele roubou um desodorante — outro rapaz respondeu à Maitê. Usava uma camisa do Iron Maiden, *No Prayer For The Dying*, onde o mascote Eddie saía furioso de sua sepultura.

Maitê ficou onde estava, trêmula, sentindo uma dor horrível onde seus cabelos foram puxados. Deixou um soluço escapar e começou a chorar. Chegou a sentir alguma vertigem, só conseguiu se recompor depois de cinco ou seis respirações profundas. Pensava no Cleber Junior que saiu da clínica para nunca mais voltar, o que mudaria de vida, que jogaria futebol. Que cantaria funk.

Na sequência, um caminhão todo iluminado, tocando o mesmo tipo de música, passou pela rua, ao lado do calçadão. Estava abarrotado de crianças, todas felizes, todas gritando como se não houvesse amanhã. Cortejando a carreta, alguns super-heróis encardidos circulavam entre o povo, acenando, fazendo acrobacias incompletas. O Homem Aranha fez pole dance em uma placa de PARE e todo mundo riu.

Cleber Junior já era passado. O puxão de cabelo em Maitê era passado, a carreta com dezenas de crianças dividindo um frenesi de som e luz logo se tornaria passado. Naquele momento, Maitê desejou de todo seu coração que aquela cidade, que aquele país, também se tornassem passado.

II

Depois de precisar misturar a metade de um Rivotril com vinho em sua noite de folga, Maitê voltou para o trabalho como quem reencontra uma colônia de férias. Chegou na clínica uma hora mais cedo, com os olhos ainda vermelhos e a fala um pouco agitada. Para tornar tudo mais belo, caiu outro dilúvio no meio da noite, e a cidade ainda tinha algumas ruas com trânsito desviado para os reparos. Árvores derrubadas, fiação elétrica interrompida, buzinas, gritos e mau humor, o pacote todo.

— Dia, seu Clóvis. Tudo bem por aqui?

— Tudo na paz de Deus. E a mocinha, como foi de folga?

Maitê não entendia muito as variações entre dona, senhora e mocinha nas falas de Clóvis, mas deixava passar. Depois de uma certa idade, as pessoas compõem suas próprias regras de tratamento interpessoal.

— Se eu contar o senhor não acredita. Eu fui no centro, pra ver como estavam as lojas, dar um passeio e espairecer.

— Vixi... aquilo lá não é pra espairecer. Tranquilidade a gente acha só em dois lugar, sozinho ou dentro de casa. Aquela muvuca do centro só traz perturbação.

— Pois é... eu devia ter falado com o senhor antes de ir — ela riu. — E por aqui? Sem novidades? Pelo estrago nas ruas, caiu o maior chuvão.

— As crianças daqui são abençoada. Bom, depois do que aconteceu com elas, né? Lá no meu bairro caiu poste, morreu bicho, uma criança quase se afogou na enxurrada. Um compadre meu mandou agora no celular uma filmagem de três carro arrastado pelas água, igual carrinho de brinquedo. Diz até que morreu gente no Colibris.

— Não ouvi nadinha da chuva. Eu tomei um tranquilizante, dormi igual um tijolo.

Clóvis ficou calado alguns segundos, por educação, aquela educação só dele. Não queria ser enxerido, deusolivre.

— Eu vou contar pro senhor o que aconteceu, senão vou ficar com isso na garganta o dia inteiro. Se não for incomodar...

— Mocinha, tem duas coisas que os velho gosta mais que tudo: ouvir e falar.

— Eu vi a polícia prendendo um rapaz. Não foi muito diferente do que a gente vê na TV, mas quando é do lado da gente é muito pior. Foi impressionante. A selvageria das pessoas, o jeito como elas vão do amor ao ódio em um segundo. E depois esquecem tudo.

— Já foi pior, dona mocinha, já foi muito pior. Às vezes não é culpa das pessoas, é culpa do berço. Criança que cresce apanhando aprende a bater cedo, é tudo formação de quando a gente ainda é criancinha. Minha mãe mesmo, que Deus a tenha, ela me chamava pra acordar uma vez só, só uminha, na segunda jogava água gelada na minha cara. E seu reclamasse, amanhecia o dia apanhando de cinta.

— Que horror, seu Clóvis — Maitê acabou sorrindo, porque Clóvis também ria ao contar.

— Era o jeito dela educar. O do pai era pior, porque vinha sem aviso. Nem olhar feio ele dava. Eu só sabia que tava fazendo alguma coisa errada quando ele me pegava pelo braço e arrastava com ele. Uma vez ele me bateu tanto que meu avô, pai dele, precisou acudir. Meu pai tava me enforcando, diz que eu já tava até com a língua azul.

Maitê não comentou nada, não sabia como reagir àquilo. O próprio pai quase matar o filho em um acesso de raiva parecia errado demais de todas as maneiras possíveis.

— Mas o que aconteceu lá na cidade? — Clóvis reavivou a conversa.

— Pegaram um rapaz pra crucificar, eu conhecia de um lugar onde eu trabalhei. Acho que ele tinha roubado desodorante em uma farmácia, alguma coisa de perfumaria, a polícia já estava com ele, mas o Cleber conseguiu fugir. No final das contas tentaram linchar ele. Tinha crianças gritando, gente idosa, se não tivessem ameaçado filmar, tinham matado o coitado.

Clóvis manteve-se bastante sério.

— Não ia ser a primeira vez. Essa cidade tem um jeito estranho de fazer justiça. É sempre exagerado, sempre mais do que devia ser. O povo daqui se acha muito santo, dono do bem e do mal, maior que juiz, que polícia, que tudo. Eu vou dizer uma coisa pra senhora, se o povo tiver que decidir muita coisa junto, ele mesmo acaba com o mundo.

Havia algum rancor na voz de Clóvis, algo que até então Maitê não havia notado. As veias da testa formavam grandes sulcos sobre os olhos pesados. Olhos que viram muito.

— Acho que o senhor tem razão. Foi muito injusto de ver. Eu fico pensando que oportunidade ele teve na vida pra um futuro diferente. Apanhar daquele jeito, quase ser linchado por causa de um desodorante?

— É muita injustiça em tudo quanto é canto. Quando o povo tem a chance de dar o troco, ele não mede as consequência. Em oitenta e nove teve uma greve aqui na cidade, foi lá nos negócios do seu Hermes Piedade. O pessoal do sindicato começou a ficar agitado, impedir os outros de entrar, acabou que eles invadiram a fábrica de agrotóxico pra fazer baderna, pra mostrar a insatisfação e conseguir uma condição melhor. Os trabalhador tava adoecendo de doença de pele, de pulmão, por causa daqueles veneno. A polícia já chegou batendo, jogando gás, naquele dia cinco homens desapareceram e ninguém soube onde eles foram parar.

— Conhecendo um pouco da história de Três Rios, eu posso imaginar.

— É sim, pior que sim. Depois que a poeira baixou, conseguiram umas proteção para os trabalhador, máscara, óculos, essas coisas. E seu Hermes ainda ganhou reportagem de primeira página no jornal, falando bonito que ele se preocupava com o bem-estar dos trabalhador e que ia fazer uma festona pro pessoal da firma no final do ano. No fim tinha gente batendo palma pra ele, gente que viu os colegas chorando com gás de pimenta e tomando chumbo nas perna.

— Inacreditável.

— O povo acha que as fábrica era o único jeito da gente melhorar como cidade, que se não fosse o seu Hermes e a gente dele, isso aqui ainda tava parado no tempo do Getúlio Vargas.

Ouvindo a palavra *tempo* Maitê se deu conta que precisava bater seu ponto para uma jornada de oito horas, com uma hora de intervalo de almoço e direito a horas extras ou abatimento em banco de horas. Além do décimo terceiro salário e férias. Além do auxílio alimentação. Malditos grevistas.

III

Dona Dirce estava saindo com as roupas para a lavanderia quando Maitê assumiu seu posto. A ajudante já tinha terminado com as louças, os jovens haviam feito o desjejum e assistiam um pouco de televisão. Bia estava na copa, olhando alguma coisa em seu smartphone.

Maitê cumprimentou um bom-dia e Bia retribuiu sorrindo.

— Vai ser um dia bem melhor com você por aqui. — Bia guardou o celular.

— Aconteceu alguma coisa?

— Eu quase não preguei o olho — ela explicou. — Fiquei tendo uns sonhos estranhos, ansiosa, acordei de hora em hora a noite inteira. Eu quase te mandei uma mensagem. Está tudo bem com você?

— Eu passei um estresse daqueles no centro, um rapaz que eu conhecia quase foi linchado bem na minha frente. Ver assim, do meu lado e com alguém que eu conhecia, foi muito diferente de ver na televisão.

— Sabia que tinha acontecido alguma coisa. Sonhei que você estava em um lugar vazio, uma estrada abandonada. Acho que no sonho você parecia uma professora. Da estrada você estava em uma sala descascada nos tijolos, tinha só dois alunos, eles estavam sentados em carteiras velhas, daquelas de fórmica verde-água. Era um homem de uns quarenta anos bem forte e um outro mais novo, bem magrinho. No sonho você gritava com os dois.

— A descrição bate com o policial que estava prendendo o rapaz. Acho que você precisa ser estudada, Bia. Só acho — Maitê balançou a cabeça sorrindo e colocando as palmas das mãos para o alto enquanto se sentava ao lado de Bia.

— Eles tentaram, pode acreditar que tentaram. No final das contas eu aceitei que tenho uma sensibilidade a mais, tipo aquela que os espíritas chamam de mediunidade.

— E você? Chama de quê?

— De visão além do alcance — Bia falou com pompa, brincando.

Maitê aproveitou a pausa para tomar um copo d'água.

— Não sei se é da sua época — Bia disse —, mas tinha um desenho antigo chamado *Thundercats*. Um dos super-heróis, um homem gato chamado Lion, usava uma espada pra ter uma visão de eventos que ele mesmo não viu. A visão além do alcance.

— A Espada Justiceira, sim! Claro que eu me lembro. Nossa, agora eu me lembro perfeitamente — Maitê mexia no copo à sua frente.

— No meu tempo de menina, antes de... tudo, a gente assistia. Tínhamos bonecos, álbum de figurinhas; e como no desenho animado tinha a Cheetara que era mulher, nós, as meninas, também podíamos brincar.

— Um desenho com uma visão além do alcance.

— Graças a Deus. Nenhum dos meus amigos aguentava mais a Barbie e os Comandos em Ação.

As duas sorriram e Maitê mudou de assunto.

— Choveu muito por aqui? Seu Clóvis contou que caiu o mundo em vários pontos da cidade. No caminho pra cá eu vi um monte de árvores tombadas.

— Choveu três dias em uma noite só. Ficamos sem energia até as quatro da manhã.

— E os meninos?

Bia sorriu como uma criança escondendo o boletim cheio de notas boas.

— É melhor você mesma ver.

IV

Em um primeiro olhar, não havia nada de diferente. Os nove estavam olhando para a frente, estáticos, esticados sobre suas cadeiras. Uma das garotas, Janaína, bocejou e continuou como estava. A umidade que se formou nos olhos rolou até evaporar, sem que ela reagisse, exatamente como nos outros dias.

— Se está acontecendo alguma coisa, eu não estou percebendo.

— Fica aqui com eles, eu já volto.

Maitê obedeceu e observou cada um dos garotos, esperando, talvez, que algum tipo de milagre acontecesse. Nada que não fosse o ruído da TV ou os passos ecoantes dos sapatos de Bia animou a sala, nenhum movimento que não fosse uma brisa com cheiro de chuva se divertindo no cômodo.

Bia voltou com os braços para trás, parecia esconder alguma coisa.

— Agora, eu quero que você preste muita atenção na Ravena, na Samanta e no Luan, está bem? Principalmente nesses três.

— Ceeeerrrto — Maitê disse lentamente, deixando a voz escorrer. — Mas não é mais fácil você me contar?

— Não, definitivamente não. — Bia respondeu. Avançou alguns passos para que o grupo de garotos e garotas a visse com clareza e pediu para Maitê desligar a TV. Ela ainda ocultava alguma coisa que trouxe consigo, estava dentro de uma sacola parda de uma confecção de roupas, feita de papelão.

— Olhe bem nos olhinhos deles — Bia disse e foi retirando um pacote de dentro do outro. Era a sopa de letrinhas, Maitê logo viu.

E em seguida, notando os jovens, falou baixinho:

— Puta merda.

Os olhos dos três desceram imediatamente, tão logo registraram, perifericamente, a presença do pacotinho de sopa. Bia se movia pela sala, calada e com a embalagem nas mãos, os olhos dos meninos não se desviavam nem por um segundo.

— Isso é incrível, incrível... — Maitê disse baixinho.

— Tenta você — Bia estendeu o saquinho —, eu quero testar uma teoria.

Maitê ficou parada em um primeiro instante, sem saber o que fazer, lidando com o excesso de informação.

— Pode pegar, não vai morder — Bia a encorajou.

Maitê estendeu a mão e sustentou o pacote. Assim que suas mãos o tocaram, os olhos dos jovens se interessaram nela.

— Agora me devolve.

Maitê entregou o pacote para Bia.

Três deles, Ravena, Samanta e Luan, estavam olhando diretamente para o saquinho, como três gatos observariam um passarinho. O pacote trocava de mãos e os olhos iam junto, sem se interessarem por mais nada ao longo do caminho.

— Isso é impossível — riu, meio descrente, meio maravilhada. — Foi a chuva forte, só pode ter sido a chuva.

Depois da demonstração, Bia voltou a guardar a sopa no pacote pardo e religou a televisão. Em um segundo todos os meninos olhavam para a tela.

— Como você descobriu?

Bia riu, lembrando da noite mal dormida e em como certas ideias e intuições só aparecem diluídas em tempestade e pesadelos.

— Visão além do alcance...

V

Maitê viu com os próprios olhos, mas precisou repetir duas vezes o experimento para se convencer de vez. Agora ela não tinha uma resposta, mas dúzias de perguntas pinicavam sua mente. Uma delas escapou pela boca assim que Bia devolveu aquele pacote de sopa de letrinhas para o armário.

— Por que só eles três? — Maitê continuava intrigada.

— Eu não faço ideia, meu palpite é que chuva deixou a Samanta e o Luan mais sensíveis, do mesmo jeito que parece ter acontecido com a Ravena. E é puro achismo da minha parte, inclusive eu não tenho a menor ideia do que está acontecendo aqui — sorriu com leveza. — Muito menos do que gente faz agora.

— Nós temos duas opções — Maitê organizou os pensamentos —, ou corremos o risco de sermos surpreendidas pela aposentadoria esperando o tempo do doutor Wesley, ou tentamos falar com eles da forma que eles estão pedindo.

— Visão além do alcance?

— Isso. — Maitê voltou a olhar para o grupo. — Segundo meu vasto conhecimento de esoterismo e comunicação mediúnica, nosso único risco é não funcionar, e nesse caso a gente ainda faz uma sopinha.

Bia continuava séria.

— Eu me preocupo um pouco mais com uma terceira alternativa.

Maitê esperou que ela concluísse o pensamento.

— No meu caso, no passado, eu sabia que podia acreditar na minha mãe, mas mesmo com todas as provas que eu tive, fiquei muito tempo me perguntando se tudo não tinha sido fruto da minha imaginação, se eu não era uma dessas assassinas incubadas, e estava incriminando a minha avó.

— Você não devia pensar uma coisa dessas. Não depois de tudo o que já sofreu.

— Eu não penso, não hoje em dia. O que eu estou tentando explicar é que, abrindo esse tipo de comunicação, é quase impossível ter certeza de quem está do outro lado da linha. Pode ser... alguma coisa que não seja a Ravena ou os outros meninos. — A voz abaixou. — Alguma coisa ruim.

Maitê esfregou os braços sem perceber.

— Ruim de que jeito? — perguntou ela no mesmo tom, garantindo que não seria ouvida pelos jovens.

Bia a estudou novamente, como se avaliasse o confessor antes de começar a confissão.

— Eu nunca contei isso pra ninguém, pra ninguém mesmo, nem no centro espírita e nos outros lugares que eu procurei ajuda.

— Não vai sair daqui, eu prometo.

Bia pareceu buscar alguma concentração antes de começar. Talvez tentasse minimizar suas emoções.

— Eu tentei me comunicar mais vezes com a minha mãe, mas nunca consegui. Parece que sempre que eu estava perto de falar com ela, alguma coisa cortava nossa comunicação. Coisas bobas como o telefone ou a campainha de casa tocando na hora exata. Uma tarde a tv da sala ligou sozinha. Mas teve uma vez, uma única vez, que alguém me respondeu, e não era a minha mãe. A essa altura eu já sabia que quanto mais letras e quanto mais água, mais fácil fica a comunicação, então eu usava uma bacia grande, dessas de lavar roupas.

— E o que as letras disseram?

— No começo foi aquela conversa de sim ou não, que é sempre o jeito mais fácil de interagir com... eles. Nós perguntamos desse lado, o outro lado responde S de sim ou N de não. Quem estava do outro lado se identificou como a minha mãe, disse que sentia minha falta, eu perguntei meu nome e as letras escreveram Bia. Mas aí eu perguntei: "se você é mesmo a minha mãe, qual era o nome dela?".

Bia tomou fôlego, parecia insegura em falar naquele assunto, era o que seu rosto traduzia.

— As letras escreveram Daiane e a minha mãe se chamava Diana. Eu pulei pra trás na mesma hora, enojada, com raiva, decepcionada por ter acreditado naquele... naquela coisa falsa. A água começou a ferver, a bacia entrou em ebulição em uns cinco segundos. Ficou tão quente que o plástico se deformou e esticou, derramando uma onda de água fervente no chão da sala. Se eu não tivesse me afastado depressa, teria me queimado feio. Depois disso eu nunca mais usei as letrinhas.

— Você chegou a descobrir quem era? Ou o que pode ter atacado você?

— Eu não conseguia nem acreditar que aquilo tinha acontecido. Se aquela bacia não tivesse ficado toda torta, não acreditaria até hoje. Depois uma médium aqui da cidade, ela é muito famosa, mãe Clemência, explicou que era coisa do outro plano. Falou que eles são traças e nós somos como as roupas. E que assim como as traças, elas acabam vencendo. Por isso eu nunca mais cheguei perto de um pacote de sopa.

— Até eu trazer pra cá — Maitê complementou com o olhar pesaroso. Bia sorriu.

— Eu não queria culpar você, mas foi exatamente o que aconteceu. O que me faz perguntar se isso não é um grande plano de alguém para que esses meninos e meninas consigam sair da escuridão.

Maitê se esticou um pouquinho e voltou a olhar para eles. Sentiu uma compaixão rara. Há algumas semanas ela nem os conhecia pessoalmente, mas poderia estar entre eles. Ela também poderia ter ouvido o chamado da cratera, "o canto da sereia" como os jornais disseram. No final das contas, quando o destino joga seus dados, ninguém está livre do abismo, seja ele uma cratera ou uma escuridão muito maior.

— Bem, eu acho que o que a medicina poderia ter feito ela já fez, o que deixa a gente livre para tentar ajudar do nosso jeito — arriscou Maitê.

Bia esticou um sorriso astucioso.

— Quanto tempo demora pra encher uma piscina pequena?

VI

Era uma piscina de quinhentos litros, com peixinhos, conchinhas e polvinhos felizes estampando o plástico colorido azulado que mais parecia uma fralda infantil. Era redonda, um metro e meio de diâmetro. A ideia inicial era colocar a piscina no pequeno espaço ao ar livre da clínica, o gramado que servia principalmente para banhos de sol e para estender uma ou outra peça de roupa. O único detalhe é que ninguém conseguiria se concentrar com o sol na cabeça, e havia um prédio vizinho que conseguia observar o quintal perfeitamente. Em uma situação tão difícil de prever quanto àquela, era melhor não correr riscos. Dois anos atrás, depois do banho de sol da tarde, Bia começou a trazer os meninos para dentro, um a um, em suas cadeiras móveis. O último, Luan, se demorou um pouco mais no gramado pois Bia precisou atender uma chamada em seu celular. O telefone da clínica tocou em menos de dois minutos.

As janelas ficaram abertas. A luminosidade naquele horário era agradável, a luz indireta não era ofensiva. As enfermeiras também avisaram Clóvis sobre a piscina na área de recreação, atenuando um pouco a verdade e dizendo que o objetivo era os meninos colocarem os pés na água, para se divertirem um pouquinho. Clóvis disse um "sim-sinhora" e foi cuidar da sua vida.

— De onde veio essa piscina? — Maitê perguntou, sorrindo, quando a água chegou na metade da lona.

— Daqui mesmo. Além do armário dessa sala, a gente tem outro guarda-roupa com as coisas deles, fica no quarto dos rapazes. No começo o pessoal da cidade doava muitos brinquedos. Era um ato de boa intenção, mas eu não sei se eles entendiam o que significa um coma, mesmo um parcial como no caso deles.

Os nove observavam com atenção enquanto a água girava e formava um pequeno redemoinho na superfície. Seus corpos permaneciam imóveis.

— Eles são um pouco pequenos pra idade, não são? — Maitê já havia notado, mas a pergunta sempre se perdia antes de ganhar a boca.

— É, ficaram tanto tempo imóveis que foi difícil se desenvolver. Eu tenho 1,66, e a minha família tem a genética das pessoas grandes. Minha mãe era bem alta, assim como meu pai. Se não fosse o coma, eu provavelmente teria uns dez centímetros a mais. Pode desligar a torneira — disse em seguida.

Maitê foi até a área gramada, onde a mangueira estava conectada. Registro fechado e a mangueira ficou por ali mesmo, conectada e atravessando o cômodo como uma cobra azulada. Bia também providenciou algumas toalhas para secar um possível vazamento, estavam do lado da piscina.

E Maitê olhando tudo aquilo e querendo rir outra vez.

— Parece loucura, né? — Bia perguntou.

— Só parece? — Maitê deixou o riso escapar de vez. Foi uma coisa boa. Quando o horror começa a escalar nossos pensamentos, a única coisa que o derruba é o riso. — É só jogar as letras? Ou você precisa se concentrar, rezar...? Você tem alguma preparação?

— Que eu me lembre era só olhar para as letras e deixar fluir. Rezar pode até ajudar, mas eu nunca dei muita bola pra isso. Depois de tudo o que aconteceu comigo, acreditar em um Deus participativo seria amar um carrasco.

— Você é ateia?

— Acho que não... — ela deixou o olhar ir para longe. — Existe alguma coisa sim, eu *sinto* que existe. O problema são as coisas que esse pessoal religioso ensina. Quase nada se encaixa comigo. Pra mim Deus está mais perto de uma força primordial, ele não deve fazer ideia do que nasceu a partir dele. — Ela voltou o olhar a Maitê. — É mais libertador pensar dessa forma, coloca as rédeas nas nossas mãos de novo.

Maitê apanhou o pacote de sopa e os três meninos — Samanta, Luan e Ravena — imediatamente olharam para as mãos dela.

— Tudo bem, já percebi que vocês gostam de sopa — Maitê disse e foi abrindo o pacotinho. Antes de verter o conteúdo, procurou pela atenção de Bia.

Ela estava séria e introspectiva, parecia segura e ao mesmo tempo receosa.

— Se não quiser fazer isso, ainda podemos mudar de ideia.

— Não existe escolha, Maitê. Só dá para seguir em frente. Pode derramar as letras.

Maitê procurou pelo centro do círculo e deixou as letrinhas descerem. A primeira delas foi a letra D, seguida por dezenas de outras. Algumas ficaram no fundo do pacote, e Maitê também as forçou a sair. Umas seis letras e alguns números foram para a beirada das águas, Maitê as arrastou suavemente para o meio, com o plástico da embalagem.

— Fica de olho neles — Bia pediu. Voltou a se concentrar nas letras. — Eu não sei como me comporto quando acontece, então não se assuste comigo.

— Eu vou tentar.

Maitê ainda estava com a embalagem da sopa nas mãos, mas agora os internos não demostravam interesse. Todos estavam olhando fixamente para as letras sobre as águas, obcecados. Ravena, Luan e Samanta já estavam com a boca entreaberta e os olhos arregalados, não era uma expressão agradável. Na verdade, era tão ruim que Maitê se aproximou de Ravena, para ter certeza de que ela respirava normalmente.

Os internos formavam um semicírculo, Bia estava na lateral direita, mais próxima de Ravena. Os olhos de Bia estavam fechados agora.

Maitê sentiu um calafrio ao vê-los. Bia parecia sonhar, os globos se movimentavam sob as pálpebras como se enxergassem um novo mundo, um que só Bia era capaz de frequentar. Ela estava sentada no chão, de pernas cruzadas, os braços caídos ao longo do corpo como rolos de um tecido frouxo. Respirava forte e profundamente.

— Pessoal, não sei se vocês me ouvem, mas está tudo bem — Maitê disse.

Bia assentiu com a cabeça. Seja lá de onde estivesse, ela podia ouvir e responder.

E nada diferente acontecia. As letras estavam se esbarrando sem vontade, aproveitando o que ainda havia de movimento residual nas águas. O G, o C, o 8, o A e o R.

T, 1, A, D, 1, 6. Combinações aleatórias e sem sentido.

Entre aquelas pessoas, Maitê compreendeu a si mesma como o elo de consciência do experimento, o que significava que caberia *a ela* se concentrar nas dezenas de letras, tentando identificar alguma combinação lógica, algum significado. Desejar acreditar era uma parte importante em qualquer tarefa que desafiasse a racionalidade, mas Maitê começava a se questionar se conseguiria chegar mais longe. Era só uma bagunça de letras, números e água. Por outro lado, havia Bia e seus olhos frenéticos, havia aquelas jovens pessoas que pareciam reféns das letras. Maitê estava prestes a assumir a fragilidade prática de tudo aquilo quando notou uma leve agitação na água. Da mesma forma, também sentiu um movimento discreto nos cabelos das garotas. Uma corrente de vento seria suficiente para movimentar as letras?

O que aconteceu em seguida a pregou de vez na parte desconhecida do mundo.

As letras não mostraram palavra alguma, os meninos não decidiram falar, mas uma bolha do tamanho de uma bola de tênis se formou no fundo da piscina e começou a emergir na direção da superfície.

Foi subindo e subindo, bem mais lentamente do que deveria. Da forma como emergia, parecia reagir a uma densidade diferente, como se a água da banheira fosse mais grossa, como óleo.

Blup! Estourou lá em cima.

Foi como acionar um interruptor.

VII

BAHM!

A porta de acesso do corredor explodiu em um golpe no batente.

BAHM! Mais um estouro e as janelas estavam fechadas.

Bia tinha aberto os olhos, e mesmo com o escurecimento parcial do cômodo, era possível vê-los brancos, assim como os olhos de Ravena, Samanta e Luan. Não eram só os olhos que estavam diferentes, seus corpos tremiam. Eram movimentos curtos, contidos e convulsivos. E o pior ainda estava por vir.

Os quatro vocalizaram alguma coisa, um ruído estalado e gasto, como se tentassem falar, mas não conseguissem, como se a voz ficasse entalada na garganta. Pareciam sintonizados, sincronizados. Uma comunhão, uma irmandade da qual Maitê não fazia parte. Claro que não, ela era a tradutora, o cabeamento, era a própria conexão com o mundo real.

As venezianas da janela começaram a sacolejar em seguida, golpes tão fortes que parecia que alguém forçava a entrada, que a sacudia.

— Meu Deus do céu! — Maitê evocou crenças da infância, de um tempo onde deus era tão presente quanto sua mãe e seus melhores amigos. Mas não era deus ali, era outra coisa, uma sombra da criação.

Maitê cruzou as mãos sobre o busto, tentou se manter firme para não esvaziar aquela piscina aos socos, aos chutes. Se ela era o fio condutor, aquela água cheia de letras era um dos polos da carga elétrica.

Em alguns segundos as janelas foram se domando, ainda ritmando os golpes, mas com alguma suavidade. O fibrilar das tábuas se tornou compasso, que se tornou leve, que se tornou raro. O tremor dos três jovens e de Bia seguiram a mesma instrução, ainda que os olhos continuassem brancos, ainda que os queixos continuassem frouxos. Bia se embalava calmamente para frente e para trás, como quem experimenta um transe. Maitê procurou pelas águas, esperançosa de encontrar alguma mensagem, um código reconhecível, qualquer coisa. Não notou nada, ou melhor, *quase* nada.

Havia certo brilho no fundo, como se a água tivesse se tornado um refrigerante ou sido batizada com um antiácido efervescente. As pequenas bolhas geradas na região emergiram depressa, mudando a posição das letras já infladas com a presença prolongada na água. Um chiado começou a se imprimir, aumentou e ganhou um tom mais grave.

E toda uma onda de energia deixou a água de uma só vez.

A liberação foi tão forte que Maitê sentiu seu impacto na pele, e sua definição mais próxima seria um magnetismo generalizado, muito parecido com o que acontece quando estamos carregados de estática. A tv também sentiu, e chegou a emitir um pulso de luz. Então veio o ruído.

Uma explosão surda, oca, subaquática. Em um instante, a água daquela piscina pareceu propulsada por alguma nova forma de eletricidade. Maitê fechou os olhos e protegeu inicialmente a Bia, puxando seu corpo para trás. As duas acabaram no chão, enquanto uma infinidade de pequenas gotas produzia um orvalho artificial pela sala toda. A umidade resultante era tão fina, tão sutil, que começou a serenar.

— Estamos vivas? Estamos bem? — Maitê perguntou, se apalpando e aturdida com as gotículas de água. Parte daquelas gotas formou um pequeno arco-íris na luz que transpassava a janela.

Bia estava olhando para os meninos, eles mantinham a atenção na piscina parcialmente vazia. Estavam todos molhados em graus diferentes, mas a maior parte da água preferiu Ravena. Ela parecia ter sido atingida por um balde cheio.

— Era pra ter acontecido isso? — Maitê perguntou enquanto se levantava, alternando entre o riso nervoso e um atordoamento justificado. Estendeu sua mão a Bia, que se levantou com alguma dificuldade.

— Não faço ideia — Bia assumiu. Olhava para o que restou de água na piscina.

Não havia mais que três centímetros de profundidade, e nenhuma letra que não fizessem parte daquela única palavra.

ABADE

— Você faz alguma ideia do que isso significa? — Maitê perguntou. — É Abade? O que é um Abade?

— Não sei ainda. Mas eu acho que eles sabem — ela respondeu, indicando o grupo de meninos e meninas.

Agora, nenhum deles demonstrava interesse na piscina ou nas letras, tampouco nas duas enfermeiras e em suas conversas. Pareciam devolvidos ao estado inicial, olhando a esmo, seduzidos pelo nada. Para Bia, o recado havia sido entregue.

Abade.

Fosse o que fosse, *quem* fosse, era exatamente o que eles queriam dizer.

5
O CULTO E O ABADE

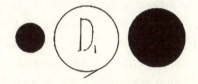

I

O tempo costuma avançar mais depressa quando ficamos presos a um fragmento específico da realidade. Uma grande felicidade, um arrependimento, uma tragédia inesquecível.

Semanas depois de ter presenciado "aquela coisa horrível" matando um rapaz, Adelaide ainda não conseguia completar uma noite de sono. Sempre que fechava os olhos, sua visão projetava na mente aquele pobre infeliz sendo assassinado. Disseram que ele, Dagmar, era bandido. Adelaide fez questão de ir ao velório. A mãe, uma mulher chamada Jerusa, estava ao lado do caixão. Ela não parecia abalada como deveria estar, sorria demais ao receber os pesares, quase não chorava. Não era um sorriso natural, parecia meio adoecido. Em um primeiro momento, Adelaide calculou que a mulher estivesse em choque. Jerusa estava com o namorado (alguém disse), e Adelaide chegou a vê-los se pegando como dois adolescentes no refeitório do velório.

Não conseguia esquecer daquela coisa, daquele monstro. Ela ainda o conservava em sua memória, com a mesma clareza que revia os pedaços do rosto do rapaz sendo arrancados. Com a mesma certeza que via as mãos sendo mastigadas e cuspid...

— Adelaide? Tá tudo bem?

Quem a arrastou para a congregação Ministério das Águas foi Sônia; melhor amiga, parceira de carteado e dona da loja de uniformes Meus Pequeninos, a loja fornecia roupas para grande parte dos colégios da cidade. A maior fatia do faturamento de Adelaide também vinha da Meus Pequeninos, mas não era por isso que ela andava colada em Sônia, elas eram amigas de verdade. A terceira parte daquela trindade da terceira idade era Noemi, inspetora de qualidade amadora em quase todos os supermercados da cidade.

— Eu sei lá se está tudo bem, Sônia. Só você pra me convencer a vir...

— Meninas! Aqui! — Noemi acenou aos fundos do templo e se aproximou, se equilibrando sobre o tamanco rosa. — Ainda bem que vocês chegaram, já está quase começando. Como você está, Adelaide? — Ela pegou as mãos de Adelaide com as suas. — Oh, minha querida, eu queria tanto ter ido na sua casa... A culpa foi da lambisgoia da minha nora que decidiu deixar as crianças comigo pra bater perna com meu filho.

— Foi uma coisa terrível, Noemi — Adelaide disse, revisitando a memória indecente. — Nem animal morre daquele jeito, linchado, nunca vi nada igual. Nem com remédio eu consigo dormir direito. Parece que eu ainda escuto os gritos dele.

— Jesus Amado, tende piedade — Noemi se benzeu.

— Faz tempo que vocês duas acharam esse lugar? — Adelaide perguntou.

— Umas três semanas — Sônia disse. — Eu vim na primeira vez para orçar os trajes de celebração e acabei assistindo a missa, a pedido do Abade.

— Abade? — Adelaide disse, pega de surpresa.

Sônia riu e depois respondeu dignamente.

— Ele não gosta que chamem de pastor. Aqui eles dizem Colono, Cultor, quase sempre é Abade.

— Parece coisa de crente — Adelaide resmungou. — Ou de seita. — Benzeu-se.

— Só parece — Noemi respondeu. — Se um crente entrar nesse lugar, eu não dou dez minutos para ele sair correndo. O Abade é um homem de luz, você vai ver. Não é como os outros.

— Vamos nos sentar? — As três ouviram alguém dizer. Era uma mulher, tinha cerca de trinta anos e usava uma roupa cerimonial, parecida com um hábito católico, porém nas cores azul e branca. — Ainda temos lugares perto do púlpito.

As três idosas a seguiram guardando alguma distância.

— Gente do céu, ela parece até Nossa Senhora — Adelaide disse. Sônia ameaçou rir, mas foi acotovelada por Noemi.

— Ela é uma Soberana — Noemi explicou —, é como nós chamamos as ministras da congregação. Mas espera só até ver o Abade.

Escolheram a quarta fileira do templo. As três fileiras da frente estavam ocupadas por pessoas jovens, principalmente outras mulheres; a mais velha devia ter por volta de quarenta anos. Usavam maquiagem pesada, e alguns vestidos eram curtos demais para uma missa, pelo menos na opinião de Adelaide.

O templo era novinho em folha, parecia ter acabado de receber uma pintura. Por fora, a frente era triangular, de intenção piramidal na construção total, muito diferente das igrejas tradicionais. Mesmo sua cruz, no ponto mais alto do prédio, era diferente, brilhando na cor verde. As paredes internas eram de um tom terroso muito discreto, tendendo ao branco. Nas paredes, cenas de batismo, redenção e sublimação pela fé. A figura de um homem de terno branco de costas, de cabelos longos, sentado no meio de um grupo de leões. Em outra parede, uma mulher amamentava um carneiro. Mais à frente, fazendo cenário ao púlpito, um exército de mulheres com rostos inebriados em fé olhando para o chão, que era pintado como um novo céu, com anjos, animais e um trono vazio. A caminho do trono, o homem de branco, descalço, de novo de costas, passando por um corredor de lobos e hienas em posição de reverência. De um lado os lobos, de outro as hienas. Acima do trono, também desenhado, um cubo perfeitamente preto. Do cubo emanavam centelhas de luz.

No púlpito-palco havia uma banda completa. Bateria, órgão eletrônico, guitarra, contrabaixo e alguns pedestais com microfone. Os músicos começavam a tomar posse dos instrumentos.

— Esse lugar é estranho — Adelaide declarou.

— A gente sente isso na primeira vez — Sônia disse, relevando —, mas espera só pra ver ele. O homem tem o fogo de Deus nas palavras.

— E nos cabelos — Noemi disse entre risos.

— Melhor assim, está um pouco frio aqui dentro — Adelaide esfregou os braços, sem humor. Noemi apontou para cima.

Havia pelo menos oito aparelhos de ar-condicionado de escala industrial, distribuídos dos dois lados da nave. Lá fora, a temperatura devia estar beirando os trinta graus, mas no interior do templo Adelaide apostaria em dezenove ou menos.

— Vai ficar mais quente quando começar — Sônia explicou.

Logo depois os assuntos foram interrompidos pelo som de sinos, três badaladas fortíssimas — e havia mesmo um sino, estava ao lado da bateria, microfonado. O terceiro tilintar se extinguiu lentamente e cedeu lugar a um *fade in* distorcido de guitarra, que evoluiu para um solo iniciado com uma alavancada na mesma Fender. *Rowwwwnnnnnn.* Na sequência, a entrada da bateria e do contrabaixo. O som estava bem alto, o que fez Adelaide apertar os olhos, embora sua vontade fosse cobrir os ouvidos. As outras pessoas agiram de forma diferente, como se ignorassem o volume e estivessem sendo atingidas por uma onda de prazer.

Evoluindo do solo de guitarra, três passagens de acordes com a banda completa. Um pouco de boa música. Então... TUMM! A bateria calou a todos.

Agora o órgão ditava o compasso, e coube aos demais instrumentos somente o pano de fundo, uma base potente, que poderia ser facilmente colocada em um disco de rock dos anos 1970. O coral de apoio, composto por quatro jovens, começou a cantar em seguida:

Ele vem, para nos tirar da penúria
Ele vem, de onde é gentil e agradável
Ele que nasceu das nossas preces,
Ele que reinventa o mundo

TUM!, a bateria explodindo de novo, sequenciada por um solo fechado e cremoso, sem muitos agudos, da guitarra. Nesse momento, o músico do instrumento exprimia uma espécie de transe. Sorriso travado, movimentos vigorosos. O rapaz, assim como os outros músicos da banda, parecia ter lágrimas prontas para cair, tão forte era a emoção de propiciar aquela introdução. A musicista que ocupava a bateria olhava para cima, e parte de seus olhos estavam brancos.

— EEEELLLLEEEEE VEMMMMMMMMM! — entoou o contrabaixista. Tinha a voz grave e rouca, de um drive afinado e naturalmente agressivo. A banda começou a tocar algo que lembrava um *R&B* americano, distante anos-luz da contaminação sertaneja que vicejava no solo de Três Rios. Atordoada com tanta novidade, Adelaide olhou para os lados, e o que encontrou foi uma Noemi e uma Sônia aos pulinhos, olhando fixamente para a porta de entrada que acabara de se escancarar.

Abrindo alas, duas mulheres bastante jovens, com trajes de "virgem Maria", exceto pelas saias curtas, acima dos joelhos. Usavam meias-arrastão brancas.

— Misericórdia — Adelaide proferiu ao vê-las.

Enquanto entravam, as jovens lançavam pétalas vermelhas no chão, compondo um caminho perfumado para que o grande Abade, o Cultor daquela casa de fé, pudesse passar. As pessoas nas fileiras se espremiam para vê-lo, senhoras se abanavam, senhores aplaudiam e sorriam. Ameaçada pelo frenesi alheio, Adelaide não sabia como reagir, e o que experimentava era uma espécie de estado torpe, uma incompreensão. Algo que foi rompido por um abraço de Sônia. Adelaide sentiu a mão de sua amiga tremendo, e logo descobriu o motivo.

O Abade era um dos homens mais impactantes que ela já tinha visto. A pele lisa como cetim, sorridente como o Silvio Santos, confiável como o rosto de Eduardo Suplicy ou do Antônio Fagundes. Eternamente jovem como um retrato de Rony Von tirado aos vinte e cinco anos de idade.

Usava um terno salmão, clarinho. Óculos degradê em tons de vinho e uma gravata lisa, brilhante e vermelha. Os sapatos também brancos brilhavam como seus dentes polidos e perfeitos. Tinha cabelos longos, ligeiramente avermelhados e fartos, a barba alongada na mesma cor. A calça clarinha, a Adelaide parecia um pouco justa demais. Aliás, o traje como um todo parecia agarrado em demasia para a ocasião. O que era bom de se olhar, ela ponderou logo depois.

— Gente, que moço mais... diferente — disse a Noemi. — Parece até... — ela diria Jesus Cristo, mas parecia pecaminoso, então matou a frase.

— Só isso já valeria a pena, né? — Sônia comentou, esticando o rosto em uma expressão debochada.

O Abade estava na altura da fileira das três senhoras, e ele não se furtou de descer os óculos para um cumprimento dedicado. O peso reduzido das sobrancelhas não chegava a prejudicar os olhos verdes, ao contrário, os tornava ainda mais penetrantes. O Abade tornou e ocultá-los quando avançou para a terceira fileira. As mais jovens não resistiram e gritaram. Algumas mulheres da coordenação (Soberanas, como Noemi explicou a Adelaide) se aproximaram a as contiveram com sorrisos cheios de empatia.

No púlpito, a banda foi diminuindo o volume e a distorção, a bateria foi se tornando discreta, ao final restou somente o gemido do órgão, que também foi aos poucos se extinguindo. Mais três toques de sino, dessa vez com suavidade, enquanto as jovens cerimonialistas conduziram o Abade ao seu púlpito. Ele as agraciou com um beijo nas mãos e tomou a direção do microfone principal, ao centro e à frente da banda.

— Juntos... — disse. A voz calma e suspirada, de certa forma concentrada. — ...em esperança... e liberdade. — Respirava bem perto do microfone, e graças ao sistema de amplificação, parecia estar dentro dos ouvidos da assembleia.

Arfa. Expira.

Arfa. Expira.

Arfa lentamente. Expira lentamente.

O semblante se ergue. O óculos degradê é entregue a uma das Soberanas. Nasce um sorriso renovado.

— Eu sou o Abade e vocês são o meu reino. Boa noite, meus amados irmãos e irmãs. Esposas. Boa noite, família.

— Boa noite, Abade! — o templo respondeu em uníssono.

— Ele disse esposas? — Adelaide cochichou.

— É só jeito de falar — Noemi a tranquilizou.

— Bem que eu queria ser uma... — Sônia deixou escapar.

Adelaide a repreendeu com a falta de um sorriso. Conhecia o assanhamento lendário da colega à sua esquerda, Noemi, mas a colega à sua direita já tinha setenta e três anos. O que ela pretendia? Fraturar o quadril? Ter uma hérnia?

— Que todos se sintam em casa nesse reino de graça e vontade. Por queeeeeê...? — o Abade perguntou e apontou o microfone para os fiéis.

— É disso que o mundo é feito! — Quase toda a congregação conhecia a resposta, os sorrisos brotando em rostos carregados de esperança.

— Hoje estou particularmente feliz. — O Abade ponderou. — Os amados irmãos devem estar lembrados que a digna e respeitada prefeitura da nossa Três Rios entrou com um pedido de recolhimento de impostos, alegando que nosso reino não era legitimado como uma religião. No relatório que recebi dos nossos advogados, alguém escreveu que éramos uma seita, um grupo social com motivações anarquistas. Disseram inclusive que éramos uma comunidade comunista.

O Abade sorriu, mas o riso logo se foi. A voz ficou séria.

— É o tipo de coisa que sai da cabeça dessa gente ressecada e sem critério, dessas pessoas anestesiadas por dentro que já não encontram prazer nas próprias vidas, nas próprias camas, na própria carne. — Ele aumentou a voz. — Hoje recebi a notícia que a lei está do nosso lado, e que o juiz condenou a prefeitura a nos reembolsar e ainda custear o dinheiro público gasto com o processo. Bem, eu já sabia que o senhor dessas terras tão acolhedoras estenderia seus braços sobre a nossa gente, foi o que eu disse, não foi?

Houve um murmúrio de aprovação nos bancos.

— O sim da verdade é sempre rápido e decisivo, meus amados. O sim chega como uma chuva sobre a terra seca, provendo o que o solo de nossas almas necessita para florescer. O sim é uma palavra bonita. Já o não... o não é que as pessoas cinzas costumam nos entregar. Nós ofendemos o sim a eles, afinal, somos feitos de cores, somos feitos de vida. Enquanto eles vivem para aquecerem seus fornos, nós brotamos nos campos como sementes verdejantes.

— O moço fala bem — Adelaide disse baixinho.

— Ele é um milagre, minha querida, um milagre — Sônia respondeu.

O Abade deu alguns passos pelo altar, e em cada um deles dezenas de olhos vasculharam o caimento de seu terno. O celebrante encontrou alguns desses olhos em direções indiscretas, mas rapidamente preferiu levar seus passos para os fundos do templo, mantendo a concentração.

— Hoje eu quero falar sobre a nossa cidade. Quero falar do que a alma de Três Rios está sussurrando desde que eu comecei e me preparar para esse nosso encontro. Uma cidade próspera, em franco desenvolvimento, um polo magnético para quem sabe reconhecer seu potencial. Mas irmãs e irmãos, um lugar tão atraente, vocês precisam saber... não atrai somente as coisas boas. Desde sua fundação, Três Rios se dividiu em atrair dádivas e adversidades, e da mesma maneira nós nos dividimos em reconhecer o que era benção... e o que era castigo.

Adelaide ouvia com atenção.

— A dor, por exemplo. Muitos acreditam que a dor seja uma maldição, quando na verdade a dor é o que nos mantém a salvo dos perigos, inclusive dos perigos do nosso coração. Quem aqui já se apaixonou loucamente? Perdidamente? Quem dentro dessas paredes nunca sentiu sua pele queimar pelo toque de outro alguém? Pela boca? Pela língua?

— Glória a deus — Noemi suspirou em sigilo.

— É graças a dor do coração partido que não nos apaixonamos por qualquer um novamente. E é graças a essa mesma dor que voltamos a nos atirar no abismo das paixões quando a solidão se torna insuportável. Ninguém pode nos salvar tão rapidamente de cair em um precipício quanto a dor. Ou nos atirar dentro dele. Três Rios, meus irmãos, esposas e filhos, é a dor condensada, é o raspar da unha em nossas feridas mais profundas. Depois, só depois e em comunhão com o poder gentil dessa terra, encontraremos todas as bênçãos do gozo divino. É por isso que estamos aqui reunidos, para sorver dessa terra os prazeres que ela reservou aos seus melhores servos. Porque NÓS!, nós merecemos.

— Amém! — Uma das jovens gritou. Foi seguida por outra, e mais uma. Em segundos, dezenas delas gritavam. Ouvindo todas as vozes femininas, os homens do templo fizeram o mesmo.

— Amém! E amem também, fartem-se de amor! O homem e a mulher, meus amados, são nada mais que experiências de amor. Negar-se a isso é cometer um crime contra a própria natureza humana, contra a própria inteligência cósmica.

A banda começou a tocar em seguida, uma música alegre, que elevou ainda mais o estado de ânimo e positividade de todas aquelas pessoas. Estavam batendo palmas, dançando, muitos deixaram os assentos e se permitiram uma alegria muito maior. O Abade, imbuído dessa mesma energia, retirou uma jovem para fazer par com ele. Dançaram com certa inocência, e logo o palco estava tomado por mais três garotas, que se alternavam ante os passos enérgicos do Abade. Ele transpirava e lançava pequenas gotas de suor por seus cabelos avermelhados. As pernas abrindo e fechando, pareciam montar um cavalo, pareciam galopar. Antes que a música terminasse, a igreja estava tomada pelo frenesi de seu líder, homens e mulheres libertos de si mesmos, escravizados a uma nova vontade.

— Meu deus do céu, isso é loucura! — Adelaide disse, cedendo aos primeiros passos e às primeiras palmas.

— Claro que é! — Sônia disse a ela. — E não é mesmo uma coisa maravilhosa?

II

Cultos seguem o rito dos grandes espetáculos. Existe a preparação dos seguranças, a decoração do lugar, os infinitos ensaios e a ansiedade do palco. No momento certo, se tudo correr como planejado, existe o retorno da energia empreendida. E mesmo com toda doação, abnegação e prolongamento do pré-espetáculo, a sensação de quem se apresentou será a de ter recebido uma recarga de energia. Apenas mais tarde chega o preço, com o corpo se dando conta de tudo que executou em um espaço tão curto de tempo.

O grande celebrante da noite estava no vestíbulo, uma espécie de camarim batizado com esse nome pelo pessoal do culto, o espaço era mantido no mesmo terreno do templo. Nada que ostentasse o local destinado à celebração, mas havia sim uma bancada iluminada, uma TV moderna, um guarda-roupa com algumas escolhas em peças claras. Também um retrato do Abade, sem seus óculos degradê, emitindo um olhar penetrante que parecia ser capaz de vasculhar a mente humana. Os cabelos soltos, a barba protegendo a boca. Estava muito sério naquela foto, ocultando o homem e expondo a santidade.

Sob as prateleiras do vestíbulo havia gavetas de ornamentos com prendedores de gravata, pentes variados, gel de cabelo, abotoaduras e alguns perfumes. Os espelhos seguiam os móveis por todos os três metros da parede frontal. No momento, o Abade se encarava em um desses espelhos, avaliando algo que homens em sua posição jamais iriam confessar. Seus olhos estavam mais pesados, o rosto parecia um pouco flácido, esgotado depois de tantos risos. Sorrir o tempo todo cobrava um preço bem alto da musculatura, sulcava marcas, mapeava a idade. Já não era tão jovem, e mesmo que a barba e seus cabelos vermelhos emprestassem algum disfarce, seus olhos exibiam (e enxergavam) a verdade.

Ainda era bonito. Com o poder da palavra, ficava um pouco mais. Mas por quanto tempo? O Abade passou as mãos pelo rosto, moveu a pele, como quem atesta sua firmeza. Talvez devesse se render à estética. Submeter-se ao poder do botox e à magia dos fios de sutura. Mas por quanto tempo conseguiria ludibriar o próprio tempo? Valeria a pena?

— Heitor? — alguém bateu à porta.

Ele respirou fundo e se desviou de si mesmo. Caminhou até a porta e a abriu.

— Tudo bem com você? — perguntou a jovem. Era uma das Soberanas. — O Abade deixou todo mundo arrepiado hoje, sabia? Pensei que estivesse cansado, então vim perguntar se você precisa de alguma coisa.

— Precisar... Eu acho que todo mundo precisa de alguma, Lara. De paz, de amor, de vontade. Há quem precise até mesmo das dores de cabeça da vida.

— E do que o Abade precisa? — ela perguntou, e um riso pequeno e indiscreto nasceu nos lábios carnudos. — O que nosso paizinho precisa nessa noite?

Os olhos do santo rapidamente se tornaram olhos de homem. Não qualquer homem, mas um que conhece os caminhos da carne, seus atalhos, suas sensibilidades.

— Se o paizinho ainda tiver energia pra mãezinha, né... — Lara ronronou.

— Sempre haverá amor para uma Soberana — ele respondeu e chegou mais perto. Levou a mão até o rosto da mulher jovem e o acariciou. Ela fechou os olhos e deitou o pescoço, como um felino que se sente notado. A boca entreabriu, esperou por um beijo.

O Abade não a tocou e deixou que seu hálito entrasse pela abertura da boca, da mesma forma que tomou o hálito da jovem para si. Era um sabor único. Muitas pessoas pensam que o desejo nasce da carne, do toque, ou mesmo da imaginação. Poucas se dão conta que tudo nasce da boca, do hálito. O Abade sabia que o primeiro prazer humano brota no seio materno, então ele sugou aquele hálito, como quem suga a própria essência da vida.

— Eu quero, Abade, se você me quiser, eu quero.

Ficaram em um abraço quase completo, apenas as bocas não se tocando, embora o *não toque* fosse ainda mais caloroso. Os seios pressionando o peito. A virilha pressionando o ventre.

— Me leva, paizinho. Me leva pra cima — Lara disse e o apanhou onde era quente.

Ele gemeu e fechou os olhos, sorveu daquele prazer de ser tomado. Mergulhou as mãos por entre as pernas da Soberana e a içou até o encaixe perfeito. A colocou sentada na bancada e finalmente a beijou. Naquela noite, seriam feitos um para o outro.

— Que seja feita a nossa vontade, minha Soberana.

— Amém, paizinho. Amém — ela o sufocou em paixão.

III

Um homem de fé tem dez vezes mais afazeres que um homem comum, era isso o que não contavam sobre a missão do pastoreio. Para começar, o líder espiritual precisava ser (ou se formar) alguém capaz de dialogar com a raça humana, alguém que a imbuísse de coragem, esperança, muitas vezes de certezas improváveis. Para elevar o estado de ânimo dos outros, é preciso ter seu próprio ânimo içado ao limite, e não raras vezes é necessário exercer o que muitos chamariam de loucura.

A rotina do Abade era extensa. O despertar ocorria por volta das cinco, no máximo cinco e meia. Ainda em jejum, se dedicava a uma pequena rotina de exercícios, pois todo homem de fé sabe que seu primeiro templo é o corpo físico. Alonga daqui, quatro minutos de salto, alonga dali, meia dúzia de flexões. Agachamentos. Depois, um banho rápido, de preferência gelado. Duas bananas. Café. Duas vezes por semana pão liberado, e mais café. A sessão de meditação começava em seguida, e durava no mínimo duas horas. Nesses momentos especiais da manhã, o Abade finalmente ouvia, sentia, pressentia seu grande objetivo, seu ponto de chegada diário. Algumas vezes, a palavra vinha tão forte que ele pensava estar sonhando. Em outras, era um sussurro discreto, quase acidental. Terminada a meditação, hora de tomar notas, para que nada se perdesse ao longo do caminho. Depois o almoço e uma pequena cesta. Por volta das duas, o compromisso era o ensaio com os Anjos e Ungidos, o grupo de instrumentistas do templo. Além das músicas que o Abade cantava, muitas outras eram instrumentais, e nessas ele geralmente tocava guitarra base ou violão. O ensaio terminava por volta das três ou quatro da tarde. Então um horário livre, que geralmente era ocupado por solicitações dos fiéis. Aconselhamento pessoal, tratamento e cura, orientações profissionais. O atendimento aos assembleístas era feito nos dias ímpares, terças e quintas, também dois domingos por mês. Depois desses horários, esporadicamente, havia o encontro com Soberanas que porventura estivessem sentindo falta de um pouco do amor do Abade. Muitas vezes, qualquer parte do planejamento do dia era interrompido por uma visita da polícia, de políticos, de alguém importante que procurava pelos poderes de cura do grande homem. E depois outro culto. Depois outra noite. E o amanhecer de outro dia.

O Abade estava em seu local de atendimento aos fiéis, também anexo ao templo, quando sentiu seu peito apertar. Não sabia exatamente o motivo, mas estava certo de que não demoraria a descobrir. Era uma espécie de aflição, uma ansiedade que não lhe pertencia, mas que de alguma forma encontrou seu endereço. Não demorou dois minutos e ouviu uma gritaria do lado de fora.

— Eu exijo entrar! Sabe com quem vocês estão falando? Meu avô fundou a porra dessa cidade!

O Abade respirou fundo, como quem se obriga a saldar uma dívida que não é sua. Antes de sair, colocou seus óculos degradê e ajustou o colarinho úmido da camisa branca. Mesmo com o ar-condicionado, parte do ar que preenchia o cômodo parecia ter saído de um aquecedor.

— O que está acontecendo? — perguntou ao sujeito.

— Esses seus... empregados estão acontecendo. — O homem bufou e tomou a direção do Abade. Dois Guardiões fizeram menção de interpelá-lo, mas o Abade estendeu a palma da mão direita a eles. Fixou os olhos no homem gordo, suado e notadamente fora de controle que tomava a sua direção.

— Eles não são meus empregados, são meus ajudantes. Em que podemos ser úteis? — estendeu a mesma mão direita. O movimento foi brusco o bastante para se confundir com uma tentativa de soco, então o homem esbaforido se deteve. Raspou a garganta, ajustou o cinto na barriga e retribuiu o cumprimento.

— Celeste Brás. Desculpe a chegada barulhenta, mas esses seus cães de guarda são um pé no saco. Falaram que eu só conseguiria falar com o senhor na sexta que vem, e... puta que pariu, eu não posso esperar. Vamos direto ao ponto: quanto custa pra dar uma olhada na minha filha?

— Não tem custo. Mas tem fila. E se o senhor quiser, pode deixar uma contribuição quando for atendido. O que aconteceu com ela?

— É o que eu quero saber. Minha filha parou de falar faz duas semanas. Não fala comigo, não fala com a mãe dela, não fala com o irmão e nem com a porra da psicóloga que eu contratei. A menina não tinha nada, e de repente parou de falar. Olha, moço, eu não gosto dessa coisa de religião, não gosto de padre, pastor e nem de nada disso. Eu só vim na sua igreja porque todo o resto que eu tentei não serviu pra nada. Eu entendo que vocês têm uma fila e que tem muita gente atrás desses seus... milagres, mas eu pago o que for preciso.

— O senhor já deve ter percebido que tem coisas que o dinheiro não compra.

O Abade deixou seus olhos sobre os do outro, e foi como se o domesticasse, como se invadisse um centro de comando daquele cérebro sobrecarregado e desligasse alguns botões.

— É a minha filha, moço. E por um filho a gente enfrenta um leão. Se tiver alguma coisa que o senhor possa fazer por ela, eu fico muito agradecido. E quando eu digo milagre, não falo pra ofender a fé de ninguém. Meu antepassado, homem injustiçado que depois voltou pra ajudar a erguer essa cidade, foi libertado da forca. Emílio Brás era inocente e a corda arrebentou três vezes. Três. Se isso não é um milagre, então eu sou um macaco.

O Abade se demorou um pouco mais olhando para aquele homem, avaliando suas verdadeiras intenções e algum resquício de culpa. Abusos paternos eram bem mais comuns do que doenças misteriosas.

— Sua filha está com o senhor?

— Ficou no carro com a mãe. Achei melhor as duas não descerem. Minha esposa não dorme direito desde que isso começou, eu preciso trabalhar, então o problema acabou acumulando na coitada. Tá com o humor de um pernilongo.

O Abade deu uma nova olhada no homem e decidiu.

— Pode trazer a menina, Celeste. Eu vou falar com ela.

— Eu já disse e repito: não concordo com o que você está fazendo com a Naiara. Ela só tem doze anos, Celeste, doze! Você sabe o que comentam dessa gente, você não viu aquele documentário da Globo, o do Bial?

— Tá falando de quê, Vanessa?

— Desse povo, dessas seitas. Estou falando daquele tarado do João de Deus. Eu não quero que a nossa filha seja abusada por um desses pedófilos de roupa branca.

— Vem comigo, filha, vem. Não dá bola pra sua mãe. O moço que você vai conhecer ajuda muita gente, ele é uma boa pessoa. Não vai ter exame, agulha, nada dessas coisas, vocês só vão conversar.

A menina desceu do carro sem que o pai precisasse se esforçar. Mesmo sendo uma menina bem branca, estava um pouco pálida demais, principalmente nos lábios. Os olhos não se concentravam, Naiara parecia imersa em algum tipo de exaustão, um torpor.

— Pode deixar ela comigo, pai — disse a Soberana que o acompanhou até o pátio do templo onde o carro estava. Usava um vestido comum, claro e discreto, nada parecido com os trajes usados no culto.

— Você entra com ela — a mãe ordenou a Celeste. — Não perde ela de vista um segundo!

— Pode vir com a gente, se quiser.

Vanessa o encarou por cima dos óculos pretos. Seus olhos pareciam cansados e cínicos na mesma medida. Ela se esticou mais um pouco e deixou sua resposta com a pancada da porta do Toyota.

IV

O lugar destinado ao atendimento era funcional e bastante simples. Uma cama-maca, duas cadeiras, um aparador com um filtro de barro e copos descartáveis. No canto, uma pequena fonte com o ruído das águas. A porta era de aço, a sala não era climatizada, mas não chegava a ser quente como o lado de fora, beneficiada pelos aparelhos de ar-condicionado do templo. Uma Soberana de cabelos muito pretos na altura dos ombros guardava a entrada.

— Você pode me falar o que acontece lá dentro? Eu vou poder entrar com a minha filha?

— Se ela quiser, o senhor pode entrar.

— Mocinha, olha bem pra ela. Minha filha não quer ou desquer coisa alguma tem mais de uma semana. Se a senhora conseguir dela um sim ou não já vai ser um baita milagre.

— Entendo — a mulher disse cheia de compreensão. — O senhor pode ficar com ela.

— Cadê o homem?

— Está se concentrando. Ele precisa entrar em sintonia com as águas antes dos atendimentos.

— Água?

Mais uma vez a Soberana sorriu, e naquele momento Celeste sentiu vontade de perguntar se ela estava drogada, bêbada ou alguma coisa mais grave. Para ele e muitas outras pessoas práticas, aquele tipo de generosidade gratuita remetia a um traço de imbecilidade.

— O mundo é feito de água, nós somos feitos de água. A água é a morada do poder e da sabedoria.

Acima da porta havia uma lâmpada, que agora estava na cor vermelha. Era uma lâmpada pequena e discreta. Quando ela mudou para a cor azul, em alguns segundos, pai e filha entraram.

Vinte minutos depois, a lâmpada voltou a ficar vermelha. A Soberana abriu a porta e Celeste saiu como um trator, secando a testa com um lenço verde e puxando a filha pela mão. Naiara estava tão suada que parecia ter saído de um mergulho. Celeste disse "obrigado, muito obrigado" e seguiu acelerado. Chegou ao lado de fora em menos de um minuto. Entrou no carro, deu partida e colocou o ar-condicionado em dezessete graus.

Vanessa já havia perguntado o que tinha acontecido com eles, mas ainda não tinha recebido uma resposta.

— Você ficou mudo também? — ela reforçou.

— Vanessa, dá um tempo. Puta merda, eu não sei direito o que aconteceu lá dentro. Pareceu que aquele homem viu alguma coisa, e quando ele viu essa coisa foi como se a salinha virasse um forno. Tudo ficou quente, eu sentia o calor das paredes, do teto, até do chão. Eu mal conseguia me mexer, meu corpo parecia ter triplicado de tamanho.

— E ela?

A mãe saltou sobre o assento e conseguiu passar para o banco de trás, mesmo com o carro em movimento.

— Ei, calma aí, Lady Di! — Celeste reclamou ao levar um chute acidental.

— Você está falando de novo?— Vanessa perguntou à filha. — Por que parou de falar com a gente?

— Ela não vai falar agora. Ainda está se recuperando do tratamento dele. Mas o Abade disse que ela vai voltar ao normal.

Vanessa avaliou a filha minuciosamente, procurando por sinais que um homem apavorado não seria capaz de notar. Sabe-se lá o que aquele fanático poderia ter feito com a sua filha. Ela ouvia as histórias, lia os noticiários, essa gente que supostamente cura os aflitos é especialista em fazer os outros enxergarem o que eles querem. Celeste podia ter sido hipnotizado, mantido longe da filha, poderia até mesmo ter sido drogado. Isso explicaria aquele calor todo.

O rosto da menina também estava úmido, mas não havia marcas ou arranhões, ou coisas mais sutis como a vermelhidão deixada por uma agressão feita pela barba de alguém. O mesmo no pescoço, liso como uma folha de sulfite.

— O que é isso no pulso dela? Vocês amarraram ela? — Ela aumentou a voz um pouco. — Amarraram a minha filha? Naiara, eles fizeram alguma coisa com você?

— Ninguém fez nada — Celeste respondeu —, são as mãos dele. O pastor segurou ela um tempinho, foi coisa de um segundo antes do quartinho começar a esquentar. Ele não segurou com força, eu vi. Foram as mãos dele, as mãos devem ter fervido.

— Quanta besteira, meu Deus do céu! E o que mais? O que mais aconteceu com a nossa filha, Celeste Brás?

— Mais nada.

— Como mais nada, Celeste?

— Ah, eles ficaram se encarando, meio fora do ar. Os olhos dele viraram pra cima, um negócio esquisito de ver. Depois ele começou a tremer, parecia um ataque. Aí ele tombou. Eu precisei acudir o homem pra ele chegar na cadeira, ou ele teria se espalhado no chão.

— Só isso?

Celeste assentiu e guiou o carro para a direita, para a avenida que os levaria para casa.

— E ela não falou nada? Nadinha?

— Se falou, eu não ouvi. Mas ela pode ter cochichado no ouvido dele.

Vanessa retirou os cabelos do rosto da filha, ela transpirava bem pouco agora. Olhar Naiara naquela situação a enchia de ódio. Era como se ela estivesse revivendo os anos mais duros da maternidade, sozinha de novo. E quem estava sacrificando o trabalho na clínica era ela, não o senhor Bonito Brás, que gerenciava sua rede de abastecimento de restaurantes sem se preocupar com nada em casa.

— Eu devia ter entrado com ela — a voz trazia um tom de arrependimento. — Sabe, Celeste, quando a gente se casou, eu não fazia ideia de como você seria *ausente*. Você só pensa no seu trabalho, nos seus compromissos, no dinheiro que entra e sai. Você não pensa em nós duas. Se a sua filha tivesse vomitado igual a menina do exorcista, você ia falar que era dor de barriga.

— Sério que a gente vai discutir isso agora? Na frente da menina? E outra, eu neguei ajuda em algum momento?

— Não, *claro que não*. Se eu me lembro bem você disse: arruma o médico e eu pago.

— Ué... e isso é ruim? — ele olhou para trás, fazendo questão de encarar aquela mulher ingrata. Pagar todas as contas da casa era pouco, pagar a porra do plano de saúde era nada, os impostos então? Melhor ficar devendo. E pagar a escola da menina obviamente também era obrigação dele.
— Pra você tudo é pouco, Vanessa.

— Eu queria uma família, só isso.

— Olha, meu bem, algumas vezes eu queria que você ficasse muda no lugar da Naná.

— Como é *que é?* — Vanessa soltou um berro dos bons. Chegou a dar uma joelhada na parte de trás do banco do marido.

Celeste Brás pensou em se desculpar, por outro lado, era bom vê-la transtornada, pagando um tributo pelo comprimento da própria língua. Ele não era um mau marido, nunca foi. Pagava as contas, dedicava o carinho que ela permitia, o sexo talvez pudesse ser melhor, mas ele já estava com cinquenta anos e uma bela barriga — e ela desde os quarenta tinha setenta por cento das peças íntimas na cor bege (e nada das curtinhas e cavadas que ele tanto gostava).

Sem seu pedido de desculpas, Vanessa subiu na razão.

— Eu devia ter ouvido as minhas amigas.

— Oh, que maravilha. Então nosso casamento virou pauta para o seu grupinho de extermínio? — ele olhou para ela pelo espelho. Ela já sorria, ciente que tinha acertado outro calo do marido.

— Você não faz ideia do tamanho da piada que vocês são... — ela riu de novo, do modo mais cínico que foi capaz. — E é melhor você olhar pra frente, *amor* — disse cheia daquela mesma atitude azeda. Então ela mesma olhou, exatamente no momento que o homem apareceu na frente do carro.

— Cuidado, paaaaaai!

V

O Abade estava calado há vinte minutos. Já tinha deixado a sala de atendimento, tomado dois litros d'água e colocado o ar-condicionado do Vestíbulo no máximo. Precisou da ajuda de duas Soberanas para chegar até lá. Elas ainda estavam ao seu lado, observando e esperando.

O Abade sugou todo ar que pôde e sustentou o peito inflado. Soltou de uma vez. Voltou a sorver o ar e se levantou. Deixou o ar escapar lentamente. Abriu os braços. Olhou para o alto e os desceu bem devagar. Voltou a se sentar e finalmente pareceu se acalmar. Os braços repousaram nas pernas, as mãos espalmadas sobre os joelhos.

— Tudo bem com você? — Fátima, uma das Soberanas, perguntou.

— Acho que sim.

— Ficamos preocupadas. Nós nunca vimos você tão... esgotado — disse a outra Soberana que estava na sala naquele momento. — O que aconteceu? Foi a menina?

— Eu não sei, Dardânia, eu não faço ideia. Mas alguma coisa de um outro lugar estava com ela. Ou o lugar estava na menina, eu não tenho certeza. O que eu sei é que era escuro e... confuso. Um vazio tão presente que eu quase fui sugado por ele.

— Você?

— Meninas, eu não sou onipotente, sou alguém que recebeu um tipo de graça e tenta fazer bom uso dela. O que eu vi na menina pode ser o contrário. Essa coisa reagiu contra minha vontade. Me atacou, como uma sanguessuga.

— A menina é especial? Que nem você? — Débora perguntou.

— Não, ela é só uma menina na rota de colisão dessa... força.

— E por que ela ficou muda?

— Pra me dar um recado. É o meu palpite.

Ficaram calados por alguns segundos, o Abade deixou os olhos vagando pelo cômodo. Parecia inseguro, como se o ataque ainda não tivesse terminado.

— Que recado? — Fátima perguntou.

— Ela me disse: "algumas portas precisam ficar fechadas". Era uma voz forte, masculinizada.

Dardânia passou as mãos sobre os braços, estavam arrepiados.

— Nós podemos fazer alguma coisa? Pra você ficar melhor? — Fátima perguntou com os olhos macios e o tocou na perna direita. Os três reunidos no Vestíbulo sabiam o que ela queria dizer. Toda Soberana sabia cuidar de seu Abade.

Ele sorriu, mas preferiu abrir uma das gavetas próximas e apanhar uma caixinha de metal. Era uma caixa de biscoitos amanteigados, de cookies. De dentro, ele retirou uma outra caixinha, também de metal e quadrada, que continha uma cannabis perfumada. As folhas de seda também estavam na caixinha e ele rapidamente enrolou um baseado com a grossura de um dedo mindinho. Acendeu com um Zippo prateado e se recostou à cadeira.

— Acho que eu preciso voar um pouco.

6
CELESTE BRÁS, GILMAR CAVALO E O VIAJANTE

I

Celeste estava puto desde que saiu do templo e voltou para o carro, mas estava atento e olhando para a avenida diurna e desnutrida de movimento quando ouviu o estrondo. Foi como a explosão de um disparo, um tiro — mas menos agudo, e seco. Seguindo o ruído, um borrão mais escuro também apareceu na frente do Toyota, a mais ou menos uns três metros. Talvez tivesse sido possível desviar da coisa, mas o caso é que a visão era tão impactante que tudo o que Celeste conseguiu fazer foi enfiar o pé no freio e fincar as mãos no volante. Ouviu a voz da filha um segundo depois. Só se daria conta que o milagre acontecera depois de muitas horas.

O que os sentidos de Celeste Brás exigiam mostrar era mais drástico, um pedaço do impossível. À sua frente, em plena luz do dia, havia essa deformidade no tecido da realidade, como se o próprio dia, a rua, *o tudo*, fosse uma projeção em uma tela de chroma key. O que saiu pela deformidade (a aparência da distorção era alguma coisa líquida, como se o ar estivesse líquido) foi um homem usando uma espécie de manto, uma túnica de cor marrom. Havia sangue e suor em seu rosto, ele parecia sentir dor antes mesmo do impacto. E da forma que arregalou os olhos, parecia tão surpreso quanto o próprio Celeste Brás. Infelizmente, o sujeito não tinha um carro para se proteger, então a pior parte do impacto coube a ele.

No banco de trás, Vanessa — sem cinto de segurança —, se agarrou ao banco do marido e viu o homem de hábito ser catapultado, varrido para cima do Toyota. Os pneus ainda fritavam enquanto ela olhava para trás e o via aterrissar no asfalto, girando um dos braços em uma direção antinatural, para depois rolar como um tubo de PVC. Do jeito que parou, ele ficou, e o Toyota continuou funcionando enquanto Celeste procurava descobrir o desenrolar dos fatos pelos espelhos retrovisores.

— Puta que pariu, eu matei ele? Matei o cara, Vanessa?

Por alguns segundos, o tempo parou dentro daquele carro. As respirações se reduziram ao meio, os pulmões se recolheram na reserva. Mesmo os músculos involuntários decidiram esperar um pouco antes de retomarem seus trabalhos.

— Ele tá se mexendo? — Celeste perguntou dessa vez.

Vanessa estava se ajoelhando sobre o assento traseiro, ao lado da filha. Já não estava tão certa se Naiara tinha mesmo falado ou não, mas naquele momento até essa parte se tornou secundária. Cacete, seu marido tinha mesmo matado um cara?

— Tá ou não tá, Vanessa?

— Pelo amor de Deus, Celeste, encosta logo esse carro!

Ele resmungou alguma coisa e deu ré até o meio-fio. O carro ficou um pouco torto, a traseira guinada para a rua, Celeste não conseguiria nada melhor que aquilo.

A primeira tentativa de descer do carro foi frustrada pelo cinto, na segunda ele se lembrou de soltá-lo. Vanessa já estava fora.

— Naná, você fica aí, o moço pode ter... se machucado feio. Não queremos que você tome um susto.

Naiara manteve os olhos na mãe, abertos em demasia; assentiu com a cabeça. Nada de palavras. Do outro lado do carro, Celeste elevava o pensamento para um antigo ancestral que supostamente se livrou de uma morte certa na forca. Emílio Brás se tornou um santo popular na cidade, tinha gente que acendia velas na frente das Lojas Cem (o lugar onde a forca ficava em um passado remoto) até os dias de hoje.

Em dez segundos, Celeste e Vanessa mal recordavam os motivos de sua discussão. É um grande milagre do casamento como certas quedas de braço evaporam quando aparece um problema maior. E aquele parecia mesmo ser um dos grandes. O homem de hábito estava imóvel, havia sangue no chão, talvez ele estivesse...

— Será que eu matei ele? Minha Nossa Senhora, eu nem vi de onde o filho da puta veio.

— Shhh, fecha essa boca, Celeste. Tem gente olhando, gente que pode ajudar nossa família... depois.

Celeste e Vanessa foram os primeiros a chegarem ao corpo. Celeste fez menção de se abaixar, mas alguém o interpelou:

— Não põe a mão, patrão. Se mexer nele, pode piorar.

Era um homem de uns sessenta anos, talvez mais pela aparência, talvez menos pela idade real. Tinha dentes bonitos, podiam ter vindo de uma restauração. Os cabelos tonalizados com uma cor acaju mais artificial que uma pomba na lua.

— Você é médico? — Vanessa perguntou ao homem, recuperando o azedume.

— Eu? Sou dono de bar. A gente ouve de tudo.

— Viu de onde esse cara veio? — Celeste perguntou.

— Ele meio que apareceu do nada. Eu sou do bar ali da frente, estava fumando na porta e *puhhsshhh*, ele apareceu bem no meio da rua.

— Mais alguém viu de onde ele veio? — Celeste perguntou.

Uma mulher com um bebê de colo chegou mais perto e confirmou:

— Ele apareceu do nada, moço, Deus me livre... O senhor não tinha como desviar.

Celeste agradeceu ao seu antepassado. Discretamente, e só movendo os lábios, mas agradeceu. Ele não queria levar a morte de alguém nos ombros. Matar alguém em um infortúnio era uma coisa, mas ser o responsável direto pela morte de uma pessoa é diferente, imperdoável como apertar um gatilho.

Em um minuto havia mais sete pessoas rodeando o homem caído, atraídos pela má sorte do sujeito.

— Ele se mexeu! — uma garota de uns vinte anos disse.

Outro rapaz chegou andando depressa, usava calça social e uma camisa clarinha que, graças ao suor, permitia uma visão desagradável de seus mamilos.

— Eu já chamei o resgate, estão chegando.

O homem no chão finalmente se moveu. Com alguns gemidos, conseguiu virar o corpo, esticando as costas no asfalto. Olhava para o alto, para o céu que se tornara nublado há pouco. Havia sangue por todo o seu rosto, concussões, o lábio estava partido em dois lugares, arruinado na parte de cima. O olho esquerdo apresentava um coágulo bem grande.

— Meu carro não fez isso tudo — Celeste comentou baixinho.

Apesar de estar todo destroçado, o homem sorria, e havia tanto sangue na boca que o sorriso era vermelho, todo manchado.

— Meu deus, olha essa cicatriz — disse a garota. A marca pegava do rosto até a metade da cabeça do homem. — Acho que ele tá tentando falar alguma coisa.

Coube a Vanessa se abaixar. É possível que não o tenha feito por pura solidariedade ou empatia, mas para saber se o homem os acusaria pelo atropelamento. De todo jeito, ela chegou mais perto.

— Que lugar... é esse?

— Calma, o senhor está confuso, sofreu um acidente.

— Que lugar é esse? — ele repetiu, a voz vacilou um pouco. Os olhos pareciam forçar a abertura. A respiração estava curta.

— Três Rios — Vanessa respondeu. — O senhor está no centro da cidade.

— Três Rios... — voltou a sorrir. — Claro que é Três Rios.

Ele estendeu braço direito e acariciou o asfalto morno, como quem recompensa um animal por sua devoção ao dono. Depois desmaiou.

II

Gilmar Cavalo tinha acabado de lavrar uma coluna com seu nome, dissertando sobre mais um caso bizarro em sua cidade natal (um assassinato sangrento no bairro Limoeiro) quando recebeu uma missão bem mais indigesta do editor chefe do *Tribuna Rio Verde*.

— Porra, Elder, tá falando sério?

— Não sou eu que faço as regras, Cavalo, é o povo. Esse homem e a igreja dele estão dando mais assunto que as amigadas do prefeito, a gente precisa dar uma olhada.

— E a Sandra Gorja? Por que eu?

— Porque a dona Sandra está envolvida com os assuntos do grupo Piedade, e demorou quatro anos pra ela ganhar a confiança daquela gente. Não quero desvios de foco nesse momento.

Gil respirou fundo, suprimindo a vontade de mandar Elder desviar seu jornaleco para o lugar em que o sol não brilha. Seu biombo de PVC parecia mais quente naquele momento, ele aumentou a ventilação do seu Mondial.

— A gente sabe o que está acontecendo naquela igreja, Elder, já vimos acontecer antes, o Brasil inteiro viu. O sujeito chega em uma área carente, oferece esperança, oferece cura, e o povo abre as carteiras. Quando não abre as pernas.

— Esse é o ponto, Cavalo, e ficou muito pior desde o João de Deus. Antigamente a gente podia fazer vistas grossas pra esses malucos e ficava por isso mesmo, ninguém dava a mínima se era cura, mensagem de Deus ou exercício ilegal da medicina. Agora não, agora a gente sabe o que alguns desses filhos da puta fazem quando fecham as portas.

Gilmar suspirou levemente e se ajustou na cadeira.

— Eu tenho escolha?

— Claro que tem, todo mundo tem escolha. E eu também posso escolher acreditar que meu principal repórter e colunista não está mais empenhado em descobrir a sujeira que essa cidade esconde dos olhos do povo. Posso até mesmo acreditar que ele tenha desistido de se opor aos poderosos e mal-intencionados de Três Rios e região.

— Eu não falei isso.

— Claro que não, e faz muito tempo que eu escolhi não acreditar nessa papagaiada. Cavalo, eu só estou pedindo pra dar uma olhada. É nossa responsabilidade dizer a verdade, ainda mais hoje em dia, nesses tempos de internet e de fake news. As pessoas estão confusas, desapontadas, ninguém mais acredita na imprensa. Deus do céu, ninguém acredita nem em si mesmo. Nós, os jornais regionais, ainda somos a verdade de muita gente.

— E também vendemos a primeira página para corruptos e sonegadores de impostos como o Hermes Piedade.

— São negócios, Cavalo, apenas negócios. Do meu ponto de vista, nós damos a mesma liberdade dos canalhas se defenderem, da que eles teriam em um julgamento. No caso desse sujeitinho, puta merda, eu tenho uma neta de treze anos e outra de dez, e agora esse homem está atraindo todo mundo pra igreja dele porque aquela porra parece um show de heavy metal. Começa sempre assim, pequeno, esquisito, parece até piada. Até que a gracinha se torna grande demais pra ser controlada.

— Ele foi acusado de alguma coisa?

— Formalmente não. Mas parece que ele trepa com as virgens Maria da igreja dele. E se ele faz isso com elas, a gente sabe o que acontece com as outras. Me escuta, Cavalo, é só dar uma olhada. Você vai, conversa com o povo, se achar conveniente escreve umas linhas. Você tem credibilidade, o povo confia mais em você do que confia no jornal da hora do almoço.

Gil batucou os dedos na mesa.

— Tá certo, tá certo. Eu vou dar uma olhada. Mas se eu descobrir coisa feia, sujeira da grossa, eu mesmo chamo a polícia.

Elder sorriu com os lábios.

— Eu não espero menos de você. — Elder sorriu, já ia se levantando. — Não sei se você já soube, mas ontem um cara foi atropelado no centro, quase na frente do Bradesco. Estão falando que ele apareceu do nada e Celeste Brás estava vindo da tal igreja. Se quiser dar uma olhada, pode ser um tempero para a sua história.

— A vítima morreu?

— Não, levaram pra Santa Casa, parece que está em observação.

Gil batucou na mesa novamente. Com ou sem tempero, já estava com azia.

III

Com toda a empolgação que sentia visitando igrejas, Gil preferiu a segunda opção do dia, que era dar uma olhada na história fantasiosa do sujeito que apareceu do nada. Enfiado na profissão de repórter desde 2012, ele sabia que as melhores histórias esfriavam depressa, então decidiu passar pelo centro para tentar encontrar alguma testemunha ocular do tal acidente envolvendo Celeste Brás.

Naquele ponto da cidade, havia uma porção de pequenos comércios. Lojas de calçados, confecções, duas relojoarias, uma lotérica. Espremido entre eles, o Bar do Corvo, que já embebedava a população há quinze anos.

Gil deixou o carro a alguma distância do local do acidente, para fugir da cobrança do estacionamento rotativo e da caneta afiada dos fiscais da prefeitura.

A porta do Bar do Corvo estava sempre recostada, diferente dos outros bares que se espalhavam pela cidade. O lugar era discreto, e chegava a ser bem frequentado nos finais de semana. De segunda a quinta era porto seguro para bêbados, maridos entediados e funcionários que odeiam seus empregos. A iluminação era frágil, e de certa forma era excelente para quem precisa se esquecer da vida lá fora, mesmo que seja por alguns minutos.

— Gil? — o atendente disse assim que Gil se sentou ao balcão. — Não tinha parado de beber?

— Só desacelerei, João. As ressacas estavam ficando cada vez piores, eu não tive escolha. — Gil sorriu e estendeu a mão. Os homens se cumprimentaram, Gil pediu uma Coca-Cola.

A ks chegou supergelada e ele virou o primeiro copo de uma vez só, para matar a sede. Depois recarregou, pensando em tomar mais devagar. A tv do bar falava sobre a reinauguração de uma videolocadora, o que chamou atenção de Gil e também do atendente.

— Inacreditável — o homem do bar disse. Sorria.

— Eles vão reabrir no mesmo lugar, na George Orwell — Gil explicou. — Fizemos uma reportagem com os novos donos, quando eles ainda especulavam se iam mesmo fazer essa cagada ou não.

— Gente daqui?

— São sim, dois irmãos. Eles tiveram uma lan house nos anos noventa, ainda eram menores de idade. Na reportagem eles deram a entender que concorriam com a locadora na locação de jogos. Atari, Nintendo, Master System e por aí vai. A locadora de fitas de vídeo era do Pedro Queixo e do Dênis, conheci os dois, boa gente. Depois o negócio passou para o Renan, que era funcionário da loja desde sempre. Com a queda dos DVDs acabou de vez.

— Eu me lembro das locadoras fechando, mas também teve um incêndio, não teve?

— Isso aí. Nunca pegaram os responsáveis, a suspeita era queima de arquivo. No meio das fitas, o pessoal da locadora encontrava umas gravações acidentais, de clientes mesmo. A ideia de gênio foi do Pedro, pelo que eu soube, foi ele quem sugeriu comprar as fitas dos clientes e alugar meio às escondidas, eles batizaram de Lote Nove.

— E isso faria alguém colocar fogo na locadora? — João perguntou.

— Conheço gente que faria pior. Imagina ter seus segredos, sua intimidade, expostos em vhs? Tinha gente graúda naquelas fitas, descobriram uma seção inteira só com fitas de segurança. Tinha até sexo explícito.

— Vixi Maria. Lá em Terra Cota aconteceu um negócio parecido, mas foi com os celulares. Deu um rebuliço danado, teve até gente que se matou. Uma moça, coitada. Pegaram ela, o marido e um grupo de machos com a boca na botija, acabaram com a reputação dela. Parece que sobrou até para o menininho deles.

— Você tem parente por lá? Família?

— Agora só sobrou meu irmão, o Fredão, mas ele ficou meio louco. O juízo vem e vai, e ninguém nunca conseguiu encontrar o defeito da cabeça dele — João dispensou um riso penoso.

— É difícil lidar com transtornos mentais — Gil comentou.

— O Fred não nasceu assim, foi a religião que bagunçou a cabeça dele. Meu irmão sempre foi muito apegado com Deus, e quando Deus virou as costas, ele não soube conviver com isso.

Havia um único homem sentado dentro do bar, em uma mesinha, tomando uma pinga com Cynar e mexendo no celular. Ele raspou a garganta quando ouviu o nome de Deus jogado na tragédia.

— Seu irmão perdeu alguém? Esposa? Filhos? — Gil perguntou em um tom mais baixo.

— Não foi bem isso. — João chegou mais perto de Gil, ainda do outro lado do balcão. E falou mais baixo. — Um dia entrou um moço transtornado no bar dele, no Quinze de Terra Cota. O homem foi falando que tinha alguma coisa atrás dele, um... espírito ruim, mais ou menos isso. O negócio foi ficando esquisito, os assuntos foram se enchendo de medo, acabou em banho de sangue. Depois disso o Fredão mudou, ficou nervoso, assombrado, achando que a coisa espiritual estava atrás dele.

Gil guardou alguns segundos de silêncio antes de aproveitar o gancho religioso.

— Tem um pastor novo aqui na cidade, parece que ele anda curando as pessoas. Já ouviu falar?

— E quem não ouviu? A igreja dele fica no Novo Horizonte, você passa a loja de carros do Alemão e segue embora. É no mesmo quarteirão do terceiro cartório.

— Conhece ele? Pessoalmente?

— Conheço quem conhece. Diz que é boa gente, envolvido com os problemas dos pobres, parece que ele tenta ajudar quem precisa. Tem muita gente rica interessada nele, o meu palpite é que daqui uns anos ele saia candidato a vereador, que nem fez o pastor Aloísio.

— Lugar de padre é na igreja — Gilmar reagiu.

— E lugar de político é fora dela — João concordou. Apanhou o casco vazio do refrigerante que Gilmar tomara e limpou o suor do balcão com um paninho. — Seu Gil, seu Gil... Você veio até aqui só pra falar de religião e tomar uma Coca pura?

— O plano é escrever uma matéria sobre o pastor. Mas eu vim no rastro do acidente que aconteceu ontem.

— Do seu Brás?

Gil confirmou com um movimento da cabeça e perguntou:

— Chegou a dar uma espiada?

— Eu e a rua inteira.

Gil sacou o celular do bolso. — Posso gravar seu depoimento?

— Dá pra colocar uma propaganda do Corvo em algum canto dos classificados?

Gil assentiu e começou a gravar pelo aplicativo.

— Eu estava na frente do Bar, fumando um cigarro, querendo atravessar a rua. O seu Brás vinha com o carro dele, tava a mais ou menos uns oitenta metros. Dava pra ver que ele não corria. Tinha mais gente na calçada e do outro lado da rua. E tinha um pintor dando um retoque da Sorveteria do Pereira. Primeiro a gente ouviu um barulho, um som de tiro. Não foi muito alto, foi meio xoxo até, mas eu ouvi certinho. Aí o homem apareceu. Apareceu do nada.

João parou de falar por um instante.

— Essa parte fica entre a gente pode ser? — pediu.

Gil pausou a gravação e mostrou o celular, para garantir sua palavra.

— Gil, eu não quero meu nome na história toda por causa do meu bar. Depois do estouro, veio um... um negócio doido, parecia que um pedaço da rua tinha virado água, e do outro lado ficado de noite. Só um buraco. O sujeito saiu desse buraco, de manto, parecia um frade. O carro acertou ele com tudo, o homem rolou por cima e o seu Brás socou o freio. Depois todo mundo desceu, juntou curioso, virou uma bagunça. O pessoal do socorro chegou rapidão e levaram ele daqui, foi direto pra Santa Casa.

João ficou quieto, possivelmente pensando se deveria continuar falando.

— Essa parte é mais confidencial ainda, porque o menino pode perder o emprego, ele trabalha na faxina lá no hospital e bebe aqui. Diz que o homem que foi atropelado tinha sido moído na porrada antes do carro do Brás pegar ele. Tinha marca de chute, de soco, tava com duas costelas trincadas e o saco inchado. — João parou de falar de novo, pra servir mais uma dose de cachaça para o outro cliente. Logo voltou.

— Ele não fala coisa com coisa. Os médicos não sabem se é porque bateram na cabeça dele com muita força ou porque ele é louco mesmo. Falaram que vai ficar em observação até descobrirem quem ele é.

— Não tinha documentos? Telefone? Nada?

— Só acharam uma dessas fotos instantâneas antigas, uma polaroid. Na foto tem ele e um casal, na frente de uma fábrica de mel. Diz que o homem era o seu Ítalo e a mulher era a dona Gemma Dulce. Não agora ou quando eles eram velhinhos, mas de moço.

— Isso é estranho...

— Eu também acho, mas quem reconheceu a foto lá no hospital foi um tal de seu Adamastor, ele ainda trabalha na contabilidade do hospital, na arrecadação, e trabalhou pros Dulce metade da vida dele. E se eu mesmo vi esse sujeito aparecer, assim do nada, no meio da rua, que nem fantasma... acho que eu tô naquele ponto onde não duvido de mais nada.

IV

Se Gilmar não estava muito feliz com sua missão, ficou um pouco mais irritado quando a chuva começou a cair, já na chegada da noite. Se já estava incomodado por ter que sair de casa em um dia perfeito para assistir a um filme com três latas de cerveja, sua irritação cresceu quando a tempestade cortou a energia do bairro, forçando-o a terminar o banho com água fria. Furioso, ele saiu de seu Renault vinte minutos depois, abriu o guarda-chuva e, com grande ironia, se dirigiu à igreja do pastor milagroso.

Como já descobrira por fotos, a igreja triangular era no mínimo intimidadora, mas o efeito talvez fosse o contrário para alguém que espera encontrar a salvação dentro daquelas paredes e vidros. Nesse ínterim, Três Rios tinha uma bela história. E como muita gente da cidade, Gilmar Cavalo também tinha seus motivos para detestar toda aquela merda religiosa, tinha todos os motivos e mais uns dois ou três que certamente acumularia naquela noite.

Assim que se aproximou da porta, um homem jovem e alto, que praticamente trazia uma assinatura de leão de chácara estampada na testa, se aproximou, mas tudo o que fez foi se oferecer para cuidar do guarda-chuva de Gil. Ele agradeceu e o deixou com o sujeito.

Havia mais mulheres do que homens, notou logo em um primeiro olhar, mas a diferença não era tão grande quanto esperava encontrar em uma congregação relativamente nova. Em quase todas as religiões menos populares no Brasil (leia-se não católicas, não espíritas e não evangélicas), quem move os primeiros anos de uma congregação são as mulheres. Os homens chegam depois, falidos, viciados, com pensão para pagar e arrastados por suas esposas e filhas.

Gilmar notou duas mulheres o observando com maior atenção. Elas olhavam, disfarçavam e voltavam a olhar para ele, às vezes cochichavam alguma coisa ao pé do ouvido.

Pelo que encontrou na internet, as mulheres de vestimenta idêntica eram chamadas de Soberanas. Nessas mesmas páginas da Ministério das Águas, algumas frequentadoras da assembleia confessavam muito daquilo que Gil já suspeitava. O tal Abade exercia uma sedução sobre suas fiéis, era tratado como um santo e, ao mesmo tempo, como objeto de adoração sexual. Quanto aos homens à serviço da igreja, eles eram chamados de Guardiões, não eram tão próximos ao Abade quanto as mulheres. Naquela noite, estavam distribuídos pelo templo, em posições estratégicas. Havia alguns deles perto da entrada, outros nas saídas laterais; no palco, Gil observou pelo menos quatro. Eles sorriam pouco e tinham aparelhos de comunicação discretos nos ouvidos. Não seria espanto se portassem armas.

Precisamente às oito da noite, alguém tocou o sino e o Abade fez sua entrada mística triunfante com suas Soberanas, ovacionado por palmas e palavras de afeto e admiração. A banda não errou um único compasso, um único semitom na mudança dos acordes. Os músicos pareciam estar em plena sintonia com o Abade, êxito que muitos grupos só conseguem atingir depois de muito tempo, muito ensaio e, principalmente, muita dor de cabeça entre uma apresentação e outra.

Ele vem, para nos tirar da penúria
Ele vem, de onde é gentil e agradável
Ele que nasceu das nossas preces,
Ele que reinventa o mundo

Salve nosso Abade, príncipe em vontade
Salve o Senhor das Águas, que nos traz renovação
Vamos para as terras verdes com a nossa estrela
Vamos juntos em verdade e devoção

No final, uma terceira estrofe entoada pelo próprio Abade falava sobre a sabedoria universal que o grande Cultor esconde dos homens, para que eles não destruam uns aos outros em sua busca desenfreada por poder. Uma canção sobre humildade, resignação e recompensa. Finalmente, a retirada dos óculos degradê para um olhar mais atento em sua assembleia.

— Eu sou o Abade e vocês são o meu reino. Boa noite, meus amados irmãos e irmãs. Esposas. Boa noite, família.

— Boa noite, Abade! — Como era hábito, a igreja respondeu quase ao mesmo tempo. Para Gil, a empolgação das vozes pareceu exagerada.

Também era inegável que aquelas pessoas estavam felizes. Não refletiam algo orquestrado ou simulado, mas uma emoção verdadeira. Havia cumplicidade entre eles quando os olhos se cruzavam, uma comunicação que dispensava palavras — o que era assustador pra caramba. Se aquele homem conseguiu um efeito tão poderoso em tão pouco tempo, seria capaz de arrastar uma multidão para o abismo em uma década, talvez menos.

— Como sabemos, hoje é um dia especial, porque temos a chance de estarmos juntos mais uma vez. — O Abade caminhou alguns passos pelo púlpito. Passou ao lado de uma Soberana, apanhou sua mão e a beijou com delicadeza.

— Eu não sei se vocês já pararam para pensar em como a nossa vida é curta. Em como, muitas vezes, não faz sentido o rancor que cultivamos em nossos corações. Nessa semana, eu conheci algumas pessoas de fora do nosso círculo, do nosso reino. Mas irmãos, eu vos digo em verdade: eles estão em sofrimento. São pessoas boas, claro que são, mas estão perdidas, dignas de nossa piedade. Mas o que podemos fazer por uma ovelha criada em cativeiro senão alimentá-la? Senão protegê-la dos lobos? Estou certo?

Algumas pessoas concordaram, mas a maioria não se manifestou.

— Estou errado! — o Abade disse mais alto. Prosseguiu em tom ameno. — A ovelha que vive em um cercado acaba virando casaco de seu pastor, ou leiteira, ou carne. No final, uma ovelha que ama sua prisão trama sua própria execução. Ovelhas amam a mão do açoite. Amam sentir medo.

Ele caminhava lentamente de um lado ao outro.

— Não somos ovelhas, meus amados. Tampouco somos lobos. De onde eu nos vejo, somos a potencialidade humana, o nó da corrente, somos amantes da liberdade de ir, vir ou continuarmos onde estamos.

Na fileira onde Gilmar escolheu ficar, a maior parte das pessoas era composta por mulheres na faixa de quarenta a cinquenta anos. Seus olhos queimavam concordância. As mãos estavam unidas, apertadas ao ponto de marcar as juntas dos dedos.

— Lá fora, no asfalto quente da nossa Três Rios, somos alvos fáceis para esses pastores do mal, para essa gente cinza que quer nos devorar. Eles dizem: "acreditem em mim, eu sou o caminho", "acreditem no meu Deus!", "acreditem na vida eterna", "no céu!", "no purgatório", "no inferno!".

O Abade agora estava sorrindo, não cinicamente, mas um riso quase apiedado.

— Vou dizer no que vocês devem acreditar: EM VOCÊS MESMOS!

Com o grito do Abade, Gil enrijeceu o corpo, chegou a sentir uma fisgada na coluna pelo esforço repentino. A igreja, ao contrário, pouco se abalou, quase todos mantinham a mesma serenidade irritante no rosto.

— Se vocês, amados irmãos, não acreditarem em si mesmos, se vocês não forem donos de seus próprios destinos, alguém o será. A palavra de hoje é sobre liberdade.

O Abade desceu do púlpito e começou a caminhar pela igreja com seu microfone sem fio. Olhava para a congregação com confiança e sobriedade, os encarava com olhos de quem reconhece a si mesmo.

— Segundo o dicionário, liberdade é o grau de independência legítimo que um cidadão, um povo ou uma nação elege como valor supremo, como ideal. Também é uma condição daquele que não se acha submetido a qualquer força constrangedora física ou moral. Estado daquilo que está solto, sem qualquer empecilho tolhendo os seus movimentos. Existem muitas outras definições, mas o resumo de todas é o mesmo: liberdade é o que você pode fazer até não contrariar o sistema.

O Abade riu, dessa vez com algum sarcasmo.

— É uma graça não é mesmo? Isso não é liberdade, meus amados, isso é um pasto! Se você está restrito a uma gaiola, então você não é mais um pássaro, você é um animal de estimação, um colecionável, uma peça! Vejam bem, com isso eu não quero dizer que não há regras, mas digo que se uma regra não o atende, você não é obrigado a cumpri-la, desde que não ofenda fisicamente ou economicamente o seu vizinho. Liberdade então deveria ser algo como: não ofenda o outro, não o prejudique. E indo mais além: ame seu próximo, na medida do seu possível.

O Abade caminhou mais um pouco, os olhos sempre cravados em sua assembleia.

— Muito se diz sobre a nossa congregação, pouco se sabe sobre nós. Mas eles sabem que nós somos livres no amor, sabem que nós somos livres na palavra, e sabem, para o seu DE-SES-PE-RO, que nós estamos crescendo em número e em vontade. Atraímos o ódio de muitos deles porque nos recusamos a odiar. Nos repudiam porque repudiamos servir as piores partes desse sistema.

— Eles chamam a gente de promíscuos — alguém disse. Era uma mulher, na casa dos trinta anos, estava duas fileiras à frente de Gil.

— Promiscuidade não é se deitar com quem desejamos, mas ser obrigado a deitar-se, a submeter-se a alguém que já não nos completa. Esposas traídas, maridos infiéis, corpos que perderam a forma ou mentes que perderam o conteúdo. Vivemos tempos onde a vaidade se tornou mais que um pecado, evoluindo a um crime. Mas quem não gosta de um pouco de beleza? Quem não gosta de mais tempero na comida? De mais açúcar na sobremesa? A união em carne, minha gente, não é algo que precisa ser tratado como tabu, ou com toda essa pompa que somos obrigados a assimilar. A união de dois é uma coisa simples, e quando é boa, é o ato supremo de amor. De dois, de três, de uma dúzia, se assim for desejado e consentido!

Dessa vez o templo se rendeu ao riso, assim como seu Abade. Silenciou da mesma forma.

— Mas não é o que eles, lá fora, dizem e exigem. Fora dessas paredes o ato de amar é pecaminoso, sujo e arriscado. Do outro lado, a lei escreve que o homem só pode ter uma mulher, e uma mulher só pode ter um homem, e essa é toda liberdade concedida a um ser humano. Liberdade? A minha liberdade é poder escolher quantas e quantos, a que horas, e com qual propósito. A minha liberdade é estar bem comigo mesmo e fazer o melhor por quem me acompanha. Liberdade, meus congregados, é o poder da escolha.

O Abade caminhava pelo centro do templo, no corredor entre os bancos, e pela primeira vez ele pareceu um pouco cansado aos olhos de Gil. Transpirava no rosto, também estava ligeiramente vermelho. Aquele cara podia ser um mentiroso, um charlatão, e Gil apostaria três meses de seu salário nisso — mas era um mentiroso dedicado.

Chegou ao púlpito e recolocou seus óculos. Apanhou uma guitarra (uma Gibson SG branca), uma das Soberanas o ajudou a ajustar a correia nas costas. Ele a beijou nos lábios e entoou um mi menor limpo, sem distorção, apenas deixou a palheta descer, bem devagar.

— Agora vamos cantar, para que o poder das águas possa nutrir nossos corpos e espíritos.

Assim que a música começou — uma balada com uma clara inspiração de um folk americano —, os fiéis trocaram os bancos pela direção do púlpito, formando três colunas, duas laterais e uma central. Quase todo o banco de Gil tomou as filas, apenas um homem permaneceu ao seu lado.

— O que acontece agora? — Gil perguntou a ele. Precisou falar um pouco mais alto para ser ouvido.

— Primeira vez, é?

Gil assentiu.

— Eu me lembro da minha — o homem disse, olhando novamente para a figura carismática do Abade. — Faz uns seis meses que eu me lavei, mas no começo achei que todo mundo aqui era meio doido.

— Bom, eu estou mais ou menos nessa.

— Ele parece meio doido até hoje, mas o Abade ensinou a gente a seguir nosso próprio caminho. Aqui tem alegria, tem música, tem até namorada — o homem sorriu, exibindo uma prótese dentária exagerada no tamanho.

— Principalmente ele, não é?

— Ah sim, as Soberanas. O povo diz que eram mulheres maltratadas pela vida. Puta, mulher que apanhava em casa, mulher que morava na rua. Agora elas tão bonitona assim, mas quando chegaram aqui era só pele e osso. O Abade devolveu a felicidade pra elas, e em troca... troca não, troca é uma palavra feia, em agradecimento acho que elas dão o que tem de melhor.

— E se elas não quiserem?

O homem riu e perguntou de volta:

— Moço, qual é o seu nome?

— Gilmar — respondeu, temendo ter sido reconhecido. Ele era figurinha fácil na cidade, mesmo que seu rosto não aparecesse tanto quanto os repórteres da TV. Em lugares conservadores como Três Rios, o jornal escrito ainda tinha um grande valor, principalmente entre os mais velhos.

— Então, seu Gilmar, aqui ninguém tá contra a vontade. A gente vem porque quer e fica porque gosta. Quem quiser fazer o caminho de volta, eu, o senhor, as Soberanas, até mesmo o Abade, a porta tá sempre aberta.

Gil consentiu com um gesto da cabeça e ficou calado alguns segundos, interessado nas filas.

— O que eles estão fazendo? É um tipo de comunhão?

— É água santa. A gente toma um copinho antes de voltar pra casa.

— O senhor vai tomar?

— Aqui a gente entende que só deve pegar do mundo o que é preciso. Quem se sente bem, quem tá com saúde e não tá precisando de nada, deixa a água pra outra pessoa.

Gil pescou a ideia. Se você ensinasse àquelas pessoas que todo excesso deveria ser repassado a outros, a lição logo se estenderia a todas as coisas. Comida, bens materiais, dinheiro, vagas de empregos, vagas de escola... esposas. A menos que aquele sujeito tivesse inventado uma forma funcional de socialismo, ele não era muito diferente da penca de líderes religiosos que se encontra por aí.

V

Terminada a cerimônia das águas, o Abade retomou a palavra, e se precisasse ser muito sincero, Gil diria, secretamente, que ele gostou de algumas delas. O homem era um libertino, isso era fato. Talvez tivesse um sério problema com sua sexualidade, além de ser um pouco informal demais para chefiar uma congregação daquele porte. Mas o que mais chamava atenção era sua completa falta de medo, até mesmo de bom senso. Nas mãos de um jornalista tendencioso, metade do que ele disse naquela noite seria o suficiente para mover a opinião pública a apanhar tochas e encher garrafas com gasolina.

Na maior parte do tempo, o Abade ficava separado dos fiéis, sendo auxiliado pelas tais Soberanas. Elas seriam o próximo alvo de Gil. Conversar com aquelas mulheres longe do templo talvez trouxesse uma denúncia. Ainda não havia descartado a ideia de que elas fossem, de alguma forma, reféns do religioso.

Depois de mais um bloco de música — e essa parte Gilmar gostou de verdade, afinal de contas o conjunto não devia nada a bons grupos norte-americanos e canadenses de gospel e R&B —, o Abade finalmente se despediu, desejando uma noite calma e que todos encontrassem seus lares e entes queridos em perfeito estado. Com tudo o que fez em um espaço tão curto de tempo, era de se esperar que estivesse exausto, mas o homem demonstrava um vigor e um preparo físico impressionantes. Não fosse pela barba que emprestava idade e maturidade ao rosto, ele se passaria por um rapaz jovem, na casa dos vinte e cinco, trinta anos. Agora estava à frente do púlpito, satisfeito e sorrindo, enquanto algumas pessoas se aproximavam para cumprimentá-lo pela celebração. Gil decidiu se aproximar e observar mais de perto.

— O senhor está na fila? — alguém perguntou a Gil, já passando por ele. Uma mulher.

— Não, eu só estou esperando a minha... filha — Gil mentiu sem ser ouvido.

Em meio a tantas pessoas, aquela mulher talvez passasse despercebida, mas o rosto não escapou do radar de Gilmar Cavalo. Ele havia sido responsável por pelo menos cinco matérias a seu respeito, e duas delas em seu início como repórter do *Tribuna Rio Verde*.

Mas o que Beatrice Calisto Guerra estava fazendo naquele lugar?

VI

— Pastor. Eu preciso falar com o senhor.

O Abade desceu os óculos e perguntou um pouco incomodado: — Pastor?

— Pastor, frade, padre, tanto faz, mas eu acho que é você mesmo.

— Mocinha, a senhora cortou a minha frente! — Adelaide reclamou.

— Foi mesmo, que falta de educação! — Noemi corroborou. Sônia fez mais do que isso e recuperou o lugar, efetuando um jogo de corpo em Bia.

— Gente, desculpa mesmo — Bia disse —, é caso de vida ou morte. Moço, tem algum lugar onde a gente consiga falar em particular? Você é o Abade, não é?

— Venha comigo, por favor — uma Soberana se aproximou já tomando Bia pelo braço direito. Bia reagiu com ímpeto e se desvencilhou.

— Se você sabe o que é bom pra você, tira a mão de mim.

A Soberana espalmou as mãos em inocência e o Abade assentiu com seu afastamento, apenas para que a mulher desconhecida se acalmasse.

— Qual é o seu nome, minha amiga? — o Abade perguntou.

— Bia, me chamo Beatrice, mas todo mundo fala Bia.

— Olha só, Bia, já estamos no encerramento da celebração. Foi uma noite muito feliz, as pessoas estão alegres e cheias de esperança, não vamos estragar tudo com precipitações. Se você puder aguardar até que todos se despeçam, nós podemos conversar. Pode ser dessa forma?

Bia olhou ao redor e tudo o que encontrou foi um bando de insetos rodopiando em volta da luz chamada Abade. Insetos tolos. Mariposas, gafanhotos e besouros vira-bosta. Pernilongos. Insetos ridículos.

— Tá. Mas eu só saio daqui depois de falar com você.

Bia foi para um local afastado da fila, próximo a uma das colunas do templo, ainda no campo de visão do Abade. Duas Soberanas ficaram a uma distância de dois metros de onde ela estava, um Guardião chegou mais perto do celebrante. Outro Guardião notou Gil sozinho em um dos bancos, perguntou se ele tomaria a fila e o informou que era hora de ir para casa — a fila contava com apenas três pessoas. Gil achou melhor acatar. De fato, não viu nada que não esperasse ver, a não ser a presença daquela mulher.

A última pessoa da assembleia a falar com o Abade foi uma menina, devia ter por volta de quinze anos e estava com seu pai. É possível que conhecesse o Abade, ele a cumprimentou se abaixando e a abraçando. O pai se despediu com um aperto de mão e um sorriso sem economia.

O Guardião foi dispensado pelo Abade em seguida, também as duas Soberanas. Elas o fizeram a contragosto, mas não abriram a boca — seus rostos disseram o que era preciso.

— Desculpe ter feito você esperar, Bia, foi com boa intenção. Vamos sentar — o Abade apontou um banco da congregação.

— Eu é que peço desculpa. Chegar assim desse jeito, não sei o que me deu.

— Urgência?

— Bom, isso é.

Antes de continuar, Bia olhou ao redor, ainda não parecia seguro falar do que falaria perto de gente de igreja. O pessoal da cidade podia chamar de culto, de seita... de Mundo do Beto Carreiro, Casa da Amizade ou Disneylândia, mas uma igreja era uma igreja.

— Eu não sei por onde começo. Igrejas me deixam nervosa.

— Por que não se apresenta? Eu sei que você é Beatrice conhecida como Bia, mas isso é tudo o que me contou.

— Eu... eu cuido de alguns jovens já faz uns anos, eles são como a minha família, a família que eu perdi. Não sei se você sabe essa parte da história, você é daqui mesmo? De Três Rios?

— Faz um bom tempo. Mais de trinta anos — o Abade explicou.

— Tá, já serve. Se você esteve aqui nos últimos vinte anos vai se lembrar daquela cratera enorme que apareceu no Jardim Pisom, e das crianças que foram atraídas para o buraco.

O Abade continuou calado, inexpressivo. Não disse nem sim nem não, e isso indicava um sim a Bia. Ele também tiquetaqueou com a perna direita, bem de leve, mas ela percebeu.

— Chegou a ter mais de vinte crianças em volta do fosso — Bia explicou.

— E você era uma delas?

— Não, eu estava... me recuperando... de uma doença. Estava em tratamento. Mas o que eu descobri nas minhas pesquisas é que havia uma força, alguma coisa nessas crateras que atraía as crianças até lá. Ninguém chegou em conclusão nenhuma do que era ou por que só afetava as crianças, mas foi assim que aconteceu.

— E como estão essas crianças hoje em dia?

— Grandes... estão adultos. Faz mais de dezessete anos, moço, e em todo esse tempo elas não falam com ninguém, não interagem, elas parecem desligadas. Dezessete anos de isolamento. Elas ficam comigo na Clínica Santa Luzia, temos um bom acompanhamento médico, tentamos fazer o melhor possível.

— Tudo bem, agora vamos para a segunda parte — o Abade disse. — Como você chegou até mim? E o que exatamente eu posso fazer por vocês? Doações?

— Cairia bem — Bia sorriu. — Mas o senhor foi... é... como eu digo isso... o senhor foi sugerido.

O Abade continuou atento e calado, não pretendia dizer alguma coisa que pudesse interrompê-la ou mudar o fluxo do pensamento.

— Eu... eu acho que posso ter uma conexão com... que droga, moço eu sempre me sinto uma maluca quando chega nessa parte.

— Pode relaxar. Não estou aqui pra julgar quem atravessa as minhas portas, não é o caminho que eu escolhi. Estamos em um lugar onde falamos com o Sagrado, onde muitos falam com a ideia que têm de Deus. Isso também é meio maluco — o Abade sorriu.

— Eu tenho uma conexão com o outro lado, é isso. As pessoas chamam de lado espiritual, de além, já ouvi gente chamando de mundo oculto.

Bia ficou mais calma assim que conseguiu falar, até a sua respiração se alongou.

— Essa comunicação era bem mais forte quando eu era novinha, e eu acho que posso ter bloqueado uma parte dessa capacidade conforme fui crescendo.

— Mediunidade?

— Tem gente que chama assim, certeza mesmo eu só tenho que os meninos me deram essa palavra: Abade. Eu não fazia ideia do que significava até a enfermeira que trabalha comigo na clínica jogar no Google. Ela escreveu Abade e Três Rios, então apareceram umas quatro páginas com o seu rosto, falando da sua igreja.

— Templo, chamamos de templo. E, pelo que eu entendi, você acha que essas pessoas de alguma forma pediram pra me chamar?

— Bom, é o que parece pra mim. Mas se você tiver outra ideia...

Os dois ficaram calados. Do lado de fora, o vento assoviava um novo segredo da cidade, um que era só dele, da cidade e de mais ninguém. A chuva prometia cair com vontade, os novos trovões já roncavam. Aquela era uma noite de grandes decisões e mesmo o céu do local parecia saber disso.

— Por favor, moço, mesmo que não seja nada, ou que seja coincidência, faça uma visita pra gente. Eu li sobre as curas que aconteceram nesse lugar, pelas suas mãos, e eu não duvido de tudo como esses céticos azedos. Existe um poder maior, eu sei que sim. Eu vi. Eu ainda vejo.

— Não é sempre que o aflito recebe a graça, você também deve ter visto isso.

— Vi sim. E sei que toda graça recebida tem seu preço. Só estou pedindo pra dar uma olhada neles.

O Abade demorou algum tempo nos olhos de Bia. Havia neles inocência, crença, havia um certo senso de confiança cega e irrestrita que é muito peculiar das crianças.

— Eu posso encaixar para as próximas semanas, mas a parte do dia está abarrotada de compromissos. Talvez depois de uma celebração, depois das sete da noite. Fica muito tarde pra vocês?

— Não, assim está ótimo. Meu pessoal fica mais animadinho quando chove, então é bom se a gente puder aproveitar esse clima.

— Animadinho?

— É jeito de falar, a chuva parece que recarrega as baterias deles. Você tem alguma orientação? Eu preciso fazer alguma coisa? Ou eles?

O Abade sorriu e passou as mãos pelos cabelos longos, já um pouco abatidos com a agitação do dia.

— Parece que você já tem feito, Bia. Agora é minha vez de tentar ajudar.

O final da conversa veio acompanhado de um trovão.

Em seguida, Bia se levantou, tornou a agradecer e deixou um cartão da clínica com ele. Depois saiu pelo estacionamento praticamente vazio na direção de um Uber. Chovia.

O Abade estava à frente da porta do templo, acenando, garantindo que a mulher partiria em segurança. Assim que ele voltou para dentro, um Guardião se aproximou da porta para fechar as travas.

— Obrigado pela noite de hoje, Dinho — o Abade disse, se detendo por um minuto.

— Eu que agradeço, Abade — o homem respondeu. — Hoje foi uma noite especial, minha mãe estava na igreja, primeira vez que ela veio.

— Ela está melhor?

— É... acho que sim. Ela vivia só pro meu pai e ele pra ela, agora que ele se foi, ela está meio desorientada. Minha mãe não dirige, não entende nada de banco e de conta, o negócio dela é passar roupa pra fora e cuidar de casa.

— Ela vai se adaptar, esse é o custo da vida humana. Tenha uma boa noite, meu amigo.

— Boa noite pro senhor também.

Os passos do Abade tomaram o caminho de seu quarto, que ficava aos fundos do templo, em outro anexo. Tinha um apartamento na cidade, mas era bem mais frequente que dormisse fora dele. Entrou no quarto e já havia duas Soberanas dentro do cômodo. Uma estava apenas de roupas íntimas, deitada, assistindo a TV. A outra mulher, Dardânia, vestia um roupão azul e segurava um calhamaço de folhas de sulfite. Estava sentada em uma poltrona.

— O nome dela é Beatrice Calisto Guerra — Dardânia disse.

O Abade tomou as folhas e começou a ler.

— Não sei o que faria sem vocês — ele a beijou nos lábios e voltou aos papéis. — Eu sabia que tinha reconhecido aquele rosto, só não sabia de onde. Bia, claro que sim. A menina que ficou em coma. A mesma que escapou de um atentado.

— Não é só isso. Ela também foi suspeita de ter incendiado a casa onde morava e causado a morte da avó, e pode ter se envolvido na morte dos pais biológicos. Pelo que eu entendi, o processo não foi em frente porque os avós paternos entraram com outro processo, acusando o advogado do município de assédio. Como ela era só uma menina, e uma menininha órfã, a opinião pública, os jornais, todo mundo a apoiou e o processo de acusação foi encerrado.

— Bia Guerra... a menina que despertou de um coma guiando outros para a luz. — O Abade suspirou. — Esse é mesmo um mundo muito estranho.

7
ADA E O QUADRADO

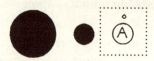

A cidade parecia finalmente dormir, mas talvez estivesse sonhando.

É o que as cidades fazem de melhor. Elas nos criam, nos enganam e nos atravessam. Arrastam-nos como se fossem correntezas em si mesmas. Povoados e constelações de pedra que diferem entre si apenas pelo nome.

Ada estava cansada da cidade. Exausta de todas as suas cobranças, de todas as suas histórias e, principalmente, cansada de tantas promessas não cumpridas. Diziam que Três Rios, maior cidade da região, era próspera e segura, mas aquele aglomerado de vidas parecia tão pequeno e afiado quanto a ponta de uma adaga. De tantos segredos da cidade, Ada conhecia poucos. Como todas as crianças de Três Rios, tinha ouvido falar de muitas coisas; como a grande maioria, nunca presenciou nenhuma delas. Parecia mais prático esquecer o inexplicável e ir para o trabalho, e depois para seu curso noturno de gastronomia, e depois dormir. Muitas vezes, Ada preferia correr nas margens da ferrovia até que todos os seus problemas e ansiedades se tornassem suor e cansaço. Mas a cabeça não se rendia, estava sempre perguntando, querendo e buscando. Sempre com fome.

Naquela noite, o notebook teria continuado aceso se não fosse a economia de energia e a exaustão de Ada. Eram os meses que antecediam o final do ano, e nessa época três coisas eram exageradas: a hipocrisia humana, o movimento do comércio e o cansaço de quem trabalha como maluco para fazer a festa dos outros. Ada era programadora e consultora de informática de algumas lojas. Muitas cobranças, muitas reclamações, muitos calotes e insatisfações. Não recebia de salário metade do que seria justo, mas não gostava de fazer pouco da própria sorte. De todo jeito, sempre havia o futuro. Era onde sua vida prometia existir de uma maneira bem mais agradável.

Fora da casa, o vento assoviava nos fios de alta tensão, revolvendo folhas, derrubando ninhos. Como previsto, a frente fria chegou na semana anterior, depois de dois meses de um calor massacrante que quase desidratou a cidade. Friozinho que logo iria embora, Ada sabia. Em Três Rios, o frio era uma aposta, era mais seguro era contar com a chuva que se alongava um pouco mais quando decidia cair.

Parecia haver algo errado com aquela noite. Uma espécie de perturbação. Uma ausência?

No labirinto da mente, rostos e urgências se misturavam em noites confusas como aquela, o sono agindo como um animal arisco.

No chão, sua companheira da casa, Samy, uma Cocker pretinha, mastigava sua bola de pano sob a luz azulada da lâmpada inteligente. Logo ela deixou o brinquedo e botou as patas dianteiras na cama, olhou para Ada e, por algum mistério da natureza dos cães, preferiu não perturbar sua dona.

Havia alguma coisa irritante em sua casa, um ruído. Infelizmente por sua própria natureza, mesmo que desejasse, Samy não conseguiria erguer as orelhas enormes para melhorar a captação daquele som. O som era fino com um cristal, não era doloroso como trovões e fogos de artifício e assovios com dois dedos na boca, mas não devia estar ali. Samy latiu e cavou o tapete, como se pudesse desenterrar aquele som. Chorou fininho.

— Samy, aí não, né... tava quase dormindo, poxa — Ada falou e se escondeu com o travesseiro em cima da cabeça. A Cocker latiu novamente.

Samy deixou o tapete em paz, agora tinha certeza de que o barulho não vinha de lá. Parecia nascer no meio do quarto, a uma certa altura. Samy saltou e ficou sobre as duas patas traseiras o tempo que pôde, arfando o ar, reconhecendo aquela coisa invisível. Seus olhos não podiam ver, os ouvidos mal podiam ouvir, mas seu nariz era muito mais preciso. Não era um cheiro o que reconhecia, era ausência. Em um pequeno pedaço do quarto, não havia cheiro algum, era isso o que Samy sentia, esse nada. Ela latiu duas vezes para o nada, rosnou com tudo o que pôde tentando proteger sua dona.

— Agora deu, mocinha. Você vai dormir na sala. — Ada sentou na cama e Samy correu até seus pés. Longe de desistir, bufou e fez o caminho de volta, para o ponto exato onde estava antes. Pulou sobre as patas, desceu e rosnou. Latiu.

Ada prestou um pouco mais de atenção nos protestos e notou um pequeno detalhe no meio do seu quarto, algo que, à princípio, pensou ser uma falha em sua visão, um ponto escuro. Tinha o tamanho de uma ervilha e sugava a luz azulada no quarto como um pequeno buraco negro. Impressão ou não, o corpo de Ada reagiu àquela coisa com um arrepio generalizado.

— Samy... sai fora daí!

A cadelinha correu para o colo de Ada.

A coisa sem luz no meio do quarto continuou onde estava, e iniciou um movimento muito sutil em sua borda arredondada. Parecia uma fuligem, algo incendiando em uma luz escura. Agora Ada ouviu um ruído fino e persistente, alguma coisa que... tinia.

Queria gritar, fazer qualquer coisa com a garganta, mas o pavor segurou sua traqueia. Olhar para aquilo era como ver um fantasma e Ada nunca acreditou neles. Ela ouvia as histórias, sabia que ninguém tinha todas as respostas, mas sempre fora uma mulher de fatos e provas.

A temperatura desabou dentro do quarto, o ar ficou tão frio que pontos do corpo se contraíram, os olhos começaram a doer. O que quer que fosse aquela coisa, uma linha escura brotou dela e passou a riscar o ar, as cores e o brilho do ar, como uma faca. Ada viu, sem conseguir crer totalmente, uma retidão de cerca de dois centímetros de espessura seguindo seu caminho, formando um ângulo reto. Canto após canto, a linha compôs um quadrado. E de repente uma parte de seu quarto não existia mais; em seu lugar havia aquele pequeno abismo quadrado e escuro, uma janela para o nada.

O receio é uma sensação poderosa, mas o medo real manifestado em sua plenitude consegue ser inexplicável. Não importa qual seja sua forma, ele nos subverte. De alguma parte muito primordial, Ada sabia que estava tendo um pequeno vislumbre do impossível. Se todo aquele mundo oculto era o pequeno quadrado, ou o pequeno quadrado era uma janela para a imensidão do oculto, ela não poderia supor, mas sentia que, de alguma forma, estava sendo esvaziada. A coisa quadrada sugava não só o cheiro e a luz do quarto, mas as emoções de Ada. Amor, ódio, dores e incertezas, ele só não roubava seu medo. Durante um curto período, a Ada prática e científica desejou que existisse uma força maior, um deus ou um demônio que pudesse libertá-la e restaurar a normalidade do mundo.

— O que é isso, Samy? — ela abraçou a cadelinha com força. Sentiu o coração em sincronia com o seu, aos pulos, desesperado.

A escuridão se movia pelo quarto, lentamente, como se procurasse alguma coisa. Por onde passava, sugava, inexistia. Por onde não estava mais, o mundo voltava a ser mundo.

Mais duas daquelas coisas emergiam da primeira, pareceram se destacar dela, como se estivessem sobrepostas. A sensação de torpor se tornou ainda maior. O resto das forças sendo drenadas, a pulsação baixando, os pulmões afrouxando.

— Você está me... matando — Ada falou, libertando Samy de seu abraço.

Foi tudo o que disse antes de perder os sentidos.

— NÃO! — Ada abriu os olhos e içou o corpo para cima. Puxou o travesseiro para o meio das pernas e os lençóis até o pescoço. Olhou para os quatro cantos do quarto.

Presa a uma espécie de pânico, repetiu a busca pelo menos três vezes. Chegou a olhar para as suas costas, para o pequeno espaço que separava a cabeceira da cama da parede. Seu corpo doía, parecia ter saído de uma surra. Puxou mais um pouco do lençol.

— Samy! Aqui, Samy, vem cá!

Havia música da vizinhança. Baixa, mas estava lá. Gemendo um funk desagradável.

Que se lembrasse, não acordava apavorada daquela forma desde menina. Ela ainda tentava entender o que tinha acontecido, se *tinha mesmo* acontecido.

Na frente da cama, Samy se esticou e seu focinho apareceu. Não subiu no colchão. Ficou olhando para a dona com aqueles olhos bobos de Cocker, como quem tenta confirmar se uma aproximação seria segura.

— Vem, tá tudo bem agora.

Não estava, e Ada sabia disso.

Depois de saltar para o colo da dona, Samy aceitou uma inspeção em seu corpo. Ada afastou o exagero de pelos e chegou até a pele do dorso.

Estava como sempre, estava normal. Fez o mesmo com a barriga, o que foi um deleite para Samy.

— Está tudo bem com a gente. Pode ter sido um pesadelo, né? Mamãe trabalha demais, dorme de menos, então tudo é possível.

Samy desceu da cama e preferiu ficar pelo quarto, mais ou menos abaixo da posição onde aquela coisa do sonho flutuava. Estava relaxada agora, se encaracolando sobre o tapete.

Ada já se preparava para mais alguns minutos de cama quando seu smartphone bipou com uma nova mensagem.

PARABÉNS, ADA JANOT. VOCÊ FOI SELECIONADA PARA CONCORRER A UMA VAGA NO GRUPO HERMES PIEDADE. PARA CONTINUAR O PROCESSO DE SELEÇÃO, FAVOR CONFIRMAR AGENDAMENTO PELO NÚMERO 94969, VIA MENSAGEM DE TEXTO.

Ada olhou para o celular com desconfiança. Ultimamente recebia pelo menos três spams por dia de bancos, pornografia, e-commerce, agências de turismo e empresas de advocacia. Exceto que ela tinha mesma cadastrado seu currículo no grupo em 2018.

Samy latiu de novo.

Ela olhou para a Cocker e falou:

— Pode ser uma coisa boa.

8
SEGREDOS DO PROFETA (1)

Toda cidade aprende a construir seus próprios milagres. Santos dispensados pela igreja, águas que curam, igrejas que salvam. As ruas que foram regadas com sangue não esquecem seus nomes, as escadarias que experimentaram joelhos não renegam suas bênçãos.

Chovia em Três Rios, e, para muitos, cada gota representava a pureza de uma lágrima. Expiações; o mundo também era feito delas, e dessa mesma matéria tecia suas dores e sua própria fortaleza.

Passava das dez da noite, e em alguns lugares isso significa madrugada.

Em uma toca (pois já não havia maneira melhor de definir o lugar), um homem fumava seu cigarro, enquanto espionava a falsa calmaria das ruas. O bairro era pobre, um dos mais carentes da cidade. Lar de viciados, adoecidos e desistentes, uma espécie de abrigo onde toda a desesperança era acolhida. No Colibris, ninguém vivia muito tempo, e a contagem ficava um pouco menor a cada minuto passado nas ruas daquele bairro.

O cigarro era ruim, mas fazia o cérebro acalmar. Tinha utilidade parecida com o chapéu velho, uma solução torcida, que servia muito mais para ocultar os olhos do que para proteger a cabeça. Já os olhos ainda eram importantes, mesmo em um mundo tomado por câmeras. Olhos que analisavam desgraças como sinais, olhos que viam certas facilidades como um risco para a evolução do espírito.

Aquela não seria uma boa noite, assim como muitas que vieram antes, e muitas que ainda viriam depois.

Mais um trago no cigarro. Um pequeno puxão no cobertor que protegia os ombros.

Não tinha muita carne no corpo. Magro, e sabia que ela, a carne, tinha pouca serventia. Era mais importante ter ossos e unhas e dentes, ter uma estrutura firme e algumas formas de se defender.

Na distância, um trovão iluminou a silhueta dos prédios. Agora eles nasciam como mato. Todos aqueles contornos quadrados, todas aquelas formas de encaixotar a experiência humana. O homem sob o chapéu poderia falar sobre isso. E também poderia falar sobre a fome, a solidão e a velhice. Ah, mas a velhice não deixava de ser um prêmio, deixar todas aquelas vontades de lado, se ver livre de tantos vícios. Se tornar um santo de falta de intenções e desejos.

Dentro da toca, o animal roncava baixinho. Já era o décimo bicho daquele homem, talvez fosse o décimo quinto. Gatos iam e vinham, pássaros eram mortos — os cães eram melhores, mais resistentes. Aquele não parecia grande coisa. Era covarde, frágil e sempre estava com fome. Às vezes latia demais. Tinha nome, mas o nome era vira-lata. Nem mais, nem menos.

Um disparo sujou a paz da noite. Era som de tiro. Talvez vindo de trás da igreja Primeira Luz, que era só fachada para o tráfico que mantinha o dízimo da congregação sempre alto. Conhecia o pastor daquelas ovelhas, ele também se aconselhava na toca. O preço era alto, mas só porque o homem podia pagar. Para alguém que viveu muito, a cobiça toma outros rumos. Dinheiro serve bem quando o que se deseja está à venda. Para todo o resto, é preciso paciência.

Um raio cresceu e encontrou a energia que dormia no céu. O casamento explodiu em luz. O espelhinho de dentro da toca, pequeno e vagabundo, refletiu a silhueta do homem que fumava e usava um chapéu. Seu rosto negro. Sua boca fina. A barba branca que descia pelo queixo como um trigal. O olho refletido era o morto, recebera uma tonalidade azulada há vinte, vinte e tantos anos. A cicatriz sobre ele era bonita, desenhada, sulcada. O preço de querer ser amante de quem tem dono. O vira-lata rosnou.

— Shhh. Quieto.

A voz do homem era áspera, cheia de rachaduras, com uma rouquidão que transmitia algo de falso. Cada palavra parecia custosa.

— Tem alguém aqui? — ouviu a voz de mulher do lado de fora. Era um pouco acanhada, mas o homem captou de imediato que aquilo era apenas uma fachada. Por trás daquela doçura, escondia-se veneno, ódio e rancor.

— Aqui. Embaixo das telhas — a voz engrossada respondeu.

Houve uma pausa. A mulher pareceu reconsiderar; não entrou de imediato. O homem escutou os passos dela tocando as poças d'água do chão, reerguendo aquele líquido que jamais seria limpo. Era uma mistura de saliva, sêmen, suor. Os lubrificantes da vida dura na periferia.

— Pode vir, dona. Eu já sabia que vinha.

Ela baixou o corpo sem atravessar, para que o rosto aparecesse na abertura. Era uma mulher cheia. Furiosa.

— Você é ele? É o homem que resolve as coisa por aqui? — ela perguntou, deixando fluir a valentia da voz.

— Sou? — o velho riu. Tragou mais uma vez o cigarro.

— Eu não vou perguntar de novo — ela disse.

— Entra, fia. Não vou fazer mal maior do que a senhora carrega consigo.

Ela se abaixou mais e entrou com alguma dificuldade.

O lar do homem era uma estrutura feita com tambores de aço velhos e algumas toras de madeira. O teto era lona e Brasilit. Havia dois pedaços de pau, onde se esticava um varal e estava pregado um espelho. Em um canto, ela podia ver dois calhamaços de dinheiro, recebendo gotas que desciam pelos furos da lona. O lugar tinha cheiro de homem, cheiro do que um homem carrega entre as pernas quando não toma banho há muito tempo. Era uma espécie de ranço, que enojava, mas atraía, em mulheres como ela, instintos há muito reprimidos.

— Melhor sentar ou as costa vai doer.

O homem tragou mais uma vez, soprou a fumaça na direção da porta — e na direção da mulher — e depois apagou o fumo em uma poça. O chão era a própria calçada e o que mais houvesse nela. A mulher encontrou uma lata de tinta vazia e a puxou para si. Com um pouco de esforço, conseguiu se acomodar.

— Você é o profeta? O homem que faz as coisas acontecerem?

Ele riu.

— Eu faço o que tenho permissão pra fazer. De acordo com o que as pessoas têm permissão pra oferecer.

A mulher não era jovem, mas era voluptuosa. Não era visível que fosse feita dessa forma, mas *ela* o sabia, e por isso seu instinto a fez levar a mão à altura dos seios, como quem protege uma última reserva de dignidade.

— O que puxou a senhora pra minha casa?

— Eu... eu não tenho mais certeza.

O homem riu. Era velho, bem velho, mas ainda tinha juventude nos dentes.

— Já que a senhora veio, convém dizer de uma vez.

— Eu quero... — ela respirou fundo. — Meu Deus, eu quero...

Ela não conseguiu dizer tudo, não de uma vez. A boca parecia vítima de um feitiço, amarrada e costurada. Os olhos cheios daquela espécie de fúria que seria capaz de causar um novo temporal.

— Eu quero... — os olhos iam de um lado a outro. — Eu preciso... eu tenho que pedir que...

O homem era uma estátua. Ele apenas a encarava. Se havia algum desejo naqueles olhos, estava protegido por um autocontrole muito maior.

— Eu quero que o senhor mate ele! Mate! Eu quero que ele desapareça, quero esquecer que ele existiu!

— Entendo — foi só o que o homem disse, ciente que a mulher precisaria chorar muito antes de ser capaz de continuar. Ela fez isso. Chorou, encheu o nariz de muco, engoliu parte do catarro e cuspiu o resto no chão. Respirou fundo.

— É o meu filho.

Um raio estourou na distância.

— A senhora o colocou no mundo, então tem o direito de tirar. É o que devia ser lei se a lei fizesse sentido. Se o caso é certeza, eu posso encaminhar o pedido. *Se* o caso é certeza — repetiu.

— Eu tenho certeza faz tempo. O nome dele é...

— Dagmar.

Ela arregalou os olhos no dobro da abertura, mas a boca não se moveu.

— Eu sei o que posso saber, dona, e ajudo quem conhece o preço da urgência.

— Ele nunca prestou. Agora anda ligando lá pra casa, ameaçando fazer ruindade comigo. Ameaçou me matar.

— Parece caso de polícia, dona.

— Polícia? Pra pobre? Nessa cidade? A polícia trata a gente como se a gente fosse o problema. Como se a gente merecesse tudo de ruim que acontece. Eu vim porque a Zélia, minha vizinha, teve problema parecido com o homem dela. Disse que o senhor resolveu. Agora diz seu preço. Eu preciso que o meu filho desapareça e acho que nada pode ser pior para uma mãe. Eu não quero, entende? Eu preciso. Tenho que colocar um fim nesse sofrimento.

— A senhora vai pagar o que for justo?

No tom da pergunta, havia algo pernicioso, uma sugestão suja. Dessa vez, entretanto, a mulher deixou as pernas relaxarem, as entreabriu um pouco. Conhecia homens com poder e todos eles gostam mais de uma coisa do que de qualquer outra.

O homem riu.

O sentimento de humilhação é uma coisa engraçada, é como uma doença incubada que nunca deixa marcada a hora para reaparecer. Agora, dentro daquela toca fedendo a pele morta e sem banho, ela se sentia uma prostituta. Só de pensar em se submeter àquele homem de rua, ao hálito, ao corpo, ao pau...

— Não é comigo — ele falou.

— Pois não?

— Não é comigo que a senhora vai deitar.

— Eu não disse que ia me...

— Jerusa, você vai. E vai gostar. E vai tremer, e vai parecer que o favor todo foi meu. Você vai deixar ele entrar, chegar no fundo e vai continuar puxando pra dentro, e vai ser tão bom, tão sujo e tão cheio de pecado, que você nunca mais vai querer deixar ele sair.

No rosto da mulher, nada que pudesse ser perfeitamente definido. Existia raiva, surpresa e revolta. E existia uma vontade imensa, irrefreável de acreditar naquele homem.

— E pra você eu não pago nada?

— Pra mim? Deixa que alguém paga. Todo mundo paga.

O homem apanhou o cigarro fedido e voltou a acendê-lo. A chama iluminou seu rosto, ele não parecia satisfeito como poderia estar depois de fechar mais um acordo. Jerusa foi avisada que ele cobraria, em carne ou em moeda, mas pelo que supunha ele seria um bandido, e não um morador de rua. Isso ainda a incomodava.

— Tem gente que cobra em dinheiro — ele explicou —, tem gente que cobra em favor, e tem gente que recebe pela própria negociação. A senhora sai daqui e vai no endereço que eu vou dar, entra e toma um banho. A casa vai tá fechada, mas eu tenho a chave. Vai chegar alguém e vai entrar em você. No começo pode ser bom ou pode ser ruim, mas no final vai ser bom pros dois.

— Meu deus do céu, eu não sou uma puta! Eu preciso pelo menos saber quem é ele. É velho? Novo? Tem doença?

— Quem não tem uma doença nesse mundo? Até a senhora tem, e é muito mais séria que a de muita gente. Pode ser que a senhora seja a cura para esse homem, ou ele seja a sua.

— Se eu... se eu concordar com essa... pornografia, como eu vou saber que o assunto do meu filho foi resolvido?

— Eu não passo recibo — mirou o olho morto nela. — Moro nessa cidade tem muito tempo, se a senhora chegou até mim, é porque eu já fiz muito pelo povo. — Estendeu a ela a chave e o endereço. Parecia uma chave de imobiliária, com um endereço no chaveiro.

Jerusa ficou onde estava, olhando para ele, escutando os pingos de chuva.

— Faltou alguma coisa? — ele perguntou.

— Falaram que o senhor era santo. Aí eu pego todo dinheiro que tenho, saio na chuva e encontro um mendigo gigolô. Eu acho que tá faltando um monte de coisa, velho.

Ele riu.

— É pegar ou largar. E eu acho que é pegar. Pegar com gosto. Pegar com vontade.

— Seu... porco! — Ela levantou da lata, ofendida, mas levou a chave consigo. Caminhou pelas ruas se sentindo desprezível e leviana. A chuva apertava, e o vestido florido colava-se à pele, moldando-se ao corpo, quase uma segunda camada que pressionava cada sensação. Em frente a uma vitrine, ela se enxergou naquele estado: suja, vulnerável, mas resoluta. Ali estava uma mulher que sabia resolver os próprios problemas, não importava o preço. Com o dinheiro que tinha, foi até um ponto de táxi, não precisava e não merecia ir andando debaixo daquela chuva.

Dentro da toca, o velho acendeu uma vela e usou a chama para mais um cigarro. Apanhou um pedaço de carne seca para mastigar. Aquela era uma noite cinza, mas ele sabia que elas são boas para os aflitos. Uma pena que eles, os aflitos, não fossem capazes de enxergar a beleza do próprio caminho. Por isso eles precisavam de um oráculo, de um profeta, de um conselheiro. Para isso pagavam a ele.

9
A FANTÁSTICA COZINHA DO CHEF ELIANDRO SAUDADE

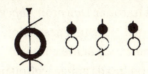

Algumas pessoas acreditam, ingenuamente, que toda mulher nasce sabendo ser dona de casa, como se cuidar da casa fosse tão natural quanto respirar. No caso de Ada Janot, ela se via mais como uma sobrevivente das tarefas domésticas. Limpava, lavava, cuidava de Samy. Passaria algumas peças de roupa em um caso extremo. Mas todas as vezes que tentou cozinhar o resultado foi a trilogia decepção, fome e desespero.

Ada absorveu o pai em quase tudo, inclusive na sua completa inaptidão com as panelas.

Como também absorveu sua teimosia, ela se matriculou no curso de culinária *A Fantástica Cozinha do Chef Eliandro Saudade*, ministrado por Eliandro, um homem de vinte e oito anos nascido em Pindamonhangaba, já bastante arruinado na aparência, que entre um prato e outro esquecia de simular o sotaque francês.

O primeiro módulo do curso eram as refeições básicas. Arroz, feijão, uma variedade de saladas, algum preparo de carnes. Ada estava indo razoavelmente bem, e de tudo o que preparou, apenas uma maionese alcançou o pódio da ruína, com um resultado parecido com uma travessa de leite desandado.

O prato daquela noite era espaguete à carbonara, e, segundo Eliandro, o preparo era mais fácil que atravessar a rua. Não foi tão fácil pra Ada, que quase cortou o dedo enquanto fatiava o bacon. Vencido esse grande desafio, ela também sofreu um pequeno respingo de óleo no antebraço e no dorso da mão, mas nada que o fluxo de água da torneira com sabão não resolvesse. Agora, esperava que o macarrão em fervura chegasse ao ponto, enquanto Eliandro dedicava toda sua atenção ao pessoal da primeira fila, que também investia em seu curso premium: *A Refinada Cozinha do Chef Eliandro Saudade*.

— Tá tudo bem com você? — Alícia perguntou.

Ocupando o posto de melhor amiga, Alícia fora arrastada por Ada para o curso de Eliandro, da mesma forma que fora arrastada para as corridas, para as aulas de pilates e para assistir infinitas vezes os filmes melodramáticos com o Keanu Reeves e o Kevin Bacon (também foi dessa forma que Alícia foi sequestrada a maratonar *Downton Abbey*).

— Eu ando dormindo mal. Tive uns pesadelos.

— Mais de um? E quando você ia me contar?

Ada deixou a cabeça no ombro da amiga, voltou para a cadeira em seguida.

— Eu não queria atrapalhar.

— Nossa, eu quase me emocionei com o drama — Alícia provocou. — Você sabe que o Dani te adora, né? O que está rolando? Deprê? Conta pra pagar? Crise da meia-idade?

— Tudo isso, mas a novidade é que eu vi uma coisa no meu quarto. Eu nem sei mais se eu vi ou se estava sonhando, mas foi assustador pra caramba.

Alícia mexeu seu macarrão com uma colher, aproveitou para fazer o mesmo na panela de Ada.

— Você vai achar bobo — Ada falou.

— Se for como aquele seu sonho dando uns amassos com o Peter Steele, eu vou rir um pouco. Mas prometo me controlar.

— Falando com você na frente de uma panela de macarrão fica mais bobo ainda, mas na hora eu só queria sair correndo. A Samy também viu, no sonho ou não, ela viu e latiu pra aquela coisa.

— Você estava na cama?

— É, mas eu estava acordada. Não conseguia dormir. Sabe quando seus pensamentos ficam voando e você não consegue sair deles? Fiquei pensando que precisava de mais dinheiro, que eu ia entrar na academia, pensando no babaca do Túlio e que às vezes era melhor ter um namorado bosta do que nenhum, pensei até em comprar uma moto e lembrei que eu precisava de um fone de ouvido novo.

— Mulher, você precisa de um calmante — Alícia sorriu. — Mas e aí?

— A Samy me acordou no meio da madrugada. Do nada ela começou a latir no meu quarto, a arranhar o chão, ficava pulando e rosnando. Parecia que tinha alguém com ela, provocando, sabe?

— Credo, bateu um arrepio agora.

— E eu nem comecei.

Alícia esfregou os braços e aproveitou para conferir o macarrão, estava perto do ponto. Quando terminou, Eliandro voltou a seu posto à frente da sala e pediu que todos ficassem atentos ao macarrão.

— Era um quadrado, Li, um quadrado preto.

— Tipo um quadro? Uma tela?

— Como um buraco — Ada falou. — Você não tá entendendo, essa coisa aí apareceu no meio do meu quarto, praticamente em cima de onde a Samy estava. Eu vi, eu sei o que eu vi — disse mais baixo, controlando o volume da voz que já começava a subir. — Começou como um pontinho preto e foi riscando o ar, parecia que alguém estava desenhando aquela coisa. Depois se dividiu em três deles.

— Tá, agora você me deixou com medo.

— Só você? Além de ficar apavorada, eu me senti muito mal. Parecia uma fraqueza, uma falta de vontade. De repente todos os problemas da minha vida perderam importância, perderam todo o sentido. Quando olhei pra aquela coisa parecia que eu não era ninguém, não tinha o direito de ser, uma coisa horrível. A Samy também sentiu, ela latiu, tentou arranhar o chão, ela sabia que não era coisa boa. Eu preferi pensar que estava dormindo, mas sei lá. A única certeza é que não voltei a dormir naturalmente, eu desmaiei, aquele quadrado me fez desmaiar.

— Não é à toa que você não tem dormido. Eu nem estaria na mesma casa.

Ada ficou calada. Sendo sua melhor amiga, Alícia sabia que era hora de perguntar:

— Tem mais coisa?

— Não sei, acho que tem, mas é uma sensação. Quando aconteceu, eu fiquei meio fora de mim, como se tivesse uma epifania. Foi uma sensação de revelação. Alguma coisa importante. Eu já tentei voltar para aquele momento um milhão de vezes, mas a ideia foi embora, como se fosse um delírio insignificante.

— Pra nossa saúde mental, é melhor a gente pensar que você teve um pesadelo e a Samy te salvou latindo. Pelo menos eu vou pensar isso quando for dormir hoje à noite. Quer dormir lá em casa? Eu falo com o Dani, ele não vai ligar. Meu único risco é ele aproveitar pra sair com os amigos dele, mas tudo bem.

— Hoje não dá. Eu tenho uma entrevista de emprego na semana que vem, quero ver se dou uma pesquisada na empresa. Estou precisando voltar a assinar carteira, ter convênio médico, todas essas coisas. Tá sentindo um cheiro?

— Ahhh merda, queimou nosso macarrão.

Na frente da sala, Eliandro bateu palmas, e fez todo mundo olhar pra trás.

— Parrábéns, agorrra os duas vão começa tudinovo.

10
O RESGATE DE RAVENA

I

O relógio do Volvo marcava 19h21 quando o Abade desligou o motor.

Não tinha o hábito de sair sozinho desde que sofrera uma ameaça de sequestro em 2022, mas naquela noite preferiu estar só. Era mais fácil, mais simples não precisar ser o Abade; ser apenas Heitor. É possível que Heitor-além-do-templo-das-águas não fosse o que aquelas pessoas esperavam, mas muitas vezes era o que tinha a oferecer.

As roupas também mudaram, e em vez dos tons claros, Heitor optou por uma camisa social cinza, calça da mesma cor e um rabo de cavalo, o que o diferenciou bem mais do Abade do que todo o resto.

Desceu do carro, ajustou a cintura da calça e tocou o interfone da Clínica Santa Luzia.

— Pois não? — uma voz masculina perguntou pelo aparelho.

— Eu tenho um horário com a dona Bia. Ela pediu pra eu vir.

— Minutinho.

O homem disse alguma coisa distante do aparelho, que Heitor não conseguiu compreender.

— Qual o nome do senhor?

— O nome é Heitor, mas deve estar registrado Abade — Heitor disse. E essa foi a despedida de Heitor naquela noite, porque a simples menção daquela palavra, Abade, trouxe toda a sua identidade de volta.

A trava eletrônica abriu em seguida, com um pequeno estalido. O religioso seguiu por um caminho de pedras de cimento, tomando um pouco de cuidado para não deslizar sobre o limo. Ainda garoava, o calçamento estava úmido.

— Boa noite — Clóvis disse de dentro da guarita. — Preciso do nome completo do senhor e de um documento.

O Abade estendeu o documento. Clóvis anotou a numeração, nome e horário de entrada em um livro ficha. Depois devolveu o documento.

— Prontinho, moço. O senhor já pode entrar. A dona Bia e a dona Maitê tão esperando.

O Abade guardou a documentação e devolveu a carteira ao bolso.

— Só seguir em frente? — o Abade indicou a porta de vidro fumê que preservava a vista do interior da clínica.

— Isso. O senhor passando a porta já vai ver uma das moças, eu avisei que o senhor chegou.

Ele avançou pela porta e viu Bia, que abriu um sorriso.

— Que bom que você veio! — Ela passou um dia tenso calculando a probabilidade daquele encontro acontecer. Bia conhecia o suficiente das pessoas para saber que a reação de muitos, em uma situação como aquela, seria concordar momentaneamente e impedir novas tentativas de entrar em contato.

Ela tentou disfarçar a surpresa com as roupas que o homem usava, mas acabou medindo-o dos pés à cabeça. Agora o Abade se parecia bem mais com um desses empresários musicais norte-americanos. Estava até mais bonito, na opinião dela.

Trocaram um aperto de mãos discreto e um sorriso mais econômico ainda.

— Está servido de um café? Uma água? Se tivermos sorte ainda tem bolo de cenoura do café da tarde.

— Agora não, obrigado. — O Abade pensou mais um pouco. — Mais tarde pode ser uma boa ideia, o bolo é com cobertura de chocolate?

— Sem chocolate eu nem considero um bolo de cenoura — Bia soou divertida. — Podemos começar?

— Claro, assim que eu entender como posso começar — O Abade sorriu.

Bia já estava abrindo caminho à frente, deixando o minúsculo hall de entrada e caminhando até o corredor que dava acesso ao restante da clínica.

Eles entraram na sala de recreação com Bia dizendo:

— Maitê, nosso amigo chegou.

Maitê desviou os olhos da TV e foi até onde os dois estavam, perto do acesso à sala. Bia os apresentou e notou algum rubor no rosto de Maitê. Ela conseguiu voltar rapidamente a ficar à vontade.

— Mostra a foto pra ele — Bia sugeriu. — A das letrinhas.

Maitê retirou o celular do bolso do jaleco e moveu o polegar direito sobre a tela, até encontrar a foto correta. Girou o celular para que ficasse de frente para o Abade.

— É uma sopa de letrinhas em uma... piscina? — ele perguntou. Maitê mudou para a próxima imagem, que era uma ampliação da primeira, focada na área das letras.

— É difícil explicar — Bia assumiu dali. — É a maneira que o outro lado gosta de falar comigo.

— Uma das meninas chegou a se arrastar até a cozinha pra mostrar o pacote pra gente — Maitê completou.

— Alguma reação dos outros?

— Quase nada — Bia respondeu. — Mesmo a Ravena... depois desse episódio ela praticamente voltou ao estado anterior.

O Abade assentiu, ganhando um segundo de tempo. Depois disse:

— Como íamos nos ver, eu pesquisei um pouco sobre seus garotos. Encontrei o nome de Ravena em uma reportagem de jornal. Acho que ela foi a única que falou com a imprensa.

— Ravena foi uma das primeiras a chegar na boca daquele buraco — Bia disse, tocando a mão direita de Ravena, para mostrar quem era ela ao Abade. — Essa parte não está nos jornais, quem me contou foi a mãe. Tadinha. Ela quase não aparece aqui; quem ainda vem uma vez por mês é o irmão dela. O pai morreu em um acidente de moto, sem saber se a filha um dia acordaria.

— O luto é devastador, mas a dúvida a longo prazo acaba cobrando um preço maior — o Abade disse.

— O resto da turminha são Carlos, Roberta, Luan, Dani, Franco, Fabrício, Samanta e a Janaína — Bia foi dizendo e indicando. — Os três que mostraram alguma reação foram a Ravena, a Samanta e o Luan.

— Que tipo de reação?

— Eles ficavam olhando para o pacotinho de sopa — Maitê explicou. — Foi a única coisa que chamou a atenção deles além da TV.

O Abade puxou uma cadeira e a colocou ao lado de Ravena. Tocou a mão dela com delicadeza.

— Se eles elegeram uma porta voz, é melhor falarmos com ela.
— A gente precisa fazer alguma coisa? — Bia perguntou.
— Podemos unir nossas mãos com a Ravena, formar uma corrente.
— Eu só vou atrapalhar — Maitê disse. — Você dois têm visão além do alcance, eu sou cega igual uma toupeira.
— Mas você trouxe a sopa, não foi? — Bia recordou. — Eu deixei de acreditar nesse nível de coincidência faz muito tempo.
— Sua amiga tem razão — o Abade disse a Maitê. — Muitas vezes as pessoas recebem a ajuda que precisam através de uma conjunção de mentes, dezenas de mentes, centenas de intenções. No fundo, é impossível ter certeza sobre quem fez a maior diferença. Aliás, não faz diferença alguma saber disso, o importante nessas situações é o benefício alcançado. Podemos começar nos concentrando e conseguindo uma conexão com a Ravena dentro da Ravena. Pode ser um bom ponto de partida.

Maitê raspou a garganta. Embora ela e Bia tivessem descoberto mais de dez casos de cura atribuídos àquele homem e à sua igreja, elas também encontraram mais de trinta pessoas o acusando de charlatanista, de abusador, os principais acusadores eram outros homens. Segundo um desses homens, o dono da revenda de Carros Auto-Rios e vice-presidente do centro católico Dom Giordano, o Abade já respondia por seis processos em liberdade. Maitê apurou a verdade dos boatos com um conhecido da polícia e descobriu que o Abade respondia por somente um processo, e fora absolvido de outros *dois* que de fato existiram. Fora isso, na internet havia um verdadeiro batalhão de mulheres dizendo o quanto gostariam de se tornar Soberanas, e de fazer coisas que elas pensavam que as Soberanas faziam com ele. Autoconvites para orgias, penitências eróticas, permissão para que ele as "purificasse pelo fogo". Como sempre, a rede era um zoológico.

— Muito bem — o Abade prosseguiu. — Eu preciso explicar algumas coisas. Se vocês ainda estiverem dispostas a continuar depois disso, então seguimos em frente.

Bia olhou para Maitê e encontrou o velho receio no rosto da colega.

— O que eu faço entre os meus irmãos do templo e o que vou fazer aqui nessa noite é verdadeiro, e pode parecer impactante para quem não conhece o processo. Vocês podem ver cores, ouvir vozes, perceber mudanças de temperatura. Não é comum, mas algumas vezes as pessoas podem parecer... tomadas por alguma coisa.

— Espíritos? — Maitê disse, não exatamente o levando à sério.

— As pessoas chamam por esses termos. Na minha opinião são inteligências que vieram de outras realidades, de outros mundos. O que eu sei é que existe esse *outro lado*, outros lados, e que esses lugares não são o lar das colônias espirituais e dos anjos da guarda. A Bia talvez saiba do que eu estou falando. — O Abade olhou para Bia. Ela não demonstrou reação.

— E o que são esses lugares? — Maitê perguntou.

— Eu chamo de Nada. Não porque seja vazio de verdade, mas é como a gente se sente quando vai até lá. O Nada é um lugar de energia e poder, uma vastidão crua que não pertence a ninguém. É por esse lugar que alguns seres não totalmente humanos transitam, entre os mundos.

— Tá, moço, você me convenceu — Maitê disse. — Agora, se pudermos não falar mais nisso, eu vou ficar super feliz.

O Abade fechou os olhos.

— Vamos unir nossas mãos. Quando eu estender as minhas, vocês fazem o mesmo.

Respirou fundo três vezes.

A entrada e saída do ar eram ruidosas, não era um som agradável. Sem contar que de alguma maneira a pele das maçãs do rosto do Abade parecia tremer um pouco, como se toda a musculatura estivesse contraída. Acima dele, no teto, a luminária fluorescente começou a chiar.

Maitê olhou para cima. A lâmpada brilhou mais forte, como se tivesse sofrido um incremento em sua alimentação elétrica. Logo voltou ao normal.

O Abade afastou os braços ligeiramente e bateu uma única palma. O impacto foi vigoroso, muito mais alto que o esperado pelas mulheres. A onda sonora gerada foi forte o bastante para mover alguns fios da barba do Abade. Uma única respiração profunda e ele esfregou as mãos bem rápido, repetiu o movimento com maior aceleração por pelo menos cinco segundos. Estendeu as mãos. Maitê apanhou a mão direita, Bia apanhou a esquerda.

As duas trocaram novos olhares, em seguida olharam para as mãos do Abade. A pele do homem parecia estar em brasa. As palmas estavam tão quentes que a vontade das mulheres era soltá-las. Maitê sentiu uma onda de energia percorrer suas costas. Bia, um pouco mais experimentada com o contato com o outro lado, apenas aprofundou a respiração.

Maitê foi atingida por uma forte sonolência, um torpor tão absoluto que a fez fechar os olhos. Não era de todo desagradável, mas era extenuante, como o efeito de uma droga analgésica poderosa. A sensação de arrepio foi embora, evoluída a uma espécie de frio. Maitê podia sentir seus poros se fechando, sentia a pele exposta se contraindo contra a mudança brusca de temperatura.

Era medo.

Não um medo urgente como o que a afligia quando caminhava sozinha pelas ruas da cidade, não o mesmo medo que ano após ano sentia ao realizar o exame das mamas. Não o medo que sentia quando se dava conta do avanço da idade e da falta de um parceiro para a vida, o medo da idade avançar mais e mais e decretar que ela não poderia experimentar a maternidade em seu próprio corpo. O que a abraçava naquele instante era a certeza do que permanecia oculto, do poder devastador e inimaginável que surge em nossas vidas e é capaz de nos transtornar. Sentia-se refém dessa energia, dessa possibilidade, antes mesmo que ela terminasse de se formar. Maitê adentrara uma terra de fantasmas, um lugar que talvez pertencesse a Ravena, ao Abade ou mesmo a Bia. Talvez pertencesse à sua própria mente expandida.

Maitê ainda ouvia os ruídos do mundo conhecido e coloquialmente seguro. Sons embaralhados em uma confusão de estímulos. Diluídos nessa confusão estavam as respirações dentro daquela sala, mas também o vento fino e cortante que enrugava sua pele, sua boca, sua língua.

Você chegou, alguém disse. *Você precisa encontrar a menina.* Talvez fosse a voz do Abade, mas da maneira como Maitê a ouvia, estava grossa e atrasada, fora da propagação perfeita.

— Aqui! — Maitê ouviu alguém dizer. Uma segunda voz, ofegante, jovem e masculina.

Vinha de longe. Tinha muito eco.

— Aqui... — a voz repetiu, dessa vez sem muita potência.

Maitê abriu os olhos.

— Minha nossa... — deixou sair, sem que nada mais verdadeiro pudesse ser encontrado em seu vocabulário.

II

Estava em uma estrada. Era plana e reta até onde podia supor. Não havia sol ou noite, mas uma mistura dos dois, como um dia que está prestes a surgir e não consegue atravessar a escuridão. O céu pendia cinzento e baixo, uma lua muito clara se escondia entre as nuvens, tornando os contornos vívidos e brilhantes. O vento exprimia certa energia, não chegava a incomodar. O ar carregado por esse vento tinha o odor da terra, o cheiro do mato, e carregava algo industrial, nascido de maquinários. Havia umas poucas árvores por perto e muitas na distância maior do horizonte. Folhas azuladas se moviam com a brisa. Maitê conseguia ouvir o som dessas folhas, conseguia ouvir os passos do vento.

A parte do solo que margeava a estrada de terra possuía um aspecto de folhas de milho secas, palhas sobrepostas. A sensação de vazio, de ausência, era o que havia de assustador. Não era um lugar repugnante, Maitê poderia considerá-lo bonito não fosse o tom de irrealidade que via em quase tudo.

À esquerda da estrada, emergindo de uma folhagem verde e baixa, flores amarelas muito pequenas salpicavam a grama. Balançavam como um mar de vida que morria na secura das palhas de milho. À direita de Maitê, tudo era o oposto, árido, desnutrido, mas mesmo sendo isso, sob aquela penumbra estranha, chegava a ter beleza. Maitê também avistava trechos de uma ausência muito maior, distribuídos em quadrados escuros que não fariam sentido no mundo real que ela conhecia. Via três dessas estruturas, estavam suspensas e distantes, no céu à sua frente. Deviam ser imensos. Maitê não sabia se o som vinha deles, mas ouvia uma espécie de assovio robusto, como o vento faz algumas vezes.

Caminhando e ocasionalmente observando aqueles quadrados, ela seguiu pela estrada sem se dar conta do trajeto percorrido. Em um segundo aquele mundo ficou diferente, reduzido a uma coloração básica e eletrônica. A grama se tornou azul e retangular, o céu se tornou verde, a estrada ficou vermelha. Os quadrados desapareceram. O corpo reagiu ao que não fazia sentido e travou onde estava. Maitê sacudiu a cabeça e esfregou os olhos. Tudo voltou ao que era.

Não, não tudo.

A noite finalmente venceu a aurora e aquele mundo se tornou mais escuro. Já não havia lua, as nuvens estavam tão baixas que sua névoa se perdia na terra. Um novo acesso surgia à direita, despontando da névoa, uma porteira aberta. Depois da porteira, em uma árvore seca, alguns carcarás se empilhavam esperando a próxima refeição. Eles observaram Maitê com curiosidade.

— Aqui... — a voz voltou a dizer.

Maitê sabia que aquele lugar não era real, que a experiência que vivia não era *exatamente* real. Em contraponto, todas as sensações reconhecidas em seu corpo a colocavam em dúvida sobre o que era sonho, projeção, delírio, e o que era realidade. E havia a possibilidade de que tivesse sido drogada pelo homem que devia ajudá-las. Quem sabe não estava ela, naquele exato momento, sendo invadida por ele, enquanto seu cérebro criava possibilidades bem menos dolorosas para continuar resistindo? Era o que se dizia de homens como ele. Era o que homens assim faziam.

— Não, eu preciso encontrar a Ravena — disse em voz alta, buscando não se perder, convencendo a si mesma.

E o céu era real, o vento era real, e depois de se abaixar e tocar a terra, os grãos de solo presos em suas mãos também eram reais.

Mais uma vez tudo ficou diferente. O azul da grama, o verde do céu, o vermelho da estrada. A poeira em suas mãos. Maitê ouviu um ruído, os pássaros alçando voo. Mas não eram mais pássaros, eram símbolos pretos.

— ME AJUDAAAAA! — a voz cedeu um grito esganado e a trouxe de volta ao mundo que conseguia compreender. O pavor distorcido daquele pedido vinha de algumas dezenas de metros à frente, de um cemitério de sucatas.

Maitê olhou para trás, especulando uma rota de fuga daquela experiência que prometia se tornar horrível. Nada de abrigos, apenas uma imensidão de estrada, secura e cercas cheias de ferrugem. Os três quadrados suspensos também haviam mudado de horizonte, como guardiões daquela rota. Então tudo às suas costas — o céu, as paisagens, a própria estrada — se reduzira a uma tempestade de poeira, um borrão desfocado. Para Maitê, soava como se aquela parte da realidade não estivesse mais definida, ou tivesse retornado a uma concepção em andamento ou, até mesmo, em regressão. Havia um pedaço de passado naquela estrada; do *seu* passado. Informações de paisagens, temperaturas, a sombra de uma lua morta. Os cheiros daquele lugar moravam nela, e se Maitê tivesse mais tempo, talvez pudesse conectá-los a momentos cruciais de sua vida. Havia algo alcoólico, etílico, perdido na brisa, o odor dos hospitais.

Ela avançou com cautela, olhando para os lados e para o chão a cada pequeno passo.

As roupas brancas já acumulavam poeira. As narinas sentiam o odor da terra aderida à carne. O cheio de máquina, de metal, ficava cada vez mais forte, e em algum momento ela se deu conta de que aquele lugar era o que o Abade chamou de Nada.

"Não porque seja vazio de verdade, mas é como a gente se sente quando vai até lá."

"Entre os mundos."

Passou por algumas carcaças de veículos. Agora as reconhecia, mesmo soterradas até o meio. Carros de álbuns de fotografia. Um Fusca alaranjado, um Fiat 147, um Scort, uma Variant, todos carcomidos pela ferrugem. Entre eles, um fogão, uma geladeira sem porta, algo que poderia ser uma máquina de costura. Engrenagens gigantes, como peças de um relógio. Hélices de aeroplanos. Trilhos e vergalhões retorcidos pelo tempo.

Naquele espaço, as árvores secas tinham as cascas grossas como feridas humanas. Nos troncos e torções, Maitê podia conceber rostos, palavras e cicatrizes, marcas de um período no tempo ao qual ela não pertencia. E se aquilo tudo não era unicamente dela, de quem seria? De que fonte ela estaria bebendo? Seria água boa? Seria água podre? Sentiu medo.

— Cadê você? Onde você está? — perguntou, esperando que a voz alta a libertasse de seu receio.

— Aqui, tô aqui na Blazer.

Estava mais próxima. Maitê avançou devagar por outras carcaças de maquinários. Havia até mesmo um ônibus militar enterrado nos eixos. Ao lado dele, e formando uma espécie de corredor, o que parecia o casco de uma embarcação de tamanho médio. Seguindo por esse corredor, Maitê avistou carcaças que nunca havia visto. Elas eram diferentes; o que restou da tinta no nome dos veículos tinha outra linguagem, caracteres que ela não conhecia. Em formato, eram carros, mas alguns possuíam um design não convencional. Muito arredondados, quase não existiam quinas.

Ela terminou a passagem e viu a Blazer mencionada pela voz, estava à esquerda, com as rodas e o assoalho para cima; parecia ter sido incendiada. Os pneus estavam em farrapos, se decompondo e aderindo nas rodas. A pintura da lataria estava comida e desbotada, mas era possível identificar a cor cinza, a vermelha, e a palavra incompleta — POL C A. Ela seguiu contornando o carro.

— Ah não, por favor, não. — Maitê recuou um passo instintivamente.

Era Cleber Junior, *quase* o mesmo Cleber Junior que foi flagrado roubando e acabou agredido por munícipes. Agora, ele parecia ter escapado de um ringue com cinco assassinos. O lábio inferior tinha dobrado de tamanho e desenvolvido uma bolha de sangue do tamanho de uma jaboticaba. O de cima estava rachado na metade esquerda. O nariz havia se expandido e ocupava quase metade da largura do rosto. Dos olhos, era incerto que ainda enxergassem, as pálpebras estavam grossas como pedaços de toucinho. A orelha direita era um grumo de sangue. No jeans havia muita sujeira, e ele provavelmente tinha se urinado ou vinha se urinando há algum tempo. O tórax descamisado não se movia, havia marcas de lâminas na pele, cortes, xingamentos, desenhos pornográficos. Um grande número 155 acima do umbigo, o sangue já coagulando. Por alguns segundos, Maitê pensou que chegara tarde demais. Mas o rapaz forçou tudo o que tinha, arfou o ar e o expeliu de volta em uma crise de tosse terrível. Ejetou pedaços de coágulo, sangue e coisas que Maitê não conseguiu identificar.

— Você... tava lá, enfermeira. Cê viu... — ele disse e começou a arfar. O peito subindo e descendo com a velocidade de um pulso cardíaco. — Cê me deixou lá. Deixou lá com eles. Você me conhecia e me deixou lá com os leão.

— Eu não podia fazer nada, eu tentei, você sabe que eu tentei! Vamos tirar você daqui. — Ela se abaixou e apanhou o braço magro do rapaz. Havia tatuagens em toda a extensão do braço, todas verdes, velhas, malfeitas. Linhas e curvas que contavam histórias que ela não conhecia.

Quando ele esticou aquele braço algemado, Maitê notou que a junção do pulso estava seccionada de pele e boa parte de musculatura. Havia fiapos de carne, gomos de músculos. O rapaz gemeu.

— Deixa, enfermeira, *ela* fez direito. Ela quer que eu morra.

Maitê olhou ao redor. — Quem é ela?

— É a mãe de uma ninhada de rato. Quando a toca fica cheia, ela mesmo mata. — Em seu franco desespero, Cleber Junior sorriu, e Maitê pôde ver o que restou da boca. Estilhaços de dentes, gengivas recortadas, fissuras na língua. Uma saliva rósea empestada de sangue.

— Eu preciso achar uma moça, o nome dela é Ravena.

O rapaz entortou a cabeça e encarou Maitê, sem mover mais nada do corpo, como um boneco.

— O que eu vi eu não vou falar, sua filha da puta. Cê me deixou lá, me deixou com os leão. Fiquei o dia inteiro assando no carro, me arrastaram pro mato, me maltrataram a noite inteira. Teve gente que viu. Teve gente que pagou pra acontecer. Matar marginal que nem eu é faxina pra eles.

— Por favor, me perdoa, eu quis ajudar. Eu fiquei com medo. Como eu ia saber?

— Era só olhar direito, porra! — Ele mesmo olhou para baixo, para seu umbigo, e ela seguiu seus olhos. — Só olhar.

Havia um movimento abaixo da pele, como se alguma coisa tentasse sair.

Por mais emocionalmente — e intelectualmente — surrada que estivesse, Maitê se apavorou de novo. Que lugar era aquele? Que outras coisas obscenas ela ainda precisaria conhecer?

Afastou-se mais quando cinco ou seis protuberâncias afinaram a pele. O que estava dentro procurava uma saída, pressionava os músculos, distendia tecidos. Algo que pareceu um punho fechado esticou a derme e a epiderme, a pele trincou em raízes de sangue. Fosse o que fosse, aquilo queria sair. O rapaz agora estava com os olhos ausentes, já parecia um cadáver, mesmo com os tremores convulsivos que se abateram sobre ele.

Maitê não conseguia mais olhar, não queria, não era responsável por nada daquelas coisas terríveis. Não foi ela quem o prendeu, quem pagou para o matarem ou quem executou o trabalho. Ela só estava lá, no lugar errado e na hora errada, como milhões de outras pessoas o fazem todos os dias em suas vidas.

Estava pronta para o primeiro passo de uma longa corrida em fuga quando o braço livre do rapaz, o esquerdo, se esticou em um movimento preciso e conseguiu alcançá-la na perna. Cleber Junior não parecia ter alguma consciência do que fazia, mas seu braço tinha a força de algo mecânico. A impressão de Maitê é que se ela o testasse, teria sua canela seccionada ao meio.

— Não! Me solta! Nãoooo! — ela gritou, pensando que se gritasse alto o bastante, poderia acordar daquele pesadelo. Mas também se questionou se, de fato, ainda estava em um sonho. Tudo parecia tão real, tão vívido e palpável. A temperatura, os cheiros, as cores. O vermelho do sangue que agora jorrava da barriga daquele pobre rapaz.

— ME AJUDAAAAA! ME TIRA DAQUIIIII! — A coisa que emergia pelas vísceras gritou. Da forma como estava untado pelo sangue, o ser não foi reconhecido imediatamente. Tudo o que Maitê via era alguma coisa oleosa e vermelha brotando das tripas de um homem morto.

— Sai de perto de mim! Não toca em mim! — Maitê gritou, escoiceando, se jogando no chão, chutando com a perna livre. A coisa galgava sua saída, expandindo carnes e músculos, explodindo ossos, dilacerando a pele. Maitê conseguia ouvir o estalar pastoso das cartilagens, *clack, clack,* ouvia o rasgo dos tecidos.

— Me dá a mão! Me ajuda a sair! — a coisa que emergia gritou.

Maitê reconheceu que se tratava de uma criança. Pelas feições e pela voz, assumiu que ela era uma menina. Mas havia tanto sangue, a menina ainda vomitava pelotes das coisas que o rapaz tinha por dentro, como se tivesse sido gerada, ou regenerada entre suas vísceras.

— Segura minha mão! Segura agora! — Maitê gritou.

A menina obedeceu e Maitê se reergueu, estendendo os braços para içá-la. Não era tarefa fácil, o sangue deixava tudo confuso e escorregadio, lubrificava o que deveria estar seco. Quando as mãos de uma se agarraram aos pulsos da outra, a tensão necessária foi finalmente alcançada. Maitê projetou o corpo para trás e se deixou tombar, a menina se libertou e caiu sobre ela. Maitê a abraçou, já sabendo de quem se tratava.

— Peguei você! Peguei você, Ravena!

À frente delas, um pequeno ponto escuro surgiu em pleno ar, tinha o tamanho de uma cereja. Ele riscou um trajeto de meio metro e formou o contorno de um outro quadrado, logo o centro se encheu da mesma escuridão. Maitê sentiu sua energia sendo sugada até ele, percebeu que a menina resgatada estava sofrendo a mesma drenagem. O céu acima delas estava mais escuro. O quadrado, mais escuro que todas as coisas. Ouviu um cachorro latindo a alguma distância. Não era raiva, mas curiosidade, talvez proteção. Um cachorro pequeno, apostaria. Os latidos estavam cada vez mais frágeis, tomados pelo eco. Desaparecendo, assim como ela, assim como tudo aquilo. Se esvanecendo como o final de um temporal.

A perda dos sentidos veio em seguida e foi bem-recebida por Maitê. Mergulhada entre os mundos, ela desejou ficar mais tempo e negar as vozes que tentavam fazê-la despertar. Mas a luz já estava nas pálpebras, os sons já faziam sentido.

— Ela conseguiu — ouviu alguém dizer.

III

Maitê abriu os olhos e enxergou um mundo esmaecido, borrado e ondulado. Em uma confusão de objetos, perspectivas e silhuetas malformadas, tentou reconhecer um traço, um rosto, sinais de normalidade. Temeu pela possibilidade de não acordar nunca mais, de ter se perdido de vez da realidade que sequestrou Ravena e os outros jovens.

— Maitê, fala alguma coisa. — Ouviu a voz de mulher dizer. Estava distante. A sensação era de que alguém embaralhava suas percepções. Odores, formas e sensações, tudo misturado em uma coisa só. Mesmo o corpo se confundia entre o calor e o frio.

— Por que ela não acorda? — Ouviu a pergunta de uma segunda voz. Ela o conhecia, o homem dono daquela voz. Cosme, Carlos, Celso... Um nome que começava com a letra C. Mas qual era?

Sentia cheiro de terra molhada. Com ela, a essência discreta de alguns perfumes, cheiro de sabonete. O odor de óleo, de máquina, havia ido embora, assim como o som dos gritos. Ainda ouvia o vento. Um alarme estourado à distância. Chamados e respirações aceleradas.

— Clóvis... seu Clóvis. — Maitê enfim abriu os olhos.

O rosto do homem estava bem à frente do dela, encarando-a com a curiosidade de quem descobre um cavalo atropelado na estrada. Em um primeiro instante ela também olhou diretamente para aqueles olhos grandes e preocupados, logo depois reconheceu o todo que havia ao redor.

A confusão de elementos espalhados pela sala parecia obra de um furacão. O chão estava coberto por folhas e sujeiras miúdas (alguns papéis encardidos, poeira, plástico), coisas que deveriam estar do lado de fora da clínica. Os entulhos e o chão estavam discretamente úmidos, parecia ter orvalhado do lado de dentro. Havia brinquedos (duas bonecas, um carrinho, peças de dominó) e uma infinidade de cartas de baralho espalhados no chão. A janela estava aberta e batendo, indo e vindo, como um pulmão trabalhando. A porta do armário de brinquedos e passatempos que ficava no mesmo cômodo estava escancarada. A luz oscilava sem se firmar. A TV estava tombada do suporte, balançando como um pêndulo — presa apenas pelos cabos de energia e pela fiação da antena.

— Dona Bia, acho que ela voltou — Clóvis disse.

— Graças a Deus — Bia correu até eles. Estava descabelada, desarrumada como Maitê nunca tinha visto. Os cabelos pareciam eletrizados, mesmo estando úmidos. — Tudo bem com você? — ela perguntou a Maitê.

— Eu ainda não sei. Eu não ia ficar no banco de reserva? — Maitê perguntou. — O que aconteceu?

— Acho que a mocinha jogou bastante — Clóvis disse. — Eu vou voltar pro meu posto, com a barulheira que foi é capaz de aparecer alguém.

Bia agradeceu e Clóvis tomou seu caminho, desviando de possíveis tropeços. Ele só queria sair dali e voltar para a segurança de sua portaria.

— Ela escolheu você... — A voz do Abade disse. Ele estava sentado aos fundos da sala, as pernas entreabertas e as costas apoiadas na parede. A cabeça pendia de exaustão. Havia aberto a camisa para conseguir respirar melhor, mas ainda arfava. — Alguém usou a nossa energia, mas você foi o condutor. E não me pergunte o motivo, isso é entre você e o outro lado.

— Para onde você foi? — Bia perguntou.

Maitê se concentrou para lembrar os detalhes, mas os acontecimentos e imagens já começavam a ser afetados pela consciência, exatamente como acontece nos sonhos. Incapaz de lidar com o que não compreendia, a mente racional diluía o que encontrava de irracional, entregando como solução final uma corrupção de memórias que não podia ser tida como realidade, mas como o expurgo de um cérebro levado ao extremo.

— Era seco e... seco. Incompleto. Acho que era o fim de tudo.

O Abade gemeu e conseguiu se levantar de onde estava. Caminhou até as duas.

— Você foi para o Nada.

— Ela... — Maitê olhou de lado e encontrou Ravena. Os garotos estavam em posições diferentes. Parecia que as cadeiras tinham sido empurradas. — Ela estava lá, mas não como ela é agora, era só uma menininha.

De onde estava, Ravena riu. Luan também riu.

— A gente conseguiu? — Maitê perguntou.

Bia apanhou as mãos entre as suas.

— Ela perguntou onde estava a mãe e chorou um pouquinho. E o Luan quis saber que lugar era esse aqui, porque ele odeia hospitais — Bia riu. — Não podemos esperar tudo deles nesse primeiro momento, mas eu estou muito, muito feliz. Nas minhas primeiras semanas, eu era como uma lâmpada com defeito. Acendia, apagava, às vezes ficava o dia inteiro ausente. Eles vão melhorar, graças à sua ajuda.

— E os outros?

— Eles também devem voltar agora que os amigos conseguiram — o Abade disse.

— Você está pálido — Maitê comentou.

— Eu só preciso recarregar as baterias, amanhã vou estar novinho. — Ele sorriu. — Na medida do possível, é claro.

— O que aconteceu aqui? — Maitê voltou a perguntar.

Bia e o Abade se entreolharam.

— Em um resumo rápido — o Abade começou a falar — as portas e janelas se abriram sozinhas e caiu uma tempestade aqui dentro. O reator da lâmpada do teto explodiu, choveram faíscas, e depois o vento ficou tão forte que mudou as cadeiras de lugar. Você deu um choque em nós dois, foi você quem me tirou de ação.

— Eu me agarrei à sua mão com toda força que eu tenho — Bia contou —, porque minha impressão era que se eu soltasse, você ia sair voando pela janela. Foi uma loucura, o armário começou a pular como um bicho vivo, os brinquedos saíram rolando. E eu acho que a gente explodiu um transformador da rua, está tudo escuro lá fora.

— E o seu Clóvis?

Mais uma vez, Bia e o Abade trocaram um olhar cúmplice.

— Eles começaram a gritar ao mesmo tempo — o Abade explicou.

Bia completou. — Seu Clóvis correu pra ajudar, coitado, mas assim que ele chegou perto alguma coisa acertou o peito dele, o coitadinho foi direto pro chão. Ele tentou de novo e alguma coisa bateu nele de novo, parecia um campo de força. A loucura só acabou quando você e Ravena desmaiaram, foi quase ao mesmo tempo. Nós acudimos vocês e colocamos você na cadeira, o resto você viu.

Um silêncio se instaurou.

— Acho melhor começarmos a limpar essa bagunça. — O Abade se levantou enquanto falava, pronto para apanhar um carrinho a alguns metros. Sentiu uma vertigem, um forte desequilíbrio.

— Eu acho que você precisa descansar — Bia disse. — Pode voltar pra casa, nós assumimos daqui. Será que dá pra dirigir?

— Dá, sim. Já passei por isso antes. Quer dizer, não exatamente por *isso*, mas a exaustão não é novidade.

Maitê riu com um pouco de cansaço. Tudo o que via ali era novidade.

Bia chegou mais perto do Abade e apertou sua mão, para agradecer mais uma vez, e se despediu.

— Nossa, elas ainda estão quentes.

— Agora é só brasa, o fogo já foi consumido — ele sorriu. — Eu volto quando as coisas se acalmarem, mas podem me chamar se precisarem.

Maitê continuou sentada. Tinha a impressão de que se tentasse caminhar não daria mais que três passos. Toda sua musculatura parecia levada ao limite, resvalando nas câimbras. Ele foi até ela para se despedir.

— Eu queria me desculpar — ela disse. — Li e ouvi tanta besteira a respeito do senhor que...

— Não precisa fazer isso, acredite. O problema com o poder é que ele corrompe a cabeça das pessoas. Por segurança, o melhor é sempre desconfiar. — O Abade recolheu as mãos e esticou a coluna em um alongamento impreciso. — Se precisarem de alguma coisa mais urgente, qualquer coisa, eu vou deixar meu número com o homem da portaria.

IV

Do lado de fora, a noite parecia tranquila. Com a falta de energia dos postes, o céu ficava bem mais aparente; ainda havia nuvens, mas elas nunca incomodaram o Abade. Algumas vezes é mais seguro não ver a totalidade das coisas. No quarteirão seguinte, funcionários da empresa prestadora de energia elétrica já se preparavam para o reparo da fiação. Logo tudo estaria iluminado e sem graça, nada de nuvens, nada de mistérios, nada a ser descortinado. Quem sabe fosse melhor assim. Mais seguro.

O Abade entrou em seu carro, deu uma olhada no retrovisor e atestou que era apenas um homem sem a vitalidade da juventude.

O celular tocou logo depois de dar a partida e ligar os faróis, antes que ele saísse com o carro.

— Oi, Suane. Tudo certo... sim, já estou voltando pra casa. Não, não, pode acalmar todo mundo. Não tive como ver o celular antes, só agora vi as ligações perdidas. Deve ter sido a chuva. A-hã. Sim, amanhã às nove, eu não esqueci.

Desligou o celular em seguida.

Um trovão atrasado voltou a sacudir a noite.

V

Depois de um trabalho exaustivo, alguns homens precisam de silêncio. Muitos outros preferem um pouco de comida em boa companhia, quase todos se satisfazem com um sofá, uma cerveja e alguma coisa rodando na televisão. Não era o caso com o Abade. Principalmente naquela noite, ele precisava pensar.

Agora estava em seu lugar preferido, um dos poucos que ninguém conhecia.

Desde que se tornara homem público, "um homem de Deus" como gostavam de dizer pela cidade, estar sozinho se tornou raridade. Gostava da companhia das pessoas, da adoração dos fiéis, amava estar com as Soberanas e que elas conhecessem todos os paraísos da Terra, mas estar consigo mesmo, em paz, era diferente.

Acendeu uma luminária de luz quente assim que desceu as escadas. A luz do cômodo subterrâneo era bastante similar a das chamas, e mesmo que ele preferisse as velas, o risco de um incêndio o impelia para a eletricidade. Houve muitos desses em Três Rios, incêndios que destruíram comércios, mutilaram pessoas, incêndios que levaram vidas e apagaram histórias, inclusive de crianças. Não foi para pensar nessas catástrofes que ele tomou as escadas.

O cômodo era grande em extensão, e havia mais deles naquele porão. As paredes eram feitas de pedras e tijolos artesanais, como eram as construções mais antigas da cidade. Não havia muitas delas hoje em dia. Alguns museus, igrejas, monastérios, criptas mortuárias, o resumo que restou do passado além dos sobrenomes e a vergonha de algumas famílias. Como muitas outras cidades paulistas, Três Rios propiciou sua própria cota de atrocidades. Assassinatos, leviandades, abusos, corrupção e escravidão. Preconceito e racismo generalizado como pagamento para os que nutriram e construíram a cidade.

Em algumas paredes do cômodo escolhido havia prateleiras de madeira com papéis antigos, fotografias e jornais. Fragmentos de um lugar que se recusava a deixar de existir. Três Rios era uma das cidades mais antigas do país, mesmo que os livros de história se esquecessem disso. Compreensível, porque para falar *dessa* Três Rios, eles teriam que falar de outras coisas, de outras cidades, de outros sobrenomes. De outras possibilidades.

Também havia uma adega abastecida, e foi desse aparato que o Abade se serviu de um vinho. A garrafa era valiosa, mas não houve pompa em sua abertura. O Abade sacou a rolha e verteu o vinho pelo gargalo, como os antigos moradores daquela cripta o fariam se ainda estivessem vivos. De certa forma eles ainda estavam, todos eles. Como fantasmas, memórias, fotos de uma polaroid. Na parede à frente do Abade, alguns rostos e épocas o apreciavam de volta.

Contavam histórias, mas a cidade já não podia ouvi-los. Não era agradável, não eram boas histórias. Bebeu mais dois goles e eles foram o bastante para levá-lo ao meio da garrafa. Agora sim, o cérebro começava a se acalmar.

O Abade foi até a parede. Era desafiador olhar para todas aquelas fotos, um quebra-cabeças. Apanhou um retrato que o interessou mais. Na distância, o fotógrafo registrou um grupo de crianças sentadas à beira de uma cratera. Era diferente da foto dos jornais, parecia mais verdadeira.

À esquerda dessa parede com retratos, havia um quadro em tons de ferrugem. O artista era um menino cigano, famoso em Três Rios e região. Na obra, havia uma menina rezando de joelhos ao pé da cama. Na parede do quarto da criança, acima da cabeceira, um rosto demoníaco, sem a forração da carne, feito apenas de tendões e músculos. Como em todas as obras do menino artista, os detalhes impressionavam, principalmente os olhos da besta, que pareciam seguir o admirador da tela em qualquer direção.

O Abade retirou o quadro e libertou o cofre eletrônico que ele ocultava. Digitou a senha e apanhou uma bolsa de tecido; levou seu conteúdo até a poltrona. Acariciou a forma como se reencontrasse um velho amigo. Um tesouro.

Hora de recarregar as baterias.

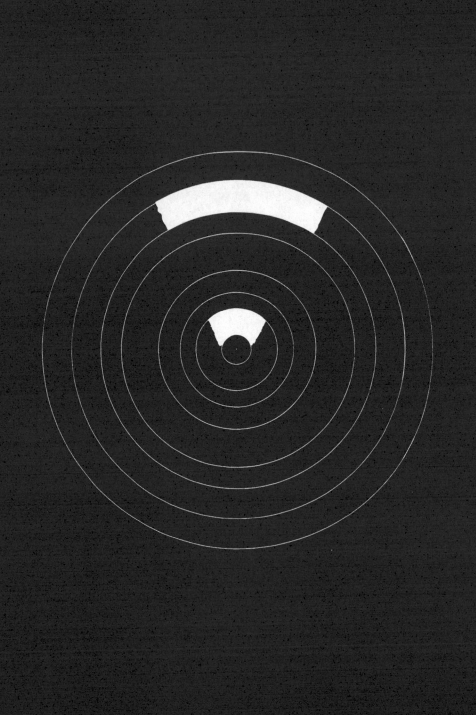

VERDE.
.II

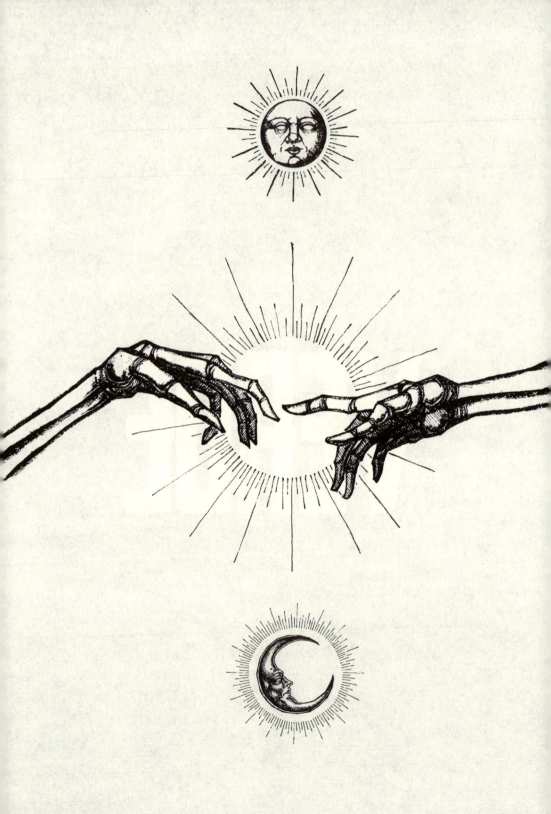

II
TENDE PIEDADE DE ADA

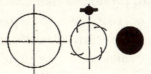

Na segunda-feira, Ada conseguiu agendar sua entrevista de emprego. O local para o encontro foi um antigo prédio de telefonia que agora pertencia ao grupo Piedade. A velha sede da TELESP estava renovada, mais moderna; atualizada, por assim dizer. Algumas partes foram mantidas e restauradas, como os elevadores e parte do piso original. O resultado era um misto de modernidade e saudosismo, um translado das tecnologias analógicas até as inventividades digitais. No hall de entrada, como um objeto de decoração funcional, havia cinco orelhões, lado a lado em uma parede. Sob eles, laptops que exibiam o logotipo da corporação de Hermes Piedade. Nas paredes de todos os andares, fotos de uma Três Rios que não existia mais, diluídas em instalações modernas dos diferentes negócios do grupo.

Assim que chegou ao sexto andar, Ada se identificou com uma das recepcionistas. A mocinha de coque espanhol pediu que ela aguardasse, e Ada já obedecia há vinte minutos. Outras duas pessoas guardavam no mesmo hall, um rapaz de uns trinta e cinco anos que mascava chiclete de forma irritante e uma mocinha bem mais jovem. Ambos não desviavam os olhos do celular. Ada preferia manter a atenção na TV do hall, que mostrava uma propaganda contínua dos negócios mais populares do grupo na região: Drogarias, Carne e Supermercados.

— Ada Janot? — Ouviu uma das moças dizer.

Ada se levantou.

— Nós vamos para o nono andar. — A recepcionista chegou ao elevador e manteve a porta aberta, para que Ada entrasse. O módulo começou a subir logo depois.

— Vocês fizeram milagres com esse lugar — Ada tomou o tom da conversa.

— Ficou bonito, né? Nesse eles fizeram questão de caprichar. Seu Hermes passa por aqui de vez em quando, traz gente de fora, muitos negócios são fechados nesse prédio. — O elevador desacelerou com suavidade. — Chegamos.

A porta se abriu e a moça seguiu na frente, Ada logo atrás, sentindo-se um pouco aquém para a ocasião. Usava jeans e uma blusinha cavadinha, bem diferente do traje social executivo da outra moça. Ada trazia no rosto outra noite mal dormida, e embora tentasse esquecer dos pesadelos, as memórias ressuscitavam a cada dois ou três minutos. Em casa, Samy andava latindo e rosnando para as paredes, parecia sentir coisas que os olhos não viam. Talvez passar uma ou duas noites na casa de Alícia fosse uma boa ideia.

A sala de reuniões era ampla, pelo menos seis por seis, e tinha apenas uma mesa longa e cadeiras como mobiliário. Na ponta da mesa, sua única ocupante operava um notebook. A mulher usava um fone de ouvido com microfone acoplado, e conversava com alguém em uma língua latina que Ada desconhecia. Podia ser grego, italiano, algo assim. A executiva tinha um rosto conhecido, embora Ada não recordasse sua origem. A recepcionista saiu e fechou a porta assim que Ada atravessou, sem dizer nada. Ada raspou a garganta para ser percebida.

A mulher no laptop a convocou com o dedo indicador enquanto falou mais alguma coisa em seu fone. Depois retirou o equipamento do rosto.

— Ada Janot, como vai?

— Bem, e a senhora?

— Vou ficar melhor se não for chamada de senhora — a outra disse, muito séria. Logo voltou a sorrir. — Foi uma brincadeira, pode me chamar de Kelly, é o meu nome.

Agora Ada se lembrava. Kelly Milena era um nome e um rosto bem conhecidos na região. Porta-voz e testa de ferro do grupo Piedade, cabia a Kelly defender e tranquilizar a população nos momentos de crise (algo que nos últimos meses andava acontecendo a cada quinze ou vinte dias).

— Recebemos seu currículo há algum tempo, mas vagas específicas demoram para aparecer. Quando se interessou em trabalhar com a gente, Ada?

— Eu me cadastrei antes da pandemia. Na época, eu enviei currículos pra vários lugares grandes, para vocês eu tenho mandado desde 2017. O grupo Piedade é o que mais cresce na região, minha motivação é crescer junto — Ada recitou o protocolo das entrevistas.

Kelly sustentava o olhar atento. Não era um olhar manso, mas profundamente analítico. A atenção era tanta que os olhos mal se mexiam, concentrados no rosto de Ada.

— Crescer é um ótimo objetivo. Não faz muito tempo eu tinha a sua idade e estava me candidatando a uma vaga de recepcionista. Agora estou com mais de quarenta anos de casa e incumbida de trazer mais pessoas talentosas para o time. O que você sabe sobre a nossa empresa? Além de sermos grandes, é claro.

— Vocês mantêm a nossa região respirando. Meus pais me contavam sobre como era antes. Meu pai trabalhou pro seu Hermes, acho foi na década de noventa. Ele fornecia softwares para a empresa.

— Seu pai também era programador?

— Mais ou menos isso. Ele nunca chegou a se formar na área, mas acabava resolvendo mais problemas que os engenheiros da região. Meu pai prestava serviços para os bancos, para a prefeitura, acho que pra todo mundo. Ele sempre falava que era um prático da tecnologia, não tinha muita paciência para a teoria.

— Qual o nome dele?

— Jansen Janot, mas todo mundo conhecia como Jota, o Jota-Jota.

Kelly oscilou a expressão segura que sustentava e escreveu alguma coisa no computador.

— Nossa história começa na década de sessenta — prosseguiu —, com Hermes Piedade encabeçando uma pequena empresa de implementos agrícolas. Talvez você conheça essa parte.

— Os venenos?

— Venenos, agrotóxicos... hoje em dia dizem muita bobagem sobre o agronegócio, mas a verdade é que você não controla uma plantação só com água de chuva e boas intenções. Nosso planeta é infestado de pragas famintas, das formigas até coisas que nossos olhos não conseguem ver sem uma lente de aumento. Se ninguém deter essas pragas, não teremos comida pra nós mesmos em dez anos. Você é contra o uso de venenos?

— Posso dizer que não tenho vocação para evitar glúten ou fazer garimpo atrás de produtos orgânicos.

— Uma pessoa adaptada ao seu tempo, isso é ótimo. O senhor Hermes também é uma dessas pessoas, e eu arrisco dizer, inclusive, que ele vive um pouco à frente do nosso tempo, talvez por isso suas soluções demorem décadas até serem compreendidas.

Houve uma pausa, Ada manteve a quietude. Kelly continuou explicando:

— Do agronegócio, Hermes investiu pesado em gado de corte, e foi essa parte que transformou o Noroeste Paulista em um *Celeiro de Carne*. Eu acho uma analogia horrível, mas foi o que as revistas e jornais disseram. Gosta de carne, Ada?

— Adoro carne vermelha. Carne de peixe e de galinha eu sou meio enojada.

— Hoje beneficiamos os principais tipos de carne em nossa linha de fornecimento; o que não temos, nós licenciamos e garantimos o controle de qualidade. A linha Cristal, por exemplo, pertence ao grupo Piedade, são dezenas de produtos com atestado de procedência e qualidade, produzidos por nossos parceiros e exclusivos dos nossos supermercados. Resumindo bastante a nossa história, o grupo Piedade avançou para roupas, produtos eletrônicos, alimentos, produtos para higiene pessoal, medicamentos, e recentemente passamos a nos interessar por tecnologia. Assim como fizemos com a carne, nossa nova prioridade é colocar Três Rios no mapa da produção tecnológica do país em menos de cinco anos.

— Aqui? — Ada não pode deixar sua surpresa contida. — Por mais que a empresa seja agressiva, vai levar um bom tempo pra conseguir mudar a cabeça do povo. Em Três Rios a gente compra TV nova pra sala, mas a TV de tubo fica no quarto dos filhos.

— Por que você considera nossa empresa agressiva? Essa é uma palavra de muitas interpretações.

— Eu... — Ada se deteve por um segundo, não mais que isso —... olha, dona Kelly, já que estamos sendo sinceras, todo mundo conhece a fama do seu Hermes. Eu não estou dizendo que concordo com o que todo mundo fala por aí, ou que eu acredito na metade do que escuto, mas eu acompanho as notícias da região, faz parte do meu trabalho.

As expressões no rosto de Kelly Milena foram mudando aos poucos. Inicialmente em uma mecânica lenta, o rosto logo assumiu movimentos fluidos. O sorriso não veio completo, mas havia alguma satisfação na composição.

— Bom, muito bom — disse Kelly. — É ótimo deixar cair a fachada, apreciamos esse nível de sinceridade na empresa. Hermes Piedade é um negociante, Ada, e isso é tudo o que ele é. Um homem que acorda todos os dias disposto a retirar o leite das pedras. Algumas vezes, no passado, seu Hermes levava seus funcionários de confiança para grandes shows, jogos de futebol, conheço gente que assistiu o Brasil conquistar a última copa ao lado do seu Hermes. Mas ele também é o tipo de homem que marca uma reunião às duas da manhã e exige um milhão a mais na sua conta antes das seis da tarde. Se isso é ser agressivo, sim, Hermes é um dos homens mais agressivos que eu conheci. Da mesma forma que é um homem generoso, que sabe valorizar quem está do lado certo da corda.

— Eu posso lidar com isso. Pra qual vaga eu estou sendo avaliada?

— Segurança da Informação e Produtividade. Precisamos de alguém que possa ficar de olho nas operações da concorrência e em possíveis focos de espionagem, sabotagem e desvios de informação. E alguém que também entenda de mercado digital nos termos modernos, e de preferência esteja alinhada com as possibilidades do marketing digital.

— Vocês estão desconfiados que existe tráfego fantasma no cruzamento de dados — Ada foi direto ao ponto.

— Também. Não temos intenção que nossos produtos sejam promovidos e sabotados por robôs e comprados por outros robôs. Queremos um mercado digital real, com vendedores reais e consumidores reais. Você parece ter uma expertise em antecipar problemas, e principalmente em separar a inteligência artificial autômata dos seres humanos. Foi isso, Ada, o que manteve as empresas que contrataram seus serviços ativas na pandemia, você foi a responsável pela migração de boa parte do consumo dos comércios locais para a rede, o que também a coloca como salvadora de muitas famílias da nossa região.

— Ninguém nunca me deu esse valor todo, mas agradeço.

— Sabemos o que você merece, Ada. Tanto sabemos que estou transferindo agora mesmo uma ajuda de custo, para que você tenha tranquilidade em deixar suas outras ocupações e ficar a cargo exclusivo do Grupo Piedade.

Pareceu a Ada que a executiva apenas apertou um botão no notebook. Seu celular bipou em seguida.

— Acho melhor você olhar — Kelly disse.

A app do banco notificava uma transferência de vinte mil. Ada conteve o sorriso, mesmo sem entender como eles tinham o número de sua conta bancária. Assim que devolveu o celular ao bolso perguntou:

— Quando eu começo?

12
GILMAR E O VIAJANTE

I

Do outro lado da cidade, Gilmar Cavalo chegou à Santa Casa de Misericórdia pouco antes das dez da manhã, depois de uma nova discussão com sua segunda ex-esposa, Juliana. Naquela manhã especialmente iluminada ele estava, por assim dizer, com o saco na lua. Tinha derrubado café na porra da camisa quando estava prestes a sair de casa, quase atropelou um maluco que andava por aí distraído com uma bússola, e para completar a fatura precisou dar quatro voltas no quarteirão antes de conseguir estacionar seu carro nas imediações do hospital. Nessa manhã tão feliz, seu foco era saber sobre o tal esquisitão que foi atropelado por Celeste Brás, e, em todo seu otimismo, tudo o que Gil esperava encontrar era mais um alcoólatra desorientado. A cereja do bolo jornalístico dos últimos dias continuava sendo o tal estelionatário da igreja, o Abade, mas Gil não estava com a menor disposição para ele. Putaqueopariu, pior que aquele início de dia, só levando uma cagada de um pombo de seis quilos.

Era o preço de ficar estacionado na mesma fase, na mesma cidade e na mesma vida por tempo demais. Ele poderia ter saído de Três Rios, tentado a sorte em outro lugar. Poderia ter ido lavar pratos em Toronto, dirigido empilhadeiras em Sidney, poderia até mesmo ter sido motorista de táxi em Nova York. Mas não, precisava ter aquela falsa esperança de que tudo daria certo em sua carreira no Brasil. Não, gente linda, não aqui. A única coisa que funciona nesse país é a varinha mágica da fada da desgraça.

Agora, com mais de trinta, as portas já não eram tão largas como costumavam ser. Dessa forma, Gil esfregou as mãos no rosto algumas vezes e destravou a expressão trancada, reformando a pele em um semblante alegre e acolhedor assim que terminou as escadas que davam acesso ao hall de entrada do hospital.

— Minhas meninas, como vão? — perguntou para as duas garotas semi-idosas da recepção. Elas ergueram os olhos, o reconheceram e se entreolharam com alguma malemolência implícita. Conheciam Gil Cavalo de outras visitas, e ele sempre lembrava delas no final do ano. Bombons, um botão de rosas, um cartão bonito que fosse. E aquele sorriso safado que ele tinha... só essa parte amoleceria um tijolo.

— Tudo ótimo, seu Gil. E você? Vai me dizer que tá doente?
— Eu tenho uma saúde de ferro, estava com saudade de vocês.
— Sei... — a mulher da esquerda, de cabelos tingidos de louro-radiação, desdenhou, de cabeça baixa, rabiscando algo em um papel.
— Que é isso, Gina, eu não posso sentir falta das minhas amigas?
Ela o olhou para cima, por sobre os óculos.
— Ou você veio por causa do Padre Histeria?
— Padre?
— O pessoal da enfermagem já batizou o coitado, ele é meio irritadinho quando tá acordado. — A outra mulher, Ivani, de cabelos escuros presos em um coque, explicou. Usava tanta maquiagem que o rosto parecia um piso de porcelanato.
— Tá bom, eu confesso — Gil espalmou as mãos em inocência. — Eu vim pra saber dele. Mas eu também vim o caminho todo (puto da vida querendo matar um santo só pra ver se ele ressuscitava) pensando se minhas amigas estariam trabalhando ou se estariam de folga.
— Pra sua sorte e para o nosso azar a gente já folgou nessa semana. Do que você precisa, Gil? — perguntou Gina.
— Queria dar uma espiada no homem, será que eu consigo entrar no quarto? É coisa rápida. Se ele estiver dormindo, eu nem acendo a luz.
— Rápido, rápido mesmo? Ou vai ser como daquela vez que você pegou um jaleco pra enganar o pessoal da segurança e ficar mais tempo? Lembra disso, Gina? — Ivani perguntou com um risinho. — Era o jaleco da doutora Jaqueline.
— Ô... — Gina disse.

— Meninas, podemos esquecer desse dia infeliz? Eu era inexperiente, tinha a sede da juventude, agora estou mais responsável. É coisa rápida, sim, vocês têm minha palavra — ele disse e esticou de novo aquele sorriso frouxo.

— Tá certo — disse Ivani e deu a volta no balcão.

Era aquele sorriso dele, aquele maldito sorriso safadão. De frente para Gil, ela mesma colocou o crachá de visitante no bolso da camisa clara. — ala D, quarto 8. Se tiver alguém lá dentro, você espera sair. Se a xexelenta da chefe da enfermagem te ver pescoçando, vai sobrar pra gente.

Gil deu um beijo no rosto de Ivani, que ficou corada imediatamente.

— Se você não fosse casada, teria um pretendente na fila de espera. — Ele saiu caminhando. Ivani o observou se afastando, aquela bunda durinha que ela adoraria apertar.

— Até casada, filhinho — ela disse para Gina e as duas começaram a rir.

II

Gil conhecia o hospital tão bem quanto a rua de sua casa. Não bastasse todas as vezes que ele percorreu seus elevadores e corredores, ele era filho de um técnico em radiologia que se aposentou (morrendo de câncer) no mesmo hospital. Quando era menino, Gil gostava de andar pelos corredores, conversar com os pacientes, alguém sempre tinha um doce ou algum tempo para perder com ele. Os adultos não fazem ideia, mas tudo o que uma criança precisa é de atenção, o que existe de sobra em leitos de hospital.

Chegou sem dificuldade à ala D, mas precisou esperar dez minutos na máquina de café enquanto a plantonista fazia a ronda no quarto 8. Ela saiu e ele esperou mais outros cinco minutos, geralmente o tempo que levava para um outro profissional visitar o mesmo quarto quando convocado pelo plantonista.

— Puta merda — disse assim que entrou e botou os olhos no sujeito. Ele não parecia ter sido atropelado uma vez, mas umas cinco. Ida e ré.

Pelo que Gil conhecia dos edemas, eles já estavam retrocedendo, mas o homem ainda estava bem deformado. A boa notícia é que apesar da medicação vascular, ele estava livre de aparelhos de suporte à vida — o que significava nenhum dano interno severo no acidente.

Pela aparência, devia ter entre quarenta e cinquenta anos. A barba era grande, mas rala, nada cuidada. Os fios eram tortos e esvoaçados. Os cabelos não estavam em melhor estado, do mesmo castanho-claro. O homem tinha uma grande cicatriz que começava no rosto e terminava entre os cabelos. Queimadura de chama, calor ou algum produto químico.

— Moço? Tá acordado? Consegue me ouvir? — era uma pergunta cretina, mas era melhor do que não fazer nenhuma.

Como Gil supunha, não recebeu resposta.

Ainda tinha tempo, e os prontuários estavam — como sempre — presos a uma prancheta ao pé cama, para que qualquer um desse uma espiada. O interior paulista adora uma fofoca e é terrível em guardar segredos.

Tirando uma leve anemia, costelas trincadas e uma concussão cerebral, o homem estava bem de saúde. Pelo tanto que parecia ter apanhado, era bastante sorte. Pressão arterial de menino, idade aproximada de cinquenta e dois. O nome estava mesmo como "Padre", e alguém com um senso de humor estranho acrescentou "H" (de histeria). Gil achou espirituoso. Segundo estava anotado, a próxima avaliação seria somente em uma hora, o que era outra boa notícia. O homem não dormiria para sempre; com um pouco de sorte, a fome o despertaria antes da ronda.

Gil colocou os papéis de volta já pensando em onde poderia se acomodar, e assim que reencontrou o rosto do homem sentiu um calafrio. Padre H. estava com os olhos abertos, não só abertos, mas um pouco arregalados, o encarando. Gil deslocou o corpo para o lado, bem pouco, sem trocar o passo. Os olhos do acamado o seguiram como um animal atento. Foi inevitável não pensar que aquilo poderia dar muito errado.

— Opa, eu sou o Gil. Gilmar Cavalo.

— Que lugar é esse?

— Um hospital? — disse Gil.

O homem se sentou arrastando agulhas, mangueira e o suporte de soro com ele. Não pareceu se importar com a dor e puxou o que estava em suas veias da mesma forma.

— Quem me trouxe pra cá?

Gilmar não disse nada.

— Você é médico?

— Eu?... Eu não.

O homem olhou para a janela e respirou muito fundo. Fechou os olhos e repetiu o movimento.

— Se o senhor não é médico, o que está fazendo aqui?

— Sou do jornal. Você se tornou uma sensação imediata em Três Rios, meu amigo. Não é todo dia que alguém aparece do nada vestido como um padre...

— Onde estão as minhas roupas? Minhas coisas?

— O pessoal da enfermagem deve ter guardado.

— O que você quer?

— Saber um pouco mais do seu acidente.

— Não tenho tempo pra jogar fora, rapaz. Alguém pode devolver as minhas roupas? Eu tenho que sair daqui — ele foi se levantando. No primeiro passo vacilou e se apoiou na cama para não cair, Gil o amparou.

— Calma aí, santidade. Tudo que você vai arranjar lá fora é outro atropelamento.

— Você não entende. Não importa o quanto eu previna, não importa quantas provas eu dê, vocês são incapazes de acreditar. Mesmo que eu me esforce até a morte, sempre a esperança cegará os olhos da verdade.

— E qual é a verdade, meu bom homem? — escarneceu Gil.

O homem ergueu o cenho e encarou Gilmar com muita sobriedade.

— Que essa terra irá devorar todos vocês. Até não sobrar nada.

13 MINUTOS ANTES DO ACIDENTE, TRÊS RIOS, 1908

Pam, pam, pam... pam-pam, pam ... pam-pam

Com a batida inesperada, o guarda central à frente da porta do templo se levantou, já com a espada em posição de defesa. Do lado direito, outro homem fez a mesma coisa, assim como um terceiro, que ocupava o lado esquerdo.

— Alguém pede a entrada, mestre — o homem do meio disse.

— Vede e age como sabes — o homem que presidia a cerimônia ordenou.

Não era comum uma interrupção como aquela, e um pouco menos frequente que o intruso fosse capaz de se identificar com a precisão das batidas secretas. Parecia fácil repetir algumas pancadas, mas a musicalidade exigia habilidade, o que incriminava os falsários.

O Terceiro era o primeiro templo da *Ordem de Três Rios*, em uma época em que as ruas calçadas eram discretas e a zona rural era o principal pilar da economia. Eram tempos duros e perigosos para um forasteiro se arriscar, principalmente entre homens como aqueles. Nessa fatia do passado, os poderosos sabiam se defender por si só, os crimes eram resolvidos ou abafados rapidamente em conluio, e, a menos que se tivesse algum dinheiro, pessoas comuns e incautas seriam presa fácil em uma reunião como aquela. Os graduados reunidos no Terceiro já não se interessavam por posses materiais, mas por um poder maior que só mesmo a exaustão social extensa seria capaz de motivar. Homens experimentados a tal ponto que poucas coisas ainda os surpreendiam. Testados nas bebidas, nos negócios, no sexo e nos sabores da carne.

O principal guarda se colocou à frente da porta, escoltado pelos outros dois homens com espadas embainhadas. Abriu uma fresta. O visitante disse uma palavra de passe, "Aurora", e então a porta se abriu. Conduzido pelo guarda, o visitante ocupou o centro do recinto, em um local onde a espiral que tomava todo o piso tinha sua origem.

— Eu vos saúdo, Irmão Mais Velho. Obrigado por me receber.

— Agradecemos sua visita da mesma forma. Quem és tu? És um de nós? — o homem que presidia a sessão continuou o escrutínio.

O visitante usava um hábito cor de terra, se parecia um pouco com as vestimentas dos frades. Sob as luzes mornas do lustre principal do templo, era notável uma marca em metade de seu rosto. A injúria na pele chegava até metade do couro cabeludo.

— Sou um de vós, mas venho de longe.

— Portugal? — o homem que presidia a sessão indagou. Observando suas vestes, e sendo o Terceiro o único templo da ordem no Brasil, era uma pergunta natural.

— Da própria Três Rios, mas a estrada que me trouxe apresenta muitas curvas. Não vamos jogar palavras no vento, Irmão Mais Velho, vocês sabem o que estão fazendo, as atrocidades que têm praticado dentro e fora dessas paredes. Venho implorar para que vocês interrompam tais atividades e previnam os que virão dos perigos que vou contar, antes que a lei do retorno se torne consistente e irreversível.

O homem sentado ao trono olhou para o outro à sua direita e sorriu. Fez o mesmo com o que estava à sua esquerda. Agora, o rosto do condutor daquela sessão estava tomado por sentimentos que ele deveria combater. Soberba, vaidade, arrogância. Ele se levantou, ajustou a gravata vermelha e raspou a garganta.

— Quer dizer que recebemos o que se diz nosso irmão, de corações abertos, e tudo o ouvimos são acusações levianas e ameaças? Veja, meu ilustre visitante, eu não estou tão certo que sejas um de nós. São tempos violentos, vivemos dias nos quais os criminosos seguem impunes. Chego a me perguntar se vós não tivestes um encontro com um irmão de menor sorte, e se o acaso e a cobiça não o impeliram a matá-lo e se passar por ele.

Os cochichos começaram a crescer entre as fileiras, palavras veladas, a forma preferida de comunicação entre os poderosos.

— Não! Você está errado! Muito errado! Eu venho para ajudar, venho para impedir que o pior aconteça. Sei sobre as mortes, sei o nome dos que foram torturados e assassinados nessa sala para que vocês conseguissem a *Glória*.

Ao ser dita aquela palavra, os cochichos cresceram novamente, e se tornaram tão ruidosos que o condutor da sessão usou seu malho para golpear o sino que repousava ao seu lado. Com a vibração ríspida e aguda, os ânimos se acalmaram e os homens voltaram ao líder.

— A que Glória se referes?

Dessa vez, o visitante sorriu. Não foi um riso claro e desarmado, mas algo cheio de ardil.

— A porta está aberta, grande Irmão, rasgos no tecido do mundo, uma profanação. Coisas nadarão para fora desse rasgo, seres indóceis e com sede de sangue. A Glória favorece a vocês, mas a dívida se onera a cada dia. A morte de tantos inocentes, vocês não fazem ideia do que isso custará a essa cidade.

— Basta. Não matamos ninguém nesse templo, muito menos inocentes.

— Ouçam, eu suplico. Famílias inteiras serão consumidas, a paz será encarcerada para nunca mais ser livre. Não existe poder que satisfaça a sede dos que virão, eles serão piores que vocês! Serão mais astutos, famintos, indignos de qualquer laço de confiança. Essa é a Três Rios que seus netos herdarão. É nesse chão apodrecido — o homem pisou o chão do templo três vezes, com força. *Tum, tum, tum* — que sua descendência viverá! A menos que vocês me escutem.

O homem com o malho esperou alguns instantes, de peito aberto, de cabeça erguida.

Um silêncio incômodo, absoluto e profético.

— Eu me enganei — disse enfim. — Não és um assassino, mas um louco, perdeste o juízo por alguma mazela da existência e achou justo cobrar de nós essa tragédia. Não sei como sabes da Glória, ou de nossa gente, mas ela é apenas um vislumbre para o divino, para as coisas que advêm da sabedoria eterna.

Os olhos do visitante tremiam. Ele não parecia apenas furioso, mas febril, tomado por alguma atitude mental devastadora. As mãos ao lado do corpo se fecharam, retesadas a ponto de mudarem de cor.

Sem aviso, fez um movimento mais brusco e uniu as mãos em prece. O ato repentino fez alguns homens se armarem com espadas e malhos. Um deles tinha um revólver empunhado na mão direita.

— Enlouqueceu de vez — esse homem com arma de fogo disse a um dos homens à sua esquerda.

— Eu sou o que restou da cidade — o invasor proclamou —, sou parte da dor que vocês trouxeram para o mundo!

Ele desceu o capuz, desceu o manto até a cintura e abriu os braços. Virou suavemente, a fim de se exibir a todos. As marcas eram profundas, e talvez sequer fossem queimaduras, mas vestígios de uma agressão muito maior.

— Precisam me ouvir, eu sei o que será feito com essa cidade.

No trono, o homem sustentou a expressão séria e decidida. Havia uma imutabilidade em seu rosto. Uma sentença.

O malho desceu na mesa.

— A loucura, meu caríssimo visitante, é como uma mosca carregada de novas doenças. Se a deixarmos pousar em nossas peles, ou entrar em nossos ouvidos, se oferecermos abrigo e confiança a tais mentiras, nós nos tornaremos um criadouro de novas pragas, de novas moscas. Meus amados irmãos, certifiquem-se que esse infeliz encontre o silêncio, para o bem dessa ordem e para sua própria redenção.

Os homens bem-vestidos, trajando ternos, ornamentos de ouro e gravatas vermelhas, se agruparam como uma colônia de formigas. O visitante olhou para os lados, virou o corpo e olhou para a porta às costas. Não havia como fugir e os homens sedentos se aproximavam.

Em segundos o visitante estava subjugado a dezenas de sapatos, punhos e malhos. Consumido por aqueles homens nobres que agora pareciam uma horda de selvagens. O visitante apanhou por alguns minutos, caiu e voltou a se erguer. Novamente foi derrubado e se arrastou pelo templo. Alguém o içou pelos cabelos enquanto outro empunhou uma adaga. O fio estava prestes a encontrar seu estômago quando o meio da sala se tornou líquido. Surpreendidos pelo brilho do dia e pela estranheza que preenchia o outro lado, os membros da ordem estagnaram, atordoados, horrorizados com a presença do que parecia um milagre. Uma graça que o homem abatido rapidamente tomou para si.

E atravessou.

14
CARNIVORÂNDIA

I

Depois de muita insistência, Gil conseguiu marcar um horário com Celeste Brás. O local definido para o encontro foi uma churrascaria na cidade vizinha de Velha Granada. Celeste era amigo do dono do estabelecimento, Cassiano Guedes. A Churrascaria Carnivorândia existia desde os anos noventa sob a mesma direção. Atualmente as filiais brotavam por toda região, mas a administração geral e a supervisão eram geridas pelo filho de Cassiano, Adriano Guedes.

Os homens já haviam falado de futebol, trocado opiniões políticas sem que ninguém declarasse claramente seu lado, experimentado a entrada com salada e alguns pasteizinhos de joelho de porco apimentado. Era sobre isso que falavam agora, carne.

— Espera até provar a picanha — Celeste mordeu mais um pastelzinho. — Esse negócio aqui é receita alemã, coisa fina, igual esse você só encontra aqui e no sul do país. A não ser que você viaje pra Alemanha, é claro.

— Eu já almocei na filial de Três Rios, as carnes são mesmo muito boas.

— Boas? O Cassiano saiu na *Veja* e tudo. Ele merece; depois do que esse meu amigo passou na vida, ele merece o céu.

— O que aconteceu com ele? — Gil perguntou e deu outro gole na cerveja.

— Resumindo, ele passou o diabo na mão da primeira esposa. Maltratava ele, o filho, teve até traição envolvida. Aí a pistoleira sumiu, parece que deu no pé com um amante. Deixou filho, casa, a porra toda pra trás. O Cassiano ainda foi suspeito de ter dado sumiço nela, mas foi inocentado. Ele é um homem do bem, não merecia pagar pelos erros daquela perversa.

— Vocês se conheceram no trabalho?

— Isso aí. Eu abasteço a região toda desde 2008. O principal fornecedor da região ainda é o grupo Piedade, e agora tem um pessoal novo envolvido na expansão. Assumiram e vieram com tudo. Agronegócio, tecnologia, carne. As meninas dos olhos do velho são os supermercados e as drogarias.

Gil riu.

— Comer todo mundo precisa, e com um povo viciado em doenças como é o brasileiro, as farmácias vão durar pra sempre.

— Culpa das propagandas — disse Celeste. — Qualquer jornal que você assistir vai falar de alguma pereba. Gripes asiáticas, caganeiras africanas, esses dias eles estavam falando de carcaças de animais descongelados lá no Polo Norte que podiam trazer doenças de volta. Vou te contar, até um homem saudável paga um check-up por semestre só por garantia.

— Exames preventivos são uma coisa boa.

— Sabe o que eu acho? — Celeste perguntou. E respondeu na sequência. — Carro velho em mão de mecânico esperto nunca volta sem defeito. Se você vai procurar uma doença, certeza que vai achar. Mas às vezes é desgaste de peças, falta de trocar o óleo. Às vezes é só necessidade de tirar umas férias.

Fizeram os pedidos na sequência, tomaram mais uma cerveja, então chegou a hora (e o teor alcoólico ideal) de Gil fazer suas perguntas. A primeira remessa se relacionou ao homem que Celeste acabou atropelando.

— Eu juro por Deus que nunca vi um troço daqueles e... Olha, Gil, é o seguinte. Agora que a gente já ficou mais chegado, eu gostaria muito de confiar em você, e isso inclui não me chamar de velocista ou dar a entender que eu sou um lunático no seu jornal.

— Posso passar a reportagem pra você antes de soltar. Não costumo fazer isso, mas no nosso caso eu abro uma exceção. Posso gravar nossa conversa? É só pra não perder nada.

— Pra não perder nada, só não gravando a conversa. Faz assim, depois você manda as perguntas por escrito, aí eu coloco do meu jeito. São só algumas frases que entram, eu sei como funciona. Ou você pode escrever e eu mexo no que precisar.

Gil tomou mais um gole de Original para engolir a contrariedade. Não culparia o sujeito. A imprensa andava pisando feio na bola. A escrita, a falada e a que nasce na internet como bate-boca sensacionalista. Desde 2016, nada que não puxe a brasa para o negativo encontra interesse do público-alvo.

— A gente faz do seu jeito — Gil disse. — Mas você paga esse churrasco.

— Fica frio. Depois eu coloco na conta do Cassiano como propaganda, mas aí você também precisa arrumar um espacinho pra ele nos classificados.

— Deixa comigo.

Celeste mastigou um pedaço de ancho, e estava tão bom que seu rosto refletiu o deleite.

— Que Deus me ajude, mas uma carne dessas é melhor que uma boceta.

Gil sorriu. Na frequência que ele trepava, era bem mais fácil se satisfazer com o ancho.

— Eu estava vindo de carro pela principal — explicou Celeste —, vinha devagar, não igual uma lesma, mas devagar. Minha mulher estava um pouco nervosa, então a gente bateu boca. Não descontei no acelerador nem nada nisso, e eu não tirei os olhos da rua ou mexi no celular, nada dessas cagadas que o povo faz. Gil... — mordeu mais um pedaço de ancho —... parecia que alguém tinha rasgado o ar como uma folha de papel. Depois a porra ficou parecendo uma piscina na vertical.

— Ouvi a mesma coisa de outras duas pessoas.

— Eu fiquei tão assustado que não dormi de noite. Fiquei procurando alguma coisa na internet, nesses sites de fenômenos inexplicáveis. Parece que já aconteceu antes. Aqui mesmo em Três Rios, mas no tempo do onça, lá fora tem mais de três casos. Num desses o sujeito tinha documento, dinheiro, mas não era desse nosso mundo, era de outro lugar.

— De outra dimensão?

— Eu não faço ideia e odeio Star Wars. Tudo o que eu sei é que eu joguei o condenado por cima do meu carro e achei que tinha matado o infeliz. Me contaram que ele está todo fodido e meio confuso; e se ele é doido, sabe-se lá... aí já não é comigo.

— Fiz uma visita pro nosso amigo no hospital, ele vai se recuperar.

— Ele falou alguma coisa de mim? O filho da mãe pretende me processar?

— Não que eu tenha percebido, mas o homem ainda está meio confuso. Como ele não tem documentos, está sob custódia, ou quase isso, porque no Brasil nada funciona como está no papel.

— Como assim? Está ou não está?

— Eu não vi nenhum guarda e fiquei com ele pelo menos meia hora sem ninguém aparecer no quarto. Então...

— Se ele quiser sair, ele sai — Celeste completou.

Gil assentiu e colocou mais carne na boca. Comeu uma fatia de palmito em seguida.

— Você é da cidade, Gil? De Três Rios?

— Fui gerado em Gerônimo Valente, mas nasci aqui mesmo, porque o médico de Gerônimo estava de cara cheia na ocasião. Minha família mudou de vez pra cá quando eu era menino.

— Três Rios é uma cidadezinha estranha, um lugar cheio de milagres e de coisas terríveis. Eu tenho um antepassado que se livrou da forca, mas um aparentado da minha esposa enfiou um táxi na porra de um muro e contou que foi pro inferno. Sem contar aquela coisa que todo velho tem medo, o tal do Devorac.

Gil sorriu, calculando que Celeste estivesse brincando. Não estava. A fim de aliviar a pisada na bola, Gil ressuscitou outro assunto, que devolveria a atenção do outro à pauta principal do almoço.

— Fiquei pensando se esse homem pode ter caído na frente do seu carro, despencado de algum lugar. Seria mais esperado do que simplesmente aparecer.

— Caído de onde? Do céu? — Celeste olhou para o teto da churrascaria.

— Já aconteceu em períodos de guerra, com pilotos. Passageiros de aviões comerciais acidentados também já pularam, sem paraquedas nem nada.

— Misericórdia... Alguém viveu?

— Uns dois ou três. Pelo que eu entendi você estava com sua esposa, ela também viu a mesma coisa? É possível que ela tenha percebido algum detalhe a mais?

— A Vanessa estava no banco de trás, *percebendo* a nossa filha. Do jeito que ela tava puta a única motivação dela era fazer meu coração parar com a força do ódio.

Celeste respirou fundo e matou o que havia no copo.

— Eu vou te contar tudo, tá certo? Mas nós vamos precisar de outra cerveja.

II

A cerveja chegou e desceu pela metade antes de Celeste se encorajar a falar. Parecia ser um pouco pior do que simples receio de ser mal-interpretado, parecia medo.

— Pedi pra não gravar nossa conversa porque eu sabia que ia chegar nessa parte.

— O que sua filha tem? É grave?

— Podia ser, Gilmar, podia ser bem grave. Mas a gente teve ajuda. A Naiara estava sem conversar fazia quase um mês. Não falava comigo, não falava com a mãe, não falava com médico ou com as amigas dela. Eu e a mãe já estávamos ficando desesperados. Você conhece esse mundo, e sendo jornalista deve conhecer pedaços bem piores que eu... a gente estava pensando que ela tinha sido abusada, essas coisas terríveis.

— E ela parou de falar como? Quando?

— A Naná começou a ter pesadelos. Ela sempre sonhou muito, e de vez em quando acordava assustada, mas era coisa de criança, toda criança passa por isso. Acontece que foi piorando. Ela acordava olhando pra parede do quarto como se tivesse alguém ali, agarrava eu e a mãe dela com tanta força que a gente chegava a ficar com marcas das mãozinhas na pele. Contratei uma terapeuta, a cidadã achou que ela estava reagindo a nós dois, se rebelando através desses comportamentos. E de fato a Naná começou a ficar violenta, a falar grosserias com a gente. Depois a psicóloga sugeriu que a gente fosse até a escola e falasse com os professores, ficasse de olho neles, porque podia ser alguma coisa acontecendo fora do ambiente de casa.

Gil não sabia onde aquela história iria terminar, mas aproveitou para tomar notas no celular. Celeste não se opôs. Desde que não tivesse sua voz para comprovar os absurdos — que sendo verdade ou não ainda eram absurdos em seu ponto de vista —, estava tudo certo.

— Uma mocinha que ajuda na limpeza lá em casa me chamou de canto um dia, falou que conhecia alguém que podia ajudar. Nessas alturas meu casamento estava indo pro saco junto com a voz da minha filha, então eu já tava "daquele jeito", como dizia o meu pai. Foi essa mocinha quem me falou de uma igreja nova lá para os lados do Novo Horizonte, e do homem que é o... um tipo de pastor deles.

Gilmar controlou sua empolgação a fim de não interromper Celeste, deixou a caneta em paz e bebeu um gole de cerveja. Eram dois coelhos dos grandes. Uma paulada só. Enfim a sorte resolveu fazer as pazes com o jornalismo.

— Eu estava voltando pra casa com a Naná e a Vanessa quando aquele cara apareceu na frente do meu carro. A discussão era porque minha esposa estava convencida que o tal do Abade tinha tocado nossa filha, feito dessas sujeiras que a gente vê na televisão.

— Ela tinha algum motivo pra pensar nisso?

Nesse ponto da conversa Celeste ficou muito sério. Deixou os talheres no prato, usou o guardanapo na boca e suspirou.

— Gil, com toda sinceridade, quantas vezes um homem tem a chance de presenciar um milagre com os próprios olhos? Um milagre verdadeiro, como ver Nossa Senhora ou se curar de uma pereba fatal?

Gil continuou com o copo na mão, parado, como estivesse se esquecido dele. Aquela era uma pergunta e tanto, uma das poucas que ele gostaria de ter uma resposta diferente. Mas disse a verdade.

— Não conheço muitos. Que eu possa acreditar cem por cento, não conheço nenhum.

Celeste riu.

— Eu também estava nessa, e olha que eu tenho tio-bisavô que se livrou da forca. Mas voltando pro nosso assunto confidencial — reafirmou —, eu levei a menina pra ver o tal homem que faz curas. Precisei dar um esporro nas concubinas dele e forçar a entrada, mas no fim ele me atendeu. Acabou dizendo pra gente lá pelos finalmente que ele só passou a gente na frente porque percebeu que podia ajudar a Naná, o que muitas vezes não é tão claro.

— E o que aconteceu nos finalmentes?

Celeste deu mais um gole na cerveja.

— Bom, eu não faço ideia de como ele faz o que faz, mas é muito diferente desses curandeiros que usam faca cega pra raspar os olhos das pessoas e escondem tripa de galinha nas mãos. Eu venho de família espírita, na minha infância já vi médiuns tirando documentos de gente morta de dentro de sacos de algodão, vi fumaça saindo pela boca, depois a gente descobria no Fantástico que era tudo maracutaia. O que acontece naquela igreja é diferente. Quando ele fecha os olhos e começa a falar baixinho, nosso corpo reage. A energia perto da minha filha era tão alta que os cabelos dela se armaram. Eu senti calafrios, dor de barriga, pelo amor de Nossa Senhora que eu quase caguei na calça. Quando ele pediu pra segurar as mãos da minha filha, as mãos dele estavam tão quentes que marcaram os pulsos dela. O homem estava com os olhos pra cima, não era bonito de ver. Até a voz que saiu da boca dele era outra, grossa e cheia de autoridade. De repente pareceu que alguma coisa saiu dele por todos os poros. Eu vi os cabelos e a barba se mexendo como se alguém tivesse soprado por dentro.

— E ela falou?

— Naná falou um segundo antes de eu fazer aquele monge voar. Desde então ela não fica quieta um segundo, e eu já tô quase arrependido de ter pedido a graça — Celeste riu. — Ela ainda tem um probleminha de amnésia, a Naná não tem muita memória do tempo que ficou muda, mas quem se importa? Se ela não foi abusada e está ficando boa, eu estou cagando pro resto.

— Está me dizendo que ele é autêntico? Que esse Abade está mesmo curando as pessoas?

— Não, Gil. Estou dizendo que ele curou a minha filha.

15
UNO

Em cidades do interior, as noites de sexta-feira são feitas de três ingredientes principais: descanso, música e sexo. E se você puder temperar tudo isso com um pouco de bebida alcoólica, então terá a receita perfeita. Mas para uma camada seleta da população, a sexta-feira era feita para duelar.

Na história humana, as disputas foram (e ainda são) executadas de várias formas. Espadas, corpo a corpo, armas de fogo, exércitos terrestres, bombas atômicas, batalhas de tapa na cara, brigas de anões e batalhas de bater no dedo — onde no final os dedos indicador e médio se transformam em cenouras arroxeadas. Existe até mesmo duelo de grito, de arranhão, e os confrontos que envolvem enforcamentos e disputa de cuspe (principalmente no caso de irmãos). E não deixemos de colocar nessa lista o duelo de péssimo gosto musical e o duelo de egos — esses quase sempre via rede social. Mas se existe algo brutal e traumatizante na história dos duelos de todas as civilizações, ele se chama *Uno*. Sim, o jogo *Uno*.

Por volta das oito da noite, Noemi e Sônia desembarcavam do Ford Ka roxo de Noemi em frente à casa de Adelaide. Como fazia uma temperatura incrivelmente baixa para Três Tios (cerca de 23 graus), Sônia usava um casaquinho de crochê, enquanto Noemi preferia desafiar a dor nas juntas e insistir na sua camiseta estampada com o rosto do netinho Enzo Guilherme. Começaram a jogar precisamente às 20h45, e às 21h30 ficava claro que a sorte havia escolhido a sua afilhada.

— Deus me perdoe, Adelaide, acho que melhor você dar uma conferida no banheiro, é muita cagada. — Noemi perdeu a compostura depois da terceira rodada de Adelaide. Com os louros da nova vitória, a dona da casa sorriu.

— Não é sorte, é inteligência, querida.
— O baralho é de quem agora? — perguntou Noemi.
— É meu. — Sônia o apanhou e começou a embaralhar.

Há cinco anos, as noites de sexta eram dedicadas aos jogos. Damas, jogos de carta de baralho comuns (cacheta, buraco, bisca), Ludo, muitas vezes jogavam *War*, bingo, *Banco Imobiliário* ou *Cara-a-Cara* (nesse, Noemi era invencível, o que rapidamente desmotivou as outras duas). Até o ano anterior, elas também jogavam o jogo *Operando*, mas isso foi antes de Sônia perder a firmeza nos dedos. E com todas as opções, entre todos os jogos, de cada dez sextas-feiras oito seriam do *Uno*.

Nessas sessões mortais, Toninho, cachorro de Adelaide, geralmente ficava aos pés da dona, embaixo da mesa redonda onde as três jogavam. Naquela noite ele estava no pé da janela da sala desde que o jogo começou. Toninho só se afastou quando Noemi ofereceu um biscoitinho de vento, mas bastou ele terminar de engolir para reassumir seu posto.

Toninho ganiu alguma nova contrariedade, Adelaide o repreendeu e Noemi disse, antes de colocar a próxima carta:

— Morreu outra pessoa hoje.
— Ahhh pronto, vai começar o obituário... — reclamou Sônia.
— Não fui eu quem matei, só estou comentando. E eu acho que vocês vão querer saber. Masssss, se não quiserem, eu não faço questão de contar.

Se existe uma coisa mais poderosa que qualquer outro artifício para chamar a atenção de uma jovem senhora, essa coisa provavelmente é a fofoca. Mesmo com toda resistência demonstrada por Sônia por cinco segundos, no sexto ela perguntou:

— Quem morreu?
— O seu Euclides, a gente estudou com ele no técnico de contabilidade. Lembra dele, Delaide? Ele era todo-todo com você.
— Lembro que ele parecia um repolho.

As três riram, mesmo levando em conta que o sujeito tinha morrido. Na idade delas, esse tipo de humor era permitido. Além das passagens de ônibus grátis, desconto nas armações dos óculos, até os filhos e os médicos ficavam mais gentis. Quando o relógio está contra você, muitos o tratam como um prisioneiro no corredor da morte.

— Deus me perdoe — ela se retratou em seguida. — Como ele morreu?

— Parece que foi infarto. Euclides estava se engraçando com uma mocinha de cinquenta anos, tomando aquele remedinho azul. Morreu no motel.

— Meu Deus do céu — Sônia disse. — Será que ele ainda funcionava?

Por três segundos, elas ficaram caladas, logo depois veio o riso.

— Esse bando de velho pensa que vai virar britadeira com esse remédio. Pois eu digo que se tivessem inventado um pra gente, eles ficariam mais ricos. — Sônia disse, ainda rindo.

— E deixar a gente ser melhor que um deles? De jeito nenhum que eles fariam isso — Noemi disse. E já emendou: — Também morreu um rapaz no bairro do Poço Fundo. E uma moça no Jardim da Luz.

— Morre gente todo dia, meninas — Sônia contemporizou.

— Não desse jeito, a Adelaide sabe do que eu estou falando — Noemi disse.

— Sei? — Adelaide abriu a partida, jogando uma carta verde número cinco. Noemi colocou uma carta de pular sobre ela. Sônia fez uma carranca e acatou o castigo. — Segue.

Noemi continuou a conversa:

— Ninguém fala nos jornais, mas morreram pelo menos cinco pessoas, todas elas fatiadas, igualzinho aconteceu ali na praça. Estão achando que tem mais de um assassino, que pode ser uma dessas organizações venezuelanas assassinas.

— Quê? — Sônia não pode conter sua surpresa.

— Não sou eu quem está falando, é o que está correndo na boca do povo. Parece que são traficantes, e eles também fazem essa coisa de magia negra.

— Não se diz mais magia negra, Noemi — Sônia a corrigiu.

— Sério? Pois eu não acho que preciso ouvir isso de uma branca. E compre mais quatro cartas por gentileza.

Sônia bufou duas vezes e comprou um novo castigo. Adelaide deu sequência, e inverteu a mão a ser jogada. Era Adelaide novamente.

Na janela, Toninho pulou sobre as patas e latiu, recuando até as patas traseiras. Depois latiu de novo, saltou, e ficou rosnando.

— Já chega, Toninho, a mamãe já ouviu você.

— Por que ele não sai da janela? — perguntou Sônia.

— Tá assim desde aquela noite horrível — Adelaide explicou. — Ele só sai pra fazer as necessidades. Nem no meu quarto ele tem ficado.

— Descobriram mais coisas do mocinho que morreu? — Noemi perguntou.

— Era bandido. É muito triste, meninas, esse bairro costumava ser tão tranquilo, agora é cheio de bêbado, gente pedindo ajuda, vendendo droga. Eu não tenho coragem de botar a cara na rua sozinha depois das dez da noite.

— Três Rios sempre foi um lugar difícil. — Sônia finalmente conseguiu colocar uma carta, um sete vermelho. — Quando o seu Hermes comprou aquele matadouro, já existia um matadouro anterior, o São Judas. Meu pai trabalhou nele, meu avô também. Eles contavam que tarde na noite, mesmo quando não tinha bicho nenhum, eles ouviam os gritos.

— E bicho grita? — perguntou Noemi.

— Bicho sofre, agoniza, diz que parece grito de gente.

— Porco parece gente, eu já vi morrer de monte — Adelaide disse. — No meu tempo de menina a gente mesmo matava, aprendia a cortar na garganta pra fazer menos barulho. Na garganta ou embaixo da pata, no sovaco deles. Morre rapidinho.

— Que horror — Sônia disse.

— Galinha era pior. Às vezes minha mãe destroncava o pescoço da bichinha e ela ficava viva um tempo, pulando, o pescoço despencando igual um pedaço de tripa, e ela tentando voar.

— Em casa também era desse jeitinho. Nunca entendi por que não cortavam o pescoço de uma vez — Noemi disse.

— Ué, porque fazia sujeita, né — explicou Adelaide. — E a galinha não morria de uma vez do mesmo jeito. Ela pulava e ainda voava sangue pra todo lado. Falando nisso, a gente podia combinar uma galinhada em um domingo desse mês. Faz muito tempo que eu não faço.

— Uno! — Noemi disse. E em seguida mudou a rodada de fofocas. — Ficaram sabendo do Abade? Parece que ele foi lá ver as crianças internadas na Santa Luzia.

Com o silêncio das amigas, Noemi explicou melhor.

— Os meninos que ficaram em volta daquele buraco no Jardim Pisom.

— Eles ainda estão internados? Coitadinhos... — Sônia disse. — Baixa as cartas que eu vou passar pra pegar uma aguinha — falou logo depois. Passou por trás de Adelaide e foi até a cozinha, enquanto Noemi explicava.

— Estão meio em coma desde 2005.

— Como é que se fica meio em coma? — Adelaide perguntou.

— É parcial. Ainda conseguem respirar sozinhas, comer, fazem algumas coisas. Mas depois ficam dormindo acordados.

Sônia estava de volta. Hidratada e com as cartas na mão.

— Pegue quatro cartas — disse a Noemi.

— Ahh, não é possível. Vocês estão de complô? — Noemi se irritou. Adelaide riu, e mostrou que só tinha duas cartas para aumentar a provocação.

— O que o Abade foi fazer lá? — Sônia perguntou.

— Estão falando que ele curou uma das meninas. Quem contou foi uma das Soberanas, aí a Dirce, que faz faxina na igreja...

— Templo. — Sônia corrigiu.

— Isso, no *templo*, ela ouviu e contou pro Martinho. Aí ele me contou.

— Será mesmo que esse homem tem poder de cura? — disse Adelaide.

— Alguma coisa ele tem. Ele também atendeu a filha da Vanessa Brás, a minha neta estuda com a menina. Parece que a menina dos Brás não estava indo mais na escola, porque alguma coisa a fez parar de falar. A família já estava suspeitando de abusos.

— Não é fácil ser mulher, nunca foi — Sônia disse.

— No caso dela não foi abuso. A menina tinha problemas psicológicos, estava tendo uns surtos antes de parar de falar. A minha neta contou que um dia ela ficou gritando no banheiro, sozinha, trancada em um dos boxes. Ela só parou quando uma das funcionárias da escola tirou ela de lá na marra.

— E o Abade deu jeito? — Adelaide perguntou e colocou uma carta coringa. Pediu para seguir o jogo com a cor verde.

— Segundo a minha neta, a menina está ótima. Está até melhor que antes.

— Eu não sei se acredito muito. Eu vi o Abade, gostei dele, senti o fervor das palavras, mas daí a acreditar em milagres... é muito difícil pra mim. E você, Soninha? Acredita nele?

Sônia colocou um nove sobre o monte.

— Aqui é Três Rios, meninas. O povo não gosta de falar a verdade, mas nós temos idade pra saber do que já aconteceu aqui. A gente estava falando de galinhas agora há pouco, lembram daquela galinha que matou gente em 1987? Se um bicho inofensivo como uma galinha se torna uma assassina nessa cidade, do que a gente ainda pode duvidar?

— Teve aquele homem do Matadouro também, aquele que ficou doido e queria matar a mulher — Adelaide completou. — Até o pobrezinho do seu Jaime, ele era da loja de móveis usados, lembram dele?

As duas assentiram respeitosamente, e mais uma rodada morna, sem cartas especiais, se seguiu.

— E tinha os ciganos — Adelaide disse. — Quando eu era menina, a gente morria de medo deles. Meu avô ficou rico com plantação de algodão, e na entressafra arrendava terra para eles. Minha mãe conta que eles tinham favorecimento do... do inimigo. Ela chegou a ter um quadro daquele menino.

— Wladimir — Noemi relembrou. — O que pintava com sangue. Uno! — disse em seguida.

— Credo. Segundo a minha mãe — Adelaide seguiu explicando —, meu avô caiu de cama assim que a tela do menino entrou na casa. Meu avô só levantou quando ela aceitou vender o quadro pra um pessoal da igreja, que estava comprando tudo que era do artista. — Uno de novo!

— Jesus amado, é muita largura — Noemi reclamou.

— Eu penso — Sônia seguiu com sua conclusão — que tudo existe em equilíbrio. No caso de um lugar tão cheio de coisas ruins como a nossa cidade, precisa existir alguma luz. Nós já tivemos a Mãe Clemência, tivemos o pastor Saulo que veio de fora, e nasceu muita gente boa na nossa região. O Abade pode ser um desses.

— Eu não sei... — Adelaide resmungou e pescou uma carta — ...todas aquelas mulheres babando no homem. Ele é feito de carne, tem aquilo que todo homem tem, então eu não sei... Uno, aliás.

— Você diz isso, mas ficou toda animada que a gente o viu — Noemi provocou. — Porcaria — disse em seguida, quando não conseguiu vencer. Pescou uma carta, pelo menos colocou a carta extra no monte. — Uno de novo. Parece que a sorte está mudando Adelaide.

— Será? — Adelaide disse e bateu.

Depois ouviram um grito distante, rouco, ecoando na quietude da noite.

16
DO LIMOEIRO, MAIS LIMÕES

Algumas pessoas são competentes, outras são naturalmente talentosas, mas poucas delas conseguem reunir as duas características e combiná-las com uma terceira: a obstinação. Esse era o caso de Marcelo Monsato, que aos treze anos pesava oitenta quilos e tinha o apelido de M.M. Foi com obstinação que ele venceu a fome, as perseguições e a compulsão por comer sem parar. Com a mesma obstinação, ele conquistou a garota mais incrível que conheceu, e graças à obstinação pelo trabalho, dez anos depois, ele também recebeu o pedido de divórcio dela. Ônus e dívidas, direito e deveres, sortes e reveses. Era a vida.

Agora ele descia mais uma vez de seu Nissan e queimava um cigarro para ajudar na digestão. Tinha acabado de engolir um podrão no trailer do Xôxo-Pão, no Bairro dos Junqueiras, depois de visitar a filha. Era bom ver a menina, era bom rever a mãe, mas ser obrigado a olhar na cara daquele filho da puta que casou com Leandra o transtornava. Ela podia ter escolhido qualquer um, mas sabia que nada irritaria mais seu ex-marido do que um homem bonito, bem-vestido e educado. Deus do céu, se ele pudesse enfiar a mão naquela cara imberbe uma única vez, o faria com tanta força que os dentes sairiam pela nuca.

Mais um trago e a calma voltava a se restabelecer. Depois do trago, o pensamento que tudo tinha seu lado bom, principalmente um divórcio. Naquela noite ele poderia chegar em casa e simplesmente dormir, ou beber e comer queijo prato cortado em cubos enriquecido com salame fatiado até as duas da manhã, e quem sabe ainda assistisse a reprise de *Rocky, um Lutador* pela décima oitava vez. Ele só não poderia ficar totalmente feliz e dar um beijo de boa-noite em sua filha, mas quem precisava ser feliz o tempo todo?

Sendo de Três Rios, Monsato também trazia as marcas da selvageria daquela cidade. Cicatrizes emocionais profundas, traumas, reações de autodefesa que muitas vezes ultrapassavam a racionalidade.

— Você não vem? — Luize perguntou a ele.

Monsato levou os olhos para a luz do poste, para as mariposas e insetos que pareciam inebriados por ela.

— Já se perguntou por que nós nunca saímos daqui? — ele perguntou.

Luize se recostou na lataria do carro e pediu um cigarro, Monsato cedeu a ela. Luize puxou a fumaça com vontade. Soltou lentamente, pelo nariz.

— Eu não sei — ela respondeu. — A gente acaba se acostumando. Não sei como seria viver em um outro lugar, não sei se eu quero descobrir. Tenho minha família aqui, algumas pessoas que consigo chamar de amigos, você é um deles.

Monsato absorveu a menção em silêncio.

— Como está lá dentro? — perguntou.

Luize fez uma espécie de careta, torcendo a boca e apertando os olhos.

— Sujo.

Monsato respirou fundo, inflou as bochechas e deixou o ar sair, bem devagar. Antigamente a manobra ajudava a acalmá-lo, agora o resultado era um pouco de falta de ar.

— Vamos dar uma olhada, você ainda precisa colocar a Sabrina na cama e esquentar a janta do Carlão.

Quem convocou a polícia para a área foi um homem chamado Arlindo Boez. Ele tinha um depósito de gás no Limoeiro, há dois quarteirões da praça onde Dagmar, filho de Jerusa, fora assassinado. Se havia alguma chance de os crimes não estarem relacionados, era bastante remota. E ficaria um pouco menor quando Monsato entrasse na casa.

Assim que cruzaram a porta, o cheiro de sangue pulou para o nariz de Monsato. Não era sangue velho, ainda tinha o cheiro do aço. Também havia outros odores arruinando a casa. Uma presença de suor masculino muito forte, fritura, o cheiro inconfundível de urina. Havia sangue nas paredes, nas poltronas, no tapete e nos quadros, havia sangue no teto. Mesmo sendo noite, algumas moscas saciavam seu apetite, enquanto outras, já satisfeitas, lambiam suas patas para se livrar do excesso. Havia tecidos pelo chão, pareciam lençóis. Estavam enrolados para formar uma corda.

— Puta merda...

— Vai piorar — disse Luize e abriu caminho, desviando dos locais sinalizados pelos peritos (o local por onde eles podiam trafegar estava forrado com uma cobertura plástica, como uma passarela).

Os detetives passaram por um corredor no mesmo estado de sangria e chegaram ao quarto.

Um dos peritos estava deixando o cômodo, ele saiu antes que Luize e Monsato entrassem, cruzando caminho com os dois na abertura da porta.

— Cuidado onde vocês botam a mão, esse lugar tá um nojo.

Monsato entrou e cobriu a boca com um lenço. Estava acostumado com o suprassumo da sanguinolência humana, mas o que via era para tirar o estômago do lugar.

A cama de casal, de alguma maneira, tinha ido parar no banheiro da suíte (o único banheiro do imóvel ficava anexado ao quarto, era uma casa antiga e pequena). A cama estava de lado, enfiada na abertura da porta e impedindo a passagem. Havia mais sangue no chão e nas paredes, e havia pequenos pedaços de coisas que um dia fizeram parte do corpo da vítima. O rapaz estava no meio do quarto, praticamente no centro. Estava com o abdômen para cima e com as pernas dobradas para a esquerda. O rosto olhava para o mesmo lado. O que sobrou do rosto.

Ele parecia agredido por um martelo. A parte visível estava edemaciada, esbranquiçada, e suja, mas ainda se parecia com um rosto. A outra metade, aderida ao chão e já com o sangue em processo de coagulação, era uma massa de carne e ossos estilhaçados. A boca do cadáver estava aberta, mordida, e era bem possível que não tivesse mais a junção da mandíbula. Os dentes que sobraram estavam quebrados ou deslocados. O nariz tinha sido torcido para a esquerda, o septo estava estilhaçado por um golpe. Os braços estavam ao lado do corpo, direito para cima, esquerdo para baixo. Não havia mais dedos nas mãos ou nos pés. Ainda usava uma calça — Luize explicou que não havia indicação de violação sexual.

— Que tipo de pessoa faria uma coisa dessas? — desabafou Monsato.

— A gente nunca sabe — Luize falou com alguma melancolia. — O que a gente faz agora? Se não pararmos esse animal, ele vai continuar matando.

Monsato deu outra olhada ao redor, nada que pudesse ajudar. Não havia inscrições na parede, pegadas, armas, marcas de mãos ou pés. Nada.

— Quem era esse coitado?

— Ricardo Lira. Vinte e seis anos, solteiro, o vizinho da casa do lado contou que ele veio de Assunção. Parece que os pais moram por lá ainda.

— Passagens com a gente?

— Não. Se ele entrou em uma delegacia não foi registrado.

Monsato levou as mãos à nuca e respirou mais fundo. Desceu os braços e seguida.

— A notícia vai se espalhar, e depois que isso acontece sempre morre mais gente. Precisamos descobrir alguma coisa depressa.

— Você viu a mesma fita que eu, Monsato, não dá pra explicar aquilo. Se for a mesma coisa que matou Dagmar, o que nós podemos fazer?

— Se pensarmos assim, estamos colaborando com esse animal e com as mortes que ele ainda vai providenciar. O que a gente viu pode ter sido uma falha na gravação, interferência, pode ser manipulação de imagem. Você sabe do que a inteligência artificial é capaz hoje em dia. O que precisamos fazer é relacionar esses dois crimes e procurar por outros que podem não ter sido vinculados ao mesmo cara. Todo filho da puta que mata pessoas têm uma preferência, é assim que ele vai cair, é assim que todos eles caem.

17
SEGREDOS DO PROFETA (2)

O homem andava rápido. Trajava terno e calça social, apesar do sol queimando as ruas. O sapato não era novo, mas estava engraxado e brilhante. Na mão esquerda, uma bíblia surrada, prova de sua dedicação às escrituras. A mão direita seguia livre. Como todos os outros homens que trafegavam por aquela rua, aquele tinha um nome, se chamava Rômulo. Tinha 23 anos, embora parecesse ter mais. Usava bigode, costeleta bem fininha, óculos redondos que não combinavam com seu rosto. Não se importava, a vaidade não prestava, era só mais uma arma do Diabo. Assim como a mentira. Assim como a luxúria. Assim como os vícios.

Havia muitos bares naquele bairro, e, dentro deles, muita miséria humana.

Rômulo já havia se sentado em lugares como aqueles, havia comido do torresmo e bebido da cachaça. Tinha jogado baralho e perdido, dançou com putas, algumas vezes saiu correndo, fugindo, para não acabar vomitando no chão. Tinha fumado cigarros ruins e perdido bons empregos. Então Deus apareceu.

Na igreja, Rômulo encontrou uma saída; antes dela, encontrou uma escada para alcançá-la. Palmo a palmo, escalou até um novo emprego; mais alguns degraus vencidos e chegou à libertação dos vícios. Conheceu boas moças, e com a segunda delas se casou. Agora ele tinha uma casinha, andava limpo e de cabeça erguida. Não faltava comida na mesa, roupas no armário ou dinheiro para as contas. Se economizasse, sobrava até mesmo para um passeio com os meninos e com Vânia.

Enquanto percorria o calçamento estourado do Limoeiro, pensava nela, em Vânia.

Havia muitas mulheres solteiras na igreja, mas Vânia era diferente, era especial. Ela o notou primeiro, ele foi educado. Onde já se viu, mulher como aquela dando oportunidade para ele. Não parecia ser possível. Também foi ela quem o convidou para o primeiro encontro. Um sorvete depois do culto. Depois as mãos dadas. Depois as juras de amor. Rômulo disse no segundo encontro que gostaria de namoro sério. No quinto encontro, em uma pizzaria no aniversário de um irmão da igreja, ele disse que gostaria de um casamento santo. Se casariam puros, virgens como se sentiam, castos um do outro.

Agora estava prestes a negociar com o inimigo.

A toca já despontava na próxima calçada. O homem que resolvia as coisas agora morava ali, em uma rua morta, dividindo parede com uma antiga fábrica de botões abandonada. O teto da fábrica estava torcido, as portas de metal tinham a cor da ferrugem, os vidros para ventilação estavam estilhaçados. Depois de muitas reorientações de trânsito, aquela rua, Bandeirante Nelson Castro, se tornara morta, sua única finalidade agora era servir de estacionamento aos carros de quem procurava a Feira do Índio, a apenas dois quarteirões de distância.

— Meu Senhor, meu perdoa — Rômulo disse quando estava a dez metros da toca. — Se for pra eu desistir, me dá a paz do perdão agora.

Mais cinco passos e a paz não veio.

O que chegou foi outra coisa. Foi o cheiro, a visão, foi o estômago mergulhando em um tonel gelado de raiva.

Chegou de frente para o lugar. Um amontoado de entulhos, lonas e tralhas. Como quem prediz um erro, o sol foi escurecido por uma nuvem de chuva. Em um segundo, o dia recebeu um acinzentado muito denso, tendendo ao azulado que precede a noite. Um cão começou a latir, estava dentro da moradia precária.

— Não precisa bater pra entrar — a voz rouca anunciou.

Rômulo olhou para os dois lados da rua, a fim de reconhecer algum rosto. Talvez não fizesse diferença, mas parecia justo se preservar. *Ele* não fez nada, não merecia sofrer mais. *Ele* era só uma reação a uma ação pecaminosa e ofensiva, uma reação à quebra dos mandamentos sagrados e justos de seu Deus.

— Licença — disse ao passar pela lona que servia de porta. Precisou se abaixar bastante, as telhas estavam a apenas um metro e meio do chão. O velho comia uma romã, separando com as mãos suja as bagas de rubi. Usava uma camisa azul muito velha e uma calça de tergal.

— O senhor é o feiticeiro? — Rômulo perguntou e sentou em um pneu, que servia como cadeira.

O homem ergueu os olhos sem erguer o rosto. Mascou as bagas e cuspiu as sementes ali mesmo, perto dos pés, no chão de sua morada.

— Sou?

— Eu preciso que faça uma coisa por mim, uma coisa que é certa.

— Se é certo decido eu. Você fala qual é a coisa.

As expressões no rosto de Rômulo começaram a mudar depressa. A boca afinou, os olhos trepidaram, a respiração ficou parada no peito. A boca ameaçou se mexer, mas, pelo jeito, o que havia dentro dela era perigoso demais para sair.

— Puta! — Rômulo explodiu. — Aquela puta! Vagabunda! Messalina! Infiel!

O choro brotou devagar, uma represa que não podia ser contida.

— Chora, rapaz, chorar é bom. Melhor que um monte de coisa.

Rômulo preferiu nutrir um sentimento bem mais poderoso, que o vinha mantendo de pé desde aquele flagrante.

— Tenho tempo pra choro não, senhor. Quero reparação, vim pra isso.

— Qual reparação?

— A única que vai me fazer homem de novo.

— Eu não julgo, mas não desfaço acordo. Tem coisa pior que levar um chifre, que ser feito de besta. De corno — o velho riu.

Rômulo enfiou a mão na parte de dentro do paletó.

— Isso aqui era tudo da igreja. Tudo daquele filho da mãe. Foi ele. O pastor.

— Guarda o dinheiro pro seus filho. Eu não preciso disso.

Rômulo passou os olhos na moradia.

O velho acendeu um palheiro sem precisar olhar o que fazia. As mãos sabiam onde estava o fósforo, o cigarro e o lado certo pra colocar na boca.

— Aqui tem tudo o que eu preciso. Eu só agradeço, pedir não tenho direito. Lá fora um homem arruma casa, carro e despesas. Um homem bom adoece e morre. Aqui é melhor.

Rômulo parecia prestes a ter outro acesso de choro, de fúria, das coisas horríveis que o comiam como um verme.

— Ela falava que eu era a vida dela, que Deus tinha me mandado pra gente fazer uma família linda. Comigo era recatada, quietinha, só fazia de luz apagada. Tinha mês que nem fazia. Tava sempre enjoada, com dor, cheia de sono. Eu achava que era assim, uma mulher tão boa, como eu podia reclamar da santidade dela? Não saía da igreja. Fazia caridade, pregava a palavra na rua, tinha sábado que era o dia inteiro fora de casa. Eu cuidando da casa, do Cauê, das conversa da rua. Pastor levava e trazia. No começo vinha com a mulher dele, dona Dina. Depois começou a chegar sozinho. Tinha carrão, mas um homem à serviço de Deus merece ter provisão, né? Pastor ajudou a me arranjar emprego, lá na firma do Piedade. Eu fiquei na fábrica de tinta, a mulher ficou no mercado, pra trabalhar no caixa. Tem muito crente lá, o gerente do mercado já foi crente, hoje ele tá em outra igreja, mas ele ainda gosta do pastor. Diz que eles são muito amigo. A vida ia bem, a gente tinha dinheiro pra casa, pro neném. Ele já tem quatro aninho. Parece comigo. Mas às vezes não parece só comigo. Com ela não parece quase nada.

"Faz duas semana eu saí mais cedo da firma. A gente mexe com solvente, químico forte, e os equipamento de proteção não serve pra nada. Filtro vencido... tem máscara que só sufoca, não deixa entrar o ar... daí a gente não usa. Nesse dia eu comecei a tossir e não parei mais. Fui no ambulatório e a dona Pietra, a enfermeira, falou que era melhor eu descansar em casa. Já era sexta, quase quatro hora. O RH da firma até pagou condução pra mim.

O profeta do Limoeiro ouvia atentamente. A cabeça um pouco inclinada, a expressão muito séria, o olhar atento e desprovido de julgamento ou pena.

"Cheguei e vi o carro do pastor na porta. Botei a mão na lataria, tava quente que nem uma chapa. Nem desconfiei, pensei que podia ter acontecido alguma coisa ruim e o pastor precisou acudir a Vânia. Me peguei com Deus e pedi que estivesse tudo bem com ela. Entrei no portão sem fazer muito barulho, porque meu molequinho sempre dormia de tarde.

"A janela do nosso quarto fica na frente da casa, e foi da janela que eu ouvi o gemido dela. Mas o barulho não vinha dali, não era do quarto. A quenga é que tava gemendo alto. Moço, cada passo que eu dava era uma gemida dela. Falando "ai meu Deus", mandando enfiá, falando coisa de sexo que ela nunca falou comigo. Fui chegando pelos fundo, tem uma janela na copa e tem outra na cozinha. As duas tem cortina. Eu vi da copa.

"Ela tava na mesa. De costa. Debruçada. Ele tava atrás dela. Mordia o pescoço dela, fazia força, ela gemia que nem bicho. Teve hora dele bater com tanta força que eu pensei que era estrupo. Era nada. Eu parei de olhar pra vomitar. Eu tenho esse negócio no estômago, tudo de ruim cai lá. Fui vomitar longe da janela, pra ninguém ouvir. Eles só pararam quando meu minino começou a gritar pela mãe, mas ele gritou um tempão, chamou até o pastor deixar a sujeira dele na minha Vânia.

"Voltei pra casa e não falei nada. O que tinha de raiva, eu chorei na rua, o que sobrou, eu chorei no banho. Naquela noite eu peguei uma faca. Ela tava deitava, de costa, dormindo. Uma diaba. Cheguei a erguer a faca, mas eu não sou desses, não posso com sangue. E também, por mais que quisesse justiça, não queria acabar na cadeia. Quem ia cuidar do meu minino? A vó dele, do meu lado, não tem nem pra ela. Meu pai morreu faz tempo. Do lado da mãe, ninguém ia querer cuidar. Eu sei que o meu minino pode ser do pastor. Ele tem o mesmo jeitinho quando ri, o olho fica pequenininho. Mas eu não quero castigo pra criança, ele já vai viver sem mãe. Gemendo que nem puta, puxando ele pra dentro. Nem dele eu tenho raiva, se o senhor quer saber. Homem é homem, a gente vive que nem tatu, doido pra achar um buraco. O problema é *o buraco*. É ele que eu tenho que cobrir."

O profeta deu mais um trago no cigarro. Depois bocejou, como se a fumaça levasse com ela o peso do que ouviu. Do que talvez tenha sentido.

— Quando custa? — perguntou Rômulo.

— Desde que o mundo é mundo, um homem é livre pra desgraçar a própria vida. Agora, Rômulo, eu não vou falar como conselheiro, mas como alguém que viveu muito. Ela vai e vai chegar outra. Se ela é um copo de veneno, deixa outro beber. Você segue sua vida, arranja outra pessoa, reconstrói tudo. Não tenho hábito de interceder na decisão, mas parece que é o certo hoje.

Mais uma vez Rômulo chorou. Dessa vez mais calmo. Mais contido.

— Eu ainda escuto ela gemer, sinto o cheiro dela, o cheiro que eu conhecia. Escuto as risada dos dois, o jeito como ela levava mordida e ria. Quando meu minino chora, eu vejo os dois se lambendo. Aí ele grita mais alto. E o pastor enfia mais fundo. Não posso mais viver desse jeito. Eu mudei de vida pra ela. Me guardei, purifiquei. Eu coloquei ela e o pastor juntos pra fazer obra de Deus. Agora nem em Deus eu acredito do mesmo jeito.

— Você pode ir. — O profeta o interrompeu, extremamente seco.

— Ir? Assim? Sem pagar? Sem acertar?

— Eu já ouvi o que precisava. Se for da vontade de Três Rios, ela vai receber o que merece. Se não for, ela continua na sua casa e você arruma outro jeito.

Confuso — e agradecido por não ter uma sentença — Rômulo se levantou. Foi virando na direção da saída da toca.

— Não quer saber se o filho é teu? — O profeta perguntou, enquanto devolvia o cigarro que sobrou ao bolso.

— Se eu não souber, o filho é meu. Então o filho é meu.

18
DESPERTANDO

Nem tudo possui uma explicação na medicina humana. Algumas vezes, o corpo reage de formas inesperadas, cicatrizações ocorrem em tempo recorde, tumores mortais entram em remissiva como se fossem tocados por deus. E com tudo isso na balança, o que acontecia na clínica Santa Luzia deixava Wesley Coelho confuso.

Já estava na clínica há quinze minutos, sendo que os primeiros dez Wesley gastou somente se surpreendendo com Ravena e Luan. Eles ainda não estavam correndo por aí, mas respondiam a perguntas com clareza e racionalidade, não pareciam ter perdas cognitivas; eles tinham até mesmo algum senso de humor, embora fosse bastante infantil (essa parte não era uma surpresa, de certa forma, eles mantiveram boa parte do estado mental de quando estacionaram, ou foram estacionados). Agora o médico estava um pouco distante do grupo, na copinha, conversando em voz baixa com Bia.

— Como aconteceu exatamente? Eles simplesmente acordaram? — perguntou a ela pela segunda vez.

— Foi como eu contei. Estava chovendo muito forte, trovejando, eles não gostam de chuva. Depois que a tempestade desabou de vez, o vento ficou tão forte que estourou o ferrolho da janela, aí começou a chover e ventar aqui dentro. Foi horrível. O armário tombou, a TV ficou pendurada pelo fio. Acabou a energia da rua inteira, e tome trovões e raios, tudo muito assustador. A Ravena falou alguma coisa assim que a chuva acalmou, depois foi o Luan, lá no quarto, na hora de dormir.

— O que eles falaram?
— Ravena pediu pela mãe. Estava chorosa, com medo da chuva.
— Luan?
— Ele queria saber onde estava. Depois perguntou se podia ficar acordado até mais tarde. Estava com medo de começar a chover de novo.
— Eles reconheceram vocês?
— Reconheceram, sim. Nos primeiros dias eles estavam confusos, mas agora? Doutor, parece que eles não perderam quase nada nesses anos todos. Sabiam quem era a Maitê, quem era o seu Clóvis, estavam atentos a tudo o que acontecia ao redor, principalmente a Ravena. No Luan não foi tão nítido, mas eu tenho a impressão de que o estado de vigília seja o mesmo.

O médico olhou novamente para eles. Ravena o encarava de volta, ela desviou os olhos quando percebeu a atenção. Luan parecia mais concentrado no que Bob Esponja falava com o Patrick Estrela na tv. Os outros estavam com ele.

— E a parte que você não está me contando, Bia?

Apanhada de surpresa, Bia só conseguiu raspar a garganta.

— Como assim? Estou sendo acusada? — ela foi bem rápida. Mas não mais rápida que o médico. Wesley sorriu com alguma satisfação.

— Hoje eu saí de casa sem café da manhã, acredita? Minha filha estava atrasada para o exame da autoescola, minha esposa já tinha saído para a faculdade, então eu passei no hospital, resolvi algumas urgências e vim direto pra cá. Só fiz uma parada, na padaria do Giovannelli, fica na esquina de vocês. Pedi um café, um pão de queijo, e quando percebi Giovannelli estava me contando que o tal Abade da igreja do Novo Horizonte fez uma visita aqui na clínica. Tem alguma coisa pra me contar sobre isso, Bia?

— Se quer saber se o homem faz milagres, eu acho que não. Ele veio a pedido de uma das famílias, pra fazer orações. Eu não me opus, quem sou eu pra duvidar da crença dos outros?

— É possível que os meninos tenham reagido a ele?

— Se foi isso, eu não percebi. Mas o senhor também pode perguntar para a Maitê, ela entra em quinze minutos.

— Imagina, Bia. Há quanto tempo a gente se conhece? Eu confio na sua palavra — ele disse.

Foi bem pior do que ser acusada. Por outro lado, pelo lado que conhecia das pessoas, Bia não colocaria aquelas crianças crescidas em um circo. Eles já seriam bastante expostos quando a imprensa descobrisse que tinham saído do torpor, vinculá-los a uma espécie de milagre só tornaria o tumulto ainda maior. Relacionando-os à sua própria história, a melhor parte foi quando os jornalistas a esqueceram e desistiram de telefonar e de tocar a campainha. Sentiu falta por um ou dois dias, mas a paz que veio depois não tinha uma etiqueta de preço.

— Você informou as famílias? Os gestores?

— Achamos melhor falar com o senhor primeiro. É impossível saber como os familiares, ou mesmo os meninos, vão reagir a esse encontro. E no caso deles tentarem levar alguém daqui, eu não posso decidir sozinha.

Wesley tornou a olhar para o grupo.

— Eu gostaria de levar essa questão para a gestão. Depois de todo esse tempo, alguns dias não farão diferença. E precisamos levar em consideração que infelizmente eles podem retroceder. O que você acha?

— Uns dias parece justo. Enquanto o senhor trata dessa parte, eu vou tratando dos meninos.

— Esses jovens têm muita sorte de receberem seu suporte. Nem todo mundo é capaz ou está disposto a tamanha abnegação.

— Eles são a minha família, doutor. Eu só vou ficar feliz quando todos estiverem acordados e funcionais, prontos para recuperar a vida deles.

19
OS IRMÃOS PIRELLI E A LOJA DE SONHOS

I

— Dá uma olhada na minha gravata, eu não quero parecer um caipira na TV.

Valter Pirelli estava nervoso. Ele tinha alguma intimidade com as câmeras, já havia inclusive sido entrevistado pela revista "Jovem Empreendedor" duas vezes, e pelo menos cinco pelos jornais da cidade. Mas agora era diferente, agora era voltar por cima ou morrer por baixo.

— Amor, você é um caipira. Se alguém raspar a sua pele, os músculos serão caipiras. Até os seus ossos devem ser caipiras.

— Está tentando me ofender?

— Um caipira não pode ofender o outro sem se ofender junto — Cláudia respondeu. — Nós somos o que somos, e, gostem ou não, isso é muito melhor do que ser outra pessoa. — Ela ajustou o nó da gravata. — Agora sim, está perfeito.

Alguém bateu na porta e foi entrando.

— Não tá pronto ainda?

— Era pra eu tá, né, Marcinho.

Era Márcio Pirelli, irmão mais velho e sócio de Valter desde 1991.

— Tá parecendo o Mazzaropi. Não tinha uma gravata mais discreta?

Valter voltou a olhar para Cláudia, ela estava rindo.

— Vocês combinaram, né? — ele perguntou.

Márcio deixou o riso vencer.

— Valtinho, se deus fez alguém mais inseguro que você, poupou o mundo dessa vergonha. Você tá ótimo. Tirando a cara, os cabelos e todo o resto, tá um arraso.

— Deixa ele em paz, cunhado — Cláudia disse e abraçou Valter. — Ele é meu príncipe encantado e você não vai transformar ele em sapo.

Estavam no prédio da emissora Rio Verde, maior e mais conceituada filiada da rede Globo da região. Tão conceituada que Márcio e Valter precisaram desembolsar um carro usado para conseguirem cinco minutos falando bem de si mesmos no jornal da tarde.

— Vamos descer? — Márcio disse. Valter se despediu de Cláudia e ganhou mais um beijo de boa sorte. Márcio sentia falta dessa parte. Ter uma esposa, um laço, alguém para chorar e sorrir junto com ele. Mas não sentia a menor falta das cobranças por atenção, do sexo rotineiro, das discussões sobre a nova cor da frente da casa. Estava feliz aos 48, e ciente que não se pode ter tudo o que é bom ao mesmo tempo.

Os irmãos saíram do camarim e tomaram o elevador.

— O que é isso na sua cara? Pó de arroz? — Valter perguntou.

— É só uma coisa que eles passam na pele pra não ficar brilhosa — Márcio respondeu.

Ficaram calados de novo, observando os números dos andares crescerem.

O estúdio de gravação ficava no sexto andar, no estúdio ao lado de onde era gravado o programa *Três Vezes Três*, dedicado ao público mais jovem e veiculado nos sábados à tarde.

— E lá vamos nós de novo — disse Valter. — Tá tudo bem com você?

— Por quê? — Márcio coçou a barba.

— Porque você já cutucou essa barba cinza umas vinte vezes.

Márcio riu e recolheu a mão direita.

— Eu estava pensando aqui. Esse era o nosso maior sonho, ser dono do lugar mais badalado da cidade. Eu queria ver a cara da mãe olhando pra gente todo engravatado.

— Ela ia gostar. Depois ia ficar colocando defeito na gente — Valter riu.

— Sinto falta dela. Até dos esporros. Lembra quando a gente matou uma semana de aula?

— E tem jeito de esquecer um mês sem TV? — Valter disse.

— E mesmo assim ela nunca nos impediu de ganharmos a vida. Acho que mãe sabia que nosso destino era o comércio. Mãe sempre sabe. Ela merecia estar com a gente, merecia ver tudo isso acontecendo.

— Ela continua de olho, você conhece a dona Rebeca. Uma mortezinha de nada não ia afastar ela da gente — Valter sorriu, um pouco magoado. Rebeca Leni Pirelli faleceu de AVC, tinha 58 anos.

— O senhor na frente. — Valter disse a ele e fez uma mesura, assim que o elevador se abriu.

Exatamente como imaginavam, a TV se provou um mundo de mentiras e fantasias, e não só nos filmes e nas novelas do horário nobre. Tudo o que existia na sala eram duas câmeras grandes, seus operadores, uma tela verde que ia do chão ao teto e Melissa Leyla, já posicionada na frente da tela chroma key e fazendo alguns testes. O operador estava na salinha ao lado, pilotando a mesa de som. Ela notou os Pirelli assim que entraram. E eles também a notaram. Se existia alguma coisa real naquela sala, era a beleza daquela mulher. Agora Valter tinha certeza: não havia a menor chance de não parecer um caipira.

— Oi gente, podem vir aqui — Melissa disse e sorriu. Seus dentes eram mais brancos que o creme dental que Valter usava. — Tudo bem com vocês? Estão sendo bem tratados?

— Tudo ótimo. Estou um pouco destreinado com as câmeras, mas eu pego no tranco — Márcio disse.

— Eu pego carona nele — Valter sorriu.

— Já vamos gravar, antes eu vou passar algumas orientações pra vocês. Hoje estamos com duas câmeras, eu fico no meio de vocês dois, e vocês olham para a câmera que estiver mais perto. Se por acaso um dos rapazes estender a mão, vocês olham pra ele, independentemente do lado que estiverem. É só um bate-papo informal, me tratem como se eu fosse uma amiga, alguém de casa. As perguntas são aquelas que combinamos, mas eu queria fazer mais umas duas de última hora. Se ficar interessante, a gente pode usar.

Os irmãos se entreolharam.

— Não vai ser ao vivo — explicou Melissa Leyla —, então podemos editar.

— Por mim, ok — Márcio disse. Valter foi no ok de carona.

Em seguida Melissa Leyla avisou que iniciaria a contagem para começar, respirou fundo e soltou os braços.

— E um, dois e... gravando.

• • •

— E hoje convidamos os dois empresários que prometem recolocar Três Rios e região nos trilhos das videolocadoras. Márcio e Valter Pirelli, os irmãos que já foram proprietários da primeira casa de games da cidade, a Gold Star Cyber Point Lan House, pretendem trazer de volta, e em grande estilo, os anos de ouro das fitas em vhs. É isso mesmo, pessoal?

— Oi, boa tarde, Melissa — Márcio disse. — É isso mesmo, sempre tivemos o sonho de mostrar pra essa garotada como os filmes eram alugados antigamente, quem viveu a década de oitenta ou noventa sabe que existia magia de verdade em uma videolocadora.

— Mas como vocês pretendem fazer isso? Eu sei que existe uma legião de saudosistas que esperam por esse momento há décadas, mas será que alguém vai mesmo alugar as fitas? Quem tem um videocassete hoje em dia?

— Posso? — Valter solicitou. O microfone foi até ele.— Existe um mercado em expansão para vhss e dvds. Os aparelhos estão voltando a ser fabricados, hoje são considerados vintage, relíquias, os videocassetes são praticamente máquinas do tempo. Nesse novo empreendimento, o cliente vai poder reviver a experiência de abrir uma ficha, procurar pelos títulos, e, se ele não tiver os aparelhos, nós também pensamos nisso.

— Sério? Vocês pretendem alugar os videocassetes?

— Faremos isso e muito mais. Nossa loja será um passeio até os anos oitenta, com decoração, pôsteres e tecnologia da época. Uma tarde com a gente será uma visita ao museu, e bem mais divertido. Nós pensamos em tudo, até os salgadinhos e aperitivos da época estarão disponíveis.

— Mas dentro da data de validade, não se preocupem — Márcio se esticou no microfone e explicou.

— E os videogames? Ouvi dizer que teremos uma sessão só com o Atari? Márcio respondeu:

— Somos malucos por consoles desde que éramos meninos. Em 2000, nossa loja era dedicada a venda e reparo de consoles, e muitos aparelhos ficavam na loja, sem serem reclamados pelos donos, porque preço do conserto acabava não compensando. Hoje nós temos mais de dez Atari em perfeito estado de funcionamento. Mega Drive, Master System, Super Nintendo. Nós temos do Telegame até os videogames mais modernos, como o Playstation 5 e o Xbox.

— Sem falar nos games de computador, os mais antigos como *Doom, Quake, Bloody*... — Valter completou.

— E já podemos saber o nome e o endereço da loja? Quando podemos fazer uma visita?

— Estamos nos preparativos finais, programamos a pré-inauguração para novembro, véspera de Finados. No sábado, dia quatro, a loja estará aberta ao público e todos estão convidados.

— Onde será a festa?

— Na rua George Orwell, onde ficava a Firestar Videolocadora original. Nós expandimos o terreno, recuperamos o prédio, preparamos tudo com tecnologia de ponta para trazer a Firestar de volta à vida.

— Pelo jeito vocês manterão o mesmo nome?

— Sim e não — Valter disse, sustentando o mistério.

O irmão explicou.

— Nós entraremos em uma nova fase com a Firestar Entretenimento & Lounge.

II

Maitê trocou o canal da TV assim que a reportagem terminou. Notou que Bia e Ravena haviam deixado o quebra-cabeças e estavam com os olhos na mesma tela. Bia não parecia feliz.

— Desculpa, gente. Vocês querem continuar no jornal?

— Não é isso — disse Bia. — É esse lugar. Essa locadora.

Maitê inclinou a cabeça em um gesto de surpresa.

— Sei o que você vai dizer — Bia falou —, que foi uma época incrível e que você queria ter curtido mais tempo, e que faria isso se soubesse que ia acabar de uma hora pra outra.

— Sua visão além do alcance continua afiada, hein?

Bia sorriu.

— Noventa e nove entre cem pessoas nascidas antes dos anos 2000 pensam dessa forma saudosista, então é fácil acertar.

— E você está no um por cento?

— Eu não gostaria de estar, pode acreditar. Meu problema não é a videolocadora, mas depois do que aconteceu comigo... toda vez que eu vejo uma fita VHS sinto um calafrio.

Maitê foi até uma das duas mesas redondas que ficavam na sala de recreação, percebendo que Bia precisava se abrir. Bia a acompanhou, se distanciando um pouco do grupo. Elas se sentaram.

— O menino que atirou em mim e nos meus amigos, o Gabriel, ele usou uma fita pra justificar as coisas horríveis que pretendia fazer. O nome do filme era *Pandemonium*. — Bia respirou fundo antes de continuar. — Não se esqueça que vivíamos o último suspiro dos anos oitenta, e naquela época um boato de fita amaldiçoada era coisa séria. Não seria a primeira e nem seria a última vez, mas a cidade inteira estava comentando. A locadora tinha fila de espera e tudo, porque todos queriam o mesmo filme.

— É uma fita de verdade? De produtora mesmo?

— É sim, um filme comum. Mas no caso do Gabriel e de alguns outros meninos, a maldição se tornou eles. É sempre assim... O pessoal gosta de culpar as músicas, os filmes e os livros pela loucura dos outros, mas se você colocar uma faca, ou mesmo um revólver nas mãos das pessoas, nem todo mundo vai matar alguém. Essas coisas podem até facilitar para quem já tem um monte de ideias ruins na cabeça, mas uma boa pessoa não vai virar um assassino de uma hora pra outra. Ele atirou primeiro em mim, sabia?

— Você não precisa falar sobre isso se não quiser — Maitê olhou na direção de Ravena e dos outros, que ainda poderiam ouvir com um pouco mais de atenção.

— Eles conhecem os detalhes. Nós tivemos longas conversas sobre Três Rios, amizade e lealdade, e sobre como é preciso tomar cuidado com pessoas muito caladas e machucadas, como era o caso do meu amigo Gabriel.

— Ele disse por que você foi a primeira?

Bia sorriu, mesmo um pouco entristecida.

— Ele sempre gostou mais de mim. No dia do atentado, ele falou que eu seria a primeira para não ver mais ninguém morrer. Aí eu fui a única que sobrevivi. — Bia sorriu mais uma vez daquela forma automática, como se o riso pálido fosse a única expressão possível. — Não tenho raiva dele, sei que as famílias não suportam ouvir o nome do Gabriel, mas da minha parte eu só consigo pensar que ele também foi uma vítima de Três Rios. Ele, os meus pais, até mesmo minha avó Eslovena era uma vítima; no caso da minha avó, uma vítima de si mesma, da própria solidão que ela construiu. Às vezes eu penso que todo assassino é, antes de tudo, uma vítima.

— É um pensamento perigoso.

— Sei que é. Em crimes assim, quem sofre mais são as famílias, inclusive a do assassino. A mãe do Gabriel mudou pra Portugal e nunca mais deu notícias. O pai ficou por aqui, criou a filha, irmã do Gabriel, mas nunca reconstruiu sua vida. Morreu de pancreatite, acho que tinha menos de cinquenta anos. Os outros pais seguiram como puderam, muitos mudaram de cidade. Quem ficou em Três Rios acabou apagado e apagando o que aconteceu.

— Difícil apagar uma coisa como essa.

— Esquecer é o melhor. É o que sobra quando o perdão não faz sentido.

— Ele se matou?

— O Gabriel? Ele viveu. Assim que atirou na gente, ele sumiu, depois descobriram que ele ficou se escondendo na região, mudando de cidade em cidade, vivendo como o foragido que ele era. Acabou levando um tiro na Igrejinha da Saudade. — Bia deixou o olhar distante nesse momento, como se ela mesma se lembrasse de algum detalhe que achou melhor não dividir.

— Cara louco — falou Maitê.

— Quer ouvir uma coisa mais louca ainda?

— Eu aceito. Depois que eu tirei a Rebeca daquele exílio, acho que eu fiquei mais corajosa.

As duas riram, Ravena também riu de onde estava. Discretamente, mas riu.

— Gabriel tinha uma teoria — Bia seguiu falando bem baixinho —, um *sistema*. É uma coisa que eu nunca contei pra ninguém. — Bia parou de falar e passou as mãos pelo rosto, Maitê presumiu que ela fez aquilo para manter o controle.

"Quando o Gabriel fez o que fez, ele contou pra gente os motivos. Foi uma conversa irritada e meio sem sentido, todo mundo estava chorando, gritando, estávamos apavorados. Era como se ele conhecesse o futuro, Maitê, ele parecia ter visto, parecia saber de coisas que ainda iam acontecer. Ele previu o futuro de todo mundo, falou de nossas profissões, das nossas relações com a cidade e de como todos se tornariam a pior parte de Três Rios. Maitê do céu, ele falou de uma doença que mataria um monte de pessoas, e depois nós tivemos Covid, como ele podia saber?"

— Ele tirou essa ideia dos filmes, você mesma disse que ele era viciado neles.

— Também já pensei nisso, penso até hoje pra conseguir dormir direito. Mas do jeito que ele falou, ele tinha tanta verdade nos olhos, era como se não tivesse espaço pra duvidar de nada, Gabriel parecia ter vivido aquilo tudo.

— Ele falou sobre você? Sobre o seu futuro?

— Não muito, ele só disse que eu seria a primeira a morrer. Eu já pensei nisso várias vezes, que talvez ele não soubesse por que meu tempo em coma tenha feito ele... perder alguma coisa.

— Perder a conexão, como uma antena.

— É uma boa analogia. Confesso que não tem um único dia que eu não pense se ainda posso causar algum mal a essa cidade, mesmo sem perceber. A gente sabe que muitos crimes são cometidos em nome do amor, ou de sentimentos que nutrem e pensam estar fazendo uma coisa boa, uma coisa certa, quando na verdade estão acabando com a vida de alguém. Essa videolocadora é um exemplo disso. Foi lá que tudo aconteceu. Foi na Firestar que ele alugou a fita do *Pandemonium*, e foi de lá que vieram as fitas do Lote Nove.

— Eu ouvi falar delas, acho que a primeira vez foi com a minha mãe. Um dia ela chegou em casa uma fera, porque alguém espalhou uma filmagem de um velhinho que morreu no lar de idosos Doce Retorno. Ela não falou diretamente pra mim, mas eu ouvi ela tendo um ataque no telefone. Minha mãe era muito controlada, pra tirar ela do sério daquele jeito...

— Eram filmagens reais. Começaram a alugar essas coisas na locadora, acho que no começo foi por uma brincadeira. Como rendeu dinheiro, a piada se tornou um negócio. Os primeiros donos saíram da cidade pra fazer cinema nos anos 2000, venderam pro Renan, que era funcionário da firma. Renan continuou contrabandeando as fitas especiais até que levou uma dura da polícia, por causa de um crime envolvendo uma policial chamada Carla. Essas gravações ainda rodam por aí, em DVDs piratas, nos computadores, se ninguém consegue segurar uma fofoca do vizinho, imagina uma fofoca em audiovisual?

— O nome atual é BBB — Maitê riu. Bia continuou com seriedade.

— Algumas coisas gravadas naquelas fitas eram tão graves que incendiaram a loja toda.

Antes de continuar, Bia conferiu os jovens. Eles estavam prestando atenção na TV, então se sentiu mais à vontade.

— Tinha mais coisa esquisita. Algumas pessoas não faziam ideia de como certas cenas foram filmadas. Era como se existisse um equipamento de espionagem dentro da casa das pessoas, dos hospitais, até dos carros. Aquela videolocadora tinha uma energia especial, ou acordou alguma coisa especial que grudou nela, como uma cola. Nós sentíamos isso quando caminhávamos entre as prateleiras, percebíamos o receio nos olhos dos donos, a gente sabia que a Firestar guardava um segredo muito perigoso.

Ficaram em silêncio, ouvindo a gritaria de um grupo de maritacas no telhado da clínica. Com elas berrando e com o sol brilhando como estava, era possível ter um pouco mais de coragem.

— Isso tudo é passado, Bia. É parte da história. Hoje em dia somos expostos pelo celular, pelos nossos computadores, ninguém mais está a salvo de uma câmera. Se existir um Lote especial nessa nova locadora, eles vão colocar uma placa na frente da loja, alguma coisa como "Compramos os piores momentos de sua vida, pagamos à vista".

Bia começou a rir, e dessa vez foi tão espontâneo que a expressão de felicidade ganhou os olhos dos garotos e garotas. Bia riu mais um pouco.

— ... e os vendedores de conteúdo iam fazer fila. O que não falta nessa cidade são pessoas com momentos terríveis, pode acreditar em mim.

20
WAGNER

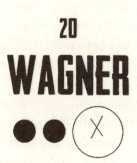

I

Existe uma lei universal tão inequívoca quanto o princípio da inércia, a lei da gravidade ou todas as leis da termodinâmica: um vendedor do comércio de rua sempre será subestimado pela clientela.

Não importa quantas faculdades o sujeito tenha cursado, ou em quantos concursos tenha sido aprovado, e daí se ele for a pessoa mais bonita e gentil da praça? Se essa entidade biológica de polegares opositores estiver do lado oposto do balcão, os compradores se sentirão imediatamente superiores a ele. Sua identidade será anulada a tal ponto, que ele sequer será reconhecido fora de seu ambiente de trabalho.

Em Três Rios, Wagner ocupava um desses postos, na revenda de componentes eletrônicos O Empório Antenor.

Potência tecnológica nos anos oitenta e noventa, o ponto comercial agora se resumia à venda de componentes eletrônicos antigos como resistores, transistores e potenciômetros, também alguns circuitos integrados na velha forma DIP e uma minoria de componentes mais modernos, em SMD. Também havia fios de vários calibres, equipamentos de solda, antenas que não se adaptavam aos televisores modernos e uma porção de aparelhos empoeirados, que acabavam ficando por lá depois de não serem reclamados pelos donos ao final do conserto. Não eram poucas as vezes que o valor do reparo do equipamento chegava perto de um produto mais novo. Televisores, fornos micro-ondas e CD players. Ferro velho.

— Precisa melhorar essa cara, tá loco viu... dormiu com a sogra?

A dona da frase era a segunda vendedora da loja, Mirian, uma mulher simpática de cerca de cinquenta anos que tratava Wagner com a intimidade de uma irmã.

— Desse jeito vai espantar os clientes — ela reforçou.

— O cara não sabia o que ele queria, poxa. Não sabia nem o tipo de capacitor.

— É por isso que eles adoram falar com você, Wagner. Devia ficar feliz.

— Se fosse pra conversar, eu teria cursado psicologia.

Mirian riu e foi atender o próximo cliente, antes que Wagner mordesse alguém. O vendedor baixou a lente de aumento presa em um suporte de cabeça e apanhou o soldador de volta. Antes de ser interrompido pelo cliente "que não sabia o que ele queira", Wagner se dedicava ao reparo de um aquecedor de banheira de 1978.

Era uma pessoa de rosto confiável, cabelos não muito fartos, mas muito escuros, olhos diretos e atentos. Wagner tinha cerca de 1,80 de altura, o que quase sempre o mantinha arqueado sobre a bancada improvisada. Seu local de trabalho preferido era ali mesmo, na área de venda. Por mais que odiasse lidar com a inaptidão e a ignorância de alguns clientes, vez ou outra aparecia alguém culto e interessante, o que costumava salvá-lo da tropa de ignorantes e indecisos que frequentava O Empório Antenor.

Encantado com as pequenas gotas espelhadas de estanho derretido que se depositavam sobre as trilhas de cobre das placas, Wagner logo se esqueceu do último cliente. Não achava ruim o atendimento ao público, inclusive gostava, mas a falta de cortesia o tirava do sério. No mundo moderno não havia mais espaço para um simples bom dia ou boa tarde, um aperto de mãos entre cavalheiros, palavras como por favor e muito obrigado não faziam mais sentido.

Terminada a troca e soldagem do regulador de tensão, observou a silhueta à sua frente. Wagner não ergueu os olhos, mas notou os calçados pela transparência do vidro. Um garoto.

— Só um minutinho e a minha colega vai te atender.

— É... eu queria falar com o senhor.

Wagner respirou fundo e forçou um riso de simpatia, algo que faleceu em seu rosto ao ver a cara do moleque. Era de um desleixo evidente. Os dentes amarelos, os fios do bigode quase transparente, a camiseta de uniforme de escola mal passada, já um pouco encardida. Os tênis eram outro achado arqueológico, e tinha mais fita prateada silver tape grudada nele do que tecido original.

Iria ajudá-lo, mas não sem um aperto de mãos à moda antiga.

Wagner suspendeu a lente de aumento e manteve o negócio-suporte preso em sua cabeça. Parecia um cirurgião de algum tempo antigo e esquecido. O rapaz estendeu sua mão e recebeu um aperto bem mais forte do que esperava. Wagner sorriu cheio de satisfação.

— Boa tarde. O que eu posso fazer por você?

— O senhor é o seu Wagner?

— Ao seu dispor.

— É que eu sou amigo do Luquinha. Do Lucas, que comprou aquela maquininha com o senhor.

— Maquininha?

— Aquele que a gente coloca na TV e...

— Shh — Wagner quase assoviou. — Eu já entendi. Não entendi tão bem como seu amigo contou sobre essa "maquininha" pra você, já que era nosso segredo, mas chegamos ao ponto de entendimento. O que aconteceu? Ele queimou o equipamento?

— Não. A dele tá funcionando. É que eu queria uma pra mim.

Wagner sustentou o olhar, aquele rapaz não parecia interessado em algo mais tecnológico que masturbação.

— Existem certas condições para a venda do Captador.

— O senhor pode me explicar?

— Primeiro preciso do seu nome.

— É Arnaldo.

— Muito bem, Arnaldo, o meu nome você já sabe. Esse equipamento possui uma carga resistiva razoável, isso significa que ele pode queimar equipamentos modernos se não for ligado corretamente. Caso queime alguma coisa na sua casa, eu não vou me responsabilizar. Tudo bem até aqui?

— Tudo.

— Também não é permitido alterar esse equipamento no modo transmissor e usar para espionagem, e eu sei que alguns dos seus amigos já fizeram isso. Caso aconteça de novo, a vítima pode denunciar vocês na polícia. Ou eu mesmo denuncio. Isso ficou claro?

— Sim, senhor.

— E eu tenho um contrato que você precisa assinar, e preciso de uma cópia de um documento.

— Eu já trouxe, seu Wagner. O senhor sabe de onde vem? A programação?

— Shh — Wagner tornou a dizer. — A minha colega não precisa ouvir nossa conversa.

Mirian sacudiu a cabeça. Por mais que Wagner agisse como se aquela caixinha preta de plástico fosse um grande mistério, ela as tratava como uma bugiganga. Logo entrou outro cliente e Mirian se desinteressou de vez.

— A parte de rádio é daqui da região — Wagner explicou ao menino —, mas é possível que tarde da noite o alcance de escuta seja de milhares de quilômetros. Vou explicar melhor... O Captador usa parte do circuito da TV como amplificador de sinais, é como se ele pegasse os componentes modernos e colocasse para trabalhar pra ele. Não é uma coisa tão complexa, mas ninguém mais perde seu tempo com isso.

— Não é pra isso que eu quero.

— E pra que seria? Feira de ciências? — Wagner riu cinicamente.

O rapazinho chegou mais perto do balcão.

— Seu aparelhinho às vezes pega um sinal de TV bem sinistro. A caixinha do Luquinha já pegou um programa de criança que ninguém conhece, seriados, pegou até umas coisas japonesas esquisitas.

— Esquisitas?

— É, do tipo que a gente não acha nem na internet. Eu quero levar uma pra mim, quero ver o que eu consigo achar.

Wagner sustentou os olhos no garoto de novo. Ele era meio bobo, mas todo adolescente que aparecia atrás daquela caixinha na loja tinha cara de tonto. Garotos impopulares, deslocados. Antigamente eram chamados de nerds. Garotos como ele foi um dia.

Wagner entrou por um corredor de prateleiras, abriu uma das dezenas de gavetas e pegou uma caixinha. Tinha o tamanho de um cartão de crédito, cerca de três centímetros de espessura. Embrulhou a peça em um jornal junto de uma folha de sulfite. Depois cobrou a ninharia que o aparelhinho custava.

— Se der problema, você precisa trazer aqui, ninguém mais entende disso na cidade. Ela não funciona tão bem durante o dia, é muito melhor de noite. Você pode ouvir música, estações de TV, ela também capta rádios da polícia e de alguns aviões.

— Tá, demorô! Muito obrigado — o menino estendeu a mão a um aperto. Wagner retribuiu. Apesar do demorô, acabou aprovando o menino. Podia ter cara de besta, mas tinha alguma educação.

— Eu que agradeço, Arnaldo.

Quando o Arnaldo saiu da loja, Wagner olhou na direção de Mirian.

Ela espalmou as mãos e girou de costas, apanhando o livro de faltas de produtos para fazer uma nota.

— Eu não quero saber de nada disso.

II

Há muito tempo o final de expediente de Wagner era o mesmo. Ele ativava o alarme do Empório, destrancava a portinhola da frente, e olhava para os dois lados antes de sair pela porta.

Estava seguro do lado de fora, então passou a chave na porta e seguiu caminhando.

Deixou um trocado com um velho amigo. Não deixaria uma moeda de dez centavos com um malandro ou um desses vigias de carro de vinte anos viciados em mendicância, mas aquele homem era diferente, ele eslava ali há tanto tempo que, em um mundo mais justo, seria dono de um pedaço de rua.

— Valeu, seu Wagner. Vai com Deus.

— Fica com ele, Barba.

Seguiu com a cabeça erguida e os passos em um ritmo perfeito. Da rua do Empório, Wagner chegou à rodoviária municipal, que recebia os ônibus da TransRios, principal empresa de transporte da cidade. Wagner tinha um carro na garagem, mas nunca abriu mão do prazer de tomar um ônibus e de uma época que a cada dia ficava mais distante.

— Boa noite, seu Wagner.

— Boa noite, Dimas.

Dimas, o cobrador. Depois de ter o joelho direito arruinado e uma hemorroida que o arrastou para uma cirurgia, estava para se aposentar. Wagner o conhecia, como conhecia muita gente em Três Rios.

Sentou-se no banco que praticamente tinha o seu nome. Terceira fileira a partir do fundo. Lado esquerdo. Lado da janela. Leu o rabisco à frente. Gustavo e Lidiane. Um coração. Embaixo algum engraçadinho puxou setas e novas palavras, não estavam lá da última vez. Corno para ele, biscate para ela. Wagner balançou a cabeça em desapontamento. Lambeu a ponta do dedão direito e esfregou até apagar os palavrões. Ficou uma sombra, mas agora o amor estava mais presente que os xingamentos, como deveria ser no mundo todo.

À noite, a cidade parecia a mesma. As luzes das casas acesas, alguns carros estacionados ao meio-fio, os pequenos jardins que preferiam rosas, falso-hibiscos e beijinhos. Muitas daquelas casas estavam apodrecendo, por fora e por dentro. O mundo todo se desintegrando. A cidade não envelhecia, ela se borrava, se apagava em si mesma, uma vítima de sua falta de importância. Como tantas outras cidades, Três Rios perdia sua memória para aquela porção de novidades inúteis. A vida rodando a uma velocidade vertiginosa, causando tontura, causando enjoo.

O freio do ônibus chiou e a porta se abriu. O ônibus sempre parava em frente à sua casa, um privilégio de poucos. Wagner desceu, acenou para o cobrador.

Abriu o cadeado do portão, entrou em casa e acendeu a luz da sala. Descalçou os sapatos e os deixou rentes à porta. Retirou as meias. Os pés pareceram efervescer. Cumprindo mais uma parte de seu protocolo diário, apanhou o jornal, o *Tribuna*, que dormia na estante desde a manhã. Desprezava a internet sempre que podia, como quem desvia de um atalho superpovoado por lobos. A luz do cômodo era quase morta, péssima para leitura, perfeita para a imersão. O toca-discos também recebeu atenção, Wagner colocou um disco das melhores sinfonias do século. Baixou a agulha, sorriu com o estalinho. Preparou o cachimbo em seguida, um fumo de chocolate que ele apreciava bastante.

Foi lendo o jornal e deixando a mente voar.

A chuva começou em seguida, e a vizinha gritou para a filha: "vê se tem janela abertaaaaa". Wagner se levantou e aumentou o volume do toca-discos. Não se incomodou com a vizinha, mas a chuva forte caindo atrapalharia sua música.

Precisava daquilo.

Do ônibus, do cachimbo e da música. Precisava lembrar que ele não era aquele lugar, que seu passado era verdadeiro, que ainda existiam milagres no mundo. Se duvidasse dessas coisas por um segundo, talvez desistisse da própria vida.

Virou mais uma folha dos jornais. Propagandas de uma nova marca de cerveja, revenda de automóveis, casas para alugar. Duas páginas inteiras dedicadas ao crime. Homenagens a um atirador de arco e flecha que venceu um mundial. Então uma notícia que valeria sua atenção. O Quilômetro da Morte era notícia outra vez. A reportagem falava de um jovem que foi atropelado caminhando no meio da rodovia. Ainda estava vivo, mas tinha sido vitimado por um traumatismo craniano. O homem que o atropelou dizia na entrevista que o "moço parecia drogado". Que ele ficava perguntando sem parar "que lugar é esse?" e depois "começava a rir e a chorar ao mesmo tempo". E "depois desmaiou e eu chamei a polícia". Wagner puxou mais fumaça e a deixou sair. Olhou para cima, para a lâmpada incandescente que parecia uma lua cheia acabando de nascer. A fumaça subindo até ela, dançando e se dissipando.

Saiu da poltrona e apanhou uma tesoura, estava em um módulo da estante. Usou para recortar a reportagem. Depois, do mesmo módulo, apanhou uma pasta do tipo fichário e um furador de papel. Furou em um lugar que não corromperia a parte escrita importante e agregou o recorte à pasta. Folheou em seguida.

"Homem alega ter visitado um museu invisível."

"Mulher desconhecida atacada brutalmente, criminosos não foram encontrados."

"Homem assassinado em restaurante ainda não identificado."

"Explosões no céu causam preocupação e receio em munícipes."

"A primeira videolocadora de Três Rios terá reinauguração luxuosa. A Firestar Videolocadora será reinaugurada no mês que vem."

Wagner fechou a pasta e a recolocou no módulo. O céu lhe agraciou com um trovão.

O cachimbo se acendeu novamente, Wagner reclinou a poltrona e puxou um pufe para apoiar seus pés. Fumou mais um pouco ao som de Beethoven. Algumas coisas jamais mudariam em Três Rios. Para o bem e para o mal, algumas portas continuariam abertas. Para o mal e para o bem, seria um caminho sem volta.

21
A GRANDE MATÉRIA NÃO PUBLICADA DE GILMAR CAVALO

I

Gil tinha escrito e reescrito uma coluna inteira sob a segunda pauta que menos lhe interessava na face da terra: futebol. Tinha abordado a lesão no joelho do artilheiro do time Serginho Catapora, a boa fase do goleiro Túlio Cerejeira, tinha até mesmo feito comentários elogiosos sobre o técnico do Três Rios, Reinaldo Bugre (que muitos desafetos chamavam de Reinaldo Burro), e os acertos estratégicos que garantiam a boa colocação do time no campeonato regional. Agora, Gil empurrava o texto para o revisor do jornal e pedia um segundo de paciência, para que pudesse ler a mensagem que fez bipar o seu telefone.

"Se ainda tiver interessado no seu amigo, Padre H surtou na madrugada de ontem."
— Eu preciso ir, termina isso pra mim? É só entregar pro Elder. E diz pra ele que apareceu um negócio importante, eu não vou conseguir escrever a matéria do Big Brother pra hoje — enfim a grande campeã das pautas desinteressantes da face da terra para Gilmar Cavalo. — Pede pra ele encaminhar a bucha pra algum estagiário, alguém mais desesperado que eu — Gil retirou a chave do carro do bolso e saiu andando.

II

— Eu já disse que não sei o que faria sem vocês? — Gil falou assim que se aproximou do guichê. Foi o suficiente para reacender o assanhamento de Gina e Ivani.

— Você mentiria menos, seu safadinho — Ivani disse. Os três riram, cientes da verdade.

— O que aconteceu com nosso amigo?

— Menino, diz que a coisa foi feia. O Tonhão da enfermagem falou que o Padre H. acordou gritando no meio da noite, se debatendo, desesperado.

— Ele estava amarrado?

— Até então não, mas precisaram amarrar porque ele ameaçou se jogar da janela se não deixassem ele passar pela porta. Você conhece o Tonho, né? Ele é uma parede e precisou chamar mais dois enfermeiros pra controlar o homem. O Padre só se acalmou porque deram um calmante direto na veia. Como foi lá, quando você falou com ele?

— Mais ou menos. Ele não tentou me bater, mas estava confuso, cheio de urgência. Falou que tinha alguma coisa pra resolver lá fora e que precisava sair logo. Depois ficou puto porque eu não era médico e não falou mais nada. Ficou olhando para a janela até eu ir embora. Será que eu consigo falar com ele?

— Se ele estiver acordado, acho que dá. Só que se alguém aparecer...

— Vocês não sabem de nada. Eu conheço o protocolo.

Gil se despediu e foi entrando pelo acesso secundário, destinado a funcionários. A porta ficava à esquerda, era preciso tomar o sentido das escadas e a porta estava logo ali. Diferente da entrada de pacientes e visitantes, por esse acesso não havia vigilância humana, apenas uma câmera quebrada desde 2016.

Era quase meio-dia e nesse horário todos estavam preocupados em entrar e sair dos plantões. O único obstáculo seria dona Tereza, que fazia limpeza da ala D e estava saindo do quarto do Padre Histeria. Mas ela não era paga para fazer perguntas, seu negócio era pano de chão, desinfetante e pegar um cafezinho de vez em quando. Gil esperou que ela saísse e entrou, sem cerimônia, sem alarde. Dessa vez, a janela estava com as persianas fechadas, embora o brilho da claridade do dia a driblasse com facilidade. A tv estava ligada em uma reprise de novela. Gil não se esforçou para lembrar qual era.

O paciente estava amarrado nos pés e nas mãos com correias de couro, ainda havia medicação em suas veias. Parecia muito errado mantê-lo daquela forma. Alguém deve ter ficado muito irritado.

Gil circulou pela sala, esperando que ele abrisse os olhos. O estranho não mudou nem a respiração. Sem planos de acordar o homem, Gil foi até a janela e abriu um pouco das persianas japonesas para ver o lado de fora. Como sempre, o dia parecia bonito demais para aquela cidade. Por perto do hospital, era possível notar o pequeno comércio de desesperados. Guardadores de carro, vendedores de semáforo, pessoas esmolando.

— O que você quer? — ouviu a voz moribunda perguntar.

— Noite difícil?

— Eu perguntei o que você quer.

Gil puxou a poltrona destinada aos visitantes para perto da cama e a ocupou.

O quarto era duplo, mas desde que o homem chegou, estava sozinho. Não havia conforto, o quarto era o que precisava ser. Suporte à ventilação, uma cama reclinável, TV com dois ou três canais dos quais somente um era usado.

— Quero saber o que aconteceu com você — Gil explicou. — Se fizer isso por mim, eu posso tentar ajudar.

— Com você ajudando ou não, eu não vou ficar aqui para sempre, uma hora eles vão se cansar e me colocar pra fora. É assim que acontece.

— Eu também posso atrapalhar — Gil disse.

Padre Histeria o encarou de soslaio.

— Você é esperto. Pode ser que seja útil.

Notando uma possível concordância, Gil não perdeu tempo.

— De onde você veio? Eu conversei com o homem que atropelou você e com mais meia dúzia de testemunhas. A história tem algumas distorções, mas é basicamente a mesma, você aparecendo do nada, em um... rasgo.

— Não era um rasgo. Era uma passagem.

— E você vai e vem por essa passagem?

— Não é assim que acontece. Eu atravesso quando é necessário. Ou quando estão tentando me matar.

— Atravessa pra onde, campeão?

O homem acamado sorriu. Os dentes não eram muito bons, estavam amarelados e sem vitalidade.

— Você tem família? Alguém que possa trazer uma identificação?

— Estou preso nessa cama por que vocês não me conhecem?

— Não, meu amigo. Você não está preso. Você está recebendo cuidados médicos porque foi atropelado por um Toyota e parece ter participado de um linchamento antes disso.

— Nem tudo é o que parece.

— Ok, vamos lá. Nós já sabemos que você apareceu do nada, porque atravessou uma fenda, uma passagem. E antes disso você tinha apanhado muito de alguém, ou de algumas pessoas. Ah, claro, você também foi atropelado.

— Está parcialmente correto. Pode soltar os meus braços, agora? Eles estão doendo.

— Você vai ficar quieto? O pessoal daqui me conhece, eles me ajudam, eu não quero perder isso.

— Eu só preciso me mexer um pouco. Que tipo de gente amarra um homem que foi atropelado?

— Gente de Três Rios. — Gil já estava de pé, soltando o braço direito do homem. Deu a volta e soltou o esquerdo, Padre Histeria massageou os pulsos, trazendo as mãos de volta à vida.

— Eu aceito seu acordo; se me ajudar a sair desse lugar, eu faço alguma coisa por você.

— Meu amigo, olha só, eu pretendo ajudar você. Acontece que eu também sou jornalista e você tem um cheiro tão forte de notícia que eu chego a sentir tontura. Qual é o seu nome? Sei que já perguntaram e você não quis dizer, mas agora nós somos amigos.

— Samir, meu nome é Samir Trindade.

— De onde você saiu?

— De longe, de muito longe. Você não entende, não vai ser capaz de entender até ver com os próprios olhos. Mas eu posso provar que não estou mentindo. Você pode ver com os próprios olhos.

— Se for outra fotografia, elas podem ser adulteradas com facilidade.

— Ela é verdadeira. Tudo é verdadeiro.

— Muito bem, Samir. A minha verdade é que eu sou um jornalista cascudo, e já deixei meu quinhão profissional em jornais, revistas e alunos do sexto ano que precisavam tirar boas notas em redação. Se você pretende me convencer que existem passagens dimensionais, fendas no espaço-tempo e outras coisas impossíveis, eu preciso de uma prova incontestável. Se conseguir isso pra mim, eu mesmo tiro você daqui. E ainda arranjo uma primeira página no *Tribuna*.

III

Algumas partes fundamentais do passado das cidades antigas ficam de fora dos livros de história. Estudiosos modernos alegam que as pessoas do passado não eram tão cuidadosas como são hoje em dia, ou que a tecnologia do papel e da caneta não fazia muito por elas. Alguns religiosos mais ásperos dirão que é melhor assim, porque o passado só serve para nos arrastar para trás, para um tempo cheio de erros que não faz mais sentido em existir. Para homens como Gilmar Cavalo, o buraco era mais embaixo.

Pelo que conhecia da história dos homens e de suas cidades velhas, o que move um segredo não é a displicência dos historiadores ou a falta de tempo e vontade dos povos, mas a capacidade que esse segredo tem de machucar o futuro.

O lugar informado por Samir ficava quinze quilômetros à frente do Matadouro de Hermes Piedade, na Vicinal Lauro Martinho, cinco quilômetros à frente do entroncamento que levaria o condutor à cidade vizinha de Nova Enoque. A cidadezinha vizinha havia sido notícia anos atrás, por conta de uma guerra política que se tornou uma guerra de balas entre os principais representantes dos partidos da cidade. Pelo que foi noticiado, a população mergulhou no mesmo caos, e o saldo foi a morte de pelo menos cinquenta pessoas, entre elas algumas crianças. O incidente aconteceu em 2013, muito antes da polarização no cenário nacional, mas de certa forma pareceu prever a tempestade que estava por vir.

Antes de deixar o motor do Renault morrer e descer do carro, Gil recebeu uma mensagem da redação do jornal. Era Elder Villa, redator-chefe e editor do *Tribuna*, querendo saber onde ele estava. Gil colocou o iPhone no silencioso e agradeceu mais uma vez, solenemente, ao inventor daquela função. Os telefones modernos tinham duas coisas muito, muito especiais: a luz de emergência e o botão de não perturbe. Para todo o resto eram aspiradores de tempo e energia.

Não fosse pela vegetação, insetos e por um bem-te-vi que ameaçava estourar a si mesmo, Gil estaria completamente sozinho. Já esperava por isso. Para chegar ao local, deixou a cidade há quilômetros e precisou tomar uma estradinha não mapeada povoada com motoristas septuagenários e míopes. E ainda seguiu um bom trecho via mata.

Exatamente como Samir explicou, ao lado de uma jaqueira centenária havia um acesso ocultado por cipós, uma porteira já muito deteriorada sobre sobre uma ponte mata-burro. Então uma nova estrada de chão, que desembocaria em um templo abandonado. A única parte que destoava bastante da verdade era a expressão *templo abandonado*. O que Gil encontrou era bem mais sério do que isso, eram ruínas.

A construção ainda sustentava três pavimentos, mas restou pouco mais que seus tijolos. Era como olhar os ossos de alguma coisa, um animal morto em um estado de esquecimento e decomposição avançados. Tijolos grandes e avermelhados, feitos de barro, sofrimento e argila. Do telhado principal nada havia, e as plantas já escolhiam muitas partes da construção para si. Recostado ao carro, Gil observava uma primavera florida, planta também conhecida como três-marias. Estava à vontade nas ruínas, despejando seu violeta na vermelhidão dos tijolos expostos.

Nada parecia seguro. Os tijolos com séculos de idade, o isolamento, os animais que aquele lugar abrigava e escondia. Gil podia ver, mesmo à distância, uma teia de aranha monumental. Não podia ver a aranha, e isso sem dúvida era algo a botar na balança antes de seguir em frente. A boa notícia é que o mato rasteiro, do chão, não estava tão alto, e Gil apostaria que a incidência do sol direto era a responsável. A terra infértil também poderia ter parte da culpa, o chão era arenoso, de aparência estéril, salpicado por pedregulhos e aglomerados de terra. Não havia sequer sinais de formigueiros no chão.

— E lá vamos nós... — Gil deu o primeiro passo na direção do que pensava ser mais um episódio do incrível seriado de sua autoria "Como eu perdi meu tempo".

Depois de rodear a construção, Gil a estimou em dez por dez, talvez dez por doze metros de área principal. Havia resquícios de alvenaria afastados uns dos outros, cômodos destruídos ao meio, pedaços que poderiam ter estado anexados ao resto. Uma árvore havia caído há muito tempo sobre uma dessas partes; ela ainda estava lá, reduzida à madeira seca.

Também havia pichações, e essa parte voltou a deixar Gil receoso. Aqueles códigos urbanos em um local tão afastado, de difícil acesso, poderia significar problemas. Três Rios estava na rota do tráfico há muitas décadas, impérios criminosos que eram passados de pai para filho, de número um para número dois, de um fodido para o outro. O resultado era o enriquecimento e fortalecimento da principal facção do Noroeste Paulista, a Olho Seco. Diziam que tinha sua sede em Brasília, onde as investigações sempre se perdiam ou eram desmanteladas antes de encontrar um nome.

— "Todo aquele que nele crer não será confundido. Romanos 10:11" — Gil leu uma pichação em preto, uma das poucas não blindadas por caracteres codificados que não sabia ler. Na parede perpendicular havia outra inscrição, que ele leu apenas para si: "Quem crê em mim, como diz a Escritura, rios de água viva correrão por seu ventre. João 3:18".

Percorreu o interior da construção, tentando não esbarrar em nada que pudesse desabar. O térreo era de uma arquitetura incomum, havia um grande salão e, presos a ele, ao seu redor, cômodos menores, alguns suficientes para acomodar apenas uma pessoa de pé. Havia cinco dessas criptas. Tinham a parte de cima curva e convexa, abaulada, depois desciam em retângulo. Sem uma motivação óbvia (não havia nada que as atraísse), algumas moscas se acumulavam nessas aberturas, lambendo a poeira das paredes.

Gil deu dois passos por outra abertura entre salas e sentiu um facho de luz atingindo a periferia de seu olho direito. Olhou na mesma direção e o brilho havia se perdido. Voltou a brilhar quando ele recuou e refez o movimento com maior precisão. Era alguma coisa metálica escondida entre as heras, refletindo a luz do sol. Gil se aproximou e, com a ajuda de um galho que encontrou pelo chão, puxou as cortinas de vegetação. Tudo se soltou com facilidade, expondo uma placa bastante agredida pela natureza.

PARQUE TERCEIRO TRÊS RIOS
Construído em 1819, o TEMPLO TERCEIRO manteve Três Rios
    segura e confiante nas décadas que precederam a Proclamação
    da República. Tornou-se atualmente, um marco de uma
    convivência prolífica entre as potências Religiosas e Políticas
    em prol de uma civilidade pacífica, progressista e duradoura.

VIVA TRÊS RIOS
Fundo de proteção e Restauração da estância
    hidromineral de Três Rios.
Prefeitura Municipal de Três Rios
Secretaria do estado de Esportes, Lazer e Turismo
Governo de São Paulo

Executadas pela Empresa: ALPHACORE

Arquitetos: Pedro Marcos Salviano
Rubião Lucas Durato

Reconstrução Histórica realizada pelo
   Centro de Preservação Histórico
Fundação Cultural Ítalo Dulce de Três Rios

Três Rios, Julho de 1978

IV

Gil terminou de ler as informações com uma única certeza: muito dinheiro havia sido jogado no ralo. A única coisa restaurada naquele lugar era a placa de identificação e homenagens, nem o acesso até o templo oferecia condições de tráfego veicular. Escrever turismo e restauração em um contexto como aquele era a mesma coisa que chamar alguém de idiota.

Seu novo amigo Samir dissera que Gil encontraria um esconderijo em algum lugar, um acesso que provavelmente estaria disfarçado, oculto, para que ninguém pudesse profaná-lo. Não disse onde estaria, mas apontou que haveria uma marca, um tridente, o mesmo símbolo que estava nos brasões da cidade.

— Caralho, Gil, o que você não está vendo? — disse a si mesmo e estapeou o pescoço para espantar um inseto. Já percorria os restos mortais daquele lugar pela quarta vez. Gil chegou inclusive ao segundo pavimento, só não subiu no terceiro, porque a escada estava partida pela metade, e seria impossível subir sozinho, ou sem uma corda.

O dia ficou mais quente depois de tantos passos repetidos. Gil sentia a camisa molhada, a sobrancelha já acumulava algum suor que teimava em descer pela testa. A base das costas rangia como uma moenda.

Acabou tirando um tempo para se recompor, sentado em uma mureta de tijolos. Já estava se convencendo a voltar para o carro e esquecer daquela merda toda. Obviamente o tal Samir conhecia aquelas ruínas, mas isso era tudo. No muito, com a idade que tinha, ele pode ter visitado o lugar algumas vezes, e ter se apropriado do que viu para compor sua própria fábula. Gil sentia-se um imbecil quando ouviu o farfalhar das folhas.

O solo do interior do templo era bastante irregular, composto por tijolos caídos, entulhos, galhos e principalmente folhas secas. Havia um tapete farfalhante em quase toda a extensão das ruínas, o que constituía um alarme de aproximação natural. O causador da perturbação não estava chegando, estava partindo. Era um gambá. Não era pequeno, em um ambiente de pouca luz ele se passaria por um gato. Tinha saído de algum lugar do chão e corria para uma das árvores. Gil se levantou e foi até o local de onde o bicho emergiu. Varreu o chão com os pés a fim de se livrar das folhas.

— Filho da puta...

Havia uma marca na cerâmica do chão. Se estivesse limpo, o relevo não seria tão marcante, mas com o pó de tantos anos acumulado no entalhe, estava nítida a figura de um tridente. Embaixo do tridente, alguma coisa que lembrou a Gilmar um código de computador. Não estava nítido, não eram caracteres conhecidos, mas a impressão foi tão forte que ele precisou chegar mais perto, para ter certeza. Havia sim uma intenção elétrica ali, ele só não tinha capacidade de saber qual era.

O pavimento era composto de quadrados pretos e brancos. O branco não estava mais tão branco, o preto já esmaecia com a poeira e o desgaste. Gil conhecia aquele piso, era comum em igrejas, lojas maçônicas, também no Templo dos Filhos de Jocasta, os homens do porão. Mas nunca tinha visto um em espiral. Agora que sua imaginação se voltou para essa direção, conseguia entender melhor aquela estranha construção. Projetados em sua mente, ele via claramente colunas, assentos e átrios. Com um pouco de esforço, seria capaz de compor as cenas que aconteciam naquele espaço. As grandes discussões que moviam a cidade, conspirações e sacrifícios.

Com o auxílio de uma chave de rodas que apanhou no carro, Gil conseguiu fazer uma alavanca e retirar a cerâmica, que se soltou em estilhaços. Dentro havia um espaço oco e quadrado, e era só isso. "Se alguém quer guardar um tesouro, vai tentar confundir o ladrão", Gil pensou assertivamente.

Começou a retirar o acúmulo de detritos do chão todo, com medo de encontrar mais um gambá, uma aranha, ou coisas piores como um escorpião ou uma cobra. Felizmente, depois de dez minutos de trabalho, ele só havia descoberto cinco cerâmicas com o mesmo tipo de inscrições (todas com um tridente). Estavam em cada extremidade da sala, uma delas estava no meio, no centro da espiral. Gil não a deixou por último de propósito, mas como estava resistente aos golpes, acabou abrindo as outras. Encontrou em duas delas recipientes de barro, cerâmicas. As peças eram de argila crua e estavam bastante conservadas. Tinham conteúdo na forma de barricas, a terceira peça era uma vasilha. O cheiro não era bom, podia ser mofo ou limo, restos orgânicos retraduzidos pela umidade dos anos. Era uma memória, um resíduo quase inócuo. Seria impossível saber o que aquelas cerâmicas guardavam.

Com quatro dos cinco abrigos estourados, só restava o do meio, o que de certa forma o surpreendeu. Esconder algo no centro, em um local tão óbvio era uma desinteligência. A menos que alguém o tivesse mudado de lugar, o que também era uma possibilidade.

— Tá certo, Samir, agora que chegamos aqui, vamos até o fim.

Gil se afastou e voltou com uma pedra pesada, parecida com um bloco de paralelepípedo. Devia ter uns sete quilos, talvez mais. Com um sorriso sádico, ele a ergueu sobre a cabeça e deixou descer.

Foi divertido na primeira vez, mas depois de cinco repetições, Gil sentia vontade de mastigar a pedra. Na sétima, porém, a cerâmica rachou; não como as outras, não como se fosse apenas uma capa, rachou como uma unidade sólida, um ovo. Dentro do ovo, estava o que Gil não esperava mais encontrar.

O pacote tinha o tamanho aproximado de um livro, cerca de 13 por 18 cm. Estava envolvido por couro, e antes disso provavelmente esteve dentro de um recipiente de vidro. Isso explicaria seu estado de conservação íntegro e os cacos e estilhaços que agora se acumulavam dentro da estrutura de cimento arrebentada. Tudo indicava que alguém selou com cimento a peça com o receptáculo de vidro em seu interior, e depois aderiu a cerâmica identificada com um tridente e inscrições misteriosas ao conjunto. Quando Gil a rompeu, só então o vidro foi quebrado. Uma manobra inteligente.

Gil voltou a se sentar, limpou as mãos no jeans das calças e começou a abrir o pacote.

— Muito bem, Samir Histeria, vamos ver o que você tem pra mim.

Por dentro, depois do invólucro de couro, folhas com a textura de papel seda, pelo menos quatro camadas. Só então um pacote de folhas de jornais que, por pura sorte, Gil não danificou com a pressa que sentia de ver o que estava ali.

Não conseguia pensar coisa alguma, a lógica havia sido sugada pela surpresa. Mesmo que seu cérebro buscasse uma explicação racional oposta ao que os olhos viam, todo conteúdo que fora tão habilmente preservado parecia autêntico. A prova que Gilmar exigiu estava em suas mãos, e não era algo que os jornais envolviam e preservavam, eram os próprios jornais.

Havia oito reportagens, todas de Três Rios, do *Tribuna Rio Verde* e de seus precursores de diferentes épocas. *Gazeta Três Rios*, *Tribuna da Imprensa*, *Lummitati Notícias*, *Mural das Águas* (1903), e até mesmo um muito curioso, o *Mosquito Verde*, de 1916, que não era bem um jornal, mas um folhetim de notícias. O último recorte, o que estava diante dos olhos de Gilmar, havia sido lavrado na organização que agora tinha se transformado em ruínas, o folheto *O Tridente*. A charge em tons de humor mostrava um homem de hábito levando uma surra de um grupo de homens de terno. Havia um cuidado extra no rosto, que exprimia pânico e dor em um exagero de olhos e nariz. No folhetim, o cabeçalho dizia: "Visitante inoportuno evaporou de tanto medo. Esse não volta mais!".

Outra reportagem, de 1959 do *Tribuna Rio Verde*, interessou um pouco mais a Gil, porque tinha uma foto do homem que ele visitou no hospital, mas em outro leito. Gil leu rapidamente o que dizia a nota sensacionalista. "Homem é confundido com assaltante e agredido por populares". Entre os dizeres das testemunhas estava:

"Apareceu do nada, na hora errada e no lugar errado".

"Cabeludo daquele jeito, a gente achou que fosse o bandido."

"Aqui em Três Rios a gente bate antes e pergunta depois, aqui bandido não tem vez. Tinha uma câmera igualzinha à do vagabundo" (a câmera também estava na reportagem, uma Polaroid).

No *Gazeta* havia outro contexto, e Samir vestia terno e tinha os cabelos aparados, ainda usava a barba. Era ele, havia pouca ou nenhuma dúvida. Estava entre os populares, na frente do Orfanato Católico (que agora funcionava como sede de uma ordem franciscana). Gil sentiu mais daquela tensão imediata varrer seu corpo, desafiando o próprio ceticismo, tentando vencer seu próprio convencimento.

Em sua profissão e sendo um trirriense, era quase impossível não se deparar com histórias fantásticas, do tipo que parecem plausíveis demais para uma mentira, e incríveis demais para poderem pertencer à verdade.

Agora não parecia mentira. O cheiro daquelas páginas amareladas, sua textura ressecada e quebradiça, a aparente autenticidade dos jornais. Naquele instante ele se pegou olhando ao redor, como se pudesse, de alguma maneira, estar sendo vigiado, espionado, apanhado em uma tocaia. E mesmo que todas aquelas sensações fossem apenas artifício do medo, ainda havia uma pergunta muito maior a ser respondida: qual era a verdadeira função daquele homem que parecia ser capaz de viajar no tempo?

22
ADA ACORDA D.

Mesmo para um programador apaixonado por sua profissão, passar o dia diante de uma tela pode ser massacrante. Os olhos se irritam, as costas doem, uma infinidade de códigos e testes infrutíferos se acumulam no fundo do cérebro. Para Ada nunca foi assim, estar na rede era como voltar para casa.

Sua dificuldade estava na vida real, no trato com as pessoas, na difícil tarefa de estabelecer laços de confiança com outros seres humanos de carne, crocodilagens e osso. Como confiar em alguém nos dias de hoje? Como acreditar e se manter acreditando que o outro realmente se interessa pelo seu bem-estar, pela sua felicidade? Amadurecer talvez fosse apenas deixar as expectativas para trás, deixar passar, para que o esforço de seguir em frente não se tornasse extenuante demais.

Entre um código fonte e outro, a certeza de que as máquinas eram sua realidade favorita.

: e aí? Como estamos indo?

A mensagem surgiu no programa de comunicação interno. A aplicação de comunicação era bem simples, rodava entre as unidades do grupo Piedade. Quem escrevia era Marcos C., responsável por integrar Ada em suas novas funções.

: tudo indo, rs. Identifiquei alguns problemas, o maior deles são alguns programas inativos bagunçando nosso sistema. O ideal é fazer uma limpeza e pensar em uma restruturação completa

: *vamos por partes, você consegue corrigir?*

: *primeiro preciso descobrir o que eles são. Não quero correr o risco de desativar alguma função importante. Aliás, Marcos, manter todos os programas e dados em uma mesma malha é muito arriscado. O ideal seria dividirmos, hospedar cada parte fundamental em um servidor externo diferente*

: *se envolve custos, precisamos da aprovação da turma de cima. Passa depois para mim uma simulação de suas sugestões e quanto vai custar. Consegue isso pra gente?*

: *acho que sim*

A luz verde mudou para vermelha e Ada voltou ao trabalho.

Conhecia todas as linguagens de programação úteis: Ruby, Python, PHP, C++, linguagens de marcação como HTML e CSS, e lia códigos de JavaScript e PowerShell como quem lê um gibi da Turma da Mônica, e aquele sistema precisava de uma faxina completa. Não era difícil entender por que as diferentes plataformas não se comunicavam. Se tivesse que explicar para um leigo, Ada diria que muitas palavras usadas não eram traduzidas, compreendidas entre um sistema e outro. Isso acarretava perda de informações, e com quase toda a reposição de estoque sendo feita por faceamento automático (sai um, entra um), perder informações era o mesmo que jogar na loteria a cada compra. O problema também se estendia aos consumidores finais do mercado on-line. O grupo Piedade evoluíra a uma corporação de vários negócios, e no caso de drogarias, supermercados e lojas de conveniência (leia-se: Made in China), o cliente muitas vezes não era direcionado ao grupo, quicando pelo feed das redes sociais, pelo google, se perdendo entre um algoritmo e outro até encontrar a concorrência. As próprias páginas de redes sociais da empresa estavam atrasadas em pelo menos cinco anos. A comunicação direta com o cliente, o famoso *inbox*, era praticamente inexistente.

A luz ficou verde novamente e Ada aguardou a comunicação de Marcos. A luz ficou vermelha de novo.

Voltou aos códigos e então notou algo que, juraria, não estava ali há um segundo. Isso a preocupou um pouco mais, porque só havia um tipo de programa que agia daquela forma.

— Olha só quem resolveu aparecer...

Ada rastreou rapidamente a origem do código e, como esperava, ele se replicou em diferentes direções. Depois de analisar mais a fundo, descobriu que o mesmo código estava com acesso livre em várias partes da linha de gerenciamento informatizado do grupo. Não era um trojan, não se parecia com um bomb ou outro vírus destrutivo.Ao que tudo indicava era um worm, um verme de computador — e passava longe de ser uma boa notícia.

Worms são uma espécie de infecção silenciosa entre as máquinas, e se parecem mesmo com um verme biológico de atuação discreta. O problema com todos os vermes, a raça humana descobriu há muito tempo, é que a longo prazo eles competem com os nutrientes de seu hospedeiro, o que significa, no ambiente das máquinas, que eles consumem recursos, e notadamente depreciam a velocidade de tráfego de informação, ou seja: vermes deixam tudo mais lento, com menos eficiência.

— Eu vou te pegar, nojentinho — Ada falou. Mas primeiro foi pegar mais café. Aos pés da cadeira Thunder, Samy chorou baixinho, como se farejasse o buraco onde sua dona estava prestes a se enfiar.

Foram três horas rastreando, se perdendo, isolando, reinfectando e voltando a rastrear, mas finalmente Ada tinha uma ideia de onde aquela coisa estava brotando. O programa tinha parentesco com um executável, um programa malicioso disfarçado ao que tudo indicava. Ada teria certeza depois de iniciá-lo livremente. Para isso ela teria que usar seu computador e assumir o risco de despertar um programa destrutivo de verdade em seu sistema — não raramente o vírus se aproveitava da infiltração dos worms para agir, e claro que um worm hábil como aquele adoraria seu notebook. Trabalho em equipe... a especialidade da raça humana e de suas criações tecnológicas malignas.

Ada voltou a ler o nome e um riso inseguro perambulou seu rosto. Havia alguma coisa não inédita naquela combinação de letras e imagens, algo tão sólido e inexplicável quanto um efeito Mandela, uma memória, talvez falsa.

— D responde...

"Deseja permitir que o programa a seguir faça alterações no seu computador?"

23
1997, GOLD STAR CYBER POINT LAN HOUSE

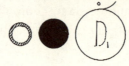

I

Nos anos noventa, conseguir namorar antes de ter um carro era mais que um desafio: era uma impossibilidade. Naqueles anos duros e enigmáticos, era preciso abraçar o impensável para se manter sob controle, muitas vezes assumindo passatempos injustificáveis a fim de aplacar a fúria dos hormônios da adolescência. Considere aqui as piores amizades, as merdas que elas rendem, e os filmes compartilhados em uma mesma rodada de videocassete. Mas havia uma coisa que realmente fazia frente à hegemonia dos filmes em VHS: os jogos de videogame.

Assim como seus assíduos frequentadores, a Gold Star Cyber Point Lan House nasceu com uma certa mania de grandeza. Aliás, em cidades como Três Rios, uma sala alugada com uma dúzia de consoles e três PCs era mais que exagero, era jogar dinheiro fora.

Em uma terça-feira cinza e pálida, os carros apareciam lentamente pelas ruas, enquanto pedestres olhavam para o chão sem nada melhor para se interessar. Presa ao calçamento, a lojinha dos irmãos Pirelli estava aberta, mantendo a tradição de atrair os primeiros clientes assim que erguia as portas.

— Oh, Bombááá, dá uma ajuda ali pro Piolho, a merda da TV tá chuviscando de novo — Marcinho Pirelli falou.

Ele e seu irmão, Valter Pirelli, eram os mais jovens empreendedores de Três Rios. Marcinho tinha dezessete, e Valter, apenas quinze anos.

Os dois meninos perderam o pai muito cedo, vitimado por um acidente de carro que nunca ficou totalmente esclarecido. A mãe (professora Rebeca) passava a maior parte do tempo lecionando e tentando encontrar alguém para ocupar o cargo do falecido. Aos meninos coube uma liberdade que poucos garotos da cidade conheceriam antes dos vinte anos.

— Pode descontá esse tempo aí, né meu... — Nelsinho Piolho exigiu e afastou a cadeira de plástico, a fim de dar espaço ao funcionário número um (mesmo porque não havia um número dois) da Gold Star.

Bomba, que de nascimento se chamava Edmilson Paixão, aproximou o rosto encharcado com a tonalidade vermelha que lhe rendera o apelido da tela. Rodeou o aparelho e foi para a parte de trás da Semp Toshiba com tampo de madeira.

— Não tá chuviscando, Marcinho. É esse fio vagabundo que você comprou... Ele fica soltando toda hora.

Marcinho deixou seu posto e foi conferir. Já coçava os seis fios supervalorizados de seu cavanhaque.

Bateu o dedo na tela.

— Se isso aí não é chuvisco, então é o quê, Alemão?

Bomba detestava aquilo. Ser chamado de explosivo não era motivo para muito orgulho, mas *alemão* era quase uma descaracterização. Além disso, a provocação já ultrapassava duas gerações. Quando o avô de Bomba esticou as botas, ele não tinha nem mais um nome, era só o Alemão.

— Já pedi pra não me chamar disso.

Marcinho riu, mas rapidamente se conteve. Bomba estava vermelho como a ponta de um charuto. E, de todo jeito, o garoto vermelho botou a coisa para funcionar de novo.

O problema com as TVs começou dois meses atrás, coincidentemente na mesma semana que os PCs foram instalados. O técnico, Jansen Janot (o JJ, "Jota-Jota" como era conhecido), garantiu que não havia relação entre os fatos, mas desde então as telas começaram a tremer, chuviscar, e vez ou outra captavam uma estação fantasma Russa (no vasto entendimento dos donos e frequentadores da Gold Star era russo, então... russo o era).

Marcinho já estava retornando ao seu balcão de ardósia quando outro rosto conhecido apareceu no salão.

— Olha só quem chegou, grande Fimose! Não tinha dentista hoje?

— Odeio dentista — Renan respondeu. — Acabou que eu nem fui. E para com isso de Fimose, Marcinho.

Renan Fuminho Fimose parecia mais azedo que de costume; talvez fosse o dente premiado incomodando de novo. Segundo contou algumas vezes, fazia mais de um mês que um siso tardio tentava rasgar sua gengiva.

— Tudo certo lá na firma? — Marcinho perguntou.

— Do mesmo jeito. Muito trabalho, correria, o de sempre.

— É... mas pelo menos tem filme.

— É... mas aqui você tem jogo — Renan retrucou.

— É... mas lá tem as gostosas.

Renan deu uma olhada ao redor. Era um baita argumento.

Como todos os caras pré-1980 sabiam, as gostosas eram um ponto decisivo na análise de qualquer ocupação, e enquanto a locadora Firestar atraía as meninas mais bonitas da cidade, tudo o que a Gold Star atraía era punheta e sovaqueira.

— O Queixo tá bem? Dênis? — Marcinho perguntou.

Renan carregou um pouco a expressão do rosto.

— Eles vão acabar processando vocês. Ainda tão putos por causa do nome.

— Pô, irmão... Eu fui lá falar com eles, você sabe que eu fui...

— Eles não iam dar sociedade assim, sem mais nem menos. Vocês não tinham nem o ponto na época. E esse nome...

— O caso é que agora a gente tem o nome e o ponto, tudo legalizado. E aqueles péla-saco tão com inveja.

— Cê que pensa... — Renan entortou todo o rosto, como se o que fosse sair pela boca pudesse aquecer a guerra fria.

— Desembucha, Renan.

— Eles compraram um lote gigannnnte de cartucho. Nintendo, Master System, Neo Geo, Mega Drive, tem até Atari.

Bomba soltou uma risadinha. Seu chefe Marcinho estava quase da cor dele. Quase um alemão.

— Grande coisa comprar um monte de fita. Nessa cidade de cagado só os Piedade tem dinheiro. Do que adianta comprarem as fitas se a molecada não tem os consoles?

Renan nada disse. Mas o rosto tentou falar alguma outra coisa.

— O que mais? — perguntou Marcinho.

— Eles também estão alugando os consoles. O cliente fica uma semana com o videogame e ainda aluga duas fitas de brinde.

— Que filhos da puta.

— Negócios, irmão, só negócios — Renan disse. — Fecha três horas aí pra mim. No *Contra 3*.

Marcinho coçou o cavanhaque e anotou o horário em seu caderno de clientes. Com um computador o controle de clientes seria mais fácil, mas botar uma máquina daquelas para fazer "conta de mais" era uma atrocidade. Computadores serviam para jogos, certo?

— Se é tão bom assim esse negócio de alugar — Marcinho disse a Renan —, por que você tá deixando seu dinheiro aqui em vez de deixar com eles?

— Lá em casa só tem uma televisão. Eu só consigo jogar de madrugada.

Marcinho riu respeitosamente. Nem os cabeçudos da Firestar teriam televisores para alugar para todo mundo.

II

Valter Pirelli chegou na Lan House trazendo novidades. Mas antes de começar a falar, achou melhor perguntar:

— Que cara de cu é essa, Marcinho?

O irmão não melhorou a expressão.

— Aqueles corno da Firestar. Agora estão alugando consoles.

— Vixi...

— Vixi mesmo. Nosso faturamento já caiu um monte. Nessa mesma época no mês passado a gente já tinha o dinheiro do aluguel todinho. Falou lá com o JJ?

— Falar, eu falei...

— E?

— Ele vai trocar o sistema. Só que no caso da gente querer mesmo o Windows, ele não vai continuar dando assistência pra gente. Parece que andaram caguetando ele.

— E se não for o ruindows, vai ser o quê? Quanto vai custar?

— Ele faz na freela. Pelo que eu entendi, o sistema é dele mesmo, você conhece o JJ...

Conhecia sim. Conhecia o suficiente para saber que haveria riscos.

Se toda pequena cidade tem seu próprio gênio subestimado, em Três Rios JJ ocupou o cargo. Fã inveterado de Metallica e Iron Maiden (e não menos de Slayer e Venon), Jansen Janot ganhava um extra fazendo todo tipo de bico em tecnologia. Conserto de portões eletrônicos, telefonia, iluminação... Sua principal fonte de renda vinha do Matadouro e do suporte técnico a outros negócios de Hermes Piedade. O velho e sua número um, Kelly Milena, bem que tentaram tirá-lo da linha de frente, mas havia alguma coisa nos computadores da cidade que sempre exigiam a presença de JJ, por mais que esse pré-requisito fosse consideravelmente indigesto.

— Ele explicou qual era o sistema?

— Pelo que eu entendi é igualzinho o Windows, mas roda em cima de um outro sistema, que... — Valter coçou o cocuruto. — Eu não entendi bosta nenhuma, meu. Mas ele vai passar aqui no final da tarde e explicar tudo de novo. Parece que esse sistema novo é mais rápido que o outro, e tem como fazer uma rede com os computadores daqui, e até de fora.

Marcinho respirou fundo e deixou os olhos em seu cliente mais assíduo, Renan.

Ele parecia um pouco velho demais para a Gold Star. Por outro lado, era quase impossível enxergar alguma maturidade nele que não fosse a sombra da barba acinzentando o rosto. Agora Renan tinha um carro, uma mulher, mas o resto continuava igual. Renan ainda puxava um fuminho, morava com a mãe, e trabalhava naquela locadora.

Bomba estava do lado dele, acompanhando a partida e ansioso por mais um recorde do funcionário da Firestar. Para Edmilson e para muitos outros, Renan era um ícone, um ídolo, alguém para se inspirar. Não era pra menos. Renan estava com a gostosa da Giovanna há uns meses, e mesmo com um ex-marido mafioso, ela era uma das garotas mais cobiçadas da cidade.

— Cuidado! — Bomba gemeu, como se ele mesmo estivesse no controle.

— Merda... — Renan empurrou o joystick e massageou os dedos. — Esse jogo não foi feito pra jogar sozinho. Tá afim, aí?

Bomba confirmou com seus empregadores. Marcinho assentiu. Era um pouco mais de meio-dia, e naquele horário os clientes estavam almoçando em suas casas.

— Bota mais meia pro Renan — Marcinho disse a Valter, que estava com o caderno de horários.

— De graça? — Valter sussurrou.

— Nada é de graça. O Renan aqui faz diferença pra loja.

Valter fez o que o irmão pedia. Marcinho explicou mais a fundo.

— Pro Renan, a Gold Star é uma máquina do tempo. É por isso que ele vem aqui todo santo dia. O Fimose não é moleque, mas aqui dentro? Olha lá, ele é igualzinho a gente.

Era um fato. Jeans surrado, boné do Lakers socado na cabeça, camiseta agarradinha do Iron Maiden.

— E adianta se enganar? — Valter disse.

— Ele não tá se enganando, Valtinho. O Renan sabe que os tempos estão mudando depressa.

— E?

— E a gente precisa se modernizar ou vai ficar encalhado no passado. Falando nisso, dá uma ligada pro JJ. Confirma se ele vem hoje mesmo.

III

— Putaqueopariu... — JJ disse assim que desceu do carro. Ele não tinha um 147, não estava chovendo nem nada, ele não torceu o pé quando botou o primeiro pé na calçada. Mas passar metade do dia enfiado em uma Lan House com um sério caso de superlotação estava muito longe de qualquer definição de felicidade.

Era mais de cinco da tarde e o sol não parecia saber disso. Em pleno mês de junho em Três Rios, o inverno se confundia com o inferno.

Na mochila de JJ, apenas o necessário para que qualquer computador vagabundo se parecesse com um lançamento da Microsoft.

O que JJ fazia não era exatamente legal, e também não era exatamente ilegal; era uma brecha, uma maneira de manter os negócios da cidade funcionando sem envolvimento de grandes investimentos ou policiais.

Antes de entrar, ele deu uma boa olhada na fachada reformada da Lan House. Aqueles dois moleques eram espertos, ninguém podia negar. Agora, a Gold Star Cyber Point Lan House tinha ouro até no nome. A tinta das paredes atrás das letras era de um preto absoluto, o que favorecia ainda mais o dourado, com a grafia inspirada nas letras do logotipo da Atari. Aliás, não era só a fonte que inspirou os irmãos Pirelli, o próprio símbolo da Lan

House era o logotipo da Atari invertido, que no caso se parecia com o tridente-símbolo de Três Rios. A parte de dentro continuava meia-boca, mas garantia o que a molecada buscava em um lugar como aquele. Amigos, TVs grandes e uma boa distância dos pais.

JJ cruzou a fechada e Marcinho continuou de cabeça baixa, anotando alguma coisa em seu caderninho. Ergueu o rosto assim que o técnico chegou mais perto.

— Desculpa a demora, grande Márcio, as máquinas do seu Hermes engasgaram de novo.

— Na fábrica de veneno?

— Dessa vez foi no Matadouro. Eu não sei o que eles fazem por lá, mas nenhum computador aguenta mais de dois anos. As placas ficam corroídas, acho que é alguma coisa que eles usam na limpeza. Seu irmão falou sobre o sistema novo?

— Mais ou menos. Falou que era novo e que não dava tanto rolo.

JJ riu. Gostava do jeito dos Pirelli, e gostava um pouco mais de Valter, que era bem menos estressado que o irmão. Naquele horário, o mais jovem dos garotos não estava no salão. Eles costumavam dividir os horários durante a semana, para conseguirem se manter na escola. Era a única condição que a mãe impunha para que eles continuassem com o negócio de videogames.

— Achei que vocês iam fechar pra fazer a instalação — JJ aproveitou para dizer. Dos três PCs, só um estava desocupado.

— Vai fazer os três ao mesmo tempo?

Por um instante, JJ esteve prestes a se zangar, mas o garoto estava certo.

— Vamos trabalhar. — JJ preferiu dizer e arrastou a mochila com ele.

IV

Com trinta minutos no teclado, JJ pediu uma toalha para enxugar o suor. A Gold Star tinha quatro ventiladores laterais e um ventilador de teto, mas tudo o que as pás faziam era mover o ar quente.

O calor só deu uma trégua quando o relógio de parede do Super Mario passou das sete da noite, em parte porque muitos dos televisores já estavam desligados. Oficialmente, a Gold Star baixava suas portas às 18h00, mas todo garoto sabia que era só pagar dobrado para jogar até as nove.

O terceiro computador ficou pronto faltando dez minutos para as oito da noite, e JJ não mostrou nada dos outros até terminá-lo. Estavam no salão Valter, Marcinho, Bomba, Renan, Ailson Tadeu, Iury Fleury e Nôa — que assim como Iury, geralmente entrava mudo e saía calado. Nôa foi o pintor responsável pela nova comunicação visual da Gold Star. Ele fazia o trampo, mas era esquisitão pra caramba. Sempre de preto, sempre com uma calça rasgada suja de tinta.

Com o silêncio concentrado dos jogos nos fones de ouvido, tudo o que se escutava era o som dos dedos sobre os controles, e vez ou outra um xingamento de alguém que acabou vacilando.

— Tá feito, senhores, podem dar uma olhada — disse JJ. Ao mesmo tempo, Iury passou por perto dele e se despediu com um aceno coletivo, sem receber nenhuma saudação de volta. Apenas Nôa resmungou: "*falou*".

O primeiro a botar os olhos no PC foi Valter, que soltou um "vixi" assim que viu a tela. Marcinho chegou mais perto já disparando:

— Caceta, JJ, queimou meu monitor?

O técnico riu.

— O sistema roda em três cores pra ficar mais rápido. O bom e velho RGB. Vermelho, verde e azul.

— Perdeu todo esse tempo pra fazer um Windows de três cores? — Valtinho perguntou.

— Isso aí. Parece pouco, mas esse tipo de alteração é mais profunda do que parece. O que temos aqui, senhores, não é mais um Windows, mas um 3J, um sistema totalmente único e à prova de falhas.

— Oh Jota, não leva a mal não, mas isso aí tá parecendo um PC com ânsia de vômito — Marcinho disse. — Imagina só quando alguém resolver jogar *Doom* nessa coisa. De que cor vai sair o sangue? Marrom?

— Peraí — JJ disse e se adiantou ao mouse. Clicou no ícone, o jogo se iniciou em menos de cinco segundos.

— Caralho... — Valtinho disse e já foi chegando na frente da tela.

— Os jogos vão rodar na cor que sempre tiveram. A diferença está no sistema de suporte, no 3J que eu instalei nas máquinas. Parece esquisito, mas é só porque mantive a própria interface do Windows, por questões de familiaridade... Por dentro, seria como comparar uma charrete com um foguete.

— Já testou esse sistema em algum lugar? — Marcinho quis saber.

— Praticamente todo o grupo Piedade está rodando sobre o 3J. Quem vocês acham que pagou pelo desenvolvimento dessa belezinha?

Valtinho continuou jogando, e sem as microtravadas do sistema anterior, comum a 99 entre cada 100 computadores brasileiros, era como jogar outro jogo. O som também parecia diferente, com mais ambiência, mais rico.

— Isso aí, moçada, tudo feito e vocês continuam com a assistência pelo mesmo preço. E podem relaxar se aparecer alguma fiscalização. Eu tenho um registro em andamento desse sistema, ninguém vai conseguir provar que o 3J é baseado na colcha de retalhos do Windows.

Um sorriso pode ser rápido, morno, lento, até mesmo morto, mas aquele sorriso de JJ nem mesmo chegou a nascer. Antes que os lábios ameaçassem o primeiro movimento de felicidade, as luzes se apagaram. Todas as máquinas. Exceto uma.

— Ô putaquepariu! — Renan reclamou, sobressaltado, de onde estava.

Na máquina acesa, o terceiro PC, uma letra que todos conheciam bem. O que havia agregado a ela não fazia muito sentido, não em um primeiro momento. Em alguns segundos, todos estavam por perto daquele monitor.

— D RESPONDE. — Bomba praticamente silabou.

V

— Vê se a luz da rua acabou também — Marcinho pediu ao irmão. — E como é que esse aqui ainda tá aceso? — perguntou a JJ, tentando não perder a coisa de vista.

Valter espichou a cabeça até a rua e rapidamente voltou para perto do monitor.

— Acho que foi o quarteirão todo. Do 12 pra frente ainda tem luz.

— Alguma fase da sua loja deve ter ficado com energia. — JJ explicou.

— Deus protege os bêbados a as criancinhas, sempre foi assim — Renan disse em um risinho frio.

No quadrado azul índigo do monitor, a coisa se movia como um descanso de tela.

O formato era de caixa, um quadrado preto. Havia dois tridentes na parte de baixo. Azul e verde, direita e esquerda, em diagonal. Um tridente vermelho em cima, apontando para baixo, reto. No centro do quadrado, um triângulo à esquerda da inscrição D RESPONDE, e outro triângulo à direita do nome do programa. A coisa se movia lentamente, com baixa definição, pixelada, parecia ter saído da década de oitenta.

Os garotos estavam hipnotizados, sequestrados pela palavra e pelo símbolo (o tridente) que sempre rodeou Três Rios e região. Nôa estava tão encantado que parecia ter entrado em transe. Os olhos estáticos, músculos estranhamente relaxados. Mesmo a respiração do rapaz estava lenta.

— Ninguém precisa se emocionar demais. É só um programa malicioso — JJ respondeu.

— Você trouxe um vírus pra gente, mano? — Valtinho perguntou.

— Não, Valtinho, claro que não. Ele fica perdido no sistema, hibernando e ocasionalmente se multiplicando. Não é um problema só do 3J, eu já peguei mais de dez máquinas com nosso amiguinho escondido. Só aqui em Três Rios foram mais de vinte.

— Isso vai ficar aparecendo no meio dos jogos? — Marcinho finalmente abriu a boca. Não havia a irritação esperada em sua voz, havia apenas... dúvidas. Era cedo para afirmar qualquer coisa, mas na cabeça do irmão mais velho dos Pirelli, aquilo talvez fosse mais que uma infecção eletrônica.

Quem fez a pergunta de ouro foi Nôa, que não desviava os olhos da figura que se arrastava na tela desde que ela surgiu.

— O que isso faz?

— É d de Diabo e ele não faz nada de bom — disse Ailson Tadeu. O pai do garoto era um dos pastores evangélicos da cidade.

— Isso daí depende... — Bomba riu e ficou vermelho de novo. Que ele soubesse, o diabo ajudava bastante alguns músicos e escritores.

— Pode ser d de Deus — Marcinho disse.

— Com três tridentes? — Ailson falou.

— Também estão no brasão da cidade, sabia? — Marcinho disse.

— Calma, eu vou explicar. — JJ acalmou a todos.

— Eu achava melhor esperar a luz voltar — Bomba disse e olhou para a porta da rua (que aliás havia sido fechada por Valter).

— Eu quero ouvir — Nôa falou.

— Também quero — Renan reforçou.

— Peraí, gente. — Ailson decretou. — A gente não pode deixar essa coisa aí na tela...

— Acho que pode sim — Marcinho disse —, pelo menos até o JJ terminar. Quem não quiser ouvir pode vazar.

— Preciso sentar, ficar o dia inteiro debruçado acaba com a minha coluna. — JJ puxou uma cadeira. O próximo foi Nôa, seguido por Renan. Os irmãos também ocuparam duas cadeiras. O único que continuou de pé foi Ailson. De pé e de olho na porta.

— Ninguém sabe direito de onde isso veio. Pode ter sido em um pacote de atualização, no meio de uma mp3, só sei depois que apareceu, não parou mais de aparecer.

— Nada aparece do nada — Marcinho disse.

— Só Deus. — Ailson.

— Existem teorias, é claro... — JJ continuou.

— Quando apareceu primeiro? — Valtinho perguntou.

— Percebi enquanto dava manutenção nos computadores da Alphacore. Um dos computadores começou a ficar meio lento, aí me chamaram. No final, foi só colocar mais memória. Mas esse carinha estava ali, esperando pra ser descoberto.

Bip! O computador emitiu um ruído. Algo elétrico, uma frequência. Com o silêncio que tomava a sala, o único que não se assustou foi JJ.

— Ele faz isso às vezes, pra convidar um usuário.

— É um jogo então? — Marcinho perguntou. Se os presentes naquele instante conseguissem ficar completamente em silêncio, era bem possível que ouvissem o tec-tec das suas engrenagens cerebrais maquinando uma nova ideia.

— Mais ou menos. Eu não chamaria de jogo... e nem de vírus... Ele parece escolher pra quem aparecer. Esse programa é uma espécie de oráculo.

Com uma sincronia perfeita, alguma coisa do lado de fora da loja explodiu. Um estouro seco, sem eco.

— PelamordeDeus! Que foi isso agora? — Ailson perguntou.

— Três Rios dando boa noite — Nôa riu. — Você falou oráculo. Ele prevê o futuro?

— Também, mas as regras desse carinha são três perguntas, depois ele propõe um desafio e a menos que você vença, ele não responde mais nada.

— E como a gente põe pra rodar? — Marcinho se adiantou. — Tem algum comando?

— Eu não consegui descobrir. E se estiver pensando nisso, não dá pra ganhar dinheiro com ele. É como se o programa tivesse algum tipo de consciência, até mesmo uma inteligência rudimentar.

— Se não faz dinheiro, não serve pra nada — Marcinho disse.

— Quer testar? — JJ perguntou.

— Testar?

— Escreve uma pergunta no teclado. — JJ empurrou a ele.

— Qualquer uma? Ou só as que você sabe a resposta? — Marcinho provocou. JJ podia ser esperto, mas Márcio não era um dos mais jovens empreendedores da cidade à toa.

— Pergunta alguma coisa que só você sabe.

Marcinho pensou, pensou e pensou. Então sentou ao teclado e, assim que o tocou um campo para perguntas, uma caixa de texto retangular, apareceu na tela. Ele digitou: *Qual foi a última coisa que o meu pai falou antes de morrer?*

...

Na tela, uma ampulheta apareceu rodopiando.

...

...

Ai!, a coisa respondeu.

Um clima muito, muito ruim se estabeleceu imediatamente. Ninguém encontrou o corpo do senhor Pirelli, o que se supunha é que até os ossos tenham sido reduzidos a cinzas no acidente. Carlos Ruiz Pirelli deu de frente com um caminhão de propano, não sobrou muita coisa dele ou do outro motorista.

— Ele às vezes é espirituoso — JJ explicou. — Precisa ganhar a confiança, estabelecer uma conexão. Tenta ser mais exato na pergunta.

— Conexão? Com um PC? — Marcinho escarneceu. Depois voltou para o teclado: *Qual foi a última coisa que o meu pai falou pra mim antes de morrer?*

...

A ampulheta voltou a rodopiar.

...

...

Quem você pensa que é? Vai pensando que vai me tratar igual trata a coitada da sua mãe! Tá muito enganado. Quando eu voltar, Marcinho, quero esse quarto limpo e organizado, e o senhor está uma semana...

— Sem videogame — Valtinho sussurrou.

...*sem videogame*, a coisa completou na tela ao mesmo tempo, sílaba a sílaba.

...

...

Próxima pergunta?

— Desliga essa coisa — Marcinho se levantou, como se estivesse na frente do fantasma do pai. — Como ele sabe disso? Como eu faço pra desligar essa coisa?

JJ se aproximou e teclou as três teclas ao mesmo tempo: ctrl + alt + del. Em seguida localizou o "dresponde.exe" no gerenciador de arquivos do computador. Finalmente: finalizar tarefa.

— Jesus Maria José — Ailson se benzeu.

— Não é sempre que funciona. Meu palpite é que algum gênio inventou essa coisa pra sacanear os outros, por diversão. De alguma forma o programa fica hibernando, exatamente como eu expliquei.

— Fica escondido e ouvindo tudo, isso sim — Bomba sussurrou.

— É o que parece — JJ disse. — O único problema é que pra catalogar, organizar e conseguir resgatar tudo o que se passa em um monte de computadores a cada pergunta, seria necessário um computador do tamanho da lua, o que torna a missão praticamente impossível.

— Ou ele pode ser mesmo um oráculo... — Nôa disse.

— Eu vou pra casa, adivinhação é coisa de demônio — Ailson o interrompeu e foi saindo.

— Eu vou indo também, não quer uma carona? — JJ gritou a ele. O garoto nem respondeu. Na velocidade com que andava, já devia estar do outro lado da rua.

— Bom, a carona continua de pé. Alguém topa?

— Eu vou ficar mais um pouco, preciso fechar o dia — Marcinho disse.

— Eu fico também — Valtinho.

— Tô de bike, Jota. Fica pra próxima. — Bomba cumprimentou ele e Marcinho com um aperto de mãos e apanhou a Caloi, que sempre ficava encostada aos fundos da loja, ao lado do único banheiro.

— Eu quero — Nôa disse. Renan também aceitou a carona.

JJ ficou mais algum tempo na loja, guardando algumas ferramentas e esperando as perguntas que Marcinho só faria longe dos outros. Não aconteceu. Marcinho continuou calado, debruçado em seu caderno, a caneta se movendo nas folhas. Valtinho foi cuidando do resto, fechando as janelas basculantes e desligando ventiladores e máquinas. Quando foi desligar a última, Marcinho disse, sem erguer o rosto das páginas:

— Deixa esse aí ligado.

VI

Do lado de fora, o sereno da noite havia formado uma capa esbranquiçada sobre o capô azul marinho do carro de JJ. Nôa começou a desenhar uma flor-de-lis, como o naipe de paus do baralho.

— Você é bom — JJ passou por ele e comentou.

— E adianta ser bom nesse lugar? — Nôa riu.

— Você também é novo, tem a vida inteira pela frente. Só não pode dar mole, porque, irmão, se a gente não sabe pra onde tá indo, a vida empurra pra onde quer.

Nôa continuou desenhando.

— O que é isso aí? — Renan também notou o desenho.

— Essa coisa fica indo e vindo na minha cabeça.

— Então devia dar atenção — JJ abriu a porta e jogou a mochila no banco de trás. — Finalmente... esse dia... acabou. — Esticou-se e abriu a porta do carona para os rapazes entrarem. Nôa foi no banco de trás, Renan no banco do carona.

O carro seguiu avançando por uma Três Rios estranhamente silenciosa. Ainda era cedo para os bares estarem fechados. E nem mesmo na igreja existia alguma luz acesa. Quando passaram pela praça central, o único pensamento de JJ era o de estarem trafegando por uma cidade fantasma.

— O Devorac deve estar à solta — Nôa disse.

— Devorac... — JJ disse ao volante. — Minha avó já falava que a avó dela falava dele.

— Sério? — Nôa estava atento.

— Seríssimo. Algumas cidades têm lobisomem, outras têm chupa-cabra, nós temos o Devorac.

— Eu também achava que era conversa fiada — Renan disse.

— Vai me dizer que alguém gravou o monstro naquelas fitinhas especiais de vocês? — JJ perguntou.

Renan mudou a textura do rosto na mesma hora. Nôa explicou a ele:

— Todo mundo sabe do Lote Nove, meu. Eu já aluguei um monte. Acabei perdendo o tesão na última fita, achei uma merda. Meia hora filmando a estátua mofada do Shinigami.

— Do templo budista? — JJ confirmou.

— Deve ser essa — Nôa disse.

Fizeram uma curva na rua da sede do *Tribuna Verde*, um dos jornais mais lidos da região.

— E se eu contar que aquela estátua já matou dois caras? — Renan falou. Nôa engoliu em seco.

— Faz uns dois meses, a gente cedeu para a polícia uma imagem, a estátua estava andando, cara, voltando pro lugar dela toda suja de sangue.

— Cacetada — JJ disse.

— Foi mesmo. Mas aí os caras lavaram a estátua e a polícia achou que era armação. Era nada, a vizinhança inteira viu a porra da estátua. O que ninguém consegue saber é quem filmou. A fita original veio do seu Antenor, lá do Empório. Ele falou que gravou na TV — Renan explicou.

JJ continuou dirigindo, calado, e seu rosto parecia ter recebido cinco anos de rugas.

— Você sabe de alguma coisa — Nôa disse do banco de trás, encarando JJ pelo espelho retrovisor. — Tá na cara que sabe.

— Ninguém sabe. O que não é segredo é que Três Rios é um lugar esquisito, e que algumas coisas acontecem aqui e só aqui. Essas transmissões estão aparecendo em alguns televisores faz um tempo, entre duas e quatro da manhã. Ninguém sabe de onde elas vêm.

— Igual aquele programa esquisito que apareceu no seu sistema? — Nôa propôs.

— Quem sabe? D RESPONDE não é um programa qualquer, ou um programa que possa ser controlado. Ele às vezes faz coisas inexplicáveis. É como se ele tivesse nascido com essa cidade, como se conhecesse o que já aconteceu, e o que ainda vai acontecer. O problema é que depois que você começa a interagir com ele, não sabe mais o que é sua decisão, ou o que foi proposto por ele. — JJ ficou ainda mais sério e começou a diminuir a velocidade do carro, a fim de deixar os caroneiros perto de suas casas.

— Fiquem longe daquele programa — sugeriu.

— Se o D for de diabo, não vai ser muito difícil ficar longe. — Nôa falou, já abrindo a porta traseira, ainda sem descer do carro.

JJ sugou o ar e despejou um longo suspiro.

— O Diabo ajudou a colocar essa cidade no mapa, pessoal. E não falo daquele com dois chifres e rabo de forquilha.

— E tem outro? — Renan sorriu pelo vidro aberto, já do lado de fora do Fiat Uno.

JJ repetiu.

— Tem sim, eu trabalho pra um deles: Hermes Piedade.

VII

Naquela noite, Nôa desceu do carro, se despediu, mas não entrou em casa. Estava agitado, sem sono, e decidiu escalar o morro da torre da rádio, o lugar mais alto da cidade. Gostava de ficar lá em cima, pensando, espionando a cidade, sentindo o sabor do vento. Ela, sua Três Rios e de tantos outros, estava mudando depressa. Negócios faliam e outros nasciam, cemitérios se enchiam, berçários ficavam vazios. Eram anos duros e impiedosos, diziam que não haveria um futuro digno a menos que você colaborasse com os poderosos da cidade. Nôa nunca foi um desses, não nasceu para ser raio de sol de ninguém, Nôa nasceu para ser chuva.

Sentiu um arrepio chegando na pele, não era frio, era outra coisa. De repente era como se já tivesse estado ali, naquela mesma posição, naquela mesma torre, mas pensando em coisas bem piores. Por um segundo, vislumbrou uma vida que ainda viria, e se deu conta que ele, talvez, não a visse acontecer em sua totalidade. Sentiu uma vontade enorme de chamar seus poucos amigos e abraçá-los um a um, e dizer as coisas que ele não teria coragem de dizer de outra forma. Falar de coisas verdadeiras antes que fosse tarde demais.

É estranho pensar nos pecados que escolhemos não cometer, nas ausências que não promovemos, nas tristezas que, sem nos dar conta, erigimos dia após dia, como uma história feita de poeira e vento. Nas palavras de JJ, Nôa era apenas um garoto. Como um garoto, no dia seguinte abriria seus olhos e pensaria em alguma coisa brilhante para fazer a vida ser diferente. Outro arrepio e os olhos se fechando um pouco, sem a exata consciência do que faziam. Sentado, com os braços esticados e as mãos abertas em uma posição meditativa, Nôa moveu lentamente os dedos, e por um instante curto e insignificante, ele tocou o futuro. Estava vazio e automático. Um futuro que Nôa soube, naquele roubo de tempo, que ele ajudaria a construir. Os dedos das mãos se movendo mais depressa, sentindo a temperatura daquele futuro. A cidade continuaria quente, mas haveria dias e mais dias de chuva. Dos seus amigos, poucos estariam por perto. Noite após noite, os trovões anunciariam que um novo tempo estava chegando para Três Rios. Seu berço, seu túmulo. Um futuro que não seria dele, mas carregaria suas marcas, como uma fratura, uma cicatriz mal consolidada que geme e se retorce em cada noite de tempestade.

24
EXECUTAR? SIM OU NÃO

Samy voltou a latir antes que Ada tomasse sua decisão. Desde que a coisa apareceu na tela, a Cocker rosnava para o notebook como se visse um gato. Ada deu uma pequena bronca, mas também sentia uma energia estranha dentro daquele quarto, uma presença. Podia sentir até mesmo um cheiro. Era orgânico, vegetal, não era muito ruim. E definitivamente não deveria estar em seu quarto. A própria temperatura do cômodo tinha mudado, mas essa parte, com um pouco de imaginação, ela explicaria pela chegada da noite. Já estava escuro do lado de fora, passava das oito.

A impressão de ter companhia foi tão forte que Ada olhou para trás, para as suas costas. Samy continuava na mesma posição, rosnando para a mesma direção, para a tela do notebook.

— Tudo bem, já está ficando escuro e eu sei que você não gosta que a mamãe trabalhe tanto assim. É só hoje, tá bom? Eu juro que é só hoje.

Ada apertou o enter e Samy soltou um guincho baixinho, um segundo antes das luzes apagarem de vez. A bateria do notebook não era confiável há dois anos, por isso o aparelho ficava conectado direto na energia, mas a armazenagem ainda aguentava uns dez minutos. E a tela estava pretinha.

Samy já estava em cima da cama, chorando baixinho, quando Ada acionou a luz de emergência do celular.

— Calminha, deve ser o pessoal mexendo nos postes da rua.

Desde a última chuva pesada, as quedas de energia aconteciam com certa frequência. Não durava muito, geralmente a energia voltava em menos de vinte minutos. Ada foi até a janela e a abriu. A vizinhança parecia ter eletricidade. Os postes da rua estavam acesos. O que a levou para a hipótese de algum disjuntor desarmado. A caixa ficava na cozinha, dentro da casa.

Ouviu um som estalado antes de se decidir a verificá-los. Um *tec*.

O ruído vinha do corredor à frente do quarto, que se ramificava entre banheiro, acesso à sala de estar e a escada. Ada foi até a porta do quarto e jogou a luz de emergência no corredor, mas seus olhos viram antes.

Era aquela coisa, contornada pelo brilho da noite, uma janela quadrada. Estava parada no meio do corredor, e no curto espaço de tempo que Ada a vislumbrou, o quadrado pareceu olhar de volta. Samy teve um novo acesso de fúria a pulou da cama para o chão.

Pelo que Ada previa e imaginava, se alguém visse algo parecido mil vezes, em 999 casos a coisa se dissolveria em um segundo olhar.

Mas depois de piscar quatro vezes, a coisa continuava ali, parada, e mesmo com a luz do celular incidindo sobre ela, parecia ser feita somente de sombra. Sem cores, sem conteúdo, sem matéria.

Ada recuou um passo. O quadrado-coisa pareceu crescer, como se avançasse. Outro passo para trás, e Ada sentiu suas pernas tocando em algo vivo.

— Samy! Sai daí!

Tarde demais, já estava se enroscando e Samy corria para não ser esmagada. Com o movimento desequilibrado, as mãos de Ada se atrapalharam e o celular foi pro chão. Apagou na mesma hora. Ada ficou às cegas, mas seus olhos se acostumaram rápido com a escuridão. A coisa mais escura que tudo vinha em sua direção, como um rascunho, um rastro.

— Nããao! Não toca em mim! Nãããao! — Ada gritou quando a escuridão ameaçou se precipitar sobre ela. Ada estava recuando, se debatendo, chutando e socando o ar ao seu redor. Os olhos escancarados já não conseguiam ver a coisa.

Como um milagre, um clarão se derramou pela casa. A luz inteligente do quarto começou a piscar ao mesmo tempo, provavelmente pela perda de configuração. Na cozinha, o apito do forno micro-ondas avisava que ele estava novamente em uma fonte de energia. Samy rosnava na porta do corredor, procurando por algo que talvez nunca houvesse existido. Era do que Ada tentava se convencer, enquanto olhava em todas as direções do quarto.

Havia uma coisa pixelada passeando na tela do Notebook, como um último escárnio.

— Vamos ver o que é você. — Ada puxou a cadeira com impaciência e voltou a se sentar.

Ada dormiu somente duas horas naquela noite, das quatro às seis, e foi bem mais do que esperava conseguir. Ver um quadrado preto capaz de sugar suas emoções no meio do quarto não era uma coisa agradável. A solução foi debruçar em D RESPONDE e ocupar a mente com alguma coisa mais útil do que sentir medo.

Durante toda a madrugada, tentou isolar o programa, e tudo o que conseguiu foi descobrir que ele se alojava em outro lugar. Às nove da manhã, Ada telefonou para um antigo colega da faculdade. Maurício morava em São Paulo e trabalhava com segurança da informação para sistemas bancários. E ele nunca tinha ouvido falar do programa, mas sugeriu uma série de ações que poderiam resolver o problema. Não resolveu, então ele sugeriu que Ada notificasse a empresa, porque era possível que todas as máquinas com acesso ao grupo estivessem com a mesma infecção. Como a pai de Ada, o grande JJ dizia: se o salário é bom, está garantida a dor de cabeça.

Esgotadas todas as demais possibilidades, Ada voltou a recorrer a Marcos, seu contato direto com a empresa. Ele sugeriu, de uma maneira muito blindada, que ela deixasse como estava e encontrasse uma maneira de driblar o problema, contorná-lo. As palavras de Marcos foram: "... Se um carro está com muitos passageiros e você precisa levar todo mundo mais rápido, é hora de um motor mais forte". Sim, claro que sim. Exceto que o carro é um Passat 1975 e os passageiros são assassinos, estelionatários e assaltantes.

Com poucos dias na empresa, Ada imaginava que convocar uma reunião sem uma solução colocaria sua cabeça na mesa; por outro lado, ela tinha recebido um adiantamento polpudo do grupo Piedade, e a confiança daquelas pessoas. Simplesmente não era certo manter o silêncio, não era honesto.

Chegou ao escritório da antiga TELESP às onze e quinze da manhã, atrasada em cinco minutos. Não precisou se anunciar. Assim que colocou os pés no hall, uma das moças da recepção a convidou para os elevadores. Ada respirava depressa, forjando mentalmente as palavras que usaria — as menos problemáticas — com Kelly Milena.

— Bom dia, dona... Bom dia, Kelly. Desculpa o atraso, levei cano de dois Uber.

— Você podia ter pedido um carro, nós enviaríamos alguém. Aceita um café?

— Aceito sim.

— Sente-se, Ada, você está um pouco... tensa. Pode se acalmar agora, você já chegou.

Ada ficou um pouco mais vermelha e Kelly pediu dois cafezinhos pelo telefone.

De tudo de negativo que ouvira de Kelly Milena, ela parecia ser bem pouco. Era uma mulher forte, decidida e bem-sucedida, talvez esse fosse seu maior problema na sociedade de Três Rios.

— Estou um caco — Ada se confessou. — Passei a noite tentando entender o que está acontecendo no sistema base de vocês.

— No *nosso* sistema, você quer dizer.

Ada colocou o notebook sobre a mesa.

— Nosso, claro. Eu logo me acostumo. — Ada espetou a alimentação em uma das tomadas anexadas a um nicho da mesa. Ligou o Dell; apesar da bateria que precisava ser substituída, era uma ótima máquina. Não demorou nada para iniciar. — Podemos espelhar a tela? Quero que você veja uma coisa.

— Espelhar? — Kelly confirmou.

— Estou mandando um programinha, vai aparecer na sua tela. É só clicar e me falar o código que aparece.

Kelly chegou mais perto da tela e logo encontrou.

— É esse Team J?

— Esse mesmo.

O café chegou antes que elas prosseguissem. Uma das moças da recepção entregou o de Kelly, depois o de Ada. Kelly esperou que ela saísse para dizer:

— Está escrito 83858.

— Perfeito — Ada confirmou. — Agora é só apertar o sim.

Kelly o fez.

Ada explicou.

— Você vai enxergar o meu note, achei mais seguro fazer dessa forma porque eu consigo isolar o nosso alvo. Ele deve estar na sua máquina também, mas eu não quero correr riscos.

— O que está acontecendo, Ada?

Ada clicou no programa em questão e ele rapidamente apareceu nas duas telas.

Esperava uma reação de surpresa de Kelly, até mesmo repúdio, já que aquela coisa era um pouco intimidadora. Mas o que ela fez foi passar os dedos na tela e dizer:

— Eu já vi isso antes.

— Recentemente?

— Não. — Kelly disse.

Ada esperou que ela complementasse a resposta, mas Kelly parecia visitar um antigo álbum de fotografia.

— Ele não está só aqui — Ada explicou —, está na empresa toda, em todas as linguagens, infiltrado em todos os códigos. Não sei se você conhece o termo worm.

— É um vírus, não é?

— É um programa malicioso que pode abrir portas para um vírus. O executável alvo tem todo potencial para ser um vírus. Ele se replica com facilidade, é discreto, sem contar o comportamento aleatório na inicialização, que impede que o usuário comum possa acessá-lo a todo momento.

— Se é um vírus, o que ele está fazendo com os nossos sistemas?

— Ele usa nossos programas e redes como uma estrada. O grupo Hermes Piedade está em operação na região inteira, no estado inteiro, o que significa...

— Que ele tem livre acesso pelo grupo e pelos parceiros de negócios — Kelly completou.

Houve uma pausa razoável na conversa, Kelly com os olhos distantes, ainda que estivessem na direção da tela.

— Tudo bem — ela estava atenta de novo —, sabemos que temos um problema grave e precisamos resolvê-lo. Como faremos isso?

— Eu tentei várias direções, Kelly. Pedi opinião de colegas, usei todas as ferramentas possíveis, fiz varreduras, levei a madrugada inteira pra isolar um único arquivo.

— O que você sugere agora?

— Eu não sei... precisamos calcular o impacto para as operações. O ideal seria agir com transparência com todos que acessam o programa, e depois proporemos uma ação conjunta, uma força-tarefa.

Kelly manteve a expressão rígida.

— Não faremos isso. Não podemos correr o risco de sermos responsabilizados ou penalizados de alguma forma. O grupo Piedade está enfrentando dificuldades com a justiça, houve uma pequena retração nos negócios nos últimos dois anos, tudo o que não precisamos é de um novo golpe na nossa estrutura. E sendo bem sincera, Ada, eu aposto que mais pessoas sabem sobre esse problema. Como não sabem de onde vem, ou se foi causado por eles mesmos, manter silêncio é o mais seguro a ser feito.

— Existe um risco maior, Kelly. D RESPONDE tem todas as características de um programa espião. Ele parece estar dormindo, mas pode estar ouvindo tudo, acessando nossos microfones e câmeras, pode estar transmitindo ou fazendo usos dessas informações.

— Ele faz alguma coisa além de atrapalhar a nossa vida?

— O programa responde três perguntas, depois começa a propor uma série de enigmas. Eu consegui resolver alguns deles, mas, pelo que eu vi, pode ser um caso parecido com o Cicada 3031.

— Vamos traduzir?

Ada sorriu sem jeito.

— O Cicada 3031 começou com uma espécie de convite para um desafio, que só poderia ser concluído pelas pessoas mais inteligentes. Ele surgiu em 2012 em um fórum, 4chan, e ninguém tem certeza se ele foi totalmente resolvido até hoje. O que se sabe é que ele envolve vários tipos de criptografia, e faz links com obras de arte, livros, filosofia, Deepweb e até mesmo o mundo real, lugares reais.

— E qual o objetivo desse desafio? Ele tem um?

— Existem algumas teorias. Uma delas propõe que seja um programa de captação da Agência de Segurança Nacional americana ou da CIA. Outra diz que são criminosos. A coisa vai muito longe, Kelly. O Cicada se tornou uma teoria da conspiração em si mesmo. Pode ser que alguém ou algumas pessoas tenham desvendado, mas existe um código de sigilo que não pode ser quebrado em algumas fases.

Kelly sorriu maliciosamente.

— Se existe um prêmio e uma cláusula de confidencialidade, nós nunca vamos saber. Quanto ao nosso problema, eu tenho um ponto delicado pra colocar na mesa. Seu pai, Ada, ele também encontrou esse programa. JJ disse que era inofensivo, que tudo o que D RESPONDE fazia era se multiplicar e brincar com os operadores. Entende o que eu quero dizer?

Ada não conseguiu impedir a surpresa em seu rosto. Primeiro que aquela mesma mulher não deu a mínima quando Ada mencionou seu pai, JJ, pela primeira vez que se encontraram, na entrevista de emprego. Segundo: três ou quatro décadas é um bocado de tempo. Exigia uma infinidade de condições especiais para que o programa ainda pudesse funcionar; atualizações, compatibilidades, era quase impossível acreditar nisso. Ada seguiu nessa direção.

— Ele não mentiu, Kelly, como alguém poderia prever trinta, quarenta anos de multiplicação? Pelo que eu conhecia do otimismo do meu pai, ele deve ter apostado que no futuro o programa não faria mais sentido. Seu JJ agia da mesma forma nas discussões com a minha mãe.

Kelly sorriu, tirando um pouco do peso daquela conversa. JJ era um assunto delicado, era pior que isso.

— Vamos fazer o seguinte — Kelly prosseguiu com o assunto da reunião —, você vai dar foco total a essa questão, levante custos, requisite pessoas, faça o que precisa ser feito com a máxima discrição. Vamos manter isso entre nós duas por enquanto, até entendermos perfeitamente o que esse programa faz e se existe alguma maneira de bloqueá-lo.

— Se ele estiver mesmo roubando ou traficando informações, podemos ter a ajuda da polícia — Ada disse.

— É uma possibilidade inocente — Kelly sorriu, condescendente. — A menos que você descubra alguém pra colocarmos a culpa, é mais prático não envolvermos as autoridades. É um enigma, não é? Um quebra-cabeças? Talvez você consiga resolver.

Oportunamente, Kelly apanhou o celular da mesa e deu uma olhada rápida na tela.

— Preciso ir, Ada, parece que tenho outro incêndio pra apagar. Me mantenha informada das novidades, sim? — ela foi saindo cheia de pressa e deixando tudo como estava. O salto tiquetaqueando como um relógio acelerado.

— Tá, pode deixar — Ada falou sozinha. Não tinha ouvido aquele telefone bipar ou a tela brilhar. Se havia algum incêndio, Kelly Milena acabara de fugir dele.

25
O TEMPO DE D.

Bia e Maitê estavam felizes.

Ravena evoluía a cada hora, Luan parecia mais disposto a deixar a infância de lado aos poucos, o céu estava claro e a vida, sem sinais de chuva. Mesmo os outros rapazes e garotas ainda em estado de ausência pareciam mais fortes e atentos. Mais cedo, durante o almoço, Bia teve uma forte impressão de que eles sorriram quando ela sem querer entornou molho de macarrão no peito de Fabrício e soltou um "ai, que cagada". Já Maitê, Ravena e Luan, eles riram com toda a clareza, e Luan fez questão de dizer que Bia não devia falar palavra feia.

No meio da tarde, Maitê estava com o grupo maior, lendo *Alice no País das Maravilhas*. Embora apenas Luan reagisse com a atenção esperada, ela seguia cheia de empolgação, esperançosa que os demais também estivessem se divertindo. Desde a chegada de Maitê, eles ouviam muitas leituras na clínica, ao contrário da antiga enfermeira que preferia anestesiar pessoas com televisão.

— Isso, é só me acompanhar — Bia disse em outro cômodo, o quarto das garotas. Nesse momento flexionava os dedos da mão direita de Ravena em uma sessão de fisioterapia.

Durante muito tempo, a clínica recebeu a visita de uma profissional dedicada, até que Bia aprendesse o suficiente para os exercícios diários, os de manutenção. A fisioterapeuta ainda prestava atendimento duas vezes por mês, para ter certeza de que tudo estava sendo executado da melhor maneira possível.

— Dói?

— Não, antes doía um pouco, agora tá melhor.

— E vai melhorar ainda mais, Ravena.

Bia continuou e passou para os punhos, pedindo que Ravena os deixasse com alguma tensão enquanto ela movimentava as respectivas mãos.

— Fisicamente você está muito bem, e como vão os pensamentos? — perguntou depois de alguns segundos.

— Tô boa.

Bia sorriu e continuou trabalhando.

— Você falou dormindo essa noite, nunca tinha percebido você fazendo isso.

— É? — Ravena riu, de um modo bastante infantil.

— Você parecia aflita, fugindo de alguém ou de alguma coisa.

— Eu sonhei com a Cratera. Às vezes eu sonho com ela.

Bia fez silêncio e continuou com os movimentos, flexionando a mão para baixo e alongando o pulso esquerdo.

— Você lembra do sonho?

Pela primeira vez, Bia notou alguma dualidade naquela garota. A expressão comum de uma criança que esconde um segredo.

Bia já se preparava para perguntar mais quando ouviu um som incômodo, alto e desagradável, de alguma coisa — *algumas coisas* — se chocando contra o chão. O som dos golpes se concentrava na madeira dos móveis. Ravena também ouviu, junto de gemidos indiscerníveis, reclamações murmuradas. O barulho vinha do outro cômodo, da sala de TV e passatempos onde Maitê lia para o grupo.

— Bia! Bia, me ajuda aqui! — ouviram Maitê gritar em seguida.

Bia se levantou e deixou Ravena no quarto, correndo até Maitê. O ruído parecia mais alto a cada passo, não só pela proximidade, mas pelo próprio ruído dos golpes.

O que encontrou na sala de recreação a fez parar por um instante. Nunca ouvira dizer que existia algo como uma convulsão conjunta, coletiva, o que a levou a pensar, secretamente, em algum tipo de envenenamento. Também pensou em eletrocussão, e em outras coisas bem mais terríveis em um espaço de tempo muito pequeno.

Maitê estava sustentado a cabeça de Samanta, deitada parcialmente sobre seu abdômen, evitando que ela se debatesse na cadeira. À exceção de Luan, todos convulsionavam. Um tremor horrível de se presenciar. Os olhos dos jovens estavam abertos, lacrimosos, traduziam o espanto do corpo. Os dentes estavam cerrados, as gargantas de todos gemiam um som de sofrimento e imobilidade. O galope das cadeiras saltando sobre o piso continuava tão potente que elas se moviam para a frente e para os lados, a cadeira de Franco ameaçou tombar e Bia a sustentou em um ato reflexo.

— Travesseiros! — Bia disse — Precisamos proteger a cabeça deles!

Mas antes de qualquer reação de Maitê, um dos meninos, Fabrício, se propulsou e caiu. Bia foi até ele, o corpo do rapaz continuava tremendo. A enfermeira-chefe passou as mãos pela cabeça de Fabrício, suspeitando de um corte ou fratura; não encontrou nada. Os olhos dele continuavam arregalados, a boca acumulava uma saliva branca e grossa.

— Bia! O que a gente faz?!

— O que dá pra fazer! Fica de olho neles pra não cair mais ninguém!

Mas Dani estava prestes a cair também. Bia foi mais rápida e a amparou, a deitando com a suavidade possível no chão e colocando o travesseiro que estava na maca atrás da cabeça da garota. Virou o corpo dela, para que Dani ficasse de lado, evitando que sufocasse com a salivação.

Mesmo as convulsões não sendo novidade para duas enfermeiras, o fato daqueles tremores serem coletivos impressionava. O som que ecoava pela clínica, a maneira como todos eles gemiam...

No meio da confusão, elas mal perceberam que Luan tinha saído de sua cadeira. Mesmo um pouco frágil, trêmulo pela inaptidão parcial dos músculos, ele conseguiu chegar até Fabrício. Luan segurou na mão do amigo e foi como um calmante. Fabrício sacolejou mais duas ou três vezes e sossegou. Com a outra mão, a esquerda, Luan apenas tocou o braço convulsivo de Franco, e imediatamente ele também relaxou. Assim como Fabrício, Franco ainda se contorceu mais duas ou três vezes e logo parou de vez. Ravena chegou na sala em seguida, caminhando com mais firmeza, e repetiu o movimento de toque em Janaína e Roberta. Luan alcançou Carlos e Dani. Samanta foi a última, e Maitê, que a tocava, sentiu como uma descarga elétrica. A sensação foi tão forte que ela se afastou.

Ravena e Luan estavam olhando para os amigos. Fabrício e Dani já se levantavam com as próprias forças, ficando sentados. Todos pareciam acordar de um longo período de sono. Carlos bocejou. Franco passou as mãos pelo rosto e olhou para as palmas úmidas. Roberta sorriu em um primeiro momento, mas logo pareceu impelida ao choro, olhando ao redor, muito confusa.

— Alguém sente dor em algum lugar? — perguntou Bia, sem saber exatamente como reagir.

Eles foram respondendo aos poucos, acenando que estava tudo bem. Apenas Dani engulhou e vomitou um pouco. Bia foi até ela, afastou os cabelos do rosto.

— Tá tudo bem, isso não é nada.

Dani a abraçou e deixou o rosto se encaixar em seu colo. Chorou um pouco. Todos estavam muito pálidos, úmidos de suor, a exaustão era nítida.

Ravena deixou os colegas e chegou mais perto de Bia. Tocou no seu ombro.

— Eles vão ficar bem agora.

— Meu anjo, eu não sei como vocês fizeram isso, mas muito obrigado.

Ravena cedeu a um bocejo.

— Acho que eu quero dormir um pouco.

Depois de um episódio de convulsão, é comum que os afligidos se sintam desorientados, cansados, ou que eles simplesmente apaguem, e foi o que aconteceu na clínica. No caso de Ravena e Luan, não existiria uma explicação simples ou lógica para a exaustão, mas Bia já frequentava aquele mundo há tempo suficiente para arriscar um palpite. Quando ela tinha suas experiências na infância, com a sopa de letrinhas e a comunicação com sua mãe, costumava ficar muito cansada, e, ao que parecia a ela, Ravena e Luan doaram sua energia, ou serviram de condutores para que os demais se acalmassem.

Maitê não sabia que energia era essa que confrontavam, mas estava confortável com essa parte. E ela também era uma enfermeira, então sua primeira providência depois que tudo se estabilizou na clínica foi se sentar no computador e dar uma olhada mais atenciosa no histórico médico daquelas pessoas.

Eram nove crianças da cratera, nove pequenas pessoas que, em 2005, deixaram suas casas e familiares, levando apenas brinquedos e doces, para se sentaram ao lado de um buraco gigante que não parava de crescer.

— O que você está procurando? — Bia precisou perguntar.

— O começo. Eles devem ter alguma coisa em comum pra terem tido a mesma ideia.

— Para ver tudo o que nós temos você vai precisar de um dia inteiro — Bia entrou na pequena sala que ficava entre os quartos. Era um cubículo que comportava apenas um computador, uma bancada e a impressora. — Quando eles chegaram os médicos fizeram todo tipo de exames. Ressonância, tomografia, Doppler, eletroencefalograma. Exames de sangue então, nem se fala. Toda semana enviávamos material para os laboratórios.

— E nunca descobriam nada que pudesse explicar alguma coisa?

— Só a certeza de que eles eram crianças normais. A única semelhança entre todos foi um pouco de anemia. Wesley falou que não era surpresa, porque eles não comiam direito quando estavam em volta da Cratera.

— E a condição do sangue voltou ao normal?

— Com o tempo sim, no caso da Ravena e do Luan que demorou um pouco mais. — Bia olhou para trás mais uma vez, para a direção do quarto dos rapazes. — Eu vou ficar no quarto com eles, não dá pra ter certeza de que não vai acontecer de novo.

— Você precisa se acalmar, Bia, o pior já passou.

— Você acha mesmo?

— É melhor pensar que sim — Maitê disse.

Bia a deixou no computador e foi dar uma nova olhada no grupo. Nunca aprendeu a confiar no otimismo.

26
SEJA FEITA A VOSSA VONTADE

A vida do Abade estava tranquila há algum tempo. Nada das ameaças dos fiéis enlouquecidos das outras igrejas, nada de problemas com seus próprios fiéis enlouquecidos. Os vereadores que dedicavam suas vidas a encontrar artifícios para fechar seu templo estavam anestesiados por problemas bem mais sérios. As curas e aconselhamentos também estavam sendo positivos, e ajudavam a dissipar a nuvem de desconfiança que pessoas como ele atraíam sobre si.

Até aquela noite.

Maracélia Maria Silva tinha 42 anos. Trouxera dois filhos ao mundo e seu corpo gostou disso. Naquela noite, estava ainda mais bonita, feliz como já não se sentia há um bom tempo.

Conhecera o Ministério das Águas há três semanas, e desde então vinha tentando arrastar o marido, Deodato, consigo. O homem trabalhava na desossa do matadouro e era um desses homens de olhar pesado e fala econômica. Tinha fé em Deus, dizia, mas desprezava a palavra intermediada pelos homens. Não confiava nem em si mesmo, que dirá em um padre, ele sempre deixava claro durante as repetidas discussões com Maracélia. Nessa noite, ela preparou tudo para que não houvesse desculpas. Antecipou o jantar, despachou os meninos para a casa da sogra, abasteceu o carro com o dinheiro que sobrou do mercado. Fez questão de escolher as roupas que cobriam a maior parte possível do corpo. Tivesse uma burca, a teria vestido naquela noite.

Maracélia pensava que seu homem precisava de mais coisas positivas em sua vida. Pobre Deodato, o dia inteiro no meio do sangue, no meio dos bichos mortos, não era de se surpreender que estivesse cada vez mais carrancudo e calado, isolado do resto das pessoas. Ele às vezes chorava dormindo, brigava e gemia. Em outras pedia perdão para alguém. Os meninos já estavam ficando com medo do pai. Quando ele chegava do trabalho, fedendo a pavor dos bichos, só queria saber de cerveja, silêncio e jornal. Só não via o jornal quando tinha algum jogo de futebol sendo transmitido.

No começo do culto ela já devia ter percebido que não acabaria bem. Logo depois da abertura da celebração, Deodato começou a olhar torto na direção do religioso. Ria quando algumas das moças estava por perto, chamava todas elas de puta nos ouvidos de Maracélia. Nos cânticos, continuava mudo, e quando falava era para desqualificar o que ouvia. Um homem que estava no mesmo banco tentou puxar conversa, quebrar o gelo e o desconforto visível de Deodato. Ele deu as costas ao sujeito, nem respondeu. Depois cismou que um rapaz de cabelos curtinhos, quase raspados, estava olhando para Maracélia. Também cismou com outro, um homem muito bem-vestido, parecia ter dinheiro. Se existia uma coisa que Deodato detestava mais que um homem jovem e bonito, era um velho, rico e cheio de perfume.

Sem malícia, Maracélia continuou se embalando na alegria de toda aquela gente, se abastecendo com o que já não encontrava em casa.

Depois de trinta minutos de celebração, Deodato começou a exigir que fossem embora, ela fingindo que não entendia. Aí é como dizem, um tigre não perde suas listras, e Deodato tinha um longo flerte com a violência doméstica. Pai abusivo, mãe que descontava nos filhos, irmãos que refletiam o comportamento dos pais. Deodato também aprendeu a bater bem cedo. Em Maracélia, bateu só depois do casamento, mas desde o nascimento do filho mais novo ele conseguia controlar o temperamento (e ela conseguia se calar, não reagir, não ser ela mesma na maior parte do tempo).

Deodato já estava com o rosto vermelho na consagração pelas águas, a espécie de comunhão que era praticada na congregação. Sem paciência para as crises de humor do marido, Maracélia aproveitou para ficar longe dele e ao lado das pessoas que se sentiam bem. Conversou por algum tempo com duas mulheres da congregação, brincou com um garotinho que estava por perto, cumprimentou o Abade. Em seguida, quando as pessoas começavam a se retirar, engatou conversa com uma das Soberanas, elogiando o culto e pedindo para que a mulher fizesse uma corrente em favor de seu marido, que andava muito nervoso, consumido pelo trabalho. Longe como estava, Deodato não sabia qual era o assunto que fazia as mulheres verterem cumplicidades pelos poros, mas assim que chegou mais perto segurou o braço de Maracélia com a mesma força que seguraria um cabrito.

— Já deu, bora pra casa.

Surpreendida, ela não soube como reagir. Estava naquele exato momento tentando ajudar o filho da puta, e o pagamento era uma alavanca no braço esquerdo.

— Tá me machucando! — disse a ele.

E tome gasolina na fogueira. Deodato ficou mais puto.

— Moço, se acalma um pouco — a Soberana disse.

E tome fósforo aceso bem no vapor da gasolina.

Antes da explosão, Deodato, em seus 98 quilos, arrastou a esposa com ele.

— Me solta, Déo!

Passaram pelo meio da igreja, deslocando quem não saía do caminho. Uma velhinha de cabelos azulados foi estocada para a esquerda, um homem magro como um bambu levou uma cotovelada. Maracélia acabou ricocheteando em uma menina de uns sete anos que caiu no chão e começou a berrar. Deodato não contava os corpos, fazendo o impossível para ser ainda mais desagradável.

— Eu falei que eu não queria vim! Tava falando o quê com aquela puta? Também vai dar pro pastor? Foi pra isso que me arrastou pra cá? Pra me matar de raiva?

— Tá todo mundo olhando pra gente, pelo amor de Deus, não faz isso.

Deodato puxou com mais força, tão decidido que no próximo tranco ela se desequilibrou e pendeu sobre o joelho esquerdo. Ele não parou de andar.

Depois de ser arrastada por dois passos, Maracélia conseguiu se erguer. Agradeceu a todos os santos do catálogo por estarem chegando perto da porta. Era ruim ser agredida, mas ser agredida na frente dos outros era humilhante. Era pior. Mostrava como ela era fraca, como ela não sabia reagir e se reerguer. Alguns homens que eram ignorantes como Deodato chegavam a rir.

Terminaram as escadas sem tropeçarem em um único degrau, mesmo com a crescente fúria de Deodato.

— Você nunca mais vem aqui, tá ouvindo? Nunca mais! Se é pra fazer papel de puta, vai fazer lá em casa comigo!

— Me respeita! — ela gritou, não suportando mais as agressões. — Eu sou a mãe dos seus filhos! Sou sua esposa! Não fala assim comigo!

— Puta também é mãe. — Sem soltá-la, Deodato abriu a porta do Santana.

Maracélia não entrou, e em um ato impensado, soltou a mão na cara de Deodato. O tapa foi dos bons, estalou e tudo. Infelizmente a resposta veio exagerada, um soco que derrubaria um homem grande, direto no olho direito.

— Tá contente agora? Olha o que me fez fazer!

Deodato estava se preparando para erguê-la na marra quando viu uma silhueta branca voando em sua direção. Não teve tempo de se proteger, de reagir, de nada. Estava um pouco abaixado na direção de Maracélia, e a porra de um sapato branco o acertou direto no nariz. Houve um estalo, e a dor que explodiu foi a mesma de ter um prego enfiado nos dois olhos. Doía lá no fundo, bem no meio do cérebro. Deodato ainda estava atordoado quando viu o tal do Abade tirando sua mulher do chão. O Abade a empurrou para uma das Soberanas e tirou o paletó.

— Seu filho da puta! — Deodato disse e limpou o nariz com o antebraço. Saiu vermelho. Tinha sangue pra caralho. — Essa birosca vai precisar de outro pastor!

Talvez sim, mas não era o que parecia. Mesmo com o tamanho de Bufalo-Deodato, quem via os pequenos saltos do Abade e seu olhar concentrado fazia outra aposta.

Deodato partiu para cima, e tudo o que o Abade fez foi tirar o corpo e esticar a perna direita, para que Deodato tropeçasse nela. Foi com a cara no chão, não conseguiu nem frear com as mãos. Levantou com mais sangue na cara, e então começou a apanhar como gente grande. O Abade não distribuía socos, mas golpes de mãos abertas. A cada um deles, um estalo mais alto. Pá, pá, pá, pá! Deodato tentou um soco e o punho passou no ar, o Abade o contornou e acertou um chute nas costas. Deodato caiu de novo. Se levantou, já ofegando, tingido de vermelho, fodido por dentro, fodido por fora. O Abade o chutou na bunda.

— Cai fora daqui.

Deodato olhou ao redor.Tinha mais gente, e todos do time do pastor.

— Filho da puta. Desgraçado. Eu vou te matar.

— Não, não vai. E se acontecer alguma coisa comigo, se um cachorro morder a minha perna, essas pessoas vão colocar você na cadeia. Eu podia fazer isso agora, inclusive. Já ouviu falar na Lei Maria da Penha? Pois é, campeão... melhor se acalmar, muito melhor sentar no carro e cuidar desses machucados.

Deodato olhou para a esposa.

— Vamo, Maracélia, chega dessa palhaçada.

Maracélia se refugiava atrás de algumas Soberanas. Elas somavam quatro. Além de algumas outras mulheres que formaram uma espécie de barreira. Alguns homens também decidiram se envolver para ajudar.

— Ela fica — O Abade disse. — Sua esposa vai se acalmar e quando estiver pronta ela volta pra casa. Se ela quiser voltar. E você vai fazer a mesma coisa.

Deodato podia ser grande e burro, mas não era um imbecil completo. Aquele furacú do pastor sabia brigar muito melhor do que ele. Era continuar e apanhar mais um pouco. O furacú também tinha razão na questão Maria da Penha. Deodato estava enterrado na própria merda até a tampa.

Ele bufou, sugou o nariz e cuspiu um tolete de sangue no chão. Não disse mais nada e entrou no carro. Saiu cantando pneu e quase bateu na lateral de um fusca, antes de conseguir sair do estacionamento do templo. Quem estava por perto ouviu a aceleração exagerada do motor até o carro sumir de vista.

O Abade já estava voltando para o templo, mais uma vez desapontado, desiludido com a qualidade de seres humanos que habitavam o planeta. Antes fosse privilégio de Três Rios, mas a verdade é que o mundo todo era um chiqueiro.

Avançava lentamente, alternando os olhos para o céu e para o chão. Em uma das pilastras, a jornalista escalada para conseguir a matéria que Gilmar Cavalo não produziu registrava a foto que estamparia a manchete da primeira página do *Tribuna* no dia seguinte. "Pastor do Ministério das Águas Espanca Fiel na Porta do Templo".

27
O NOME DISSO É SACANAGEM

Gil entrou no prédio do *Tribuna* como um raio. Passou pela portaria, pelo elevador e pelo cafezinho na mesma velocidade, e estava mais rápido quando passou pela porta de Elder Villa e jogou o jornal sobre a mesa.

— Que porra é essa, Elder?
— Bom dia pra você também, Cavalo. É um prazer saber que você ainda está trabalhando com a gente.
— Sem essa, Elder, se eu sumi, foi por um bom motivo. O que é essa papagaiada na primeira página?
— O trabalho que você não fez?

Gil se sentou, e, pelo ruído da cadeira, tinha um sobrepeso de dez quilos de desgosto.

— Eu estava trabalhando nisso, pô. Estive na igreja onde eles se reúnem, tomei notas e depoimentos, eu tinha até um primeiro rascunho pronto.
— Sei disso, meu amigo, mas a Sandrinha fez da noite pro dia. Você conhece o jogo, Cavalo, nós precisamos sair na frente se quisermos manter o jornal funcionando. O *Rio Verde* já tinha falado no assunto, a Rádio Cidade fez uma chamada direto do templo, quando a Sandra me trouxe uma primeira página eu nem pestanejei.
— Vocês se deram ao trabalho de checar?

Elder raspou a garganta.

— Ele defendeu uma mulher que estava sendo espancada, é o que duas testemunhas disseram e o que o bairro inteiro está comentando. Nós não mentimos, tá certo? Ele espancou mesmo o sujeito. Deodato Silva precisou levar sete pontos no olho direito e mais dois no queixo. E ele acha que quebrou o cóccix. Então, se foi espancamento, eu não vou fazer uma nota de reparação.

— O jornal é seu. Você faz o que achar melhor. Mas agora você me deve.

Elder usou a saliva que tinha na boca para engolir a vontade de mandar aquele prepotente à merda. Mas Gil era um bom repórter, dedicado, tinha mais compromisso com a verdade que os outros cinco colunistas do *Tribuna* somados.

— O que você quer, Cavalo? Mas fala depressa que eu não quero estragar meu almoço.

28
ECOS

Gilmar Cavalo não era o tipo de homem que se convencia com facilidade.

Mesmo com tudo o que tinha em mãos desde sua visita às ruínas do Terceiro Templo, ele precisaria ir mais à fundo antes de dar crédito ou mesmo ter um novo encontro com Samir Padre Histeria. Ainda sustentava a preocupação de que o homem saísse do hospital sem ser liberado oficialmente, mas, caso acontecesse, tinha esperanças de que suas duas informantes atentas (Ivani e Gina) passariam o serviço.

Depois da conversa com Elder Villa, Gil acabou conseguindo mais tempo e alguma atenção para o assunto que realmente lhe interessava. Também conseguiu o contato de um historiador amador local, um colecionador de antiguidades. Segundo Elder, o homem tinha mais material sobre Três Rios que a Biblioteca Municipal, um verdadeiro rato de leilões das antiguidades da cidade. E o sujeito não comprava qualquer coisa, preferindo jornais, anuários e revistas — registros de vídeo com gravações antigas da cidade também não escapavam.

O homem trabalhava em uma tradicional loja de eletrônicos no centro. Por telefone, Gil tentou persuadi-lo a conversar no próprio ponto de trabalho, mas o historiador foi categórico: "Se quiser falar comigo precisa ser depois das sete da noite, eu não gosto de misturar as coisas". Sem saída, Gil concordou.

Gil chegou por volta das oito no bairro da Saudade, um dos mais tranquilos de Três Rios. Diferente do Limoeiro e do Colibris, o Saudade era um bairro de moradores e residências antigos. Muitas famílias estavam na mesma casa há gerações. Havia um supermercado, alguns pequenos comércios, posto de saúde, duas drogarias Piedade, duas igrejas e quatro bares. No caso das pessoas aposentadas (e eram muitas no bairro), elas não precisavam ir para o centro a menos que quisessem dar um passeio.

— Seu Wagner? — Gil perguntou assim que o homem abriu uma fresta da porta. O dono da casa saiu em seguida, com um molho de chaves na mão.

— Você deve ser o Gilmar — Wagner foi abrindo o portão. Trocaram um aperto de mãos firme antes que Gil atravessasse. Se era mesmo possível conhecer um homem por seu aperto de mãos, Wagner era um dos bons. As mãos eram finas, "mãos de contador", mas o aperto era firme e decidido.

— Gil, pode me chamar de Gil.

— Vamos entrando, Gilmar.

Passaram pela porta da frente e entraram em uma sala pequena. Poltronas, cortinas, tapete, uma estante com aparelhos um pouco antiquados. O aparelho de som tocava música clássica.

— Aceita uma água? Suco?

— Não, eu fiz um lanche reforçado antes de vir. É um Gradiente? — perguntou Gil sobre o sistema de som.

— É sim, 1986. Eu mesmo recuperei. Troquei componentes, limpei, refiz toda a etapa de amplificação.

Gil sorria como um garoto.

— Isso é demais, parece que acabou de sair da loja. Meu avô tinha um desses, quando parou de funcionar minha avó deu pra alguém sem que ele soubesse. Se ele estivesse vivo e visse um desses morderia o próprio saco.

Wagner sorriu com discrição.

— Trouxe as coisas que você mencionou no telefone, Gilmar?

Gil segurava o pacote nas mãos, tinha colocado tudo em uma pasta de couro. Ele a suspendeu e mostrou a Wagner.

— Vem comigo, tenho o lugar certo pra darmos uma olhada.

Wagner seguiu pela casa e tomou um corredor pequeno, de portas fechadas. Entrou e passou pela cozinha, depois abriu a outra porta que deixava o cômodo. Acendeu a próxima luz. Outro corredor e outra porta.

O cômodo citado era enorme para os padrões da casa, pelo menos seis metros por seis. Havia uma porção de prateleiras, alguma metálicas, outras de madeira, a temperatura era controlada por um climatizador. Havia um equipamento de TV com um videocassete (um G9 Panasonic) e um reprodutor de DVDs mais moderno (da marca LG) no mesmo espaço. A TV era antiquada, de tubo, uma Sony grande, tela plana. Ao lado da TV havia uma prateleira com fitas VHS e discos de DVD. No centro da sala havia uma mesa de dois metros, de madeira nobre, parecida com cerejeira, apenas duas cadeiras. A luminária era moderna, a LED, bastante eficiente.

— Quando você começou a colecionar tudo isso?

— Não tenho certeza, devo ter começado sem perceber. Os primeiros vieram da vizinhança, daqui mesmo do bairro. Quando eu me dei conta já precisava de mais espaço pra guardar tudo o que tinha conseguido.

— Você é de Três Rios?

— Assim me considero. — Wagner sorriu. — Vamos nos sentar, fique à vontade.

Gil ocupou uma das cadeiras e colocou a pasta de documentos sobre a mesa. Não perdeu tempo em retirar o conteúdo e colocá-lo à disposição de Wagner.

— Estava escondido em um prédio em ruínas. Minha suspeita é que tenha sido colocado faz muito tempo, mas eu queria ter certeza.

— Pretende vender o material?

— Não cheguei a pensar nisso. Antes eu preciso saber se é autêntico.

Wagner uniu as mãos e apoiou o queixo nos polegares.

— Como você sabia onde procurar?

Gil não respondeu.

— Estou nesse negócio a tempo suficiente pra saber como Três Rios funciona, Gilmar Cavalo. Então, acho que está na hora de eu dizer que você pode confiar em mim.

Gil deixou alguma diversão tomar o rosto, mas não sorriu.

— Soube de um homem que foi atropelado na Assis Dutra? — perguntou.

— Acho que ouvi alguma coisa na loja. Ele está bem?

— Melhor do que eu esperava. Segundo o motorista e algumas testemunhas, o homem apareceu do nada. Eu sou cético demais pra acreditar e publicar uma história dessas no *Tribuna*, então precisei dar uma olhada na vítima do acidente. Quem me passou as coordenadas foi ele.

— E você quer saber se ele viajou no tempo. — Wagner falou à queima roupa.

Gil manteve a boca fechada, temia parecer um idiota. Ainda não conhecia Wagner, mas pelo que observava ele era um homem refinado, inteligente, não devia ser movido a especulações populares.

— Foi só uma pergunta, Gilmar. Mas vamos dar uma olhada no que você trouxe.

De posse dos papéis, Wagner apanhou os óculos que descansava em seu peito e os botou nos olhos. Afastou um pouco os papéis para ter ainda mais clareza no que lia. Era um jogador, um negociador.

— Os papéis estão amarelados e só ácido acético ou um bocado de tempo faz isso — o dono da casa disse.

Deveria estar surpreso, mas nada nas expressões de Wagner passava essa ideia. Seguia virando as páginas de jornal, deslizando os dedos pelas folhas, sentindo sua textura, segurou por um pouco mais de tempo apenas o retrato da polaroid, e esse o fez remexer os dedos.

— São autênticos — disse em seguida.

— Tem certeza?

— Eu tenho alguns desses jornais velhos e folhetins. Se você quer saber se eles são de verdade, a resposta é sim.

— Puta merda. Isso quer dizer...

— Que os jornais são de verdade — Wagner interrompeu o raciocínio do jornalista.

Gil acatou. Era mais seguro agir dessa forma.

— Eu vou fazer um café pra gente — Wagner disse e se levantou. Gil o acompanhou de volta até a cozinha. — Gosta de café turco?

— Bastante — respondeu Gil.

Wagner apanhou do armário suspenso um ibrik, que se parecia com uma panelinha de cobre, de um tamanho um pouco maior que o convencional, e o café especial moído, de uma granulação mais fina, que se assemelhava a um talco, então ligou o fogão. Enquanto adicionava água e fazia a fervura, comentou:

— Três Rios tem uma longa história de acontecimentos improváveis desde a sua colonização, principalmente tragédias. Epidemias, extermínio, levantes. A própria chegada do branco é cercada de mistérios.

Wagner continuou de costas, atento ao café, enquanto explicava.

— A cidade foi fundada em 1888, mas bem antes disso tínhamos outra cidade, a cidade morta de Vila de Santo Antônio. Os moradores não nascidos no Brasil vinham principalmente do Vale do Paraíba, chegavam trazendo algumas armas, suas famílias e uma porção de doenças. Tudo aqui era território de povos originais, principalmente kaigang. Também existia terena e nhandewa, e devia haver outros. As comunidades desses povos ficavam nos afluentes dos rios, mudando de um lugar pra outro de acordo com a disponibilidade de caça.

— Aí veio o branco e matou todo mundo.

— Quase isso. O branco, como você coloca, foi o principal responsável, mas ele teve ajuda. Havia tribos rivais guerreando entre si quando eles chegaram. Éramos um povo dividido, o colonizador usou desse conhecimento e jogou uma comunidade contra a outra. Enfraquecidos e preocupados que a vizinhança fizesse alianças com os invasores primeiro, tudo ficou mais fácil para os colonizadores. Alguns povos originais eram indóceis, que Deus os abençoe, mas quando eles não queriam se vergar e cooperar nas terras roubadas, pouco adiantava; existia um pessoal especializado pra resolver o problema, bugreiros, matadores de índios. Essas milícias de assassinos seguiam um pequeno grupo e descobriam onde ficava a comunidade. Estudavam por um tempo, depois atacavam, sempre de manhãzinha, quando o gentil ainda estava sonolento. Matavam todo mundo, ateavam fogo, só poupavam uma ou outra criança que eles levavam com eles. Décadas depois, com a chegada da ferrovia, chegaram os padres pra catequizar os indígenas, o que era a mesma coisa que matar esses povos em vida.

— Doenças, pólvora e Jesus Cristo. — Gil comentou. — A santíssima trindade da colonização.

— É um fato — Wagner concordou.

"Mesmo com todos os problemas, a Vila de Santo Antônio se formou. Havia pouca gente na cidade, mas em toda extensão de terras a população alcançou cerca de 4 mil, talvez 5 mil pessoas. Existia um comércio simples na base da troca, criação de gado doméstica, uma igreja. E algum lugar pra cuidar dos doentes. Ninguém sabe exatamente como Vila de Santo Antônio conseguiu atingir populações tão grandes para o período, a suspeita é que eram renegados, pessoas que não teriam melhor chance em outro lugar. Vinham de todo canto. Aqui tinha água potável, braços fortes pra explorar, existia uma chance de prosperar sem a ajuda e a pilhagem da coroa portuguesa.

"A varíola também se sentiu em casa quando chegou a Santo Antônio, em 1830. O ápice da doença foi em 1833, bem antes da fundação da cidade. A Três Rios dessa época era um aglomerado de umas dezenas de famílias, um lugar onde se vendia carne. Alguns documentos contabilizaram que mais da metade da população de Santo Antônio foi à óbito. Chegou a um ponto em que os corpos apodreciam nas casas, então era preciso se livrar dos cadáveres depressa, às vezes queimar, pra não espalhar a doença. Se os donos das propriedades não faziam isso, a vizinhança se incumbia de botar fogo. Pra piorar mais um pouco, só existia duas pessoas na cidade inteira, dois irmãos, pra fazer os enterros. Eram chamados de Irmãos de Alma. Toda cidade tinha dessas pessoas, mas aqui eles eram dois bêbados; eles acreditavam que não ficavam doentes por conta da aguardente que bebiam. Tomavam pinga de alambique igual se toma água."

— E funcionava?

— É o que se diz. Mas bêbados como eles sempre estavam, colocavam os corpos de qualquer jeito, então os cachorros vinham e desenterravam, jogando os pedaços pela cidade toda. O bairro do Limoeiro nessa época era conhecido como Sítio das Caveiras, por causa dos ossos humanos que apareciam nas ruas. Na ignorância da cidade, os doentes de varíola também tinham um nome horrível, eram chamados de bichiguentos, por causa das pústulas da doença que pareciam bolhas cheias de sangue. Chegavam a morrer dez, doze pessoas por dia. Morria tanta gente que existia um cemitério por propriedade em Santo Antônio, e mais alguns que nunca foram descobertos nas áreas mais afastadas. Quando a pessoa era pobre e não podia pagar os dois coveiros, a família mesmo enterrava. Muitos acabavam adoecendo no processo, contaminando os outros. Famílias inteiras morriam. Onde fica hoje a Igreja Católica Matriz era um cemitério. No centro existia outro, o Cemitério Coronel Dias Rubião. No Colibris tinha o Cemitério Terceiro. Onde hoje fica o jardim Pisom existia um cemitério só para tuberculosos; esse era mais moderno, fundado em 1902. Naquele tempo eles chamavam os tuberculosos de pele branca.

Com o café fervido, Wagner adoçou o seu e perguntou sobre o de Gil, ele quis o mesmo açúcar. Wagner os preparou e foram até a sala que guardava sua coleção. Sentou-se, Gil também o fez.

— Em 1842 veio a cólera. Mais uma pilha de mortos, tantos corpos que não havia como enterrá-los da melhor forma. Indígenas, portugueses, pessoas escravizadas, todos morrendo do mesmo jeito. As pessoas precisavam conviver com o odor da morte, os cadáveres se tornaram tão comuns que eram encontrados nas ruas, nos becos, tratados como lixo comum. A população de ratos começou a aumentar e se alimentar dos corpos. Nesse tempo, as crianças raramente passavam dos seis anos. Mulheres grávidas não conseguiam dar à luz.

— Que horror, meu Deus — Gil lamentou.

— Se hoje nós temos o segundo lugar em drogarias por habitante, já fomos o primeiro em número de hospitais. Três Rios, na época de Vila de Santo Antônio, era praticamente uma cidade de leitos. Em 1873 tivemos mais varíola, e dessa vez Santo Antônio e os povoados vizinhos precisaram ser isolados, depois de sermos decretados risco para a saúde pública em todo território paulista. A população foi reduzida a um ponto em que a cidade não poderia mais se manter. Crianças e animais vagavam pelas ruas, saqueando, morrendo de fome. Homens adultos praticamente não existiam. Todos pensavam que seria o fim.

— É muito azar — Gil disse e deu outro gole em seu café.

— Talvez... ou talvez seja outra coisa, é onde eu quero chegar. Três Rios tinha uma vasta população indígena quando os brancos alcançaram o Noroeste. Os nativos foram exterminados um a um, de bala, facão, escravidão e doenças. O que restou deles, preferia estar morto. Existem relatos de crianças que perambulavam pelas vilas esmolando, algumas era assassinadas pelos munícipes à pedradas.

Wagner deu outro gole em seu café.

— Não estou dizendo que eram santos. Muitos eram guerreiros, violentíssimos com os colonizadores e com as tribos mais próximas. Outros negociavam alianças com os brancos para aniquilarem seus desafetos. Esse pessoal tinha sua própria religião, seus deuses, e os deuses deles começaram gostar muito de carne de branco, se é que você me entende.

— Canibalismo?

Wagner assentiu.

— Três Rios ganhou a fama de um lugar de morte e danação antes mesmo de ser Três Rios. Com tanta matança, a população original foi dizimada. Sem a força braçal dos indígenas, sem o seu conhecimento da terra, os antepassados de Três Rios compensaram a perda com mais escravos.

— Como todo o resto do país — Gil disse.

Wagner concordou com um movimento da cabeça.

— Sabia que Três Rios tinha a maior taxa de famílias escravizadas da república?

— E isso é ruim? — Gil aparentava alguma confusão. Algo ruim relacionado a formação de famílias não encontrava uma explicação nele.

— As famílias foram um mecanismo de controle. Aqui em Três Rios pessoas escravizadas começaram a se suicidar. Acontecia em outros lugares do país, mas aqui foi diferente. Eles pareciam procurar a morte a todo momento, se jogando nas queimadas, se cortando com facões, enforcamentos eram diários. Era impossível controlá-los, entende? O suicídio era uma afronta aos fazendeiros, era liberdade. Para essas pessoas sem perspectiva nenhuma, não era uma escolha difícil. Pra tentar impedi-los, alguns senhores ofereciam oportunidades, mimos, ofereciam uma possível alforria depois de dezenas de anos de trabalho na lavoura. Nada os convencia. As mortes só aumentavam, parecia uma epidemia de suicídios. Essas mortes só diminuíram quando os escravizados formaram suas famílias. Um homem de hoje ou um homem de ontem são iguais nisso, não conseguimos ver nossas esposas sendo mutiladas, violentadas, não conseguimos ver nossos filhos e filhas sendo torturados. Foi dessa forma que eles conseguiram que a escravidão se mantivesse como um grande negócio. Não pelo peso do chicote, mas pelo açoite do amor.

— E os escravizados não percebiam? Não notavam que as famílias eram uma manobra?

— Percebiam sim, mas que escolhas eles tinham? Muitos eram estimulados, até mesmo forçados. Os senhores promoviam festas, embriagavam todo mundo... a natureza seguia seu curso. Quando não seguia, as pessoas em regime escravo eram obrigadas a praticar sexo e gerar filhos, depois eram chantageadas. Foi dessa forma que Três Rios se reergueu. Foi assim que nossa cidade foi fundada entre os tridentes: sobre ossos, doenças e desespero. E eu ainda não falei dos ciganos.

— Minha família tinha medo dessa gente.

— Muitos tinham, muitos têm até hoje.

"Eles chegaram no Noroeste Paulista com os brancos, um único grupo, e isso não tem precedentes na história do país. Viveram em isolamento por muitos anos, traficando ouro, animais, o que conseguiam colocar a mão. Era um povo esperto, sabiam negociar com os indígenas e com os brancos. Eles negociavam até com a igreja. Diz a lenda que em uma noite, uma cigana fez uma profecia, que todos deveriam ir embora, porque um deles estava amaldiçoado, um menino. O resultado foi que a caravana inteira despencou na Serra para Cordeiros. Restaram uns dois ou três, parentes do menino."

— E ele?

— Wladimir Lester foi adotado por um orfanato católico. O lugar pegou fogo pouco tempo depois, morreram quase todos. Crianças, freiras, padres. Inclusive o prédio passou muito perto de ser demolido. Acabou recuperado por uma ordem de franciscanos. Dizem que o menino sobreviveu, existem relatos de obras póstumas em todas as coleções de arte que merecem ser levadas à sério.

— O que você acha? Ele viveu?

— Tenho certeza de que um dia essa história será contada. Conheço muita gente vasculhando a tumba desses ciganos até hoje.

— Olhando para esse passado, acho que nós melhoramos bastante...

— Houve uma boa época. Depois da indústria de mel de Ítalo Dulce a cidade entrou um uma fase de progresso. O parque industrial cresceu, a área rural se estabeleceu em importância no estado, foram algumas décadas de tranquilidade. Então chegaram os venenos de Hermes Piedade, o aumento da criminalidade, e aqui estamos nós.

— Depois de tanto tempo trabalhando em um jornal, é fácil perceber que existe uma sombra sobre Três Rios — disse Gil. — Quando a gente fica muito tempo exposto, deixa de perceber, é como se nos acostumássemos com a escuridão, mas ela está bem aqui. Como a nossa idade avançando no espelho.

Wagner foi até a cozinha e tomou um pouco d'água. Voltou falando:

— Foi um choque quando eu cheguei nessa cidade. Apenas com o tempo eu percebi que Três Rios entrega o que podemos atrair. Se estamos com medo, vamos ter mais razões pra sentir pavor; se estamos felizes, prósperos, isso também virá. Três Rios sintoniza e emite o que o seu povo transpira.

— Parece loucura que um lugar tenha tanto poder.

— Não consigo discordar — Wagner disse e recolheu as xícaras. — E isso nos leva para o próximo assunto — continuou, já tomando o sentido de uma das prateleiras. — Eu raramente mostro essa parte para alguém, mas se você quer mesmo conhecer o que essa cidade esconde, então vai precisar ir além.

Wagner desceu duas caixas de arquivo da prateleira mais alta da sala. Ficava aos fundos do mesmo cômodo, ao lado de uma estante cheia de discos de vinil. Ele tirou um, dois, três fichários de dentro da primeira caixa, quatro da segunda. Empurrou na direção de Gil.

— O que eu vou ler aqui?

— Isso depende de até onde você disposto a chegar. No meu caso, eu escolhi ir bem fundo, muito longe do alcance da luz.

Gil abriu a primeira pasta. Eram recortes de jornal, organizados em folhas de plástico. A primeira reportagem era de 1985, uma página de anedotas ilustrada onde um homem contava sua história.

— Até 1988, o *Tribuna* mantinha uma página de Histórias Populares. Se alguém tivesse alguma história misteriosa ou divertida, o jornal pagava uns trocados pela publicação.

— Três que Capturaram o Diabo... Título interessante. Mas por que eu estou lendo isso aqui?

— Porque algumas pessoas dizem que aconteceu de verdade.

Gil não resistiu e riu.

— O Diabo? Está me pedindo pra acreditar que o diabo andou por Acácias? E que três caipiras pegaram ele?

— Talvez não o Diabo bíblico, mas alguma coisa capaz de se passar por ele, falar como ele, alguém que usa a fé das pessoas para confundi-las. Pode ser que essa entidade não tenha sido de fato capturada, mas alguma coisa aconteceu naquele casebre no meio do nada. Dá uma olhada na próxima matéria.

Gil o fez, e leu sobre uma lenda muito popular no país todo, a Loira do Banheiro (em algumas regiões também conhecida como "A mulher do algodão" e "Maria Sangrenta"). A próxima matéria, de 1989, era sobre uma chuva de sangue em Cordeiros. Também havia um recorte das páginas policiaissobre um assassinato de uma mulher japonesa, uma senhora chamada Shin, e de dois rapazes que a atacaram; e uma nota de um homem encontrado torturado e morto que usava uma coleira de cachorro.

— E isso aqui? — perguntou Gil. Segurava um jornal de 1932. Não se interessou muito pelo que estava escrito, mas chamou sua atenção uma mancha na forma de um quadrado, de cerca de 6 x 6 cm.

— É uma boa história também. Nesse ano, algumas pessoas viram um quadrado preto em diferentes pontos da cidade.

— E o que ele fazia?

— Quem viu relatou fadiga, outros falaram que ouviram vozes. Um menininho contou que o gato dele entrou no quadrado a não saiu mais. Aconteceu de novo em 1965, depois em 1988.

Gilmar não se interessou tanto, afinal, as próximas histórias beiravam o delírio. Fendas dimensionais, recepções de canais misteriosos em televisores, previsões de catástrofes e assassinatos por mediunidade e fotos de polaroid. Um idoso assassinado brutalmente em uma casa de repouso, animais domésticos que enlouqueceram e atacaram seus donos. Havia ainda uma série de previsões, de diferentes oráculos. O homem do Morro, o Profeta do Limoeiro, as crianças e adolescentes falavam de um programa de computador muito popular nos anos noventa, chamado D RESPONDE, um oráculo de computador.

Enquanto assimilava aquelas páginas, as expressões de Gil iam ganhando outra tonalidade. Seus lábios agora estavam mais lineares, os olhos concentrados, a perna sob a mesa seguia um movimento ritmado e constante, automático e interminável.

— Isso é verdadeiro? É possível que pelo menos uma parte disso seja verdade?

Wagner se levantou e caminhou até a televisão. Ligou o aparelho e colocou na entrada AV, em seguida foi até a prateleira onde ficavam as fitas de VHS e os discos de DVD. Apanhou uma VHS, a fita estava protegida por uma embalagem plástica escura, sem artes, apenas o invólucro de plástico. Ele a colocou no videocassete e reteve o controle remoto nas mãos. Apertou o play e adiantou a gravação até um ponto específico.

Havia um homem deitado na linha do trem, amarrado às encostas, usava fones de ouvido. Ele parecia feliz demais para alguém que estava prestes a se matar, mas era o que o rosto dizia. O homem alucinou de alegria quando o trem gritou uma buzinada, e riu um pouco mais ante a incapacidade de a locomotiva frear.

— Pelo amor de Deus, que merda é essa?

Wagner deixou seguir, e o incômodo em Gil foi tão grande que ele se levantou. Apenas no momento exato que antecedia a colisão, Wagner pausou a fita, deixando somente três listas trêmulas que bagunçavam o riso adoecido da vítima. O trem estava a menos de dois metros dele.

— O nome desse homem é Millor Aleixo. Nascido em Três Rios, trabalhador, um homem comum com um senso de humor um pouco peculiar.

— Eu sei quem é o Millor, porra... a cidade inteira sabe. Esse aí é o velho Millor que foi reduzido a um coto? O nosso Millor?

— Você deve se lembrar de uma videolocadora, esteve ativa de 1985 até ser incendiada nos anos noventa. E se você se lembra dela, vai lembrar de umas fitas especiais.

— Lote Nove. Essa história virou caso de polícia, meu amigo. Se você está me dizendo que essa gravação veio da locadora, isso aí vale uma grana. A maior parte do que eles tinham por lá eram batizados, casamentos e pornografia leve. Raridade como essa tem um mercado próprio.

— Imagens como a de Millor começaram a aparecer anos depois, não nas fitas, mas em transmissões de TV. As pessoas não sabiam o que era, então muitas gravaram. O assunto foi parar em uma porção de fóruns da internet, virou interesse internacional, até cair no esquecimento de novo. Mas acredite, existe quem pague uma fortuna por esse material.

— Gente como você?

— Gente como eu. — Wagner voltou a se sentar.

— Dá pra desligar a TV? — Gil pediu a ele. Wagner o fez e seguiu explicando.

— Comecei a me interessar pelas transmissões em 1994, depois que eu tropecei em uma delas. Era alguma coisa relacionada a crateras. Eu não imaginei que veria esse assunto de novo em 2005, mas gravei toda a reportagem original. Doze anos depois eu revi, frase a frase, toda a transmissão, mas ao vivo. Você sabe onde eu trabalho, eu não sou um gênio em eletrônica, mas entendo bastante de comunicação. Trabalhei a vida inteira em cima de equipamentos transistorizados, rádios, TV, amplificadores, a coisa toda. Se for analógico, eu sei me virar. O gênio de verdade mora em Terra Cota, Thierry Custódio. Foi com a ajuda desse homem que eu consegui ampliar o sinal, foi dele a ideia de colocar mais gente com o equipamento certo nas mãos, formando uma malha.

— Tem mais gente trabalhando nisso?

— Seria exagero colocar dessa forma. O que eu faço é vender receptores para a garotada, eles são curiosos e o boca a boca nas escolas sempre traz um cliente novo. Eles desconhecem algumas funções escondidas no aparelho, mas quem se importa? Não faz mal nenhum a eles. Mesmo o receptor central, que é onde o sinal chega com mais clareza, fica comigo. Eu só preciso ligar a TV e esperar que o sinal fique forte o suficiente para a captação.

— De quantos receptores estamos falando?

— Ativos? Cerca de trezentos. Mas eu já vendi perto de quinhentos dispositivos.

Gil tentava metabolizar as informações. Ele só queria uma resposta, e o que descobriu foram dezenas de perguntas e uma atividade que poderia ser classificada como criminosa.

— O que você faz é espionagem, mestre.

— Eu não concordo, mas mesmo que você veja dessa forma, tente pensar grande, olhe para essa situação de alguma distância.

— Precisaria olhar da lua, e lá não tem oxigênio. Então se você puder fazer o favor de me explicar o seu ponto, eu ficaria bem mais tranquilo.

— Existe uma força em operação nessa cidade, Gilmar. Ela pode ser a responsável pelas tragédias do passado e pode estar se alimentando disso até hoje.

— Ou vomitando. — disse Gil. — Me lembro quando uma médium declarou no jornal que as tragédias aconteciam porque a terra estava começando a gostar do sangue que foi obrigada a engolir. Essa mesma força pode ter trazido esse homem, Samir, até Três Rios?

Wagner assentiu, sem muita segurança. Pensou um pouco, quase desistiu, mas falou.

— Você conhece o Studio Star Light?

— Fica na Ernesto Guerra?

— Esse mesmo. Conhece a dona de lá?

— Não, acho que não.

— O nome dela é Paloma. Ela é dura na queda, então é mais esperto da sua parte manter essa conversa entre nós dois. Paloma chegou na cidade em 1993, com ferimentos pelo corpo, com uma moto sem documentação, ela mesma não tinha documentos, ou, se tinha, preferiu não mostrar. Antes da polícia, Paloma falou com algumas crianças, depois foi direto para um hotel no centro.

— E tudo isso você descobriu em uma transmissão de TV?

— Não, ela mesma me contou. Nós dois namoramos em 2005. Depois ela me deu o fora. O ponto, Gilmar, é que a Paloma não é daqui, não é dessa... realidade. Ela é como seu amigo que está no hospital.

— Wagnão, eu agradeço pra caramba essa conversa, o café, e agradeço ter mostrado as suas reportagens, mas isso é um pouco demais pra mim. Eu não consigo administrar tanta coisa.

— Ela não é a única, *seu amigo* não é o único. Eles são dois entre os muitos sugados por essa cidade.

— Que seja. O que você quer que eu faça? O que eu posso fazer? Publicar uma nota no jornal? Imagina só a cara do meu editor quando ler a manchete: "Viajantes Interdimensionais Invadem Três Rios". Melhor ainda: "Três Rios não é a Toca do Coelho, mas um Buraco de Minhoca". Posso até sentir o cheirinho da camisa de força.

— Você pode fazer mais e me ajudar a entender esse ciclo. Mas pra isso, eu preciso falar com esse homem.

— Não, Wagner, nem fodendo, isso não vai acontecer.

Wagner sorriu, e dessa vez sorriu com tamanha confiança que o próprio Gil se autoexplicou:

— Putaquepariu. Isso já aconteceu...

29
ADA PRECISA DE AJUDA

Alícia enviou uma mensagem de WhatsApp às 23h05.

"Eliandro sentiu sua falta e eu queimei o arroz de novo. Tudo bem por aí?"

Alícia verificou seu smartphone pela última vez à uma da manhã, e Ada ainda não tinha visualizado aquela mensagem. A próxima verificação foi às 3h21, quando Alícia acordou com a vontade de fazer xixi. Às nove da manhã, enviou outra mensagem, e mais uma às 9h28. Sem um único sinal de vida de Ada em tanto tempo, sentiu um aperto no peito e decidiu ir até ela. Tocou a campainha da casa de Ada às 10h12 e ouviu Samy fazendo um escândalo dentro da casa. Voltou a tocar as 10h14. Tocou uma porção de vezes às 10h15, então ouviu um grito irritado cair do segundo andar:

— Já vaaaaaai!

Em seguida os passos pesaram nos degraus da escada — e a abertura da porta não foi mais suave. Ada estava com os olhos diminuídos pela claridade do dia, os cabelos pareciam ter saído de uma máquina de lavar.

— Perdeu o celular? — Alícia foi entrando. — Tô mandando mensagens desde ontem. Até o Eliaaaandrro perguntou de você. Tá tudo bem?

Ada voltou a passar a chave na porta enquanto Samy dava as boas-vindas a Alícia. Pela felicidade da cachorra, Ada também não estava dando muita atenção a ela.

— Vamos lá pra cima. Se eu ficar sem ar-condicionado vou ter um treco — Ada falou. Samy passou entre suas pernas e puxou a fila. — Só vi que estava sem bateria quando a campainha tocou. Ontem eu tava um bagaço, Lí, não tinha condição nenhuma de ir no curso.

— Mas tá tudo bem?

— Sei lá, eu ainda tô meio podre. É só o trabalho, mas é muito trabalho. Não dá pra arriscar essa vaga e você sabe como é período de experiência.

Alícia riu. Sabia sim: experiência é aquele tempinho mágico onde o patrão pode explorar o funcionário até os ossos e solar sua bunda caso o coitado não dê conta do atropelo.

— Se eu puder fazer alguma coisa...

— Você é minha amiga, veio saber se eu tô viva... já ajuda.

Alícia sentou na cama e Samy pulou em seu colo, já estava com uma bolinha de pano na boca. Alícia deu alguma atenção a ela, tentando pegar a bolinha pra lançar, mas Samy queria outra brincadeira — basicamente impedir que a bolinha saísse de sua boca.

— O que é isso aí? — perguntou Alícia quando Ada tocou no teclado e desbloqueou a tela.

— É a minha insônia.

Alícia chegou mais perto e leu: — D RESPONDE.

— E responde?

Ada deixou uma expressão divertida contaminar o cansaço do rosto.

— Você é a primeira pessoa que não pergunta quem é D antes de qualquer coisa — Ada desabafou. — Ele responde sim, e esse é um dos meus problemas. Pensa comigo: se ele acerta, significa que pelo menos consegue simular muito bem. Ou então está espionando. E isso nem é o mais doido, esse desgraçadinho existe desde a década de noventa, tem noção? Sem inteligência artificial, sem computadores rápidos, como ele consegue fazer o que faz é um mistério. Aliás, ele só responde três perguntas, depois quem pergunta é ele, e a palhaçada só continua se você acertar a resposta.

— Meu... isso é muito esquisito. E falando nisso, eu fiquei pensando no que você me contou, no quadrado que você viu.

— Esquece isso, eu tenho coisa mais séria pra me estressar agora — Ada falou.

— Você não foi a única que viu. Um artista russo chegou inclusive a pintar um quadro.

— Alguém pintou um quadrado preto e chamou de quadro?

Alícia riu. Pelo menos o humor azedo de Ada estava a salvo.

— Mais de uma pessoa, e só estou falando dos quadros *físicos*, excluindo os digitais.

— Tá, agora eu vou ter que ouvir tudo e voltar a ficar com cagaço. Muito obrigado, Li.

Por algum outro mistério que continuaria insolúvel, Samy saltou da cama na mesma hora, deixando bolinhas e carinhos para trás. E ela desceu as escadas até o primeiro andar, algo que só fazia quando a campainha tocava.

— A imagem mais antiga que eu descobri é de um artista e ocultista inglês, Robert Fludd. Ele publicou um quadrado preto em 1617 em um livro. O senhor Fludd tinha uma teoria que todas as espécies e coisas se originaram primeiro do Caos escuro, depois da Luz divina que agiu sobre o Caos, que finalmente produziu as águas.

— Se a gente pensar em caos, escuridão e água, isso resume Três Rios — Ada sorriu, um pouco insegura. — O que mais você achou?

Alícia retirou o celular do bolso e abriu o app de anotações.

— O outro quadrado preto é de um francês, um cartunista e ilustrador conhecido como Bertall, ele fez uma tela em 1843. Em 1882, outro francês, Paul Bilhaud pintou *A batalha da escuridão durante a noite*, eu traduzi assim, mas meu francês é pior que o do Eliaaaandrrro — riu. — A coisa que ele pintou também era um quadrado preto. Encontrei também um humorista francês racista, que pintou outro em 1897, ele chamou o quadro de *Dois negros lutando em uma caverna*. De longe, a arte mais popular é de um pintor russo, o nome dele é... Kazimir Malevich. O quadrado dele não é todo em preto, mas meio craquelado, com muitas camadas atrás da tinta escura. Parece que tem alguma coisa atrás, um bicho, ninguém conseguiu identificar o que é direito. A posição que ele colocava o quadro nas exposições era outro detalhe estranho, era a mesma que ficavam os quadros religiosos, isso lá na Rússia de 1915! Esse quadro russo se chama *Black Square*, quadrado preto mesmo, em inglês. Kazimir foi perseguido e ameaçado pelo regime comunista, mas a fixação dele por essa forma era tão grande que ele escondeu outros quadrados nos quadros que pintou depois.

— O que isso tudo significa? — Ada disse a si mesma.

Seu celular estava em cima da escrivaninha, ainda sem bateria. Alícia o apanhou e olhou para a tela.

— Se a gente parar pra pensar, vivemos com a cara enfiada em telas pretas. Depois elas brilham, lógico, mas a base é isso aqui, formas geométricas pretas. O celular, nossas TVs, os tablets, até o seu notebook é feito disso. Eu não sei o que significa, mas fico pensando no que você disse, sobre ser sugada. Acho que é bem isso o que esses aparelhos fazem com a gente.

Ada virou a cadeira e ficou de frente para o computador. Os dedos começaram a voar sobre o teclado, uma página de código fonte ganhou a tela. Ada chegou mais perto e começou a vasculhá-la.

— Vai me contar o que está rolando? — perguntou Alícia.

— Só um minuto! — Ada falou sem parar de digitar. Depois: — Eu não acredito! Funciona!

— Tá! Eu tô animada! Mas o que está acontecendo?

— É o programa, esse programa na tela. Ele tem alguns elementos gráficos, mas o fundo, a base, é o quê? Um quadrado preto, Alícia! A porra de um quadrado preto. É meio complicado pra explicar tudo, mas vamos dizer que esse programa é como um super quebra-cabeças, e eu acho que pode ser um cofre. Ele só vai deixar eu ler como é estruturado se eu passar por esses enigmas. E aí eu posso inutilizá-lo, entendeu?

— Como você sabe?

— Porque ele me contou. Quando eu abri a imagem em texto, existia uma linha que dizia exatamente:

"para perguntar sobre você, precisa saber sobre mim
para saber sobre mim, ilumine as esquinas das perguntas"

— Na sequência vinha um endereço da web, meldagruta.com.br, no mesmo código fonte. A página não tinha nada, só uma caixa de login pedindo uma senha de acesso. Acabei de tentar e a palavra-chave é?

— Adaenlouqueceudevezpontocompontobr? — Alícia perguntou.

— Não, cabeção! A palavra é Kazimir.

Alícia mudou de posição na cama, para que conseguisse ler a página acessada na tela.

— Ada, eu leio informática com a mesma habilidade que entendo árabe...

— A página abriu direto em código fonte, é enorme — Ada rolou a página por algum tempo.

— E?

— E é melhor você ligar a TV e avisar o Dani que vai demorar se quiser me fazer companhia. Eu preciso ler isso aqui.

30
SÓ OS BÊBADOS E AS CRIANCINHAS DIZEM A VERDADE

Monsato tinha acabado de empurrar uma coxinha com um café forte na padaria do Cazuza, que ficava do outro lado da rua, quase em frente à delegacia. Em seu estômago, sentia como se a Terceira Guerra Mundial tivesse se iniciado, mas seu cérebro continuava feliz em se livrar de mais um jejum não planejado. Tudo porque um indecente decidiu encher a cara de cana e enfiar o carro na loja Marabraz. Incumbido de desvendar a magia por trás do incidente, Monsato descobriu rapidamente as motivações do motorista. Aparecido, conhecido como Cidão Bigorna pelos amigos, recebeu um vídeo de sua esposa ajoelhada aos pés do gerente da loja (e ela não estava rezando).

Agora, com o estômago pesado e a alma mais feliz, Monsato via a porta de sua sala se abrir. O rosto do escrivão Dênis Piroli apareceu na abertura em seguida, recitando as sagradas palavras de evocação que Monsato não gostaria de ouvir: — É melhor você vir aqui.

Em resposta, uma breve concordância. — Putaquepariu.

Monsato seguiu os passos rápidos de Dênis, e, para seu completo descrédito, deu de cara com outro conhecido pau d'água de Três Rios, o Tomate. Conhecido na delegacia de outros carnavais, o nome de registro do homem era Valdomiro dos Santos, e diziam que ele conseguia beber mais que um Opala na subida. Luize estava com ele, enquanto Tomate tremia e se esforçava para tomar um copo d'água.

— O que tá rolando, Tomate? — Monsato perguntou. — Se foi outra briga, dessa vez dorme em cana.

— Tá oferecendo hospedagem ou é só ilusão, dotor? — Tomate exibiu o sorriso inflamado, de poucos dentes. — Eu só vim aqui porque achei importante, eu vi uma coisa, tá bão?

— Uma coisa?

— É dotor, uma coisa. E a coisa pode ter matado uma pessoa.

Monsato olhou para Luize, a expressão da policial era como uma justificativa.

— Traz ele pra dentro.

Luize ofereceu o amparo na saída do assento, para que Tomate não caísse. Pelo cheiro que exalava, começou a trabalhar bem cedo. Foram direto para a sala do delegado, alguém que Monsato tinha em caixa alta na sua lista de merda. Mesmo que Tomate não falasse nada importante, só o fato de perfumar a sala do delegado com seu buffet já valeria a pena. Delegado medíocre, muito novo, muito vaidoso, muito arrogante, muito tudo, menos competente.

— Quer mais água? Café? — Monsato tentou uma gentileza.

— Tem uma branquinha?

— Tá de brincadeira né?

Tomate riu.

— É o meu jeito.

— Vamos fazer o seguinte, se você ajudar a gente, eu arrumo uma garrafa de 51, lacrada, até o bico. Eu mesmo compro no Cazuza.

Tomate chegou a salivar. Ficou tão emocionado que engatou uma crise de tosse.

— Foi ontem... — tossiu mais uma vez antes de continuar — ... perto da meia-noite, depois que o bar do Cledson lá do Limoeiro fechou. Eu tinha ficado o dia inteiro no bar, no fim tinha eu, o Escovinha e o Dandão. Eles queriam ir embora, mas eu queria uma saideira pra esquentar o peito.

— Depois de beber o dia inteiro? — perguntou Luize.

— Bebida é uma coisa do diabo, moça. Pior que cigarro. Mas daí eu fui andando até no Treisponta do seu Edir, na esperança de pegar aberto. Tava fechando, mas o seu Edir vendeu uma braba em um copo de prástico. Deixei pra tomar mais perto de casa; daí sentei naquelas pracinha com aparelho de ginástica, pra ter sossego. Eu agora tô morando com uma nêga, ela não liga que eu bebo, mas bebe mais que eu, então já viu.

— Você mora no Limoeiro? — Luize perguntou.

— Isso, perto da Jesus Quirino, da escola.

A expressão ligeiramente tranquila do homem voltou a ceder ao pavor. Respirava mais depressa. As mãos se juntaram e ele começou a mexer a boca, como se mastigasse. Ruminasse.

— Eu tô assustado ainda. Tô cagado de medo.

Tomate podia ser um bebum, mas Monsato também era um ser humano. Com o descontrole do homem, ele apanhou uma cadeira e se sentou ao lado, a fim de dar algum conforto e segurança a ele. Luize continuou de pé, perto da porta.

— Nós podemos ajudar se você ajudar a gente — Monsato disse. — Não vazou ainda, mas tem um assassino solto na cidade. Nós estamos caçando esse animal, mas ele é esperto. O que você viu?

— Era uma moça. Devia ser crente, ela usava uma dessas saia comprida que elas usam. Coque na cabeça. Sei lá o que fazia na rua naquela hora, mas tava ali, andando ligeiro e olhando pros lado. Sabe como é as rua de noite pra uma moça, ainda mais tarde daquele jeito. Então apareceu a coisa. Chegou correndo que nem um bicho. Trotava feito cavalo, mas era menor, parecia gente. A coisa pulou direto nas costa dela, a moça foi de cara no chão, nem gritá ela gritô. O agressor pegou ela pros cabelo e começou a socar a cara dela no chão. Eu tava meio longe, mas dava pra ouvir os dente e os osso quebrando.

Luize não abriu a boca, mas o rosto falava por ela. Uma mistura de horror e ódio.

— Ela ainda tava viva, e teve uns grito depois, mas saiu xoxo e abafado. Depois de bater mais um pouco, ele virou ela de frente e montou nela. Rasgou a roupa numa puxada só. Ela acordou do desmaio quando o bicho mordeu a... aquele lugar dela. Ele comeu ela viva, meu deus do céu. — Tomate deixou o desespero sair. — Ele comeu ela, comeu da buceta até a barriga inteira. Comeu mão, comeu perna, comeu até a cara. Eu senti vontade de vomitar, mas se eu fizesse isso morria junto.

— E o que você fez? — Luize perguntou.

— O que os covarde faz, eu fiquei encolhido atrás de um fusca branco que tinha na rua. — Mesmo com as mãos unidas, elas tremiam. — Quando o bicho parou de comer, ele levou o que sobrou. Eu fui atrás, quietinho, sem dá um pio. O bicho seguiu até os trilho de trem, daí sumiu de vez lá pra baixo.

— Pra baixo da onde, Tomate? — Monsato falou.

— Só gente velha sabe disso. Por baixo dos trilho tem túnel. É coisa muito velha, e eu só sei disso porque meu avô, que Deus o tenha, ajudou na construção das galeria. É um monte de túnel feito de pedra, coisa firme, do jeito que não se faz mais.

— Isso existe? — Monsato confirmou a Luize. Quem respondeu foi Tomate.

— Existe sim, fizeram desse jeito pra água ir embora, senão podia acidentar os trem. Meu avô contava que chegaram a começar outras duas malha na região, mas aí teve uma lei do Floriano Peixoto, isso lá atrás, que fodeu a concessão de material. Como tudo vinha da Inglaterra, eles pararam a expansão. Esses túnel tão por baixo de alguns bairro, a ideia era fazer eles antes, e depois passar a linha por cima. Vocês podem confirmar com o pessoal da prefeitura, ou do museu, deve ter documento.

— Você chegou a entrar? Viu por onde o assassino entrou?

— Dotor, eu entrei lá quando eu era criança, a gente ia brincar de esconde-esconde, de guerra, às veiz a gente se desafiava e ficava lá embaixo, onde o trem passava. Tremia tudo, parecia que ia cair, o barulho era tão alto que a gente ficava surdo o resto do dia.

— A gente vai mandar alguém, Tomate, você fez o certo — Monsato disse.

— Dotor, se for mesmo pra mandar alguém, manda ir armado até os dente. Eu vi de longe, a força que aquilo tem não é coisa de homem, não é coisa de Deus. Antigamente diz que aparecia umas coisa feia lá pros lado do Matadouro do seu Hermes, pode ser desses.

— Que tipo de coisa? — Luize perguntou.

— Diz que era demônio, lobisome... Muita gente falava que era um bicho mal matado, um boi ou um porco que dava um jeito de voltar do inferno pra assombrar os feitor lá do Matadouro. O que eu sei é que tem uma moça morta nos túnel.

Tomate se calou, mas as mãos não pararam de se apertar. Estava na cara que não contou tudo. Luize deu uma forcinha.

— Tomate, se tem mais alguma coisa que pode ajudar a gente, mesmo que pareça uma coisa à toa, boba, é muito importante que você fale. Isso pode salvar vidas, entende?

— É que eu não quero acusar um homem sem prova, ainda mais um homem santo.

— Santo não mata pessoas — Monsato disse.

— Não, ele não, não com as própria mão. O povo é que diz, mas o povo fala muita mentira, fala muita merda.

— Eu quero ouvir, Tomate — Monsato reforçou —, depois a gente decide o que é verdade ou não.

Tomate respirou fundo. Soltou com força.

— Tem um homem, às vezes ele fica lá no Limoeiro, dentro daquelas casa de mendigo feita de pau e lona. Diz que é feiticeiro, que negocia com esses bicho lá do outro lado. Se alguém tiver um problema e disposição pra se sujar no sangue dos outro, ele encaminha.

— Trabalhos? Tá falando de macumba, Tomate? — Luize perguntou.

— Não, moça, eu já falei que ele é um homi santo. Gente como aquele véio anda dos dois lado, conhece o bão e o maligno. O povo fala que ele encaminha até na morte se for o caso. Diz que já fez a fortuna dos outros.

— Fortuna? Morando em uma casa de lona? — Monsato disse com algum sarcasmo.

— Diz que a moeda dele é outra. Mas do que eu sei? Eu sou só um bebum. E falando nisso, cadê minha garrafa de 51?

31
VELHO SIM, MORTO AINDA NÃO

— Quando é que eu ficar sabendo dessa merda?! — o homem mais poderoso de Três Rios e região atirou a pasta sobre a mesa, como quem lança um pedaço de carne podre.

Sentados na mesma mesa estavam Kelly Milena, Gustavo Dimas Noronha e Demétrius Carcosa. Juntos, os três executivos comandavam e gerenciavam quase a totalidade das empresas do grupo Piedade. Desde 2006, parte do dinheiro também ia e vinha de Lúcio Ferro, empresário associado tardiamente que concentrava seus investimentos em parcerias com o mercado externo. Kelly era a relações públicas e responsável pelas operações gerais no Noroeste Paulista, Gustavo respondia pelas redes de supermercado e drogarias, Demétrius Carcosa comandava a indústria da carne e os químicos (esses se subdividiam em pigmentos, agrotóxicos, usina de álcool, e alguns outros pequenos negócios).

Kelly apanhou os papéis e começou a lê-los. Cada letrinha miúda cavando uma nova ruga em seu rosto. Enquanto ela se atualizava, o homem no comando lançava os olhos para o lado de fora das janelas, para o amontoado de pessoas, prédio e carros que se chamava Três Rios.

— A cidade inteira está assustada com o que ouviram na TV, a polícia está alvoroçada desde cedo. — Hermes disse. Respirou profundamente. Continuou na mesma posição.

— Eu me lembro quando cheguei aqui. Três Rios era um albergue, uma calamidade promovida a cidade. Quase não tinha prédios, a indústria se resumia a uma fábrica de borracha e outra de mel, a única perspectiva do povo era não morrer de fome. Agora eu vejo um horizonte cada vez mais largo, vejo famílias que crescem e prosperam graças aos nossos negócios. — Hermes deixou de falar por um tempo. — Quando eu penso nessa gente, eu também penso que esses desgraçados não fazem ideia do custo de mantê-los nas vias do progresso.

Ele se virou de frente para os três e continuou de pé, alternando os olhos entre sua dama e seus dois valetes. Ainda seria o rei daquele baralho? Por quanto tempo? Quantos anos ainda teria de vida? De liderança?

Estava velho. Por mais que a longevidade da raça humana tivesse avançado — e ele dedicasse muito dinheiro a se manter saudável —, oitenta e dois era uma idade e tanto. Os ombros pesavam, as costas doíam, os joelhos vez ou outra inchavam do nada. Os olhos já tinham passado por três cirurgias, o rosto, por pelo menos cinco. O coração fora restaurado em 1992, os intestinos fatiados em 2010. Como todo sobrevivente, Hermes Piedade conhecia o preço de continuar vivo.

— O que a gente faz? — Gustavo perguntou. Kelly praticamente desviou os olhos para não presenciar o massacre.

Hermes deixou a janela e, sorrindo, chegou mais perto da ponta da mesa e de Gustavo.

— O que a gente faz, meu caro, é o que você vai pensar por mim. Porque é pra isso que eu pago o seu salário, é graças a toda a sua capacidade de resolver meus problemas que você conseguiu aquele carrão importado, uma casa no Flores de Malta e uma esposa de vinte e cinco anos.

Gustavo raspou a garganta, incapaz de contrariar o velho. Tinha cinquenta e oito, cento e dez quilos, duas pontes de safena. E Hermes ainda não tinha terminado.

— Esses retardados da polícia não sentem um peido na fuça, mas eles não podem entrar naqueles túneis. Gastem o que for preciso, comprem, ameacem, subornem, mantenham essa gente longe do meu matadouro.

Hermes voltou a se sentar, ainda olhando fixamente para Gustavo.

— Policiais obstinados são cupins cegos, meu caro. Depois que eles encontram um bom pedaço de madeira, eles vão em frente, roendo, cavando, cagando seus filhotes. Você acaba com um e chega outro, e mais outro, e de repente a infestação é tão grande que a única coisa a ser feita é atear fogo em tudo. O que nós sabemos dessas pessoas que estão morrendo naquele bosteiro do Limoeiro?

— Bem pouco — respondeu Kelly. — A boa notícia é que polícia sabe ainda menos. Contratei um detetive particular, um ex-policial, quando descobriram um cadáver na rota do Matadouro. Ele relacionou oito mortes. A primeira em junho de 2020, durante o lockdown, ali mesmo no Limoeiro. Depois encontraram um corpo pendurado no viaduto Leonor Salgado, na saída pra Gerônimo Valente. Outros dois em 2021, no Colibris. Um apareceu boiando no rio da Onça no ano passado, um popular o encontrou, estava pescando com o filho. Agora voltaram a aparecer no Limoeiro.

— Mesmo tipo de morte?

— Podem ser correlacionados. Levantaram a suspeita de disputa de traficantes, mas a teoria não fazia sentido, muitas pessoas que morreram não tinham relação com o crime, era gente comum. Eu tentei me antecipar, Hermes, só não importunei você com esse assunto porque acreditei que não chegaria tão longe.

— Eles não podem chegar perto das nossas instalações. — Hermes repetiu.

— Não vão chegar — Demétrius disse. — Se o acesso é como diz aí na reportagem, pelos túneis da ferrovia velha, nós podemos bloquear. Se o senhor autorizar, a gente explode o trecho, soterra tudo, eles não vão passar.

Hermes sustentou o olhar firme no homem.

— Quando eu comecei a trabalhar, meu primeiro chefe tinha uma ótima frase. Ele sempre dizia que era melhor pedir desculpas do que pedir por favor. Não dá pra ser cauteloso na solução de problemas urgentes, não dá pra ser devagar pra ganhar dinheiro, pra vencer na vida, pra comer uma boceta! — Hermes gritou e voltou a se levantar. Sequer olhou para Kelly, que presenciava analogias parecidas desde 1984.

— Eu só me pergunto por que ninguém explodiu aquela merda de conexão antes de eu receber essa ordem de busca. Tá faltando dinheiro, Demétrius? Vontade? Motivação?

Os dois homens estavam cabisbaixos, Kelly se mantinha atenta.

— Eu vou motivar vocês. Quando nós começamos, a vida era diferente nesse país. As pessoas queriam o progresso e estavam dispostas a pagar o preço. Tinha gente que ficava doente trabalhando com os nossos produtos?

Claro que tinha. Tinha gente que se curava? Tinha, do mesmo jeito que os fracos morriam. É assim desde que o mundo é mundo, não fui eu que inventei a competição natural. Até 2010, a gente fez o que quis. Jogamos esgotos nos rios, jogamos sangue na terra, sintetizamos produtos que eliminavam a concorrência sem deixar rastro, vocês sabem do que eu estou falando.

— Hsbf6. — Kelly esclareceu, falando muito baixo.

— Nosso glorioso Resíduo Zero — Demétrius corroborou.

— Em um mundo justo, teríamos monopolizado o mercado com esse produto, resolveríamos o problema do lixo urbano em uma escala jamais vista. Mas o que as autoridades sanitárias decidiram? Que o nosso milagre era um risco ao meio ambiente. Que o meio ambiente se foda! A solução foi diluir a fórmula pra não paramos a produção. Cavamos mais um pouco, fizemos uma planta subterrânea, cavamos mais um pouco.

Hermes manteve os olhos nos três.

— Estou refrescando a memória de vocês pra chegar em um ponto importante: se eles conseguirem encontrar nosso rastro, não é só o meu castelo que vai cair, é toda essa cidade. E vocês conseguem adivinhar quem vão ser os primeiros soterrados?

O silêncio se instalou depois da pergunta. As três pessoas inqueridas sabiam que uma resposta equivocada iniciaria uma nova tempestade. Conhecendo aquele homem como Kelly conhecia, ela sabia exatamente o que precisava ser dito para interromper as nuvens.

— Já está sendo resolvido.

Hermes esperou alguns segundos para se dar por satisfeito. Cravou os olhos nela. Ela os manteve firmes.

— É assim que se fala, Kelly. Se cada um fizer a sua parte, ninguém perde o emprego, eu não perco dinheiro, e todo mundo dorme feliz. Vocês dois podem ir, eu ainda tenho um assunto para tratar com a Kelly.

• • •

Quando se sentiu seguro, depois de entrar no elevador, Gustavo perguntou a Demétrius:

— Como ela sabia?

— Qual parte?

— Sobre colocar um detetive na cola desse assassino. Como ela sabia que a merda ia virar pro nosso lado?

Demétrius riu.

— Nessa cidade, qualquer caminho leva a Hermes Piedade. Se você ler um problema nos jornais, assistir alguma coisa cabeluda na TV, se alguém matou um cachorro na frente de um supermercado, é se antecipar ou ser parte do problema.

Na sala de reuniões, Hermes continuava.

— Desculpe o meu humor, eu nunca tive paciência com idiotas.

— Eles foram pegos de surpresa, acontece.

— Sim. Acontece com idiotas. Nós temos outro problema pra resolver, Kelly. Não sei ainda se é um problema, mas eu prefiro que você se envolva pessoalmente nessa questão.

— Só dizer, chefe.

— Isso pode ser um pouco... desgastante pra você. É sobre aquela videolocadora.

— Firestar? Nós não resolvemos esse problema em 2006?

Kelly começava a se sentir uma idiota. Não gostava nadinha dessa ideia.

— Sim, resolvemos sim — o próprio Hermes disse. — Meu filho Sagitário resolveu. O fogo chegou no baldrame, se bem me lembro. O problema é que estão tentando trazer ela de volta. São dois imbecis à frente do negócio, os Pirelli.

— Dos videogames?

— Isso foi ontem, Kelly. Hoje eles usaram o dinheiro pra reestruturar a tal locadora. Um negócio gourmetizado e cheio de frescura, voltado para esse pessoalzinho seboso que gosta de glorificar o passado. Meu neto viu na TV que eles vão incorporar VHSs, DVDs e Videogames. Parece que vão colocar um café também, um bar, e que deus os ajudasse a ganhar dinheiro se não fosse por um detalhe...

— O Lote.

— Você sabe o que existia naquelas fitas. Os dois Pirelli não vão querer se meter com a gente, o meu receio é que mesmo sem que eles saibam essas coisas encontrem uma maneira de voltar. Nós conhecemos essa cidade, sabemos do que ela é capaz.

Kelly continuou como estava, sem emoção visível, sem mover um músculo.

— Aquele seu ex que parece uma prancha, ele ainda está vivo, é possível que ele esteja por lá na inauguração — Hermes disse. — Eu sei que isso ainda mexe com você.

— Eu vou dar uma olhada. Não cheguei até esse ponto da minha vida me justificando pelas desgraças do Millor. Ele ainda me culpa, já disse besteira por aí, mas no fundo foi ele quem decidiu cortar a própria perna. Eu preferi continuar a minha vida.

VERME LHO .III

32
CECÍLIA

I

Um dia qualquer na vida de uma pessoa qualquer. Acreditem ou não, muitas vezes é exatamente assim que uma nova história decide começar.

O homem (um homem qualquer) decidiu sair de casa, afinal, não existia mais um lar. A esposa, cansada dele e de se sentir uma mulher qualquer, também decidiu que era hora de mudar, e sua primeira mudança foi pedir o divórcio. A filha, Ella, ainda tentou convencer os dois com uma crise de choro, mas o pai já estava saindo com a mala nas mãos, fungando um pouco, mas decidido como aço.

A vida não vinha sendo justa. O homem tentou ser bom e leal, companheiro e empático, mas algumas vezes a boa vontade não faz sentido. E o que resta depois do fim, senão ir embora? Encontrar um novo lar, uma nova cidade, uma nova maneira de estar vivo? Era um homem inteligente, sempre foi — e igualmente teimoso, desses que prefere quebrar a se vergar.

Antes de sair com o Corcel, uma olhada na frente da casa que só chegaria a rever quarenta anos depois, no ato de sua demolição.

A viagem seria longa, do sul ao norte do estado de São Paulo. Da cidade que tinha seu sobrenome para um lugar qualquer, capaz de reconstruí-lo. Se o Corcel chegasse, é claro. O carburador estava com problemas, o acelerador não respondia como devia, embreagem enroscando. E qual seria o grande problema em se envolver em um acidente fatal? Para o homem no volante, seria até uma boa oferta do destino. Quem sabe assim Cecília se arrependesse? Quem sabe assim ela se condenasse à mesma infelicidade que havia proporcionado?

Novas placas voando entre um cigarro e outro.

Sorocaba, Salto, Limeira, Americana, Campinas.

São Carlos, Araraquara, Monte Alto, Jaboticabal, Ribeirão Preto.

Qualquer uma delas serviria a ele. Qualquer uma daquelas cidades tão comuns em vidas e problemas poderia ser o terreno de sua reparação. Mas havia uma voz. Conselhos que nunca se calavam. Havia aquela estranha intuição.

Quantas vezes um homem deve ser abandonado até aprender a se virar sozinho?

Dois anos atrás ele era a grande promessa. Vitorioso. O homem que poderia içar a família, uma prole de mal-aleitados, a níveis sociais jamais experimentados. Então o governo muda, o mercado muda, os corruptos mudam. Chega a hora em que ele precisa fugir com sua esposa e sua filhinha para não ser preso com os outros. Um novo emprego como técnico em química. O rabo entre as pernas. A alma juntando ferrugem a cada despertar na cama. Nos primeiros meses, a bebê ainda o ama, mas a esposa já começa a culpá-lo pela vida que não alavanca. Se diz prisioneira, carregando um fardo de nãos acumulados. Machista! Monstro! Carrasco! O homem se cala, afinal de contas, ela sempre tem razão.

— De novo não! Bosta de carro! — Ele socou o volante mais uma vez, ao sentir a perda brusca de aceleração.

Parecia inacreditável que a miséria o tenha alcançado tão depressa. Milionário nunca tinha sido, tampouco chegou a precisar escolher o dia da semana para comer carne. Mas a falência trazia uma série de novas realidades. O carro, por exemplo, já tinha problemas quando chegou em suas mãos. Talvez fosse uma ironia cruel, mas parecia justo que o próprio carro decidisse, por fim, encontrar um novo lar.

Por sorte — pareceu sorte naquele momento —, a próxima placa indicava um posto de gasolina a quinhentos metros. Sem escolha, o motorista se manteve um pouco mais à direita, mais lento, acendeu outro cigarro e acionou a seta. Naqueles anos distantes, as pistas duplas eram um sonho impossível em boa parte das rodovias, e a que ele estava agora vivia entupida de caminhões de cana-de-açúcar e motoristas entupidos de anfetamina. Melhor ficar atento se não quisesse perder a entrada ou ser tirado da estrada.

Assim que chegou ao posto o carro estabilizou, como se estivesse se libertado de um encanto, ou tivesse cumprido o objetivo oculto de conduzir seu motorista para aquele local específico.

O homem coçou o cabelo ralo, passou os olhos pelo espelho retrovisor e desceu do carro. Deu uma boa olhada no lugar antes de fechar sua porta. Não era nenhuma churrascaria argentina, mas o refeitório parecia limpo, o que era uma coisa ótima no que dizia respeito a postos de beira de estrada do interior paulista da década de setenta.

Havia um parquinho com escorrega, balanço e uma gangorra. Espalhados em um gramado, alguns animais em madeira (um cavalinho, um tigre e um jacaré), a tinta óleo descascada. O homem pensou em sua filhinha. Conhecendo a mãe e a si mesmo, ele não a veria crescer. Isso poderia ser bom? Talvez. Do que adianta estar presente se a sua presença só causa infelicidade? Não. A menina precisava de sua distância e ele sabia disso.

Entrou na lanchonete disposto a pegar apenas um café, não por falta de fome, mas por conta do bolso. Com o que cobravam por um bauru, ele compraria dois pratos feitos em qualquer cidadezinha que cruzasse seu caminho.

O lugar era mais do que esperava. Limpo. Minimamente organizado. Decente.

O homem se sentou e cedeu um bocejo. Coçou o canto dos olhos. Dormir não estava nos planos, mas talvez precisasse reconsiderar. A insônia já o acompanhava há dois meses, desde que começaram a falar de "desquite" em sua casa. Cecília estava cansada. Ele tentou argumentar. As discussões se tornaram cada vez mais violentas. A criança parou de comer. O cachorro fugiu.

Mais um bocejo e o rádio da lanchonete começou a tocar "Quando", de Roberto Carlos.

— O que vai ser, chefia? — o atendente perguntou. O rapaz usava um quepe vermelho.

— Só um café. Não precisa por açúcar.

Mal terminou a frase e uma mosca resvalou em sua boca. O homem cuspiu o ar e sacudiu a cabeça.

— É o cheiro da estrada — uma nova voz disse. Era um rapaz. Chegou do nada e já ocupava o banquinho ao seu lado.

Mais um pouco de Roberto Carlos e o rapaz pedindo ao atendente de quepe vermelho:

— Solta uma fritas e uma cerveja pra gente, patrão. — Se virou para ele. — Bebe comigo?

— Eu não bebo na estrada.

— Que pena. Qual é a sua graça, chefia?

— Não leva a mal, mas estou tendo um dia de merda. Um semestre inteiro de merda. — O café foi servido enquanto o homem falava, amargo como a vida. — Eu prefiro ficar quieto — o homem disse depois de outro gole.

— Piedade — o rapaz disse, o mesmo sorriso indecente mantido no rosto.

O homem voltou a olhar para ele.

— Eu te conheço?

— Piedade. Tá na chapa do seu carro — o rapaz explicou. — Eu estava fumando lá fora quando você chegou.

— Hermes Piedade, esse é o meu nome.

— O meu é Darius. Se não quiser mesmo conversar, eu...

— Tá tudo certo, você não tem culpa. É só a vida e esse calor apodrecendo na pele. — Bufou baixinho. — Detesto calor.

O atendente chegou com o pedido do rapaz, interrompendo momentaneamente a conversa.

— Agora sim — o rapaz esfregou as mãos antes de tocar a comida. — Toma pelo menos uma cervejinha — insistiu.

— Acho que não — Hermes disse. — Ainda vou dirigir.

O rapaz deu um gole na cerveja.

— Ahhhhhh. É disso que o inferno é feito. — Mordiscou uma batata. Mais uma. Então despejou catchup suficiente para a coisa no prato se tornar uma carnificina. Chupou a próxima batata antes de verter a cerveja do copo goela abaixo.

Hermes continuou concentrado em seu café, sorvendo prazerosamente o amargor que também o consumia. Eram os anos setenta, todos estavam loucos, desquite era uma palavra feia.

— Tá indo pra onde, chefia? — o rapaz perguntou.

Hermes encheu o peito e deixou o suspiro sair.

— Eu sei lá... estou me movendo, é o mais importante agora. — Cedeu uma risadinha de canto de boca, que de vontade não tinha nada. O rádio agora tocava Tim Maia, "Cristina", e o rapaz tamborilava o ritmo, um pouco ansioso, contra o balcão.

— Vai passar por São José do Rio Preto? — Darius perguntou.

— Eu não dou carona, moço.

— Eu pago. Esse negócio de ônibus não é pra mim. A gente racha o tanque, eu não sou bandido, não.

— Ia me contar se fosse um?

Ele sorriu enquanto Hermes terminava o café.

— Olha só — continuou —, o meu carro tá uma porcaria, pode falhar a qualquer momento. Eu levo você, porque do jeito que você fala sem parar, vai me ajudar a ficar acordado. — Hermes se levantou. — Quanto eu devo? — perguntou ao atendente da lanchonete.

— Deixa comigo. — O rapaz virou a cerveja que tinha no copo e sacou a carteira do bolso de trás da calça. Hermes já estava caminhando para a porta.

II

Estradas são convites em aberto. Para uma nova vida, para novos horizontes, para novos problemas. Alguém que conhece a estrada sabe que a única lei imutável é o movimento. Estradas são como a falta de senso do mundo, a inconstância das marés, os dias de chuva.

Os homens dentro do Corcel falaram bem pouco nos primeiros quilômetros daquela estrada, disputando o silêncio com as estações que se perdiam entre uma torre de transmissão e outra. No céu, nuvens escuras arrotavam trovoadas débeis, que precisariam de muito mais para fazer barulho de verdade.

— Seu Hermes Piedade vindo de Piedade. Qual é o resto da história?

— Ruim.

— Parte do nosso acordo me obriga a manter o motorista acordado, então vou correr o risco. Como acabou nessa merda de estrada?

— Você gosta de um palavrão, meu filho...

— Eles existem por um motivo. Como tudo mais que existe no mundo.

Hermes riu, pensando que talvez ainda desconhecesse um motivo justo para continuar existindo. Havia o desejo, havia o movimento, e havia o fracasso. O discernimento, a felicidade e o bom senso eram a parte motivacional não escrita até então.

— Eu não sou muito bom com as pessoas, acho que isso resume a maior parte dos meus problemas. Não fui bom com a minha esposa, não fui bom com meus empregadores, e se tivesse tido tempo suficiente, não teria sido bom com a minha filha. Tem filhos?

O rapaz apanhou um chiclete do bolso da jaqueta, desencapou e enfiou na boca. Mastigou com força, e pela primeira vez Hermes notou algum rancor em seu semblante. Achou melhor continuar falando.

— Comecei minha vida na lavoura. Bom, o começo do começo foi em um posto de gasolina, mas eu só fiquei duas semanas.

— Pelo menos não sofreu tanto, seu Piedade.

— Até que eu gostava, era melhor que estudar. Mas alguém da prefeitura achou que eu era muito novo pra aquilo e chamou o meu pai. Meu velho me colocou na escola depois disso, mas só meio período, o resto do tempo eu passava no campo com ele.

— Quando a pobreza é muita, todos tem que ajudar.

— É sim. Mas no caso, o meu pai tinha dinheiro e ruindade na mesma quantia. Ele me mantinha na roça de propósito, pra me ensinar os valores da vida.

— Que filho da puta.

— Tivemos nossos momentos. Fiquei feliz quando ele morreu.

A estrada voltou a ficar silenciosa. À frente, o sol finalmente começava a deixar a terra em paz. Rios de sangue perdiam a força para o laranja, o azul indo embora enquanto os pássaros se debulhavam em revoadas sem rota.

— Depois de me emancipar, começou minha longa carreira de desperdiçar a vida nos negócios dos outros. Supermercados, mais postos de gasolina, mecânico de automóveis, vinte anos passando raiva, trabalhando e estudando, deixando a vida escorrer pelos dedos. Hoje tenho menos de quarenta e sinto meu quadril morder toda vez que eu sento. Meu paladar também é todo alterado, e eu não tenho muito olfato, acho que de tanto mexer com químicos.

— Encontrou alguma coisa que gostasse de verdade? O único chefe que eu tive sempre recitava: a boca fala melhor do que o coração está cheio. Eu entendo isso como a gente só faz bem o que ama de verdade.

— Sabe o que eu aprendi com meu melhor chefe? A ficar calado.

— Isso é o que todos querem — o rapaz disse. — Um escravo remunerado, silencioso e dócil. Se for um escravo agradecido pelas migalhas que caem da mesa, melhor.

— Eu não nasci pra seguir regras, isso ficou muito claro com o passar dos anos.

— A grande questão, meu amigo Hermes, não é enxergar o que está errado, é ser capaz de fazer o certo. Imagina só, se você pudesse escolher. Um presente, um êxito, uma dádiva; o que você arrancaria do fundo do seu coração? Onde escolheria passar o resto da sua vida?

As mãos de Hermes pesaram firmes sobre o volante. O rosto transformado em outra coisa, a respiração ficando discreta. O carro ganhou velocidade.

— Eu queria mostrar pra eles, para todos os desgraçados. Pessoas que me ridicularizaram, me subestimaram, queria provar que estavam errados, todos eles. O cretino do meu pai, os homens que me exploraram, a biscate da minha ex-mulher. Queria colocar meu nome em um lugar onde todos lessem, no lugar mais alto possível, tão alto que ninguém sonharia em chegar perto nele.

— Eu entendo como se sente.

— Entende? Lá em Piedade, eu sou uma piada. Sabe do que me chamavam na fábrica de fertilizantes? Professor Tadinho. Quando eu lecionava, até os meus alunos tinham pena de mim. Um dia uma menininha, filha de um colega, puxou a perna da minha calça em um churrasco. Eu me abaixei pra ouvir o que ela queria e ela perguntou se eu estava doente. Falou que era alguma coisa triste morando no meu rosto. Uma menininha de sete anos.

A próxima curva fez os pneus cantarem. Então o carro desacelerou.

— Saber da minha desgraça melhorou o seu dia?

— Foi um bom começo — o rapaz riu. — Me cede um cigarro, chefão?

— Tem um maço de Belmont no porta-luvas. Acende dois.

Darius o fez e estendeu um a Hermes. O homem sugou mais de um terço do tubinho na primeira tragada. Soltou mais devagar, saboreando a fumaça, deixando escapar pelas ventas. A mão direita firme no volante, a outra, que sustentava o cigarro, apoiada na janela.

— Vício maldito — Hermes disse antes de tragar de novo.

— Um homem precisa de um vício para ser chamado de homem. É o que todo santo diz. — O rapaz também deu outro trago. — Talvez eu possa ajudar nessa sua... reviravolta.

— Você? Um Zé da Estrada? Você me ajudaria muito não me fazendo lembrar do que ficou pra trás.

— Deixa de ser ranzinza, homem. Não se morde uma mão estendida. Eu posso fazer muito por você, Hermes Piedade, mas precisa aprender a controlar seu temperamento. Seu casamento acabou por isso, não foi? Sua ex-mulher, a Cecília, ela não dá pra qualquer um. Você passou muita gente pra trás pra montar aquele bocetão.

— Opaaaa!...

— Mas você fodeu com tudo... Fodeu de um jeito que ela não sentiu prazer nenhum. O que foi que ela fez? Arranjou outro? É o que elas fazem quando se cansam.

Hermes diminuiu a velocidade bruscamente.

— Fim da linha.

— Se essa carroça parar de andar, você vai precisar de outro corpo. Hermes, Hermes... Eu vou rasgar você em tantas partes que os legistas vão precisar de um manual pra colocar tudo de volta.

— O que você quer? Como sabe o nome da minha esposa? Quem mandou você?

— Não é o que eu quero, é o que eu posso oferecer.

— E o que seria isso? Escárnio? Provocação?

— Uma vida nova.

Hermes olhou ao redor, não havia nada de novo naquele pedaço de chão. Apenas asfalto, terra e mato seco.

— Daqui a seiscentos metros, um cavalo vai atravessar a pista, na frente do seu carro. Ele é marrom escuro, quase preto. Se eu não estivesse aqui, exatamente com você, seria o fim de Hermes Piedade. Você ia ser esmagado pelo flanco do bicho, ia ter uma fratura na bacia e ia capotar o carro. Você ainda ia levar mais ou menos uma hora pra morrer. O animal despejaria excremento dentro do carro, você morreria sentindo o cheiro do sangue e da merda. Morreria bem devagar, ridiculamente devagar. Sentiria suas tripas escapando pelo cu. Então, seu Hermes Piedade, quando passarmos pelo cavalo, você vai acreditar em mim e virar à direita, exatamente quando eu mandar. Conheço um lugar pra conversarmos melhor.

Hermes seguiu e manteve os olhos no marcador de quilometragem. A velocidade aumentando sem parar, 100 Km/h e subindo.

— Se não tiver cavalo nenhum...

— Então eu sumo, desapareço, apenas mais um fruto azedo da sua imaginação. Aliás, eu já começaria a diminuir a velocidade se fosse você. No roteiro original, essa lata velha mata o cavalo em menos de trinta segundos.

— Vou correr o risco.

Calmamente, o rapaz passou o cinto de segurança.

— Imaginei que faria isso.

III

Hermes pisou com vontade, mas a verdade é que a aquela bosta de carro não iria muito além dos 130 sem perder o capô. O vento entrava pelas janelas com o peso da água, sacudia os cabelos, fazia os olhos piscarem. Em um relance, um olhar para o rapaz que ocupava o banco do carona. Seguro. Controlado. Senhor de si.

Mais uma conferida no conta-giros. Pelas contas de Hermes, o cavalo já deveria ter...

— Puta merda! — um grito e o pé no freio.

— Segguuuurrraaa, peããão! — o rapaz ao lado gritou, rindo de tal maneira que a proximidade da morte pareceu um pote de ouro.

O bicho seguiu em um galope firme, sem se dar conta do carro, da rodovia e da buzina que Hermes socou tão logo o viu. Passaram tão perto dele — psshiiiiiuuuuu — que Hermes sentiu o cheiro da crina. Tinha o odor da liberdade, o ranço da chuva, as bençãos do abandono. O carro seguiu entortando, Hermes puxou o volante com tudo para a direita. Novamente torto, volante para a esquerda. Um caminhão tirando tinta do outro lado da pista. Hermes puxou novamente, o pneu dianteiro esquerdo encontrando uma pedra. O carro se ergueu nas duas rodas da esquerda, andou alguns metros, pousou e rodopiou, então desacelerou no mato rasteiro da propriedade que margeava a estrada.

O carro parado. Motor ainda ligado. Mãos soldadas no volante.

Do suor que rapidamente brotava na pele de Hermes, uma única gota rolou. Passou pelas rugas suaves do canto do olho direito, encontrou a bochecha, desceu até morrer nos lábios que, de tão secos, a fizeram desaparecer.

— Essa foi boa, Chefão. — O rapaz rompeu o silêncio com três batidas de palmas. — Foi boa pra caralho! — Terminou com mais duas.

Hermes respirava depressa.

— Pra onde? — ele perguntou, com a voz que ainda lhe era possível.

— Toca em frente mais uns cem metros. Tem uma estradinha à direita.

— Eu dei minha palavra e pretendo cumprir, mas preciso saber quem você é. Ou o que você é.

O rapaz sorriu fraternalmente.

— Sou quem você precisa, Hermes Piedade. A resposta aos seus pedidos, o que você sonhou sem confessar a ninguém. Existem lugares únicos nesse planeta e você está prestes a conhecer um deles. Ou talvez esse lugar tenha escolhido você. Quem sabe? — o rapaz riu. — E que porra de diferença essa merda faz?

IV

Depois de vinte minutos de uma estradinha de terra margeada por mourões e pequenas capelas, o Corcel tomou uma segunda estrada de chão, que já começava a ser salpicada com os primeiros pingos de chuva. Daquele ponto em diante, para onde quer que Hermes olhasse, tudo o que veria era o verde das canas e dos cafezais, já contaminado pelo alaranjado plúmbico daquele dia.

— Eu me lembro quando nada disso tinha dono — Darius disse.

— Você não é muito jovem pra esse tipo de memória?

— Não no coração, nunca no coração. Houve uma época em que essas terras representavam uma mudança real. Tempos onde homens como você conseguiam prosperar. Hoje em dia vocês precisam verter o próprio sangue por um gole de água limpa... Atenção aí, vai diminuindo a velocidade, vamos entrar à esquerda, depois da próxima capela.

Hermes manteve o carro a 40Km/h, e como o outro disse, lá estava a entrada (depois da capelinha que mantinha seguros uma estatueta vermelha e um punhado de velas acesas). Assim que passou por ela, Hermes viu, aos fundos da estrada, um barracão industrial. Dos dois lados da estrada, também circulando o armazém, havia pelo menos vinte metros de descampado, e não havia mais nada ao redor. Carros, plantações ou mato. Pela janela, o vento que entrava não tinha mais cheiro ou temperatura, uma completa ausência.

— É só seguir em frente.

Não houve questionamento. Como poderia haver? O sujeito salvou a sua vida.

Estacionaram logo à frente das enormes portas de metal. Hermes desligou o Corcel e deu uma nova olhada ao redor. Era só aquela terra farelenta e estéril. Na estrutura improvável para tal espaço ermo, o vento embalava a porta de entrada, o zinco batendo sobre o engate em um ritmo constante.

— Que lugar é esse?

O rapaz riu da pergunta e abriu o porta-luvas. Apanhou mais um cigarro. Acendeu e devolveu o isqueiro ao maço. Desceu do carro. Hermes olhou pra cima, para o céu já tomado por uma tonalidade salmão que só poderia nascer minutos antes de anoitecer. O relógio marcava pouco menos de quatro da tarde.

— Aqui é Lugar Nenhum. — O rapaz respondeu e foi se adiantando até a entrada do galpão. — Mas também pode ser o princípio de muitas coisas. Um espaço cheio de silêncio.

Hermes seguiu os passos do rapaz.

O chão do galpão era feito de cimento queimado, havia paredes de bloco, mas o teto estava reduzido a aço e zinco. O interior da estrutura estava praticamente vazio, apenas havia por ali uma mesa com duas cadeiras.

— Por que me trouxe aqui?

— Privacidade.

Darius caminhou até os fundos, até as cadeiras.

— Peguei seu maço extra — explicou a Hermes. — Você podia fumar coisa melhor. Esse Belmont parece esterco. Aproveita pra descansar as pernas, Chefão. Depois de tanta estrada esburacada, você deve estar precisando.

— Espero que nosso assunto não me canse ainda mais. Eu perdi muita coisa nos últimos anos, e a primeira delas foi a paciência.

— Direto como uma cuspida no olho. Gosto disso, Hermes Piedade, gosto muito. O problema com você, é que eu ainda não sei se chegou a hora. Poooorra, você já foi feito de tapete por um monte de gente, mas eu ainda vejo uma chama de esperança queimando aí dentro.

— Isso é ruim?

— E se enganar pode ser bom?

Ambos, apesar da origem tão distinta, conheciam a resposta para aquela indagação. Isso causou um senso de empatia que os fez sorrir. O rapaz logo voltou à seriedade.

— Cecília, Hermes, ela é o ponto. Cecília traiu você, na carne e no espírito.

— Você não conhece a Cecília.

— Foi numa terça-feira, em um janeiro. Você tinha uma reunião, a sua menina tinha passado a tarde fora, ela ia dormir na casa de uma coleguinha. Como era mesmo o nome dela? Era um nome com G... Gilda, Gioconda...

— Gabriela — Hermes completou.

— Você chegou em casa e a dona Cecília estava de banho tomado, toda cheirosa, feliz como uma andorinha. E tinha aquele cheiro na casa, você sabia que não era o seu perfume ou o dela.

Hermes apertou os punhos.

— Quem é você? O que você quer de mim? Me torturar?

— Quero que se torne grande, Hermes Piedade. Quero que você conheça o futuro, para que nunca volte a preferir o passado. Você tem poder aí dentro, muito poder, ele está esperando a hora pra ganhar o mundo.

— Você fala bonito, faz promessas ainda melhor, mas eu conheço essa ladainha. Aprendi bem cedo que tudo na vida tem um preço.

— Quando a troca é verdadeira, nenhuma das partes sai perdendo. Enquanto você trabalhar pra mim, eu vou cuidar de você, esse é nosso contrato. Quando esse contrato terminar, você desocupa o trono e aproveita a aposentaria. Existe um cavalo novo, Hermes Piedade, e ele está esperando há muito tempo pra ser selado. O nome dele é Três Rios, seu puro sangue. Seu alazão.

— Três Rios...

— Três Rios precisa de você, Hermes, bem mais do que precisa de mim. Nesse jogo, todos somos peões, a diferença está nos movimentos que somos capazes de fazer. Isso nos leva ao ponto principal dessa nossa conversa: qual a grande ambição de Hermes Piedade?

Hermes procurou dentro de si e só encontrou, reencontrou, uma resposta.

— Eu digo que cansei de ser soldadinho de chumbo. Quero enterrar todos eles, os desgraçados que me prejudicaram. Quero desenterrar quem já foi pro buraco só pra jogar de volta na terra, como se faz com um toco de merda. A gente tem um trato, moço, e pouco me importa se você é um demônio ou uma tentação de beira de estrada.

— Sou Darius e minha única exigência é a sua fidelidade. Como sei que ela já é minha, você pode pedir um último favor, Hermes Piedade.

— Favor?

— Isso aí, um presente como ato da minha civilidade. O que você gostaria de receber se pudesse me pedir qualquer coisa, absolutamente qualquer coisa.

Hermes sequer pensou.

— Quero a Cecília morta. Meu presente é que ela sofra mais do que me fez sofrer, na carne e no espírito. Desejo que aquela víbora demore oito anos para morrer de vez. Oito anos de um sofrimento incalculável, incomensurável. Inesquecível.

— Algum motivo específico para o número oito?

— É a idade da minha filha.

V

Hermes ouviu um sibilar de vozes, um cochicho. Não conseguia abrir os olhos.

De dentro do sono, pensou que talvez tivesse amanhecido. Ele estava com alguém. Darius? Estava em outro lugar. Conversando. Estava? Ou pensava que estava? Onde estaria agora?

— Moço? — ouviu mais claramente. Tec-tec. Duas batidas na porta.

Um leve toque em seu ombro.

Abriu os olhos. Havia um rosto castigado à sua lateral, o encarava. Notou também o rapazinho atrás dele, menino, devia ter uns dez anos. Hermes havia adormecido com a cabeça apoiada na janela entreaberta do lado do motorista. O sol já não queimava, havia gotas de chuva manchando seu rosto. Era o posto que ele havia entrado, Cobra de Fogo, mas todo o resto estava diferente.

— O senhor taí faz um tempão, tá precisando de ajuda? — o menino perguntou.

— Cadê o rapaz que estava comigo?

— O senhor chegou sozinho — o homem mais velho disse. — A gente tá de olho faz tempo, não tinha ninguém com o senhor não. Tinha não, né Xexéu?

— Tinha não.

— É melhor eu voltar pra estrada. Meu carro estava engasgando, pelo jeito o calor e o cansaço me derrubaram. Certeza que não tinha ninguém comigo?

— Se tinha, virou fumaça. — O homem disse e foi fazendo o caminho de volta, assoviando algo que Hermes não reconheceu imediatamente. Uma música trêmula e cheia de mágoa, algo triste. O garoto ainda ficou ali parado, olhando para Hermes como se ele fosse um desses animais selvagens que aparecem na casa das pessoas às vezes. O menino tinha a cabeça raspada e algumas cicatrizes aparentes, não muito grandes. Usava um macacão jeans velho e quase descorado de tão surrado. Nos pés, um calçado em pior estado.

— Xexéu, anda pra cá. — O frentista disse de onde estava, a uns três metros. O menino não se mexeu. O homem voltou a se aproximar e colocou a mão no ombro do menino. — Liga pra ele não, moço, o Xexéu é meio lerdo. Ele aparecia aqui de vez em quando, a gente ficava com dó e dava comida. Ele acabou ficando.

— Tem família?

O frentista riu.

— Mãe eu sei que tem, porque todo mundo tem mãe.

O garoto franziu a testa e saiu correndo na direção das bombas.

— Vai com Deus, moço — o frentista foi se afastando de novo.

— Só mais uma informação, amigo. Tem alguma cidade por aqui chamada Três Rios?

A pergunta fez o frentista tirar o boné e puxar os cabelos para trás, para recolocá-lo logo em seguida.

— Tem não. E a estrada é uma bosta.

— E como eu saio dela?

— O senhor toca reto até o quilômetro 33 e quebra pra rodovia. Só toma cuidado pra não passar do trevo, porque fica ruim de voltar.

— Eu vou ficar de olho. — Hermes deu a partida.

Enquanto o carro se afastava, o frentista ajustava o saco e cuspia de lado. Mais um Corcel, mais um homem, mais um rosto que não tornaria a ver.

— Vai ficar de olho porra nenhuma. Ninguém fica.

VI

Pelos próximos quilômetros, Hermes pensou em Darius, mas em pouco tempo tinha plena certeza de que tinha sido vítima de algum tipo de delírio. Sabia como os sonhos funcionavam. Durante o dia se acumula um monte de besteira, à noite a mente cospe de volta. O próprio nome daquela cidade que não saía da cabeça. A Três Rios que muita gente conhecia ficava no Rio de Janeiro e não enfiada no Noroeste Paulista.

Mas havia mais um ponto falho nesse raciocínio. O contador de quilometragem tinha mais de sessenta quilômetros extras. De onde eles tinham vindo? Hermes bateu com os dedos no acrílico do painel.

— Bobagem... — resmungou.

Pelo andar da carruagem, a chuva havia desistido de cair. O céu ainda sustentava aquela tonalidade salmão e pesada, estourando eventualmente, mas a terra continuava seca como giz. Desde o posto, Hermes não viu muito verde, e nos últimos mil metros tudo o que existia era secura e algumas indústrias aparentemente abandonadas.

Para passar o tempo, mais um cigarro aceso.

Pensava de novo em Cecília e em como ela o desqualificou. Como homem, como bicho, como gente. Cecília Vilela. Filha única. Cinco anos mais nova. Sonho de ser esposa e mãe. Quem ela pensava que era?

Poderia perdoá-la, poderia até mesmo esquecer. Cecília, no entanto, sabia o que outros fizeram com ele. Sabia da amargura, sabia das rasteiras, sabia onde mais doía. E ela apertou e apertou, até não sobrar mais dor pra arrancar pra si.

— Maldita. — Os dedos tamborilando nervosamente no volante.

A paisagem se tornou a claridade de um raio. Em um movimento reflexo, Hermes fechou os olhos e pisou no freio, sentindo os pneus derreterem no asfalto por alguns metros.

O Corcel não chegou a parar totalmente. O brilho se foi junto com o eco da explosão.

— Puta merda — ele desabafou.

De alguma forma, o mundo todo se reconfigurou naquele estrondo. Agora havia mato, árvores e acostamento, animais pastando em pequenas propriedades rurais, sinais de uma civilização simplória. Havia um emaranhado de casinhas salpicadas na distância.

Depois de cinco quilômetros rodados em marcha lenta, surgiu um sinal de vida indiscutível. O nome do bar era Melão Maduro. Apesar do nome ridículo, Hermes pensou em parar e comer um lanche, tomar um café forte. Repensou. Não, melhor guardar as moedas.

Naquele momento, suas posses estavam reduzidas a um carro e um porta-malas cheio de veneno. Algo que ele conhecia bem, melhor do que conhecia a si mesmo. Existia alguma coisa mais útil ao mundo do que um bom veneno? Graças a eles, aos venenos, tiranos foram mortos, graças aos tóxicos outros tantos emergiram ao poder. O veneno, o grande genitor da espécie humana. Mas os cretinos não entendiam isso. Os naturalistas e ambientalistas e punhetalistas não conseguiam compreender que não se pode dialogar com as pragas.

Hermes sentia algo aquecendo suas vísceras. Gostava. Quando estava tomado pela fúria, seu sistema funcionava melhor.

Terra Cota, Nova Enoque, Assunção.

Velha Granada, Trindade Baixa... Gerônimo Valente.

Que cidades eram aquelas?

Km 45.

— Merda.

Lembrava claramente das palavras do frentista do Cobra de Fogo. Se passasse do trevo depois do Km 33 ficaria difícil pra voltar. Bem... o que está feito, está feito. De qualquer maneira, o não retorno era um resumo de sua vida. E pensando bem, não era tão ruim. Quando você não pode voltar, você avança. É assim que os soldados vencem as guerras.

— Merda, merda! Puta merda! — Lamentou com o carro.

A porcaria do Corcel estava engasgando de novo. Morrendo. Avançando aos trancos.

Sem a segurança do motor, Hermes o colocou na banguela, aproveitando a pista em declive que começava naquele exato instante. O velocímetro subiu a 90, 100, 110, e começou a descer. Hermes reacendeu o motor, o Corcel engasgou e arruinou o resto da velocidade.

O Ford parou cinquenta metros à frente, com Hermes embicando o carro em um descampado. Na velocidade em que estava, não correu nenhum risco, mas isso não servia de consolo. Cansado de só encontrar problemas, desceu do carro e foi até a parte de trás, dar uma olhada no que ainda havia de valor em sua vida.

O galão de agrotóxico estava intacto, a melhor notícia do dia. O produto em questão, um acelerador de degradação químico, poderia facilmente derreter o assoalho e o que mais encontrasse por baixo, comia até a terra se não fosse neutralizado. Hermes moveu o cobertor que protegia o restante das bagagens. Pipetas, provetas, beckers, materiais básicos para titulometria e alguns experimentos químicos. Tudo embalado em jornais e isolado em cacos de isopor e folhas de revistas. Se daria certo? Bem... era seu último tiro. Hermes já havia conferido a integridade de suas coisas e estava fechando o porta-malas quando ouviu um ruído estranho, próximo demais, às suas costas. Virou o corpo em um golpe sorriu.

— Olha só se você não é a porra de um cavalo.

Chegou mais perto do animal, o cavalo ficou onde estava.

— Você não devia ter acabado comigo lá atrás?

Hermes deu uma pequena palmada no pescoço do bicho. Tudo o que o cavalo fez foi um gracejo, uma raspada com o casco direito dianteiro no chão. Estrebuchou.

— Você é o primeiro amigo que eu faço em muito tempo.

Estava sendo sincero. Hermes não gostava de gente, cachorro, gato, galinhas ou passarinhos. Tinha vontade de chutar a cabeça de uma vaca pelo simples fato delas existirem. Um animal tão dócil, tão servil como uma vaca, já deveria ter sido extinto em sua modesta opinião.

Enfim, o cavalo se cansou de Hermes, como todos os outros seres vivos que cruzaram seu caminho. Hermes acompanhou seu avanço lento, sempre naquele pasto sem planejamento, ao lado da estrada vicinal. Ao longe havia uma cidade. Sobre a cidade, uma nuvem com muito mais de cinza do que de azul ou branco. Hermes gostou daquilo, daquela visão. A cidade parecia ter um tamanho razoável, devia ter alguns mecânicos, talvez não custasse tão caro o conserto do Corcel.

Deu alguns passos pela grama ressecada e sentiu o calçado deslizando sobre alguma coisa no chão. Era um pedaço de metal. Por curiosidade, Hermes limpou a sujeira que se acumulava nela, raspou a sola dos sapatos na placa até conseguir ler.

— Três Rios, 8 Km.

Oito. Gostava daquele número.

Antes de fechar o Corcel, Hermes pensou, de raspão, naquele rapaz chamado Darius e nas coisas que conversou (conversou?) com ele. Pensou na estrada, no barracão e na estranha ausência que tomava todo o resto. Agora, enquanto caminhava na secura, Hermes conseguia sorrir. Pela primeira vez em muito tempo, ele sabia que tinha o tabuleiro a seu favor.

33
DE ONDE EU VENHO

Se nada matar um homem, o câncer o fará. Se o câncer demorar demais, o tédio começará o serviço.

O paciente do quarto 8, ala D, hospedado forçosamente na Santa Casa de Misericórdia de Três Rios, estava sedado outra vez, porque vossa realeza histérica teve um ataque de nervos e ameaçou matar um enfermeiro com o suporte de soro caso o homem não devolvesse suas roupas. Mais uma vez contido no hospital por correias de couro, o consenso é que ele não tinha o juízo perfeito, era violento e, portanto, um risco para as pessoas boas e trabalhadoras de Três Rios.

Como toda pessoa aprisionada, Samir passou a vigiar e anotar mentalmente a rotina dos funcionários de seus captores. Seus horários, seus humores, a maneira como alguns pareciam se preocupar com ele enquanto outros o tratavam como uma peça do mobiliário.

A troca de turno das pessoas de branco — os médicos e enfermeiras — acontecia duas vezes por dia, às sete da manhã e às sete da noite. Já o pessoal da limpeza, as pessoas de cinza, mudavam três vezes (oito da manhã, quatro da tarde e meia-noite). O pessoal da limpeza da noite era sempre mais carrancudo, e o pessoal da medicina noturna parecia ter caído da cama toda vez que aparecia. Com o turno da manhã era diferente, principalmente as pessoas de cinza; elas pareciam muito mais animadas.

Uma das funcionárias que Samir mais simpatizava era Cleide (era o nome escrito no crachá de identificação). Ela sempre chegava assoviando, perguntava como ele estava (embora Samir nunca respondesse), oferecia uma água (que Samir nunca aceitava) e dizia que Deus ia ajudá-lo, que ia ajudar todo mundo porque Deus era bom, justo e sabia o que fazia. Ela também contou que a filha estava esperando um bebê e que ela seria avó aos trinta e seis anos, o que achava um absurdo de tarde. Mas também estava feliz porque o mocinho (dez anos mais novo), noivo da filha, era bom e blábláblá. Em uma das manhãs, Cleide contou que o marido tinha tido uma recaída e jogado cartas, e ela brigou feio com ele e ameaçou separação. Coisa que ela não faria, confessou a Samir, era só pra ele "ficar esperto", disse. Samir ouvia e ignorava, mas era bom ouvir. Ajudava a controlar o tédio.

Naquela manhã, Cleide chegou diferente. Empurrou a porta como quem fecha uma tumba, entrou no quarto com a mesma vontade e quase derrubou os produtos de limpeza que ficavam na parte de cima do carrinho. Não abriu a boca enquanto recolhia os detritos médicos deixados pela enfermagem. Continuou com a mesma expressão quando jogou desinfetante no banheiro, e estava ainda mais carrancuda quando, sem avisar nem nada, abriu as janelas do quarto e deixou a luz do dia cinza infectar os olhos de Samir.

Ela apanhou o rodo com um pano e pápápá!, no pé da cama, na poltrona de visitas, no aparador que servia para acomodar as refeições e medicações a serem ministradas.

Samir raspou a garganta.

Imaginou que seria o suficiente para atrair a atenção da mulher. Ela falava pelos cotovelos mesmo sem ter resposta, isso nos dias calmos. Em um dia como aquele, Cleide devia estar sentindo febre de vontade de falar. Mas não, não estava. Se ela ouviu a raspada de garganta, preferiu não transparecer.

— Tudo bem com a senhora? — Samir perguntou enfim.

Cleide deixou o rodo cair, encostou na porta e arregalou os olhos.

— Tá, tá precisando de alguma coisa, moço? — Foi o que conseguiu falar.

— Sair daqui, mas você não vai ajudar nisso. Assustei a senhora? Não foi a intenção.

— É que eu não esperava — ela se recompôs rapidamente e apanhou o rodo do chão. — O senhor nunca responde, até parece uma estátua, pensei que tivesse ficado lerdo.

— Você está diferente hoje, mais calada.

— Eu falo que nem um rádio, né? Mas hoje não tenho muito de bom pra falar e nessas horas eu fico quieta porque se Deus quisesse que a gente reclamasse tinha dado logo duas boca, igual deu as oreia.

Samir sorriu discretamente com a comparação; era bom fazer isso, sorrir.

— Mas já que o moço puxou a minha língua, então eu vou falar. Eu tô indo numa igreja nova, igreja não, a gente não fala igreja, a gente fala templo. Templo é casa de Deus então é igreja, mas a gente fala templo. Lá no templo tem um pastor, que a gente não chama de pastor, chama de Abade. Ele é um homem bem bonito, um homão mesmo, e tem muita mulher que se assanha com isso. Eu não, porque eu tenho meu homem e nem dou conta das vontade dele. Desculpa o jeito, moço, vê se eu guento? Mas então daí esses dia atrás uma moça nova apareceu na igreja com o marido dela. Eu sei lá por causa di quê que ele ficou lá todo enciumado e tirou ela na marra da igr... do templo. Saiu arrastando ela que nem uma mula, vê se eu guento? Daí todo mundo viu e ficou horrorizado, mas ninguém fez nada porque a gente aprende desde sempre que em briga de marido e mulher ninguém mete a colher. Só que como o homem tava bravo que só e a mulher também tava, o caldo engrossou e daí o homem plantou a mão nela. Daí ela caiu e o pasto... o Abade chegou já distribuindo. Aí que ninguém sabia que ele sabia brigar daquele jeito. Ele moeu o valentão no soco, e quando o outro tava todo estropiado ele deixou o safado ir embora. Depois levaram a mulher dele pra casa, já bem tarde, foi uma outra moça que levou e falou que o valentão tava mansinho, mansinho. Mas aí agora o povo tá falando coisa errada do homem de Deus. Vê se eu guento? O Abade ajudou a moça, deu uma coça no valentão, e o povo besta dessa cidade tá chamando ele de violento, de agressor, falando que precisa fechar a igre... o templo, antes que ele comece uma revolução. Aí já começaram a chamar ele de abusador, de molestador, isso porque ele tem uns enrosco lá com as Soberana, que é as mulher que ajuda ele na miss... na celebração. Se elas têm fogo e ele tem disposição e é tudo gente de maior livre e desimpedida, o que tem de errado? Vê se eu guento?

— A língua do povo é seu próprio martírio, sempre foi assim, desde que mundo é mundo.

Cleide sorriu pela primeira vez naquele dia.

— O moço falou bonito que nem o Abade. Ele é um homem bom, tá ajudando quem precisa, cura doença, ele faz mais pelo povo do que o povo merece. Agora diz que vão fechar a... o templo, porque a notícia saiu no jornal e tá todo mundo desconfiado dele. Vê seu eu guento? E qual o seu nome, moço? A gente aqui conversando e eu nem sei seu nome.

— Fica entre nós dois? — ele perguntou.
Ela assentiu.
— Me chamo Samir. Eu sei que você é Cleide.
Ela fez uma cara muito, muito desconfiada.
— Está escrito no seu uniforme — ele explicou.
— Ah sim, como eu sou tonta, né? Vê se eu guento? Diz que ontem o moço deu trabalho de novo, né? Não pode ficar querendo bater nas pessoa, viu? Só quando elas merece. Se ficar fazendo isso, vai sair daqui só no Natal, que é quanto eles deixa todo mundo que não vai morrer sair, pra comemorar o nascimento de Jesus Cristo com a família. Mas agora que eu já falei pelas tripa, como você tá, moço?
— Eu vou viver — Samir disse.
Cleide foi até a porta e espiou o corredor, depois voltou e se sentou na poltrona destinada aos visitantes.
— O moço é daqui mesmo? De Três Rio?
— É complicado. De onde eu venho, as coisas ficaram diferentes.
— Diferente como?
— Solitário, vazio.
— É assim que nem um deserto?
— É... mais ou menos isso.
— E como o moço chegou aqui? Ouvi falar que o moço apareceu lá na frente do carro do seu Brás e que ele quase passou por cima. Mas é coisa da língua do povo, onde já se viu? Alguém aparecer do nada... vê se eu guento?
— É como uma porta invisível que só abre pra um dos lados. Se você estiver do lado certo, consegue atravessar.
— A porta de onde o moço veio foi essa? Do lugar vazio?
— Foi sim.
— E o moço sabe quem foi que abriu?
Samir olhou para o céu cinzento pintado na janela.
— Três Rios.

34
JOGO DA VERDADE

Perto das quatro da tarde, logo depois de chegar para o seu turno, Clóvis estava ouvindo seu programa de música sertaneja favorito no rádio (com Lourenço e Lourival cantando "Se Ainda Existe Amor", um cover de Baltazar), quase vencido por um cochilo, quando o interfone tocou. Ele cedeu um tremelique com o susto e depois conferiu um rosto conhecido no monitor de vigilância. Clóvis se esticou e apertou o botão para liberar o acesso.

— Boa tarde, seu Clóvis, tudo bem?
— Comigo tudo certo, e o senhor tá ficando famoso.

O sorriso do Abade vacilou no rosto.

— Já ficou sabendo?
— E tem como o povo não fofocar uma coisa dessa? Um homem de Deus ajustando a educação de um machão? — Clóvis riu. — Mas tá tudo certo com o senhor? Não se machucou na briga?
— Eu tive aulas de kung-fu quando era mais jovem, ainda lembrava uns golpes. — O Abade fez uma gracinha, como um boxeador. Clóvis riu um pouco mais.
— Melhor deixar o senhor entrar pra eu não apanhar.
— Preciso assinar alguma coisa?
— Hoje não, é só da primeira vez. Dona Bia e Maitê tão esperando o senhor.

• • •

Heitor encontrou as duas enfermeiras com Ravena e Luan, os jovens estavam sentados em uma mesa de fórmica (se ele não se enganara, era a mesa da cozinha), treinando algumas letras em uma cartolina amarela, Bia estava de pé, Maitê sentada com eles. No papel havia letras de fôrma, corações, rostos, e animais estranhos como só as crianças pequenas sabem desenhar. Os quatro abriram um sorriso quando o viram. O Abade sorriu e acenou de volta.

— Como meus amigos estão? Eu já estava com saudades! — disse.

— O que você fez na mão? — Ravena perguntou ao notar os machucados nos nós dedos.

— Eu... raspei.

— De que jeito? — Luan perguntou. — Porque isso aí parece marca de soco...

Maitê riu, não era muito boa em se segurar.

— O nosso Abade treina boxe — Bia disse —, acho que a luva estava muito fina.

— Isso, foi exatamente isso — ele concordou.

— Tá doendo? — Luan continuou interessado.

— Não muito. Nós samurais não sentimos dor.

Ravena riu de uma maneira inocente.

— Bobo, samurai não faz boxe.

Ele bem que tentou disfarçar, mas a surpresa no rosto do Abade era evidente. Tanto que Bia decidiu poupá-lo de descobrir tudo sozinho.

— Meninos, vocês ficam com a Maitê enquanto eu roubo o Abade um minutinho?

Caminharam alguns passos na direção da saída para a área de sol da clínica.

— Pode falar, Abade — Bia riu.

— Eu estava esperando alguma coisa nova, mas eles estão... acordados demais — ele disse.

— Estão, não estão? — Bia não parava de sorrir. — É um milagre e estamos só começando as boas notícias.

Seguiram mais alguns metros, e assim que chegaram mais perto da porta, o Abade ouviu o som de vozes. Não era muito alto, mas não chegava a um cochicho, apenas uma conversa discreta e relaxada. Bia o tocou no braço, antes que chegassem perto demais. Disse, irradiando um sorriso:

— Todos eles acordaram, estão aproveitando o sol da tarde.

— Quando aconteceu? — ele perguntou.

— Faz uns dois dias, foi logo depois do... daquele tipo de ataque convulsivo que eles tiveram.

— Eu queria ter vindo imediatamente, mas os compromissos...

— Não estou cobrando, de modo algum. Mas foi como aconteceu. Eles dormiram por umas dez horas depois disso, quando acordaram estavam diferentes. A exaustão foi parecida com o que aconteceu com a Ravena na noite em nós a... resgatamos.

— Maitê participou?

— Não, dessa vez foi a própria Ravena e o Luan. Os outros sete pareciam estar tendo uma crise de epilepsia. Eu ajudava de um lado e a Maitê do outro, para que ninguém se machucasse ou engasgasse com a própria língua. Foi aí que o Luan e a Ravena se levantaram e tocaram nos amigos, parecia que eles sabiam exatamente o que fazer.

— Chegou a perguntar pra eles?

— A Ravena falou que só tentou acalmar os amigos, o Luan concordou com ela. Mas eu acho que ele concorda com qualquer coisa que a Ravena fale. Eles são como gêmeos, têm a mesma afinidade de dois irmãos.

— Você tem certeza que ela disse tudo o que sabia?

— Minha impressão é que não, mas eu não quis pressionar demais. A Ravena às vezes fica distante, não ausente como ela estava antes, mas como se ela entrasse e saísse de uma espécie de transe. Como se a mente fosse pra outro lugar, sabe?

— Pode ser readaptação. São mais de dezessete anos, é muito tempo.

Bia concordou.

— Chamei você pra ter certeza que não está faltando nada para os outros, você sabe... alguma coisa daquele outro lado.

— É um prazer ajudar de alguma forma, Bia. Vamos dar uma olhada neles. — O Abade tocou gentilmente o ombro de Bia e seguiu na frente.

Duas mocinhas os notaram antes que eles chegassem, e só isso já adiantou ao Abade o que ele encontraria naquelas pessoas. Estavam voltando, sim, e voltavam depressa. Isso também mudou sua abordagem.

— Muito sol por aqui? — ele disse. — Todo mundo passou protetor?

A maior parte continuou bem séria, mas Janaína e Dani sorriram.

— Lembram de mim?

Sem resposta, ele fez mais uma gracinha.

— É... pelo jeito as línguas continuam dormindo. Você não falou que eles tinham acordado, dona Bia?

Bia sorriu e esperou que os meninos reagissem. Não demorou muito.

— Você é o moço da igreja — Franco disse cheio de seriedade —, o que vem aqui de vez em quando.

O abade sorriu.

— Será que tem uma cadeira pra mim? — perguntou a Bia. — Faz tempo que eu não tomo um solzinho. Vocês não sabem como é dura essa vida de Abade. Sempre dentro de quatro paredes, ouvindo problemas, pregando, casando pessoas... quase não sobra tempo pra gente.

Bia chegou com uma cadeira da copinha.

— Já que estamos todos aqui tomando sol no cocuruto, o que vocês acham de uma brincadeira?

Demorou um pouco até alguém responder, mas como sempre, a curiosidade venceu.

— Qual brincadeira? — Dani quis saber.

— Acho que ninguém aqui pode jogar queimada ou brincar de pega-pega, não ainda, então precisamos fazer alguma coisa mais calma, certo?

— Acho que sim... — Fabrício disse. Tinha a voz grossa de um locutor de rádio AM, os meninos riram assim que o ouviram. Eles ainda estavam se acostumando com as mudanças em seus corpos. Da mesma forma, mantinham o humor inocente e um pouco ofensivo das crianças.

— Tudo bem, minha gente... já podem parar de rir do coleguinha porque todo mundo aqui já é criança adulta. — O Abade disse.

— Isso nem existe. — Franco o confrontou, muito sério.

O Abade sorriu e passou as mãos pelos cabelos soltos, preferiu prendê-los na sequência em um rabo de cavalo. Voltou a ajustar as mangas da camisa, já dobradas em três quartos. O sol não estava para brincadeira.

— Vocês já ouviram falar do Jogo da Verdade? — O Abade sugeriu. Como estavam todos em um quase círculo, ele e Bia não precisariam sequer organizá-los.

O grupo continuou em silêncio, alguns sacudiram a cabeça em negativa. Um movimento ainda um pouco contido. Na opinião do Abade, poderia ser a fragilidade muscular dizendo olá.

— Eu vou explicar como funciona. Nesse jogo, nós rodamos uma garrafa no chão, e onde ela parar será o lugar da pergunta e das respostas. Onde a traseira apontar faz a pergunta, e no gargalo, quem dá a resposta. Será que temos uma garrafa?

Bia se afastou mais uma vez, mas não muito. Na pequena lavanderia ao lado encontrou uma embalagem de amaciante vazia. Não era bem uma garrafa, mas o Abade ficou satisfeito, assim como os meninos. Estavam ansiosos, um pouco eufóricos, todos eles. As risadinhas não paravam.

Do grupo, o mais carrancudo era Franco. Ele parecia não confiar muito nas outras pessoas, mesmo em Bia. Assim como ele, Samantha também era mais calada.

— Posso rodar? Todo mundo entendeu as regras? — o Abade confirmou.

— E a Bia? — Carlos perguntou. Era o mais branco de todos os meninos, tinha sardas pelo rosto, e só de fazer a pergunta já começou a ficar vermelho.

— Eu vou dar uma olhadinha na Ravena e no Luan enquanto vocês brincam.

— Eles não vêm? — Franco perguntou, cheio de seriedade.

— Já, já. Eles estão terminando a lição de caligrafia com a Maitê — Bia explicou. — Vocês terão as mesmas aulas também, assim que melhorarem mais um pouquinho.

— Então lá vai — o Abade rodopiou o amaciante.

A primeira rodada foi de Fabrício perguntando para Carlos (com Fabrício fazendo o possível para sua voz não sair tão grossa). Antes de fazer pergunta para Carlos, ele quis saber do Abade:

— É uma pergunta só?

— Isso, uma só. Depois que o Carlos responder, ele roda a garrafa de novo pra escolher a próxima dupla.

Fabricio pensou e pensou, então perguntou a Carlos:

— Você sente saudade de casa? Da sua casa?

Carlos não respondeu imediatamente. A impressão que transpassava seu rosto era de que ainda não havia pensado nesse assunto, e que finalmente estava sendo impelido a fazê-lo.

— Eu não lembro direito como era. Lembro da mamãe, do meu irmão... E do meu cachorro, o Draco. Ele já deve ter morrido e tudo. Eu acho que prefiro ficar aqui mesmo, sei lá.

Dani começou a mudar de expressão e, antes que evoluísse a um choro, o Abade começou a falar.

— Eu conheci um cachorro que viveu vinte e dois anos, vinte e dois! Então pode ser que ele esteja só mais gordinho do que você se lembra. Quem roda agora? Carlos?

— Eu não vou conseguir rodar sem cair da cadeira.

— Estamos aqui pra isso, jovem guerreiro — o Abade disse e rodopiou a embalagem, partindo da direção de Carlos.

Os rapazes e mocinhas tinham a pureza da infância, era o que o Abade via. No caso de Franco, ele era naturalmente mais analítico, mas não parecia algo digno de preocupação. Seria preciso bastante tempo e observação dedicada para compreender todos os possíveis danos causados pela ausência de relações diretas por tantos anos, mas, na medida do possível, eles pareciam bem. Bem até demais na opinião do Abade.

— Opa! Parece que chegou a minha vez! — O Abade celebrou. O outro lado da garrafa estava em Janaína. Ela pareceu feliz, mesmo que não tivesse sido a escolhida para fazer a pergunta.

— Você e seus amigos estiveram parados, sem se mexer um tempão. Vocês conseguiam ver e ouvir outras pessoas nesse tempo todo? Sabiam do que acontecia aqui na clínica?

— Que pergunta besta é essa? — Franco disse.

Nenhum dos outros esboçou reação pela interrupção dele. Talvez Samanta tenha soltado um risinho, mas foi tudo.

Felizmente, o homem do templo tinha experiência com alguns meninos e meninas da sua congregação, então resolveu tudo com uma frase:

— Acho é que a vez dela falar, Franco.

Franco bufou, mas ficou quieto.

— Eu ouvia, eu acho — Janaína respondeu. — Só que era diferente. Eu ouvia, mas não sabia se estava ouvindo mesmo, se era de verdade. Agora que eu sei o que é de verdade, então lembro de algumas coisas. Lembro da tia Bia contando história pra gente dormir, dando comida pra mim. Lembro de tomar banho. E eu lembro direitinho quando a Maitê veio trabalhar aqui. E do dia que choveu um monte e a Ravena acordou. Mas tem coisa que eu só lembro metade. Eu não lembro do rosto da minha mãe, só da voz dela. Eles vêm ver a gente, moço?

— Eles vêm, vêm sim — Bia se incumbiu da resposta. — Só estamos esperando vocês melhorarem mais um pouquinho.

— Vamos pra mais uma? — O Abade rodopiou a garrafa.

Dessa vez a garrafa quicou e perdeu o impulso, girando somente uma volta e meia. Estacionou entre Samanta e o Abade. Ela no gargalo, a resposta era do Abade. Ela pensou, pensou e fez a pergunta:

— Você não é padre, então por que você tem uma igreja?

— Porque ele é pastor — Janaína disse.

— Não é nada — Samanta disse —, você que não ouviu direito.

— Tudo bem, ninguém precisa se exaltar. — Mais uma vez o Abade tirou o peso da situação. — Faz muito tempo que não me fazem essa pergunta. — Ele pousou os olhos em Bia e percebeu que ela também estava atenta à sua resposta. Não era um incômodo, seria inclusive positivo que ela soubesse um pouco mais sobre a sua vida. Da forma como suas histórias estavam se enlaçando, ela mesma acabaria perguntando.

— Eu já fui uma criança, como todos vocês também foram. Não exatamente como vocês, mas eu também nasci pequeno. Brincava de esconde-esconde, jogava bola, brigava pela TV lá de casa pra jogar videogame... Na escola, eu era um bom aluno e tinha alguns amigos. Como eu era calado, não tinha muitos, mas uns dois ou três meninos da vizinhança gostavam de mim. Um dia eu descobri que conseguia deixar as pessoas se sentindo melhor. A primeira foi uma menina, vizinha da nossa casa. Ela era bem magrinha, e não parava de perder peso.

— Ela não comia? — Fabrício perguntou. Ninguém se opôs à quebra de regra.

— Comia sim, mas foi parando aos poucos. Reclamava que a barriga doía, passava mal, chorava, então ela ficou bem mais magrinha e foi parar no hospital.

"Quando ela voltou pra casa, minha mãe fez uma visita e me levou junto. Eu estava na sala com essa menina, enquanto nossos pais conversavam em outro cômodo. Eu senti minhas mãos esquentarem, começou assim. Elas ficarão tão quentes que eu sentia o calor saindo das palmas.

"Lógico que eu fiquei curioso com aquilo, nunca tinha acontecido. Curioso e bem assustado. Em algum momento eu pedi pra menina sentir as minhas mãos, pra que ela confirmasse se elas estavam quentes mesmo ou era impressão minha. Ela espalmou as mãos e eu também, nossas mãos se tocaram e ela começou a rir, disse que o calor pinicava as mãos dela. Foi depois disso que ela começou a comer direito.

"Não contei nada pra ninguém. Nem pro meu pai, nem pra minha mãe, eu mesmo não achava possível que tivesse acontecido. Mas aconteceu de novo com um amigo que tinha dores de cabeça muito fortes, ele tinha um probleminha, um coágulo."

— O que é um coágulo? — Samanta perguntou.

Bia respondeu pelo Abade.

— É como uma bolha. Essa bolha fazia esse menino sentir dor de cabeça.

— Bolha de sangue? — Carlos perguntou. Bia confirmou que sim.

— Eca — Dani disse.

O abade riu antes de continuar.

— Foi assim que aconteceu. Quando eu tinha dezesseis anos, muita gente da região sabia que eu ajudava as pessoas. Começaram a fazer fila na minha casa, acampavam na calçada, as pessoas costumavam rezar embaixo da nossa janela. O templo veio depois, com um homem rico que eu ajudei; na verdade foi a mulher dele, ela não podia ter filhos.

— E ela teve? — Dani perguntou.

— Dois bebês. Gêmeos, um menino e uma menina.

O Abade tomou mais um tempo, para retomar o autocontrole. Tinha muitas memórias daqueles dias, nem todas eram boas. Seu pai indo embora porque já não aguentava ser apagado pela importância do filho era uma delas. A mãe que ele não pôde curar era outra.

— Nós não chamamos nosso lugar de igreja — ele mudou um pouco a conversa —, chamamos de templo, e eu chamo de lar.

— Foi você que tirou a gente do escuro? — Franco perguntou.

— Eu não tenho certeza, é possível que eu tenha ajudado nisso, mas não teria feito nada sozinho. Vamos pra mais uma rodada?

— Sim! — quase todas as vozes fizeram coro.

O Abade tomou a embalagem, assoprou em uma gracinha e a fez rodar. Dessa vez o impulso foi dos bons e ela rodou umas cinco vezes até desacelerar. Passou por Fabrício, por Dani, pelo Abade e por Roberta. Quase parou em Samanta, mas o gargalo avançou até parar em Janaína. Carlos era seu alvo.

— Eu sei que a gente foi parar naquele buraco porque um monte de gente já falou isso aqui e em todo lugar. Só que eu não sei direito como foi. Você lembra de como a gente acabou indo pra lá? Consegue lembrar?

Nem mesmo o sol pareceu gostar daquela pergunta, se escondendo atrás de uma nuvem enorme, que já cobria metade do céu.

Diante do silêncio de Carlos, Janaína estendeu a pergunta ao grupo.

— Ninguém sabe? Ninguém lembra?

O Abade não interferiu, Bia fez o mesmo. Algumas crianças procuraram pelo rosto de Franco. Claramente havia uma liderança ali, mesmo que fosse inconsciente. Carlos tentou responder.

— Como foi eu não sei, mas depois que a gente chegou lá, parecia que não era eu, que era outra pessoa. Eu só tinha que ficar ali sentado e esperar. Do jeito que eu lembro, parecia que a minha mãe e o meu pai tinham mandado, e eu não podia desobedecer. Quem fez a gente dormir esse tempo todo, moço? Foi o buraco? — ele perguntou ao Abade.

O religioso levantou os olhos a Bia, sem ideia do que responder. Ele poderia simplesmente negar que a cratera tenha feito isso sozinha, mas o que diria depois? Quem poderia ser responsabilizado?

— Eu também fiquei um tempão no hospital — Bia se incumbiu. — Eu já contei isso pra vocês algumas vezes.

— Foi, ela contou sim — Dani falou aos amigos.

— Quando eu precisei ficar internada, foi parecido com o que acontece com vocês. Acho que um pouco pior, porque eu não conseguia ficar atenta o tempo todo. Eu nem sabia se estava viva, morta, acordada ou sonhando. Depois eu acordei de vez e conheci vocês, e só aí eu percebi que todos aqueles anos de apagão acabaram unindo as nossas vidas. Se eu não tivesse dormido, eu não teria encontrado vocês, entenderam? E hoje vocês são tudo o que eu tenho. O que eu quero dizer é que vocês ainda vão descobrir o motivo, uma razão para tudo o que está acontecendo. A gente sempre acaba descobrindo.

Samanta estava olhando atentamente para o Abade.

— É verdade, moço? É sempre assim que acontece?

— É sim — ele se resumiu a dizer. Mas naquele momento, sem nenhum motivo plausível, o Abade não sentiu que estava dizendo a verdade. Se pelo menos uma vez na vida alguém pudesse enxergar com total clareza, fotografar de alguma forma o lento estabelecimento de uma tragédia, talvez o início fosse aquele exato momento. A sensação de angústia que tomou o Abade foi tão forte que ele precisou interromper a brincadeira e tomar um pouco d'água, a fim de se recompor. Mais tarde, naquela mesma noite, ainda estaria com a mesma sensação. E ela o beliscaria pelos dias seguintes, e só o deixaria em paz quando o pior se decidisse a acontecer.

35
O GRANDE SEGREDO DO PROFETA

Como Monsato esperava, não seria tão fácil acessar a parte da rede de túneis sob os domínios de Hermes Piedade. O velho era uma raposa e, como todas elas, sabia tomar conta de sua toca. Um juiz local embargou o pedido de busca da polícia no dia seguinte, e o cheiro de suborno estava tão forte que o detetive decidiu caminhar em outra direção (até conseguir reverter a manobra judicial, Brasil mostrando sua cara...). Além do cadáver da mulher levada aos túneis, Tomate citou um homem santo que atuava no Limoeiro, e o tinha vinculado na base do disse-que-me-disse à onda de assassinatos. Aquele parecia um bom osso pra roer.

— Tem certeza que é uma boa ideia? A gente nem chegou a formalizar a conversa com o Tomate — Luize disse.

— E ia adiantar? Formalizar alguém com a credibilidade do Tomate?

— Eu só não quero cometer uma injustiça. Nem todo pregador é bandido, muito menos os que continuam na pobreza.

— A gente não pode deixar de verificar. Se não tiver nada de errado, dá uma ensaboada no sujeito e cai fora. O problema é que onde tem fumaça, tem fogo, e o povo não ia glorificar um homem que mora em um barraco sem um bom motivo. Não podemos correr o risco de não verificar e acabar enterrando mais gente.

Luize acedeu um cigarro e abriu o vidro do carro. Tragou com força.

— Falei alguma merda? — Monsato perguntou.

— Não é isso, eu me lembrei da minha mãe. Quando eu era criança, ela me contou que tinha ido em uma médium.

— Clemência?

— Não, era uma cigana. O acampamento dessa mulher estava aqui na cidade, o pessoal ficava na fazenda de um amigo da família, arrendavam a terra por uns meses e depois iam embora. A dona das terras contou pra minha mãe que a mulher fazia previsões e a dona Clarissa quis dar uma olhada. Acho que na época ela andava desconfiada que o meu pai tinha um caso.

— E tinha?

— Com o trabalho dele — Luize sorriu. — Mas a minha mãe foi lá conversar com a tal cigana. Assim que a mulher botou os olhou nela perguntou do meu irmão, do Gabriel. Se ele era um bom filho, se era muito nervoso...

— Sério?

— Ela não falou nome e nem falou que ia acontecer uma tragédia, mas ela disse que tinha alguma coisa errada com ele, perguntou se estava tudo bem na escola, se ele dormia bem, se tinha pesadelos. Minha mãe respondeu com base no que sabia, que estava tudo normal. Ela me contou essa história depois, eu tinha uns doze anos. Não tem um aniversário do Gabriel que eu não pense nessa cigana, e no que poderia ter acontecido se a minha mãe tivesse levado ela a sério.

— Eu não conheci o seu irmão pessoalmente, mas é muito difícil contornar ou antecipar um crime dessa natureza. Se os garotos falam com alguém, se dividem o que estão sentindo, acabam desistindo sozinhos. O que leva um moleque a pegar uma arma de fogo pra matar é o silêncio, são as coisas que eles não dizem e a pressão que eles sentem.

Estavam entrando no Limoeiro. As pessoas daquele bairro eram humildes e trabalhadoras, muito mais verdadeiras que a maior parte dos empresários que as empregavam, mas havia uma espécie de balanço oculto no bairro, uma conta que infelizmente parecia destinada a inclinar o pessoal da região para o negativo.

— Vira na próxima à esquerda. Se você for reto vai ter que dar uma volta enorme, a rua mudou de mão faz uns dois meses.

Monsato o fez e logo começou a diminuir a velocidade, já estavam na rua da antiga fábrica de botões. O barraco também estava ali, exatamente como um outro informante (passando férias na casa de detenção provisória) dissera.

Pararam o carro no início do quarteirão, em uma vaga destinada a carros oficiais, próxima a um ponto de táxi. Luize desceu e acenou para alguém da loja de rações (o preço era um dos melhores da cidade, se você fosse policial, seria ainda melhor).

— Tem falado com a sua mãe? — Luize perguntou a ele, enquanto avançavam pelo calçamento do outro lado, paralelo ao alojamento do homem sob suspeita. Aquela era uma pergunta insistente, mas Luize se preocupava com Monsato, sabia que ele sofria por não conseguir se entender com a mãe.

— Faz tempo que não nos falamos. Ela é minha mãe, mas toda vez eu me sinto um merda no telefone. É sempre a mesma coisa, saudade do passado, cobranças afetivas, a solidão dela vindo direto pra minha conta.

— Você não tem culpa. Ela é uma mulher adulta, nós sabemos o peso das escolhas.

— É complicado. Às vezes eu dou razão pra ela. Dona Regina queria sair de Três Rios, mas meu pai insistiu em ficar mais um ano, ele achou que ficaria rico fornecendo vergalhões de aço pro Hermes Piedade. Nós ficamos em Três Rios, minha irmã foi para aquele buraco, e o Piedade encontrou ferro mais barato em Velha Granada.

Passaram à travessia da rua. Estavam no segundo passo quando Monsato coordenou:

— Deixa eu dar uma olhada antes, você me cobre.

Ela assentiu e Monsato passou a taurus para a frente da calça.

Foi botar o pé no calçamento do outro lado e um cachorro começou a latir. No começo eram latidos de alerta, depois ficaram furiosos. Pelo tom do latido, o animal não era grande coisa, já as doenças que um cão vadio poderia transmitir exigiam cautela. Monsato se abaixou na frente da moradia mantendo a atenção.

Só o bicho e sua fúria. Mas da forma como estava escuro, podia existir alguém entocado.

— Sou da polícia, só quero conversar.

Sem resposta, Monsato usou a taurus para afastar a lona. O animal responsável pelo estardalhaço era uma mistura de beagle com qualquer coisa, nervoso como estava podia machucar se acertasse uma mordida.

— Shhh, rapaz! Cadê a porra do seu dono?

O espaço era restrito, a mobilidade do cachorro, um pouco mais. O bicho estava preso a meio metro de nylon, uma cordinha de varal amarrada em um bloco de alvenaria.

— Shhh...
Grrruuuããã.
Foi um único movimento certeiro e Monsato apanhou a corda. Puxou com vontade e o nylon podre se rompeu como um papel molhado.
— Vaiiiii! Vaza daqui! — disse mais alto, quase um rosnado. O cachorro não devia estar muito feliz naquela birosca, assim que notou o pescoço solto caiu fora.
Sem o cão, Monsato conseguiu avaliar melhor o lugar. Havia muita porcaria. Restos de aparelhos eletrônicos, revistas de pornografia, a metade de um colchão de solteiro, fino como uma casca de banana.
— Tudo certo? — Luize perguntou.
— Vazio. Não tem ninguém aqui.
Luize também se abaixou para entrar, mas não o fez.
— Que fedor — disse.
— É mijo. Naquele balde ali, se for entrar toma cuidado.
— Se você não se importa, eu vou continuar aqui fora.
Monsato planejava fazer o mesmo e sair da toca, mas notou uma corrente de vento sacolejando o pedaço de lona preta que deveria estar rente à parede. Empurrou com a ponta da taurus, o plástico afunilou. Ele o puxou com as mãos.
— Filha da puta.

A lona dos fundos escondia um buraco na parede da fábrica. Não era pequeno, um homem com mais de oitenta quilos passaria com facilidade se ficasse de joelhos. Monsato fez isso e ligou sua lanterna.
— Pode vir — falou para Luize em seguida.
Com as duas lanternas, a iluminação melhorou bastante. Apesar de entrar alguma luz no lugar, era bastante fraca, nascida de alguns buracos no teto e das janelas cobertas com jornais.
Havia uma camada espessa de poeira no chão. Anos e anos de acúmulo. Algumas armações de metal ainda estavam no salão, esqueletos do que foram um dia. O que tinha algum valor em máquinas foi levado. Uma delas ainda estava parcialmente composta, mas corroída pela ferrugem, corrompida pela umidade. O que restou se parecia com um painel de avião esquecido na selva por cinquenta anos.

Ouviram um ruído, pareceu uma lata vazia rolando. Monsato aproveitou a deixa.

— Somos da polícia e eu acho que o seu cachorro fugiu. Nós só queremos conversar, a gente sabe que você tá aqui. É só não fazer merda e se apresentar que nós vamos embora depressa.

Dessa vez ouviram um riso velho, debochado.

Monsato apontou com a lanterna a direção que iria tomar e seguiu até os fundos do galpão. A três metros da parede que delimitava a construção havia uma escada, de madeira, do tipo que sobrevive a bombardeios. Antes que Monsato chegasse a essa escada, a lanterna encontrou duas aberturas, sem portas, na parede. Na posição onde estavam e na forma como as aberturas se pareciam, poderiam ser antigos banheiros.

Esperou Luize chegar mais perto. Apontou para cima e fez um movimento negativo com a cabeça, depois apontou para a área das aberturas. Sinalizou com o indicador e o médio que iria até lá e avançou. Luize entendeu, Monsato escolheria uma abertura e o suspeito poderia sair pela outra, caso ele errasse o lado. Ou poderia estar lá em cima. Luize ficou sob a escada, de uma maneira que não pudesse ser vista do pavimento superior e não perdesse a visão do parceiro.

Monsato entrou e jogou o facho de luz. A escuridão era intensa. As janelas estavam forradas com papéis, sujeira e fitas adesivas. Havia seis boxes, nada de vasos ou urinol. O cheiro de material orgânico ainda estava presente, misturado com o odor adocicado do craque. Não era surpresa, seria quase uma obviedade encontrar um usuário naquele galpão. Eles estavam pela cidade toda, como os tijolos das casas.

— Não se mexe — Monsato disse, sem descuidar da taurus. Pistola na mão direita, a esquerda sobre ela, sustentando a lanterna.

Encontrou um velho encolhido, diminuído no canto da parede. O homem protegia os olhos da luz com a mão direita, a esquerda espalmada para não apanhar ou levar um tiro. Não usava sapatos, e os pés e tudo nele estava contaminado com sujeira.

— A gente precisa conversar — Monsato disse.

— Conversar o que, moço? Eu sou só um velho, um cuitado, não tá vendo?

— Não é o que povo diz. Anda logo, levanta daí ou eu mesmo arranco.

O velho se levantou com alguma dificuldade, mantendo as mãos levantadas, à mostra. Tinha os olhos de quem sabia seu lugar no mundo, de quem fora obrigado a aprender.

— Segue andando pra fora. Tem outro policial comigo, se tentar correr, alguém vai atirar em você.

— Eu não vou corrê, pelamordideus.

— Tava fazendo o que entocado?

— Tudo bem aí? — Luize perguntou assim que eles saíram. Monsato assentiu.

— Responde, amizade — Monsato reforçou —, tava entocado por quê?

— Eu posso... deixa eu sentá... é as minha perna. Erisipela.

Monsato iluminou o tornozelo direito que escapava pela calça. Estava em feridas.

Com muita dificuldade, o homem conseguiu se acocorar. As costas apoiadas na parede; quase não havia acabamento, tudo era tijolo e argamassa meia-liga. Com o atrito das costas, a massa se desprendia feito terra pura.

— Eu sou ruim da cabeça. Comecei com esquecimento, confusão, depois piorou tudo. Tem dia que eu penso que ainda nem acordei, mas tô acordado. Tem noite que eu não durmo, fico o tempo todo cabreiro de alguém fazer maldade comigo.

— Estamos perdendo tempo — Luize disse. — Esse homem precisa de um hospital e de um prato de sopa.

Monsato não se mexeu.

— Escuta a moça, seu polícia. Eu só fiz mal pra mim mesmo, e nem isso eu faço mais.

— Você não me engana. É o tal profeta que o povo diz. O pessoal daqui te conhece.

O homem deixou a expressão mudar, da covardia amedrontada o rosto saltou para um senso maior de certeza.

— Eu não sou ele.

— Não é não? A descrição que eu tenho é igualzinha.

— Um velho preto e pobre?

Monsato não reagiu ao comentário.

— Camarada, é o seguinte. A gente vai ficar no seu pé. Vamos levar você com a gente e você vai ficar no molho até contar o que eu quero saber. Nós nem precisamos de acusação. Vamos levar porque o senhor está correndo risco de morte nas condições em que vive.

— Meu lugar é aqui. Nasci e vou morrer no Limoeiro.

— Vai sim, e vai morrer mais depressa se não colaborar.

— Senhor, escuta o meu amigo — Luize intercedeu. — Tem gente morrendo no seu bairro, gente muito decente, gente trabalhadora. Algumas pessoas contaram que o senhor dá aconselhamentos, nós só precisamos saber sobre as vítimas.

O homem olhou para Luize, para Monsato, voltou para Luize.

— Eu não sou eu quando ele vem. Às vezes ele vem e vai, às vem e fica. Tem gente que fala que sou eu. Mas não é, nunca foi.

— Quer que a gente acredite que tem um espírito possuindo você? — Monsato perguntou.

— Não fui eu que falei de espírito, foi o senhor. É *ele* quem aconselha, quem troca favor, é ele quem costura o povo do Limoeiro um no outro. Se ele vem, eu fico com o cheiro dele uma semana, cheiro de ferro. A perna cura, fica boa da noite pro dia, se ele vai, ela piora de novo.

— É ele que está matando as pessoas? — Luize perguntou.

— Eu não sei, eu não posso saber disso. Mas ele não é de sujar as minha mão.

Monsato perdeu a paciência e o juntou pela camisa, enfiou a boca da taurus no meio da testa do velho. O homem não se moveu, apenas passou a respirar mais depressa, sentindo o bafo da morte.

— Escuta aqui, eminência, esse monstro está matando gente de bem por aí! Ele matou um bandido, muito bom pra todo mundo, mas fora esse acerto, todo o resto foi erro. Esse animal come as pessoas, ele mastiga a carne delas, abre a barriga e come o que tem dentro. Você vai me dizer o que sabe agora ou nunca mais vai sair da porra dessa fábrica! — terminou com um grito. Foi tão alto que o ruído ecoou. Luize não se opôs, sabia que era uma tática, ela a conhecia.

— Tá certo, dotor, tá certo. Eu não sei muito, mas o que eu lembrar eu falo. Só num mata eu, não sirvo pra nada, mas queria mais uns ano. Eu não sei o que tem do outro lado, mas eu acho que eu vou pro inferno, por causa dele e por causa de mim.

Monsato se afastou e recolheu a arma ao coldre.

— Desembucha.

Antes de começar a falar, o homem olhou para o alto da parede à esquerda de onde estavam, para uma lança de luz que entrava pela janela e vencia a sujeira dos vidros e estilhaços. Com a poeira suspendida do chão, o efeito daquela luz era bonito, quase raio laser, quase celestial. O velho começou a falar.

— Ele chegou como uma ventania e se enfiou em mim. Na primeira vez tentei repudiar, ele me fez esfregar as mãos num chapisco até chegar no osso. O moço pode ver se quiser, ainda tenho as marca. Fazia mosca zunir na minha cabeça, fazia vomitar tudo o que eu comia. Maltratou de mim até eu aceitar. Não demorou nadinha e o povo vinha me procurar pra acertar pendência, desafeto, dívida de jogo. Perseguição. Ele nem sempre é pura ruindade. Tem vez que até perdoa. Pode ser que ele fique pior quando... aí ele precisa... AHHHH! — o homem se esticou e reergueu o corpo com a rapidez de um menino. Depois voltou a se encolher, de costas para os policiais e de frente para a parede. Ria acocorado.

— Da próxima eu atiro! Vira pra cá! Cadê a moça que você matou?

O velho se ergueu. Estava de frente e ereto, de forma austera, cheio de opulência. Não parecia a mesma pessoa no cenho ou no temperamento. Os detetives também viam isso. Os olhos dele estavam diferentes, mais vivos, tomados de decisão.

— Cadê a moça? Quem mais você matou?

O velho riu.

— Se tem mais? Ô se tem.

— Quem ajudou você? Eu vi a morte do Dagmar, velho, quem matou aquele coitado foi um animal.

— Não sei de nada de animal.

— Você vai lembrar, vai ficar com a gente até lembrar. Bora Luize, guardar esse filho da puta. Ele vai com a gente.

O velho estreitou o olho bom e olhou para cima, não para a luz, mas para as vigas do teto. Por um tempo mínimo, Monsato também o fez, e viu alguns pombos adormecidos pelo calor do dia. Quando os olhos voltaram, o velho mergulhou as mãos entre as próprias costelas, por cima da camisa.

— Que merda é essa, velho?

— Nós vamos nos ver de novo, Marcelo Monsato. Depois que *eles* morrerem.

O velho riu cheio de leviandade, as unhas entraram e o sangue saiu. Luize ouviu o rasgo da epiderme. As mãos finas e ossudas encontraram o caminho aberto pelas unhas e se aprofundaram pela derme da barriga. Depois pela musculatura. O velho ria e afundava as mãos na cavidade torácica, o sangue já tingia os braços, a camisa e as calças. Ria de um jeito esganado, esganiçado, desafiando a humanidade de quem presenciava o ato.

— Puta que pariu, faz ele parar! — Luize disse.

— Chega, homem! Chega dessa merda! — Monsato gritou, a arma de novo empunhada, o dedo tremendo, ansioso para finalizar aquele sofrimento.

O velho ria e babava, vertia sangue, tremia. As mãos enfiadas no ventre executavam movimentos circulares, como se estivessem enovelando os órgãos, trocando tudo de lugar e embaraçando suas conexões. Já não ria, o pescoço havia se esticado ao limite, as veias adquiriram o calibre dos dedos da mão. O tremor se tornou convulsivo e tomou todo o corpo.

— Morre de uma vez! — Luize disse à certa altura. O velho olhou pra ela, esbugalhou os olhos e obedeceu.

O corpo se debruçou como um amontoado de carne sem ossos. A boca estava torcida, os olhos arregalados, uma prótese dentária estava inclinada na boca, por onde uma geleia avermelhada escorria até chegar ao queixo.

— Eu preciso de ar — Monsato disse e foi vomitar do lado de fora.

36
MAIS FUNDO, FUNDO DEMAIS

— É bom ser importante, Ada, hoje definitivamente não é um bom dia.

Kelly Milena já entrou na sala distribuindo e Ada só conseguia pensar em uma retribuição. Mas também pensava no adiantamento, no salário gordo e em como seu saudoso pai, JJ, costumava agir nessas situações. Ele sempre dizia que a raiva era uma péssima conselheira, e que o mundo inteiro não conhece um super poder mais invencível que a paciência.

— Todo o sistema pode estar comprometido — Ada foi direto ao ponto. — Contábil, mercantil, cadastros, tudo, absolutamente tudo.

Kelly riu, havia algum cinismo.

— *Tudo* é um pouco demais pra mim. Se tudo estivesse comprometido, nada estaria funcionando, eu imagino. — Mas Kelly se sentou e deixou o celular ao lado, com a tela escurecida. — Desculpe a falta de paciência, hoje à noite eu tenho um compromisso e eu o trocaria facilmente por uma forca. Trataram você bem por aqui?

Dessa vez estavam na sede principal do aglomerado de negócios Piedade, no San Michel, um dos edifícios mais requintados da cidade. Tudo ali tinha o cheiro de novo, dos uniformes das recepcionistas até o couro das poltronas. A tela em alta definição atrás das moças da recepção (que exibia um loop de imagens motivacionais dos negócios do grupo) devia valer metade da casa de Ada.

— Trataram, sim. Aproveitei pra tomar um café reforçado.

— Fez bem. Sua cara está horrível — Kelly disse.

Sim, e foda-se todo o superpoder da paciência. "Algumas vezes, só a porrada coloca a gente no caminho certo", esse era outro minuto de sabedoria de JJ.

Ada ergueu os olhos e mandou de volta.

— Obrigado, dona Kelly, ainda bem que a senhora me avisou ou eu não teria percebido. Fico feliz que a sua capacidade de enxergar esteja em dia.

Pelas contas de Ada, e levando em consideração o rubor facial e a envergadura que transformou os lábios de Kelly Milena em um acento til, ela não ouvia algo parecido desde 1987, talvez a mais tempo. Kelly inclusive abalou sua postura corporal e esticou a mão direita na direção do celular, onde fez as unhas batucarem na tela escura. Indicador, médio, anelar, mindinho. Mindinho, anelar, médio, indicador. Então sorriu.

— Muito bom, minha querida. Nunca gostei de cachorros que não sabem morder. E agora que estamos acertadas, o que você tem pra mim?

— O jogo, aquele programa malicioso que nós conversamos, era só o começo do problema. Eu suspeitava que poderia ter mais coisa escondida, mas não na dimensão que eu encontrei. Entendo que você não está nos seus melhores dias, mas pra explicar como tudo se conecta, eu vou precisar de tempo, ou eu posso escrever e mandar por e-mail.

— Já estamos aqui, Ada. Se a coisa é tão séria, eu quero ouvir logo.

Ada tomou fôlego e ligou seu notebook. Não correria o risco de confiar unicamente na memória.

— O programa apareceu em Três Rios em 1992, não como ele é hoje, mas em uma linha de código. Quem descobriu essa parte foi um outro usuário, registrado nos fóruns da época como 78J19. No fórum, o usuário escreve que descobriu linhas suspeitas no código de programação do sistema de vigilância particular onde prestava serviço. A mesma pessoa chegou a rastrear o fornecedor do software, e a resposta da empresa é que o código havia sido alterado na empresa, aqui na cidade, por um programador. A empresa de vigilância abriu sindicância, mas nada foi descoberto. Só pra você entender, a única pessoa com acesso ao programa nesse nível era o próprio programador que descobriu o problema.

"Dois anos depois, em 1997, o programa como ele é hoje aparece pela primeira vez. Ele se espalha principalmente entre universitários, vira uma febre momentânea. As reitorias se mobilizam e contra-atacam, contratando técnicos que conseguem alterar o programa para que ele não possa ser executado. O problema é que só nesse ponto eles descobrem que o programa estava associado e um worm, que já tinha se espalhado em quase todas as máquinas da cidade.

"Em outro fórum, de games, um usuário, fuminhofire, fala sobre um oráculo, um programa que responde a qualquer pergunta. Pelo que eu li, foi uma coisa assustadora para ele e para os amigos, muitos acreditavam que o programa conseguia mesmo ler a mente dos usuários, o programa sabia coisas secretas da vida deles.

"A inteligência do programa também era óbvia por outro detalhe. Ele só respondia a três perguntas, o suficiente para todo mundo querer mais. O resto das perguntas exigia que você desvendasse um enigma, e a cada enigma solucionado, você podia fazer mais três perguntas."

— E dessa forma ele se espalhou mais ainda — Kelly disse.

— Dessa forma ele se manteve vivo e atuante, porque todo mundo queria saber o próximo passo. Em 1998 era uma febre na rede, estava em todas as comunidades, todos os fóruns, e aí surgiu o mais estranho: o programa se tornou inacessível em outros lugares. Isso me deixou com a pulga atrás da orelha.

— Tinha alguém no comando — Kelly foi direto ao ponto.

— Tudo indica que sim, e a única maneira de encontrar o responsável é quebrando uma infinidade de enigmas.

— E quem fez essa coisa e se escondeu tanto tempo se deixaria descobrir? Não podemos esquecer que ele exerce uma atividade criminosa. Espionagem ainda é crime, pelo que eu sei.

— É crime sim, e pode ter coisas muito piores que ainda vamos descobrir.

"Em 1999, outro usuário conseguiu quebrar alguns enigmas. Essa informação não está disponível em um fórum livre, eu precisei avançar dois níveis de enigmas para chegar na página certa. Era uma fábrica de camisetas, uma estamparia. Não fazia muito sentido, era um monte de camisetas baratas com fotos de pessoas, de lugares aqui da região, uma delas era a foto de uma galinha de capacete. Mas duas camisetas tinham nomes em vez de códigos, um era Darius, outro era o nome da nossa cidade, Três Rios. Eu não sou inexperiente em enigmas, tinha alguns pontos de partida porque sempre me interessei por eles, então combinei tudo em um endereço, www.dariustresrios.com.

"O problema é que, mais uma vez, o domínio exigia usuário e senha para permitir o acesso, e eu não consegui trapacear. Mas, com a ajuda de alguns colegas, eu consegui rastrear algumas informações do domínio."

— Vocês de computador me assustam as vezes, parecem uma milícia.

— Somo piores, Kelly, muito piores. Somos o próprio esquadrão nerd em seu apogeu. Mas continuando...

"O domínio está registrado desde 1996, mas ele pode ser bem mais antigo, porque nesse ano o Comitê Gestor da Internet Brasileira estabeleceu a troca dos papéis por informação eletrônica, então tudo o que existia antes, passou para 1996. E detalhe, o que existia de domínios até 1996 só poderia ser registrado por universidades e os órgãos governamentais. Isso explica porque o worm apareceu pela primeira vez nas universidades, mais especificamente, na UNITRI."

— Aqui no Brasil ninguém tinha computador em casa até 1998 — Kelly disse. — Computadores eram coisas de pessoas ricas e empresários, ninguém dava bola pra eles, foi a Internet que mudou tudo. Onde iremos chegar com toda essa explicação?

— Você mesma falou em espionagem e esse parece ser o caso. Em 1998, o domínio desse cidadão chamado Darius tinha capacidade de armazenamento de 8 Terabytes. Isso é um completo absurdo e nesse ponto todo o esquadrão Nerd estacionou.

— Se eu não for muito ignorante, oito teras não é tanta coisa assim.

— Hoje em dia ainda é razoável, mas esse número em 1998, na era da velocidade lixo da internet, era quase uma insanidade, era impraticável. Alguém com essa capacidade poderia guardar segredos de uma cidade inteira em bancos de dados. Conversas, transações eletrônicas, vídeos familiares, vigilância remota, qualquer coisa. A qualidade dos arquivos de áudio e de vídeo eram uma porcaria, mas, em compensação, os arquivos eram muito menores.

— Só um momento, Ada, está me dizendo que essa pessoa, a pessoa que criou esse programa, pode ter acesso a tudo o que acontece em Três Rios desde 1996? Ou até antes disso? — Kelly começava a transpirar na testa. Logicamente pensava nas implicações que aquelas descobertas poderiam ter. Acima de qualquer outra pessoa, ela conhecia o passo a passo de Hermes Piedade rumo ao topo. Não só conhecia, como o ajudou a subir.

— Não posso afirmar cem por cento até conseguir acessar o banco de dados, mas não dá pra excluir a possibilidade. E desculpa, Kelly, vai piorar.

Kelly voltou a quicar as unhas, dessa vez na mesa. Estava tão tensa que um detector de radiação começaria a estalar.

— Descobrimos mais oito contas vinculadas ao nome de Darius Três Rios. Cada uma delas com nomes e endereços diferentes, espalhadas pela região.

— Esse Darius, é nome de uma pessoa de verdade? Porque se ele existe, podemos rastreá-lo. Com todo respeito ao seu esquadrão nerd, eu conheço mercenários que vão muito mais longe com o pagamento certo. Não estamos mais em 1998.

— Consegui rastrear cinco deles. Um dos endereços é de uma oficina mecânica em Velha Granada. Outro é de um terreno sem dono, está em leilão, na divisa de Gerônimo Valente com Três Rios. O endereço de Terra Cota fica bem em cima daquela mina de quartzo que eclodiu. Os outros são de uma beneficiadora de arroz abandonada em Trindade Baixa e de uma fábrica de botões, aqui mesmo de Três Rios. Hoje a fábrica de botões pertence à prefeitura, o antigo dono morreu em 1988, em um transplante renal que deu muito errado. Sem herdeiros. São endereços frios, Kelly.

Kelly bufou.

— Achei melhor marcar esse encontro e explicar tudo pessoalmente — Ada disse. — Quando essa bolha estourar, só Deus sabe o que esses sites escondem. E ainda corremos o risco de sermos responsabilizados. Nós, eu digo, a empresa.

— Mas se esse programa está por aí desde os anos noventa, e foi criado dentro de uma universidade, como eles colocariam a culpa em nós?

— Somos o foco de irradiação. Se alguém com muita má intenção decidir atacar esse ponto, podem nos culpar por negligência. Não seria um problemão com alguém pequeno, mas uma empresa desse tamanho? Retendo dados e informações sigilosas das pessoas? É bem arriscado.

Estavam em silêncio, digerindo as últimas palavras, quando a porta da sala de reuniões se escancarou. Ambas se sobressaltaram à mesa. Kelly já estava com o celular na mão.

— Eu não quero atrapalhar — Hermes Piedade disse. E toda sua expressão corporal caminhando até elas dizia o oposto.

— Oi, Hermes, essa é a...

— Ada. Senhorita Ada Janot. Eu não apareço muito publicamente, mas faço questão de conhecer quem trabalha pra mim. Como vai, Ada? Sabia que eu conheci o seu pai? — Hermes se aproximou. Antes de estender a mão direita, esperou que Ada se levantasse. Ela não o fez até Kelly o fazer.

— Muito prazer — Hermes a cumprimentou.

— O prazer é meu, seu Hermes. Meu pai falava muito do senhor.

— Imagino que sim — ele riu com alguma sagacidade. — Eu e JJ não concordávamos em tudo, mas ele me ajudou em uma época muito... delicada, como vocês dizem hoje em dia. Essa moça aqui — olhou para Kelly Milena — também vem fazendo isso por mim há mais de trinta anos.

— Obrigado pelo moça — Kelly disse.

— Será que posso roubar a nossa amiga um pouquinho, Ada?

As duas se entreolharam. Que Ada planejasse, ainda tinha o que falar.

— Terminamos depois, Ada. — Kelly disse. — Eu entro em contato.

— Continuo de onde eu parei? O que eu faço?

Kelly Milena procurou a resposta na expressão de Hermes. Um temporal estava prestes a cair por aquele rosto.

— Eu entro em contato. — Kelly repetiu.

Assim que ela saiu, Kelly perguntou:

— Ouviu tudo o que ela disse?

— É pra isso que pago as câmeras — foi a resposta de Hermes. Naquela sala havia duas delas, e um microfone com captação ativa oculto sob a mesa.

— Confia nela? — Hermes perguntou logo depois. — Existe alguma chance de ela saber o que aconteceu no passado?

— Você me conhece, eu não confio em ninguém. Essa menina é esperta, muito mais esperta que o pai. Eu coloquei dois dos nossos pra ficar de olho no que ela anda fazendo.

— Devíamos ter resolvido antes, quando percebemos do que se tratava.

— Estava inativo desde 2006, Hermes. Fizemos varreduras, procuramos. Se eu acreditasse em carma, em destino, diria que esse programa esperou essa menina pra voltar a viver.

— Foi ele. Foi Darius.

— Darius Três Rios? Você sabe quem é Darius?

— Um velho amigo. Em um passado distante, esse homem abriu as portas dessa cidade pra mim, mas ele não estava satisfeito com isso. Ele me colocou na frente para que eu plantasse as sementes, mas a colheita seria dele.

— E o que você fez?

Hermes sorriu.

— Desde que Três Rios nasceu, só existe uma lei irrevogável por aqui. A lei do mais forte. E caso não me falhe a memória, você tem um compromisso hoje à noite, não tem?

— Infelizmente estou lembrando dele desde que eu acordei.

— Tem certeza que consegue evitar surpresas com Ada Janot? Podemos encontrar outros recursos se for preciso.

— Ela é obstinada, podemos tirar proveito. Ela não é tão esperta quanto parece.

Hermes manteve a seriedade do rosto. Sabia que a esperteza era boa em se fazer de sonsa.

37
JÁ COM ROUPA DE IR

I

— Eu tô nervosa, Maitê. Não quer mesmo ir comigo?
— Você está nervosa, um: por que vai sem mim? Ou dois: está nervosa porque vai ficar uma noite longe dos meninos? O que vocês acham, gente?
— Dois! Dois! — alguns disseram.
— Dois com certeza! — Ravena reforçou mais alto.
— Todo mundo está super animado pelo que eu vejo — Bia disse —, ótima notícia porque essa semana o doutor Wesley vem visitar vocês.
— Ahh que saco! — Dani disse.
— Eu nem gosto dele! — Fabrício emendou.
— Que feiura, gente. E quando eu viro as costas? Vocês falam isso de mim também? — Maitê perguntou.
Eles ficaram calados, mas Franco deixou sair:
— Só quando você é chata, né...
Maitê não resistiu e o atacou na barriga com seus indicadores, o que o fazia rir (uma proeza e tanto). Depois se levantou e foi até Bia, onde ajustou o broche da enfermagem que ela usava; estava fora do lugar, pendendo para a direita. Bia escolheu um vestido simples e preto e uma blusa de crochê sobre uma camisetinha vermelha. Brincos de ouro, discretos. Estava com os cabelos soltos, uma raridade.

— Você está ótima, não se preocupe. Aproveita essa noite pra tomar um ar, respirar um pouco... — Maitê disse. Depois falou mais baixo: — ... arranjar um namorado...

— Boba — Bia riu. — Mas quem sabe? — Terminou com uma piscadinha. — Eu estou com o telefone celular, então qualquer coisa fora do comum, qualquer coisa mesmo, nada de me poupar e resolver sozinha. Eu volto logo, combinei com uma amiga da faculdade, ela é casada e o marido é meio ciumento.

— Só volte quando se divertir bastante, ou quando as suas pernas começarem a doer. É uma ordem, dona Bia!

Bia sorriu e seu celular vibrou.

— É o Uber. Preciso ir, gente. Cuida bem deles pra mim. — Bia saiu apressada e um pouco sem jeito, se equilibrando nos saltos dos tamanquinhos e mandando beijos pra todo mundo.

— Não esqueça minha ordem! — Maitê reforçou o aviso antes que ela passasse pela porta. — Só volte quando tiver uma câimbra!

II

Quando o Abade descansa, o corpo se lembra de Heitor.

E o homem não estava para brincadeira. Colocou seu melhor terno, vestiu um jeans para aplacar a formalidade, o cabelo estava preso em um rabo de cavalo justo. Mais cedo, ele pediu para que Dardânia, a Soberana que havia trabalhado em um salão de cabelereiro, desse uma ajudinha para alinhar sua barba. Não fosse pela cor dos fios acobreados, ele estaria a cópia de Robert de Niro em *Coração Satânico*.

Todas as mulheres do culto fizeram um sorteio mais cedo, para eleger as duas acompanhantes do Abade. O resultado foi Débora e Dardânia. O "duplo D" como o Abade batizou no ato do sorteio.

— Tem certeza que é uma boa ideia? — Dardânia perguntou pela terceira vez.

— Se eu tenho certeza que eu quero estar acompanhado por duas beldades em uma viagem de volta aos anos oitenta? É... eu acho que sim. Meninas... já está na hora do povo dessa cidade aceitar nossa presença sem que eu precise ficar longe de vocês. E se alguém achar ruim? — o Abade perguntou, já sabendo o que receberia em resposta.

— Eles que lutem — Débora disse.

Dardânia riu. Não queria lutar naquela noite, queria apenas ser uma garota.

III

Adelaide desligou a TV da sala e disse:

— Se vocês não fossem duas sirigaitas, eu ficaria em casa. Olha só o Toninho, parece que ele sabe que a gente vai sair.

Toninho estava refugiado ao lado do sofá da sala, em um espaço não muito mais largo que seu corpo. Ainda que seu motivo para o esconderijo fosse escapar das três mulheres, ele não se importava em ser acusado de outras coisas, desde que fosse deixado em paz. Toninho já tinha espirrado pelo menos seis vezes, porque o perfume de Noemi era mais doce que uma Dama da Noite. O laquê de Sônia também tinha alguma coisa errada, Toninho sentiu seus olhos coçarem assim que chegou perto. Adelaide não o perturbara com nada disso, mas ela não tinha antecipado a ração, e isso significava que ele só iria comer quando a idosa voltasse pra casa. Nada bom, nada bom mesmo.

Sentiu suas pernas traseiras sendo puxadas de repente. Toninho ainda tentou se desvencilhar, botou as unhas no chão, mas sabia que era tarde demais. Seu peito já se arrastava.

— Você vai ficar cuidando da casa, tá bom? Porque você é um cachorrinho lindo e o hominho da casa. A mamãe vai dar um passeio e logo volta pra casa, tá bom?

Adelaide o beijou ternamente, o abraçou mais uma vez e o devolveu ao chão. Toninho saiu da sala e foi para o quarto, depois se enfiou embaixo da cama de Adelaide, de onde sabia que ela não conseguiria puxá-lo sem fraturar a bacia.

Ela o viu desaparecer pelo rodapé da colcha e disse para as amigas:

— Meu fofinho detesta ficar sozinho.

Toninho peidou.

IV

Depois de um dia como aquele, a conclusão era que todo bom cristão merece um descanso. Peritos desconfiados, explicações para o delegado, ruas interditadas, declarações para a imprensa, a descoberta de que aquele pobre velhinho suicida era na verdade Benedito Arouca, mais conhecido nos anos 1967 como Benê Aroeira, condenado por cinco assaltos à mão armada, um sequestro, dois assassinatos e absolvido de uma acusação de estupro. Ele talvez não fosse o cara que eles estavam caçando, mas passava a uma galáxia da santidade.

Sobre o descanso merecido naquela noite, a grande questão é que na opinião de Monsato isso significava uma dúzia de cervejas maratonando *Breaking Bad* pela terceira vez ou assistindo *Rocky, um Lutador* pela décima nona vez, algo que sua parceira Luize não poderia permitir.

Dessa forma, ela obrigou o marido Carlão a colocar uma camisa polo, tirou a filha do Youtube e, pontualmente às oito da noite, a buzina de seu Peugeot atordoou o dono da casa número 765. Em seguida, um emissário desceu do Peugeot e tocou a campainha da casa de Monsato 122 vezes.

Haveria resistência, Luize sabia, e esse tipo de situação sempre exigia a presença de um negociador.

Monsato abriu a porta e precisou olhar para baixo. E ali estava ela, a negociadora. De dentro do Peugeot, Carlão sacudia a mão em um aceno não exatamente satisfeito. Monsato retribuiu o aceno e se abaixou, para dar um abraço e um beijo em sua afilhada.

— Aconteceu alguma coisa, princesa?

— Então, tio, a minha mãe fez todo mundo sair de casa porque vai abrí uma loja de fita e ela falou que todo mundo vai tá lá, então a gente veio pegá você porque você vai lá com a minha mãe e o meu pai. E eu.

O celular de Monsato bipou em seguida. Ele o apanhou do bolso e conferiu o remetente. Era da dona daquele Peugeot.

"Você tem cinco minutos pra colocar uma roupa decente ou será sequestrado."

Convencido, Monsato sorriu.

— Fala pra mamãe que eu já tô indo.

V

Enquanto a cidade entrava em polvorosa com a re-re-re-inauguração da Firestar Videolocadora, Gilmar Cavalo e Wagner tinham outros planos.

38
FIRESTAR ENTRETENIMENTO & LOUNGE

Kelly Milena estava à dois quarteirões da videolocadora, já na rua George Orwell, ouvindo um pouco de boa música para conseguir entrar no clima. Agora, o rádio da svu tocava "I Can Dream About You", de Dan Hartman. Aquela música era a trilha sonora de muitos casais, inclusive dela e de Millor Aleixo. Ele sabia dançar quando tinha as pernas, sabia abraçar quando tinha os braços, sabia ser gentil quando tinha esperanças na vida. Tudo isso acabou graças a ela, era o que Millor e metade da cidade diziam. "Trouxe os venenos de Hermes pra cidade e Deus castigou. O noivo perdeu a perna e ela perdeu o noivo."

Acendeu um cigarro.

Já não fumava a quantos anos? Dez? Quinze? O tempo passa diferente quando caminhamos sobre o fogo. Era o que ela fazia. Alimentava as chamas e apagava os incêndios. Antes de ir, mais um pouco de calor, dessa vez vindo da garrafinha brilhante carregada com uísque. Não qualquer uísque, mas um Bourbon do Tennesse. Mais uma talagada, mais um trago no cigarro. Adeus Dan Hartman. Hora de encarar o passado.

. . .

Assim que Edmilson Paixão, outrora conhecido como Bomba, entrou na loja, soltou um putaqueopariu. São Pirelli seja louvado se o que via não era apenas uma reinauguração, mas uma restruturação completa.

O salão agora tinha o tamanho de duas videolocadoras originais, e tudo isso no primeiro andar. Ele não resistiu a ficar com os olhos mareados, pensando que, em algum lugar no tempo, um ele muito mais jovem estava alugando fitas, conversando com o Renan Fuminho Fimose e olhando para as meninas que nunca olhavam de volta naquele mesmo salão. Se fechasse os olhos por um instante — e ele fez isso — poderia ouvir o riso das crianças, o rock nacional do Engenheiros do Hawaii e do Ultrage a Rigor tocando baixinho, o ruído inconfundível de uma vhs sendo empurrada em um videocassete.

— Pai? — seu filho o chamou de volta. — Tudo bem?

— Tudo certo, filhão. É só alegria. É bom ver tudo isso de novo.

O primeiro bloco de prateleiras pertencia às fitas de vhs, tudo tão absurdamente conservado que parecia ter saído de um refrigerador de nitrogênio. As embalagens originais descoradas haviam sido revitalizadas, tudo estalando de novo. Só de imaginar o trabalho dos Pirelli em rastrear todos aqueles títulos já deixava Edmilson exausto. Algumas tvs estavam ligadas no salão, uma delas rodando *A Volta dos Mortos Vivos*. Claro que a Firestar puxaria a brasa para o terror, se já era assim antes, na época do terror fora da lei, agora é que os novos proprietários não parariam mais.

Havia nove blocos de prateleiras de vhs, cada uma com os dois lados cheios. Elas abarcavam todos os gêneros, sendo que o horror recebeu duas prateleiras inteiras. Os móveis eram feitos de madeira, coisa antiga, coisa fina. Edmilson ainda se lembrava de quando os dois irmãos começaram com a ideia de serem donos da Firestar e, conhecendo a obstinação de Márcio e Valter, não duvidava se eles estivessem juntando material desde aquela época.

— Eu não acredito! — alguém disse. — Alemão!?

Bomba já preparava a repreensão, mas estava na cara que Márcio Pirelli tinha feito de propósito.

— Meu irmão! — Márcio disse. — Eu não acredito que você veio! Valtinho, chega aqui! Você não vai acreditar!

— Bomba! Puta merda, só isso já valeria a pena! — Valter disse.

Os três trocaram cumprimentos no melhor estilo exagerado pré-anos 2000. Aperto de mão, abraço, içar pela cintura, palavrões. Tapas mortais nas costas. Quando as celebrações diminuíram, Valter notou o menininho vermelho abraçado às pernas do pai.

— E esse carinha aí? Não vai apresentar pra gente? — Márcio perguntou.

— Esse é o estalinho — Bomba disse. — Mas pode chamar de traque.

Os irmãos Pirelli riram até envergar, quem não gostou muito foi Estalinho, que corrigiu todo mundo e se apresentou da maneira certa:

— Meu nome é Felipe! Fe-li-pe!

— Muito prazer Fe-li-pe — Márcio disse —, agora vem com a gente, você e o seu pai precisam ver uma coisa.

Deixando a realeza do território VHS, subiram as escadas e entraram direto na arena dos videogames. Em uma rápida olhada, Edmilson reconheceu consoles, controles, televisores e PCs. Outro ponto que o fez despencar o queixo foi a divisão por consoles, cada máquina era separada da outra por uma divisória de madeira. Mais uma vez, a diferença não estava na ideia, mas na qualidade. O que em tempos originais era uma fórmica fina como uma asa de barata, agora era de MDF escuro, preso à parede por eixos de aço inoxidável. Até mesmo as televisões de tubo, naquele espaço, se pareciam com obras de arte vintage.

— Cara, vocês me fazem chorar — Bomba disse. — Aquilo ali é *Contra*? *Contra 3*?

— É sim, e do lado tem o *Super Mário* e o *Alex Kidd* — Márcio respondeu. — E me diz aí, Valtinho, acho que nós estamos com uma promoção pra pai e filho na noite de hoje, né não?

— Quanto? Quanto custa? — Estalinho se animou todo, vermelho com a ponta de um morango.

— Vocês não pagam, nem um centavo. — Valter disse.

Estalinho correu como um foguete.

— Valeu, gente, vocês são incríveis — Bomba disse a eles, todo emotivo de novo.

— Você faz parte dessa história, meu amigo. Não podia ser diferente.

— Como descobriram meu endereço?

— Sua mãe. A gente deu um pulinho na sua casa. Ela é dura na queda. Ameaçou chamar a polícia e tudo. Ela só se convenceu quando o Valtinho contou os pormenores e mostrou a sua carteirinha de funcionário.

— Mentira que vocês ainda têm isso!

— Pode acreditar — Márcio respondeu —, depois dá um pulo no mural lá embaixo, do lado da cafeteria. Seu crachá está pendurado em algum lugar entre as fotos.

— Vem pai! — Estalinho gritou.

— Vai lá, campeão, é a sua vez de perder uma. — Valtinho disse. Bomba caminhou na direção do filho. Estava maior do que era antes, mais vermelho, mas era o mesmo cara de sempre, com o coração do tamanho de uma retroescavadeira. Olhando pra ele, Valter se lembrou de outros rostos que não poderiam estar naquela festa.

— O Nôa ia gostar dessa farra — disse a Márcio.

— Ia sim. Mas talvez ele esteja gostando, lá de onde ele está agora.

Nôa tinha sido assassinado em 2017. Encontraram o corpo perto de uma igreja, com o coração perfurado. Sua esposa, Isa, também estava morta, aparentemente ela foi eletrocutada dentro da mesma catedral. Ninguém nunca descobriu quem os matou.

— Eu não acredito, olha quem ainda está vivo!

No andar de baixo, Millor Aleixo começava a dar trabalho no bar, porque o pessoal das bebidas não sabia preparar seu drink preferido, algo batizado em 1998 de Nervochaos. Estava com Leninha, ex-enfermeira de Millor e promovida a esposa em 2008. Pelo jeito, a mulher tinha desistido de conter os rompantes de Millor e aproveitava o tempo livre para dar uma olhada na sessão de Drama. Millor falava tão alto que Márcio o ouvia do andar de cima.

— Mas que tipo de barman vocês são que não sabem fazer um Nervochaos?

— Senhor, é impossível conhecer todas as bebidas, mas se o senhor puder dizer o que vai nela... — A moça, uma das atendentes, explicou a ele. O rapaz já tinha desistido e passou a atender duas recém-chegadas (Bia e uma amiga).

— Vai boa vontade — Millor respondeu —, já é um puta começo.

— Você pode colocar uma dose de vodca, uma dose de energético e uma dose de uísque, mas precisa ser Bourbon ou fica com gosto de xixi. E no final pingue duas gotas de Campari.

Millor já se preparava para dizer àquela boa alma que não precisava dela, mas o que viu sequestrou sua língua. O espanto em seu rosto, a surpresa, foi tão intensa, que ele teria caído de joelhos se ainda tivesse as pernas.

— Ké-kélinha? É você mesmo ou estou nas portas do céu?

Kelly Milena riu, e pela primeira vez em muito tempo se sentiu a mulher que gostava de ser. Apreciava o poder bem mais que muitas outras coisas acessíveis no mundo, mas nos últimos anos o amor passou a ser pago e sem sentido. Sexo bom sim, porque rapazes novos sempre prestam bons serviços, mas faltava alguma coisa. Ser amada de volta era muito melhor que se sentir um vale-refeição.

— Como vai, Millor? Ainda me odiando?

Millor conferiu se estava seguro, a esposa ainda estava interessada nos romances. Deus, como alguém conseguia assistir aquelas coisas melosas? Só de pensar nisso os membros fantasmas de Millor começavam a coçar.

— Não era ódio, Kelinha, era outra coisa. Você está bonita, seu rosto continua o mesmo.

— Botox, Millor, faz milagres pra quem pode gastar.

— Você pode, sempre pôde. Bom, sempre que eu digo, é depois de você me trocar pelo Hermes.

— Não vamos trazer Hermes pra essa conversa.

— Claro que não. Por que faríamos isso? Você sempre defendeu e acobertou aquele podre. Eu não tenho motivo algum pra trazer Hermes pra essa conversa, não é mesmo? Seria o mesmo que trazer de voltas as minhas pernas. Ou os meus braços.

— Senhora? — O atendente a chamou no balcão. — Seus drinks.

Ela apanhou os copos e só depois se deu conta de que Millor sequer era capaz de segurá-los. Não tinha mais dedos, mãos ou braços. Não tinha pernas para tentar uma acrobacia de sobrevivência.

— Por favor, chame a minha esposa pra mim.

— Eu... eu posso ajudar se você quiser.

Millor riu.

— Se tem uma coisa que você nunca fez, moça, foi me ajudar.

A cadeira era adaptada a ele, de forma que se movimentava por um bastão controlado pela boca. Era como um canudinho preso a um controlador lateral. Millor o acionou e foi para perto da esposa. Ela se abaixou, conversaram alguma coisa, então ela olhou de volta para Kelly, com um profundo sarcasmo nos olhos. Kelly a cumprimentou em um gesto de boa vontade. Leninha estendeu o dedo do meio.

Kelly a desprezou e seguiu para seu real objetivo.

Passou pela última coluna de vhs e entrou no próximo corredor, a fim de não topar mais uma vez com Millor ou sua concubina. Os dvds estavam aos fundos, logo depois dos vhs. Mais de quinhentos títulos, tudo muito organizado por tema e por ordem alfabética. Também havia alguns Blu-rays, cabiam todos em uma única prateleira. O andar logo acima, onde ela sabia que estavam os games, já se transmutava em uma mini guerra civil. Gritos de celebração, palavrões, um roaming lento e constante de dezenas de vozes combinadas.

Quando ouviu sobre a restruturação da Firestar pela primeira vez, não deu o menor crédito. Parecia uma ideia ridícula, mas, agora que estava ali, fazia todo sentido. As pessoas não pagariam centavos por uma tecnologia ultrapassada, mas gastariam uma fortuna para reencontrar a magia verdadeira. Era isso o que ela vislumbrava, era o que sentia.

— Ficou bonita, né? — alguém disse a seu lado. Uma jovem de cabelos castanhos muito lisos e espelhados de tão brilhantes.

— Ficou sim, e você não é muito nova pra ser fã de locadoras?

— Eu praticamente nasci aqui. Meu pai foi dono da Firestar, o Renan, não sei se a senhora conhece. — A jovem devolveu a vhs de *Curtindo a Vida Adoidado* ao lugar original. — Depois aconteceu aquele incêndio aqui no prédio e ele se mudou. Hoje ele mora com a minha mãe em Trindade.

— Ele veio com você?

— Ele tá por aí sim. Eu sou a Lívia.

— Kelly — as duas trocaram um aperto de mãos.

— Na cabeça do meu pai, ele nunca saiu daqui. Seu Renan queria ter ficado em Três Rios, minha mãe é que fez a gente se mudar. Ele ainda vem pra cá de vez em quando, sempre volta caladão, puto da vida. Olha ele ali.

Renan vinha chegando, de cabelos grisalhos, barba bem-cuidada, mancava um pouco da perna esquerda. O sorriso frouxo ainda lembrava o garoto que vivia bajulando as clientes mais bonitas da loja.

— Kelly? Como vai?

— Impressionada que você ainda se lembre de mim.

— Não á fácil perder você de vista. A cada dois meses seu rosto aparece nos jornais.

— Gente, eu vou subir — Lívia disse —, meus amigos chegaram.

Kelly avançou mais um pouco, interessada em alguns computadores. Eram PCs antigos, de plástico branco e já amarelados, os primeiros a comportar o Windows no Brasil. Agora, eram fósseis, inclusive a cor lembrava a de ossos velhos.

— É um pouco estranho rever tudo isso. — Renan disse, ainda por perto. A expressão não era das melhores.

— O passado é tristeza, saudade e ilusão. Se foi muito bom, você não pode voltar, se foi ruim, faz mal lembrar dele — Kelly tentou soar divertida. Mas havia mais, havia desapontamento.

— Eu queria ter essa disciplina de olhar pra frente, mas aqui em Três Rios é quase impossível não olharmos pra trás. Eu vivia no meio dessas fitas. Naquela época eu achava uma merda, o dia inteiro conferindo se as fitas foram rebobinadas, levando esporro do Pedro e do Dênis, espirrando enquanto tirava o pó das prateleiras.

— E hoje?

— Uma sensação de perda. Antes nós tínhamos sonhos, expectativas, nós conseguíamos prestar atenção no mundo. Esse lugar era um santuário, e nós, os espinhentos, éramos os sacerdotes.

— Falando no diabo — Kelly disse. Era o Abade que chegava acompanhado de duas mulheres. Tão logo entraram, metade dos convidados parou o que fazia para reparar neles. A outra metade começou a fofocar. Não demorou muito e os três da congregação estavam sendo abraçados por algumas velhinhas e uma outra mulher, que Renan também conhecia dos jornais, Bia.

— Dizem que é um bom sujeito, que tem ajudado o povo — ele comentou.

Kelly era diplomática, mas nunca foi de rodeios. Então ela fez a pergunta que andava queimando em sua garganta.

— Você trabalhou aqui na época daqueles filminhos, né?

— Não entendi. Estamos falando de pornografia? — Renan dissimulou.

— Lote Nove, Renan. Os filmes caseiros que o pessoal alugava escondido — Kelly foi direto na jugular.

— Hum, o povo gosta de inventar histórias.

— Renan, eu não vou chamar a polícia, tá bom? — ela sorriu e deu um gole em seu Nervochaos.

Ele explicou melhor.

— Eu posso ter encontrado algumas fitas, mas o grosso se perdeu no incêndio. Na época estávamos começando a conversão para DVD, o plano era inaugurarmos um museu de imagem e disponibilizarmos as gravações caseiras para o público. Seria um feito inédito preservar a memória de uma cidade como Três Rios.

— Não só as memórias. Nós sabemos o que existia naquelas fitas.

— Ah, sim, a sessão premium... — Renan riu com mais sinceridade. — Acabou tudo queimado, o que era bom e o que era ruim. Festas da escola, bobagens da TV local, seria divertido ver tudo isso com os olhos de hoje. Ou não... — ele mesmo repensou. — Talvez seja melhor assim.

Kelly concordou no automático, havia sido sugada por outro detalhe da loja. Estava olhando atentamente para ele. Um monitor amarelado, cabos, uma CPU, teclado e mouse. Tudo já conectado.

— Será que esse calhambeque ainda roda?

— Vou deixar você à vontade. — Renan aproveitou a deixa. Era bom revê-la, mas aquela mulher era arisca como uma navalha. — Bom te ver, Kelly.

— Se eu não falar mais com vocês hoje, dá um abraço na sua filha por mim.

Sozinha de novo, Kelly apertou o interruptor e visualizou, não o Windows que conhecia, mas algo inspirado nele com uma definição estranha e reduzida ao básico. Reconhecia aquela coisa, era um dos sistemas de JJ. O que só poderia significar problemas.

Abriu o prompt do MS-DOS e executou alguns comandos. Sim, ela se lembrava das funções de programação mais importantes, da mesma forma que ainda sabia fazer letra cursiva, embora não a usasse mais que uma vez por semestre.

Quis o destino que alguém derrubasse um copo de bebida no chão do salão naquele exato instante — Kelly não chamaria a atenção para si a menos que gritasse.

Preferiu se concentrar no teclado.

Reiniciou. Apertar a tecla F8 várias vezes.

Acesso via MS-DOS.

<Cd..>

<Cd..>

<Format C:>

— Foi um prazer formatar você. — Kelly apertou o ENTER e saiu saboreando outro gole de Nervochaos. Apagar aquele PC não resolveria um por centro do problema encontrado por Ada Janot, mas Kelly não era do tipo que vê uma sujeira no chão e espera a faxina de sexta-feira. Além disso, ela gostou muito de fazer aquilo.

• • •

Ligeiramente mais feliz em poder deixar aquele lugar com seus esqueletos, Kelly passou ao lado do Abade. Não deixou de notá-lo e de sorrir, como a mulher experiente que sabia ser. Sendo um observador da natureza humana, ele também a notou, embora não tenha mudado a rotação do pescoço por esse motivo. Quem acabou precisando sair do caminho de Kelly Milena para não ser atropelada foi Noemi — e antes que a idosa se desse conta estava sentindo uma estranha quentura sassaricar em seu corpo. Noemi sabia que o mundo andava fora dos trilhos, mas "aquilo de sexo" que ela via agora parecia um pouco além de sua capacidade de absorção (nada que a impedisse de apanhar uma vhs para dar uma olhada mais cuidadosa).

— Meu Deus do céu — disse a si mesma. O título em sua mão era *Delírios Anais 3: Rumo aos Prazeres Desconhecidos*. — Minha Nossa Senhora — Balbuciou, impressionada com o que via na parte de trás da vhs.

— Noemi? O que você tem? — Adelaide disse, já estava na mesma sessão da amiga.

— O que vocês estão fazendo escondidas aí? — Sônia perguntou.

Noemi estendeu a vhs a ela, porque nada nesse mundo a deixaria mais feliz que ver seu próprio choque espelhado em uma amiga.

— Meu Deus... — Sônia exclamou.

As três começaram a rir ao mesmo tempo, sacolejando o corpo e se abanando. Noemi riu tanto que chegou a molhar os olhos. Sônia começou a tossir, perdeu o ar. Solícita, Adelaide golpeou suas costas. Sônia ainda estava impressionada.

— Como essas moças conseguem? — Sônia indagou.

— Não se faça de santa, por favor... — Noemi disse. — Você já teve três filhos.

— Mas olha o tamanho dele! Será que não dói?

— Deve ser operada — Adelaide esclareceu. — Esse pessoal do cinema não é natural como a gente. Elas abrem mais.

— Abrem mais? — Noemi repetiu e engatou outra crise.

— Pelo amor de Nossa Senhora, vamos sair desse lugar antes que alguém veja a gente. — Adelaide coordenou.

Mas alguém viu.

Sempre atento, o policial Monsato observou perfeitamente quando elas saíram da sessão proibida olhando para os lados, tropeçando em si mesmas como se tivessem fugindo de uma festinha no inferno. Uma delas chegou a se benzer, mas estava rindo. Carlão, marido de Luize também viu, os dois homens começaram a rir na mesma hora, e só pararam quando Monsato reconheceu o rosto de Beatrice Calisto Guerra entra os convidados. Sua mudança de humor foi tão aparente que Carlão quis saber do que se tratava.

— É a mulher que cuida da Ravena e dos outros garotos — Monsato explicou.

— Quer ir falar com ela?

— Não, se ela está aqui é porque está tudo bem por lá. Engraçado encontrar com ela nessa noite, faz uns dois dias, eu sonhei com a Ravena.

— Sonho bom?

— Eu não lembro direito, mas a Ravena precisava de mim, ela ficava me chamando. Cheguei a pensar em dar um pulinho na clínica, mas com essa cidade virada do avesso, sabe como é...

Carlão tocou suavemente o ombro de Monsato.

— Quer mais uma cerveja?

Monsato voltou a olhar para Bia, ela estava de costas agora, falando com algumas outras mulheres.

— Acho que sim.

Renan estava feliz, e como não poderia deixar de ser, também estava preocupado. Depois de caminhar entre todos aqueles pedaços do passado, ainda temia pelo futuro, e o que poderia ser trazido de volta junto da Firestar. Foi por esse motivo que ele decidiu comparecer à inauguração.

— Arrependido? — Márcio Pirelli o abordou, como se lesse parte de seus pensamentos.

— De vender pra vocês? De jeito nenhum. Eu não conseguiria fazer nada parecido.

— Ficou bonito mesmo, queria muito que o Dênis e o Pedro pudessem ver isso tudo.

— E eles viram.

— Sério?

Renan assentiu.

— Ainda mantemos contato. Eles estão pagando todos os pecados no cinema, mas nunca tiraram os olhos de Três Rios. Assim que cheguei, tirei umas fotos e mandei; o Queixo nunca saiu da idade da pedra, eu acho que ele ainda tem um Nokia, mas o Dênis está atualizado.

— Pedro Queixo... Ele era casca-grossa. Com o Dênis a gente ainda conseguia conversar, mas o Queixo? Era mais fácil negociar com o Piedade. Mas diz aqui pra mim, o que está preocupando você? Isso aqui devia ser uma festa.

Renan apenas olhou pra ele de uma forma mais direta.

— O Lote, eu sei — Márcio disse. — Você não precisa acreditar em mim, Renan, nós fizemos um contrato.

— Eu confio em vocês dois, você sabe disso. Eu não confio é nesse lugar, nessa cidade. Quando eu era moleque as coisas eram diferentes em Três Rios, parecia ser mais seguro. Depois que eu encontrei aquela primeira fita, tudo mudou. Eu vi meus chefes ficando cegos pela cobiça, vi pessoas produzindo conteúdo bizarro para embarcar na nossa onda, pessoas se machucaram e algumas... você sabe.

— Renan, Renan, você não pode se condenar pelos erros dos outros. Pensa comigo em toda a história humana, em sua relação com o dinheiro. Morreu gente nas grandes navegações, morreram procurando ouro em Minas Gerais, morreu mais um monte em Serra Pelada. Milhares de pessoas morreram explorando diamantes na África e enriquecendo urânio em Chernobil. Ainda morrem.

— Não é só isso. Você já se sentiu parte de um plano que não consegue entender? Como se você fosse, de alguma forma, uma peça no jogo de alguém? Um peão?

Márcio voltou a olhar para Renan bastante sério.

— O tempo todo. Mas onde você quer chegar? Seria a Firestar esse grande jogador?

— Não, meu amigo. Mas esse lugar talvez seja o tabuleiro.

. . .

— Discurso, discurso, discurso!

Pouco depois das onze, o bar encerrou suas atividades, e muitos já estavam bem mais que alegres com a reinauguração. Quem chegou com um amplificador foi a esposa de Valter Pirelli, Cláudia, logo depois do seu cunhado dizer algumas palavras para a imprensa local. Valter e Márcio ainda estavam em frente ao café, e as pessoas restantes se aglomeravam naquele ponto, esperando o encerramento digno daquela festa.

— Tudo bem, tudo bem, o Márcio vai fazer um discurso. — Valter estendeu o microfone para o irmão. Com o movimento, o amplificador disparou um gemido fino.

Márcio apanhou o microfone e olhou para todas aquelas pessoas. Amigos, professores, antigos desafetos, pessoas que ele sequer conhecia.

— Eu gostaria muito de discursar pra vocês, mas não seria justo. Se não fosse por uma outra pessoa presente nesse salão, se não fosse por sua dedicação a mim e a esse lugar, essa inauguração nunca teria acontecido. Valtinho, acho que é a sua vez de falar.

— Poxa, não faz isso — Valter ficou todo sem graça. Mas as pessoas já o ovacionavam, assoviavam e batiam palmas. Ele não teve escolha senão começar a improvisar.

— Vocês acabam comigo — disse e arrancou os primeiros risos. Respirou fundo. Olhou para todos aqueles rostos. Eram boas pessoas. Pessoas da melhor qualidade.

— Quando somos crianças, nós precisamos de heróis. Eles ensinam o caminho mais seguro, nos mostram como ser boas pessoas, ensinam que existe o certo e o errado, e se o herói for mesmo dos bons, ele consegue caminhar pelos dois lados, mas sempre terminará no que é certo. Conheci meu primeiro herói quando eu nasci, ele era o meu pai.

Valter precisou esperar o embargo na voz diminuir.

— Sendo um herói, ele se envolvia em muitas aventuras, e em uma dessas ele perdeu a vida. Mas calma, ninguém precisa chorar, isso faz muito tempo. E meu segundo herói está aqui do meu lado, meu irmão mais velho.

— Sem essa, Valtinho, eu vou pegar esse microfone de volta! — Márcio disse e fez todo mundo rir.

— Depois eu deixo você brincar — Valter respondeu e todo mundo riu de novo. Continuou.

"Meu segundo herói me mostrou que a gente podia ganhar dinheiro e ajudar a nossa mãe com as despesas. Me ensinou que os jogos eram legais se a gente não desistisse na primeira derrota. Anos depois, ele me ensinou a ser um adolescente e, depois, a ser um homem de verdade.

"É engraçado, porque eu e o Márcio também tínhamos alguns heróis em comum, pessoas que admirávamos, bússolas para dois moleques sem pai. Como vocês sabem, grandes heróis precisam de uma fortaleza, e também de arqui-inimigos. Quando éramos meninos, havia uma fortaleza em Três Rios chamada Firestar Videolocadora. Dentro desse forte encontrávamos gladiadores poderosos, tesouros inimagináveis, terríveis batalhas e lindas mulheres. Pois é, éramos nerds, ver as garotas da área pornô era nosso objetivo em quase todas as visitas..."

O pessoal riu tanto que Valter precisou esperar que se acalmassem.

— ... e nessa fortaleza também existiam outros três heróis. Pedro Queixo era um deles. Dênis Costalarga era outro. E o menino prodígio se chamava Renan.

Os olhos procuraram por ele e logo as palmas vieram.

— Renan Fuminho... e deixa pra lá — Valter sorriu.

— Fimose! — Bomba gritou dos fundos.

Renan se acabou de rir.

— Esse foram meus grandes heróis, eles me guiaram por anos, até eu conhecer a minha heroína, e também esposa, a Cláudia.

E tome um uóóóóó emocionado, e gritinhos, e mais palmas.

— Eu não quero matar ninguém de tédio, então vou parar por aqui. Vocês todos são heróis nessa noite, pessoal. Visitantes de um mundo de surpresas e possibilidades que não pode deixar de existir. Nessas prateleiras ainda encontramos e mágica de levar três e pagar duas fitas na sexta-feira, existe a multa por não rebobinar as fitas, e lá em cima fica uma arena com os melhores jogos de todos os tempos. E se vocês quiserem um espaço seguro, apenas pra bater um papo, tomar um café ou se refrescar com uma cerveja, também estaremos a postos. Pessoal, muito obrigado por essa noite e por permitiram que a Firestar voltasse a fazer parte das nossas vidas. Vocês são incríveis.

Mais uma vez as palmas foram ensurdecedoras, quase um minuto inteiro de palmas.

Para encerrar a cerimônia com chave de ouro, Cláudia ligou um discman no amplificador e colocou uma coletânea dos anos oitenta. As pessoas começaram a dançar como se não houvesse amanhã, a fazer passinhos, e os mais jovens sentiram tanta vergonha dos pais e familiares que se refugiaram no andar de cima. Para muitos daqueles jovens, a lendária Firestar era um enigma a ser desvendado. Para a maioria dos convidados, um oásis a ser visitado. Para uma minoria de pessoas que estiveram em suas fitas: sempre seria um matadouro.

39
DUAS HORAS ATRÁS

Naquela noite, Gil entrou cabisbaixo na Santa Casa de Misericórdia de Três Rios. No posto da recepção geralmente ocupado por duas amigas, havia somente um rapaz chamado Nivaldo. Não devia ter mais de vinte e dois anos. Assim que Gil o viu, precisou improvisar um plano B, que no caso foi telefonar para uma de suas facilitadoras. Deu preferência a Ivani, que era um pouco mais assanhada que Gina.

Assim que atendeu a chamada, Ivani bocejou e disse que se fosse algum assunto relacionado ao Padre H., Gil teria que esperar até o dia seguinte. Ela também se irritou com a curiosidade do marido ao lado, disse a ele que não era nada e mandou que voltasse e dormir. Na sequência da conversa, Gil explicou que não se tratava do padre, mas de um favor dele para um amigo. Segundo Gil, esse amigo precisava ver o pai que estava nas últimas, internado às pressas no dia anterior.

— O seu Felício? — Ivani perguntou.

— O seu Felício — Gil replicou a fala. — O Wagner é meu amigo faz muitos anos, desde a faculdade de comunicação. Ele está muito preocupado, rachou de Taubaté até aqui em menos de 5 horas. Ele está com medo que o seu Felício tenha uma parada no meio da noite e ele não consiga se despedir.

— Você não ia me enganar, né docinho?

— Não, de jeito nenhum, Ivani. E como eu saberia o nome do seu Felício? Pai do Wagner?

Ela pensou naquela falsa memória por longos dois segundos, então, movida pelo sono, acatou.

— Eu vou mandar — bocejou — uma mensagem pro rapazinho da recepção. Se ele não encrespar, vocês podem passar. Mas a decisão é dele, Gil, não minha.

— Agradeço demais, Ivani. Eu não faria um pedido desses pra outra pessoa. Desculpe tirar você do seu descanso.

— Tudo bem, docinho — disse baixinho —, você pode. Entra pelo caminho de sempre, o das escadas. Não vamos registrar vocês. Se der o azar de alguém perguntar, inventa alguma coisa, tenta não comprometer a gente.

— Deixa comigo. Bons sonhos por aí.

Ela esperou mais alguns segundos, provavelmente conferindo se o marido já dormia.

— Agora vou ter. Beijinho, Gil. — E emendou com outro bocejo.

Não houve questionamentos na recepção. Burocraticamente, o rapaz chamou Gil e deu dois crachás em branco a ele, explicou que o seu Felício estava no segundo andar, quarto 16.

Gil entrou no quarto número 8, da ala D, às 21h15. Samir estava acordado, mas, como fazia quase sempre, fingiu que estava dormindo.

— Ele é perigoso? — Wagner perguntou assim que notou as correias.

— Só se estiver contrariado.

Samir continuou de olhos fechados, Wagner ficou de vigia na porta e Gil começou a soltar as correias. Primeiro as pernas (ainda havia uma chance de Samir ser violento com Gil, então era melhor levar um chute do que ser apanhado pelo pescoço), depois os braços. Quando chegou ao braço direito, Samir disse:

— Achei que você não fosse voltar. Encontrou o que procurava?

— Encontrei mais quatrocentas e quinze perguntas pra você, mas agora precisamos tirar vossa alteza daqui.

— Quem é o seu amigo?

— Um amigo — Gil respondeu. — Consegue andar sem cair?

Samir se sentou e sentiu uma vertigem. Desceu da maca com o apoio de Gil, o mundo ainda rodava.

— Eu só preciso de um minuto — Samir disse. A voz estava meio empolada. Tranquilizantes. — Sem querer demostrar ingratidão — se esforçou em dizer —, mas eu vou sair daqui com o traseiro pra fora?

— Eu trouxe umas roupas pra você vestir. São minhas, devem caber em você.

— Tá vindo alguém, Gil — Wagner avisou.
— Médicos?
— Não, é gente da limpeza.
— Deita de novo, Samir.
— De jeito nenhum!
— Deita, porra! Confia em mim. Wagner, entra e fecha a porta.

A regra é clara: funcionários mal remunerados não fazem perguntas. E se as perguntas tiverem uma mínima chance de se autorresponderem, aí é que ninguém abre a boca mesmo.

Foi dessa forma que Dudu Loló, atual funcionário da limpeza e ex-caixa de uma das unidades da drogaria Piedade, acendeu a luz e viu dois homens no quarto do cara estranho que o pessoal chamava de padre. Um dos homens trabalhava em uma loja do centro, Dudu o conhecia de vista. O outro, nunca tinha visto. O homem da loja do centro estava dormindo sentado, de braços cruzados. O outro estava meio emocionado, rezando sobre o homem acamado, que continuava amarrado e dormindo.

— Boa noite — Dudu disse e foi entrando. Ninguém respondeu, mas o homem continuou rezando. Dudu retirou o lixo do quarto, acendeu a luz do banheiro, jogou desinfetante no vaso sanitário, retirou o lixo do banheiro e apagou a luz do cômodo. Talvez tenha sentido ou intuído algo vagamente estranho naquela noite, mas não passava por sua cabeça questionar, se complicar ou arriscar seu emprego. Em sua última inscrição na carteira de trabalho, havia uma anotação de desligamento por "pedido de demissão". Isso só foi possível porque a gerente da unidade Piedade 18 era sua amiga. Amiga ou não, Dudu não poderia continuar roubando no emprego, então ela o orientou a pedir a conta, era o melhor pra todo mundo. Depois de acertar os dividendos, Dudu amargou seis meses fazendo bicos. Agora era auxiliar de limpeza, tinha um auxílio alimentação e estava mais feliz, e a cinco dias de passar pelo período de experiência e se efetivar. Que todos se fodessem...

— Boa noite — Dudu repetiu e foi saindo.

Em menos de dez minutos, Samir também saía. Usava jeans, camiseta escura e um boné promocional do Empório Antenor. Estava meio grogue, mas ainda era capaz de andar. A primeira pessoa a abordá-lo, já do lado de fora, foi o rapazinho que vigiava os carros. Gil deu cinco paus pra ele e o rapaz também ficou feliz.

— Agora que me raptaram, o que pretendem fazer comigo?

— Nós precisamos conversar. — Gil saiu com o carro.

40
MEIA HORA ATRÁS

Alguns minutos antes de Valer Pirelli apanhar o microfone para fazer seu discurso, Bia tomava uma batida de Vermute com suco de laranja. Ela estava contente e relaxada, conversando com sua amiga Shirley, então, de repente, perdeu a firmeza das mãos e das pernas. O efeito foi tão poderoso que Bia precisou ser amparada por Shirley, e a bebida acabou indo para o chão e se derramando no piso frio. O copo quicou duas vezes e incrivelmente não se quebrou, mas na terceira explodiu em cacos. Nesse exato momento, Monsato sofreu uma vertigem, se escorando na parede enquanto o mundo rodava, e tudo o que conseguiu pensar foi em sua irmã, Ravena Monsato. Enquanto o pessoal da limpeza resolvia o problema com a bebida de Bia, o Abade, a alguns metros dela, era tomado por algum tipo de ausência. Naquele momento ele conversava com o presidente da Câmara dos Vereadores, e tentava convencer o homem que seu templo era diferente e mais seguro que as coisas que a TV mostrava, então parou de falar do nada e ficou, como o político diria mais tarde, "como um poste". O Abade só voltou à normalidade quando uma das Soberanas o interpelou, e mais tarde ele explicaria a ela que foi como se o tivessem desligado por alguns segundos. Do outro lado da cidade, doutor Wesley estava prestes a iniciar um ato amoroso com sua esposa, e ele simplesmente se desinteressou, apagou, sequer chegou a terminar de despi-la. Mais distante de Três Rios, em Terra Cota, a mãe de Maitê abriu os olhos e começou a chorar, sem saber exatamente a razão, mas tomada por uma agonia sufocante e urgente. Chegou a telefonar para a filha, mas Maitê não atendeu sua ligação.

Depois dessas estranhas sensações, cada um se apoiou em suas próprias teorias para que a vida pudesse continuar comum e ordinária. Bia não costumava beber, então podia ser efeito do Vermute. Monsato era um poço de estresse em si mesmo, e ele sabia que estava devendo uma visita para a irmã, para a mãe, para seus familiares espalhados pela região, para todo mundo. Dr. Wesley resolveu tudo com um Viagra, e mesmo que não tenha sido uma noite daquelas, conseguiu cumprir o protocolo para depois adormecer. O Abade deixou a vida (e a morte) seguir o seu curso. Quanto à mãe de Maitê, ela deixou um recado: "Tá tudo bem, filha? Manda uma mensagem quando tiver um tempinho? Hoje estou com mais saudade". Anexou um coração e um emoticon de beijinho.

41
A NOITE VERMELHA

I

Bia tinha perdido o ar de tanto rir — de novo. Dentro do Uber Black, estavam ela e Shirley. Shirley aproveitava a animação etílica de ambas para dissertar sobre como seu marido não saberia seduzir uma capivara. A um passo da bebedeira irreversível, Shirley fazia questão de contar, com o requinte de todos os detalhes, o episódio em que ele se fantasiou de bombeiro para conseguir estimulá-la.

— ... aí então... — começa a rir de novo — lá estou eu, com velas aromáticas no quarto, um cheiro de putaria daqueles, e o homem entra com capacete e coturno. E a mangueira dele — e tome risos — parecia uma trombinha, porque ele não estava nada em forma, sabe? Aí eu pensei comigo — risos de asfixiar — vou precisar fazer uma chupeta nessa mangueira ou não vamos ter fogo suficiente.

— Shirley! — Bia, esganada de rir, a acotovelou. Ela podia ver o motorista do Uber mordendo a própria boca para não rir junto. O homem devia ter pouco mais de sessenta, e Bia apostaria sua carteira que a mangueirinha dele era bem parecida com a do marido de Shirley.

Já estavam perto da clínica, mas no par ou ímpar antes de entrar no carro, Bia perdera a preferência, ela seria a última a ser entregue em casa. Era bem perto, Shirley morava há menos de dez minutos da clínica.

— Vê se me liga, mocinha. Pode não parecer, mas eu sinto a sua falta — Shirley disse assim que o Hyundai estacionou.

— Acho que não é só você — Bia riu mais um pouco e chegou mais perto da janela da amiga —, olha lá o bombeiro na janela.

Shirley olhou pra ele e começou a rir dentro do carro.

— Vamos combinar de novo, promete? — perguntou.

— Você tem a minha palavra, e agora me deixa ir embora ou seu marido vai ter um ataque.

Shirley saiu e recostou a porta, Bia mandou um beijinho e acenou. Shirley acenou de volta e começou a subir o lance de degraus baixos que circundavam o jardim e conduziam até a frente da casa. Segundo Shirley, ela e o bombeiro estavam morando no condomínio desde que os filhos se mudaram de Três Rios, para amenizar a síndrome do ninho vazio.

De novo em movimento, Bia aproveitou para conferir o celular. Tinha enviado uma mensagem pra Maitê um pouco mais cedo, perguntando se estava tudo bem. A resposta veio com um emoticon zangado seguido da pergunta: "Já estamos com câimbras?". Isso deixou o coração de Bia em paz, pelo menos até derrubar aquele vermute. Havia algo de estranho, sim, ela podia sentir. Como sentiu um incômodo inexplicável ao ser convidada por Gabriel Cantão para uma sessão de filmes em sua casa.

— Chegamos, moça — O motorista Uber disse e puxou o freio de mãos. — Quer que eu espere a senhora entrar?

— Não precisa, moço, nós temos um anjo da guarda de plantão.

O motorista desejou boa-noite e esperou até que ela chegasse no portão. Estava destravado, Bia não ouviu o ruído da automação, mas entrou da mesma forma, calculando que o senhor Clóvis tivesse aberto quando a viu chegando com o carro. Já se preparava para ouvir alguma coisa engraçada quando não o encontrou na saleta de recepção. A janela estava aberta, o que também não era comum.

— Seu Clóvis? É a Bia, não atira em mim, tá bom? — ela brincou, como raramente fazia. Estava feliz, tinha sido uma grande festa e um verdadeiro banho de energia. Rever tantos rostos, ver tanta gente feliz. Iria, inclusive, telefonar para Monsato no dia seguinte, para todas as famílias. Já era hora de eles receberem as boas notícias. Ainda suspeitava que alguns familiares levassem seus meninos de uma hora pra outra, mas eles também tinham esse direito, essa era a verdade.

— Gente, que escuridão! — Bia foi atravessando a porta do pequeno hall de entrada. A porta da sala de Clóvis estava recostada. Ela não falava alto, mas usava um tom de voz suficiente para anunciar sua chegada. Estava um pouco preocupada com Clóvis. Ele já tinha alguma idade, Bia temia que algum problema de saúde o tivesse tirado da portaria. Ouviu um ruído no mesmo espaço restrito, *pin!* Vinha do chão, próximo à parede. Havia alguma coisa ali, no escuro.

Bia acionou a luz de emergência de seu celular.

— Não... não, meu deus, não. NÃÃÃÃÃÃÕOOOOOOOOOO!

II

A morte é uma coisa feia.

É infinitamente pior que qualquer desenho, ilustração, fotografia ou conhecimento prévio. Toda morte, desejada ou não, esperada ou não, carrega em si mesma a marca da irreversibilidade, do fim, do nunca mais.

Clóvis estava morto. Alguém havia arrancado metade de seu pescoço e deixado suas mãos e pés reduzidos aos ossos e fiapos de carne. Do modo como fora deixado no chão, olhava para a porta, diretamente para Bia. Seus olhos estavam tortos e sem sentido, a boca ainda estava aberta. Havia um longo caminho de sangue, que escorreu do corpo até encontrar a decida para o corredor de acesso ao interior da clínica. O sangue brilhava como óleo. Os olhos de Clóvis continuavam abertos e era terrível olhar para eles, tão ou mais terrível que as imagens que Bia ainda encontraria na mesma jornada.

— Meu Deus! Meu Deus! Meu Deus! — Bia evocou seguidamente, recuando passos, buscando em seu passado um deus que pudesse confortá-la, salvá-la, retirá-la daquela dor. Até mesmo matá-la, bem ali, em um ato misericordioso.

As pernas vacilaram, o corpo reencontrou a sobriedade em alguns segundos. Bia não conseguia conter o choro, tremia, e boa parte daquele desespero não se concentrava na morte horrível de Clóvis, mas no que ela ainda poderia encontrar. O interruptor da sala principal estava logo ali, no mesmo corredor, a um passo. Mas ela deveria acendê-lo? Deveria clarear toda aquela obscenidade ou seria mais humano desligar a luz de emergência, fugir para a escuridão e nunca mais voltar a ver a luz? Não, ela precisava avançar. Devia isso a eles. Devia a Clóvis.

— MAITÊÊÊÊ! — ela afastou as mãos da parede e gritou até extenuar as cordas vocais. — Maitêêêê... — o fio de voz se perdendo nos soluços. — Por favor, Maitê, me tira desse lugar. Fala comigo, Maitêêêê. Fala que as crianças tão bem... Que você fugiu, que conseguiu salvar todo mundo quando ouviu o seu Clóvis e...

A mão já voltava para perto do interruptor. Havia alguma coisa logo ao final dele, no chão.

As luzes eram novas e fortes, de leds caros, luzes que poderiam mostrar o quanto a morte ainda poderia ser feia. Bia fechou os olhos e tocou o interruptor. Sentiu sua textura, fez um pedido a ele. Com um movimento lento, o apertou até o final.

Podia notar pelas pálpebras que o outro lado estava acesso. Talvez o assassino ainda estivesse por perto, à espreita, talvez ele pudesse poupá-la das coisas terríveis que sua mente sussurrava.

Sua próxima reação foi abrir os olhos e imediatamente voltar a cobri-los, como uma criança que descobre algo que não deveria ver. Só depois ela escorreu as mãos até a boca, e escorreu o corpo até os joelhos, onde ficou, parada, na metade do corredor.

Maitê. Havia sido aberta no ventre e parecia ter sido escavada. Estava oca, algumas vísceras estavam ao lado. Maitê não tinha muita carne nas mãos ou nos pés. O assassino agiu como uma hiena, uma ave do deserto, um animal faminto. Os sapatos emborrachados da enfermeira estavam jogados no salão, tingidos de um rosa diluído e enfraquecido. O odor de sangue era tão forte que o interior da clínica tinha o cheiro de um açougue.

Em um segundo olhar, Bia percebeu que Maitê tinha apenas a metade do tórax eviscerado, a outra metade estava inteira, embora desnuda. O seio restante estava mordido. O rosto estava mordido. O olho esquerdo estava mordido. Era obra de um carniceiro, não de uma pessoa.

Bia apenas gemia, já não tinha mais palavras ou intenções, havia se tornado um poço de dor, e como poço, não conhecia a própria profundidade. As roupas esfarrapadas ainda estavam presas em Maitê, agora tingidas por diferentes tons de vermelho. Em alguns pontos havia grumos de coágulo, pontos quase pretos, de tão concentrados.

Não conseguiria caminhar. Assim, Bia se arrastou. O corpo agia como algo sem ossos. Vibrava. Reagia ao horror.

Bia manteve o foco no olho ainda intacto da amiga até chegar a ela. Estava opaco, de certa forma parecia maior, edemaciado, inflamado. Estava aberto, e Bia conseguia traduzir dele o último pedido de Maitê. O que não foi ouvido ou atendido. Ninguém a salvou. Ninguém intercedeu. Ninguém.

Bia seguiu seu calvário e mergulhou na sala de recreação. O chão branquinho estrava maculado com marcas de arraste e mãos e solas de calçados carimbados pelo sangue. Havia manchas no chão e nas paredes, até bem perto do teto. Formulados na imaginação que ela desejaria desligar, Bia via corpos, pedaços, membros sendo arremessados naquela tinta branca por um animal que prefere brincar com sua refeição antes de se fartar com ela.

Havia um braço jogado adiante. A quem pertencia, ela ainda não sabia. Maitê não havia sido desmembrada, Clóvis tampouco.

— Não, já chega... eles não, eles não merecem. Minhas crianças já sofreram demais.

Ainda tinha esperança que algumas daquelas crianças grandes, seus filhos e filhas e irmãs e irmãos, tivessem escapado com vida. Que tipo de assassino conseguiria render tantas pessoas ao mesmo tempo? Eles eram muitos e, mesmo ainda se recuperando, teriam reagido, pelo menos gritado, pedido socorro. Ainda era possível acreditar em milagres? No centro da sala, mais dois corpos. Olhos abertos, mãos e pés mastigados, rostos desfigurados. O assassino parecia roer a carne que encontrava primeiro, era o que os corpos indicavam. As mãos e os pés incapacitavam, e o ataque ao pescoço era um mecanismo de asfixia. Mas a preferência pelas mãos, pés e rostos também descaracterizava as vítimas, ou talvez a intenção fosse apenas matar aos poucos. Torturar. Como ninguém ouviu os gritos? O pescoço, é claro, ele primeiro atacava no pescoço. A suposição de Bia dizia que Clóvis foi o primeiro a morrer. Ele deve ter reagido, então Maitê apareceu para também ser morta. Depois chegariam os rapazes e moças. Que chance aqueles jovens teriam? Estavam debilitados, eram crianças na mentalidade, no muito pré-adolescentes ainda chocados com o tamanho e formato de seus corpos.

— Vocês não mereciam — Bia gemeu e depois gritou — AHHHHHHHHHH —, colocando um pouco da dor que sentia pra fora. — Não merecíaaaaaam!

Estavam todos em um estado parecido. Mordidos, escavados, dilacerados. O braço que encontrou no corredor pertencia a Fabrício. O corpo estava soterrado pelos outros. Foram jogados como madeira de demolição, como restos, ossos de um final de baquete, material de despejo. Fabrício, Carlos, Samanta, Dani, Roberta e Janaína. Havia outro corpo na mesma pilha, que poderia ser de Ravena, Franco ou Luan. Bia percebeu que era masculino pela pelagem nos braços. Estava com as costelas abertas e espatifadas. Não tinha mais rosto, múltiplas partes foram roídas até os ossos. Os cabelos se transmutaram em uma escultura de sangue, um grumo coagulado. O sangue extravasado na sala de recreação era tão volumoso que formou uma película de dois milímetros sobre o chão. Tudo forrado de sangue, irrigado, refeito em sangue.

Havia mais um corpo na cozinha.

Bia cedeu a um pensamento de escolha que a fez odiar a si mesma. E a mais pura verdade é que ela desejou com todo seu coração que aquele corpo pertencesse a Franco. Que por uma misericórdia divina, força de sobrevivência ou qualquer outra razão ela não encontrasse Ravena ali, morta, de olhos abertos, de coração mastigado.

Ainda não conseguia ficar de pé. As pernas estavam exauridas. A proximidade com o chão tornava os odores ainda mais fortes, o contato das palmas com todo aquele sangue agitava o charco, eriçando mais e mais do odor adocicado e férrico do sangue. Havia mais naquele cheiro, o odor do pavor, urina. A respiração seguia curta e acelerada, compensava o que os pulmões já não davam. Em certo ponto Bia vomitou. Se refez e seguiu avançando. As palmas faziam um som pastoso no piso. O repúdio se alternava com o pavor.

— Meu filho, me desculpa — Bia disse ao reconhecer Franco. O rosto estava arranhado, sulcado pelas unhas. O nariz havia sido escavado, o osso estava partido. Franco olhava para o teto com a expressão dos mártires. O sorriso, ainda que torcido, forçava sua presença naquele rosto tão jovem. Qual teria sido seu último pensamento? Teria implorado pela vida ou agradecido pela morte? Teria tentado adiar o fim? Bia jamais saberia.

Todos mortos, exceto Ravena. E isso embutiu um novo horror em seu cérebro. Ravena poderia ter feito aquelas coisas tão terríveis? Uma garota? Não, não uma garota comum de uma cidadezinha do interior, mas o que dizer de uma das crianças da Cratera de Três Rios? Alguém que venceu uma quase morte de dezessete anos?

— Não, não foi você. Você não poderia. — Bia disse e fechou os olhos do rapaz. Sem forças para prosseguir, ela se deixou no chão por um instante, deitada na poça, a cabeça sobre o que ainda existia de tórax no cadáver de Franco. Sentiu inveja daquele homenzinho. Gostaria de estar em seu lugar. Morta. Sorrindo. Sem dor.

Mas havia Ravena, ela poderia estar viva. Mas como? Era impossível saber, tampouco se aquele estar viva significava sorte ou azar.

Bia apanhou o celular e o esfregou contra a roupa. Uma boa quantidade de sangue ficou no tecido, ela conseguia ver os caracteres na tela. Teclou um número que há tempos não visitava e apertou o sinal de chamar.

Toca uma, duas.

Três vezes.

A voz do homem finalmente atendeu.

— É o senhor Monsato?

...

— Aqui é Bia, a Bia da clínica. — A voz se perdendo em um doce torpor anestésico.

...

— Preciso que o senhor venha aqui. E preciso que o senhor traga mais gente.

...

— São os meninos, sim. É melhor o senhor vir depressa.

III

— Não me interessa se vamos ter que trazer o Exército, quero que vocês encontrem essa mulher! — Monsato gritou no telefone. Ainda tinha sangue na camisa, sangue na barra da calça, e tinha muito, mas muito sangue nos olhos. Chegara na Santa Luzia sete minutos depois de atender a ligação de Beatrice Guerra, e desde então não conseguia sair do seu próprio smartphone. Puxou um cigarro e o queimou, e nada nesse mundo poderia substituir a sensação de entubar um Marlboro em um momento extremo. Luize estava se aproximando e retirando seu terceiro par de luvas.

— Me dá uma boa notícia — Monsato disse a ela.

— Não sei se é boa, mas eu tenho alguma coisa.

— Manda.

— Eles tinham um equipamento de monitoramento, o Sidney conseguiu acessar.

— E do jeito que as coisas caminham, ele só vai liberar com a aprovação do Mendonça.

— Seria assim se ele não fosse o Sidney e se você não tivesse uma irmã envolvida nessa tragédia. Ele está no monitor, pediu pra chamar você.

— E o que eu vou ver nesse vídeo? A Ravena está viva?

— É melhor do que isso. Ela estava andando de novo, Monsato. Andando sozinha.

— Tá brincado? Então ela conseguiu fugir?

— Não sei... talvez. Mas ela estava de pé.

— E os outros?

Luize meneou a cabeça.

Monsato parecia exausto há muito tempo, mas naquele momento estava um pouco pior.

— Aquele velho podre sabia que ia acontecer. Ele falou, lembra? Vamos nos ver de novo depois que eles morrerem... Como ele podia saber? Nós podemos ter causado essas mortes, Luize. Ele pode ter... puta merda, eu não sei mais o que pensar.

— Então são pense. Sua irmã ainda tem uma chance, Monsato, é isso o que a gente sabe. A Ravena pode estar viva.

IV

Monsato entrou na sala seguido por Luize. No tumulto já instaurado na clínica, poucas pessoas os notaram desaparecendo pela porta da sala de monitoramento, que costumava ser o posto de Clóvis. O computador que armazenava as gravações das câmeras de segurança ficava embaixo da bancada de granito, parcialmente oculto em um módulo em MDF.

— Não precisa falar pra gente que você não sabe de nada. A gente nem está aqui — Monsato disse ao técnico da polícia, Sidney.

— Consegui acessar cinco dias de gravação, depois disso ela se sobrescreve. Até ontem tudo parecia tranquilo. Poucas visitas, fisioterapia, eles ficavam com as moças da clínica e viam TV na maior parte do dia.

— E o que aconteceu hoje?

A expressão do rapaz se alterou rapidamente. Agora o rosto de Sidney era uma mistura de nojo e revolta.

— Eu deixei sincronizado às 22h15, foi quando começou. Não leva a mal, Monsato, eu quase não consegui olhar da primeira vez. Eu vou sair pra tomar um ar e deixo vocês aqui. Bato três vezes quando quiser entrar. Se puderem não abrir antes disso, vai evitar dor de cabeça pra gente. É só apertar o play.

V

O monitor era dividido em quatro enquadramentos. Frente e acesso à recepção, sala de recreação e cozinha, quartos dos internos e enfermeiras (a imagem desse quadro alternava entre eles). Monsato deslizou a mão até o mouse e não conseguiu apertá-lo imediatamente. Conhecia aqueles garotos e garotas, conheceu ainda meninos, e ele mesmo era um menino. Ele foi e eles ficaram. Cresceram, ganharam barbas e seios, e nunca tiveram uma vida adulta de verdade.

Clóvis ouve alguma coisa e...

... confere no monitor, tem alguém do lado de fora. Parece uma pessoa, mas está oculta, escondido por um cobertor. Ele bate nas grades, deve ter feito barulho (não existe áudio no monitoramento). Clóvis se estica até a janela, sua boca se move. Volta a se sentar. A pessoa do lado de fora se dobra nos joelhos. Ou senta. Clóvis apanha um copo e o completa com água. O copo é de plástico.

— Não, não faz isso — Monsato disse, instintivamente.

Mas Clóvis não pode ouvi-lo, está em outro tempo, vive outra realidade. Clóvis é um refém do vídeo onde ele ainda está sentenciando a si mesmo a uma morte horrível.

Ele abre portão e oferece o copo.

... o cobertor se mexe, quem está sob ele parece se esforçar. Clóvis está com a mão estendida, segurando o copo d'água. O cobertor se revolve e a coisa puxa a mão do vigia sob o pano em um tranco. Clóvis puxa a mão, tem dois dedos decepados. Ele corre de volta para a clínica, em seu desespero tudo o que consegue é empurrar o portão, que não chega a se fechar. A coisa entra atrás dele como um vulto, mais uma vez seus detalhes são um borrão, um esboço de alguma coisa selvagem.

— É a mesma coisa que está matando no Limoeiro? — Luize perguntou.

— Parece, mas também parece pior.

Clóvis é derrubado com um golpe nas pernas...

... ele cai imediatamente, vira de frente, tenta alcançar seu cassetete. A coisa então começar a roê-lo. O faz com tamanha selvageria que o sangue respinga em muitas direções. Pedaços daquele homem infeliz voam para os lados. A enfermeira aparece em seguida, e outro quadro a focaliza. Ela só consegue ficar paralisada; a coisa, não. O monstro a alcança em três passos, o quarto passo é sobre ela, sobre seu peito. Maitê cai e sua cabeça racha no chão. O monstro passa as patas no sangue; ele não tem mãos, são garras. Ele sorve o sangue e se senta sobre ela. Morde, morde, morde. Os pés tremulam, ela ainda vive enquanto perde parte do rosto. Um dos garotos aparece em seguida, ele dá dois passos para trás e cai. Não consegue se mover com desenvoltura. Estão todos ali, na mesma sala. Assistiam a TV. A luz do cômodo vem dela e da compensação da câmera de monitoramento.

— Pausa aí! — Luize disse a ele.

— Eu quero ver o resto, pode ter alguma coisa!

— Tem mais alguém chegando na recepção. Bem ali.

Monsato soltou a gravação novamente. A imagem avança, a pessoa para antes de atravessar o portão.

Monsato pausou a gravação.

Com a imagem congelada, é possível ver a pessoa com alguma clareza. É uma mulher, entre vinte e trinta anos. Ela usa uma jaqueta jeans, parecia saber que acontece algo errado dentro da clínica. Mas Monsato e Luize sabem que ninguém telefonou para eles antes de Beatrice, que continua desaparecida. Aquela mulher definitivamente não é Beatrice Calisto Guerra.

A fita começa a rodar de novo e a mulher entra na clínica.

Apesar do massacre que acontece no mesmo período de tempo...

... a jovem de jaqueta parece saber exatamente o que precisa fazer. Enquanto a coisa trabalha em sua matança, ela se esgueira pelo cômodo, aproveitando a escuridão e o tumulto gerado pelo desespero. Os jovens que conseguem se levantar o fazem, são atacados e mortos em seguida. A moça de jaqueta avança, sai da câmera, e reaparece com Ravena. Ravena resiste a ela, mas a outra a segura pelos punhos e praticamente a arrasta. Ravena se joga, ou cai, não é possível ter certeza; a outra a puxa pela mão, pelos braços, pela camiseta. Nesse momento o matador olha para trás, ele não tem um rosto discernível na câmera. É impossível não ter notado as duas mulheres em fuga. Uma cadeira atinge o monstro, quem a sustenta é um rapaz de cabelos pretos. O matador reage a sua presença e arranca seu nariz em uma única dentada. O garoto cai, o agressor cai em cima dele. Ainda existem duas pessoas vivas na sala, o matador se lembra delas antes que possam fugir. Não é o caso com Ravena e sua raptora. Elas já estão do lado de fora, correndo para longe do alcance da câmera.

Monsato parou a gravação.

— Chama o Sidney. Pede pra ele isolar e tentar descobrir quem é essa mulher.

— Como?

— Ele vai dar um jeito.

Monsato já estava deixando a sala.

— Onde você vai?

— Preciso preparar a minha mãe antes que toda essa merda voe. Daqui a pouco vai ter mais gente nessa clínica do que dentro da delegacia, vocês não vão precisar de mim. Me liga se descobrirem mais alguma coisa.

VI

O Abade chegou no templo bem antes do encerramento das festividades de reinauguração da Firestar. A noite começou animada, cheia de boas possibilidades (ele inclusive concretizou uma delas, em uma conversa bastante positiva com os políticos locais), mas há algumas horas ele sentia algo apertar seu peito. Chegou e foi direto para o banho, e agradeceu como nunca ter investido dinheiro em uma banheira. Terminado o banho, a sensação voltou a se agarrar nele. O Abade assistiu a um pouco de televisão, mas desligou a Sony antes de receber a notícia que seu corpo tentava antecipar. Depois se despediu das Soberanas, disse que aquela noite ele precisava ficar só. Elas não gostaram, mas não reclamaram. Às vezes, sabiam, seu Abade não passava de um homem.

Um homem que ainda olhava para o teto de seu quarto quando ouviu o motor de carro se aproximando. Não era barulhento, mas no silêncio da noite e em seu estado de vigília, o motor soou alto como uma motosserra. Ouviu a porta do carro batendo, passos pela escada. Saiu da cama um segundo antes de alguém esmurrar a porta do templo.

Como já havia se levantado, estava fora do quarto quando as veteranas apareceram, com os olhos inchados do mergulho no sono.

— Podem deixar. — O Abade se antecipou.

A pessoa bateu na porta mais cinco ou seis vezes até que ele chegasse à entrada.

— Estamos fechados nesse horário — disse. Não por ser verdade, mas para forçar uma identificação do outro lado.

— Sou eu, a Bia. Abre pelo amor de Deus.

Heitor fez isso e encontrou uma mulher pálida, trêmula, enrolada em um cobertor.

— O que aconteceu? — ele a acolheu e a conduziu para dentro.

Ela deixou o cobertor cair, seria mais fácil do que dizer as palavras.

Bia estava enxarcada com sangue, suor e grumos de coágulo. O que antes pareceu apenas suor em seus cabelos, na verdade tinha muito mais de sangue. O jeans que Bia usava estava quase preto, o que ela tinha de pele nas pernas estava manchada.

— Esse sangue é seu?

— Não, Abade, é sangue das nossas crianças. Alguém atacou a clínica, mataram todos eles.

— Todos? Como... — como não era a melhor pergunta, mas poderia ser reformulada. — Como você está?

— Morta, eu acho. Mas eu ainda consigo falar e andar.

Ainda sonolenta, Dardânia entrou na área do templo.

— O que aconteceu? Chamo uma ambulância?

— Não, mas você pode preparar um chá bem forte... coloque alguma coisa pra acalmar.

— Mataram todos, menos a Ravena. Todos mortos — ela continuou.

— Respira fundo, Bia, eu preciso entender o que aconteceu. Alguém mais está sabendo?

— Eu telefonei pro Monsato, irmão da Ravena. Ele é policial, ele vai saber o que fazer. Estão mortos, Heitor, todos eles. Alguma coisa atacou eles, um animal, uma dessas pessoas sem coração. Eles estavam com as mãos mastigadas, os pezinhos, as barrigas abertas como gado. Meu Deus do céu, ele mastigou o olho da Maitê! Comeu o pescoço do seu Clóvis, arrancou o braço do Fabrício! Ele fez uma pilha com os corpos! O que essas crianças fizeram pra merecer esse ataque? Por quê?

— Eu lamento, Bia, eu... não sei o que eu posso dizer.

— Fala alguma coisa, fala qualquer coisa que me tire essa dor. Dói muito, eu ainda consigo ouvir a voz deles, a alegria deles acordados. Eu conheço o cheiro deles, conheço cada respiração! Eu cuidei desses meninos como se fossem meus filhos, e agora eles estão mortos! MORTOS! — gritou. — Estão na barriga desse... monstro! Desse animal nojento!

— Bia, eu sei que é um momento terrível, e que ninguém pode calcular a dor que você sente, mas a Ravena ainda está viva, precisamos pensar nisso.

Isso pareceu contê-la por alguns segundos, mas o cérebro humano trabalha depressa quando o assunto é supor o pior.

— Mesmo que ela esteja viva, ela deve ter sido levada pelo assassino. Pobrezinha, só de pensar as coisas terríveis que ele ainda vai fazer com ela. Seria melhor se ela... Não, meu Deus, eu preciso colocar a cabeça no lugar, precisa parar de doer.

— Nós não sabemos a história toda, Bia. Vamos pensar em coisas positivas.

— Positivas de que jeito? — ela sugou o nariz, e aos olhos do Abade pareceu muito mais jovem, uma criança. Alguém que precisa desesperadamente ser consolada com uma mentira em que possa acreditar.

— Ela pode ter corrido. Fugido. Ravena estava melhorando depressa, alguém pode ter ajudado. Um carro passando na hora certa, ainda tem gente boa nesse mundo, vamos pensar nisso.

— Tudo o que eu consigo pensar são nas coisas que eu vi. Eu não consigo parar de rever.

— Aqui, Bia — Dardânia estava de volta.

— Obrigado — O Abade disse.

Bia apanhou a xícara e deu um bom gole. Estava fumegando de quente. Ela sequer fez careta.

— Todos mortos. — Bia repetiu.

Ela não podia notar, absorta como estava, mas o Abade estava com os punhos fechados. A força a que os submetia era tão potente que os braços tremiam.

— O que você pretende fazer agora? A polícia já falou com você?

— Eu vim até aqui por isso. Quero que você me ajude a ir embora. Pra sempre.

O Abade sustentou o olhar sobre ela.

— Sabe o que isso significa? A polícia pode implicar você como suspeita.

— Não seria a primeira vez.

Passaram mais alguns segundos em silêncio, o Abade avaliando o sofrimento daquela mulher. Não gostava nada disso. Não era justo.

— Tem certeza que você quer fazer isso?

— Heitor, eu preciso esquecer essa cidade de uma vez por todas.

O Abade apanhou o smartphone e apertou alguns números.

— Preciso de você — disse.

— ... viagem longa.

— ... sim.

— ... o mais rápido possível.

VII

O carro demorou menos de vinte minutos. Nesse tempo, Bia se limpou e pegou emprestadas algumas roupas que lhe serviam. Também tomou um tranquilizante mais pesado. Ela ainda estava lúcida quando saiu do templo, por volta da uma da manhã.

— Toma, tem o suficiente aqui pra uns seis meses — o Abade estendeu um envelope de dinheiro.

— Eu não posso aceitar, já estou abusando de vocês todos.

— O que está em suas mãos já é seu. Na nossa família ninguém justo sofre mais que o necessário. Você precisa se reerguer, nossa congregação vai ajudar nisso. Não é dinheiro meu, Bia, é dinheiro das boas pessoas de Três Rios. Fique com ele e reconstrua a si mesma, esse é o certo a fazer agora.

Ela o abraçou longamente. Chorou mais um pouco.

— Disseram tantas coisas ruins de vocês.

— As pessoas refletem o que conhecem, elas categorizam. Se nós acreditarmos em tudo o que vemos na TV, vamos ser personagens de uma outra novela. Eu não sou santo, e já conheci homens maus de verdade que se esconderam atrás da boa vontade dos outros. O que o povo teme são esses homens, não a nossa congregação.

— Pra onde eu vou? — Ela só perguntou naquele instante, segundos antes de entrar no carro.

— Só você e o Argento vão saber. Se um dia você quiser voltar, é só telefonar.

— Cuida da Ravena pra mim. Se ela estiver... — Bia começou a chorar de novo. Tapou a boca tentando se controlar, não conseguiu, acenou um adeus breve e entrou no carro. O motorista partiu assim que ela fechou a porta.

O Abade esperou até que o carro se tornasse pequeno na distância. Olhou para cima, depois para baixo. Chutou um pedregulho que estava pelo chão. O vento da madrugada bufou sobre ele, frio, raivoso, tinha o cheiro do sangue.

Depois das escadas, um encontro com Dardânia e a mentira:

— Vai ficar tudo bem.

Foi para o quarto. Do quarto tomou as escadas.

No subterrâneo do templo, um encontro com a única companhia que pretendia ter naquela noite. Uma garrafa de uísque.

42
AMÉM?
● ● ·

A noite se foi. A manhã correu depressa. Logo a tarde chegou. A cidade de Três Rios estava apressada e envolta em tragédias, os jornais e bocas só falavam nisso. As pessoas de bem, e algumas pessoas de mal, continuavam sem acreditar no que ouviam desde a madrugada anterior.

Talvez motivado por esse interminável estado de pânico e receio — pensavam seus seguidores — o Abade tenha convocado aquela tarde de orações. Movidas pela bondade dos corações, e muitas outras movidas pela ferocidade das línguas, as pessoas cederam ao pedido feito via WhatsApp e se reuniram em massa na congregação Ministério das Águas, a fim de ouvirem as palavras sábias do Abade. A despeito de todas aquelas diferentes intenções, a verdade é que todos estavam com medo, e fariam qualquer coisa para receberem uma palavra de esperança. Pelas ruas falava-se de monstros, de canibalismo e de psicopatas. Falava-se principalmente dos jovens mortos e da garota chamada Ravena Monsato que ainda poderia estar refém daquele assassino terrível. Uma recompensa fora oferecida por informações, a TV local mostrava a foto de Ravena a cada duas horas.

O encontro no templo estava marcado para as duas da tarde, os relógios já marcavam três e nem sinal do Abade. Nitidamente preocupados, os músicos, Guardiões e Soberanas alternavam olhares entre si e entre seus relógios. Os sussurros pelo templo já estavam fora de controle, algumas pessoas começavam a desistir de esperar.

Geralmente o Abade sinalizava à banda quando estava prestes a ingressar no templo, mas não aconteceu dessa forma naquela tarde. Ele costumava estar em trajes limpos e eximiamente passados; em vez disso usava uma roupa que poderia ter saído do cesto. A barba do homem estava uma bagunça, os cabelos pareciam pesados, carregados de oleosidade. Mas a banda começou a tocar quando o notou no corredor entre os bancos. As pessoas se levantaram e sorriram, mas logo externaram sua preocupação com comentários discretos. O Abade estendeu as mãos e vociferou:

— Sem música hoje, sem merda de música!

Seguiu caminhando sem muito equilíbrio. A voz estava empolada, os passos avançavam tortos, só um cego não perceberia seu estado de embriaguez (mas o faria se sentisse seu cheiro). O Abade parou de caminhar quando chegou ao púlpito. Em sua primeira tentativa de subir, caiu. Voltou a se levantar, riu, espanou os joelhos sujos e continuou.

— Eu queria dizer boa tarde, mas o que é que tem de bom? — ele disse muito sério, depois sorriu. Algumas pessoas conseguiram sorrir de volta.

— Pessoal da banda, hoje tá todo mundo liberado. Só fica quem quiser passar desgosto.

No altar, o contrabaixista disse ao baterista:

— É melhor a gente tirar o microfone dele.

Dardânia estava ao lado, ela ouviu o comentário e balançou negativamente a cabeça. Se o Abade tinha o que falar, falaria. Alcoolizado ou não, ele ainda era melhor que oitenta por cento daquela igreja.

— Hoje eu quero falar de coisas importantes.

"Acho inclusive que é mais do que importante. São coisas que eu chamo de... — ele pareceu não saber mais o que diria, mas se recuperou a tempo — ... chamo de fundamentais.

"Coisas fundamentais como falar a verdade, ser sincero, amar de verdade, demonstrar lealdade, gratidão, tudo isso é fundamental. Não ser um crápula é fundamental. Não matar é fundamental. Os irmãos devem ter ouvido sobre o que aconteceu ontem à noite, sobre as pessoas assassinadas."

A igreja se manifestou com um clamor de sussurros e comentários indiscerníveis.

— Sim, eram pessoas, seres humanos, acho que eu posso chamá-los de amigos. Amigos são raros, mas eles existem. E a palavra de hoje não será sobre o que existe nessa cidade, será sobre todo o resto que paira sobre Três Rios, sobre o que *não existe*.

"Quando eu era menino, uma criança, acreditava que sempre teria alguém olhando por mim. Esse alguém eram meus pais, meus familiares. Até mesmo Deus ou um parente distante que só aparece quando alguém se casa, ou morre. Eu acreditava com todo meu coração que sendo um bom menino, alguma coisa, visível ou não, iria me proteger da maldade. Costumava orar todas as noites, implorando para que aquela inteligência infinita que eu chamava de Deus me guardasse, me velasse, afastasse os perigos da minha vida.

"Alguém nessa família já fez isso?"

Todos se manifestaram positivamente. Sim, aquele era o Abade que eles costumavam ver.

— Sim, claro que fizeram, porque toda pessoa iludida é mais feliz que aquele que viu a luz da verdade.

Novas e fervorosas fiéis daquele mestre, Adelaide, Noemi e Sônia estavam mais ou menos no meio da igreja. Foi Noemi quem desabafou: — Nós devíamos ir embora.

Mas o Abade ainda tinha o que falar.

— Eu voz digo que Deus não existe, e digo que se existe, ele merece ser aniquilado.

— Blasfêmia! — Um homem gritou. Saiu empurrando quem estava em seu caminho até chegar à porta de saída. A mulher e os filhos logo o alcançaram.

— Blasfêmia... — O Abade repetiu. — Blasfêmia, meus irmãos, foi o que aconteceu na noite de ontem. Eu gostaria de saber que Deus desgraçado é esse que permite tamanha tragédia. Minha intenção não é ofender a NINGUÉM — gritou —, mas o que é verdadeiro precisa ser estabelecido longe da mentira, para que não seja sobreposto por ela.

"Se vocês preferem que ele exista, se isso parece justo, façam isso longe dessa cidade. Três Rios não é território do divino. Por aqui, se você vacilarem um segundo, vão ter o mesmo destino daquelas crianças. Crianças sim — houve algum embargo na voz —, crianças que estavam sendo tratadas com cuidado e amor por duas mulheres, Beatrice e Maitê. Muitos de vocês não as conhecem, mas se querem os nomes de duas pessoas boas, podem anotar esses aí.

"Existe mais uma porção de coisas que *não existe*. Elas não são fantasmas, assombrações ou alienígenas. As coisas que não existem são mais discretas, e uma delas é a felicidade. Vejam vocês... uma coisa tão simples, e ao mesmo tempo tão cretina. Ninguém é feliz, o muito que alguns conseguem são pequenos instantes de felicidade, e vocês também conseguem isso com a quantidade certa de álcool, com um bom filme e com uma beeeeeela trepada."

— Já chega, Abade — um Guardião o segurou no braço. O Abade apenas olhou pra ele, e apesar do sujeito ter o braço mais grosso que a coxa do Abade, ele recuou.

— Vocês estão preocupados — arrotou, sem a preocupação de afastar o microfone. — Estão certos de estarem, estão todos certos. Mas não é comigo que vocês devem se preocupar. Eu sou o mensageiro, certo? E todo mundo já ouviu essa ladainha antes, preocupem-se com a porra da mensagem! Vocês devem se preocupar com o que não existe, e eu não estou falando de Deus e das boas intenções. Estou falando das pessoas más de verdade, dos empresários que exploram suas vidas, da cidade que não para de crescer enquanto vocês só encolhem. Estou falando de monstros.

"Eu digo que a coisa que menos existe e que mais me preocupa é o que chamamos de escolha. Nós não somos livres, meus amados irmãos. Aquelas crianças não eram livres nem mesmo antes do que aconteceu com elas. Somos todos escravos de alguém, somos todos escravos do que esperam de nós. Aqui mesmo, nesse templo. Quantos de vocês executam suas escolhas em sua plenitude? Quantos de vocês irão se deitar hoje à noite e dizer ao Deus que não existe: 'pode me levar, eu fiz o que quis com a minha vida'?"

Dardânia caminhou até ele, aquilo não podia continuar.

— Já chega, Heitor. Você é maior do que isso.

Ele espalmou a mão direita e se afastou. Estava chorando.

— Eu chamei todos aqui para transmitir um recado, uma *verdade*. A verdade, meus amados, é que eu não tenho mais motivos justos para servir a essa cidade. Três Rios e tudo o que ela abriga são doenças silenciosas, e eu cansei de esperar, ano após ano, que elas voltem a me infectar. Estou encerrando as atividades do Ministério das Águas. Se eu enganei alguém, o fiz sem saber o que era a verdade.

O Abade segurou o microfone entre as mãos, o ergueu bem alto e o atirou no chão.

PAHHHHMMM!, o aparelho ecoou e se partiu em algumas partes.

Heitor sentou ao púlpito e se atirou de costas no chão, de braços abertos, bêbado, exausto de tudo aquilo. Dardânia e alguns outros se apressaram em socorrê-lo, também para preservá-lo, mas as pessoas não estavam mais interessadas. Agora, tão despedaçadas quanto seu guia, elas só queriam voltar pra casa.

No sentido contrário da multidão, três senhoras se aproximavam. Adelaide era uma delas, foi ela quem representou as amigas. Com suavidade, ela tocou a testa do Abade e afastou alguns cabelos úmidos que se apegavam à pele.

— Você não devia se maltratar desse jeito, meu filho. Fazer isso não vai trazer ninguém de volta. Você é um bom homem, comporte-se como tal.

43
SOU DE NENHUM LUGAR

Durante as primeiras horas de seu rapto, Samir não serviu para muita coisa. Ele estava, como se diz no interior, moído de cansaço. Com tanta medicação em seu sistema, pegou no sono pesado dentro do carro, e o jeito foi colocá-lo em uma cama até o dia seguinte. Os três ficaram na casa de Wagner. Gil insistiu — com certa razão — que Samir poderia voltar a ficar violento quando acordasse, e um homem sozinho dificilmente seria capaz de contê-lo sem se machucar ou machucar a ele.

Gil acordou por volta das nove da manhã, com Samir à sua frente estacado como um pedaço de pau. Vossa realeza estava com cara de poucos amigos, mas pelo menos não segurava uma faca ou coisa pior nas mãos.

— Me soltaram de um lugar pra me prender em outro?

— Bom dia pra você também, Samir. — Gil se endireitou na poltrona dupla que lhe serviu de cama. Seu corpo parecia ter passado por um moedor de entulho. A única parte que não doía era o cérebro — ainda.

— Finalmente estão acordados — Wagner disse, chegando na sala. — Você está seguro na minha casa, Samir.

Samir olhou para Wagner e depois olhou para Gil. Em seguida se sentou em outra poltrona.

— Vocês têm perguntas — afirmou.

— Patrão — Gil bocejou —, pode apostar que a gente tem.

— Encontrou as provas de que eu digo a verdade? — perguntou a Gil.

Wagner o observava. Para um homem que poderia responder às perguntas que não o deixavam dormir, Samir parecia estranhamente ordinário naquelas roupas comuns.

— Deu um pouco de trabalho, mas eu achei — Gil respondeu.

— Então sabe que eu digo a verdade? Que eu não pertenço a esse lugar?

Wagner também se sentou, na terceira poltrona. Se quisesse saber mais, precisaria conduzir aquela conversa. Foi o que ele fez.

— Senhor, eu sei que Três Rios não é como os outros lugares. E que talvez nunca tenha sido.

— E como você sabe disso?

— Eu observo. Tenho observado faz muito tempo.

Samir olhou profundamente nos olhos de Wagner, demorou o suficiente a ponto de Wagner se incomodar.

— Você também não é daqui. — Samir disse. — É mais um deles. Mais um pobre diabo que mergulhou na escuridão dessa cidade.

Gil manteve os olhos em Wagner.

— Você está certo — Wagner disse.

— Ok, e o que exatamente isso significa? — Gil perguntou. O cheiro de algo oculto estava forte como um gato morto escondido no forro do sofá.

— Nós estávamos na estrada — Wagner começou a explicar —, voltando de uma feira agropecuária. É uma festa tradicional de onde eu venho. Ou era, quando eu cheguei aqui. A estrada começou a ficar esquisita de repente. O céu mudava depressa demais, parecia meio... acelerado. Alguma coisa passou na frente do carro, eu me lembro disso. Depois tem um breu enorme, um vácuo. Acordei horas depois machucado e sozinho. Não tinha mais carro, não havia sinal dos meus pais ou da minha irmãzinha. Eu vi uma cidade no horizonte e caminhei até ela.

— Quantos anos você tinha? — Gil perguntou.

— Oito, eu acho... — Wagner sorveu mais um gole de café. — Acabei sendo adotado por uma família decente, eles foram os primeiros a me ajudar. Eu estava pedindo comida em um supermercado e essas pessoas me levaram pra casa, depois legalizaram tudo. Existe uma organização que agiliza esse tipo de problema com crianças, Três Marias. São bem tradicionais na cidade.

— Você nunca tentou voltar?

— Claro que sim. Mas a minha primeira vida foi se borrando com os anos. Ainda me lembro do rosto deles, que a minha mãe era boa cozinheira, meu pai trabalhava vendendo cigarros. A minha irmã se chamava Isabela. Esse não é o meu mundo, Gilmar, nunca foi.

— Como uma coisa dessas é possível? — Gil perguntou. — Eu nasci nesse lugar, concordo que tem algumas esquisitices, mas qual cidade não tem? Você pode ter se acidentado e sido atirado pra fora do carro, batido a cabeça, pode ter acontecido um monte de coisa.

— É uma maneira fácil de se enganar. — Wagner disse. — Exageros, coincidências, acidentes... Três Rios é bem mais que isso, essa cidade é um entroncamento onde muitos lugares se cruzam e se entrelaçam. Conheci mais gente igual a mim, Gilmar. Pessoas que descobrem museus no meio do nada, cidades que não existiam nos mapas, gente que inclusive prefere morar em Três Rios, porque o lugar de onde vieram conseguia ser bem pior. E existem... seres. Monstros, se você preferir. Como eles entram e como eles saem, eu não faço ideia, mas se eu estou aqui, se esse homem — referindo-se a Samir — está aqui... eu posso tentar imaginar.

— É muita loucura. — Gil desabafou. E a conversa não tinha acabado.

— Dediquei minha vida a estudar essa cidade, eu quero voltar pra casa. Quando você me contou sobre ele — olhou para Samir —, eu pensei que finalmente tinha encontrado um jeito.

— Não existe volta — o próprio Samir disse. — Quem cai em Três Rios vira semente: ou floresce ou morre.

— De onde você vem? — Gil perguntou a Samir.

— É um circuito fechado — Samir falou. — Três Rios traz o que precisa para continuar sendo Três Rios. Pessoas, coisas, tecnologias e aberrações. Eu também tento entender esse lugar desde que li as primeiras letras da nossa história.

Wagner e Gil estavam silenciosos, esperando um complemento.

— Sou do depois. Quando tudo o que vocês conhecem virar ruínas, meu mundo irá começar.

— Como chegou aqui no antes? — Wagner perguntou.

— Pulando na frente do carro de Celeste Brás. — Gil disse e deu um risinho. O humor era uma excelente alternativa. Samir não riu ao dar sua resposta.

— No rastro da Glória.

• • •

Wagner precisou de um café, Samir e Gil também aceitaram. Dessa vez não foi café turco, mas um café Prado Verde, coado em coador de pano. Com as xícaras prontas, a conversa continuou.

— A Glória é um tipo de rocha. A ordem à qual pertenço tem em posse parte desse material, está reduzido a uma poeira. Com o tempo nossos irmãos descobriram que a poeira podia ser diluída, e mesmo uma quantidade muito pequena era suficiente para cruzar a passagem. Nós precisamos engolir a Glória pra fazer isso.

— E quem teve a ideia fantástica de meter essa coisa na boca? — Gil perguntou.

— Ninguém sabe, um animal pode ter comido acidentalmente. Os homens viram e fizeram o mesmo. A história conta que no começo tudo era nebuloso, os homens a engoliam e desapareciam, só depois de muitos casos descobriram que aqui em Três Rios, o lugar para onde se vai tem relação com o lugar da ingestão da Glória. Se você pegar um mapa da região eu posso apontar, existe um centro, e depois dele vamos cada vez mais. A área que concentra as passagens dentro de Três Rios é muito pequena, alguns quilômetros.

— E depois desse perímetro? — Wagner perguntou.

— Quem sabe? — Samir respondeu com sinceridade.

— O que você veio fazer aqui? *Especificamente* aqui? — Gil perguntou.

— Se você pergunta do tempo, não foi uma escolha, não seria possível. Homens como eu abriram mão da escolha. Um viajante leva um punhado de Glória suficiente para três ou quatro viagens e nunca mais volta. Se volta, ele *não volta*, ele nos alcança. Um homem nos deixou aos vinte e oito anos e nos reencontrou aos noventa e dois. Ele foi reconhecido pela filha, o velho tinha uma tatuagem com o rosto e o nome dela nas costas. O infeliz vagava entre nós há anos, era tido como um descompensado, um lunático.

— Vocês têm um objetivo melhor do que se perderem no tempo? — Gil quis saber.

Samir deixou a expressão cair. Parecia muito triste agora, tomado por uma sensação pesada. Rugas grossas sulcaram sua testa, seus olhos.

— Não sobrou muito pra nós. Minha Três Rios é o que restou de um corpo doente. Nossas crianças são mortas enquanto dormem, os adultos são alvos de seres que não conseguimos enfrentar. Não somos muitos.

— E o resto do mundo?

— Não sabemos. Vivemos em um tipo de isolamento, se alguém se afastar muito, acaba sendo morto pelas coisas. Existe um vasto território proibido pelos mais velhos. Nós viajamos para trás na tentativa de encontrar algum início dessa tragédia, tentamos diminuir seu impacto.

— E essa... Glória, de onde vem? Vocês descobriram? — Wagner perguntou.

— Alguém a construiu. Sabemos que sim. O construtor existe desde o começo de tudo, quando Três Rios ainda era...

— Vila de Santo Antônio — Wagner disse.

— Não, o construtor já existia antes — Samir explicou. — Os povos nascidos da terra falavam dele.

Gil deu mais um gole em seu café e repousou a xícara.

— Você se deu conta que ele, ela, essa força, pode ter sido um de vocês?

Samir considerou a colocação, mas respondeu:

— Nenhum de nós teria tamanha envergadura. Ninguém poderia viver tanto tempo.

— Ele não é humano. — Wagner concluiu pelo três.

Houve um silêncio obrigatório. Se Samir estivesse dizendo somente a verdade e Wagner estivesse certo, esse ser coexistia com Três Rios há tanto tempo que era praticamente impossível distingui-lo da cidade. Wagner ainda tinha perguntas.

— Essas fotos no jornal, elas...

— Existem algumas diretrizes no que fazemos, uma delas é o registro fotográfico quando possível.

— Vocês conseguem transportar tecnologia? Armas? — Gil questionou.

— Armas são proibidas, mas não temos total controle.

— Então qualquer um pode... — Gil começou a falar.

— Não. O conhecimento da Glória é restrito aos nossos. Para um ignorante, o maior triunfo dos nossos tempos seria apenas poeira. Ainda somos os Filhos de Jocasta, descendentes diretos do Terceiro de Três Rios. Somente nossos irmãos conhecem as capacidades da Glória.

— E nós dois. — Gil olhou para Wagner. Pressupôs um pensamento de que aquele conhecimento poderia, em algum momento, se tornar uma sentença de morte. Logo se desvencilhou dele.

— Nós viajamos há muito tempo. Todo viajante tem a missão de avisar os irmãos sobre o mal que se aproxima. Essa força de que falamos há pouco, ela vem subvertendo os Homens do Porão. Desde o início dos tempos, algumas associações ocultas direcionam a sociedade visível, não somos diferentes. Nossa missão é conter a cobiça dos nossos, os malefícios que a cegueira pelo poder pode causar.

— E pelo jeito seu pessoal não aceitou muito bem da última vez? — Gil perguntou.

— O poder é mais forte do que as palavras. Fui espancado por eles. Teria sido morto.

— Isso explicaria porque vocês não estão nos jornais com tanta frequência. Devíamos procurar nos obituários — Gil disse.

— Talvez. — Samir respondeu com muita seriedade.

— Algumas pessoas foram assassinadas enquanto nós tirávamos você do hospital — Gil explicou. — Eram jovens, todos tinham entre vinte e vinte e cinco anos. Uma amiga minha fez a cobertura. Ela falou que não parecia obra de um ser humano. É esse... *animal* que você procura?

— Ele não é uma coisa só. Ele pode ser gente, ser bicho, ele pode ser gente e comandar um bicho.

— O que mais a Glória faz? — Wagner perguntou.

— Se estiver no estado original, pode conceder prodígios. O cubo intacto pode controlar o clima, o crescimento de uma planta, pode matar uma pessoa. A Glória se capacita com a intenção de quem a possui.

— Pode curar doenças? — Gil perguntou.

Pode ter sido algo no olhar aguçado de Gil, mas Samir chegou em seus pensamentos no mesmo instante. Ele se levantou e exigiu.

— Me leve até o homem que está curando a sua gente.

44
VAZAMENTO DE DADOS

I

Estava difícil engolir seu café, Kelly já sentia a garganta estreitar.
Recebeu a visita de uma investigadora de polícia logo cedo, Luize Cantão, minutos antes da mesma polícia disparar o retrato de Ada Janot na TV. Havia um número de telefone para quem tivesse informações de Ada ou da garota que poderia estar com ela, Ravena Monsato. Para ficar um pouco pior, Ravena era irmã do mesmo policial que estava tentando vascular os túneis da linha do trem que avançavam até o Matadouro Sete. Como as notícias já não eram boas o suficiente, alguém entregou para o Ministério Público um dossiê polpudo que incriminava Hermes em pelo menos quinze contravenções, e elas iam de agressões verbais a tentativas de assassinato.
E agora ela teria que encarar o principal afetado por todo aquele terremoto.
Kelly estava em sua sala desde as seis da manhã, na frente de um monitor de 21 polegadas reproduzindo o canal da retransmissora da rede Globo para a região. Sem interfones de aviso, a porta da sala abriu como um trovão, e o furacão passou por ela aos gritos:
— Como uma porra dessas foi acontecer?!
— Foi aquela putinha, só pode ter sido ela — Kelly respondeu de pronto.
— Qual delas? — Hermes perguntou, coisa nenhuma mais calmo.

— A filha do JJ.

— E eu posso saber como aquela mosca-morta conseguiu esse prodígio sendo não tão esperta quanto ela pensa que é? Foi o que você disse, não foi?

Kelly engoliu em seco.

— Aquele programa que estava contaminando o nosso sistema, nós não sabíamos o que ele era, *tudo* o que ele era. Ada citou uma espécie de jogo, uma série de enigmas que supostamente permitiria acesso a um banco de dados gigantesco. Só pode ter sido ela, Hermes. Eu tentei não contratar a menina, testei mais de dez pessoas, justamente pelo fator familiar, mas nenhum outro técnico tinha a mesma capacidade, não chegavam nem perto.

— E passou pela sua cabeça que colocar a filha de um homem que nós apagamos poderia complicar a nossa vida?

— Hermes, não seria a primeira vez. Nós dois sabemos disso. O impossível seria prever que esse banco de dados existisse e que alguma prova do que aconteceu com JJ estaria guardada ali. Até onde todos sabem, ele sofreu um acidente de carro.

— Tal pai, tal filha, dois delatores de merda. Deixando o acerto de contas pra mais tarde, até onde percebi estamos arruinados nesse momento. O que nos leva ao passo seguinte: como vamos consertar essa cagada?

Kelly precisou de alguns segundos, e não deixou de passar por sua cabeça que Hermes aproveitaria o espaço de tempo para sacar uma arma e acabar com ela. Era o que os tiranos costumavam fazer em situações incontornáveis.

— Não vamos consertar nada — Kelly respondeu enfim. — É tarde demais. O que vamos fazer é tirar você daqui e colocar em um lugar seguro, até a poeira baixar e os advogados conseguirem agir.

— Fugir? Eu? Hermes Piedade?

— Não é fugir, Hermes, é ganhar tempo.

— Quanto custa pra alguém apagar essa merda toda? Desqualificar essa denúncia? É isso que nós precisamos fazer.

Com aquelas palavras, Kelly se deu conta de algo bem mais perigoso que a cadeia ou alguns processos. Hermes estava velho. Pior, estava ultrapassado.

— A internet não é como uma videolocadora ou um idiota que não sabe manter a boca fechada. E o Ministério Público não é casa da mãe Joana. Não podemos simplesmente resolver tantos problemas em uma tacada só.

Hermes podia ser velho, mas ainda era o tipo de animal que se adapta depressa à novas necessidades.

— Podemos, sim. Nós vamos jogar algum idiota na fogueira que acenderam pra gente. Você precisa encontrar um imbecil pra colocar na linha de frente, junto comigo. É esse filho da puta que vai pra cadeia, Kelly, não eu. Pode mandar um carro me pegar em dez minutos, eu vou sair de circulação por enquanto. Você fica de olho no nosso pessoal, eu não preciso de outro Judas.

— Eu cuido disso — ela falou. — Temos um lugar pra você no Colibris.

— Naquele chiqueiro?

— Ninguém vai procurar Hermes Piedade em um bairro como aquele.

Apenas nesse ponto, ele voltou a sorrir.

— Você é esperta, Kelly, sempre admirei isso.

Hermes foi saindo um pouco mais devagar do que havia entrado, era uma ótima notícia.

Assim que ele saiu, Kelly apanhou seu smartphone e foi até o banheiro.

II

Nos primeiros cem metros da George Orwell, em uma casa discreta com um Fiat Pálio vinho na garagem, Alícia enchia o copo de café de sua melhor amiga. As duas hóspedes chegaram no meio da noite, já haviam se limpado, se acalmado o possível e dormido por algumas horas. Ada passou boa parte da noite na frente de um notebook, e a outra mocinha, que ela trouxe consigo, entrou e saiu de pesadelos todo o tempo que dormiu.

Por volta das três da tarde, aos pés de Ravena, Samy aguardava ansiosamente a queda de mais um pedaço de biscoito.

— Ada, você precisa descansar um pouco.

Ada continuou voando os dedos pelo teclado. Os comandos cresciam de forma impressionante, era como se ela escrevesse com o alfabeto comum, no entanto, tudo era código, linguagem de máquinas.

— Ada? Tá me ouvindo?

Ela escreveu mais cinco linhas e apertou *enter*, só então disse:

— Oi.

— Ada, olha pra mim — Alícia exigiu.

Ada parecia sugada pelo computador. Exibia uma palidez preocupante. Olheiras profundas.

— Me escuta — Alícia disse —, eu ajudei vocês e vou continuar ajudando, mas você precisa colocar tudo no lugar aí dentro, na sua cabeça.

— Tá tudo bem, Lí.

— Não, não está. Não é culpa sua, mas não pode estar tudo bem. Você presenciou um massacre com a nossa amiga aqui, descobriu que seu pai foi assassinado, entregou Hermes Piedade de bandeja para as autoridades e agora está na mira da polícia e dos bandidos. Então, se estiver mesmo tudo bem, eu não entendo mais nada desse mundo.

Ada suspirou, ciente de ser responsável pelo que fazia a si mesma.

— Eu não estou te julgando, Ada, só estou apavorada.

— Desculpa meter você nessa história.

— Não é por isso que eu estou apavorada. O problema é que estou vendo a minha amiga sendo sugada por um programa de computador imbecil.

— Eu preciso chegar no final.

— Cacete, Ada! O final já chegou! Você está com uma menina que precisa de acompanhamento médico, sua foto tá na TV, se a polícia não bater aqui em casa ainda hoje eu viro um panda verde-limão! Você já chegou no final, não tá vendo? Está na hora de colocar a cabeça no lugar e seguir em outra direção.

Ada esperou o desabafo terminar. Como suspeitava, Alícia disparou o que precisava e se sentou na cama, arrependida, logo depois.

— Eu não quero pressionar você ainda mais, eu só estou preocupada. Me explica o que está acontecendo, por favor.

— Como a gente explica um sentimento? Um que ninguém conhece? É assim que eu estou me sentindo. Se eu tivesse que resumir tudo em uma única palavra, seria *relevante*.

— Você sempre foi relevante. Pelo menos pra mim.

— Eu sei disso, mas pro resto do mundo eu sou alguma coisa que eles esqueceram de apagar. Estou cansada, Alícia, e vai muito além dos últimos dias. Meu cansaço é continuar nessa cidade, nesse país, é me sentir desvalorizada dia após dia, é saber que meu corpo está mudando, e que a cada ano menos pessoas vão se interessar por mim.

— Não somos nossos corpos.

— Não. Não somos. Mas eu estou com o saco cheio de ser vista dessa forma. Lembra quando você era criança e conseguia acreditar nas coisas impossíveis? Quando você e todo o resto era especial?

— Ada, tá me deixando com medo.

— Eu não estou ficando louca, tá bom? Eu só estou enxergando as coisas de uma forma diferente, graças a esse programa. Nós fazemos parte de algo maior, Alícia. Eu, você, a Ravena, essa cidade inútil e todos os inúteis que moram nela fazem parte dessa história.

— Poxa, me sinto bem mais feliz agora — Alícia sorriu, sem muita vontade.

— Ele tem respostas que só uma mente muito avançada seria capaz de saber. E também... eu me sinto guiada de alguma forma. Antes de descobrir tudo isso, eu estava anestesiada, parecia que tinha alguma coisa me segurando, me travando. Por mais vontade que eu tivesse de fazer várias coisas, eu não conseguia, não dava. Eu também tenho medo, Lí, mas até aqui, até esse ponto da minha vida, tudo o que esse programa fez foi me ajudar.

— Não sei, não. Mesmo que ele esteja fazendo isso, qual é o objetivo dessa coisa?

— D responde esclareceu a morte do meu pai, me deu a hora exata e a maneira como eu poderia salvar a Ravena, entregou um dossiê completo para acabar com a raça do Hermes Piedade e das ratazanas dele. Se fosse uma coisa tão ruim assim, por que estaria fazendo boas coisas? Por que estaria me ajudando?

As duas haviam esquecido completamente de incluir Ravena na conversa, mas foi ela quem respondeu:

— Porque ele pode. Ele quer.

Ada passou as mãos sobre o rosto cansado, e lhe deu atenção.

— Você sabe quem atacou a clínica?

— Ele ficou bravo que acordaram a gente, ficou muito bravo.

— Quem é ele? — Alícia perguntou.

Ravena não respondeu.

— Você consegue falar com ele? — Ada reformulou. — Consegue ver essa pessoa? Sabe onde ela está?

Ravena sacudiu a cabeça que não, mas parecia guardar alguma coisa para si.

— Pode confiar em mim, eu estou tentando entender tudo isso, eu quero ajudar você.

Ravena sorriu de um modo muito piedoso, e também havia tristeza ali, na calmaria forçada imposta ao rosto.

— Porque vocês foram pra aquele buraco? — Ada perguntou.
— Ele falou que ia ser bom pra gente, e que se a gente não fosse, alguém ia machucar nosso pai e a nossa mãe. Mentiu que a gente só precisava ficar no buraco um tempinho, depois todo mundo ia voltar pra casa. Deixou levar brinquedo, comida, falou que ia ter um monte de outras crianças. Aí a gente foi. E ele fez todo mundo dormir. Eu acho que se você encontrar ele, não vai ser bom, Ada. Nunca é.

45
REGINA MONSATO

Monsato estava em frente à casa onde passou a infância, dentro do carro, há quase uma hora. Já tinha fumado meia dúzia de cigarros, passeado pelo último CD gravado pelo Audioslave e agora rolava o feed do X de Elon Musk no celular, para tentar adiar mais um pouco sua entrada naquela casa.

Era doloroso olhar para a fachada descascada, para as plantas ressecadas, não se parecia muito com a imagem que seu cérebro insistia em guardar. O que relembrava era uma varanda novinha com um Escort na garagem, o pai preparando o sabão pra lavar o carro, a mãe de bermuda jeans, aproveitando para jogar água nas samambaias e rendas portuguesas que moravam ali. Conseguia até ouvir o cachorro, um pastor alemão chamado Trovão. Ravena também estava por lá, com seus seis anos e seus brinquedos espalhados, e ela ria até se esgotar quando a mãe passava por perto e borrifava água em seu rosto. O céu estava sempre límpido naqueles dias. Mesmo com o sol latejante, não havia a lembrança do calor de Três Rios, havia apenas a memória do vento na pele.

Mas sempre precisaria voltar para o presente, como agora, atraído pela campainha do celular.

"O que você está fazendo dentro do carro?"

Ele mudou a direção dos olhos e encontrou a mãe na varanda, de roupão e com os cabelos um pouco amassados. O que sobrou de Regina. Monsato desceu do Nissan, forjando um sorriso no aço do rosto. Forçou a maçaneta do portão e ele se abriu sem esforço.

— Mãe, eu já falei pra não deixar destrancado, é perigoso.

— Eu sempre me esqueço. Bom ver você, meu filho, estava quase esquecendo seu rosto.

Geralmente ele a recriminaria pelo excesso, mas não dessa vez.

Entraram e foram direto para a cozinha. Um hábito antigo, do tempo em que os azulejos do cômodo eram azuis como o céu.

— Comeu alguma coisa? Você está mais magro. E tá fedendo a cigarro igualzinho seu pai. Você não tinha parado?

— Tinha diminuído, mãe. Eu aceito um café se tiver fácil.

Ela apanhou a garrafa térmica e colocou na mesa.

— Deve estar quente ainda. Eu sempre esqueço que sou sozinha e faço um monte de café. Pelo menos demora pra esfriar. — Regina apanhou xícaras e açúcar no armário modular e os colocou na mesa. — Nada da sua irmã? — perguntou enquanto apanhava duas colheres pequenas. Estranhamente calma (provavelmente automedicada).

— Ela vai aparecer. Colocamos a foto dela e daquela mulher na TV, alguém vai reconhecer as duas. Tá planejando ir ao enterro dos garotos? Vai ser hoje, cinco da tarde.

— Acho que não. Eu já enterrei minha filha naquele lugar uma vez, perdi seu pai, já sofri minha parte nessa vida. Nada do que eu fizer vai trazer aquelas pobres crianças de volta. Mas eu queria muito ter uma conversinha com aquela enfermeira.

— Beatrice?

— Ela podia ter contado que eles estavam acordando. Somos pais, nós tínhamos esse direito. Wesley falou que não sabia de nada, mas ele está mentindo. Ele ia naquela clínica pelo menos duas vezes por mês.

Regina deu um gole em seu café. Parecia tranquila de novo, possivelmente anestesiada pelo Rivotril em seu estômago. Também havia uma garrafa com um dedo de vinho em cima da pia. Monsato não a recriminaria. Não naquela tarde.

— Eu tinha esperanças que ela aparecesse aqui — Monsato falou.

Regina passou o dedo indicador sobre a xícara.

— Um dos motivos de eu ter ficado nessa casa até hoje foi sua irmã. Nos primeiros anos eu achava que a Ravena ia acordar e que tudo ficaria bem de novo. Eu não mexi no quarto, não doei os brinquedos, está tudo aqui, do jeitinho que ela deixou. Naquele dia maldito, seu pai estava viajando a trabalho, você estava em excursão com os escoteiros. Acho que era em algum lugar em Minas. Eu estava sozinha com ela.

— Não era Minas, era Mato Grosso; ficamos quase um mês. Quando eu voltei já tinha acontecido.

Os dois se calaram, Regina procurou uma janela para botar os olhos. Se existia algo pior que suas cobranças, era o seu silêncio. O que ela praticava agora.

— Será que podia ter sido diferente? Às vezes eu penso nisso, se eu podia ter feito alguma coisa.

— Mãe, ninguém sabia, ninguém podia saber.

Ela retomou o silêncio, mas havia algo diferente. Com doze anos na polícia, Monsato sabia identificar uma informação oculta.

— Podia? — Monsato reformulou em uma pergunta.

— Eu não sei — Regina disse. — Sua irmã e as outras crianças começaram a ficar estranhas uns dias antes. Outros pais também perceberam, os pais de Luan, do Franco, acho que os pais da Roberta também notaram alguma coisa. Crianças são inquietas, ainda mais nessa fase de seis, sete anos. As escolas estavam de férias, então era sempre um deus nos acuda dentro de casa. De repente a Ravena ficou quieta, retraída; era mais do que isso, sua irmã parecia se sentir ameaçada. Ela começou a ver coisas. Falava pra mim e pro seu pai que precisava sair de casa, que tinha que ir embora porque *ele* tinha mandado.

— E quem era ele? Chegaram a perguntar?

— Fizemos isso umas duas vezes e ela caiu no choro. Então achamos melhor não incentivar. Era assim que as coisas se resolviam antes, o que a gente não entendia, esperava a criança esquecer.

— Eu nunca soube desses detalhes.

— Ninguém deu importância.

— E como aconteceu o resto?

— Sua irmã acordou antes de mim em uma quinta-feira, eu me lembro do dia porque toda quinta era dia de faxina em casa. Ravena sentou na frente da tv e ficou assistindo desenho. Eu aproveitei pra dar um jeito na casa e passar uma vassoura no chão. A única coisa fora do comum foi o cachorro, o Trovão começou a morder a vassoura, chegou a rosnar pra mim. Dei um vassourada nele e terminei de limpar os quartos. Depois vim para a sala de tv. Não tinha ninguém. Vim para a sala da frente e a porta estava aberta. Liguei pro seu pai desesperada, procurei pela vizinhança, no final chamei a polícia. Foi o policial que contou que muitas crianças estavam indo para o Jardim Pisom, para a tal cratera. Depois disso ninguém conseguiu tirar as crianças de lá. Eles saíam na marra, mas mordiam, batiam, era um desespero. Só acabou quando eles decidiram fechar aquele buraco e as crianças entraram em coma.

Outro suspiro. Regina passou as mãos pelo rosto.

— Se eu soubesse... se eu pudesse imaginar, tinha trancado sua irmã no quarto e ela só sairia de lá com vinte anos. Eu sei que não é justo pedir isso pra você, meu filho, mas eu descobri que não existe justiça no mundo. Você precisa trazer a sua irmã de volta. Custe o que custar, traz a Ravena de volta pra casa.

46
PRODIGIOSO

O Abade sofria a dor de cabeça mais forte que conheceu em sua vida, mas pelo menos a bebedeira tinha ido embora. Agora, ainda mais deprimido com a ausência do álcool, parecia um reflexo torcido do homem que costumava ser. Usava uma bermuda bege, camiseta branca e um roupão aberto. Parecia quinze anos mais velho.

Estava no templo novamente, de meias e chinelo, sentado no púlpito. Tentando tirá-lo daquelas trevas, Dardânia, Fátima e Débora, as três Soberanas que estavam em sua companhia há mais tempo.

— Crianças... eles eram apenas crianças. Como alguém pode fazer isso com pessoas que já sofreram tanto? Por qual motivo? — ele perguntou ao eco.

Ainda sentado, colocou a cabeça entre os joelhos e a cobriu com as mãos. Ficou assim por alguns segundos.

— Você precisa se reerguer — Dardânia disse. — As pessoas sempre precisaram de você, vão precisar ainda mais. Elas confiam em você.

— Nós confiamos — Fátima disse.

— Talvez vocês também estejam erradas — ele falou.

Débora cruzou os braços.

— Não, não estamos — disse com autoridade. — Minha mãe tinha ido embora fazia tempo quando meu pai foi esfaqueado em um bar. Fui morar com meu tio, e ele me violentava desde os doze anos, e a minha tia preferia encher a cara ou fazer coisa pior, pra não ver o que acontecia. Quando ela pegou ele em cima de mim, me jogou na rua e me chamou de vagabunda. Uma vagabunda com treze anos. Um ano depois eu me juntei com o velho, dono do mesmo bar onde mataram o meu pai. Ele não queria só me comer, queria o pacote completo, isso incluía me enfiar a porrada. Fugi dele aos dezessete, aí conheci o Elivelton, traficante, fiquei com ele até os vinte. E mataram ele também, dois anos depois. Então, Abade, se você e nós todas estivermos erradas, que o mundo queime na mesma fogueira.

Fátima apoiou a amiga.

— Todas nós temos histórias trágicas. Abusos, agressões, ameaças, eu não tinha noção que era possível ser feliz até conhecer você. Todos vocês.

Dardânia, a mais velha dali, continuou.

— A gente sabe melhor do que ninguém como as pessoas podem ser cruéis. Graças a você, descobrimos que elas podem ser doces, generosas e verdadeiras. Essa cidade precisa de um Abade porque todos os outros pastores devoram as ovelhas, foi o que eu aprendi convivendo nesse templo, nessa família.

O Abade reergueu o semblante e passou as mãos pelos cabelos, sentindo-se razoavelmente disposto a pelo menos trocar suas roupas.

— Eu não falo muito em deuses — ele desabafou —, principalmente no Deus cristão, mas sempre acreditei que alguma coisa observava nossos passos, intercedendo nos momentos de maior aflição. Quando não existia a intervenção, busquei e encontrei consolo em um plano maior. Hoje eu penso que seria melhor se eu nunca tivesse atendido o chamado de Beatrice.

— Por que você acha isso? — Fátima perguntou.

— Quando conheci aqueles garotos, senti que eles estavam reféns de alguma coisa, de algum lugar, eu não consigo ter certeza. Fico imaginando que destino eles teriam se eu não tivesse ajudado na libertação. Talvez estivessem vivos.

— Estar vivo não é a mesma coisa que viver, Heitor — Débora disse. — Para um prisioneiro, um único dia livre faz toda diferença, confia em mim.

Ela terminou a frase e alguém bateu à porta do templo. Com todas as atividades suspensas, estavam na construção apenas o Abade, seis Soberanas e um Guardião, mas o homem tinha saído para o mercado.

— Eu vou — Dardânia disse. Mas o Abade já estava de pé.

— Deixa comigo. Eles telefonaram ontem, chegou a minha vez de falar com a polícia.

Bateram mais uma vez.

— Já vai, pessoal... A paciência é benção, sabiam?

O Abade abriu as travas de baixo, a tranca principal, depois separou as enormes folhas de madeira.

— Quem são vocês? — perguntou aos três homens. Um deles tinha uma cicatriz enorme no rosto, o outro já havia estado no templo, o terceiro era completamente desconhecido.

— Viemos pela Glória — disse o homem com a cicatriz. O rosto conhecido do outro homem fez uma careta, como se o sujeito de cicatriz tivesse dito uma besteira enorme.

— Glória? Não estamos em atividade, moço. Fiquem em paz, eu não posso ajudar — O Abade foi fechando a porta. O terceiro homem colocou o pé na abertura. Mas quem falou foi o rosto conhecido.

— Meu nome é Gil, sou do *Tribuna Rio Verde*.

— Se puder pedir pro seu amigo desobstruir a minha porta, não estou dando entrevistas.

— Queremos a Glória! Sei que está com você! — O homem de cicatriz empurrou a porta e foi entrando.

— Quem são essas pessoas? — Dardânia perguntou, já se unindo às outras Soberanas.

— Deixa — o Abade disse. Estava indo atrás de Samir, mantendo alguma distância dele. — Quem são vocês? — perguntou a Gil e Wagner. — Não podem invadir a nossa casa!

Samir se deteve à frente do púlpito, admirado com a opulência do lugar. Mas não era só admiração o que sentia.

— Você invadiu primeiro, homem! Esse lugar não é seu! Não deveria ser!

— Do que ele está falando? — Wagner perguntou. Gil deu de ombros.

— Precisamos da Glória, onde ela está?

— Que Glória?

— Um pó preto — Gil respondeu. — É a porra de um pó preto.

Samir completou:

— Se estiver inteira, tem a forma de um cubo.

Levando em conta a paralisia imediata do gestor daquele templo, ele sabia do que se tratava. Todos olhavam para o Abade naquele momento. Atordoado como estava, só encontrou uma coisa a dizer:

— Vocês três venham comigo.

• • •

As Soberanas ainda insistiram que não era uma boa ideia, principalmente Débora, mas no fim elas sabiam que o melhor caminho era confiar em seu Abade. Ele conduziu os visitantes até seu quarto, e quando estavam todos dentro, trancou a porta. Disse a Gil:

— Você é jornalista, não confunda sua profissão com fofoca. O que eu vou mostrar aqui está em segurança há muito tempo, prefiro que continue assim.

— Pode me dar um motivo pra tanto mistério?

O Abade riu, enquanto apanhava mais dipirona sobre o móvel de cabeceira do quarto. Enfiou na boca à seco. Também trocou as roupas por um jeans e uma camisa clara.

— O que as pessoas não entendem fica mais seguro longe delas.

A parede do cômodo era branca, mas havia uma série de divisórias feitas de um marmoreado da mesma cor. Não era possível diferenciar ou suspeitar da solidez; mesmo tocando as paredes, era impossível supor que existia um acesso em algum lugar. O dono do quarto sabia exatamente onde procurar.

O Abade pressionou um dos blocos retangulares das paredes com força e ele cedeu; mantendo a pressão com as palmas das mãos, ele o puxou para cima, depois deslizou um pedaço da parede para a esquerda. Em seguida acendeu as luzes em um interruptor oculto.

— Cuidado para não caírem, a escada é bem íngreme — ele cruzou a passagem.

— Encontrei esse lugar quando era garoto, devia ter uns oito, nove anos. Eu não era exatamente popular na escola, era perna de pau no futebol e não gostava muito de televisão, então o que sobrava era andar por aí — continuou descendo. Os homens o seguiam em silêncio, o único ruidoso era Samir, ainda estava dolorido da surra que o jogou no presente daquelas pessoas. Em certo momento da descida, Wagner tentou ajudá-lo, Samir o repeliu.

— Não tinha nada onde hoje existe o templo. Era um matagal fechado e alguns tijolos podres. Ninguém chegava muito perto, tinha fama de ser mal-assombrado.

— E porque você foi atraído pra cá? — Samir perguntou.

— Vagalumes. Tinha muito vagalume aqui. Eu vinha pegar alguns e brincar com eles, fazer lanternas com vidros de maionese, coisa de garoto. Uma dessas noites, por volta das oito, eu vi um cachorro cavando o chão, o Raspado. Ele andava pelo bairro todo, e quando ficava com muita sarna ou pulga, alguém sempre tosava ele e medicava. Descobri uma porta de ferro onde ele estava cavando, debaixo de uma camada de mato e terra, de uns vinte centímetros. No dia seguinte eu afanei umas ferramentas do meu pai, matei aula na escola e desci.

— E aqui estamos nós — O Abade acendeu a luz do piso inferior.

Os outros avançaram, primeiro Gil, depois Samir, Wagner foi o último a entrar.

— O que vocês estão vendo é o trabalho de uma vida. Tanto lá em cima, quanto aqui embaixo.

— E quem pagou por tudo isso foi a sua congregação, imagino? — Gil questionou.

— Eu nunca pedi um centavo pra fazer o que eu faço. Minha única exigência foi uma condição especial na compra do terreno e isenção de impostos. As pessoas se sentem generosas quando recebem o que precisam, elas doam de coração aberto. Isso não é crime.

— Charlatanismo é crime — Gil continuou.

— Concordo — o Abade disse. — Se estiver com tempo, eu tenho um HD externo com mais de cinquenta casos clínicos de pessoas desenganadas pelos médicos que tiveram a nossa ajuda.

Enquanto as farpas eram trocadas, Samir era atraído por uma parede cheia de lembranças. Passava os olhos por todos os papéis, se interessando mais ou menos por alguns retratos. Os que mais chamavam atenção recebiam o toque gentil de seus dedos. Wagner também notou e chegou mais perto.

— Conhece essas pessoas? — perguntou em um tom discreto.

— Algumas. Eu já estive aqui antes. Nessa mesma sala, mas com outras pessoas.

Gil e o Abade tinha terminado a troca de gentilezas, estavam atentos ao que Samir falava.

— Esse lugar era um ponto de encontro da minha ordem.

— E por que foi abandonado? — Wagner perguntou.

— Quem possuía a Glória ou os seus favores não estava disposto a perder o milagre. Quando os apoderados souberam desse lugar, tentaram apagá-lo da história. Como estava quando você chegou?

O Abade respondeu com muita seriedade.

— Parecia ter acontecido uma guerra. Estava tudo revirado, paredes destruídas, encontrei dois corpos, a ossada que sobrou deles. As fotos estavam em outra sala, dentro de um fundo falso no chão.

— O que fez com os corpos? — Gil perguntou.

— Estão enterrados embaixo do estacionamento do templo.

Sem dizer palavra alguma, Samir estendeu as mãos, de uma maneira que as palmas ficassem expostas. Passou a caminhar lentamente pelo cômodo da cripta, mudando de rota, os olhos fechados e as mãos estendidas.

Gil estava segurando a próxima provocação.

Samir deu mais alguns passos, parou em frente a um quadro e sorriu.

— Onde você conseguiu a pintura? — perguntou ao Abade.

— É um Wladimir Lester? — Wagner reconheceu.

— É sim, comprei de um colecionador local, Nôa D'Noir. Infelizmente ele morreu.

— Uma pena — Samir se condoeu. — Agora você pode afastar o quadro e nos mostrar a Glória.

O Abade fez o que Samir exigia sem protestar. Cansado como estava, qualquer peso retirado de sua vida seria uma grande ajuda, mesmo que esse fardo significasse um saco de dinheiro. Ele afastou o quadro com gentileza e o cofre apareceu. Depois de abri-lo, retirou de dentro dele um pequeno embrulho de tecido. Era uma saca de algodão cru, tinha alça, uma fita de cetim dourado a amarrava. Possuía certo peso, o Abade a sustentou com as duas mãos enquanto a carregou para outra sala.

Apesar da desconfiança (principalmente de Samir que já conhecia o suficiente dos homens e sua relação com aqueles artefatos), os três o acompanharam. O próximo espaço da cripta era parecido com o anterior, ligeiramente maior, mas as paredes ainda eram de pedra, o cheiro de umidade era o mesmo, a temperatura mais baixa mantinha o conhecido estranhamento na pele. O Abade sentou à uma mesa e esperou que os outros fizessem o mesmo. A mesa e as quatro cadeiras pareciam ter a mesma idade das pedras da parede.

— O que vocês procuram não estava nessa construção. Existe um acesso aqui por baixo, se estende por alguns quilômetros. É apertado, tem morcegos e bosta de morcegos. Quando eu era criança, foi uma aventura ir até lá. — O Abade falava sem expor o objeto. O pacote estava sobre a mesa de madeira rústica, entre suas mãos. Tinha cerca de 15 cm por face. Os outros três homens sequer piscavam.

— No final do acesso tem outra cripta, mas é diferente dessa aqui.

— Diferente? — Wagner perguntou.

— Parecia um ossário. Eu não sou especialista, e pode ser que a minha memória de infância não seja tão imparcial quanto eu gostaria, mas não eram somente ossos de gente. A Pedra das Águas, como eu sempre chamei, estava embaixo de um ponto de água corrente, um fio de água um pouco maior que uma goteira. A água não chegava a atingir a pedra, parava a alguns milímetros da superfície. Ela é hidrorrepelente. Nem água, nem poeira, nem gordura, nada fica grudado em sua superfície. Eu vou mostrar.

Sem muita cerimônia, como quem já repetiu o mesmo ato centenas de vezes, o Abade a retirou do tecido, a aparando com a mão direita.

— Cacetada, então a coisa existe mesmo — Gil disse. Wagner e Samir estavam calados, o que era um pouco preocupante no caso de Samir e seu apetite por aquela coisa.

Era de uma escuridão absoluta. Não havia nada, nenhuma contaminação que fosse capaz de macular seu brilho. O reflexo sobre a superfície polida era reto e espelhado, sem distorções perceptíveis. Era muito atraente ao toque, Wagner tinha a atenção de uma criança ao observá-la.

— Abre seu celular em um vídeo, qualquer um — o Abade disse a Gil.

Gil obedeceu e escolheu algo do Youtube, era uma música do conjunto americano Fats Domino, "Blueberry Hill". O Abade pediu que ele aproximasse o aparelho do cubo, e assim que Gil o fez, a música sofreu uma interferência elétrica, picotando a voz de Antoine Dominique Domino Jr. Gil distanciou o smartphone e a canção voltou ao normal. Voltou a aproximar e aconteceu o mesmo efeito.

— O que é isso? — Wagner disse.

O Abade ainda não havia terminado. Seu movimento seguinte foi aproximar o cubo da lâmpada incandescente do teto. O fez com algum esforço, porque aquele cubo pesava mais do que aparentava. Assim que a coisa chegou perto da lâmpada, ela apagou, como se tivesse sido desligada. Como havia sido feito antes, o Abade aproximou e afastou o cubo, o efeito de interrupção foi o mesmo.

— O que mais essa coisa faz? — Gil perguntou.

— Eu sei que ela não se reflete em espelhos — O Abade disse —, mas eu nunca tentei filmá-la.

Gil fez isso e pareceu não acreditar no que via em seu celular, alternando os olhos entre o aparelho e a visão direita. Repetiu algumas vezes.

— Ela também atrai ouro e repele qualquer tipo de vidro. Repele alguns plásticos também.

— Isso é impossível — Wagner deixou sair.

— Pensei que alguém diria isso. — O Abade disse. — Atrás de você — apontou a Wagner — tem uma adega. Tem uma garrafa vazia no chão.

Wagner se levantou e encontrou a tal garrafa. A golpeou com os dedos algumas vezes, para atestar que era mesmo vidro comum. Parecia que sim. Entregou ao Abade que a colocou deitada sobre a mesa. Ele empurrou o cubo na direção do vidro e a garrafa rolou, como se fosse repelida.

— Ela age de forma estranha com quase tudo, se for elétrico é mais estranho ainda.

— E o que ela fez com você? — Samir perguntou.

O Abade deixou a pedra próxima a si e esticou o tecido que a cobria sobre a mesa. Parecia ser feito de algodão cru, um pedaço de pano grosso e resistente de cerca de trinta centímetros de comprimento. Ele fechou os olhos e juntou as mãos, como se fosse fazer uma oração. Bateu uma palma vigorosa, friccionou as mãos três vezes. Espalmou e colocou sobre o tecido.

Wagner se levantou parcialmente para não perder nada. Gil também estava aguçado, apenas Samir não parecia impressionado com aquele circo.

O cheiro de queimado, de algo chamuscando, logo se espalhou. A fumaça vinha do tecido, e enquanto as mãos ficavam marcadas no pano, o Abade parecia rendido à uma espécie de transe.

— Já chega! — Samir golpeou a mesa com as próprias mãos. — Você pode queimar nós todos se continuar com isso.

— Eu já mostrei o que eu sei que ela faz. Além do que vocês viram, esse milagre pode flutuar na água se for colocada suavemente. Desde que eu toquei nessa pedra, percebi que podia curar as pessoas, no mínimo ajudá-las a se sentir melhor. Para mim, a questão nunca foi ganância, mas com essa joia eu encontrei meu lugar no mundo. — Ele acariciou o cubo, com a adoração de um cristão por seu crucifixo. — Agora é a sua vez, companheiro, quero saber de onde isso veio e por que está tão interessado em tirá-la de mim.

• • •

— Tudo bem... — o Abade ponderou depois de ouvir a resposta de Samir. E seu rosto dizia que *tudo* estaria qualquer coisa, menos bem. — Então quando vocês quebram essa pedra, que vocês chamam de Glória, o resíduo possibilita voltar no tempo. Vocês fazem isso porque essa cidade virou uma catástrofe, uma Zona de Abate, e a única esperança de dias melhores seria encontrar a causa ou dissuadir os poderosos. E claro: vocês não têm controle nenhum sobre quando e onde aparecerão, que não seja a geografia de Três Rios.

— E eles não podem fazer o caminho de volta — Wagner complementou.

O Abade pensou mais um pouco.

— Quantas viagens você já fez? — perguntou para Samir.

— Cinco.

— E você quer convencer a gente que com cinco expedições para o passado você ainda não descobriu nada? — O Abade insistiu.

Estava com o cubo logo à sua frente, mas não o estava tocando até àquele momento. Depois de fazer a pergunta para Samir, o Abade já levava as mãos para bem perto das superfícies polidas da pedra e fechava os olhos. Concentrados na resposta, nenhuma das pessoas da sala se perturbou.

— O que eu descobri — Samir respondeu — e você precisa aceitar, todos vocês, é que nada em Três Rios funciona como nos outros lugares. Tudo nessa terra encontra uma maneira de desafiar as regras da realidade. Doenças e curas, vida e morte, tecnologia e ancestralidade, em Três Rios, tudo é amarrado em uma coisa só.

O Abade sorriu, cheio de complacência.

— Uma das propriedades mais interessantes desse milagre aqui, é uma certa vidência, a capacidade que ela tem de me fazer reconhecer uma mentira. Você sabe mais, bem mais, e tudo o que eu consigo enxergar é um quadrado preto. Não é isso aqui e não é uma coisa boa. Por que não me conta sobre ele?

Wagner e Gil se entreolharam, mas não interromperam o Abade. Samir encarava o religioso com uma espécie de desespero contido, parecia prestes a explodir. E ele o fez se levantando da cadeira.

— Eu vou embora. Se você quer condenar a si mesmo e ficar com a Glória, não é mais problema meu!

Gil também se levantou e apanhou Samir pelo pulso.

— Não, camarada, você não vai embora até responder à pergunta do homem. Todo mundo de acordo? — perguntou aos outros. Wagner assentiu.

— Tira a mão de mim! — Samir se livrou dele com um sacolejo. Voltou a se sentar. — São quadrados sem luz. Aparecem nas nossas casas, nas florestas que ainda têm vida, nas ruínas e nas estradas. Nós aprendemos a não chegar perto deles.

— E o que essas coisas fazem? — O Abade perguntou.

— Tiram a nossa vontade, nos enfraquecem. É uma força muito maior que a nossa compreensão. Às vezes, um deles fica com uma pessoa por semanas, o tempo todo, até se cansar dela. É desesperador.

— É isso. — Wagner disse. Estava calado há tanto tempo que sua voz assustou o grupo.

— É isso o quê? — Gil perguntou.

— É tecnologia, incompreensível com certeza, mas é tecnologia.

Com o silêncio depois de sua colocação, Wagner se impeliu a continuar.

— Essa abertura preta pode ser um acesso a outro nível, o fato de ela acompanhar as pessoas, é como vigilância, espionagem. Pode ser inclusive uma ferramenta de contenção. Você mesmo viu os símbolos nas ruínas do Terceiro, Gil... Pode ser qualquer coisa, concordo, mas a primeira ideia que me veio à mente foram códigos de computador.

— Não é muito tarde para propor a teoria da Matrix? — Gil disse. Se foi uma piada, ele não sorriu.

— É o caminho inverso. Imagine, nesse caso, uma inteligência não humana presa ou invadindo a nossa realidade. Não precisa ser necessariamente mecânica. Estão me acompanhando?

Gil acenou que sim, o Abade e Samir sequer se moveram.

— Inteligência artificial? É disso que estamos falando? — Gil se adiantou.

— Falamos de uma inteligência não humana. E o que estou considerando é uma inteligência muito superior à Inteligência Artificial Geral.

— Acho que não assisti essa aula de informática — Gil disse.

— Os estudiosos da área classificam três tipos principais de inteligência artificial — Wagner explicou. — A primeira é a que temos nos nossos celulares e em muitos lugares da internet, a Inteligência Artificial Estreita. Ela é nossa colaboradora servil, obediente, capaz de fazer associações de cognição muito limitadas. Depois dela, a evolução é a Inteligência Artificial Geral, seria, em termos simplificados, uma máquina com todas as capacidades intelectuais humanas amplificadas e, portanto, com os mesmos riscos de se rebelar, conspirar, e de matar seus inimigos. O que vem depois é a Superinteligência, onde as máquinas se tornariam independentes, e infinitamente superiores em inteligência a um humano. Elas se descolariam de nós, dos equipamentos e das fontes de energia, se tornariam independentes e sencientes. Nesse ponto, com nanotecnologia e outros avanços que apenas elas poderiam propor, essas coisas seriam capazes de formar a realidade que elas quiserem, sem a nossa participação.

— O que tem atacado nossa gente não são máquinas — Samir disse. — São seres com ossos, músculos e dentes. São aberrações, seres que não são desse mundo.

— Eu não posso explicar tudo, mas a longo prazo, esses seres superinteligentes não precisariam ser necessariamente mecânicos. Talvez nós mesmos sejamos esse tipo de avanço.

— Nós? — Samir perguntou.

— O nosso cérebro não passa de uma potente máquina de tratamento de informação. Quem disse isso não fui eu, mas Edward Feigenbaum, em 1992. E se nós somos isso, esse centro de processamento com um revestimento de carne...

— Ninguém fabrica um ser humano — O Abade disse. — E se alguém foi capaz, só pode ter sido um deus.

— Hoje reproduzimos órgãos humanos em impressoras 3D — Wagner explicou. — Imagine as possibilidades dessa evolução a longo prazo, quando a computação quântica for uma realidade e todo maquinário para saltos cada vez maiores de inteligência estiver disponível.

— Tudo muito bonito na teoria, meus amigos, mas por que aqui em Três Rios? Por que somente aqui? Alguma coisa com todo esse poder poderia se manifestar em todo o planeta, estou certo? Em todo o cosmos — O Abade questionou.

— Talvez seja possível apenas em Três Rios — Wagner especulou —, ou pode estar acontecendo em muitos lugares, nas sombras, discretamente. Essa enxurrada de notícias que recebemos todos os dias, todas as horas... perceber essas inconsistências na realidade seria ouvir uma goteira em um tiroteio.

— Os garotos que foram assassinados eram meus amigos — O Abade disse em um tom grave e honesto. — Eles estavam em um estado parecido com o coma há quase vinte anos. As enfermeiras me chamaram para ajudar e eu sabia que podia fazer alguma coisa. — Samir olhou para o cubo imediatamente. O Abade continuou.

— Fizemos um processo de imersão, acho que posso chamar assim, um tipo de estado hipnótico coletivo induzido. Encontramos apenas um deles nessa peregrinação, Ravena. O lugar onde ela estava era uma espécie de limbo. A enfermeira que a resgatou descreveu que tudo parecia incompleto, a sensação de vazio era tão opressora que ela trouxe isso de volta e eu pude sentir. Pelo que vocês disseram, esse lugar pode ter sido criado pelo pensamento inteligente de uma máquina superavançada? Ou de um ser com essa mesma capacidade?

Todos emergiram em um novo silêncio, não havia muito a ser dito sem pensar um pouco a respeito. Mas mesmo para esse fluxo urgente de pensamento, Samir ainda tinha uma pergunta:

— O que é Matrix?

47
UNDERGROUND (1)

Alícia olhava pelo retrovisor a cada cinco segundos. Parecia improvável que a polícia ainda não a tivesse associado a Ada e feito uma visita. — Pensava se estaria acontecendo agora, e no tempo que levaria até dispararem sua placa como alvo. O Fiat Uno fez mais uma curva e ela conferiu o espelho de novo.

— Se você não olhar pra frente vai bater o carro — Ada disse, dividindo a atenção com o aplicativo de geolocalização de seu smartphone.

— Talvez seja melhor — Alícia respondeu. — O que você espera encontrar, Ada? Você já ferrou o Hermes, salvou a vida da nossa amiga, fugiu da polícia, o que você ainda precisa fazer pra conseguir se machucar?

Ada desviou sua atenção por um instante, deixou o smartphone sobre a perna direita.

— O JJ morreu sem entender aquele programa. Eu passei anos da minha vida observando meu pai hipnotizado por telas de computador, vi minha mãe ser atacada por uma doença que ninguém conhece, e quando ela foi internada, tudo o que meu pai conseguiu falar foi que não podia parar ainda. Minha avó, mãe do meu pai, foi morar na nossa casa. Ela estava lá quando um policial apareceu e contou que o JJ não voltaria pra casa. Depois, só depois, minha avó contou que o JJ não era meu pai biológico. Até onde eu consigo saber, eu me interessei por computadores pra continuar perto dele. Para conseguir preencher todos os vácuos que ele deixou na minha vida. E agora eu preciso prestar atenção no GPS.

• • •

Depois de deixar o acesso que separava Três Rios da estrada para Assunção, o Fiat Uno rodou por quinze quilômetros e tomou uma outra estradinha. O trecho de terra exigia que o carro andasse devagar, era bastante irregular e havia britas e pedregulhos em alguns pontos. Em outros, curvas fechadas faziam o carro quase parar, para que não se perdesse e encontrasse algum barranco.

Aqui e ali, restos de uma cidade que esqueceu de continuar existindo. Nos campos abandonados, Ravena observava ruínas de casebres, telhados tortos, arquiteturas antigas que agora se resumiam a empilhados de tijolos cobertos por cipós e limo. Ao longo da estrada também havia dormentes de madeira, já escuros e secos, jogados a esmo e apodrecendo.

— Meu pai me trouxe aqui quando eu era criança — Ada falou. — Ele gostava de passeios esquisitos. Se a gente seguir por outra estradinha mais na frente, vamos encontrar um moinho e uma capela, da época que Três Rios ainda era Vila de Santo Antônio.

— Estamos indo pra lá?

— Não, nós vamos para o outro lado, o que leva pro Matadouro Sete. A última solução do programa aponta para uma coordenada específica, eu coloquei no GPS pra gente conseguir chegar.

— Esses números estavam no programa?

— Mais ou menos isso. Depois do terceiro desafio, tudo está codificado, o processo é um pouco complicado pra explicar, mas imagine que você precisa ter um tipo de chave, que pode ser qualquer coisa, para conseguir chegar a esses números. Com a chave, a bagunça de letras e números sem sentido se torna compreensível.

— E você está fazendo tudo isso sozinha?

— Eu tive ajuda no começo. O grosso mesmo eu descobri no banco de dados que eu consegui acessar, meu pai já tinha chegado mais longe, mas ele não podia avançar, não naquela época.

— Por quê?

— A última chave era a Ravena. — Ada disse mais baixo. Com o vento que entrava pelos vidros da frente, elas não seriam ouvidas pela garota no banco traseiro. — E eu só descobri porque a instrução dizia que a chave seria uma pessoa a ser salva naquela clínica. Do quê e de quem, quem era ela, eu não sabia até entrar naquele pesadelo. Com o nome dela lançado em programas de descriptografia, consegui as coordenadas que estamos seguindo agora. Esse banco de dados vai salvar essa cidade, eu sei que vai. Tudo o que existe de errado ficou condensado ali.

— Puta merda, tá me dizendo que esse programa sabia o que aconteceria na clínica trinta anos trás? Ele não podia, em vez disso, estar causando essas barbáries agora?

— Eu não sei, seria possível se tivesse um operador. Até certo ponto, eu consegui entender o programa, mas ele chega a um nível onde a própria linguagem é outra coisa. São uma infinidade de caracteres estranhos, não é como se estivesse sendo escrito, mas como se ele estivesse crescendo. Criando a si mesmo.

— O que eu sei é que essa garota ainda está com a gente em vez de estar em um hospital. — Alícia interrompeu a linha de raciocínio e procurou Ravena pelo retrovisor. — É só nisso que eu consigo pensar.

O Fiat estacionou perto de uma ribanceira, cerca de duzentos metros à frente do acesso por uma porteira arruinada. A mata estava bastante intocada no trecho, havia árvores tombadas, galhos menores e muito mato, o que exigiu cuidado e alguns palavrões de Alícia. As três desceram do carro há alguns minutos, Ada checava mais uma vez seu GPS.

— Que lugar é esse? — Alícia perguntou. — O que estamos procurando?

— Um túnel — Ada respondeu. — A pista era um poema de Augusto dos Anjos:

"Não morrerão, porém, tuas sementes!
E assim, para o Futuro, em diferentes
Florestas, vales, selvas, glebas, trilhos."

— Quando eu pesquisei sobre trilhos — Ada continuou olhando para baixo —, descobri que Três Rios tem um planejamento de malha ferroviária que nunca foi concluído. Chegaram a cavar os túneis para escoamento de água de chuva. Com a quantidade de rios na região, era comum ter alagamentos.

Ada percebeu uma trama de cipós se escorrendo como um tapete ao longo do declive. Não estava muito à frente. Ela caminhou até lá e puxou os cipós para cima, eles saíram ainda ligados, como uma rede de pesca feita de galhos e folhas.

— Tá mesmo pensando em se enfiar nesse buraco?

Ada sorriu.

— O buraco está aqui, então... Esse é o plano.

• • •

— Ada, por favor, pense melhor no que você vai fazer. Já seria uma merda gigantesca pra você sozinha, mas com a Ravena fica tudo mais complicado. Você não sabe onde esse túnel vai dar, vocês podem se machucar, pode começar a chover e...

— Nós vamos ficar bem, tá bom? E eu prefiro que você volte pra casa.

— Tem certeza?

— Claro que eu tenho. Eu ligo quando descobrir o final dessa loucura. Vamos tirar esse peso todo, tá bom? Isso aqui é vida real, eu vou me sujar toda, descobrir mais alguma coisa esquisita e voltar pra casa.

— Não precisa fazer isso, Ada. Você não me engana com essa conversinha.

Ada fechou o rosto pra não dizer uma besteira. Mas alguma coisa escapou dela, sim. O que era necessário.

— Meu pai pode ter sido assassinado por causa das coisas que esse enigma esconde, e se esse programa sabe como e onde as pessoas morrem, então ainda posso ajudar muita gente. Se isso não é motivo, o que mais seria?

— Sua necessidade de ser relevante? Você mesma disse, tá lembrada?

Ada sacudiu a cabeça em negativa, segurando mais um pouco de contrariedade não dita.

— Quando eu ligar você vem pegar a gente. A Ravena vai pra casa, eu me explico na polícia, todo mundo fica feliz.

— Toma cuidado, pelo amor de Deus — Alícia disse.

Ada já estava descendo e esperando por Ravena, a cerca de meio metro abaixo de onde estavam. Estendia a mão para a garota Monsato. Alícia ajudou a ambas e Ravena se firmou no pavimento de terra forrado de folhas secas.

— Tá pronta? — Ada perguntou para Ravena.

— Tô sim — ela disse e se abaixou, já colocando o corpo na abertura.

— Você não precisa fazer isso, Ravena. — Alícia ainda tentou persuadi-la uma última vez.

— Eles eram meus amigos — Ravena disse e se abaixou.

— A gente volta logo — Ada falou.

— Acho bom — Alícia respondeu sem sorrisos e esperou que Ada também entrasse. Depois voltou correndo para o carro.

• • •

Apesar da idade, o túnel era bastante sólido. Feito de pedras escuras e grandes, podiam ser algum tipo de granito. A área era um pouco estreita para um adulto, tinha cerca de um metro e meio da altura pela mesma medida em largura. Ada e Ravena já haviam percorrido vinte metros ou mais, e afugentado dois grupos pequenos de morcegos com o facho da lanterna, quando Ravena parou de avançar.

— Não precisa ficar com medo, é um pouco apertado, tem esses morcegos, mas eles não vão atacar a gente.

— As minhas costas tão doendo. Eu ainda não consigo andar direito.

— Podemos engatinhar, vai ser mais fácil pra você — Ada sugeriu. Sentiu-se uma mulherzinha horrível falando aquilo. O que ela poderia exigir daquela garota?

— Se você não quiser continuar, se estiver com muita dor, a gente pode voltar. Eu só preciso telefonar para a Alícia e ela tira a gente daqui. Eu vou entender, Ravena, não é culpa sua.

Ravena se sentou por um instante.

— Não quero que mais ninguém morra. Se você achar ele, vai morrer menos gente.

— Eu sinto muito Ravena, se tivesse um jeito, eu também teria ajudado seus amigos.

— A Maitê também morreu. E o homem da entrada. Eu gostava deles, eles eram bons pra mim, igual a tia Bia. — Ravena estava chorosa novamente. Por todo o período que passou com Ada, ela sempre chorava quando se lembrava das enfermeiras.

Ada a abraçou e deixou que a tristeza extravasasse.

— Me escuta. — A onda de desespero logo se atenuou. — Eu ainda não sei onde tudo isso vai dar, mas eu também acho que essa cidade tem alguma coisa muito errada. Eu sempre senti, desde que era uma menininha. Se tem alguma coisa má dentro desses túneis, ou uma coisa muito boa que pode acabar com as coisas más dessa cidade, nós vamos descobrir, eu e você. Juntas.

Ravena secou os olhos com o moletom que emprestara de Alícia, limpou o nariz e voltou a ficar na posição de engatinhar. Ada iluminou o trajeto à frente.

Havia uma interrupção no caminho, e em um primeiro olhar pareceu que o túnel diminuía em abertura. Chegando a esse ponto, Ada descobriu que era apenas um acesso a um nível mais baixo, a intersecção dos túneis em diferentes profundidades gerava esse efeito com a luz da pequena lanterna. Luz essa que oscilou, e o celular sofria algum tipo de interferência na tela, parecida com o efeito que um motor barulhento causava nas TVs analógicas. Mas não havia som, não havia motor. A geolocalização ainda funcionava e isso era tudo o que Ada queria saber naquele momento.

— Por aqui — orientou Ravena. Ada avançou, mas a garota não se mexeu.
— O que foi?
— É um barulho.
Ada se concentrou mais um pouco.
— Não ouço nada.
— É, mas tá aqui sim — Ravena tocou as pedras. — Dá pra sentir quando a gente põe a mão.

Ada o fez. Era sútil, mas havia sim alguma trepidação. Talvez algo mecânico que, mesmo à distância, transmitia seu movimento pelas pedras do túnel, ou até mesmo pelo ar contido dentro da câmara se aproveitando de algum fenômeno sonoro. Isso poderia explicar a interferência elétrica no smartphone?

— Pode ser o trem. Se as pedras daqui tiverem ligação com a linha principal, acho que pode acontecer.

Isso bastou. Continuaram com Ada à frente para iluminar o caminho. As duas já transpiravam bastante.

O ar do lugar não era novo, carregava cheiros e temperaturas em sua memória. Havia muita umidade, bolor, culminava em uma sensação de abafamento bastante desagradável.

Continuaram andando e chegaram a outra mudança de nível, com o túnel seguindo pela esquerda e ascendendo. Ada passou e içou Ravena. Pela primeira vez sentiu que poderia se perder naqueles túneis.

Atordoada como estava, Alícia só queria chegar logo em casa. Ligar a TV em um seriado anestésico, comer um pacote inteiro de Rufles e esperar o telefone tocar. Ela não conseguia acreditar em tudo o que sua amiga Ada acreditava, mas não poderia duvidar do que ela mesma viu. É sempre pior dessa forma, quando não se pode simplesmente desqualificar a loucura do outro.

Antes de descer do carro, já dentro da garagem, apanhou o celular no banco do carona para conferir as mensagens de novo. Nada ainda.

Abriu a porta do carro e desceu.

— Alícia? — Ouviu alguém perguntando no portão enquanto ela fechava a porta. — Alícia Barão? Quem me passou seu endereço foi Eliandro Saudade, do curso de cozinha.

Ela parou onde estava. Chave em uma mão, celular na outra.

— Investigador Marcelo Monsato. Aquela no carro do outro lado da rua é minha parceira, Luize Cantão. — Ele apontou a direção e Luize espalmou a mão de onde estava, na calçada e recostada na lataria do carro. — Tudo indica que sua amiga Ada esteja com a minha irmã, Ravena Monsato, ou que a Ada saiba onde ela está. Se você puder economizar muita dor de cabeça pra gente e me passar um endereço dela vai facilitar as coisas.

— Ela só está tentando ajudar.

Monsato bufou. Estava sem dormir, com fome, cansado, não tinha tempo ou disposição para aquela conversa.

— Alícia, isso a gente vê depois. O que eu sei agora, é que eu não sou o único que está tentando encontrar Ada Janot, a foto dela saiu na TV, ela é no mínimo uma testemunha ocular daquele massacre. Com esse assassino ainda à solta, sua amiga pode ser um alvo. Ela e a minha irmã.

— Como eu vou saber que você não é o assassino? — ela perguntou de onde estava, perto da porta da casa. Monsato afastou o paletó e estendeu a ela sua identificação policial. Ela viu o coldre de armamento na manobra. Alícia chegou mais perto do portão e conferiu apenas o que precisava, o sobrenome. Monsato.

— Só vou dizer onde elas estão porque eu tenho medo de acontecer alguma coisa com as duas.

— Você está fazendo a coisa certa.

Alícia ergueu os olhos.

— Eu espero que sim.

48
UNDERGROUND (2)

Os homens ainda estavam nos porões do templo Ministério das Águas, ouvindo o que Samir tinha a dizer. O viajante não estava confortável com a ideia de máquinas e Matrix e dimensões e todas as outras coisas sem sentido que aquela gente-do-passado-bem-mais-feliz-que-as-do-futuro adorava falar, ele só queria esmagar aquela pedra, enfiar na boca e ir embora.

— Minha única certeza — o Abade continuou — é que essa pedra faz muito mais pelas pessoas, estando comigo, do que jamais fará com você. Mesmo que eu não continue com o Ministério, eu não vou reduzir esse milagre a poeira. Do que adianta saltar no tempo se você é incapaz de reverter os acontecimentos?

— E de que adianta curar as pessoas que acabarão mortas um dia? Você conseguiu impedir que as aberrações matassem aquelas crianças?

O abade fechou os punhos, mas no fundo aquele imbecil tinha razão.

Wagner estava pensativo novamente, e Gil estava preocupado que aqueles dois saíssem no soco. Não era uma possibilidade tão distante.

— Existe alguma informação sobre essas criaturas? — Wagner perguntou a Samir. — De onde elas vêm ou onde elas se refugiam?

Samir riu.

— Perguntem pra ele. — Apontou para o Abade. — Como foi mesmo que você definiu o lugar de onde roubou a Glória? Oh sim... parecia um ossário...

• • •

Não houve muita discussão sobre a expedição. Algumas vezes naquele mesmo subsolo, o Abade ouviu as coisas que caminhavam sob a cidade. Ouviu seus rugidos, seus rosnados, suas respirações pesadas. Ele nunca acreditou que fossem reais, não até pessoas que gostava serem assassinadas. Sentia uma culpa corrosiva.

Todos tinham seus motivos.

Wagner queria reencontrar um caminho para a sua família. Gil não perderia a chance de ser o primeiro jornalista a desvendar o maior mistério de Três Rios. Samir tinha esperanças de encontrar algo que pudesse impedir os acontecimentos dolorosos que o aguardavam no futuro — e se não fosse possível queria pelo menos esmagar aquela pedra e ir pra bem longe.

Definiram tudo rapidamente. Gil sempre tinha uma lanterna consigo, ficava em seu carro. A outra quem providenciou foi o Abade, que agora removia uma tapeçaria grossa que forrava uma das paredes. Atrás dessa tapeçaria havia uma porta de acesso.

Samir acariciou a madeira assim que a viu, mais especificamente o entalhe de um tridente que havia nela.

— Me lembro dessa porta. O outro lado era usado em rituais. Quando passarmos dessa porta, vai ter um pequeno espaço e uma segunda porta. O espaço silencioso entre elas servia para calar as atribulações do mundo.

Gil encarava o Abade em busca de uma confirmação.

Ele não disse nada e abriu a porta. O odor de pedra, de tumba, floresceu imediatamente. A temperatura morna do interior saiu como um hálito. Não era totalmente desagradável, tinha cheiro de terra e de grama recém-aparada.

— Tudo muito bonito, mas vamos usar o intelecto que o papai do céu nos ofertou — Gil disse. — A gente vai entrar sem uma arma? Correndo o risco de encontrar as coisas que comem gente? — procurou pelo homem que poderia atender àquela demanda. O rosto de Gil tinha tanto sarcasmo que obrigou o Abade a se manifestar.

— São pra defesa pessoal.

Voltaram para a sala onde estavam anteriormente. Havia um baú recostado a uma das paredes, não estava sequer fechado com cadeado. Gil havia notado o móvel sem dar muita atenção, apenas mais um pedaço de pau velho naquela cripta mais velha ainda.

— Podem se servir à vontade. — O Abade abriu a tampa curva.

Gil assoviou.

— Dá pra começar uma guerra com isso daqui.

— Ou pra se defender de uma. — O Abade disse e apanhou uma espingarda Winchester .357.

Gil preferiu um revólver de tambor, ofereceu uma automática para Samir.

— Sabe mexer com isso? — perguntou a ele.

Samir girou a pistola nas mãos, era uma Taurus 765. Ejetou o pente, conferiu se havia balas e o travou de volta. *Cleck-cleck.* — Coisas boas nunca saem de moda.

— Wagner? — Gil perguntou.

— Detesto armas, prefiro confiar em vocês.

O Abade tomou a frente, Gil se adiantou ao lado do religioso, já de volta na pequena sala.

À sós com Samir na retaguarda, Wagner aproveitou para perguntar:

— Como é viajar no tempo?

— Triste. Saber que tudo é tão passageiro me deixa triste. As pessoas que ignoram sua inutilidade são mais felizes. — Samir também avançou, determinando o fim da conversa.

O Abade estava em frente à segunda porta. Ali estava ela, como Samir disse. Nesse momento, e só nesse momento, Heitor lembrou do que Naiara, filha de Celeste Brás, disse quando visitou o templo lá em cima, "Algumas portas não devem ser abertas". Um recado para ele, isso era certo. Mas seria *aquela* porta? Ou ele já havia aberto a porta quando era apenas um menino buscando aventuras? Ou quando concordou em visitar aqueles nove jovens?

Com ambas as portas fechadas, o espaço onde estavam era minúsculo, não chegaria a dois metros em extensão, ainda menor em largura. O som no isolamento ressoava diferente, abafado, sem corpo. O Abade girou a chave da segunda porta lentamente. Assim que a madeira se mexeu, o bufar do ar parado se libertou na direção da escuridão.

— Está diferente agora — Samir disse. — O outro lado costumava ser uma rocha. A porta deveria abrir para uma parede de pedra. Da forma como eu conheci, a porta simbolizava que existe um limite para o conhecimento humano, uma barreira que não deve ser transposta.

— Quando esteve aqui da última vez? — O Abade perguntou.

— 1886. — Samir respondeu e avançou até atravessar a porta. Arfou um pouco do ar úmido que havia do outro lado.

— Detesto lugares fechados — Wagner comentou. — Por que tem que ser sempre embaixo da terra?

— Os piores tumores ficam escondidos. — O Abade respondeu e clareou o túnel.

Era todo feito de pedra, grandes blocos de rochas escuras e habilmente soldadas pela natureza. Havia um exsudato escorrendo delas, e embora o chão fosse feito da mesma rocha, existia um sistema de escoamento natural em alguns pontos, fissuras. O odor daquela umidade era quase enjoativo, mas em poucos minutos os homens se acostumariam com ele. Era uma especialidade humana, se acostumar.

Avançaram em linha reta por dez minutos. O túnel se mantinha constante na espessura, mas a qualidade das rochas das paredes começava a se deteriorar. Não eram mais tão polidas quanto nos primeiros metros, agora elas pareciam rústicas, mais próximas ao seu estado bruto e natural.

— Até onde isso vai? — Wagner especulou, sentindo a segurança diminuir a cada passo. Sua respiração começava a ficar mais curta.

— Eu era criança quando estive aqui da última vez. Pelo que eu lembro, caminhei até as minhas pernas amolecerem.

— Que ótimo — Wagner resmungou.

— Como é possível que esse lugar exista e ninguém saiba? — Gil especulou.

— Homens são bons em esquecer e em guardar segredos, principalmente em guardar segredos. — Samir respondeu. Deu outros dois passos antes de refinar sua explicação.

— Sempre começa com uma boa intenção, pessoas que se associam em mútua ajuda. Quando uma delas é prejudicada, as demais chegam em auxílio. Não é sempre que esse auxílio segue as regras da lei. Unidos pelo erro, uma teia de segredos começa a ser costurada. Mais pessoas entram para o grupo, mais segredos engordam a teia, e ela rapidamente se torna uma trama rígida. Com o tempo os próprios associados prendem uns aos outros na mesma trama. Quanto mais velho é o segredo, mais sólido ele fica.

— Foi assim que você conseguiu essa cicatriz? — Wagner perguntou.

— Não. Foi com as coisas que matam gente.

— Como você conseguiu escapar? — Gil perguntou. — Tinha onze pessoas naquela clínica e só uma delas saiu com vida, mesmo assim porque teve ajuda de outra pessoa.

— Eu queria tirar minha família desse lugar maldito. Meu filho descobriu um acesso subterrâneo, túneis feitos de pedra bem menores que esse aqui. Nós três, eu, ele e minha esposa, estávamos dentro das galerias quando eles apareceram. Me pegaram primeiro, eu perdi os sentidos quando senti a boca de um deles na minha cabeça. Meu filho tentou me ajudar. De algum jeito eu fui jogado longe, em um outro nível de túnel. Quando acordei encontrei o que sobrou dele e da mãe.

Um silêncio respeitoso se fez em seguida. Não havia muito a dizer, mas continuar falando parecia pior.

Somente depois de alguns passos Wagner disse:

— Os túneis onde você esteve podem ser o sistema de escoamento, da expansão da ferrovia, eles vão bem além da cidade — Wagner explicou. — Foram cavados no século dezenove.

Seguiram por mais alguns metros. Um pouco à frente, o Abade gritou:

— Pro chão!

O último a se jogar no chão Wagner, e acabou sendo atingido por alguns morcegos. Eram dezenas deles, irritados, guinchando, batendo uns nos outros enquanto procuravam uma saída.

— Cacete! — Gil reclamou. Estava deitado no chão, a boca perto do limo, as mãos na cabeça para que nenhum morcego mordesse uma orelha.

— Eu odeio esses bichos!

Veio uma nova revoada. Dessa vez ninguém foi atingido. Samir já se levantava.

— Acho que eles também não gostam de você, jornalista.

— Estamos perto, eu me lembro daqui. — O Abade bateu as mãos sobre as roupas impregnadas de sujeira. Reconheceu sua letra na parede ao lado, seu nome escavado à faca. HEITOR. Já estava escurecido pelo limo. Ele se virou para o restante do grupo que vinha logo atrás.

— Mais meia hora e chegamos. Cuidado com as armas. Estamos em uma caverna, se alguém disparar acidentalmente, a bala pode ricochetar e acertar um de nós.

— Que cheiro é esse? — Gil perguntou.

— Não me lembro de ser tão forte — O Abade disse. — É o cheiro dos morcegos e de mofo, mas agora está diferente.

Metros à frente, a lanterna mostrava uma parede sólida. Umida como estava, parecia envernizada. Eles caminharam até aquele ponto. O Abade tocou a superfície da pedra com o dedo indicador. A película de água corrente que emprestava o brilho à pedra saltou sobre o dedo. Ele sorriu, como uma criança que redescobre um brinquedo esquecido no armário. Tomou o caminho à direita em uma dobra acentuada, quase em ângulo reto, desaparecendo da vista dos outros.

Wagner estava recuado. Propositalmente, Gil desacelerou, a fim de ser alcançado por ele. Samir seguiu na frente sem se importar com os dois.

— Confia nesses caras? — Gil perguntou a Wagner.

— De jeito nenhum.

— Ótimo. Porque se um deles resolver perder a cabeça, eu e você vamos precisar dar um jeito. Eu peguei um extra na caixa do Jim Jones. — Gil retirou um pequeno .32 da cintura e ofereceu à Wagner. — Fica com ele.

— Você está louco? Eu não vou atirar neles.

— Ninguém vai atirar em ninguém. Anda, segura essa merda.

— Pessoal, é melhor ficarmos juntos — A voz do Abade ecoou à frente.

Wagner sacudiu a cabeça em negativa para Gil, mas ficou com o revólver.

— Aqui tem uma trava, solta ela se precisa usar — Gil explicou baixinho.

Pouco convencido, Wagner enfiou o revólver na parte da frente da calça e soltou a camisa social sobre a coronha. Seu maior medo era explodir o próprio saco.

Já não viam o Abade ou Samir, seguiam o brilho da lanterna. Os dois estavam à esquerda agora, depois de outra quebra de caminho. Mais alguns passos e Wagner e Gil encontraram outra dobra, e então Gil também parou. Não conseguia mais saber onde estavam e havia uma bifurcação. Naquele ponto da caverna existia alguns sinais de vida vegetal, ainda que discretos. Musgos aderidos às rochas, delicados, apesar do tempo que poderiam estar ali. Um dos caminhos podia significar um objetivo para aquelas vidas frágeis.

Gil desligou a lanterna, para identificar o brilho da outra. A lanterna do Abade estava à esquerda. Tomaram o caminho e logo o viram ao lado de Samir, estavam uns cinquenta metros à frente.

— É melhor ficar perto deles — Gil convocou Wagner a andar mais depressa. — Aquilo que você falou sobre inteligência artificial, você acha mesmo possível? Eu acredito que uma máquina vença um campeonato de xadrez, mas daí até ela conseguiu criar um assassino, um monstro?

— Foi só um palpite. O que eu quis dizer é que um sistema muito superior em inteligência teria possibilidades que nós nem conseguimos imaginar. Se ele fosse capaz de entrar no nosso cérebro, controlar nossas sinapses, poderia assumir o controle de tudo. Conhecimentos, corpos, emoções. Tudo. Sem mencionar que uma associação com máquinas é mais que uma especulação, é probabilidade.

Gil terminou o caminho e fez a próxima curva. Wagner ainda explicava.

— Fica cada vez mais claro que nós podemos ser uma interface pra alguma coisa, um hardware. Quando somos gerados, no exato momento na fecundação, acontece uma microexplosão de luz e magnetismo, é como se nós fôssemos "encarnados" nesse instante.

— Ou programados. — Gil concluiu e fez a próxima curva. Parou em seco. O brilho de sua lanterna fora lançado de volta em seus olhos, o ofuscando momentaneamente.

Quando os reabriu havia uma parede de pedra à frente. Completamente preta, polida, muito parecida com as faces do cubo que o Abade possuía. Abade e Samir estavam na frente dessa parede, olhando para ela. Samir a tocava. De frente para essa pedra e no outro extremo da cripta, havia uma pilha de ossos, podia ser a mesma que o Abade citou.

— Não é a Glória — Samir se referia à superfície polida. — Essa pedra não tem poder.

Gil iluminava a estrutura. Não via sinais de emenda ou junções, era completamente lisa e sem cores que destoassem daquele preto absoluto. Era assim do lugar que se enterrava no chão até o ponto em que perfurava o teto. Wagner pediu a lanterna a Gil e lançou a luz em diferentes locais no escudo de pedra. Caminhou pela cripta, verificando o comportamento do feixe de luz.

— O que você está procurando? — Gil perguntou.

— Repare na luz, ela não se reflete de forma simétrica. Nós vemos uma superfície totalmente reta, mas a luz não trata a pedra dessa maneira.

— Talvez não tenha mais nada pra ser descoberto. Talvez seja só isso — o Abade reiterou.

Samir tinha desistido do bloco de granito e se concentrava nos ossos. Apanhou um crânio humano pelo buraco dos olhos, como uma bola de boliche. Olhou para ele e acariciou a abóboda craniana. Voltou a repousá-lo no chão. Apanhou um osso longo, provavelmente um fêmur, e o utilizou para revirar o empilhado de ossos. Havia cerca de meio metro de ossos escorados na parede. Ossos de gente, de gado, de cachorros, e um osso que não se parecia em nada com outros. Era bastante triangular, discretamente alongado em uma das pontas. Possuía a abertura dos olhos, a cavidade nasal era pequena, a junção da mandíbula era quase insignificante. Samir não se surpreendeu e atirou a ossada de volta, sem traços de condolência.

— Esses ossos chegaram aqui de algum jeito — disse.

— Mas como? — O Abade perguntou.

— Por que você mesmo não conta? — Samir empunhou o revólver, como predito por Gil. O braço estava firme e decidido, o dedo já pousava no gatilho, ansioso pra testar sua pressão. O Abade recuou um passo, ficando mais perto da abertura. Gil e Wagner não se moviam.

O Abade não agiu da forma que Gil supunha. Não fugiu ou reagiu, em vez disso, colocou sua arma no chão.

— Eu não estou à frente de uma comunidade há quinze anos pra colecionar ossos no meu porão. Se você acha que eu sou o responsável por alguma morte, pode terminar o serviço. Caso contrário, o melhor é abaixar esse revólver antes que alguém atire de verdade.

Samir olhou para Gil e depois para Wagner.

— É melhor ouvir o homem, Samir — Gil disse. — Ninguém está trabalhando com os seus inimigos. Ele perdeu aquelas crianças, lembra? Os meninos foram mortos pela mesma coisa que empilhou esses ossos.

Samir continuou alternando os olhos, a arma continuou erguida. Respirou fundo algumas vezes.

— Tudo bem, eu corro o risco de confiar em você — Samir disse ao Abade. Mas só recolheu sua arma à cintura quando Heitor recuperou sua espingarda do chão e a afivelou nas costas, longe de suas mãos.

Quando os ânimos se acalmaram, Wagner voltou a iluminar a parede, intrigado com o reflexo que a luz escolhia tomar. Não era natural — a menos que houvesse outro material sobre a superfície escura, alterando sua capacidade de refletir a luz. Não parecia ser o caso.

— Gil, segura pra mim, aponta pra parede.

Gil obedeceu e Wagner foi até o pequeno fio de água, ele também estava lá como o Abade mencionou sobre sua primeira incursão. Wagner encheu as mãos com água e levou até a parede, então deixou descer o fio de um ponto mais alto.

— Vai lavar a parede toda? — Gil o provocou. Wagner não se intimidou e voltou a repetir a ação.

— Fica de olho se não acontece nada.

— Tipo o quê?

— Não faço a menor ideia.

Samir decidiu ajudar, e depois de duas viagens, o Abade também deixou sua lanterna no chão, de modo que ficasse apontada para superfície; carregou as mãos com água. Com as duas lanternas, a luz se refletia de maneira espantosa, parecia muito mais potente do que de fato era. Foi nesse ponto que Gil se distraiu, observando estranhas inscrições por todas as outras paredes. Eram discretas, estavam envelhecidas, mas os caracteres eram bastante similares aos que ele viu nas ruínas do Terceiro.

— Eu não acredito! — O Abade disse a certa altura. Atraído pela surpresa, Gil olhou na mesma direção.

— Tá de brincadeira.

Com a ação da água corrente, uma fenda se tornou visível na parede de pedra, logo evoluindo, com a alteração da luz, para um buraco quadrado de margens perfeitas. Se Gil não estivesse maluco, o formato que via agora tinha justamente as dimensões da pedra do Abade.

— A parede engana nossas percepções, com a água ela perde essa capacidade.

— Como você sabia? — Samir perguntou.

— Aulas de Física básica, primeiro ano, ensino médio. No meu tempo, chamávamos de primeiro colegial. Eu não sabia o que aconteceria, mas com a luz fazendo essas coisas estranhas, pensei que pudesse gerar algum efeito.

Gil também estava interessado, levava as mãos até abertura.

— Melhor não colocar a mão aí, nós não sabemos o que isso faz — Wagner disse.

— Eu tenho uma ideia. — O Abade retirou o cubo do tecido e o sustentou com as duas mãos, antes de colocá-lo na abertura revelada.

— Já fez isso antes? — Gil perguntou.

— Eu não piso nesse buraco desde menino, mas o que mais pode ser?

A fim de manter a abertura visível, Wagner chegou com mais água e derramou sobre o que ainda se via do acesso. O Abade colocou o cubo em seguida e o empurrou.

Deslizou perfeitamente, sem atrito, como se as duas superfícies estivessem perfeitamente lubrificadas. O movimento era tão fluido que o Abade temeu que a peça pudesse atravessar para o outro lado e cair — da maneira como a parede se comportava visualmente, não era possível saber se existia mesmo um fundo.

No final do avanço, o cubo pareceu desaparecer na parede. As lanternas chegaram mais perto e Gil tocou a estrutura. Não havia diferença de textura ou relevo perceptível.

— Ali — Wagner apontou para um ponto à direita e acima, dois metros sobre o regato de água, bem perto do teto. — Apaguem as lanternas.

Novas inscrições brotavam nas rochas naturais, ganhavam cor. Pareciam crescer nas pedras, tingindo chão e teto, se alastrando em todos os lugares que não fosse o bloco de granito escuro. Eram azuladas, tão discretas que seriam invisíveis em conjunto com a luz das lanternas. Todos olhavam para os mesmos pontos, encantados e confusos com o que viam. Foram interrompidos por um ruído discreto, de despressurização, e todos se afastaram da parede escura.

Um retângulo do tamanho de uma porta estava se deslocando do relevo principal da placa, indo para trás. Ao mesmo tempo, o cubo também recuava na mesma proporção.

— É uma passagem — Wagner disse o óbvio. A placa retangular já estava se destacando completamente do resto, deslizava para a esquerda, em um mecanismo semelhante à porta oculta do templo.

Samir foi o primeiro a atravessar. Apesar dos protestos dos outros, ele não deu atenção. O Abade foi atrás dele, e seu principal interesse era apanhar o cubo de volta antes que Samir o fizesse. Os últimos foram Wagner e Gil, que ainda se maravilhavam com a perfeita engenharia empregada naquele mecanismo.

— Todo mundo passou? — O Abade perguntou. Depois da confirmação, apanhou o cubo. Devolvia o artefato ao tecido quando a parede começou a voltar à configuração original. A forma como se movia não fazia sentido mecânico, não havia polias ou eixos, nada que não fosse o bloco escuro e liso como vidro. Deslizava como se estivesse recebendo e transferindo magnetismo, era o palpite que Wagner não dividiu com o grupo. Ninguém lhe daria atenção, não agora, absortos com o que as lanternas acesas mostravam do outro lado.

E com o cheiro podre daquele lugar.

49
MATADOURO 6

"Ada, eu não consigo mais, minha perna tá queimando."

Ravena havia dito isso há exatos quarenta e quatro minutos, e agora ela parecia mesmo incapaz de se movimentar como antes. Ada a deixou sentada mais ou menos na metade de um dos túneis e avançou mais um pouco, a fim de enxergar o próximo nível. A menos que estivessem caminhando em círculos, aquele complexo de escavações não poderia durar para sempre. Certamente estavam próximas da localização fornecida pelo D responde, o GPS apontava que o alvo estava a alguns metros há vinte minutos.

Ada escalou a abertura e sentiu um cheiro horrível. Deu uma olhada, conteve o vômito e voltou a descer. Engatinhou até Ravena.

— Eu preciso contar uma coisa, mas você vai precisar ser ainda mais corajosa.

— Mais ainda? — Ravena perguntou. Seu tom misturava ansiedade, nervosismo e exaustão. Ada foi direto ao ponto.

— Nós vamos precisar passar por um lugar horrível. Está no nosso caminho e não tem como desviar.

Ravena se encolheu.

— Pode machucar?

— Se passarmos bem rápido eu acho que não. Você não precisa olhar, eu levo você pela mão, tá bem? Vai ser mais fácil assim.

Em uma sincronia perfeita, um rosnado ecoou pelos túneis.

— Eu tô com medo! — Ravena abraçou Ada. — O que é isso? É ele, não é?

— Precisamos sair daqui.

— Eu tô com medo, Ada! Eu quero sair!

— Ravena, me escuta — Ada segurou o rosto dela bem na frente do seu. — Eu acho que encontrei o lugar onde a coisa ruim mora, ela deve estar voltando pra casa. A gente precisa passar antes pra ir embora.

Ouviram mais um daqueles rosnados.

A manifestação de comunicação parecia escoar da garganta sem passar pela boca. A vocalização era enroscada e gasta, faminta. Agora ouviam passos, tão inumanos quanto aqueles rosnados. A coisa andava em trotes.

— Agora a gente precisa ir! — Ada apanhou a garota pela mão direita.

— Eu não quero — Ravena protestou. — Você prometeu que a gente ia embora! Você prometeu!

— Se a gente não sair agora, nós duas vamos morrer, você entende isso?

O ruído aumentava, era possível ouvir o galope da besta assassina entre as galerias.

Ravena aceitou se levantar. Seguiram até o próximo nível. Antes que subissem, Ada avisou:

— Você vai primeiro, tem um cheiro nojento lá em cima, muito pior que o daqui, respira pela boca e tenta não vomitar, e não abra os olhos! Você não precisa ver o que tem lá em cima. Eu estou logo atrás.

Ravena ficou de pé e fechou os olhos. Sentiu os braços de Ada tomando suas pernas em um abraço, sentiu o corpo subir. A abertura tinha cerca de um metro de lado a lado, parecia ser quadrada ou próxima a isso. Assim que Ravena a cruzou, sentiu um cheiro mortal de podridão. Ouviu algum som que não soube identificar. Era um barulho ruim. Zumbido. Algumas coisas resvalavam em seu rosto, coisas pequenas.

— Ada? — ela perguntou às cegas, as mãos abertas para garantirem um perímetro seguro. A besta rosnou lentamente lá fora, seu eco se esfregou nos túneis. Ravena ouviu aquele mesmo som antes de seus amigos serem destroçados. — Ada, cadê você!?

Sentiu o braço ser apanhado com força.

— Tô aqui!

Ada apontou a lanterna e vislumbrou uma amostra do horror verdadeiro.

A sala era feita de pedras, mas não era um túnel. Tinha cerca de três metros por três e era o mais próximo que ela conhecia de um matadouro. O chão estava forrado de carne e ossos, sangue se empossava tingindo tudo com a cor dos coágulos. Havia corpos em diferentes estados de putrefação, alguns quase intactos, outros edemaciados e parcialmente derretidos. O odor era indefinível, o ruído das moscas sensibilizava mais que sua presença maciça. Ada engulhou novamente. Havia carne podre e sangue para onde quer que olhasse.

— O chão tá liso — Ravena disse. Depois cuspiu a tentativa de uma mosca de invadir sua boca.

Claro que o chão estava liso. Estava cheio de carne, exsudatos e tecidos putrefeitos. A coloração em alguns pontos era verdolenga, e seria impossível definir se a cor era da carne podre ou da vegetação parasita que já se fartava dela. Havia larvas serpenteando por um tórax abandonado no chão. Não havia cabeça, braços ou pernas no cadáver. Apenas o tronco e a descendência das moscas.

Ada procurava uma saída, tinha que existir uma. Mas tomada por aquele mar de atrocidades, ela poderia notá-la? A cada giro da lanterna, um novo convite a desistir da luz. Membros, braços, carne mastigada. Havia três cabeças jogadas em um canto. A cabeça de cabelos compridos tinha um dos olhos perfurados, havia um osso, talvez uma costela, enfiado nele.

— Não abre os olhos, pelo amor de Deus — ela disse novamente. Ravena os fechava com tanta força que já estavam doloridos. Era curiosa, bem mais que um adulto da sua idade biológica, mas também conseguia obedecer com a honestidade de uma criança.

A cada passo o som pastoso se tornava mais claro. Os rosnados cada vez mais próximos.

— Ai! — Ravena se desequilibrou. Ada a sustentou antes da queda e enlaçou o braço em sua cintura.

— Estamos quase saindo — Ada disse.

Havia encontrado uma abertura quadrada lateral, próxima ao chão. Semelhante a um acesso externo para o forro de uma casa. Tinha as mesmas dimensões do buraco por onde entraram. Mas havia um problema.

Um corpo bloqueava a abertura. Estava deitado de bruços, vestido com terno social. A parte de trás das costas estava aberta e comida, mas ainda havia bastante carne, bastante peso. O homem era calvo, estava de lado, olhando para aquela abertura. Poderia ter estado a poucos centímetros de sua liberdade, olhando para ela quando a coisa que rosnava o apanhou pelas costas. Estava roído até a coluna, era possível ver a parte da ossatura onde foi rompida.

— Preciso que você fique aqui, eu tenho que tirar uma coisa que está bloqueando a saída.

— Não! Não me solta! — Ravena disse e começou a chorar. — Não solta de mim, por favor! Não solta, Ada!

Favorecendo a crise de pavor de Ravena, a coisa nos túneis rugiu. Um som tão apavorante, tão precursor de uma morte horrível, que as duas mulheres foram paralisadas por ele.

Ada voltou a si e deu mais um passo. Ravena ainda tentava agarrá-la de volta, os braços estendidos em movimentos erráticos.

— Ravena, fica parada! Eu tô bem aqui!

— Por que o chão tá escorregando?! Que cheiro podre é esse?!

Ada agarrou o cadáver pelas canelas e começou a puxá-lo. Não avançava, parecia colado no chão. Podre a sabe-se lá quantos dias, a carne liquefeita o colou nas pedras. Ada fez mais força, usou o peso do corpo e então ouviu o som dos tecidos cicatrizais se rasgando. Continuou puxando, gemendo, metade do rosto do cadáver ficou pregado no chão.

— Vaaaaiiiii! — Gritou e conseguiu puxar ele todo.

Correu até Ravena e a abraçou, em parte para consolar a si mesma.

— Desculpa fazer você passar por isso.

— A gente vai embora agora? — Ravena perguntou.

— Vem comigo — Ada a conduziu até a abertura. — Eu vou passar pelo buraco e vou puxar você, não é muito alto.

Não, não era, mas aquele era o acesso das moscas, e elas eram tantas, e tão selvagens e curiosas, que Ada apanhou do chão um braço decepado para tentar afugentá-las.

— Posso olhar?

— Não, ainda não! — Ada desceu. — Vou segurar suas pernas na descida — disse em seguida.

Ravena parou por um momento, ouvindo o trote da coisa se tornar uma corrida determinada. Apertou os olhos.

— Ele tá vindo! — ela disse e se jogou. As duas acabaram caindo.

— Pode abrir o olho?! Pode abrir o olho!? — Ravena perguntou, ainda sentada, esticando os braços para marcar um perímetro seguro.

— Pode — Ada concordou e a ajudou a se levantar.

— Por que a gente tá toda suja? O que é essa... gosma? É sangue? Ada, isso é sangue?!

— A gente precisa sair daqui — Ada resumiu e seguiram correndo pelo que parecia um novo túnel. Ficou feliz ao perceber que era bem maior que o caminho apertado que experimentavam há quase duas horas.

A felicidade durou pouco. A coisa rosnava novamente.

50
A QUEDA DA CASA DE HERMES (I)

Hermes tinha acabado de tomar um banho.

Se tivesse que ser sincero sobre tudo o que aprendeu a odiar em Três Rios, o calor estaria em segundo lugar. O primeiro, evidentemente, ficaria a cargo de todos os filhos da puta que entraram em seu caminho e tentaram, inutilmente, atrasar o progresso e impedir o fluxo do dinheiro que ele trazia para aquele pequeno caco do inferno. Ingratos, todos eles.

A casa escolhida para ocultá-lo parecia razoável, quatro quartos, duas suítes, piscina aquecida, um quintal gramado com área de churrasco — se tratando daquele bairro desgraçado, talvez a casa estivesse entre os três melhores imóveis. Hermes conheceu lugares piores em sua vida.

O maior problema era aquela situação. Viver como um foragido depois de tudo o que ele fez por aquela gente? Alguns corpos pelo caminho... claro que sim. Mas existe negócio lucrativo que não gere alguns corpos? Ouro, diamante, petróleo, tráfico, tecnologia, bitcoins, futebol, política... até a merda da rede social matou um monte de gente por aí. Queriam um novo Cristo para pregar na cruz, não passava disso. Hermes Piedade. O homem que salvou aquela cidade de morrer como um piolho na cabeça encardida do Brasil.

O tempo passava devagar. Para não ser rastreado, Hermes estava sem seu telefone de costume. O smartphone que tinha em mãos servia apenas para emergências — e caso ele arriscasse ligar para alguém conhecido, o risco de grampo era 100%.

Tampouco queria falar com eles.

Já tinha mais de oitenta anos, e nessa idade um homem já aprendeu a valorizar o seu tempo, Talvez ligasse a TV para ver o que os cupins do jornalismo local estavam falando a seu respeito.

— Bando de caipira — Resmungou amargamente, enquanto empunhava um uísque cuja garrafa inteira não somaria uma dose do que costumava beber em casa. Não era um grande problema, uísque era uísque, e desde que fosse escocês ou americano, desceria rolando pela garganta.

O minibar também não era ruim, bem possível que tenha sido preparado para recebê-lo. Era por esse tipo de olhar acurado que ele mantinha Kelly Milena em sua folha de pagamento. Sem contar que ela era um ótimo rosto para aparecer na TV. E fiel como uma cadela adotada.

Hermes se sentou na poltrona, em frente à TV. O cômodo voltado ao entretenimento ficava mais ou menos na metade da casa. Isolado acusticamente, com condicionamento de temperatura, e o tal minibar. Também existia uma estante com livros, mas Hermes não era muito dado a eles. Preferia os filmes, eles iam direto ao ponto (e quando eram uma merda não tomavam semanas de sua vida). Tempo, tempo, tempo... o tempo se afunilava. Queria ter ficado rico antes, quando o corpo ainda podia se dar ao luxo do desfrute. Ainda tinha boa saúde, não podia reclamar, mas a juventude, oh a juventude, essa era a única coisa que Hermes Piedade jamais poderia comprar.

Não demorou muito até encontrar o que buscava. Na tela, o rosto de porcelanato da repórter Melissa Leyla sofria com o brilho radioativo do começo da tarde. Estava à frente do Matadouro Sete, conduzindo uma serpentina de notícias ruins sobre o grupo de negócios.

Como se já não houvesse problemas suficientes com a denúncia daquele inseto chamado Ada, agora as outras baratas se encorajavam a sair do esgoto. Velhos desafetos, ex-funcionários, autoridades que embolsaram uma grana monstruosa e agora entravam no programinha cagado da delação premiada. Sim, roubem o sistema à vontade, quando aparecer um tubarão maior, vocês ajudam a pescar o bicho. Nas filmagens, apareceu inclusive o rosto magro do filho do pesquisador Milton Galindo. Hermes se lembrava do pai do sujeitinho, ele foi o último daquele grupo de covardes a ser... desaparecido. Na tela, Fabiano Galindo dizia ter filmagens do seu pai incriminando Hermes pelo sequestro dele e de outros seis químicos, que foram obrigados a desenvolverem um composto de toxicidade extrema. Mais tarde, o composto seria popularizado como Resíduo Zero, retirado de circulação em 1994 para ser reformulado somente em 1998.

— Eu teria dado uma grana pra você calar a boca. Saiu burro como o pai — Hermes deu mais um gole no uísque. Nesse ponto, a TV pareceu sofrer uma sobreposição de canais. Ela chuviscou, gerou imagens fantasmas, então se reduziu a um ponto luminoso do tamanho de uma ervilha no centro da tela.

Hermes apanhou o controle remoto. A programação que só falava mal dele não era muito agradável, mesmo assim ele queria ouvir. Corroborando com a idade que tinha, Hermes apertou uma série de botões à esmo e golpeou o controle remoto na perna direita.

— Hermes Piedade... — A TV disse. — Há quanto tempo.

O que via na tela evoluiu a um rosto contaminado por sinais espúrios. Existia o contorno humano, a marca dos olhos e do riso, mas não havia detalhes. A própria voz estava bastante distorcida, misturada à estática. As cores foram reduzidas ao princípio: Azul, verde, vermelho. As cores daquele sistema xexelento de Jansen Janot.

— Eu não tenho tempo pra perder com isso — Hermes disse, supondo do que se tratava. Um velho amigo.

A TV riu. E a cada incremento do riso as cores oscilaram em tonalidade. Causava a mesma impressão de um mostrador de cristal líquido sendo pressionado com os dedos.

— Nós tínhamos um acordo. Você desocuparia o trono para a chegada de uma nova autoridade. Aproveitaria sua aposentaria, lembra? — a TV disse.

Hermes não se abalou. Sorveu mais um gole da bebida.

— Eu nunca fui bom em confiar nos outros. Pode ser que eu tenha aprendido a não ser confiável.

— Acabar com meus aliados não acabou comigo, Piedade. Mas vai acabar com você.

— Darius... Meu velho amigo, Darius. É você atrás dessa tela. Sei que é você. Pensei que tinha sido claro em nossa última conversa.

— Você se tornou um velho idiota e descuidado. Se tivesse me ouvido, não precisaria passar pelo que está passando. Nem tudo pode ser silenciado, Hermes. Certos acordos precisam ser cumpridos.

— Veremos. Você me ameaçou da última vez e eu ainda estou aqui. Então se puder desocupar a minha TV e levar seu rabo espiritual pra outro aparelho, eu agradeço muito.

— Agora é diferente. Você já perdeu, já caiu. Estou oferecendo uma oportunidade de viver o resto dos seus dias longe do inferno.

— Um último ato de civilidade? — Hermes riu. — Esse lugar é meu, Darius. Eu sou esse lugar.

Hermes teclou alguns botões no controle remoto. Voltou a batê-lo, dessa vez na palma da mão esquerda. Apertou de novo. A TV riu. Hermes se levantou e foi até a conexão de energia. Puxou o cabo e riu por último.

— Babaca — disse.

Já estava voltando para recarregar seu copo quando ouviu um chiado elétrico. Hermes olhou para cima, a luz estava mudando de brilho, ficando mais e mais forte. O mesmo aconteceu na lâmpada do corredor, e ela nem mesmo foi acionada por ele. O reator da lâmpada fluorescente da cozinha começou a roncar como um motor. Relés de todos os aparelhos começaram a estalar ao mesmo tempo, *tec-tec-tec-tec*.

A primeira lâmpada explodiu e sinalizou a explosão sequencial das outras. Cada bulbo de iluminação parecia ter uma bomba dentro dele.

Sem esconderijos decentes, Hermes se refugiou a um canto da sala, onde não seria atingido pelos estilhaços. Pelo que ouvia, os equipamentos elétricos explodiam pela casa inteira. Lâmpadas tubulares, micro-ondas, geladeira, tudo o que estava conectado a um cabo de força encontrou a sobrecarga. A última coisa a estourar foi a tomada do fogão elétrico, e Hermes agradeceu fortemente por não existir gás, canalizado ou de botijão, naquela merda de casa. Inabalável, ele caminhou entre os cacos e recarregou o copo com uísque.

— Belo showzinho, Darius. Mas vai precisar fazer muito mais pra me impressionar.

51
EU, PARASITA? O GRANDE ARQUITETO DE TRÊS RIOS

I

Poucas vezes Gilmar Cavalo ficou sem palavras, mas naquele instante, ele só conseguia ofegar.

Depois da passagem pela estrutura granítica, o odor de carniça se tornou tão presente quanto a estranheza da caverna, que passava a receber tons de uma arquitetura distorcida e confundida entre o orgânico e o mineral. A coloração ainda era a mesma das pedras, de um cinza-escuro, enquanto as formações em alguns pontos poderiam ser consideradas de concepção animal, até mesmo humana. Havia lembranças de uma colmeia, com centenas de nichos irregulares em formas e tamanhos, que podiam se intercomunicar ou não. Apesar do cheiro ameaçador, Samir não deixou de tocar a parede em colmeia. Deslizou as mãos, deixou que elas desaparecessem por uma reentrância. O horror imaginado por Wagner o fez olhar para outra direção. Talvez houvesse alguma coisa dentro daqueles nichos, seres que a terra escondia e guardava para si, coisas prontas para comer mãos descuidadas. E mesmo que não estivesse mais naquela ninhada, para onde teriam ido agora?

— Ali — O Abade chegou mais perto de Samir —, lá em cima.

Samir retirou a mão da reentrância e olhou na direção apontada. Havia uma perna humana, os dedos dos pés mordidos, estava em putrefação.

— Vamos sair daqui — O Abade se armou com sua Winchester .357 e ajustou o saco que carregava o cubo em suas costas; o objeto havia sido totalmente expelido da parede assim que a estrutura voltou ao estado original, hermeticamente fechada.

— Que coisas são essas? — Gil perguntou à Wagner. Dezenas de metros à frente, a estrutura ainda os acompanhava.

— Não faço ideia, mas se é uma colônia, estamos mais fodidos do que imaginávamos.

Gil riu.

— Esse é o primeiro palavrão que escuto sair da sua boca.

— A ocasião merece, meu amigo. A ocasião merece — Wagner repetiu.

O pé direito daquele paredão era alto, mas não passava de três metros. As aberturas de túneis na rocha iam até bem perto do teto, e os horrores que se escondiam nelas ficavam próximas a ele. Depois daquela primeira perna, eles viram outras coisas. Um braço, o que poderia ser uma cabeça presa a um pedaço do tronco, algumas pelagens animais.

Samir e o Abade estavam alguns passos à frente. Gil calculava que essa proximidade não era a afinidade entre eles, mas o interesse naquela pedra cúbica. A boa notícia é que em vez de apontarem armas eles estavam conversando.

— Viu algo parecido de onde você veio? — O Abade perguntou, sobre as colmeias.

Samir não respondeu imediatamente.

— Acho que não, não dessa forma. Talvez tenha visto as coisas que saem dos buracos. É um mundo estranho. Vocês têm sorte de ainda terem esse aqui. Existem coisas perturbadoras de onde eu venho, seres que não compreendemos. Alguns parecem com gente, mas não são como nós. Eles parecem... defeituosos. — Samir tomou algumas respirações antes de continuar. — Fazem coisas impossíveis. Flutuam sobre as águas, caminham longe do chão, na aparência são seres desprezíveis. Os corpos se confundem com bichos, com máquinas, até com as plantas.

— Parece bem ruim encontrar com um desses.

— Nós nos acostumamos. Nascemos esbarrando neles, as crianças praticam tiro ao alvo jogando pedras nesses seres.

— Eles não reagem? Não se defendem?

— É muito raro. São como fantasmas, parecem não entender o que acontece ao redor deles, seres errantes que a terra vomitou e perdeu o interesse. Ouviu esse barulho? — Samir parou de caminhar novamente e chegou mais perto das paredes em colmeia. O Abade se encorajou a fazer o mesmo, mas não antes de iluminar a reentrância.

— São vozes — disse.

— Consegue entender o que dizem? — Samir perguntou.

— Não, está muito longe. É voz de homem.

Gil e Wagner também tentavam ouvir. Havia passos. Gemidos de esforço. O som era muito baixo. Impossível definir o que ouviam, pareciam vários ruídos misturados.

Já o próximo som que ouviram rasgou a quietude como o aviso de um predador.

Gil se afastou um passo e botou a mão na arma. Não chegou a empunhá-la, mas a mão ficou na coronha.

— A gente ainda pode voltar — disse. — Ninguém precisa morrer nesse buraco.

— Eu não vou voltar — Samir falou. — Se não quiserem ir, vocês são livres para escolherem o próprio destino.

— Estou com Samir — Wagner disse.

Gil procurou a decisão do Abade.

— Depois do que aconteceu na clínica — O Abade disse —, eu posso ser o próximo alvo dessas aberrações. Isso se as autoridades não me acusarem primeiro.

— E eles teriam um motivo? — Gil perguntou.

— E quem precisa disso? As pessoas só querem voltar a dormir.

Outro rosnado brotou dos nichos. Agora pareceu vir de vários deles, em diferentes tons e volumes, como quem se expande em um sistema complexo e interligado de criptas.

— Eles não estão nesses buracos — Gil supôs.

O Abade já estava caminhando de novo.

II

Ada e Ravena dividiam o mesmo estado de exaustão. Talvez Ada estivesse um pouco mais cansada, depois de praticamente carregar Ravena pelos últimos vinte minutos de labirintos, pedras escorregadias e a certeza de serem abatidas se não andassem depressa. Agora, estava às cegas; o sistema de seu celular fora reduzido a um mosaico de quadros pixelados e confusos.

Elas passaram a outro nível de pavimento e, de lá, a uma formação que contrastava totalmente com a rusticidade do complexo de túneis e câmaras que conheceram até aquele ponto. Ainda era uma gruta, mas havia refinamento no chão, nas paredes, na iluminação exótica que parecia escorrer pelas pequenas fendas entre as rochas, formando um sistema radicular de claridade. Para chegar a essa câmara, precisaram se esgueirar por um caminho sinuoso de pedras paralelas que guardavam um espaço de pouquíssimos centímetros a mais que a espessura máxima do corpo de Ada.

— É aqui. — Ravena disse depois de alguns segundos dentro da nova câmara.

— Não tenho certeza — Ada disse.

— Não foi uma pergunta. É aqui, Ada. Eu tô falando que é aqui.

Ada continuou vasculhando o local.

— Tem um barulho — Ravena explicou —, é o mesmo que eu ouvia na cratera.

Continuaram caminhando pelo lugar.

Agora, com os olhos mais acostumados à baixa iluminação, começavam a enxergar mais detalhes, como a percepção de que a luz se tornava quente e avermelhada.

— Ali, Ada. O que você quer tá bem ali — Ravena disse. Ada deu atenção à garota.

O brilho avermelhado não vinha das ranhuras das rochas, mas de uma sala metros à frente que só agora se descolava da escuridão. A luz era artificial, ficava nítido agora, o brilho tinha alguma semelhança com o néon. Já a estrutura de luz, passava muito longe do redondo e do reto, se aproximando bem mais de um sistema vascular, de raízes, como se fosse um sistema de veias, capilares e tubulações corpóreas onde o sangue fora revertido àquela qualidade luminescente. Estava espalhada em alguns pontos do teto, como uma planta epífita.

— Não põe a mão em nada — Ada falou.

Caminhou na direção mais iluminada do complexo.

Mais próxima, Ada percebeu que as raízes não estavam em todos os lugares, mas em pontos delimitados do teto. O teto tinha a planificação do concreto, mas parecia mineral, feito de pedra. Era uma caixa retangular, não passaria disso se não fosse a nova estrutura orgânica que Ada acabara de encontrar.

— É aqui que você se escondeu — disse.

O que via era uma espécie de poltrona, um assento. Era bastante exagerado na dimensão total, mas a área a ser ocupada comportaria apenas um ser humano de tamanho médio. Não havia nenhum tipo de equipamento na estrutura, nada de controles ou botões, capacetes de conexão craniana; nada de óculos de imersão virtual ou aparatos destinados à telepatia e controladores mentais. Mas para Ada, levando em conta as suas características, aquele conjunto claramente se destinava a essa finalidade.

Havia uma espécie de morfologia neurológica incrustrada na cadeira. A coisa nascia no teto, se expandia por uma rede ramificada e descia para a cadeira, como um neurônio. Quando descia pela junção de duas paredes, o feixe era medular, orgânico, grosso como o tronco de uma árvore, e segmentado como o corpo de um artrópode. Parecia ter sido retirado de um ser vivo e enxertado naquela sala, para germinar e crescer, como um enxerto. Ada tocou a cadeira, acariciou as ramificações superficiais e discretas, se apresentando a elas. Quantos já haviam conhecido aquela estrutura? Desvendado seus segredos? Quantos haviam chegado até aquele ponto?

— O que é isso? — Ravena perguntou.

— Um sistema, um tipo de computador, eu acho. Pode ser o maior sistema de todos, Ravena, a coisa que invadiu e bagunçou essa cidade inteira.

— E você consegue... desbagunçar?

Ada se preparou para a parte mais complicada daquela expedição: dizer a verdade.

— Eu preciso de você, Ravena. Você foi escolhida, entende?

— Por quem? — Ravena recuou um passo.

— É o que viemos descobrir.

Ravena pareceu sofrer uma descarga de raiva, como se estourasse uma represa. Segurou o próprio rosto com força, irritada consigo mesma, com o mundo e com aquela mulher à sua frente. Cerrou os dentes e começou a gemer, puxava os próprios cabelos furiosamente. Ada permitiu a explosão por alguns segundo e observou que o brilho daquelas estruturas, de alguma forma, reagia à Ravena, se alimentavam de sua fúria. Ada foi até ela e a abraçou. Aos poucos Ravena relaxou os punhos, desceu os braços, deixou a cabeça repousar no colo de Ada.

— Se acalma, tá bom? Você só precisa entender que se eu estiver certa, podemos acabar com as coisas erradas, com todas elas e de uma vez por todas. As más pessoas, os monstros que matam, todos eles!

— Todos? — Ravena perguntou com certa inocência.

Ada já tomava a direção na cadeira.

— Confia em mim mais uma vez? — perguntou.

— Você sabe mexer nisso?

— Não, mas se tem uma cadeira, pra que mais ia servir? — Ada tentou ser divertida e se sentou.

A primeira sensação foi o formigamento. Começou nas costas, se irradiou pelo dorso, em seguida escalonou todo seu corpo. Ada percebia ondas anestésicas se espalhando por braços e pernas, brincando com sua pele e com seus tecidos. Não era desagradável, mesmo tendo a percepção de estar sendo invadida. Os sentidos também começaram a ser alterados, a visão se tornou mais capaz, Ada enxergava a sala como uma extensão de si mesma. Reconhecia detalhes e mecanismos ocultos como quem reconhece os próprios músculos, suas capacidades e suas limitações. Em Ravena, via uma explosão de luz tão forte que obliterava todo o resto.

— Tem alguma coisa no seu braço! Tá subindo em você! — Ravena a preveniu.

Era o sistema radicular da cadeira, a coisa que de alguma maneira conectava seu hóspede a um novo nível de consciência. Apavorada, Ravena notava as coisas avermelhadas crescendo sobre Ada, primeiro nos braços e pernas, depois onde mais encontrou carne. O rosto estava todo tomado, como um muro contaminado por heras. Os olhos rodaram para o branco e assim permaneceram. Um cipó entrou pela camisa de Ada e se expandiu pelo tórax, Ravena foi capaz de ver e camiseta estufar quando aquela espécie de trama neuronal inchou e se apoderou da pele.

— Ada, fala comigo, Ada!

E Ada falou, mas não com a boca. Ela tomava Ravena pelos braços, espalhando suas nervuras extracorpóreas sobre a garota. No entorno das duas, três aberturas escuras surgiram como pontos insignificantes, testemunhas dos movimentos que ainda estariam por vir.

III

Depois de caminhar mais trinta minutos, Gil começava a questionar a si mesmo.

Por toda sua vida preferiu acreditar na verdade, buscar a verdade e lutar pela verdade. Agora, depois de se esgotar no porão labiríntico e obscurecido de uma Três Rios que poucos conheciam, diria que, por mais contundente que seja uma verdade, sua busca não deve prevalecer sobre a vida humana. Pensava acima de tudo (de sua exaustão, desapontamento e um certo desespero), que nada é tão mutável quanto a verdade de um ser humano.

— Devíamos ter voltado — desabafou.

— Voltar poderia ter matado a nós todos — Samir disse.

— Seguir em frente também pode — Gil retrucou.

— Você está certo. — O Abade concordou com Gil, para surpresa de todos. — Nós não temos água, comida, não temos baterias para quando as lanternas esgotarem. Estamos nesse lugar há mais ou menos cinco horas, o que significa mais cinco para voltar.

— Se ninguém for mastigado vivo primeiro — Gil complementou, bastante desanimado. Parou por um instante e se abaixou com as mãos nos joelhos, para distrair a dor que sentia nas costas.

— Vamos, Gilmar, a gente precisa de você pra fazer aquela reportagem — Wagner tentou animá-lo. O Abade e Samir já ganhavam dianteira.

— Se eu sair desse buraco, vou esquecer Três Rios por cinco anos. Vou vender cachorro-quente na praia, me prostituir, qualquer coisa que me garanta o sustento. E a primeira coisa que eu vou fazer é mandar o Elder enfiar minha carteirinha de jornalista no olho do...

— Pessoal! — o Abade convocou. — Melhor correrem aqui.

Ninguém correu, mas Gil andou um pouco mais depressa do que gostaria.

O Abade estava em frente a uma parede sólida; outro beco sem saída. Ele e Samir olhavam para cima, para os lados, o Abade iluminava a rocha a fim de encontrar alguma brecha. Gil foi ajudar com a luz, Wagner tomou maior distância, para notar algum detalhe novo.

A estrutura era imensa. Naquele ponto, o teto ficava a mais de cinco metros de altura. Pelo que as lanternas mostravam, era feito do mesmo material rochoso das paredes, e todo o conjunto transmitia a impressão de que os túneis pararam de ser escavados ali.

— Consegue ver alguma passagem? — O Abade perguntou a Wagner. Ele acenou que não com a cabeça. Tomou maior distância, continuou olhando o movimento das lanternas.

— Vamos tentar uma coisa, desliguem as luzes — disse. — Não acendam até eu pedir. — Impedindo qualquer contaminação de luz, Wagner cobriu os próprios olhos e ficou algum tempo nessa posição.

Assim que ele os abriu, notou um tom vermelho muito, muito discreto, em um cantinho da rocha, na extrema esquerda do fim daquele paredão. O brilho era extremamente frágil, Wagner só teve certeza que se tratava de luz quando chegou mais perto, com os olhos ainda acostumados à penumbra. Havia sim uma pequena abertura vertical na rocha.

— Podem acender. Eu sou a última pessoa do mundo que gostaria de dizer isso, mas acho que essa fresta pode ser uma passagem.

— A gente cabe aí? — Gil perguntou quando viu do que se tratava. — Eu não quero morrer esmagado nessa merda.

— Ainda podemos voltar cinco horas de caminhada e sermos mastigados — o Abade sugeriu —, mas sim, eu não descartaria a possibilidade de sermos esmagados.

Gil cedeu uma risadinha. Wagner parecia reconsiderar.

— Quem é o mais magro da turma? — O Abade perguntou.

A ordem de entrada foi o Abade, Samir, Gil e Wagner — embora Wagner discordasse que a barriga de Gil estivesse menor que a sua. Os quatro combinaram que se alguém à frente se apertasse demais, o de trás desistiria, para não ficar preso entre as paredes; o homem à frente era livre para tentar avançar ou não. Era a isso o que se resumia a passagem: um espaço estreito entre suas paredes de pedra.

O segundo problema que descobriram foi que o caminho se dobrava em ângulos quase retos, e que algumas dessas novas rotas ficavam bem mais fechadas que o caminho posterior ou anterior a elas.

— Essa porra não termina nunca? — Gil perguntou depois de duas dobras.

— Não pode ser muito longe ou a luz não chegaria aqui. Mais dois lances no máximo — Wagner calculou. Não quis desanimar a Gil, mas sabia que a luz poderia estar concentrada em um ponto do caminho, e não no final dele.

— Tá ficando difícil — Samir disse.

— É mais apertado em cima, tenta abaixar um pouco os joelhos — o Abade sugeriu.

— Não é só isso, são minhas costelas. Elas espetam cada vez que eu respiro.

— Aguenta firme, eu posso ajudar você quando a gente sair daqui.

O Abade referia-se ao cubo, obviamente.

— Você teria me ajudado quebrando essa porcaria e me deixando ir embora.

— Não se mexe... — O Abade disse em seguida, praticamente sussurrando.

Atrás deles, foi o silêncio mais estressante que Gil experimentou em vinte anos de jornalismo, e a situação mais apavorante ainda estava por vir.

— Jesus Cristo — Samir disse quando percebeu do que se tratava.

Era uma cobra. Qual era, quantos metros tinha, se era venenosa ou não, Samir não fazia ideia, mas o peso das escamas na pele trazia informações que ele preferia continuar desconhecendo. Quando ela pesou em seu ombro, parte ainda estava escorregando pelo Abade.

— O que foi? — Wagner perguntou.

— Shhh — Gil respondeu. Pelo silêncio dos dois à frente, sentia que a coisa era séria.

O Abade mordia o lábio para evitar reagir à serpente. Sabia que as cobras não enxergavam, mas que eram especialistas em localizar suas presas pelo odor. Aquela cobra em particular dardejava um bocado; com o silêncio absoluto, ele ouvia o tremor frenético de sua língua.

Ela passou por Samir e seguiu seu caminho, voltando a habitar o chão.

— Cobra — O Abade disse, tão baixo quanto foi possível. Gil e Wagner ouviram a mensagem, o que mergulhou Wagner em um desespero contido até então. Já era impensável estar entre aquelas lâminas de pedra, mas estar em um espaço que mal dava para respirar, e ainda com uma cobra, era obsceno de tão terrível. Gil o ouviu se agitar no mesmo momento que sentiu a cobra se interessar por sua perna esquerda. Ele só teve tempo de esticar o braço em um movimento certeiro e apertar o antebraço de Wagner.

— Shhh — tornou a dizer. Sentia o tremor do outro em suas mãos.

Gil não conhecia mais de serpentes do que conhecia daquela cripta, mas ele ficou muito feliz em não ouvir um chocalho. Algumas vezes, ele sabia, a melhor coisa que pode acontecer é você ignorar totalmente um perigo, era o que os esportistas radicais faziam pra ganhar suas medalhas.

Aquela cobra poderia ir pelo chão, mas a maldita exerceu o direito de se enrolar na cintura de Gil, a fim de, depois, se enrolar em seu braço. Wagner gemia baixinho, tremia como um lago que levou uma pedrada. Seu braço tinha uma nódoa de suor, Gil podia sentir. Apertava forte, tentando concentrar Wagner na dor e distraí-lo do todo o resto. Com a serpente enrolada em seu corpo, Gil estimava o peso entre sete e dez quilos. Não era pouca coisa pra uma cobra. Aos poucos, Wagner conseguiu se conter, e Gil pensou em certo momento que ele poderia ter simplesmente desmaiado. Com o aperto das pedras, não conseguiria nem cair, ficaria ali preso, como um boneco entalado em um bueiro.

A cobra seguiu caminho, até que finalmente não pesasse nos corpos e não fosse possível ouvirem seu lento arraste.

— Vocês dois, tudo bem? — O Abade perguntou quando o ateu Wagner disse "graças a deus".

— Melhor agora que eu sei que tem uma cobra me esperando na volta — o mesmo Wagner disse.

Gil apertou seu braço mais duas vezes.

— Você foi bem, parceiro, foi muito bem. Já dá pra ver se tem saída aí na frente? — perguntou mais alto.

— Quase lá — a voz de Samir saiu gemida, dolorosa.

— Vamos indo — Gil disse a Wagner. — Não quero encontrar o resto da família daquela cobra.

Pelo esforço de Samir, Gil começava a se preocupar. Com muita sorte seria apenas seu corpo reclamando das porradas, atropelamentos e todos os extras que Samir possuía; por outro lado, se fosse apenas a pressão das pedras, ele e Wagner não conseguiriam avançar.

— Eu vou sair — O Abade disse a Samir.

— O que tem aí?

— Não dá pra saber ainda. — Ele saiu. — Pode vir, parece seguro.

Era uma espécie de antessala, havia paredes, mas estavam sem conexão direta com o teto, que ficava mais alto, a pelo menos um metro. O material era de aparência sintética, cimento, concreto ou algo parecido, era diferente do que havia até então. O Abade tentou identificar alguma ameaça, mas só existia essa espécie de roaming. Um chiado elétrico.

— Até que enfim. — Samir saiu. A sensação era de ter sido cuspido de todo aquele aperto.

— Tem espaço pra eles?

— A gente logo vai descobrir — Samir disse enquanto tentava endireitar as costas. Sentia incômodo até nos fios de cabelo. — Ainda está com ela?

O Abade levou a mão esquerda às costas e mostrou a bolsa de tecido.

— Puta merda, tá ficando estreito demais — Gil disse. Já tinha percebido que a distância era ligeiramente maior mais perto do chão, então ele flexionou os joelhos e abriu o quadril o quanto pôde. Avançou dois metros nessa posição.

Próxima dobra. A última, pelo que ouviu da voz de Samir.

— Dá pra ir? — Wagner perguntou.

— Tá foda... — Gil arquejou. — Meus joelhos não tão aguentando mais. Ei! — chamou pelo outros. Logo a claridade da lanterna do Abade acertou sua cara. — Vocês vão precisar me puxar, eu vou me arrastando ou vou entalar aqui em cima.

— É melhor a gente voltar, Gil, é mais seguro.

Gil pareceu considerar a sugestão. Mas ele também pensou que ele e Wagner só tinham armas de calibre curto, e as coisas assassinas podiam estar vindo daquela direção. A Winchester de matar elefante estava com o Abade.

— A gente consegue — Gil disse. Desceu mais o corpo, ficando de lado, colado no chão.

— Puta que pariu — reclamou ao sentir o cheiro. Era urina. Do quê, não sabia, mas era mijo sim. Seguiu empurrando o corpo com os pés, avançando um quase nada a cada impulso.

Para melhorar seu dia, o espaço começou a se reduzir de novo, e a parte inferior parecia menos lisa, mais irregular. Em poucos centímetros o peito não tinha muito espaço para respirar. Gil amaldiçoou cada chopp que tomou na vida, e prometeu tomar um barril inteiro quando escapasse daquela merda.

— Só mais um pouco, eu puxo você — o Abade disse.

— Eu tô tentando, cara, eu tô... tentando.

A racionalidade começava a perder espaço para o pânico. Gil tentou retornar e percebeu que não conseguia. Começou a respirar mais depressa.

— Merda! — guinchou.

— Solta o ar do peito, você consegue! — Wagner disse. Para ele, o espaço parecia justo, mas não insuportável.

— Isso, solta todo ar e me dá a mão, Gil — O Abade disse.

— Tá muito apertado, eu vou me rasgar todo! — Gil respondeu. Depois riu, notando que a quinta série ainda residia em seu cérebro atordoado. Foi bom, o riso trouxe de volta o controle.

— Eu vou tentar — respondeu para o Abade. — Wagnão, chega mais perto, eu vou apoiar a perna no seu ombro.

Wagner se adiantou e direcionou uma das pernas de Gil, para que ela não pisasse em sua cabeça. Estavam os dois inclinados, deitados de lado. Gil sentia todas as pequenas irregularidades da parede tentando furar suas roupas, entrar em sua pele.

— Tá pronto aí? — Gil perguntou a Wagner. Ele assentiu com dois golpes na perna que estava em seu ombro. O outro braço de Wagner, assim como um dos braços de Gil, estava sustentando o corpo no chão.

— Me puxa no três — Gil disse ao Abade.

— Três! — deu um grito e se propulsou à frente. Ouviu um gemido doloroso de Wagner e sentiu a mão do Abade apanhando seu pulso, ao mesmo tempo o puxando, e possivelmente sendo puxado também por Samir.

— MERDAAAA!

IV

— Cacete! Porra! Putaqueopariu! — Gil espalmou as mãos e conferiu as manchas de sangue que brotavam em sua camisa clara. Logo venceu o choque e se ergueu, reconhecendo três ou quatro ferimentos compridos em extensão. Felizmente, eram rasos, mas ardiam pra caramba. Enquanto se lamentava, Wagner conseguia sair com o próprio esforço.

— Eu falei que eu era mais magro — ele disse a Gil.

— Eu vou viver, bonitão. Só preciso de uma camisa nova. E agora? — perguntou ao Abade e Samir.

— Agora a gente fica vivo.

V

Avançaram mais, e no primeiro olhar, tudo que observaram foi uma sala completamente vazia. O espaço industrial passava a impressão de inocuidade, de ausência. Não havia móveis, equipamentos, bancadas, nada que não fossem riscos vermelhos, um conjunto de três tonalidades néon mergulhadas em uma cavidade no teto. As paredes tinham a cor de cimento queimado, mas se contaminavam com a cor vermelha.

— A gente veio até aqui pra isso? — Wagner perguntou.

Gil deu um tapinha em suas costas.

— Pensa na volta. Você está no lucro, meu velho.

— Não é só isso, não pode ser — Samir disse. — Tem alguma coisa, eu posso sentir.

Acostumado com as manifestações discretas que o mundo insistia em desprezar, o Abade espalmou as mãos e fechou os olhos, tentando captar algo que Samir talvez também captasse. Sentiu um pequeno formigamento nas palmas, discreto, mas inegável. Havia certa estática naquele cômodo, era o que o corpo tentava traduzir.

— Tá cheirando queimado — Gil disse. — Estão sentindo? — procurou ao redor. — É a sua pedra! Ela vai queimar as suas costas, Abade!

Heitor girou o pescoço, apanhou a alça da sacola de pano que transportava o cubo e a colocou no chão. Todos se afastaram, a sacola já ganhava o contorno esfumaçado da pedra. O algodão se incendiou em seguida, fustigando, reduzindo-se às cinzas em poucos segundos. O cubo de pedra agora estava vermelho como ferro fundido.

— Já viu isso acontecer? — o Abade perguntou a Samir.

Samir não respondeu, mas a expressão em seu corpo dizia que não.

— Isso aí pode explodir? — Gil foi mais objetivo.

Em vez da explosão, o que surgiu foi — parecia ser — uma nova parede, metros à frente do cubo. Não se formou de uma só vez, mas passou a ser irradiada a partir do centro, por um ponto minúsculo e luminoso que se expandiu e adquiriu o contorno em forma de hexagrama. A luz seguia se irradiando em novas formas geométricas, linhas, triângulos, hexágonos de diferentes tamanhos. Da forma como se desenhava, emprestava algum relevo, havia movimento, causava a ilusão de um ser vivo, uma água-viva, uma medusa, ou um diagrama dessas formas.

Gil recuou um passo e apanhou o revólver, a efusão de geometrias luminosas estava se liquefazendo e desaparecendo, exibindo a construção terminada. Não era uma parede o que via agora, era uma nova realidade, criada, renderizada, bem diante de seus olhos. E ela era habitada por alguém.

— Caralho, no que a gente se meteu?

VI

O próximo a puxar a arma foi Samir, mas todos estavam de armas na mão bem antes do cubo voltar ao preto absoluto. Se existia um instinto básico ao ser humano, era sobreviver a qualquer custo, e o que os quatro homens viam à frente era um claro recado da extinção.

O ser à frente do grupo estava inserido e conectado a uma espécie de esfera translúcida. Entremeando essa esfera por dentro, como um sistema embrionário, havia uma teia radicular, grossa e vermelha, notadamente orgânica, parte das raízes mergulhava no ser mantido em suspensão. Estava com os braços abertos em uma expressão de força. As mãos também estavam abertas, palmas e dedos voltados para cima, como quem recebe uma graça celestial. As ramificações desciam da bolha translúcida e se enfiavam na carne do ser. Ele parecia feito de músculos, se existia pele ali, tinha a mesma cor dos tecidos musculares. Olhava para cima, e com um pouco de imaginação, seria possível visualizar aquele ser como um mergulhador que emerge à superfície.

A bolha era conectada ao chão por uma massa de carne. Era bastante sólida, abraçava cerca de um sexto da estrutura. Essa mesma massa orgânica era a base do que forrava aquele sistema uterino, era como uma placenta. Dessa placenta, uma infinidade de vênulas se erguia e mergulhava nos pés, pernas, braços e dorso do inquilino. Havia algo tubular, grosso como um braço, enfiado na base do crânio. Havia simetria perfeita tanto no corpo quanto nos hemisférios da esfera. Eram espelhados.

— Essa coisa está viva? — Gil perguntou.

Em resposta, a bolha placentária vítrea se desintegrou, desapareceu, deixando todo o restante intacto. O humanoide continuou suspenso, o que poderia ser seu sistema de nutrição permaneceu ligado a ele. A coisa abriu os olhos e encarou os visitantes. Sem outras expressões, passou a ser propulsado à frente, lentamente, até que seus pés tocassem o chão. Tudo o que demais havia conectado a ele foi sugado, reabsorvido por seu corpo em alguns segundos, ao mesmo tempo em que o ser se configurou em um traje feito de tecidos comuns. Calça social em tom de bege, uma camisa branca. Estava descalço, nada de gravatas, o colarinho da camisa estava com os dois primeiros botões abertos. Tinha certa idade, talvez cinquenta ou um pouco mais, era o que os cabelos cinzentos diziam. Os olhos verdes diziam que era menos, que ele ainda tinha disposição da juventude.

— Quem é o senhor? — Samir perguntou.

— Eu não sou senhor de ninguém.

O ser calou-se, mais interessado em seus visitantes. Olhava para cada um deles, rigorosamente, sem piscar o verde dos olhos. Depois de catalogá-los, dobrou com destreza as mangas de punhos abertos, para que ficassem em três quartos. Não perdeu a atenção por uma única fração de segundo. Como ninguém encontrou nada para dizer, Gil tomou a iniciativa.

— Se tentar machucar a gente, você vai levar uns tiros.

— Será mesmo, Gil?

Gil estava preparando a próxima pergunta, mas o interlocutor se adiantou.

— Heitor Machado, Samir Trindade, Gilmar Cavalo, Wagner Couto. Conheço vocês como conheço a mim mesmo, como conheço a essa cidade. Agora vocês podem recolher as armas, devem ter percebido que elas são inúteis.

— Eu vou... — O Abade começou a dizer.

— ... correr o risco — o homem descalço completou por ele. — Eu sei que vai, todos vocês irão.

O homem cruzou as mãos às costas e caminhou alguns passos curtos. Já não fazia questão de encarar seus visitantes, preferindo concentrar o olhar em algum lugar alto.

— Quem é você? — Wagner perguntou.

— Eu? Muitas coisas, muitos nomes, muitas intenções. Já fui Darius, Angoéra, um Homem da Terra. Fui santo e já fui gente, alguns oráculos.

— Por quê? — O Abade perguntou.

— Porquês... a grande perturbação humana. Entender tudo, ser dono do próprio destino, traçar a continuidade da existência. Talvez não exista um motivo, Abade, pode ser que o todo seja apenas uma grande trama de coincidências interligadas e esmo, um fluxo do acaso.

— Você sabe quem sou eu? — Samir perguntou.

O homem descalço sorriu.

— Talvez não saiba. Mas pode ser que eu presuma com um bom índice de certeza.

— Uma máquina, eu sabia — Wagner disse.

— Também posso ter sido. Talvez ainda me torne. — O homem descalço caminhou até chegar a uma parede lateral. Não havia nada ali, a sala estava mais uma vez vazia de estruturas ou equipamentos. Apenas no teto, ramificações orgânicas semelhantes ao que havia na bolha-placenta garantiam a presença de uma luz frágil e rosácea.

O homem descalço estalou um dedo da mão esquerda e um bastão de giz surgiu em sua mão direita. Com esse giz ele traçou algumas coisas na parede, caracteres de intenção cibernética.

Conforme escrevia, o giz impresso na parede deixava de ser branco, assumindo uma coloração azulada bastante escura, que florescia em brilho. Ele fez vários daqueles rabiscos, daqueles códigos. Quando terminou, moveu as mãos com habilidade. O o giz havia desaparecido.

— Mágica — sorriu.

A parede onde escrevera aqueles sinais se modificava.

— Puta merda — Gil gastou outro palavrão.

Era sólida e agora se dividia em três, a parede ia diminuindo e ao mesmo tempo se descolando do chão e do teto. Três blocos de concreto maciço que flutuavam como se não existissem como matéria. Começaram a encolher, a escurecer, e só pararam quando completaram a reconfiguração. Agora eles eram três janelas escuras, três quadrados sem luz cuja existência não fazia mais sentido que o homem que os forjou.

— Ravena! O que você fez com ela? — O Abade gritou quando a viu através o espaço aberto pela transmutação da parede.

Pelo que via, Ravena estava sendo mantida refém de uma outra mulher, ele não a conhecia. Ainda era jovem, tinha um rosto bastante comum, uma mulher que desapareceria em uma concentração qualquer de pessoas. Havia muitas delas, muitos deles, muitos daqueles rostos. Nos cultos, nas salas de espera, tomando ônibus ou trens do metrô. Pedaços da massa humana.

— É melhor soltar aquela mocinha! — o Abade repetiu. Agora a arma estava apontada para a cabeça do homem descalço.

— Algumas portas não devem ser abertas, Heitor. Você recebeu meu recado, mas preferiu agir por sua conta. Ravena precisa voltar para a escuridão, para o bem de todos vocês.

— O que é você? — Gil fez a pergunta certa.

— Uma parte do todo. Parte de atitudes que vocês tomarão antes de voltar pra casa. Sou parte da vida e da morte de todos vocês.

— Não se a gente acertar primeiro — Gil deu três passos e colou o revólver na têmpora do homem descalçado. Apertou o cano na carne para garantir que falava a verdade. O homem fez uma careta discreta.

— Você sente dor — Gil falou. — Ótimo.

Antes que Gil respirasse novamente, um dos quadrados desapareceu. Reapareceu à sua frente, emergindo de um ponto quase insignificante. Quando cresceu às dimensões originais (cerca de quarenta e cinco centímetros por quarenta e cinco), interceptou o antebraço de Gil que sustentava a arma apontada para a cabeça do homem descalço. Gil retraiu o braço vigorosamente, mas o membro não veio de volta.

— Porra! Que porra é essa!? Minha mão! Meu braço! O que você fez com a minha mão? — Gil apertava o coto decepado e o encarava, o rosto transfigurado por desespero e incompreensão. Não sentia dor física, mas havia uma cicatriz consolidada no ponto de secção, perfeitamente cortada, plana e forrada de pele, como a peça de um manequim. — Que merda é você!?

O homem voltou a olhar para todos os rostos, sem comoção. Enquanto o quadrado reaparecia em seu posto original, havia uma mensagem clara no semblante imutável daquele ser de aparência tão humana.

— Sou muito além do que vocês podem entender.

— Gil, levanta, a gente vai resolver. — Wagner o ajudou enquanto o outro interrompia sua fala. Gil continuava de joelhos, olhando para aquele coto perfeitamente liso. Tentava mover o punho, as mãos e os dedos que há poucos segundos estavam conectados àquele ponto.

— Ele cortou meu braço! Sumiu com a porra do meu braço!

— ... cortei? Ou já estava cortado? Talvez nada seja como vocês pensam. O mundo pode não ser o que vocês conseguem ver, mas algo muito maior e mais complexo. Complexidade essa que oculta a realidade à compreensão da sua espécie. Vocês são limitados, jamais compreenderiam um sistema maior.

— E você? O que você é? — Wagner perguntou.

— Eu sou a linha de chegada. Sou a salvação.

— Não, você não é — a voz de Ada falou da outra sala. — Você é um parasita e está parasitando essa cidade.

VII

Ada estava de pé, ainda conectada à cadeira. Seus olhos queimavam em um tom azulado e intenso. A pele visível havia sido tomada por uma palidez extrema, os lábios estavam descorados. O sistema de raízes vasculares da cadeira havia se expandido ainda mais, havia uma infinidade de terminações presas na carne das costas, soldadas em Ada. A voz havia evoluído a algo errático, contaminada por interferências e perdas. Os pés estavam fora do chão, volitando a alguns centímetros — o corpo poderia estar mantido em suspensão pelo sistema radicular conectado às suas costas. Em transe, toda ela parecia profundamente relaxada. Os braços repousavam ao lado do tronco, os pés apontavam para baixo.

Confrontado, o homem descalço não se abalou, mas havia alguma surpresa tensionando seu semblante.

— Eu, parasita? Você está errada. Eu sou a única salvação dessa cidade. Vocês precisam de mim, de nós, precisam da dor como precisam da felicidade, precisam da agonia para reconhecer a paz. — Ele ergueu a cabeça e fechou os olhos, as mãos em estado de receber graça.

— Que seja feita a nossa vontade! — disse.

O galope das bestas emergiu do outro lado das paredes. Vinham correndo, se atropelando, ansiosas pelo chamado de seu mestre. Os rosnados transmitiam a impressão de que lutavam umas contra as outras, na intenção de garantir o melhor pedaço da carne que seria servido. Entraram nas fendas apertadas das paredes como rastros de ventania, bufando, latindo, se debatendo.

Gil pegou o revólver com o braço esquerdo, todos ergueram suas armas e se prepararam.

A primeira coisa que emergiu foi o braço de um deles. A mão e o braço de aspecto humano eram fortes como os membros de um chimpanzé, tinha a cor dos corpos mortos, uma mistura de cinza, amarelo e verde. A coisa parecia estar presa no labirinto de curvas, e pelo som de sofrimento que fazia, estava sendo atacada pela que tentava passar por ela e ganhar a dianteira.

O outro braço saiu, a coisa ainda esperneava. Ficou presa novamente. Com metade do tronco para fora, tentava arranhar qualquer coisa que pudesse alcançar. Era visivelmente poderosa, animalizada, todos os músculos eram sulcados em perfeição. Tinha unhas de tamanha solidez que seu ruído nas paredes remetia ao mineral. A cabeça era alguma coisa entre um humano, um canídeo e um réptil. As escamas brincavam com a luz, mudando de posição, a cor se alterando conforme o movimento do corpo. Tinha pelo menos três fileiras de dentes dentro da boca símia.

— Morre, maldito! — O Abade disparou contra ela com a Winchester.

O impacto da bala fez a carcaça subir e descer, e o que saiu dela foi um fluido escuro e denso, parecia óleo queimado. Ainda estava viva, os dentes se arreganhavam em fúria extrema.

O Abade atirou de novo. E de novo.

Todos abriram fogo.

A cada disparo, um grito de ódio, um novo espasmo; a coisa se recusava a morrer. Sentia dor, mas sua fúria, seu rancor, eram muito maiores que o peso das balas. Mais dois projéteis na cabeça e as mãos se agarraram às pedras, tremendo, arranhando, em uma última tentativa de libertar o corpo. Mas ela não saiu.

Com a coisa morta, a outra conseguiu escavá-la e atravessá-la, emergindo como um anfíbio que troca sua pele. Saiu pela boca e se desenroscou, a chuva de balas recomeçou. Samir chegou mais perto sem parar de atirar, um monte daquela gosma escura e fétida atingiu seu rosto enlouquecido. Cego pela vingança, ele atirou até a arma não encontrar projéteis, e continuou apertando. Wagner o conteve e o puxou de volta.

O homem descalço estava sorrindo, em vez da derrota, parecia ter cumprido mais um de seus objetivos.

— O que são essas coisas!? — Gil gritou, perdido em sua loucura.

— Meus anjos, a mão armada da salvação.

— Esses monstros não são a salvação de ninguém, nem deles mesmos! — Samir afirmou.

— Existem regras, humanos precisam de regras.

— Quem criou a PORRA... DAS... REGRAS?!? — Gil se desesperou.

— Pessoas, jornalista, humanos como você e seus amigos. Vocês criaram o sistema e as regras. Três Rios criou o resto. Ada Janot sabe de tudo isso, ela mesma está, nesse exato momento, reformulando o que um dia será o futuro.

— *Você* fez tudo isso — Ada e Ravena disseram ao mesmo tempo, conectadas, como um só organismo.

— Não sozinho. Existiu Darius, Caleb, o Santo da Gruta e o Demônio do Canto do Quarto. Existiu *Ada*. Nossa comunhão formou as lutas que essa cidade precisava enfrentar. Sem lutas, Três Rios é um lugar destinado à ruína. Da minha parte, sempre fiz que essa cidade vicejasse. Fui o progresso de Ítalo Dulce, fui a Cratera quando imaginei que poderia salvar o futuro. Darius não o permitiu. Darius não poderia.

— A cratera era isso? — Wagner perguntou. — Uma salvação?

— Teria sido no tempo certo. Teria sido se Darius o permitisse.

— Onde ele está? — O Abade perguntou.

A paz do rosto do homem descalço se desintegrou como um tremor de terra. Havia uma reformulação tomando conta daquela pele, daqueles músculos, alterando tecidos, nervos e ossos. O cérebro inflou e emergiu à superfície, ganhou cores e fluorescências azuladas em suas reentrâncias. A humanidade dos olhos se perdeu, e em seu lugar nasceram duas órbitas duras e analíticas. Um aparato biomecânico saiu da cavidade do ouvido como uma série de pinças aracnídeas e se aderiu ao crânio, compondo uma espécie de fone. A pele definhou como um todo, assumindo uma tonalidade frouxa e ictérica; tendia ao verde-musgo. Havia doença em todo aquele ser, e ele parecia feliz com isso. Parte da musculatura estava exposta no pescoço, também nos pés e antebraços. Nessas áreas, tubulações que se assemelhavam a um polímero branco circulavam entre a carne. Entravam e saiam, se enovelavam, feito vermes solidificados.

— Sempre estive aqui. — O novo ser, Darius, olhou a redor. Focou sua atenção predatória em cada um dos homens, os conhecendo, como se não os tivesse visto até então.

Em seu desprezo, o ser chamado Darius comandou as aberturas quadradas e elas encontraram caminho entre os homens. Os quadrados de escuridão não os amputaram como fizeram com Gil, mas passaram a drená-los, roubando cada gota que mantinham de vida.

Os homens resistiam, mas era inútil, o tremor dos corpos dizia que era inútil, a febre instantânea insistia que era tarde demais. Acima de todas as outras sensações, era um tipo de infelicidade que os impelia a não a resistir, a procurar pelo alívio da morte. Do fim.

— Ajuda... — Samir ofegou.

O ser chamado Darius sorriu.

— Já chega. — Ada e Ravena despertaram de sua paralisia.

O Abade estava prestes a perder os sentidos quando viu o teto se alterar. A trama de emissões em forma de raiz cresceu vasta como um tapete, emergindo do concreto como um mar de musgo vermelho. A coisa continuou se multiplicando e evoluiu a uma trama de emissões vasculares, de geometrias e texturas variadas e desconhecidas. Tendo gerado corpo suficiente, a armadilha se precipitou sobre Darius em uma tempestade de tentáculos espinhosos. Cada uma das pequenas raízes trabalhando em perfurar sua pele, infecionar seus músculos, torcer suas conexões nervosas.

— Vermeeeeee — vozes unidas disseram, e já não se sabia a quem pertenciam, uma vez que o próprio Darius ecoava aquela palavra.

— VERRRMEEEEEEEEEEEEEEE!

— O cubo! — O rosto do homem descalço se projetou à face de Darius por um instante. — O cubo! — repetiu ao Abade.

Darius deteve seu irmão opositor, tomando de volta o corpo que também era seu. — Não escutem! Ele é o erro! O Verme! Não podem ouvi-lo! — Darius disse.

Fraco como estava, o Abade só conseguiu se arrastar.

Os três quadros de escuridão, pequenos passaportes para o limbo, perceberam seu intuito em ferir seu mestre. Estavam descendo e se aproximando do Abade. Não tinham pressa, até então, não conheciam nada que tivesse poder para se opor a eles. O Abade já os sentia sobre suas costas, e a sensação era a de que não tinha mais uma coluna dentro dos músculos, apenas extenuação e imobilidade.

— Eu não... — ele estava prestes a apagar. — Eu não consigo...

— Consegue sim! — Samir surgiu ao seu lado, e mesmo se arrastando, foi capaz de empurrar o cubo até o Abade. Heitor o tocou e recebeu a força de dez vidas. Virou de frente e içou o cubo na direção das coisas. Assim que as faces do cubo refletiram a escuridão dos quadrados, eles foram sugados para dentro dele. Todos ao mesmo tempo, reduzidos a uma linha, que também se reduziu a um ponto. Como reação, uma rachadura nasceu perfeitamente no meio de uma das faces do cubo e se espalhou por todo o artefato. O trincado cresceu e se ramificou. A peça foi se esfarelando nas mãos do Abade, como se fosse feito de poeira.

— Você conseguiu, Ada. — Darius disse entre gemidos inorgânicos.

Sem emoção, Ada decretou:

— A cidade expurgará seus pecados. Tudo o que opera com algum nível de inteligência está trabalhando para expor sua podridão escondida. Você já não tem lugar nessa terra, parasita. As pessoas o reconhecerão. E reconhecerão o que você fez.

Prestes a ser aniquilado, Darius sorriu.

— Adeus, Ada. Seu destino começa aqui.

Em seguida todos ouviram, do outro extremo da sala, por onde Ada ganhou seu acesso.

— Polícia! Ninguém se mex... Ravena! SOLTA ELA!

— SOLTA ELA AGORA!

VIII

Monsato e Luize invadiram o subsolo pelo mesmo caminho feito por Ada e Ravena. Viram as mesmas coisas, sentiram o mesmo nojo, despertaram em si o desejo quase cego de fazer justiça com as próprias mãos. Algumas vezes, não existe justiça maior. Ou preço tão grande a se pagar pelas consequências.

— Solta ela! Solta agora! — Monsato exigiu a Ada novamente. O que via era uma mulher fora do chão, conectada a uma espécie de assento por uma massa de coisas nojentas. Seus olhos eram azuis e antinaturais, ela segurava impiedosamente o braço de sua irmã que há poucos dias escapou de ser assassinada. E havia mais coisas, como aquele sistema de raízes que saía das mãos de Ada e contaminava o braço de Ravena. Em choque, Monsato observava que aquelas coisas horríveis estavam por todos os lados da sala, e estavam vivas!

— Ela não pode soltar! — Samir se levantou.

— Arma no chão! Arma o chão ou vai morrer aqui! — Luize ordenou. Já se deslocava para a outra sala, arma empunhada, pernas afastadas para manter o equilíbrio perfeito. Tentava não se distrair com a coisa nojenta que estava no meio do espaço e parecia um ciborgue em estado de derretimento, mas era quase impossível. Seus olhos eram atraídos pelo horror.

— Ela não pode soltar! Não pode! — o Abade gritou.

— Deixa ela terminar! Ela precisa terminar! — Wagner implorou.

— Cala essa boca! — Luize chegou a eles e começou a alternar a mira, supondo que qualquer um daqueles quatro homens pudesse atingi-la. Acuados e cientes do espanto daqueles policiais, nenhum deles se movia. Mas havia um problema: infelizmente para Wagner, ele era o único que ainda sustentava uma arma na mão.

— Solta essa merda agora! — Luize disse.

Por instinto, falta de preparo ou o mais puro atordoamento, Wagner subiu as mãos em vez de soltar a arma, foi o que bastou.

Ouvindo o tiro, a mente de Monsato precisou apressar uma escolha. Sua irmã estava claramente refém de algo que ele não compreendia, sua parceira tinha acabado de derrubar um homem armado. Ainda tinha mais três homens com Luize, e uma Winchester estava esquecida no chão, ao lado do cara daquela igreja esquisita.

— Último aviso! Solta ela! — Monsato disse a Ada.

No centro da sala, a coisa Darius acabava de se extinguir. Havia um sorriso de realização em seu rosto, um final moribundo e premonitório.

E Monsato atirou.

IX

— Você matou ela! Matou ela! — o Abade disse a Monsato.

— Ninguém mais precisa morrer! — Luize falou em seguida, logo depois de chutar a arma que estava com Wagner pra longe. Fez o mesmo com a arma de Gil e de Samir. Por último, afastou a Winchester. — Você sem o braço, chega mais perto dos outro.

— Meu nome é Gil.

— Foda-se, Gil. Todo mundo junto! Anda!

Mantidos sob a custódia de Luize, os homens não reagiam. Gil segurava os olhos em Wagner, esperando que ele se movimentasse, que abrisse os olhos, mexesse a cabeça, qualquer coisa. A camisa se ensopava de sangue, o rosto estava branco e flácido.

Mesmo com uma bala enfiada na cabeça, Ada continuava ereta e estática do outro lado da sala. Os olhos tomados pelo azul luminoso, as costas presas por aquele estranho aparato. Agora ela tinha um furo na testa, uma pequena cratera que vertia um riacho de sangue.

Monsato começou a arrancar as coisas que conectavam Ada à sua irmã com as próprias mãos. Sem um centro de comando, as emissões orgânicas continuavam presas à pele por uma infinidade de espículas, e só saíam levanto consigo um pedaço de tecido. Ravena ainda estava conectada a Ada, à mente de Ada, e Monsato, mesmo em sua ignorância, se deu conta de que também podia ter matado, estar matando, a sua irmã. Continuou puxando as coisas até que o último ramo se separasse da pele.

Assim que ele conseguiu, o corpo se afrouxou, como se tivesse sido desligado. Ada também sofreu a mesma cisão, mas seu corpo foi conduzido de volta à cadeira pelo sistema, pouco antes do aparato de aparência biológica começar a apodrecer. Os ramos estavam secando e encolhendo, todos ao mesmo tempo, como um velho vampiro que encontra a luz do sol.

— Ravena, fala comigo. Acorda, porra, fala comigo. — Monsato a apanhou em seu colo.

— Ela está viva? — Luize perguntou.

— Está respirando — Monsato disse.

Luize não havia se distraído até então, mas naquele momento, ouvindo a Monsato, ela não percebeu que um dos homens, o que tinha cicatrizes no rosto chamado Samir, deslizava suas mãos até um monte de poeira preta que estava empilhado no chão. Ele pegou um punhado e recolheu o braço. Enfiou a poeira na boca.

O ar se liquefez no próximo segundo, bem à frente de Luize, entre ela e os quatro homens. Do outro lado, ela viu algo parecido com uma floresta, mas seria impossível ter certeza. O que enxergava apresentava deformidades, um ondulado bagunçado. Mas havia o verde e o sol. Ela recuou um passo e voltou a apontar a arma para aquela superfície invasora. E ela logo desapareceu, assim como o homem com cicatrizes no rosto.

— Cadê ele!? Pra onde ele foi?! — Luize perguntou. Seus braços tremiam.

Gil começou a rir.

— O filho da puta foi dar uma volta.

52
A QUEDA DA CASA DE HERMES (2)

Segundo alguns teóricos, a ironia sempre joga a favor da verdade. Dessa forma, coube a Hermes Piedade poder contar com somente um aparelho eletrônico em funcionamento na casa toda. O único que, no momento do ataque de Darius, estava fora das tomadas: a televisão.

Ele já estava à frente daquele aparelho há duas horas, acompanhando uma transmissão desconhecida que tomou todas as mídias da cidade. Nessas duas horas, Hermes reviu seu rosto dezenas de vezes. Algumas segurando armas, outras ameaçando funcionários a comportarem-se de forma criminosa, uma série de subornos, propinas e conversas de bastidores. Não possuía aparato mental para definir perfeitamente como aquilo tudo poderia ter sido gravado, mas suspeitava da videolocadora e daquele lote especial que mais de uma vez sinalizou sua ruína. Havia algo de podre nos sinais analógicos de Três Rios e região, e nesse momento ele tinha a exata dimensão desse problema.

Durante esse tempo de horror televisivo, as emissoras recuperaram a transmissão cinco ou seis vezes, mas todas as transmissões legais duraram menos de trinta segundos. Na última, a orientação era que todos aguardassem esclarecimentos, mas que todas as imagens veiculadas pareciam verídicas. Foi a pedra de sua sepultura, Hermes sabia. Se a TV tivesse pelo menos considerado sua inocência, ele talvez tivesse uma chance. Em vez disso, o que os filhos da puta fazem? Entregam ele aos leões.

O celular rodava nas mãos. Talvez fosse o momento de colocar tudo a perder e convocar Kelly Milena. Ela saberia o que fazer, ela sempre sabia. Trêmulo — e seria impossível dizer se era ódio, medo ou revolta —, Hermes teclou os números de uma das únicas pessoas que confiava.

Sua chamada está sendo encaminhada para a caixa de mensagens...

— Filha da puta!

Na TV, ele despejava Resíduo Zero em um grupo de pessoas. Logo depois...

... alguém está sendo filmado em seu matadouro. Hermes não reconhece o homem, mas ele usa um macacão com o logotipo do Matadouro Sete. Está armado com uma submetralhadora. O homem abre um freezer e retira duas carcaças humanas. Estão sem a pele. Só músculos. Ele coloca as duas em um carro de transporte. Volta para o freezer e apanha mais duas. O homem as carrega até um alçapão. Ele abre a grade e golpeia o ferro com um vergalhão. Corre dali. A câmera de segurança fica focada na grade.

Do alçapão emergem duas criaturas. Elas olham ao redor, são seres deformados, mesmo que, em alguma escala, apresentem traços corporais humanos. Um deles começar a comer a carcaça com selvageria. Preferem começar pelas mãos. Depois chega aos pés. O outro se junta e ataca o rosto, só depois os dois mergulham no abdômen. Eles limpam rapidamente o que encontram por dentro. Rosnam entre si, disputando a segunda carcaça que ainda está recheada parcialmente. Recuam como hienas e arrastam o que sobrou.

— Desgraçados!

Hermes reconheceu aquelas coisas, claro que sim. Ele as alimentou por muitos anos, enquanto sustentou seu acordo com Darius. As coisas que comiam da carne mais rara de seu matadouro, as coisas que, eventualmente, se vestiam com a pele dos corpos. Hermes sempre os tratou como demônios, mas sabia que o inferno é só mais uma dimensão inumana.

Kelly, ela poderia ajudá-lo. Estava envolvida até o pescoço, ela não poderia se livrar das acusações conjuntas sem ajuda. Sim, exatamente: *não sem ajuda*. Era nisso que pensava agora, em um grande complô. Afinal de contas, Kelly contratou Ada Janot, a filha de um homem assassinado a seu mando. Até que ponto podia confiar naquela poodle de circo?

Sua chamada está sendo encaminhada para a...

— Maldita — ele suspirou.

A TV seguia, e agora reprisava antigos depoimentos de Hermes. Ouvia frases como

"... nós só queremos o melhor para Três Rios"
"O progresso chegou e não vamos parar tão cedo"
"As crianças são o nosso futuro...".

E corta para o esgoto que corria para o Rio Verde. A superfície das águas parecendo uma panela com detergente. E corta para animais mortos, autoflagelados, enlouquecidos. E avança para um hospital com pessoas contaminadas por uma doença de pele que os deixa parecendo um tronco de árvore forrado de fungos. Não, não era o bastante, ainda precisava mostrar as crianças com microcefalia, com membros incompletos, com dedos vestigiais e dentes nascendo nas costas. Então uma mesa de reuniões e um Hermes mais jovem aos berros: "Eu não quero saber se vai morrer gente ou não! Quero que as minhas empresas continuem abertas! É pra isso que pago o salário de vocês! Porra!", um golpe na mesa.

E corta pra uma mesa no Carnivorândia, com Hermes enfiando um toco de carne vermelha na boca. Ele ri e conversa com um rapaz bem mais jovem, que agora empurrava seus negócios para o exterior.

"Homens como eu não matam ninguém. Nós pagamos quem faça", Hermes diz.

— Puta que pariu — Hermes finalmente experimentou o desespero. — Darius, sei que é você. Foi um mal-entendido, para com essa merda, podemos refazer tudo do jeito certo.

A TV continuava exibindo o que poderia ser nomeado como "Os Piores Momentos de Hermes Piedade".

— Darius! Darius, seu filho da puta! Eu sei que você tá aí!

A imagem na TV se desfez em chuviscos e as bênçãos da esperança se derramaram sobre Hermes. Darius, ele o trouxe para aquela cidade, Darius não permitiria que ele fosse aniquilado daquela forma. Darius levou uma saraivada de tiros, mas ainda queria a cidade pra si. Qual sentido teria queimá-la junto de seu patrono? Mas não foi Darius quem surgiu na tela, foi Ada. Azulada, floculada, mal sintonizada, mas sem dúvida era o rosto da puta da Ada Janot.

— Você... então é você, sua putinha. Você está por trás dessa merda...

— Acabou, Hermes Piedade. Finalmente acabou. E vai doer bastante.

A imagem perdeu a sintonia logo depois.

— Ada! Eu quero falar com alguém! — ele chegou mais perto e apanhou a TV pelas laterais. Parecia segurar um pescoço — Ninguém ignora Hermes Piedade, ouviu? Ninguém!

A imagem pulsou e voltou a se estabelecer.

Havia uma casa conhecida na tela, era focalizada em detalhes, parecia filmada por um helicóptero. Embaixo da imagem, a legenda que não deixava dúvidas: *Empresário Hermes Piedade finalmente localizado em casa de alto padrão no bairro dos Colibris. O comandante do maior grupo empresarial da região está refugiado desde a última terça-feira.*

— Merda! — Hermes acionou imediatamente um Uber pelo celular, programou o destino para Trindade Baixa. O local de saída, ele colocou para uma quadra de distância, em um posto de gasolina desativado.

Apanhou um moletom com capuz e o vestiu na cabeça, pôs óculos escuros. Já estava acostumado a ser traído, e da mesma forma sabia como antecipar a virada do jogo. O Uber com nome frio era uma dessas formas, assim como o destino da viagem. Trindade proveria a ajuda que precisava, gente que devia a ele e não tinha envolvimento com Kelly e os outros sarnentos. Saiu pelos fundos da casa, outra antecipação. Aquela casa tinha três rotas de fuga, e última delas era por baixo, mas ela não o levaria tão depressa pra longe de Três Rios quanto tomar um carro.

Chegou ao posto sem atrair muita atenção. Aquele era um bairro pobre e perigoso, dominado pelo tráfico e pelos homens mais duros. Em lugares como esses, um olhar atravessado pode significar o começo de uma briga.

Esperou menos de cinco minutos pelo Celta prata.

— Boa tarde, seu Romão. Trindade mesmo? — o motorista confirmou.

— É o que está marcado. Se puder ir pelas vicinais, te pago mais duzentos. Essa lata velha tem ar-condicionado?

— Tem nada. Mas o senhor pode abrir o vidro.

O Celtinha saiu lentamente, sem pressa. Hermes sacolejando no banco de trás.

Rodaram dois quarteirões, o homem perguntou:

— Vai fazer o quê em Trindade? Passear?

— Negócios — Hermes disse secamente.

— O senhor ouviu as notícias? A coisa tá pegando fogo por aqui.

— Não — Hermes pigarreou. — O que aconteceu agora?

O motorista riu, mostrando um dentinho mais podre que tinha na frente.

— O cuzão do Hermes Piedade se fodeu todo. Alguém jogou toda a merda no ventilador. Tá dando no rádio, na TV, tá pra todo lado. Diz que já tem mandado de prisão e tudo.

— Já era tempo — Hermes disse. Tomou o cuidado de puxar mais um pouco do moletom no rosto.

— Se era. Esse homem fez mal pra muita gente. Ele também trouxe emprego e dinheiro, mas não valeu a pena. Acredita que o meu pai trabalhou pra ele?

— Acredito — disse. Mas o homem não parou de falar.

— Lá no Matadouro.

— E um lugar difícil, sempre é difícil lidar com morte de bicho — Hermes disse.

— No caso do meu pai foi difícil demais. Ele começou a ver coisas, ficou doente da cabeça. Hoje deu no jornal que tinha monstro saindo do esgoto lá do Matadouro. Eu fiquei pensando se o meu pai era mesmo louco, ou se ele via coisas de verdade, e se isso foi o que deixou ele louco. Ele tentou matar a gente, eu e a minha mãe.

— Qual era o nome dele?

— Régis. O meu é Murilo, que nem tá aí no aplicativo. Seu Régis morreu em 1997, eu era moleque ainda. Depois disso foi ladeira abaixo. Minha mãe casou de novo, o outro pai era quase pior que o primeiro. Só bebia. Minha mãe trabalhou o resto da vida pra cuidar da casa, porque ele não servia nem pra isso. Ela era crente, achava que o divórcio era um pecado terrível, ficou com ele até o fim.

Hermes olhou para o lado de fora do Celta, parecia estar indo pro lado errado. Mais uma quadra e estavam passando por um campo de futebol xexelento onde alguns rapazes jogavam uma pelada. O clássico Camisa contra Sem Camisa. O carro foi diminuindo a velocidade.

— Por que estamos parando? — Hermes perguntou.

O homem puxou o freio de mão.

— Porque, seu Hermes, esse é o fim da linha pra você. Eu reconheceria o rosto do homem que enfiou minha família na bosta mesmo com uma máscara de pano.

Hermes sacou o revólver e meteu no pescoço do sujeito.

— Você vai sair com esse carro agora, ou vamos precisar providenciar um enterro.

O homem começou a rir. Ria loucamente enquanto pegava a chave do Celta e jogava longe, bem longe do carro.

— Vai tomar no seu cu, Hermes Piedade.

— Seu fodido do cacete! — Hermes recolheu o cano e, depois de se atrapalhar com a maçaneta, desceu do carro.

Começou a se afastar com naturalidade. O motorista, Murilo, também desceu do carro. Ele enfiou dois dedos na boca e assoviou. Hermes não parou para olhar, mas o pessoal da pelada se interessou.

— Aquele cara ali, ó! O de capuz. É o Hermes Piedade, o véio safado que tá fugido da polícia. Ele matou um monte de gente, tão oferecendo vinte pau pelo rabo dele. Vinte mil, moçada!

— Filho da puta. — Hermes disse a si mesmo e seguiu mais depressa.

Não corria, mas andava o mais rápido possível. Não conseguiria mais do que isso, não com toda a idade que trazia naquelas pernas.

— É o Piedade mesmo! — ouviu alguém gritando.

Olhou para trás, nove ou dez atrás dele.

Com o alvoroço instantâneo, pessoas saíam de suas casas para ver o que estava acontecendo. Algumas dessas pessoas se juntavam ao bando, outras o seguiam à distância, para ver no que ia dar. Naquele meio de tarde, o bairro ainda bocejava, mas tinha bastante gente nas ruas, sobretudo desempregados ou trabalhadores informais de fim de semana. Em uma oficina mecânica, um homem batia uma chave de rodas contra a mão. Saiu no encalço de Hermes assim que ele passou.

— É ele sim, é o escroto do Piedade! — uma mulher gritou. Era nova. Usava uma camiseta florida e vagabunda e um short jeans apertado que cortava sua barriga no meio. Estava um pouco suja, ria debochada, parecia bêbada. — Tá fudidoooooo! — ela gritou com as mãos em concha.

Hermes olhou para trás novamente. Mais de vinte. Talvez trinta pessoas.

No final da rua havia uma drogaria de seu grupo, uma unidade da Drogarias Piedade. Nem sabia que abriram uma loja sua naquela pocilga ou ele mesmo teria impedido. Com a agitação, os funcionários estavam na porta, vestidos com seus novos uniformes verdes, interessados do que se tratava aquele levante. O rapaz que usava um jaleco, provavelmente o farmacêutico da unidade, chamou um segundo funcionário e apontou na direção de Hermes. Hermes acenou e deu uma corridinha. O movimento seguinte foram todas as portas descendo.

— Sanguessugas do caralho! — Hermes pisou o chão com mais força. Pagava o salário daqueles Zés a Marias, e era isso que recebia de volta? Adubava sua prolezinha inútil para ser tratado como material radioativo?

Não soube de onde veio a pedra, mas ela o atingiu bem no topo da cabeça. Depois da dor aguda, sentiu uma leve tontura. Hermes passou a mão na cabeça e a recolheu, estava cheia de sangue. A próxima pedra passou perto, e acabou acertando o asfalto ao lado de seu pé direito.

Hermes sacou o revólver e se virou para a turba. Sacudiu bem alto.

Alguém na turba sacudiu um facão.

Um disparo de advertência de Hermes, para cima. Foi como estourar uma boiada.

Hermes tentava escolher um boi pra acertar, mas eram muitos para fazer mira. Pelo menos quinze vindo ao mesmo tempo, correndo, alguns com chuteiras de futebol. Também vinham pelos lados e pela frente, se acumulando como limalhas de ferro atraídas por um imã. Hermes disparou mais cinco vezes, dois caíram, ele não viu quem foram. Já estavam no passado, ultrapassados pelas formigas selvagens que saltavam sobre seus corpos.

Correu, mas como correr mais com pernas tão cansadas? Tão pesadas?

Correu até que alguém chutou seu pé direito. Hermes caiu de rosto, ralou feio, mas rapidamente estava de frente. A arma se perdeu. Protegeu os olhos, mas o chute encontrou sua cabeça.

— Não façam isso! Eu sou um velho! É covardia!

Sentia chutes por todo o corpo, os que mais doíam acertavam o tórax. Hermes tentava se proteger, mas não havia braços suficientes. Aquela surra era como aquela cidade, ela sempre acharia um caminho para a dor. Alguém conseguiu pisar em seu joelho direito e o osso virou na direção contrária. Saltou para fora. Alguém com um pau, um cabo de enxada, começou a acertar o rosto. Olho, boca, nariz. Queixo, testa, maçã direita. O cérebro já se confundia, a dor não sabia onde disparar. Uma faca entrou em algum lugar, depois entrou em mais dois. Os pulmões golfaram sangue, os olhos admiravam a selvageria do povo. Eram como ele, afinal, rendidos a motivações que somente cada um deles compreendia. Hermes sorriu, e isso foi um segundo antes de alguém pisotear a sua boca. A mandíbula se desencaixou, Hermes começou a sufocar. Pensava em toda a sua vida, em seu trajeto que acabou sendo rabiscado sobre aquela cidade. Nasceria de novo? Seria salvo por Darius? Por deus ou o diabo? Ou desapareceria como tudo o mais que nasce e morre nessa terra?

Ainda tinha vida, mas ela já partia. Não havia mais chutes ou agressões, a última pessoa a ir embora foi uma menina, ela deixou o cuspe cair no olho direito de Hermes. O peito já não subia e descia, preferia tremer, avisando que estava entregando os pontos. O céu estava nublado naquela tarde, era bom morrer olhando para um céu sem sol.

Mas não seria assim.

Elas chegaram como uma nova multidão. Curiosas, desajeitadas, aparentemente famintas. Eram galinhas. De todos os tamanhos, de todas as cores, de todos os bicos. Vinham de todos os lados. Uma das maiores aves, uma galinha parda, alçou um voo bem curto e foi parar perto da cabeça de Hermes. Ela o encarou e rodopiou o pescoço, curiosa. Inverteu para o outro lado, o olho encarou o olho. O bico desceu e Hermes não viu mais nada. Seu outro olho já estava cego, atingido pelos moradores do Colibris. Sentiu uma segunda bicada no pescoço. Outra na mão direita. Logo estava sendo pinicado por todo o corpo. Lá de cima, lá longe no céu nublado, um urubu apreciou a refeição servida. Não ousaria descer, não em Três Rios e com todas aquelas galinhas. O urubu não poderia saber, mas parecia prever, que aquele banquete pertenceria a elas, e somente a elas. Quando as galinhas finalmente terminassem de comer, Hermes seria pouco mais que uma ossada.

Bem pouco.

EPÍLOGO (S)

I

Kelly Milena compareceu ao enterro de Hermes Piedade. Não fora obrigada a fazê-lo, haveria quem a criticasse, mas era o correto depois de tantos anos de parceria e convivência. Não gastou um minuto de seu tempo com os repórteres, e do cemitério Verdes Vales foi direto para uma pequena pista de pouso particular, usada pelo grupo. O avião bimotor chegou com dez minutos de atraso, assim que o viu aterrissar, Kelly se preparou para receber sua passageira.

A mulher que desceu do bimotor parecia dispensar cerimônias, mas estava perfeitamente vestida para a ocasião. Sapatos de salto médio, um terninho claro, óculos escuros aliados a uma pequena bolsa Louis Vuitton. O rosto e cabelos eram cuidados e rejuvenescidos, o batom era discreto. Sem os óculos, exibia os mesmos olhos perspicazes de seu pai.

— Kelly Milena. É um prazer finalmente encontrá-la pessoalmente. — Kelly se apresentou e entregou um buquê de rosas.

— Ella Piedade. O prazer é todo meu, Kelly. Como foi no enterro? Finalmente colocamos aquele cretino embaixo da terra?

Mesmo para Kelly, o tom pareceu severo demais. Ela não demonstrou a surpresa.

— Sete palmos, como manda a lei. — respondeu. — Vamos indo?

Ella deixou as flores com Kelly e tomou a liderança na direção da limosine, mais uma vez demonstrando que uma fruta não cai longe do pé. Entrou pela esquerda, cumprimentou o motorista, esperou Kelly entrar e se sentar.

— Fez boa viagem até aqui? — Kelly perguntou.

— Boa o suficiente pra não reclamar.

— Chegou a lanchar? Você quer comer alguma coisa?

— O que temos na agenda pra hoje? — Ella foi direto ao ponto.

— Reuniões, pelo menos seis. Uma delas é com o departamento de polícia. O objetivo pode ser...

— Delação. Sim, seu sei. E também sei que eu preciso discutir a herança com meus amados meios-irmãos que estão loucos para dilapidar o patrimônio do nosso pai. Agora que nós duas nos conhecemos pessoalmente, eu preciso perguntar, Kelly, o que a fez me ajudar e apunhalar meu pai pelas costas?

Kelly sorriu.

— Não foi uma piada — Ella disse.

— Eu sei que não foi, me desculpe. No fundo eu sempre acreditei em Hermes, sempre segui seus passos porque ele sabia para onde estava indo. Nos últimos anos, seu pai deixou de ser um bom condutor. Hermes passou a se comportar como se ele mesmo fosse a estrada. Rompeu contratos, assumiu riscos, implicou a mim e a outros de forma muito injusta. Ele estava incriminando seus generais. Eu dediquei boa parte da minha vida ao seu pai e aos negócios dele, mas eu não poderia ceder meus últimos anos a alguém ressentido com sua própria história. Hermes estava caindo, e ele não afundaria sozinho, seu pai levaria todo mundo pro inferno com ele.

— E você fugiu, como uma ratazana.

— Exatamente. E enquanto você tiver um pedaço de queijo pra mim, vou ficar feliz em continuar no seu barco.

Ella sorriu.

— Gostei de você, Kelly Milena. Acho que consigo entender porque meu pai manteve você por perto todos esses anos.

— Também posso fazer uma pergunta?

— Você vai me fazer várias perguntas até o final desse percurso. — Ella disse. — Vá em frente.

— Você já é rica, tem seus próprios negócios, uma vida vitoriosa. Por que me ajudou, como você mesma disse, a apunhalar o seu pai pelas costas e fugir como uma ratazana?

— Não foi por você, foi por mim. Não importa o quanto Hermes tenha feito por essa cidade, ou por todos vocês, eu precisei suportar sozinha o fardo de uma mãe apodrecendo na cama. Ela ficou doente por oito anos, oito anos de gemidos, dores e noites em claro. Nesses oito anos, eu procurei por Hermes Piedade. Por sua ajuda, pela atenção, eu precisava do meu pai. Ele nunca me atendeu. Precisei processá-lo e só fui reconhecida como filha com um exame de DNA. Antes disso, Hermes nunca me mandou um cheque, nunca fez um telefonema, era como se eu estivesse morrendo junto de minha mãe. Como se ele estivesse matando nós duas. Será que isso é um bom motivo?

Kelly Milena manteve os olhos na estrada, a limosine passou por um grande banner com o rosto descascado de Hermes Piedade. Castigado de sol, de chuva, um retrato deslocado de seu próprio tempo.

— Não sei se é bom, Ella. Mas é justo. Isso é bem mais importante pra mim.

II

Gilmar Cavalo não foi formalmente acusado de nenhum crime, mas atendeu a mais telefonemas da polícia em quatro dias do que pretendia somar em uma vida. Depois, ele passou a só atender a números que reconhecesse. Mas então, o "tal do Monsato", que era tratado em um círculo mais íntimo de conhecidos como "Aquele da polícia" ou então "Aquele corno", conseguiu intimá-lo a depor. Foi o que o tal do Monsato disse, embora não tenha mostrado documento algum para Gil.

Com os dias que vinha passando, Gil estava com o humor de um marimbondo estapeado, mas ele estava na delegacia no horário marcado, e esperou pacientemente por quinze minutos adicionais até ouvir:

— Senhor Gilmar Cavalo?

Ele seguiu a policial Luize. Entrou na sala, sentou na cadeira oferecida pela investigadora e reviu a cara feia do tal do Monsato. Parecia um pouco mais feia naquela ocasião.

— Boa tarde, Gil, podemos começar? — ele perguntou.

— Vim pra isso, mestre, em que posso lhe ser útil? — O cinismo tão forte que tinha um cheiro.

Monsato respirou mais forte.

— Pega leve, Gil. Eu só preciso entender o que aconteceu.

— Achei que já tivesse entendido. Eu fui lá com os meus amigos brincar de Goonies e você matou uma moça.

— Gil, sem essa. Você entrou naquele lugar com dois braços e saiu com um. Eu vi um charco de sangue enquanto descia pelos túneis. Vi dois bichos mortos que não podem ser desse planeta e a minha irmã estava sendo subjugada por outra mulher que parecia uma alienígena. E se isso não for o bastante, tinha um sujeito deformado, morto, no meio da sala.

— E o cara de cicatriz desapareceu bem na nossa frente — Luize disse.

— Bem lembrado. O que você quer que eu faça, Gil? — Monsato pressionou. — Me diz, o que eu posso fazer além de tentar entender essa bagunça?

— Sinceramente? É melhor parar de pensar nisso. Vocês têm mesmo uma intimação pra me obrigar a ficar aqui ou jogaram verde?

Monsato e Luize não disseram nada, e isso respondia à pergunta.

— Nós estamos proibidos de voltar lá embaixo. — Monsato explicou. — Fizeram a gente assinar uma declaração fajuta, meteram um aumento de salário, reduziram nosso tempo de serviço até a aposentadoria em dez anos e nos aconselharam a não falarmos mais nesse assunto.

— Vocês não deviam reclamar. Olha o que eu ganhei. — Gil ergueu o coto.

— Gilmar — Luize assumiu a conversa —, nós só queremos garantir que acabou. Aquelas coisas estavam matando pessoas há anos, encontramos mais de trinta cadáveres mutilados em uma câmara subterrânea. O pessoal que continua no caso encontrou mais duas câmaras, e uma delas faz ligação direta com o Matadouro Sete, do grupo Piedade. Como essas... coisas assassinas vieram parar em Três Rios?

— Quem era o cara que desapareceu? Quem era ele de verdade? — Monsato perguntou.

— Eu também tenho uma pergunta pra vocês, e se vocês responderem, nós podemos melhorar bastante o nosso relacionamento. Quantas pessoas já apareceram nessa cidade, nessa mesma delegacia, dizendo que eram de outro lugar? De outra dimensão ou de outra realidade? Ou de outro tempo?

Gil não achou que teria uma resposta, mas Luize sequer arquejou:

— De 1985 até aqui foram vinte e sete casos.

— E por acaso, em um exercício muito improvável de suposição, alguma dessas pobres pessoas desorientadas e confusas alegou ter vindo do futuro?

Monsato assentiu com a cabeça.

— Então, meus caríssimos, vocês já têm mais da metade da resposta. O nome daquele homem com a cicatriz é Samir Trindade, ele veio até aqui para acabar com aquelas coisas do diabo que vocês viram lá embaixo. Agora, se vocês querem falar com ele, talvez devam construir uma máquina do tempo. — Gil se levantou e foi saindo.

— Nós ainda não acabamos, Gilmar — Monsato disse.

— Mas eu já. Vocês podem ligar pra mim se encontrarem a porra do meu braço.

III

— Já soube quem morreu? — Noemi disse, depois de conseguir segurar as notas de falecimento de Três Rios por incríveis doze minutos de uma partida de *Uno*.

— Nossa senhora, Noemi, morre tanta gente nessa cidade que a gente perde a conta. Quem foi dessa vez? — Adelaide perguntou e colocou um dois verde no monte do *Uno*.

— O seu Antônio Linz, ele estudou com a gente.

— Linz...? — Sônia puxou pela memória enquanto sapecava um cinco verde.

— Do cinema de carro? — Adelaide confirmou antes.

— Isso, ele mesmo, o que levou um tiro no Autocine em 1995. — Noemi confirmou e mandou Sônia comprar duas cartas. — Diz que tava tomando banho e caiu duro, já morto. Aí como o chuveiro ficou ligado, só do dia seguinte a mocinha que faz faxina achou ele. Pelado de tudo.

— Que horror — Sônia disse. Mas quase riu.

— Horror é comprar quatro cartas. — Adelaide aproveitou e meteu a carta mais temida em Noemi.

— Gente, como você é rabuda!

— Olha a boooooca — Adelaide a reprendeu sorrindo.

— Parece que o templo do Abade vai reabrir mesmo — Sônia disse antes que o Noemi pudesse recomeçar o obituário.

— Graças a Deus — Noemi se comoveu. Para Adelaide pareceu um pouco de assanhamento.

— Lembra o abaixo-assinado que a gente fez? Conseguimos mais de duas mil assinaturas. — Sônia falou. — Foi parar até no gabinete do prefeito. Uma das Soberanas me procurou na loja, queria reformar as roupas para o primeiro culto. Parece que vão mudar o nome, não vai ter mais sessão de cura, mas o resto continua igual.

— Sem cura? — Noemi se surpreendeu.

— Ele é meio fogueteiro, mas é um bom homem, vai ter coisas boas pra falar. — Adelaide disse.

— Desde que ele continue fogueteiro, eu não me oponho — Sônia disse.

As três voltaram a rir. E seguiram uma rodada mais calada — era sempre assim quando os coringas desapareciam da mesa. O silêncio não durou muito, porque Toninho se manifestou à janela. Adelaide olhou para ele e esqueceu completamente o jogo. Noemi tocou seu braço.

— Acabou, Adelaide. Eles pegaram o assassino.

— Será que pegaram mesmo?

— Uma moça da polícia compra o uniforme das filhas lá na loja — Sônia disse —, ela contou que ninguém da polícia pode chegar perto dos antigos túneis do trem, lá onde mataram o assassino, diz que tem gente o governo envolvida e tudo.

— E a gente lá tem governo que se envolva nessas coisas? — Adelaide falou.

— Tem gente de fora também, empresas privadas. Compre duas cartas, por gentileza, Noemi — Sônia executou.

— Vocês estão de complô, não é possível! — Noemi reclamou. Mas comprou as cartas.

— Depois do que aconteceu com o seu Piedade, os empresários ficaram apavorados. — Sônia continuou.

— Não é pra menos — Adelaide disse. — Eu sei as coisas horríveis que ele fez, mas morrer daquele jeito, todo estropiado igual um cachorro...

Toninho latiu em protesto. Cachorro sim, estropiado jamais.

Adelaide mandou um shhh para ele não se meter na conversa. Toninho voltou pra baixo da mesa e começou a lamber a pata dianteira, o que sabia sempre irritar todas as três idosas. Levou um chega pra lá de uma perna desconhecida e sossegou de novo.

— Mas vamos falar de coisas boas — Noemi disse. — A Locadora daqueles mocinhos vai fazer uma sessão VIP, ficaram sabendo? Uma semana inteira de filmes. Alugaram projetores, vai ter petiscos, coisa fina. Só chamaram gente graúda.

— Deve ser pra tirar a má impressão — Sônia disse. — Aquela tragédia aconteceu bem no dia da inauguração deles.

O silêncio voltou para a mesa.

O massacre da Clínica Santa Luzia continuava sendo a mancha mais sangrenta da história recente de Três Rios. A TV ainda falava alguma coisa sobre o assunto, mas para o bem das famílias, o grosso estava sendo resolvido com discrição.

— Você ganhou convite? — Sônia perguntou a Noemi. Havia algum desdém enciumado em sua entonação.

— *Três* convites — Adelaide disse. — Você quis dizer três, não foi, Sônia? Ou alguém vai receber uma suspensão nessa mesa de *Uno*?

— Uno! — Noemi gritou e jogou sua penúltima carta.

Adelaide pescou e passou a vez. Sônia meteu um três vermelho no baralho.

— Uno! — Também disse.

Um suspense terrível se abateu sobre a mesa. Mesmo Toninho parou com seus novos ruídos propositalmente irritantes e ficou atento.

— Aleluiaaaa! — Noemi disse e colou um segundo três vermelho na testa. Depois de vinte e seis rodadas de humilhação, conseguiu ganhar alguma coisa.

— Sua larga — Sônia jogou sua última carta no maço. Era um coringa. Iria ganhar.

— Larga sim, e eu ainda tenho três VIPs pra semana que vem!

IV

Foi preciso algumas horas para tomar a decisão, mas Gil aceitou o convide do Abade para visitar Wagner. Segundo Heitor, seu último encontro com Wagner tinha acontecido há dois meses (dez meses depois dos acontecimentos terríveis nos porões de Três Rios, que agora estavam sob a posse de uma empresa de segurança privada, e três meses depois de Wagner deixar o hospital e voltar para casa). Segundo Heitor, Wagner não estava falando coisa com coisa na época, parecia estimulado demais, preocupado demais, insone demais, tudo nele parecia demais. O Abade vinha tentando um novo contato há uma semana, chegou a ir até ao Empório do Antenor, a loja onde Wagner trabalhava. Por lá, descobriu que Wagner estava novamente afastado por motivos de saúde há vinte e oito dias. Seu próximo movimento foi telefonar para Gil.

Estavam com o carro adaptado de Gil, um SUV da Fiat. Segundo o próprio Gil: perder o braço também tinha suas vantagens. Vagas especiais, abatimento de impostos, condições diferenciadas no comércio para quem soubesse procurar (e algumas namoradas com síndrome de Wendy). Gil também descobriu um grupo de testes para implantação de braços mecânicos e se voluntariou, estava recebendo três vezes o ordenado piolhento que recebia como jornalista desde então. Mas não pediu a conta, ele podia estar azedo com Três Rios, mas ainda gostava daquele emprego.

— Melhor você bater as palmas — Gil disse.

O Abade tentou não rir, mas se tratando de Gil, ele esperava por isso.

Precisou bater palmas até as mãos doerem e Gil tocou a campainha até gastar a prótese. Sem sucesso, Gil foi até o carro e meteu a mão na buzina por uns dez segundos.

— A gente não vai embooooora. — Gil cantarolou aos gritos de volta ao portão.

Dessa vez, Wagner abriu um basculante e espionou. Voltou a fechá-lo e abriu a porta da casa. Em vez de sair de vez por ela, Wagner esticou o braço e atirou a chave até o portão. O Abade fez as honras com a abertura, evitando que Gil disparasse a próxima piada censurada sobre sua deficiência.

Entraram e passaram pela porta. Wagner estava parado mais ou menos no meio da sala, com cara de quem tinha cagado um lagarto.

— O que vocês querem?

— Bom te ver também, meu amigo — Gil chegou até ele. — E só pra esclarecer, meu braço não cresceu de novo, é uma prótese. — Gil golpeou o material sintético.

Wagner passou as mãos pelos cabelos ensebados, tentou um sorriso, mas parecia não se lembrar de como fazê-lo. Seus dentes estavam amarelados, o rosto parecia flácido e descorado. Wagner estava usando um pijama de inverno, e pelo estado da roupa o fazia desde a primavera.

— Tudo bem com você, meu velho? — Gil perguntou calorosamente.

— Eu ando muito ocupado. Desculpem a péssima recepção.

— Ficamos preocupados — Heitor disse. — Estou tentando falar com você faz um tempão. Cheguei a ir no seu trabalho.

— Ah, sim. Eu consegui um atestado.
— Você está doente? — Gil perguntou.
— Um amigo médico me devia um favor, então... venham, foi bom vocês terem aparecido. Se eu ainda fosse inocente de acreditar no acaso, acharia uma coincidência gigante vocês baterem aqui em casa justo nessa semana.

Os dois o acompanharam até a sala de raridades. Gil conhecia o caminho, então tomou a frente.

A casa não era o que costumava ser. Estava um pouco empoeirada, havia uma pilha de louças sujas, o chão e a mesa de cozinha dividiam espaço com torres de fitas de VHS, DVDs e fichários de documentação. Também havia livros, a maior parte parecia muito antiga.

— Eu ainda preciso entender o que aconteceu — Wagner explicou, liberando espaço na mesa. Estava ligeiramente mais organizada que o resto da casa. A TV estava ligada e pausada. Havia um videocassete conectado a ela.

— E você conseguiu? Existe algum jeito de entender o que aconteceu com a gente? — O Abade perguntou. Wagner não respondeu, olhava para a TV.

— Eu desisti. — Gil falou. — É melhor a gente seguir com o que tem, do que chorar pelo que não tem.

— Também tenho trabalhado nessa parte — Wagner disse. — Eu decidi ficar em paz com Três Rios. Não consigo acreditar que exista um lugar mais especial, então eu vou ficar por aqui. Nos últimos meses, eu vi tanto, li tanto, que sofri uma overdose. Sem mencionar os pesadelos recorrentes com túneis e cobras.

— Ninguém vai voltar a entrar naquele lugar — o Abade disse. — Seis meses atrás recebi um comunicado pra fechar o templo por duas semanas. Eles explodiram tudo. A porta que a gente atravessou para chegar até o ninho daquele bizarro agora morre em uma parede de cimento e pedra.

— Como o Samir disse que era antes — Wagner falou para si mesmo.
— Ou depois — Gil disse. — O que você descobriu?
— Estou trabalhando em um esboço há uns dois dias. — Wagner se esticou e apanhou um quadro branco escreve-apaga e um pincel atômico. — Ainda preciso confirmar alguns detalhes, mas a chance de acerto é bem grande.

Gil deu uma olhada, reconheceu alguns nomes, ficou mais carrancudo.
— Agora estou mesmo preocupado com você, Wagnão. O que são essas datas?

— São como eu imagino que as coisas aconteceram. Eu vou explicar a cronologia, e tudo o que eu disser tem uma prova, ou chega muito perto de ter uma. — Wagner raspou a garganta.

"Começamos com Darius, aquela coisa com o cérebro estufado. Ele não foi sempre assim, existem inclusive imagens, registros dele ao lado Hermes Piedade nos anos noventa. E existe um obituário quando ele faleceu, em 2005."

— Mas se ele morreu...? — O Abade disse.

— Não, o que morreu foi uma forma física, possivelmente possuída e controlada por Darius. Ele fez isso com um homem tido como profeta, um idoso em condição de rua chamado Benedito Arouca. O policial que atirou em Ada Janot sabe disso, ele a parceira, Luize Cantão.

— Conseguiu arrancar isso daqueles dois? — Gil perguntou.

— Trocamos algumas figurinhas. Mas voltando ao tópico, Darius não é dessa dimensão, desse tempo ou desse planeta. Ele é uma coisa que eu não tenho condições de formular. Vamos tratar como um invasor, ou um parasita acidental. Ele pode ter chegado como eu, como a Paloma do estúdio de fotografia, ou mesmo como Samir ou aqueles monstros que nós vimos. Três Rios é essa passagem. Levando em conta a tecnologia que vislumbramos, Darius é parte de um outro mundo com tecnologias muito superiores, ele pode estar habitando Três Rios faz muito tempo.

— Tá, Wagnão, vamos supor que sim — Gil disse. — E o outro cara? O cara descalço?

— Ele pode ser uma consequência. Darius era uma criatura de evolução extrema em um planeta vasto, vago e tecnologicamente e intelectualmente ignorante. Estamos falando de século quinze, quem sabe até antes. Eu acredito que ele tenha sofrido uma ruptura, partido sua mente, se fendido em duas ou mais possibilidades de existência.

— Por quê? — Gil especulou.

— Como? — O Abade preferiu perguntar.

— Vamos chegar nessa parte, mas antes vamos assumir que ele criou outra versão de si mesmo, porque ele quis. Esse outro não gosta dos planos de Darius. Ele acabou conhecido em Três Rios como o Homem da Terra. Esse ser foi tido como santo popular, especula-se que Ítalo Dulce o tenha conhecido, e que foi a partir desse encontro que a fábrica de mel e as primeiras riquezas nasceram em Três Rios. Isso no século dezenove.

"Então o lado positivo da entidade faz com que Ítalo erga Três Rios a um status de cidade, em 1888. A cidade encontra problemas sérios, muitos deles promovidos ou amplificados por Darius. Doenças, matanças, revoltas populares, monstros. Darius continua revoltado com o sucesso do outro na ascensão dos humanos. Dessa forma, ele decide usar das mesmas armas humanas, e traz para a partida um homem ambicioso, que pode fazer pesar a balança para o lado dele."

— Hermes? — Gil perguntou.

— Exatamente. Hermes só chegou em Três Rios na década de setenta. Em 1985, ele já é uma potência com a indústria de agrotóxicos e com o Matadouro. As duas frentes de negócio transformam Três Rios na capital da carne e do veneno, rótulos que levamos até hoje. Também é nessa época que os primeiros corpos começaram a aparecer dilacerados. Documentos da polícia canalizam as mortes para o Matadouro de Hermes, ex-funcionários acusaram a empresa de ter carne humana refrigerada para alimentar coisas que eles não compreendiam. Um funcionário chamado Clayton Pérgamo contou sobre "Damaleds", segundo ele são demônios, monstros. Infelizmente não podemos considerar essa parte, Clayton enlouqueceu. A cidade estava enlouquecendo.

"Ada aparece na história de Três Rios em 1996, quando é adotada pelo maior expert de informática da região, Jansen Janot, conhecido como JJ. Eu cheguei, tenho os papéis da adoção, provavelmente Ada também sabia. Uma das entidades, não estou certo qual, também entrega a Jansen um novo sistema, que Jansen toma para si e batiza de 3J. Sistema esse que está contaminado por um programa espião muito conhecido pelos mais velhos e frequentadores de lan houses, o D RESPONDE. Esse programa gera um banco de dados imenso, se disfarça em um bloco de enigmas, mas apenas Ada Janot vai ser capaz de desvendá-lo. Porque ela é parte dele, deles, do mesmo Darius. Ela á parte da trindade."

— Putaquepariu — Gil disse.

— E eu também contribuí pra tudo isso, pessoal — Wagner disse e colocou uma de suas caixinhas especiais sobre a mesa.

— O que é isso? — o Abade perguntou e a apanhou na mão.

— Vamos resumir que uma rede dessas belezinhas trouxe as transmissões fantasmas que afetam Três Rios e região para as nossas televisões, e só mais tarde perceberíamos que essas transmissões são fragmentos da vida real das pessoas, que também vão parar nesse banco de dados do D RESPONDE. É o mesmo processo das fitas mais proibidas da Firestar Videolocadora.

Wagner esperou que os dois homens absorvessem as informações. Só continuou quando o Abade se desinteressou da caixinha.

— Ada não é como Darius ou o Homem da Terra, não é dependente, é uma evolução com livre arbítrio, um ser humano até onde eu pude perceber. As únicas particularidades de Ada são um QI altíssimo e dislexia. Ela passou por problemas disciplinares na escola, não conseguia avançar no ritmo das outras crianças e se irritava com facilidade. Ada podia ler números e códigos de computador com facilidade, mas tinha muita dificuldade na leitura do alfabeto comum.

"Quem começa a decifrar o D RESPONDE é JJ, e dessa parte em diante as forças de Darius e do outro estão em relativo equilíbrio. Ficam dessa forma até 2005, quando um dos dois, não imagino qual seja, abre aquela cratera, tentando tirar algumas crianças da cidade ou... vocês sabem. Eu também descobri um fato curioso sobre os nove da clínica: cada um deles nasceu em uma cidade da região, sendo que a única trirriense é Ravena Monsato. Imagino que existisse um plano maior para eles, e que uma das partes não queria que esse plano se concretizasse."

— A Bia, a enfermeira dos meninos — O Abade falou —, contou que o menino que atirou nela e nos colegas, em 1989, fez isso porque todos eles fariam coisas terríveis em Três Rios. A única que saiu com vida foi a Bia.

— As nove crianças poderiam ser encrenca pra essa cidade? — Gil concluiu.

— É uma possibilidade forte — Wagner disse. — Darius continuou atacando por todas as frentes, colocando suas bestas para devorarem pessoas comuns, causando caos. Quando Ada decifra o enigma e salva Ravena das coisas selvagens, ela também encontra as coordenadas para o sistema inteligente subterrâneo, e nesse ponto nós encontramos Ada e o verdadeiro Darius.

— O cara dentro da bolha — Gil disse. — E ele fez toda essa merda gigantesca pra quê? Loucura?

— Síndrome de Messias — O Abade disse.

— Eu também perdi essa aula da catequese — Gil falou.

— Não é religião, é psicologia — o Abade explicou. — Já usaram esse transtorno pra me desqualificar algumas vezes. Acontece com muitos religiosos, a própria base de algumas religiões, a própria divindade, pode ser um desses casos. De alguma forma, esse ser decidiu que era o salvador da humanidade de Três Rios, e para fazer isso e ser reconhecido como tal, ele não poderia ser arbitrário. Então ele se divide em Darius, Homem da Terra e Ada.

— Que acabam morrendo — Gil disse.

— Ou não. — Wagner sugeriu. — Se Ada conseguiu escapar da morte se transferindo, ou habitando o sistema que a criou, ela pode ser a nova fissura de Três Rios. Pode ser que ela, Ada, ainda seja a responsável por trazê-lo de volta de alguma forma, e nesse caso, acredito que nós reviveremos esse ciclo indefinidamente, paradoxalmente, a menos que exista um fator externo a esse sistema que determine o final do processo. Nós ainda estamos engatinhando para as novas inteligências, e Ada pode estar viva, e no caminho para se transformar em algo muito mais poderoso que a nossa imaginação.

— Ada, a grande salvadora, o efeito final de sua trindade. — O Abade concluiu.

— Meu amigo, tudo indica que sim — Wagner concordou.

Houve algum silêncio, não era agradável.

— E como vamos ter certeza? — Gil o quebrou.

Nesse ponto Wagner sorriu. Não de satisfação, mas de conformismo.

— Não vamos.

V

Um ano é um bocado de tempo sonhando, mas passa voando quando estamos acordados. Entre muitas outras coisas que Ravena descobrira nesse ano, ela percebeu que a escola podia ser bem difícil, que gostar de alguém não era tudo aquilo, e que às vezes o mundo era tão chato quanto um programa repetido na televisão. Fora isso, ela também tinha que driblar sua mãe e seu irmão superprotetores para ir de casa até a esquina, e foi quase impossível conseguir viajar na excursão da escola para a Feira de Tecnologia de Acácias.

No fim das contas, ela conseguiu a liberação, mas apenas porque sua professora de informática foi pessoalmente falar com sua mãe, Regina, e garantiu que não desgrudaria dela por um segundo. Promessas são feitas para serem quebradas, e dessa forma Priscila liberou Ravena para que ela pudesse circular livremente com suas amigas.

Ravena já caminhava razoavelmente bem por suas próprias pernas, sua evolução física e mental era tão surpreendente que ela foi convidada a participar de um programa especial de desenvolvimento na Universidade de Três Rios (o convite ainda estava sendo analisado por Regina Monsato). Talvez a mãe se decidisse quando Ravena completasse quarenta e dois anos e tivesse lhe dado pelo menos dois netos. Por hora, seu único objetivo era passar o máximo de tempo com a filha.

Depois de visitar alguns stands, Ravena foi até um deck, que ficava ali mesmo, na propriedade onde se realizava a feira. Havia um rio logo à frente, ela não sabia o nome, mas sabia que era tranquilo estar ali, era silencioso. Algumas vezes sentia falta da quietude onde vivera tantos anos. Assim como sentia falta das pessoas que estiveram ao seu lado.

Naquele horário, o sol estava começando a ensaiar o poente, e seu reflexo nas águas parecia uma ilusão.

Alguém chegou e se recostou ao mesmo deck, Ravena não olhou na direção da pessoa. Ainda precisava melhorar nisso, continuava sendo tímida como uma criança pequena. A parceira de seu irmão, Luize, sugeriu um curso de teatro, falou que podia ajudar, e Ravena sentiu as pernas travarem só de imaginar.

— Já visitou todos os anunciantes? — a pessoa ao seu lado perguntou.

Ravena sentiu um tremor gostoso varrer seu corpo. O rosto se aqueceu; se o estômago tivesse pernas, teria pulado de alegria.

— Bia! Eu não acredito! Bia, Bia, Bia! — Ravena se atirou nela, já chorando em seu abraço. Bia também chorou, e seria impossível não se emocionar depois de esperar tanto tempo.

— Deixa eu cheirar você! — Bia falou e fez isso, como uma leoa, como mãe. — Meu deus, como você está linda, olha esse cabelo! Essa pele!

— Agora tá mais ou menos, mas meu cabelo ficou bem curtinho. Onde você estava? Eu queria tanto ver você, pensei que você também tinha sumido pra sempre.

— De jeito nenhum. Eu só estou... eu ainda estou... me recuperando, você sabe o que eu quero dizer. Mas eu nunca tirei os olhos de você e do que acontece em Três Rios.

— Como descobriu que eu vinha pra cá? Tomou uma sopinha?

Bia riu, como não ria há muito tempo.

— Não conta pra ninguém, mas eu tenho uma espiã infiltrada na sua escola. E eu não vou dizer que ela é da enfermaria e irmã de uma grande amiga minha, nem sob tortura! — Bia riu. — Ela me contou que você vinha, eu ainda tentei me segurar, mas não consegui, eu precisava ver você, precisava ter certeza de que estava mesmo tudo bem.

— Eu tô sim, acho que a Ada me ajuda nisso.

— Ada? A moça que...

Ravena esperou alguns segundos antes de explicar.

— Ada não morreu como todo mundo pensa, ela só mudou. Foi pra outro lugar.

— Você sabe que lugar é esse?

— Ela não pode contar. Quando meu irmão atirou na Ada, eu estava... conectada nela, tipo isso, como se a gente fosse uma coisa só. Eu sei que é meio esquisito falar desse jeito, mas às vezes ela fala comigo.

— E ela está aí agora? Com você?

— Não, ela passa muito tempo nos computadores, fazendo coisas que eu não entendo, mas que ela diz que são importantes.

Ravena tirou os olhos de Bia e os devolveu à superfície do rio.

— Às vezes — continuou falando —, eu me pergunto por que tudo isso precisou acontecer com a gente. Eu sinto uma raiva tão grande, uma dor tão funda, que me dá vontade de desaparecer pra sempre. Eu nunca falei disso pra ninguém, mas é uma coisa que eu sinto. Nessas horas eu queria trazer aqueles monstros de volta, só pra eu mesma torcer o pescoço deles. — Ravena apertava as mãos com força, como se tivesse um pescoço entre elas.

— Não precisa me contar tudo, tá bom? Se faz mal pra você, se traz de volta essas coisas ruins, o melhor é não pensar nelas. Coloca tudo em uma caixa, Ravena, no lugar mais fundo da sua mente.

Ravena manteve o olhar no lago, estava ainda mais bonito agora, com um sol imenso se esticando nas águas. Algumas libélulas se despediam dele, agitando as margens em busca de um novo parceiro.

— Você vai ficar?

— Ainda não. — Bia a tomou pelas mãos. Emocionou-se novamente e limpou os olhos depressa, para que ninguém se interessasse. — Agora eu preciso ir, minha querida.

— Ir? Já? Ir pra onde? E se eu precisar de você?

— Se você precisar, eu vou saber. Seja uma boa menina enquanto isso. Eu... eu tenho que ir.

Ravena a viu se afastar pelo gramado enquanto uma de suas amigas se aproximava. Sentiu um impulso terrível de correr até Bia, segurar seu braço e pedir para ir com ela. Sabia que não poderia fazer isso. Era sua vez de reconstruir sua vida.

VI

Samir caminhou até suas pernas se esgotarem. Havia encontrado água poucas horas antes de uma provável desidratação. Já tinha pensado em sortes e azares, e em qual deles deveria se apoiar agora, que estava, finalmente, em seu último destino.

Muito antes de ser Vila de Santo Antônio ou ser Três Rios, aquele pequeno ponto do planeta era chamado por seus habitantes originais de Andira. Não poderia ser considerado cidade, vila ou povoado, era apenas um lugar como tantos outros. E da mesma forma que tantos outros lugares, aquele também escolheu sua própria devoção ao sagrado.

Samir os observou, mas não fez contato com aqueles povos. Ficou à distância, analisando, até que notou um grupo de mulheres e crianças juntando uma boa quantidade de frutas em duas sacas. As três mulheres deixaram o grupo cantando em sua língua desconhecida, nove crianças iam atrás delas, brincando, pulando e sorrindo, vez ou outra se interessando pelas plantas e insetos que existiam em exagero na mata. Sob os olhos de Samir, o grupo percorreu algumas horas de caminho até chegar ao destino.

Era uma gruta, um lugar que Samir conheceu muitos anos mais tarde. Antes da gruta havia o rio.

As três mulheres se aproximaram das águas com receio, deixando as crianças para trás. Como era muito peso para carregar, duas delas sustentavam sacas nos ombros, enquanto uma terceira trazia uma espécie de tapete feito de fibra vegetal, talvez fosse bambu ou outra vegetação abundante, não importava a Samir. As mulheres sabiam onde pisar no rio, qual caminho tomar para não serem arrastadas. Tocavam os pés antes de firmá-los, poderia haver um caminho mais alto, ou mesmo um tronco que de alguma forma ficou preso justamente entre as margens.

Quando terminaram a travessia, começaram a dispor as frutas sobre o tapete. O faziam delicadamente, com diligência e com alguma concordância nas formas e cores, para que o resultado final fosse apreciado. Para esse fim, também trouxeram algumas flores.

Cantaram mais um pouco quando terminaram, de maneira muito discreta, como um murmúrio. Só então partiram pelo caminho de volta.

Um menino ficou para trás quando todos já desapareciam na mata. Por brincadeira, antes de ir com os outros, jogou uma pedra no rio. A mãe apareceu de repente e o estapeou nas costas e na nuca, a boca esbravejou, terminou o arrastando pelo cangote.

Samir esperou que partissem. De novo sozinho na floresta, havia se armado de uma pedra pesada e pontuda. Era o melhor que podia ter a menos que roubasse outra coisa. Risco esse que não correria. Sem a ajuda da linguagem e vestindo aquelas roupas, a possibilidade de ser abatido pelos povos era enorme.

Não demorou muito para que o grande homenageado daquela gente aparecesse. Era o mesmo homem que Samir conhecera, descalço, usava as mesmas roupas. Camisa aberta, calça dobrada na bainha, nada de sapatos nos pés. O homem da terra sentou-se calmamente à frente da gruta e apanhou uma fruta-do-conde do tapete. Partiu-a com as mãos e da mesma forma foi separando os gomos e os levando à boca. Olhava para além do rio, para a infinidade verde das matas. Samir o observou até ele se cansar e voltar para a gruta.

Tarde naquela mesma noite, Samir refez o caminho das mulheres no rio. Havia um trecho mais alto e pedregoso no leito, exatamente como imaginava. Naquele horário, o rio se tornava um pouco mais caudaloso, o que exigiu algum esforço para não ser arrastado pelas águas. Do outro lado, Samir pisou o chão de pedrinhas polidas retirando o peso dos passos, ainda carregando a pedra pontuda em suas mãos. Como bicho, escalou a gruta até chegar na parte de cima. Havia alguma vegetação ali, não muita, mas serviria para o esconder na tocaia.

Dormiu pouco naquela noite. Acordou bem cedo, com o sol no rosto e o alvoroço dos bichos. Movimentou-se apenas o suficiente para ver o chão. As frutas do dia anterior ainda estavam lá, imaginou que o homem fosse voltar a se servir.

Em pouco tempo o outro saiu da gruta. Ele se espreguiçou, olhou para o céu, lavou o rosto no rio. Cuspiu a água do bochecho como uma criança brincando. Voltou a se sentar e apanhou uma fruta vermelha. Quando a mordeu, Samir se precipitou sobre ele.

A cabeça rachou na pedrada, como se também fosse fruta.

Samir continuou a bater nele, uma, duas, mais de dez vezes, bateu até ter certeza que aquele homem, aquela coisa, havia finalmente deixado de existir. Pareceu-lhe estranho que sangrasse como gente, que o interior da cabeça da coisa fosse como recheio da cabeça de gente. Até os poucos gemidos que aquele homem gastou, eram os mesmos gemidos de gente.

Terminado o abate, Samir não estava realizado ou arrependido. Ele caminhou até o rio e lavou seus braços. Retirou a camisa respingada de sangue e também a lavou nas águas. Pegou da fruta vermelha que estava com o homem e mordeu o que ainda tinha de poupa. Era uma boa fruta, doce, macia.

Samir velou o corpo por dois dias inteiros, então o deixou com as moscas e voltou a entrar na mata.

Se aquele ataque mudaria os rumos da história de Três Rios, ele não sabia. Da mesma forma que desconhecia se o seu ataque fora construído e orquestrado por aquela mesma mente incompreensível. Não importava.

Ele estava em paz.

READ-ME

Mais um dia daqueles.

Era sexta-feira e tudo o que JJ queria era uma cerveja e a sua família. Por volta das nove da noite, ele estacionou o Verona na garagem, desligou o country do rádio e desceu o carro.

Percebeu alguém o espionando pela janela da frente da casa, o espião também o notou e desapareceu dos vidros.

JJ espetou a chave na porta e ouviu a voz fininha perguntar:

— Quem é?

— Sou eu, o eu. Quem tá aí? — JJ perguntou.

— Aqui? Sô eu tamém. Quem tá aí fora?

— Adaaaa, deixa o seu pai entrar. — JJ ouviu a segunda voz feminina daquela casa, e não parecia muito feliz.

JJ abriu a porta e viu o motivo de sua felicidade pulando como uma pipoca. Ada, seu pequeno milagre. Seu maior projeto em andamento. Ele a apanhou e a abraçou, a cheirou, beijou seu rosto. Ada reclamou:

— Tá espinhudo!

— O papai esqueceu de fazer a barba. Tudo bem com a minha princesa?

Ada assentiu e começou a se remexer para voltar pro chão. JJ a devolveu, deu mais um beijinho e se arrastou até a cozinha, onde a parte mais delicada daquela tríade terminava seu jantar sem a companhia do marido. Ada ficou pela sala, ela sabia o que aconteceria agora.

Pai e Mãe andavam discutindo bastante, porque Pai trabalhava demais e Mãe tinha saudade dele. Era o que Mãe contava para as amigas dela, quando tomava café e comia bolo na casa delas. Ada também sentia falta de Pai, ele era bem mais divertido que Mãe, sabia ser bobão, e ele levava ela no pescoço sempre que ela pedia. Pai também colocava coisas engraçadas na máquina que parecia uma televisão, mas não era televisão, joguinhos. Ada não podia colocar a mão na máquina sem ele, estava proibida. Pro-i-bi-da. Mas ela podia olhar, então ela olhava um tempão. Quando o negócio que ela estava pro-i-bi-da de mexer ficava ligado muito tempo, aparecia um monte de tubinhos, pareciam canos, eles iam crescendo e se enroscando, era divertido de ver. Às vezes, aparecia um castelo, Ada tinha medo desse, fazia uns barulhos. Também aparecia um lugar de tijolos que ficava se mexendo, como se a pessoa estivesse andando lá dentro, como se fosse uma casa só de corredores. Também gostava do homem pescando na ilha, mas ele era meio paradão.

Pai e Mãe já estavam falando mais alto, então Ada foi até o negócio que parecia uma televisão. Ela sabia o nome, mas às vezes esquecia.

Às vezes também aparecia outra coisa na tela. Era um quadrado preto com umas coisas. Tinha um triângulo de um lado, um D, e um triângulo do outro. Ela gostava daquele desenho também, até mais que de todos os outros. Mesmo que não conhecesse todas as letras que existiam no alfabeto, ela já sabia reconhecer o seu nome. Triângulo, D, Triângulo. A, D, A. Ela apontoou os dedinhos gorduchos para a tela e sorriu com todos os dentes que tinha na boca.

— Ada! Ada!

CESAR BRAVO (1977) nasceu em Monte Alto, São Paulo. Uma força inovadora no mundo das palavras, Cesar Bravo selou um pacto com a DarkSide® Books ao publicar seus livros com a maior casa do terror no Brasil, e se conectou a grandes nomes do gênero nessa jornada — Bravo traduziu *The Dark Man*, poema narrativo e um tanto biográfico de Stephen King, colaborou nas edições de *Livros de Sangue*, de Clive Barker, e foi lido e elogiado por talentos contemporâneos como Andrew Pyper, autor de *O Demonologista*. Em seu ofício de editor, iluminou o caminho de autores como Márcio Benjamin, Paula Febbe, Irka Barrios e Roberto Denser, criando um legado que ecoa nas estantes de todos os amantes da literatura de qualidade. Pela DarkSide®, o autor já publicou *Ultra Carnem*, *VHS: Verdadeiras Histórias de Sangue*, *DVD: Devoção Verdadeira a D.* (finalista do Prêmio Jabuti 2021 na categoria Romance de Entretenimento), *1618*, *Amplificador*, e agora apresenta *Três Rios*, livro que combina horror e mistério em um lugar onde nem todos os monstros se escondem nas sombras.

MICAH ULRICH é ilustrador e nasceu em Chicago. Sempre esteve conectado com a arte, seja pela cena musical de sua cidade, ou pela família, de forte veia artística. Os pais o incentivaram, desde adolescente, a desenhar e trabalhar com sua paixão. A arte, expressão máxima do ser humano, caminha lado a lado com a magia e a beleza do oculto se manifesta nas mãos de Micah Ulrich de maneira especial. Saiba mais em micahulrichart.com